人民文库 第二辑

小说形态学

徐 岱 | 著

人民出版社

《人民文库》第二批书目

马克思主义

马克思传	［德］弗·梅林著　樊集译
恩格斯传	［德］海因里希·格姆科夫等著　易廷镇／侯焕良译
中国共产党思想理论发展史	张启华／张树军主编
社会主义通史（八卷本）	王伟光主编
马克思主义哲学的当代论域	陶德麟／汪信砚主编
资本论注释	［苏］卢森贝著　李延栋等译
唯物史观与中共党史学	张静如著
当代视域中的马克思主义哲学	汪信砚著
马克思主义哲学史教程	何萍著
辩证法与实践理性	贺来著
生态马克思主义经济学原理（修订版）	刘思华著
物与无：物化逻辑与虚无主义	刘森林著
市民社会论	王新生著
现代性论域及其中国话语	张曙光著

哲　学

境界与文化	张世英著
中西文化与自我	张世英著
新仁学构想	牟钟鉴著
逻辑经验主义	洪谦著
存在论——实际性的解释学	［德］海德格尔著　何卫平译
思的经验	［德］海德格尔著　陈春文译
智慧说三篇（简本）	冯契著／陈卫平缩编
维也纳学派哲学	洪谦著
克尔凯郭尔：审美对象的建构	［德］T.W.阿多诺著　李理译
中庸洞见	杜维明著　段德智译
西方美学史教程	李醒尘著

历　史

中国古代社会	何兹全著
中国通史简本	蔡美彪主编
中国民俗史（六卷本）	钟敬文主编　萧放副主编
灾荒与饥馑：1840—1919	李文海／周源著
魏晋南北朝隋唐史三论	唐长孺著
中国史学思想史	吴怀祺著
中国近代海关史	陈诗启著
匈奴通史	林幹著
拉丁美洲史	林被甸著
东南亚史	梁英明著
中东史	彭树智主编

政　　治

法　　律

经　　济

文　　化

出 版 前 言

　　1921年9月,刚刚成立的中国共产党就创办了第一家自己的出版机构——人民出版社。一百年来,在党的领导下,人民出版社大力传播马克思主义及其中国化的最新理论成果,为弘扬真理、繁荣学术、传承文明、普及文化出版了一批又一批影响深远的精品力作,引领着时代思潮与学术方向。

　　2009年,在庆祝新中国成立60周年之际,我社从历年出版精品中,选取了一百余种图书作为《人民文库》第一辑。文库出版后,广受好评,其中不少图书一印再印。为庆祝中国共产党建党一百周年,反映当代中国学术文化大发展大繁荣的巨大成就,在建社一百周年之际,我社决定推出《人民文库》第二辑。

　　《人民文库》第二辑继续坚持思想性、学术性、原创性与可读性标准,重点选取20世纪90年代以来出版的哲学社会科学研究著作,按学科分为马克思主义、哲学、政治、法律、经济、历史、文化七类,陆续出版。

习近平总书记指出:"人民群众多读书,我们的民族精神就会厚重起来、深邃起来。""为人民提供更多优秀精神文化产品,善莫大焉。"这既是对广大读者的殷切期望,也是对出版工作者提出的价值要求。

文化自信是一个国家、一个民族发展中更基本、更深沉、更持久的力量,没有文化的繁荣兴盛,就没有中华民族的伟大复兴。我们要始终坚持"为人民出好书"的宗旨,不断推出更多、更好的精品力作,筑牢中华民族文化自信的根基。

人民出版社

2021 年 1 月 2 日

目　　录

绪　论

小说的形态学研究

1

　　我们时代的文化结构目前已发生了有目共睹的嬗变,处于这种变化之中的文学艺术也呈现出一种崭新的格局。我们看到,无论是从侦探、武侠、言情等所谓"通俗文艺"在过去的 100 多年里长盛不衰,还是就"探索"、"实验"、"先锋"小说等"纯文学"在 20 世纪以来的日趋兴旺,小说这种文学样式无疑正在取戏剧和诗歌而代之,成为文学家族中的新一任主宰,开始执语言艺术的牛耳。随之而来的,自然是小说理论的空前繁荣,即便从我国当代文坛来讲,从大部头的高头讲章到"短平快"的作品释解,不同规格各种包装的小说方面的研究成果,早已呈钱江秋潮之势,替我国当代的学术复兴呐喊助威。然而这种状况固然使一些圈子内的同行们欢欣鼓舞,但似乎并没有博得众多的小说作者和读者们的多少掌声,使之改变以往那种对小说的理论与批评不以为然的态度。事实表明,时至今日,尽管随着小说批评对创作实践的贴近,以及小说研究对各种风格不同流派的小说现象表现出了前所未有的宽容和理解,因而在小说学者与作家们之间开始了一种令人欣慰的礼尚往来,但对于文学市场的那些消费者来说,情况似乎并没有多大的改变,面对着汗牛充栋般的批评文字,他们常常显得视而不见。

冷静地来看,问题的症结在于小说研究同小说现状的脱节。导致这一现象的原因无疑也是多方面的,其中之一是小说理论本身的行程短、起步迟。众所周知,在历史上,关于小说的探讨,在很长一段时期内不仅一直隶属于哲学美学的统辖范围,而且受到以"诗学"名义注册的普通文艺学的歧视。这种状况对于今天的小说学依然未能完全摆脱其"恋母情结",形成一种能够同"诗歌学"和"戏剧学"相媲美和抗衡的自足自立的理论格局,无疑是一个十分重要的根源。但除此之外,我们也应该承认,以往的研究在视点和方法选择方面存在着某种根本性的不足,同样也负有不可推卸的责任。我曾在一篇文章里指出,形而上的美学思辨是关于事物本质的本体论层次的审视,而形而下的创作谈和经验论则又往往停留于对现象的个别描述。如果说前者由于缺乏实践的催化而容易流于空泛,那么后者则会因为缺乏理论的提纯而每每导致肤浅。① 这种状况决不仅仅是带来了一种"熊掌与鱼不能兼得"的苦恼,而是造成了我们的小说学在把握作为一种艺术形态的小说时,难以真正登堂入室,作出恰到好处的阐述。批评之舟的触礁是由于理论海图的误导和思辨罗盘的失灵,正是在这里,我们看到了在现代小说研究领域内迅速建立起一些中介学科的重要性。因为"一切都在中间环节融合,通过中介过渡到对方",事物的"具体本质"(或者说本质的具体方面)既不完全显露于个别之中,也无法在高度抽象的哲学切片里得到准确的反映,它只能存在于宏观与微观之间,是所谓"个别与一般的统一"。

处于这个地带的小说学科无疑也为数不少,但考虑到小说本身作为一种审美创作活动的产物,它总是通过叙述方式来建构其文本;并且,一旦这种文本如愿以偿地得以完成,它又总是体现出一定的结构形式,凝聚为一定的审美表象。因此,当我们从中观方位来对小说创作过程作出审视,主要也有两个角度,即从动态的建构方面来作出把握和从静态的结构

---

① 《小说的叙事学研究》,《小说评论》1990年第2期。

方面来加以剖析。前者当然非叙事学莫属,后者则归形态学所据有。

2

"形态学"作为一门正式的学科跻身于现代学术领域,历史也并不太久。最初它是生物学和解剖学系统中的一门分支学科,后来又被语言学所接纳,成为现代词汇学的一个组成部分,侧重于研究词的内部结构。20世纪以来,随着语言学向美学和文艺学领地的大举扩张,它也逐步地"科"学"文"渐,在艺术世界中安营扎寨,成了现代诸多文艺新学科中的一支。其中的两位先驱人物是俄国文艺现论家季安杰尔和普罗普,他们分别撰写的《长篇小说形态学》与《童话形态学》,揭开了在现代美学范畴中运用形态学的方法研究文学艺术的序幕。尔后的美国学者托玛斯·门罗和苏联学者莫伊谢伊·卡冈等人,又在此基础上对这门学科作了进一步的完善、深化,使之在当代文论领域中长驱直入。

顾名思义,形态学的主要研究对象是事物的形态。而所谓"形态",通常指的是事物的具体结构形状。所以,简单地加以概括,我们可以说形态学这门学科也就是关于事物之结构的学说,其研究对象的形式化与具体性决定了它只是一种描述性的科学,所要解决的主要是对象的基本特征问题。艺术形态学也不例外,门罗在替它作出最初步的界定时这样写道:"用科学的方法对艺术进行分析、描述和分类,对这种尝试我们称之为'审美形态学'。"[1]理论家们在进行这种尝试时,并不直接涉及诸如美的本质、对艺术的评价或创作和欣赏时的心理状态,而是"把注意力集中在艺术产品上"[2]。但在经历了几千年的文化变迁和发展之后,由于人类

---

[1]　[美]托马斯·门罗:《走向科学的美学》,石天曙、滕守尧译,中国文联出版公司1984年版,第239页。

[2]　[美]托马斯·门罗:《走向科学的美学》,石天曙、滕守尧译,中国文联出版公司1984年版,第239页。

现实存在的审美关系的丰富性,我们的艺术现象显得琳琅满目,形成了一个完整的世界。与此相应,以艺术产品的结构形式为对象的审美形态学,也具有不同层次的分类,概括地来看,大致有艺术的总体形态学、门类形态学和体裁形态学(即样式、品种形态学)。按照卡冈的见解,艺术的总体形态学(也即一般意义上的"艺术形态学")并不具体地涉及艺术的体裁和样式特点,而是将各个艺术系统都纳入自己的俯瞰之下,以把握作为一种文化现象的艺术世界的内部组织规律。换言之,"它的视野应该是整个艺术世界,而不是这个世界的某个部分"①。以艺术世界的"某个部分"——系统的共同结构作为研究目标的,属于门类形态学范围,通常较为活跃的有文学形态学、音乐形态学、绘画形态学等。其目的在于对该门类内各种艺术样式的结构特征作出把握,在文学形态学,便具体落实在对小说、戏剧、诗歌等文学样式的一般的组织规律和原则作出审视。小说形态学作为文学形态学的一个分支学科,它同诗歌形态学和戏剧形态学一起隶属于文学的体裁—样式形态学层次,其功能在于完成对小说这种语言艺术样式的体裁特征的全方位审视。

毫无疑问,所有这些分居于不同层次的艺术的形态学研究各有其不同的学科价值,但在比较的意义上,艺术的样式—体裁形态学显得更为突出。因为,任何存在事物之前提都离不开具体性。马克思曾经指出,我们无法吃"水果",我们所能吃的只是苹果、梨子、桃子、西瓜、葡萄等。同样道理,在艺术家从事其创造性劳动的过程中,他所考虑的并不是音乐、绘画或文学等等的门类概念,而是诸如长篇武侠小说或短篇意识流小说这样的体裁概念。这表明,体裁作为艺术世界的结构的最小功能单位,是人类艺术地把握世界的方式的基本组成因素。尽管各类体裁之间也不同程度的存在着各种互相过渡、渗透、交叉的现象,致使"纯体裁"成了一种虚拟的东西。但即便如此,我们仍然可以看到,体裁作为某类艺术样式和品种的结构变体的相对稳定的质的规定性的存在。事实上,它也正是以这

---

① [苏]莫·卡冈:《艺术形态学》,凌继尧、金亚娜译,生活·读书·新知三联书店 1986年版,第16页。

种规定性替我们划分着不同的艺术实践,提供给我们各种类型的审美经验,卡冈因而得出这样的结论:"体裁是艺术形态学的总范畴。"①

艺术体裁的这一特点,取决于它的形式的抽象性与内容的具体性的相统一。因为在人类的艺术活动中,内容决定形式这个一般规律是通过形式对内容的制约作用体现出来的,这里的关键在于如何理解艺术作品的内容的特殊性。通常,艺术作为人类自身生命本质的体现不是某种抽象的东西,它总是感性具体的,因为人的生命本身是一种感性具体的存在。而一切感性具体的现象又无不依赖于一定的物质因素,并以某种形式格局呈现出来。所以,对艺术的内容而言,形式不仅仅是在转达、传递的意义上体现着内容,它本身便是内容,艺术内容作为一种体现着生命的精神张力的情感结构,直接地是由以一定的物质媒介为基础的艺术形式所构成的。这种形式与内容的密不可分性清楚地反映着艺术的符号特性。也正是基于这个认识,罗兰·巴特一再强调:"作品不是二元而是多元,但在其中只存在形式,更确切地说,整个作品包含了多种形式,但并不存在内容。"卡西尔也在其《人论》中提出,正像科学家是各种事实或自然法则的发现者一样,艺术家是自然的各种形式的发现者。只要我们能够避免咬文嚼字的望文生义和别有用心的断章取义,那就不难看出,上述几位学者所说的意思并不是主张取消艺术的内容,而只是强调了在艺术中,不存在游离于形式之外的"内容"。批评家们的这一观点随着学术领域内各种思想的交锋,迄今已不再成为问题,需要指出的是:艺术家对每一种艺术形式的发现,总是离不开对具体的艺术体裁的创造性拓展。这无非是由于,艺术的体裁作为一种审美格局,具有对艺术的内容要素进行梳理、整合,使之转换为真正的艺术内容的功能。只有从这里望出去,我们才能体会到何以从亚里士多德到韦勒克,古今许多优秀的文艺理论家在肯定体裁的双重性时,又如出一辙地常常从形式方面入手对体裁进行分析。韦勒克在他与沃伦合著的《文学理论》一书中就明确宣称:"总的说

---

① [苏]莫·卡冈:《艺术形态学》,凌继尧、金亚娜译,生活·读书·新知三联书店1986年版,第16页。

来,我们的类型概念应该倾向形式主义一边,就是说,倾向于把胡底柏拉斯式八音节诗或十四行体诗划为类型,而不是把政治小说或关于工厂工人的小说划为类型".① 意识到这一点,这样一个结论便应该是不言而喻的:对体裁的把握能够帮助我们真正涉及艺术创造活动的特殊规律,正是这种规律构成了我们丰富多彩的艺术实践活动。因此,关于艺术的总体形态学和门类形态学我们固然不能怠慢,但对于体裁形态学更应给予优厚的礼遇。

3

隶属于文学形态学分支学科的小说形态学,当然有资格分享其作为一种体裁形态学所应享的荣誉。然而迄今为止,这门学科的发展显然不尽如人意。分析起来,这是由于人们对它的理论价值仍抱有怀疑。对此,我们仍然可以从对"体裁"概念的深一步考察来理解。在词源学上,"体裁"一词的法文为 genre,来源于拉丁文 genus,意思是"类"。这意味着体裁在本质上乃是一个中介概念,即它介于抽象与具体个别之间。唯其如此,有的学者将它定义为是"作品群的内在与外在的统一形式。"这虽然是具体作品赖以存在的前提之一,但它所反映的并不是该作品的个别现象,而是具有某种普遍意义的东西,就"小说"而言,姑且称之为"小说性"。这样,建立在体裁基础上的小说形态学,倘若想名正言顺地在小说领域里安居乐业,我们就必须首先对"小说性"这种东西的存在深信不疑,但事实表明,正是在这一点,来自思辨方面的困惑由来已久。著名美学家克罗齐在他的《美学原理》中早就说过:"每一个真正的艺术作品都破坏了某种已成的种类,推翻了批评家的观念,批评家们于是不得不把那

---

① 见[美]韦勒克、沃伦:《文学理论》,刘象愚等译,生活·读书·新知三联书店 1984 年版,"第17章"。

些种类加以扩大,以至到最后连那扩充的种类还是太窄。由于新的艺术作品出现,不免又有新的笑话,新的推翻和新的扩充跟着来。"如此这般的循环往复,批评家的吃力不讨好是显而易见的,因而他们煞费苦心地提取出来的几条原则和依据,自然也不过是一种自欺欺人的现代神话而已。用我国现代文学阵营中的杰出人物萧红的那段名言来解释,则就是所谓有各式各样的作者,也就有各式各样的小说,因而"小说"这种东西是不存在的。这是萧红之所以一生不相信写小说有一定的章法可依,认为建立在此基础上的"小说学"纯属江湖药方的原因所在。

诚然,以上两位所述还只是就事论事,远未能站在理论的制高点上来对小说创作中存在着的各种现象作出令人信服的解释。在这方面弥补了这一不足的,是著名分析哲学家维特根斯坦,他在其所著的《哲学探讨》第一卷第六十五到七十七节中提出的名噪一时的"家族相似说",为上述见解提供了一个坚实的逻辑基础。维氏是在论及语言和游戏等现象时提出这个观点的,其中心意思十分明确:我们不应该认为被同一字眼称呼的全部实体,它们在任何情况下都必定拥有某种共同的本性。事实是,人们使用某种名称的依据,只是不同事物和活动彼此之间在特征上存在着某种相似罢了。以游戏为例,通常这个术语包括着诸如下棋、打扑克、玩球运动等。一般地说,下棋有胜负,但当我们分别拿着球向墙上抛掷时,这个特点就消失了。又如扑克游戏常需要有对手,但当一个人独自玩牌时,这个特点也不存在了。所以,在我们用一个名称表示一类现象时,并不存在为这些现象所共同具有的特点,这意味着它们之间不存在我们通常用"本质"、"特性"这类概念来表示的共同的内在规定性。这就宛如一个家族成员之间的关系。他们之间从体型、容貌、眼珠颜色到步态、气质、声音等,互相交叉渗透,构成一个网状形态。在维氏看来,艺术同样也是如此。譬如"我们可以对不同作曲家的乐曲应用这种原理:每种树都是树这个词的不同意义上的'树'。这不应被我们所说的所有这些乐曲的曲调所误解。这些曲调是引导你在不能称为乐曲的事物或你不能以相同意思来称为乐曲的别的事物的道路上的不同阶段。如果你恰好注意曲调的反复演奏和音调的变化,那么所有这些存在似乎都处于同一水平。但是,如果你注意这些曲调的内在联系(以及因而具有的意义),你就会倾向于说,假如这样,曲调非常不同于假如它是那样的事物。"①将这段绕脖子的话重新加以整理,意思无非是:曲调这种东西(其他艺术也一样)并无统一的共同本质,有的只是表面上的某种相似。

不能否认维特根斯坦对于现代美学曾经作出过开拓性的贡献,他所提出的"家族相似说"同样也为当今时代的文艺理论家们提供了一个十分深刻而新颖的思考的起点。然而困惑之障并未就此烟消云散。它不仅来自于具体的创作实践,同样也存在于维氏本人的逻辑推断之中。美国约翰·霍布金斯大学教授曼德尔鲍姆就曾针锋相对地指出,一个家族的成员中固然可以找到某种相似性,但并不能反过来就轻易断定,凡具有某种外在相似性的人便都属于同一个家族。他们可能拐弯抹角地具有亲戚关系,也或许压根儿风马牛不相及。类似的情况在现实生活中屡见不鲜。这就意味着,事物之间确实存在着比外部特征更为重要的联系,这就是其内部规定性。在家族成员中,便是像血液以及遗传等因素,这些因素来自于他们共同的祖先,正是这些隐蔽的内在因素通过文化的种种作用将整个家族成员联结到一起。从这个意义上讲,维特根斯坦的理论不仅未能从根本上动摇关于事物的本质论,恰恰相反的是进一步使之得到了加固。正如李普曼所说:"如果家族相似这种类比能够对游戏之间的联系方式作出某种解释的话,我们就应该设法揭示,尽管不同游戏之间存在着巨大差异,但它们却可能具有一种像遗传因素一样的共同属性,即便这种属性并不一定是它们的一种外部特征。"②

循此以进,我们关于究竟该怎样看待小说的现代革命,是否存在着一种"小说性"的规定性等这些问题的解答,也就有了一个可以参照的背景。必须承认,无论在当代中国还是欧美大陆,20世纪以来,以乔依斯、伍尔芙、海明威以及罗布·格里耶、博尔赫斯、马尔克斯、米兰·昆德拉等人的名字为标志的现代小说,不仅同《十日谈》、《一千零一夜》、《堂·吉

---

① [英]维特根斯坦:《文化与价值》英文版1946年部分。
② [美]M.李普曼:《当代美学》,邓鹏译,光明日报出版社1986年版,第253页。

诃德》等和《三国演义》、《水浒传》这些早期小说相去甚远,而且也已无法同以巴尔扎克、司汤达、左拉、福楼拜、托尔斯泰等人的经典小说同日而语。在经过了英国意识流小说、法国"新小说派作品"和拉美魔幻主义小说等对小说文体的此起彼伏的革命之后,我们的小说世界不仅花色品种更加齐全,规模和阵营更为庞大,而且其疆域也显得更加开放,以往那种难以用某个统一尺度来品评无数杰出之作的现象显得更为突出。如果说经典小说只是"小说",那么今天的小说则不仅早已同诗歌和戏剧等同类艺术结成联盟,而且也已开始与音乐、绘画、建筑等超门类艺术建立了邦交。但尽管这样,人们之所以仍然称这些作品为"小说"而不是"说小",意味着在某种参照系里,它们同其前时代的作品之间不仅有着共同的发生学背景,而且也存在着某种相一致的发展轨迹,这种轨迹清楚地借助于"真实性"概念而得到显示:无论何种流派和风格的小说,在遵循真实这一点上都无歧义。正是这种无可回避的历史继承关系,促使了当代法国著名小说家乔治·杜亚美讲出了如下的一番话:"文学中的一切革命仅仅是虚有其表,实际上实现的不过是进化而已。"①进化当然首先意味着某种变化的存在,只是这种变化并非将传统如敝屣般加以抛弃,而是一种有保留的扬弃。对于杜亚美的这番话,我们当然仍不妨持有异议,但有一点是应该予以肯定的,即作为一种艺术样式的小说,其形态特征的发展并不妨碍其拥有某种相对稳定的小说特征。契诃夫说得好:"那些被称之为不朽的作品有很多共同点,如果从其中每个作品里把这类共同点剔除干净,作品就会丧失它的价值和魅力。"②小说创作的各种规律由此受到人们的重视,它所反映出来的内涵便是使一部作品成为"小说"的"小说性"。事实告诉我们,正是这种特性的存在,为小说作品的推陈出新提供着成功的基础,并进而使小说的形态学研究不仅获得了可行性,而且也具有必要性和现实性。

---

① 见《法国作家论文学》,王忠琪等译,生活·读书·新知三联书店 1984 年版,第111 页。

② 见《契诃夫论文学·致友人信》,汝信译,人民文学出版社 1958 年版。

4

当然,更需要我们作出思辨的,并非是如何替小说形态学获取一张身份证,而是对这门学科的学科性质和方法、构架作出把握。但这种把握显然离不开上述分析。从以上所述来看,它虽然是一门侧重于小说作品的分类方面的描述性学科,但它显然不仅不能回避关于小说性质的界定,而且这种界定正是其赖以确立的理论前提。曼德尔鲍姆有言:"任何批评家的著作至少预先假定了一种不言自明的美学理论"①,它意味着当我们对某一事物的存在状态作出"是怎样"的认真回答时,总是自觉不自觉地以对该事物的内在特性"是什么"有某种程度的把握作为基础。深入地来看,这其实也便是小说形态学的理论价值的一个重要方面。20世纪中期曾经风靡一时,迄今余威犹在的结构主义运动,能够为此提供足够确凿的证据。众所周知,认为一个事物内部各要素的关系——这种关系也就构成该事物的结构方式——决定着该事物的性质,这是结构主义思想的核心观点。它的极端地注重形式忽略要素本身特点的倾向虽是片面的,但同时也为我们开拓了一条认识事物本质的新途径,它也因此而被人们视为一种"准哲学"。这十分清楚地向我们表明,任何关于事物内部结构关系的学科,不管其自觉与否,其实也都是关于事物本性的学问,因而或多或少具有某种本体论意义。小说形态学便是这样一门既具有实践论价值又不乏本体论色彩的中介学科,它通过对小说作品系统内部结构关系的把握,不仅能为涉足实际的创作——接受活动的作家、读者和批评家提供某种必要的参照系,同样也能够向殚精竭虑地试图对包括小说在内的整个人类艺术活动作出本体透视的文艺美学家们提供一个坐标图。所以,门罗指出:许多人发现,"学会寻找艺术形式和风格的复杂而细微的

① 见〔美〕M.李普曼:《当代美学》,邓鹏译,光明日报出版社1986年版,第256页。

区别以及认识艺术的主要类型与倾向,这不仅大大提高了他们对艺术的兴趣,而且也大大提高了他们对艺术的认识。"在小说范围内,这种提高无疑离不开对小说性质的了解。就此而言,使小说形态学与小说性质本体论相区别的,不在于它缺乏对小说特性的审视,而在于它并不把这种审视直接提取出来,浓缩在由几句话所概括的抽象定义之中,而是将这种审视的结果显影于对小说形式的具体描述里,以此来实现它所具有的独特的中介作用。

当然,事物的性质不仅仅取决于其各要素的组织方式,同样也受这些要素本身特点的制约。对后者的有意忽略,使得结构主义在完成它所承担的任务时功亏一篑。有了这个前车之鉴,托玛斯·门罗的话仍值得我们铭记:"审美形态学高度重视艺术的形式和要素这两个方面,注意它们的内在关系和相互影响"。① 但正是在这里,我们将面临第一个难点。譬如在一般意义上,故事被认为是小说的基本要素犹如意象是诗的内容要素,但叙事诗和诗体小说都拥有故事链和抒情意象,尽管两者在体裁上分别归属于两种不同的艺术类型。原因只能从具体的结构形式来考察。分析起来,无非是在叙事诗里,故事其实成了一个放大了的抒情意象,目的在于为叙事主体的抒情活动提供契机;与此不同,在诗体小说中,意象仅仅只是故事链的细胞组织,其功能在于替抒情主体展开叙事活动铺平道路。同样的要素在不同结构中处于不同的位置并进而产生出不同的组织形式,这使得它们的本体形态貌合而神离:叙事诗尽管叙事仍隶属于"诗",而诗体小说虽然不乏诗的情味和形式,却仍属于"小说"。从这里我们可以看出,一个事物的要素与形式互相依存,是同一种现象的两个方面,它们共同构成了该事物的形态结构。因此,当我们对小说形态作出把握时,只能从二者的互相作用中来考虑问题而不能偏爱一方。

但一切事物都处于运动状态之中,小说这门艺术虽然诞生不久,毕竟也有其发生学意义上的过去和现象学层面上的现在。因此,倘若要想对

---

　　① 此处所引门罗的两段话见[美]托玛斯·门罗:《走向科学的美学》,中国文联出版公司1984年版,第280、275页。

小说的基本形态有一个全方位的认识，对这门艺术的历时态的产生轨迹和共时态的结构形式的分析是不可或缺的。但这种分析常常也会陷入各种迷津之中，其聚焦点为各种艺术样式之间错综复杂的互相渗透和纠缠所分散。唯一能够帮助我们走出这座迷宫的阿里阿得涅彩线，仍然是小说与故事的关系。从《一千零一夜》里的那位美丽而聪颖的公主山鲁佐德终于通过讲故事而使自己免遭杀身之祸的故事中，我们清楚地看到，喜欢听各种故事实乃人类的某种本能，可谓根深蒂固。只要条件允许，我们多少会像那位坏脾气的君主卡里发那样，为一些闻所未闻的故事所吸引。正是从这种本能中所分泌、催化出来的一种特殊的需求，替小说的降生提供了必要的基础。所以，无论故事在现代小说家手中处于什么位置，它曾经受到历代小说大师们的膜拜却是事实，原因自然是由于故事对小说有着养育之恩。由于这位母亲的娘家是远古神话和传说以及民间歌谣和史诗，因此小说在历史上也曾经同这些文化现象有着密切关系。只是在今天，这种关系随着小说的发育成熟而日趋模糊，依稀可见的是它同新闻和历史之间的联系。这种联系不仅常常通过小说在题材上对各种奇闻轶事的垂青显山露水，而且也每每会绕道于当今小说在手法上对所谓"非虚构化"和"纪实性"的向往得到体现。这样，从人类远古神话到近代的新闻，它们恰好构成了小说形态在发生历程上的两端。如果说循着这条坐标线细心地前溯，我们将寻找到小说艺术的滥觞之源；那么跟踪这条发展轨迹的历史演进，将有助于我们更深入地了解小说的艺术特性。20世纪初，詹姆斯·乔依斯在向世人奉献出他的开风气之作《尤利西斯》的同时，在都柏林开办了第一座电影院。他以此提醒我们，讲故事虽然在历史上一度是小说家们赖以谋生的看家本领，但并不为小说所独占，影视艺术所采用的视觉动态媒介使它们在这方面较小说更具优势。因此，从它们崛起以后，小说倘若还想在艺术王国中继续占有一席之地，那就不能再仅仅依靠倒卖故事。立足于这里我们看到，一些现代先锋小说对传统小说形态的反叛，与其说是喜新厌旧，不如说是事出无奈。唯一可以责备的是，当他们从对故事内容的过分依赖变为对故事本身的抵制时，这种反叛事实上已有违初衷。小说作为一门叙事艺术的本体规定性，决定了现代小说对故事的某种冷落,不应该也不可能成为对人类爱听故事的本能的对抗,而只是为了将小说从影视艺术的文化围剿中解救出来。其具体措施则是"怎么说"故事,舍此别无他途。

5

从以上所述我们还可以发现,小说形态学对小说创作的发生历程的巡视,目的是为了对它的共时形态作出更为深入贴切的把握。在这中间,重点又在作为小说特性的"一般"而非"个别"上。这反映出小说形态学作为一门科学的固有特征,但它毕竟是一门文艺科学,其有别于其他自然科学的特殊性在于:后者虽然也从个别入手,但只有在它舍弃个别之后才真正进入实质阶段;而前者不仅从个别出发,而且停留于那些富有特征性的个别之中。用门罗的话来说,"审美形态学和动物、植物及分子形态学的区别在于它更注意单个的形式——每一件艺术作品"①,这乃是由于艺术从来就是以独创性作为其生命基础。这尤其表现在那些伟大的艺术家身上,他们不仅不重复别人,同样也不重复自己,总是在不断的超越和创新之中替我们开辟出一条充满生命力的审美航道,并由此论证出这样一个基本原则:在艺术中,一般"就是"个别,不仅仅是通过个别而表现出来。这势必要求小说的形态学研究若想有效地描述出小说艺术的基本结构,它就不能不注重于那些杰出作品的存在。正像门罗所说:"假如审美形态学在使人们对形式和风格产生一般理解的同时,又能提高人们认识和理解某一特定作品之独特本质的技能,那么它就会被看作是一门更加重要的学问。"②因为这种存在于个别之中的形式要素不仅仅体现着某一

---

① 见[美]托马斯·门罗:《走向科学的美学》,石天曙、滕守尧译,中国文联出版公司1984年版,第281、282页。

② 见[美]托马斯·门罗:《走向科学的美学》,石天曙、滕守尧译,中国文联出版公司1984年版,第281、282页。

具体作品的内容,同时也反映出艺术的某种基本特质。

但现代系统论告诉我们,以个别方式存在的现象并不是孤立的。小说尤其是这样。它是一个包含着宏观和微观两个方面的系统。在宏观上,小说不仅是一种艺术样式,而且也是一种文化形态,不可避免地同诸如宗教、科学、道德、政治等具有联系,具有一定的社会意识形态特征。在微观上,小说又是小说家以语言为媒介,以故事为构架所展开的具体操作的结晶。这决定了小说不仅有其独特的文本形态(这种形态使之具有物质肌质),也有其鲜明的文体形态,前者依赖于后者而存在。因此,正如神话传说、歌谣史诗和新闻历史等构成了小说的历时态坐标轴,文化、文本、文体三大形态则构成了小说共时态的基本结构图。这些方面最后又通过一定的叙事滋味和叙事风格体现出来,形成一个完整的艺术和审美形态,这种形态便是作为一种语言艺术的"小说"的外延和内涵。所有这些方面之间存在着什么关系?它们各自是怎样形成并且具有哪些特点?这些特点的一般变化又是什么?如此等等都属于小说形态学的研究范围,对这些问题的澄清,需要研究者付出艰巨的劳动。但这无疑是十分必要的。因为只有深入地弄清了这些问题,我们才有可能大致地描述出小说结构的形态特征,并由此而全方位地认识小说这门艺术的基本规定性。而只有当我们拥有了这些认识和把握之后,我们才能名副其实地成为小说世界的一名公民,才有资格去对日新月异的小说创作说三道四。

韦勒克说得好:"优秀的作家在一定程度上遵守已有的行为类型,则在一定程度上又扩张它。"①迄今为止的世界艺术史告诉我们,人类的审美实践是有其内在规律的,这种规律在对那些具有才华的艺术家的创造性作出鼓励的同时,也常常毫不留情地对艺术创作中的各种任性现象亮出黄牌。因此,围绕着对小说艺术规律的把握以及对小说创作经验的总结,各种小说理论纷至沓来,而如何理解作为一门语言艺术的"小说",便是"小说形态学"所要解答的问题。在以下的篇幅里,我将把自己对这一

---

① 见[美]韦勒克、沃伦:《文学理论》,刘象愚等译,生活·读书·新知三联书店 1984 年版,第 17 页。

问题的思索坦露出来。这样做只是为了对一位批评家的这番呼吁作出响应：文学理论只有在批评家们进行对话和争辩时才会繁荣，对话与争辩能防止我们自满地假定我们已经理解有关文学的一切。

第 一 章

小说形态的发生

第一节　小说的历时形态

小说的历时形态是一个动态结构,呈现出一条从无到有、从不稳定到渐趋稳定的发展轨迹。谈到小说的起源,人们会很自然地上溯到远古神话,并且指出它同史诗及英雄传奇等有密切联系。这在大体上并没有错。小说是叙事文学的一种样式,其起源和产生无疑同整个叙事文学的起步相关联。问题在于其中各个环节的具体联系究竟是怎样的? 它们又是如何培植、孕育了现代意义上的"小说"形态的? 不深入了解这些事实,我们对小说的发生也就谈不上有真正的认识。

1. 神话与传说

在人类迄今所创造的所有文化坐标系中,神话处于历时态轴的最顶端。它既是人类总体文化发展的产物,又是孕育其他文化形式的土壤,包括艺术在内的人类各种文化现象,在其诞生伊始,无不吮吸过它的乳汁。所以,当我们站在小说创作的绵绵长河的堤岸,试图溯流而上作一次寻根究源的跋涉，以便对这一艺术样式有一个更为深入的认识时，显然也就不能绕道而行。更何况神话与艺术之间的关系，较之其他文化形态要亲密得多。

意大利哲人维柯当年在试图创造一种系统的"想象逻辑"时，曾将人类文明史划分为三个不同时代，即：神的时代、英雄时代、人的时代。他认为，艺术是属于前两个时代的，倘若要想探究缪斯的真正起源，那么我们就只能返回到那个距今已十分遥远而且陌生的世界。只有在这个世界中，我们将发现艺术的起源与人的真正意义上的诞生比肩而立。维柯是在他那本《新科学》里说出这番话的，自那以后，他的这一思想便被后人广为传播。沿着前人所开辟的道路，不少有识之士又纷纷作了进一步的补充。在此特别值得一提的是德国哲学家恩斯特·卡西尔，他在其晚年撰写的总结性思想著作《人论》中，令人信服地批驳了那些使神话理智化，仅仅从认识论角度审视并解释人类这一原始文化形态的企图。他指出："神话是情感的产物"，"神话的真正基质不是思维的基质而是情感的基质"。这并不意味着原始神话绝对排斥任何条理性的现象，它有自己所遵循的条理，但这种条理更多地依赖于情感的统一性而不是逻辑的统一性；这也并不等于说它完全与认识论无关，恰恰相反，正体现了以"前逻辑"为机制的人类原始思维的最根本的特征，这种特征便是情感性。它体现出这样一种意识背景：自然界的一切生命现象都处于一种互相联系之中，它们超越时空，没有生的开端，也没有死的边界。这种背景构成了一个"生命一体"的信念，它支撑起了一个庞大的神话结构。在这个结构中，基于一种价值观和认识论的基础之上的情感冲动君临一切。这使得"神话兼有一个理论的要素和一个艺术创造的要素"，并敦促其从一开始就扮演起艺术奶妈的角色。聚集在它丰满的乳房下的，有音乐、舞蹈和文学，证据之一便是在整个叙事类文学体裁里，最早的一种就是神话类作品。在其中，我们可以读到关于世界的起源、天体的创造以及人类的诞生和发展等内容。

当然，在远古时代，各种艺术形态呈现出一种你中有我、互相交叉的情形，并不具有现代这种相对分离的格局。因此，对一般意义上的艺术文化的发生学探讨还不足以使我们真正触及到小说形态的本体生成。但从形态学的观点来看,不管故事在当代小说里是否仍将一如既往地受到宠爱,以及在小说的未来发展中,故事是否将最终被冷落和漠视,小说作为文学家族中的年轻成员,在其以往的发生发展过程中一直与故事相伴这乃是无可置疑的事实。在距今并不十分遥远的以往年代,所谓小说,本只不过是名正言顺地"说故事"。这一事实为我们把握小说形态的发生提供了一个良好的视点:在某种意义上,小说的发生也就是故事的传播方式的一次更新和调整。因此,沿着故事的历史发展轨迹,我们终将能够同步地探寻到现代小说的形态渊源。不言而喻,这个渊源的主要支脉是民间故事,根据著名英国人类学家马林诺夫斯基的研究,民间故事同神话和传说一起,是远古人类早期文化的三种基本形态。其中民间故事直接地成为现代小说的形态学胎盘,这清楚地表现在词源学上,法语、德语和意大利语在近代(文艺复兴)以前用以表示"小说"的词"Romance",源于中世纪的副词"romanice",意思是民间语言(不同于用拉丁语来写作、讲话的学者用语)。然而,由于当时整个历史发展尚处于一种混沌初开的蒙昧状态,充满着泛灵论和神秘主义色彩,而神话作为这种时代背景下的一个文化象征处于支配地位,因此包括民间故事在内的所有文化形态都不可避免地受到它的影响,小说所依附、归属的叙事文学的兴起自然也不例外。

概括地来看,神话对小说的历时态发生所起的推波助澜的作用,主要体现在如下几个方面。首先是媒介的选择。虽然用现代的眼光来看,至少那些古典小说可以被粗略地归之为"用语言讲述的一篇故事"。但细加追究我们可以指出,正如讲述一篇故事并非一定是采用语言(譬如,还可以用画面、姿势等视觉符号),反之也一样,采用语言也并不意味着必然述说一篇故事。换言之,在语言媒介与故事内容之间,不仅不存在以必然规律为前提的因果关系,恰恰相反,语言是思想的直接现实,作为人类基本交际工具的语言,其最初的动机是满足人们进行社会交流的需要,而不是传播故事。《圣经·创世记》中记载的那个著名的建造"巴比伦塔"的故事,点明了语言的本质不仅是思维的依托,同样也是社会的凝聚力。真正让上帝为之担忧害怕的正是人类通过语言而实现的齐心协力。但在现实中,语言的这种交际功能常常也是通过对各种故事的传播而实现的。

爱听故事是人的本能,正如现代的男男女女们仍然喜爱或坐在宽敞明亮的教室中,或坐在拥挤嘈杂的交通工具里,从师长朋友和书籍杂志里接受各种故事,身处远古时代的我们的祖先们,同样也会在其狩猎播种和祭典操练的间隙,忙中偷闲地用有声语言轮回地采集并扩散那些既让他们为之惊骇恐惧又使他们情不自禁地为之吸引的各类故事。故事就这样诞生于人类了解、认识世界的渴望与原本是用来运载思想信息的语言媒介的融合之中。但最早导致语言与故事联姻的却是神话。在解释神话的起源时,有一种别具一格的说法——"语言缺陷说"。它的提出者马克斯·米勒认为,我们称之为神话的,是以语言为媒介并据之得以传播的某种东西;实际上,神话是语言的某种基本缺陷的产物。语言的这种缺陷就是它的模糊性。例如希腊神话中太阳神菲玻斯追赶黎明达佛涅的故事,大地之神将达佛涅变为一株月桂树,这才将她从阿波罗的怀抱中解救出来。在这个神话中,起着决定作用的不是自然现象本身,而是由于希腊语中用来指称月桂树的语词与梵文中用来指称黎明的语词之间具有联系,而这又在逻辑上要求确认在这两个语词所指代的存在物之间具有同理性。米勒据此提出结论:"神话是必然发生的。如果我们承认语言是思维的外在形式和显现的话,那么,神话就是自然而然的了,它是语言固有的必然产物;实际上,神话是语言投射在思维上的阴影。"[①]

应该承认,如同卡西尔曾经指出的,在文化人类学已取得了长足进展的今天,再来回顾这样的观点似已显得不合时宜。一切文化形式归根到底都是人所创造并反过来为人服务的,是人不愿意盲目地听凭自然力量摆布的标志。而这一切又无不是人这种特殊生命现象的类本质在实践中得到确证的结果。只有沿此而进我们才能真正解开原始文化起源之谜。但尽管如此,我们之所以还要重新搬出米勒的观点,乃是因为它虽然不足以解释神话起源的社会心理动力,但能够提醒我们注意神话诞生的物质方面的条件。因为神话这种现象既非"纯"客观的"世界一",也非"纯"

---

① 见[德]卡西尔:《语言与神话》,于晓等译,生活·读书·新知三联书店1988年版,第33页。

精神的"世界二",而是波普尔所说的"世界三"。它的发生因而不仅有其主体心理方面的动因,同样也有其物质方面的依托。任何神话都产生于各民族的童年时代,它们之所以能世代相传,保存至今,应当归功于各种文化媒介。这些媒介,除了视觉系统的绘画、雕塑以外,再就是语言。所以,倘若说古代神话通过对故事这一同样古老的文化形态的促进、完善,而在客观上充当了孕育出现代小说样式的叙事文学的发生学源头,那么其中很重要的一点是开拓了语言的运载故事的功能。

当然神话的根本特质并不在于它是通过语言传播的,而在于它的内容方面。根据德国民族学家卡尔·施米茨的研究,每个民族的早期神话都借助于想象的方式回答这样三大问题:是谁用什么方法创造了世界?是用什么方法创造了人类? 是用什么方法创造了文化(譬如说语言文字、火、工具等等)? 它们可以被概括为三种起源,即宇宙、人类和文化的起源。基于这个原因,佩塔佐尼认为,几乎所有真正的神话都具有"起源神话"的性质。但由于原始人的自身条件的限制,他们的想象力只能孕育出一种超人力量来解释这种起源,这种力量被称之为"神"。"神话"的概念也由此而来。诚如有些人士所说的,顾名思义,这个概念也就意味着其内容主要是关于神们的故事。无需赘言,从现实世界起飞的人的想象,不可能完全克服现实的地心吸力腾空而起,神话中所展示的那些神界现象,归根到底是实际的人类世界的一种反映。但这种反映并非一枚现成采下来的果实,它本身曾经历过一个不断系统化的过程,表现在体例和规范上,便是从所谓"独立神话"向"体系神话"的演变。区别在于前者缺乏一种相对清晰、完整的神际关系,而要想系统地回答一切真正意义上的神话所面临的三项问题,实现其所承担的文化功能,缺乏这样一种关系是不行的。这种系统化的形成标志着一种因果关系的确立,因而只有通过这种故事之间的内在连贯性和一致性,我们才能得到有关宇宙、人类以及文化世界起源和产生问题的答案。基于这一点,认为"独立神话"较之"体系神话"更原始,后者属于"文明的神话"的观点①,确也有其一定的道理。

———————

① 参见谢六逸:《神话学 ABC》,上海书局 1928 年版,第 70 页。

在这种更高级的神话形式中,整个神话由无数的神话故事所组成,这些神话故事系列围绕主神的确立以及一个神族世系的诞生而展开。以发展得最为成熟的属于爱琴海文明的古希腊神话为例,主要的神话故事中依次涉及第一代神界主宰乌拉诺斯(天空)的出生,以及他与其母盖娅(地母)结合后生下六男六女十二位天神,外加三个独眼巨怪和三个百手巨怪的故事等等。这些角色组成了第一代神界,尔后乌拉诺斯被自己的儿子克洛诺斯所阉割,后者又与其胞妹瑞亚结合生下六男六女,宙斯是他最小的一个儿子。虽然克洛诺斯害怕重蹈其父的覆辙,瑞亚生一个他吞吃一个,但最终仍未能如愿。随着宙斯的顺利出生并长大,克洛诺斯的统治被推翻,至此奥林匹斯神系就宣告形成。这个神系同样也由十二位天神组成,所不同的是,其中有六位与宙斯同辈,六位为宙斯的后辈。从这种勾勒中,我们不难发现一种不仅丰富而且相对绵密的想象逻辑,没有这种能力,很难设想能够将如此纷繁的头绪从容有序地纳入一个共同的格局之中。

所以,神话的发展在很大程度上也可以视作人类的叙事能力的进步。这不仅指"说"故事的能力,同样也包括"编"故事的能力。兼具这两种能力的古代神话在其内容的情感性的作用下,本身便成为叙事艺术中最古老的一种形式是十分自然的。因而从这个意义上,认为神话不仅是人类艺术起源的摇篮,同样也是小说这门叙事文学的源头,也未尝不可。但神话与小说的血缘关系也只是仅此而已。因为神话形态虽然本身也是故事的一种,但毕竟有别于一般意义上的故事,它作为对人类远古时代所发生的各种现象的超自然的解释,让人感到神圣,受到人们普遍的敬畏,其功能主要在于强化人们之间与传统的联系。所以,虽然我们承认神话具有艺术的发生功能,尤其是对叙事文学的产生具有重要意义,但必须明确的是,就其本身而言,"神话不是一种单纯的叙述,不是一种科学,也不是一门艺术或历史"。① 因而,从艺术形态学的观点来看,在神话与早期叙事

----

① ［日］大林太良:《神话学入门》,林相泰、贾福水译,中国民间文艺出版社1989年版,第31页。

文学(诸如史诗)之间,还应该有一个中介环节,这便是传说。

传说与神话一样,属于人类早期文化形式之一,因而在某些场合,二者常互相联结在一起使用。但现今大多数研究人类早期文化的学者都倾向于将二者区别对待,他们注意到,很重要的一点区别在于:"传说"所叙述的事件已不是发生在开天辟地的远古时代,而是发生在这个时代以后的一段时期。这意味着"传说"的内容较之于神话要接近"人界",是人类历史的一种早期形式(不同于正式的历史记载)。所以,同神话相比,传说少一分神圣性,但多了一些世俗感。一个突出的例子是希腊神话系列中的关于超人赫拉克勒斯的故事。这位超人虽然最后得以荣幸地升入神界,成为青春女神的丈夫(这是对他帮助诸神最后战胜巨人神的奖励),但就其出生而言,他却是神与人结合的产物,最多算是一个半神半人。他是奥林匹斯神话系中最后的一位神,也是爱琴海文化的米诺斯文明圈中的第一人。围绕着他的故事其实也已是标准的神话故事的尾声和真实的历史记载的序幕。其标志之一,便是同出现在这个故事之后的伊阿宋乘阿耳戈号船远征喀尔科斯去猎取金羊毛的故事相比,关于赫拉克勒斯的故事在结构上显得散漫,后者更具内在的一致性和连贯性。而这种形式的差异同样也反映出内容上的不同:赫氏的故事中神的形迹更多些,在金羊毛故事中,世俗生活的气息显然更浓。这虽然还不足以成为一切传说都在时间上迟于神话的证据,但多少可以表明神话与传说这两种人类文化早期形式之间的某种关系。换言之,传说在客观上充当了神话故事普及化的桥梁,而在这过程中,世俗的人间的因素被大量地注入了。考虑到作为叙事类文学的年轻成员的小说,它在内容上所表现出来的鲜明的世俗性,我们有理由在探究小说形态的历时发生时,给"传说"以相应的地位。倘若我们沿此以进再深入下去,便会发现传说对叙事文学(小说)的影响实在有其自身的历史发展的因缘。对此我们得从"传说"与"故事"的关系谈起。

正如神话不同于传说,传说也有别于一般意义上的故事。根据日本著名民俗学家柳田国男的见解,二者主要有三方面的差异。首先,传说总是以接受者的相信为基础,而故事则不然。故事往往以"据说……"开头,言外之意是讲述者对内容的真实与否不负责任。但传说总是在相信传说内容的人之间传播。其次,故事中不要求有可供验证的纪念物,而传说必然存在一个纪念物,有时间、地点等成为传说的发源地和信息源。传说以此来巩固自己的可信性。再则,故事的讲述比较定型,但传说却可以很自由,具有一定的可变性。显然,正是传说与故事的这种差异,使得人们视二者为两种不同的文化形式。当然,这并不意味着彼此不具有密切的联系,相反,强调区别的原因是因为二者在形态上十分接近,即都属于"故事系列"。这种接近便导致"在人们以讲故事取乐的夜晚,有把当地的传说拿出来讲的;反过来,在讲述传说的晚会席上,也有把故事搬出来说的,于是,这两个本来就不大好分的东西,又互相干扰,互相受了'串儿'。"①其结果是形成一种新的故事系列,即既不同于标准传说,也有别于一般故事的故事。一般的故事是迎合人们娱乐、消遣的需求的,富有趣味性但缺乏可信性。标准的传说恰好相反,它与神话相比虽然不再有那种神圣性,但内容大多仍比较严肃。这同听众的接受心理有一定的抵触。"人们对每每重复地被讲来讲去的古老传说,逐渐淡漠下来,而要求能听到一些新奇的或引人发笑的话题"。② 这种状况无疑不利于"传说"的继续被传说。为了改变这种态势,传说也就逐渐被加入一些笑料,经过改装。这就促使传说与故事更为接近,日本民间一些著名传说,像《落斧潭》、《织布潭》、《蟹滩》、《老和尚井》、《萝卜河》、《宝巾》等,都程度不同地存在这种变化。后人凭借想象对旧的传说进行发挥补充发展,使之趋于娱乐性与可信性相结合,成为一种新的故事类型。从现代小说同样强调这两个特点(既要求"真实",又讲究"有味")来看,传说在小说形态的历时发生过程中的作用无疑不应忽视。从这个方面讲,柳田国男在其所著的《传说论》中提出的,"传说是架通历史与文学的桥梁"的说法是能够成立的。因为"传说"多少具有"野史"的某些功效特征,它的许多故事显然最终难以入史,但毕竟有别于捕风捉影地谈神说鬼。它不仅与神话一

---

①　[日]柳田国男:《传说论》,连湘译,中国民间文艺出版社 1985 年版,第 27 页。

②　[日]柳田国男:《传说论》,连湘译,中国民间文艺出版社 1985 年版,第 11 页。

样反映着我们祖先的种种信念和愿望,并且使这种愿望更加接近于我们的世俗生活。因此在作为现代小说之源的叙事文学的历时产生过程中,它具有与神话不相上下的影响。当然,这种影响并不是超越于神话之外而起作用,它常常表现为借神话之力而与之共同对后来的叙事艺术产生影响。一个突出的方面是对真实性的强调。正如斯德哥尔摩大学教授霍尔特克茨所指出的,"神话"的本质特性"神圣"性,事实上也就意味着一种"真实可信"。而后者也正是传说的基本特点:"神话由于它本身具有神圣性,所以它是真实的,传说传述的是人们信以为真的事情,所以它也是真实的。而故事仅仅被视为或许含有某种真实性。"①如果说传说的较之于故事的相对稳定性使其面临一种接受方面的"增熵"的阴影,那么纯粹编造出来逗乐调笑的故事则同样也由于其"不可信"而常常被人们所轻视。日本学者柳田国男根据他对日本民俗的调查发现,在文化史上,"讲故事显得衰竭得快且不上路,而传说则总有些生机,很有长久存在下去的趋势。"②只有沿此而进,我们才能真正理解"小说起源于神话"这一著名论点所蕴含的理论意义。因为作为现代小说的父体基因的故事,虽然在其漫长的演进和发展过程中曾经不可避免地接受过神话和传说的馈赠,但其本身并非这两种人类早期文化形态的派生物,而有其自己的发生学源头,这个源头就是民间故事。日本玉川大学教授滨田正秀发现,西语中"'叙事文学'一词(epic)来自希腊语'故事'(epos)和'传说'"③,这表明民间故事同传说一样有着悠久的历史。苏联学者波斯彼洛夫在对维谢洛夫斯基提出的"文学艺术起源于古代仪式歌舞"这一见解作出补充时也谈道:"民间故事是同仪式歌舞与哑剧同时存在和发展的,甚至可能出现得比它们更早。"他认为没有理由否认"民间故事是一种体裁形式"。④

---

① 见[日]大林太良:《神话学入门》,林相泰、贾福水译,中国民间文艺出版社 1988 年版,第 40 页。

② [日]柳田国男:《传说论》,连湘译,中国民间文艺出版社 1985 年版,第 27 页。

③ 见[日]浜田正秀:《文艺学概论》,陈秋峰、杨国华译,中国戏剧出版社 1985 年版,第 59 页。

④ 见[俄]波斯彼洛夫:《文学原理》,王忠琪等译,生活·读书·新知三联书店 1985 年版,第 302 页。

但这种民间故事在进一步向现代形态的小说发展时,却不得不与神话传说携起手来。因为小说作品一方面必须具有生动性,另一方面也得具有可信性。从当代小说围绕虚构和纪实而产生的冲突中所体现出来的真实感和可读性的张力平衡中,我们显然不仅可以看到古代民间故事的踪迹,而且还能发现神话和传说的幽灵。在某种意义上,当代小说对艺术真实的追求,不啻是古代神话和传说的一种文化上的隔代遗传。

2. 史诗与歌谣

史诗虽然与神话、传说一样,都是人类远古时代的文化现象,但它同时也是一种文学体裁,是叙事文学最早的一种形式。而"神话作品在各民族的精神文化发展过程中,仅仅是'前艺术'"①。从神话向各种艺术门类转换过渡的中介环节之一是史诗。在内容上,史诗仍然反映着神的活动,但此时它的重点已不在解释宇宙和世界的起源而在于表现人类社会的各种矛盾冲突。人与自然的关系已悄悄地在很大程度上为人与人的关系所取代。史诗在时间上后于神话而产生,表明它是人类历史上氏族—部落时代向阶级社会过渡时期生活的反映,神的介入只是那个时期的各种部落领袖之间争夺的文化背景而已,其作用在于表现他们的各种英勇之举,因为他们身上凝聚着一个民族、部落的利益。所以史诗又称"英雄史诗",这是那个暴风骤雨般的时代的充满残酷而激烈的斗争生活的历史的缩影。历史本身将人们置于一种阔大壮观的场景之中,促使他们上演一幕幕令后人惊心动魄的正剧。宏伟巨大且具有民族性和历史感的生活内容和庄严崇高的叙述风格,二者构成了"史诗"这种叙事文学体裁的基本特征。所以,史诗在内容上虽然多少还残留有神话和传说的种种胎记,但就其形态而言,它已开始另起炉灶自成格局,这种格局对于现代小说形态的发生有不可抹杀的意义。

---

① 见[俄]波斯彼洛夫:《文学原理》,王忠琪等译,生活·读书·新知三联书店 1985 年版,第 314 页。

　　史诗对小说形态的贡献首先表现在形式方面。这也可以具体地划分为几个侧面，其一是使叙述的过程本身具有重要性。席勒在 1797 年 5 月 21 日给歌德的一封信中谈道："史诗诗人的目的就在把握运动的每一点中；因为这个缘故，我们不是没有耐心的奔向目标，而愉快地停留在每一个步骤上。"正像凯塞尔在分析这句话的含义时所指出，"愉快地停留"至少包含两层意思：一是强调了史诗的作者作为创造主体而存在的意义，"叙述者是一切史诗文学不能否定的条件"；二是由此而造成整个说故事的过程成为一种富有表现性的行为。在某种意义上后者较前者更为重要，因为无论在神话还是在传说里，故事虽然都是借助于语言媒介"说"出来的，但"说"本身仅仅是手段，"怎么说"并不重要，听众所关注的是"说什么"。能指与所指（手段与意义）的这种分离关系表明，这两种文化形态所蕴含的审美价值是不自觉的和稀薄的。而当史诗将整个叙述过程作为"说故事"这一行为的一个重要方面来考虑时，事实上它已帮助确立了一切叙事文学最基本的形态建构手段——即作为一种艺术表达方式的叙述（区别于符号学意义上的"陈述"和媒介分类学层面上的"演述"）。所以凯塞尔提出："在史诗中叙述帮助世界的创造。它对要叙述的世界的特性努力调和一致：只有语言形态的问题，世界是怎样构成的，才能指导可能出现的种类问题。"①史诗的这一特点对小说具有决定性意义，因为小说本体形态并不是说什么故事，而是如何说故事。这种方向性的开拓现在看来滥觞于史诗，其具体做法是绘声绘色，补充进大量的细节和插曲。如在《奥德修记》里，古希腊人的"智多星"奥德修在听了乐师谛摩多科的说唱之后表示："谛摩多科，说真的，我比任何人都更欣赏你，我不知道教你唱歌的是天帝的女儿缪斯还是阿波罗，你所唱的关于阿凯人的遭遇的歌是非常正确、非常好的；你述说他们的功绩、经历和苦难，简直像你当时在场或听人讲过的一样。"这番话其实同样也可以看作是史诗作者荷马本人对史诗中的说故事与一般故事集的区别有清醒的认识。从中国

---

　　①　[德]沃尔夫冈·凯塞尔：《语言的艺术作品》，陈铨译，上海译文出版社 1984 年版，第 464 页。

小说的历史发展过程来看,从民间故事到小说,同样存在一个由重说"故事"到重"说"故事这样一种转变。如绿天馆主人在《古今小说序》中称,宋高宗做了太上皇后不再亲自理政,而"喜阅话本,命内珰日进一帙"。于是"内珰辈广求先代奇迹及闾里新闻,倩人敷演进御,以怡天颜"。元人罗烨在《醉翁谈录·舌耕叙引》里总结中国古代话本小说的创作特色时也指出,关键不在于内容的寓意是否深刻,而是"靠敷演令看官清耳"。这里的所谓"敷演",用今天的话来说,也就是"怎么讲"故事,具体表现为"讲论处不滞搭,不絮烦,敷演处有规模,有收拾,冷淡处提掇得有家数,热闹处敷演得越久长"。这与西方史诗的发展趋向是一致的。

史诗对小说形态在形式方面的贡献,还表现在由口头表达向书面文字表述的过渡上。这里必须明确的是,史诗在其诞生伊始仍是以口头方式传播的。这是它来自于神话和传说的标记,后两种文化形式都以口头语言为传播媒介。史诗作为这两种文化形式的直接继承者,一开始不可能不承袭这种传播方式。这从上面提到的《奥德修记》的例子中便可以看出,乐师谛摩多科是面对一群听众而不是读者讲述他们的先人阿凯人的遭遇的。所以凯塞尔指出:"史诗的原始的局面是:一个叙述者对一群听众叙述某件发生的事情。叙述者的立场因此是面对听他叙述的人。"[1]一般说来,口头文学诉诸人们的听觉,而书面文学作品则诉诸视觉,即它们是被"看"(读)的。问题不在于这种接受渠道的差异,而在于由这种差异所标志的接受方式的不同,进一步导致了两种文本的区别。这就是,对口头文学的知觉通常是集体性的,这种集体性既表现在接受方式上(当乐师谛摩多科讲述他的故事时,在场的听众可能不止一个人),同样也表现在内容上包含着一种趋向于集体性的某种东西。与此不同,对书面文学作品的接受既是个人的,而且也是隐秘的和个人性的。因此,"书面文学的发展和它对口头文学的排斥,不单是同这些外在的状况相联系:如文字的发明,然后书籍的出版,文化的传播;而且还同这些深刻的社会过程

---

[1]　[德]沃尔夫冈·凯塞尔:《语言的艺术作品》,陈铨译,上海译文出版社1984年版,第464页。

相联系:在越来越广泛的文学艺术价值消费者的范围内,个性性质的形成和发展"①。经验早已表明,在口头文学中难以表述的内容(由于受到集体的"公众性"的限制),在书面文学中可以最大限度地得到表述,书面语的个体传播—接受方式为文本内容的个人性和隐秘性提供了物质方面的保障。而后者恰恰正是小说文本的基本特质,它制约着其形态的本体建构。这显然是同史诗格格不入的。如前所述,史诗的内容是全民性和集体性,用黑格尔的话来说,"史诗的内容是发生某一个别动作的那个世界的整体。"凯塞尔敏锐地看到了这一点,所以他特别在其《语言的艺术作品》一书中强调指出:"全部世界在崇高的声调中的叙述叫做'史诗';私人世界在私人声调中的叙述叫做'长篇小说'。"但问题在于,史诗的表达毕竟开始了从口头语向书面语的转换,这既是诗最终不仅从内容上而且也从形式上摆脱神话传说的契机,同样也为后来的小说形态提供了一种土壤。所以,玛克斯·德索曾经力排众议,指出:"当我们转向各种史诗,主要从语言的观点来重新考虑它的时候,我们必须从那种已经过时的看法——说它(史诗)是用以口头朗诵,用以让人听的——中解脱出来。实际上,它是写出来让人去读的。这样形成的语言描述便是我们所考虑的对象。"②对于德索这一结论的最有说服力的证据,是荷马史诗《伊利亚特》和《奥德赛》,它们不仅均有文字形式,而且其魅力主要地也是从文字折射出来。这同样也可以从我国古典小说的历史发展得到呼应。根据现代一些学者的研究,我国的文言脱离口语只用作书写手段,迄今已有近两千年的历史。最初的文言虽然也由当时的口语润饰精炼而成,但它在成为一种书面语之后便形成了自己的特点。同白话相比,文言显得意味深长,语义丰富,且具有文化上的暗示性。中国的小说虽然直到唐代开始才在文学史上获得地位,并且随着文体的解放,白话文进入小说创作领域而得以发展,但在本质上仍受到文言的影响,这不仅表现在历时态上,白话

---

① 见[苏]莫·卡冈:《艺术形态学》,凌继尧、金亚娜译,生活·读书·新知三联书店1986年版,第348页。

② 见[德]玛克斯·德索:《美学与艺术理论》,兰金仁译,中国社会科学出版社1987年版,第354页。

小说起步晚于文言小说(如中国白话小说史上第一位重要作家冯梦龙,便是采用文言来写作的),而且也表现在共时态上不断地有一些作家的作品表现出对文言的向往。用萨丕尔的话说,也就是"往昔的鬼魂偏爱遥远的过去,在文学家每走一步时都缠着他"。但这种纠缠,与其视之为一种复古的雅兴,不如认为是书面形式对小说形态的本体生成有重要影响的一种回声。它可以被简要地归纳为这样一条轨迹,即:说话——话本——小说。从中国古代小说的这个发展历程中,我们可以清楚地看到书面语对小说形态生成的重要意义。

从重视语言表述的行为过程到逐渐以书面语代替口头语,史诗完成了它的本体建构。形式的改变不可能不带来内容方面的相应调整和催化。这种调整除了更加切近远古氏族部落向阶级社会过渡时的那种实际生活矛盾之外,也表现在故事内在格局的进一步完整上。如果说,神话中的故事虽然初具体系但仍显得散漫,传说中的故事形态比较起来在完整性和系统性方面有了长足的进展,那么史诗中的故事在这方面不仅有了新的强化,更重要的是它已不再满足于仅仅以充当历史的补充为己任,而是引入了一定的虚构机制,自成体系地建立起自身内在的完满性。换句话说,"在一个史诗的伟大形式中,一个世界被叙述出来,一个丰富多彩的世界"。通过对这个世界的仔细审视可以发现,有这么三个元素"创造了世界并且因此表现史诗形式的构造元素:那就是'人物'、'空间'和'发生的事件'"。① 它们在不同的程度上参加了史诗世界的创造,譬如《伊利亚特》,它在本质上是反映希腊联军攻打特洛依城邦的十年战争生活,这场战争作为一个整体事件构成了这部史诗的核心。在这个意义上,我们似乎可以称之为"事件史诗",当然其中同样不乏性格分明、形象清晰的各种人物,像既粗暴又温柔的阿喀琉斯和一度专制独裁最后仍接受了民主治军的联军总司令阿伽门农等;也不乏供这些形象和人物驰骋表演和登台亮相的空间。而同《伊利亚特》相比,几乎与之同时出生的《奥德赛》

---

① 见[德]沃尔夫冈·凯塞尔:《语言的艺术作品》,陈铨译,上海译文出版社1984年版,第464—472页。

似乎可以被视为"人物史诗",这不仅因为后者主要以希腊军队的主要智囊人物奥德赛,在终于结束了那场历时十年的战争之后又耗费近十年的时间历经曲折备受磨难地返回家乡的经历作为主体,更是由于叙述都通过这些事件所着重刻画的人物奥德赛,其性格特征比阿喀琉斯和阿伽门农等显得更为深刻。正如凯塞尔所说,当我们读《奥德赛》这部作品时须十分小心,不要太把奥德赛作为丈夫、父亲和大地主来看待。"谁要是在长时间之后重新阅读《奥德赛》,他就会惊异,那个大家或多或少从这作品中所获得的形象和真正的作品是多么地不相符合"。至于史诗的第三个类型"空间史诗",我们似乎可以但丁的《神曲》作为代表。在这个作品中,作者通过地狱、净界和天堂三大空间成功地建构成一个独特的艺术世界,来反映某种人世生活的形态。尤其是第一空间"地狱","它的世界充实毫无疑问地和真正地是史诗的部分"①。作这种区分只是为了能够更加清楚地对我们称之为"史诗"的作品进行一番审美解剖学意义上的分析,以此证明"人物、事件和空间是三个实质,史诗的世界用它们来构成"②。当然,在这三大要素之中,事件相对地具有更为突出的作用,它是史诗形态的结构肌质。表现在上述几大史诗中的实际情形正是这样:在《伊利亚特》中,人物依照事件来安排;《奥德赛》则恰好相反,事件依照人物来展开。问题不在于事件的这种重要性,而在于事件自身的自足性。以《伊利亚特》为例,新的研究结果告诉我们,统率这部作品结构进展的是阿喀琉斯从女俘分配不公而愤怒出走,到为朋友巴特罗克罗斯复仇而归队帮助联军攻克特洛依城这个事件,这个事件不仅使作者能够生动地描写人物和依靠各种纵横向的关系来展示广阔的历史空间,而且构筑起了一个独立的生命世界。在这里,事件本身的起落使作品获得了开头、中段和结尾,从而具有一种完整性。由于这种完整性,我们不再把目光投向作品之外的那个实体,作品本身就具有一种"准实体性",它成为一种"世

---

① 〔德〕沃尔夫冈·凯塞尔:《语言的艺术作品》,陈铨译,上海译文出版社 1984 年版,第464—472 页。

② 〔德〕沃尔夫冈·凯塞尔:《语言的艺术作品》,陈铨译,上海译文出版社 1984 年版,第465 页。

界三"的存在。不言而喻,这种审美心向和阅读期待,是任何现代意义上的小说鉴赏所赖以进行的前提。从符号学的观点来说,倘若小说文本是一种艺术符号的话,那么这个符号是没有所指的一种特殊符号(就"所指"是超越能指之外的对实物世界的联系和瞄准而言)。在这个符号体中,所指被切断了与外界的联系。这正是那些推崇实验小说的作者们竭力反对在小说中搞对号入座的原因所在。这种观点当然有其坚实的理论依据,但就发生学方面来看,小说文本的这种非指称性显然来自于史诗。

但如前所述,史诗虽然来自于神话传说,但在实现文体转换之前,它最初是以口头作品的方式存在着。古希腊两大著名史诗也不例外。有证据表明,它们最初出现于公元前 9 世纪和前 8 世纪,以口头的方式被一些游吟诗人传播,直到公元前 6 世纪才由荷马用文字记录下来并作了艺术加工,成为流传至今的规模样式。因此,在神话传说与史诗之间,同样有一个中介环节,这便是"歌谣"。神话和传说属于"前艺术",史诗是艺术的一个品种,两者的区别就在于前者不仅并非为审美的目的而创作,而在内容上主要以实用的非审美的为主。作为过渡的歌谣开始了这种转变,它虽然不像史诗那样以审美因素为主导,但已明显地加强了这方面的内容。所以,歌谣成了史诗在形态上发生转换的一个前提。根据俄国著名民俗学家维谢洛夫斯基的研究,虽然在远古时代并没有完全自土的义学体裁,但作为其总的源头的萌芽已经出现。这些不同的艺术形态(如诗、小说、戏剧)都是从仪式歌谣中产生。因为歌谣是一种综合的艺术形式,它一方面具有故事内容,并以吟诵歌唱的方式将这些内容表达出来;另一方面也具有一定的表演性,这种表演动作通常是由作为背景的合唱队员们来实施的。这样,从这种综合的歌谣中就分化出语言艺术三大基本种类的原始形态,对小说这一支脉而言便是史诗,最初,它是以叙事长诗的方式出现的,这种长诗无疑萌发自歌谣中的叙事部分。通常它是由指挥合唱队的领唱者为主得到表述,其内容大都为赞美本部落和氏族早期涌现出来的一些英雄的业绩。这样,独唱歌手的诞生和英雄事迹的传颂,这两大特征便为史诗的创作主体的出现和反映整个部族的历史命运提供了条件。从这个意义上讲,虽然我们不能像维谢洛夫斯基那样,将叙事文学的起源仅仅归之于原始仪式歌谣,但在探讨小说的历时发生时,应当看到歌谣的功不可没。如果没有它作为中介,史诗的缘起就会受阻;而缺乏史诗作为先声,一部小说史就得改写。但古代歌谣对于小说形态在发生学上的贡献并非仅此一端。除此之外,这一文化形式还直接介入到叙事艺术的发展过程中,通过对民间故事的文化渗透而对现代小说的产生起到一定的影响。这主要表现在叙事长诗上。这一叙事形式以书面语为媒介,不仅对史诗的"战略"性转换产生过影响,同样也对民间故事的演变发生过作用。如前所述,民间故事虽然是与现代小说最为接近的母本,但彼此之间仍具有质的区别,这种区别就在于文体形式上。一般来说,"民间故事是口头作品,而小说是书面作品"①。这种差异规定了两者在审美价值上的粗野与精深之分。曾经充当过这个中介的媒体便是叙事长诗。因为虽然叙事长诗本身萌芽于古代歌谣,但在它正式自立门户后却是一种文字化的文化现象。例如,"当古希腊的民间口头的歌谣长篇史诗被记录下来的时候,它们开始被称做叙事长诗。"②只是由于这一点,我认为我们在探讨现代小说的艺术发生对,不能忽略了巴赫金的见解。他在分析陀思妥耶夫斯基小说的文体特点时曾顺道提出:"小说体裁有三个基本来源:史诗、雄辩术、狂欢节。"③所谓"狂欢节"指的是"仪式"和"歌舞",这种现象不仅是西方文明中一种古老的民间传统,而且也是一种独特的文体现象,它容纳着歌谣和叙事诗,也容纳着戏剧和表演。所有这些,对现代小说的形态生成都具有一种潜移默化的影响。

3. 新闻与历史

对小说形态作历时态考查的目的,是为了全面地了解这门艺术样式

---

① 见[苏]波斯彼洛夫:《文学原理》,王忠琪等译,生活·读书·新知三联书店 1985 年版,第 306 页。

② [苏]波斯彼洛夫:《文学原理》,王忠琪等译,生活·读书·新知三联书店 1985 年版,第 308 页。

③ 见[苏]巴赫金:《陀思妥耶夫斯基诗学问题》,白仁春等译,生活·读书·新知三联书店 1988 年版,第 159 页。

的起源和发生，以便在此基础上能够更好地掌握它在当代和今后的创作实践中的发展规律，深入地认识它的特点，这不仅对于批评家和理论家，对于小说家同样也不无裨益。

这种考查总是同发生学美学联系在一起的。沿着小说在历史上绵延变革的涓涓细流进而上溯到它的源头，我们看到那是一个由神话和传说、歌谣和史诗等远古精神文化形态所构成的综合性的结构，其中史诗又处于一种承上启下的位置。但现代意义的小说毕竟是以同史诗的分道扬镳正式开始其历史航程。虽然在某种意义上，包括小说在内的叙事性散文艺术可以被视为史诗的养子，但正如现实中孩子们的成长总伴随着他们的父母们的日趋衰弱，当小说这一年轻的文学种类终于如旭日一般在近代历史之巅冉冉升起时，史诗这个一度风靡人类早期社会的文学样式却已无可奈何地成了黄昏的太阳，而一手导演了这幕悲喜剧的便是历史。黑格尔指出，史诗虽然有别于神话，史诗中的英雄也不同于神话中的诸神，但它毕竟依赖于神的光辉的庇护和笼罩。但当历史进入近代以后，诗人们发现他的世界作为"依照经验而认识出来的现实"，已经变成既没有神话也没有奇迹，不再有供那种代表全民族的英雄们表演的舞台，轰轰烈烈的生涯也逐渐随着各种社会格局和民族生存环境的确立而消失殆尽。用一句话来概括：世界已由"公众的"变为"私人的"。置身于这个世界的诗的听众们自然也相应地转而以个人的方式出现，人们所关心的是人的私下的经验。长篇小说便是在这种消费背景下应运而生的。当然，从这个体裁对叙述形式的生动性和叙述内容的自足性的更进一步的讲究和追求上，我们仍不难发现它与史诗之间的血缘关系。但作为叙事文学中两个基本的品种，小说毕竟不是史诗的改装或重版，而是一种新的文学样式。这个过程当然也受到其他一些文化形态的影响，其中最具代表性的首先是新闻。

小说与新闻之间的关系看上去似乎有点不可思议：在通常意义上，小说推崇的是虚构（故英文中小说的现代术语之一 fiction 便有虚构之意），而新闻注重的是反虚构，二者针锋相对。然而暂时撇开这种定义上的咬文嚼字，我们也能看到小说与新闻之间常常互有往来。翻开一部世界小说发展史,不止一位伟大的小说家曾经效力于新闻部门,单是美国就有马克·吐温、欧·亨利、海明威等人。在美国当代更为年轻一些的作家中,记者出身的就更多,如杜鲁门·卡波特、梅勒、麦金尼斯、威尔士等。海明威在回答乔治·普林浦敦的"你愿建议年轻作家从事新闻工作吗?"这个提问时明确表示,"新闻工作不会损害一位年轻的作家","这对他是有帮助的"。这种帮助至少表现在两个方面:素材的掌握和文字的操练。小说是人生经验的提纯,这种经验虽然既可以通过对某种生活内容的深入咀嚼品味来获得,也可以借助于对各种生活现象的涉猎亲历来汲取(前一种经验很大程度上依赖于细腻的感觉和丰富的想象,而对于后者更多地需要丰厚的阅历)。但唯有见多才能识广,一切人生经验最终总是建立在各种人生经历上。离开了具体感性的生活素材,小说家对经验的表现便无从说起,而缺乏同现实世界的直接接触,一个人对作为创作素材基础的各种生活现象的了解同样也只能是一句空话。作为一种文化职业的新闻,显然有助于作家在这方面占据某种优势地形。记者生涯的那种吉卜赛人式的出入各种场合混迹各档社会,同三教九流为伍,既与国王总统也与骗子流氓称兄道弟的职业特权,无疑能够使他在人生经历上得天独厚地获取常人所无法取得的报酬。除此之外,新闻报道的文字虽然不像纯文学作品那样讲究修辞,以崇尚简朴自然著称,但对于一位小说家来说,这一特点恰恰是十分重要的。正如一位优秀的音乐大师只有在首先学会准确地辨别各种音符的基础上才能够娴熟自如地创作出各种黄钟大吕之作,那些真正富有魅力的语言文句也总是从准确朴实的记述中提炼出来的。而准确朴实正是那种不失为一种风格的富丽堂皇同令人厌烦的堆砌辞藻之间的本质区别之所在。就此而言,一个作家从写新闻报道入手来练习写小说的语言功夫,如同一位油画家从素描开始对色彩交响乐的追求,实在同出一辙。因为小说文本的肌质是语言,小说中的一切信息都是通过语言而表现出来,要使文本有分量,说到底就必须首先使构成文本的每个词有分量。新闻文本的基本要求便在于此。这一要求能够促使作者学会如何去珍惜每一个词语,使之发挥出最佳的效用。

单凭以上两点,已足以使小说家对新闻事业发生兴趣。倘若我们沿此而进再作深入一步的探究，便将发现仅仅以上述分析来把握小说与新闻的关系，多少仍显得失之肤浅。这种关系其实还要深刻得多，其中之一是小说与新闻在选择素材、建构文本方面，都对"新奇"性抱有某种偏爱。这种偏爱在新闻那儿是显而易见的。所谓"新闻"，顾名思义也即是"新鲜"之"闻"。"新"是不可缺少的，但在其背后垂帘听政的却是"奇"。不妨以人所共知的"狗咬人不是新闻，人咬狗便成新闻"为例，后者之所以是新闻，乃是在于其违反了常理，换言之就是少见——奇。这才是主宰新闻消息的真实面目。所谓"出奇"，便是非同一般。生老病死乃是人生的自然规律，几乎每时每刻都有人降生，有人死亡，对于这类现象，人们早已司空见惯。比如死了人，除了死者的亲朋故旧之外，哪怕是在一秒钟之前发生的，也不会有人去关注它。除非死亡的方式异乎寻常，或者死者的身份不同一般，人们才会产生了解详情细节的愿望，"新闻"作为满足人的这种需求的文体这才有了立足之地。以"奇"为依归就这样成了新闻领域的运转机制，但同样也能在小说世界里寻觅到一定的回声。至少在古典小说史上，无论中外，小说的初始品种概不例外地都是传奇作品或带有一定传奇色彩的作品。在欧洲有西班牙的流浪汉小说《小癞子》和骑士小说《堂·吉诃德》。这两本有欧洲近代小说先声之誉的作品充满着传奇色彩。《小癞子》虽然不写英雄美人和牧童牧女，主人公只是一个卑贱至极的穷孩子，似乎写的是平凡的现实，但其实并不平凡。小癞子一生颠沛流离，尝尽人间辛酸，经历了各种千奇百怪的事，令读者大开眼界。而《堂·吉诃德》中的出奇因素更是登峰造极。不论是那位执迷不悟的骑士同风车大战，视羊群为敌人大军，还是想当然地自封为多情公子，渴望替天行道，无不带有夸张性，在现实生活中是难以见到的。再以中国古代小说而言，早期作品主要可分为"公案"、"神怪"和"传奇"三大类，后两类都带有传奇性自不待言，即便是公案小说，同样也掺和着传奇因素。如属于早期白话小说的公案类作品《勘皮靴单证二郎神》，主要写一位在后宫中失宠的贵妇人因怨幽已久身体渐弱，被恩准出宫养病。这期间她到一座庙宇进香，向二郎神塑像倾诉了一番爱慕之情。岂料隔墙有耳，庙里的一个妖道偷听了这位妇人的话后，就假扮成二郎神模样与她通奸，并施展了一连串的阴谋和算计。从这个故事的情节中,就可以找到一种非同一般的东西。

有所不同的是现代小说。自批判现实主义作品问世以来,小说家们不仅逐渐厌倦于为浪漫主义所一直迷恋的那些域外风情和古代遗俗,而且也不再醉心于达官显贵和才子佳人的故事,将笔触真正伸向了市井小巷的凡夫俗子的日常行迹。到了 20 世纪中叶的"新小说派"手里,这种倾向又被更进一步地拓展和张扬。他们并不抛弃曾经作为一面旗帜被高擎在巴尔扎克、左拉等古典作家手中的"真实性"原则,但他们对"真实性"的概念有着自己的理解。在他们看来,生活中并不存在本质与非本质之分,一切都可以说是既重要又不重要,生活的现实就是这样构成的。因此,如果说对平凡现象的关注在古典作家那儿还需要作出认真的论证并且不失为一种勇气的话,那么在现代小说中这种状态本身已成了一种矫情和虚张声势。重要的已不是在小说中彻底地排除任何主观性,切断对神话世界的依恋,给予平凡的事物以至高无上的地位;而是将这种平凡进一步推进到貌似琐碎、偶然和百无聊赖之中,犹如各种"墙上的斑点"。将这些作品同它们的前辈相比,自然已不可同日而语。相形之下,无论是巴尔扎克笔下的银行家、投机商,还是左拉书中的卖身女和拉皮条者,都显得更为"奢侈"。但即便在这里,传奇的因素仍然依稀可辨。这不仅反映在内容方面:极端的平凡如同超现实的梦幻,同样已是一种不平凡。而且也鲜明地表现在为几乎所有的现代小说所接受的原则——陌生化上。当现代作家们别出心裁地采用各种手法来进行创作时,他其实是在借助于小说的写作技巧听从着新奇律的召唤。所以,纳塔丽·萨洛特在《怀疑的时代》中解释,为什么今天的小说中人物只剩下一个影子,作家只在不得已的情况下才写人物的外表、手势、行动等时,坦率地表示:"这一切读者早已熟悉和研究过。"她指出:"现在小说的主要问题在于从读者那里收回他旧有的贮存,……为了达到这个目的,把第一人称的'我'作为小说的主人公,是既有效又容易的方法。"原因在于采用这种方法"能满足读者理所当然的好奇心"。这番话揭示了问题的实质:小说对不平凡因素的臣服,归根到底反映出它与新闻一样,是对读者大众的某种需求的满足。尽管所有的新闻都开诚布公地以这一事实作为基点，而一些自视甚高的小说家每每摆出一种反其道而行的姿态，但事实无非是对心目中的读者对象的选择。在得不到读者接受的文本并不具有真正的存在意义这一点上，高雅的小说同大众性的新闻并无实质性的区别。基于这一原因，两者在具体创造、制作过程中，都自觉不自觉地表现出对传奇机制的认同，这一点自然也就不足为怪了。

　　事实还不仅如此。如前所述，小说与新闻之间的龃龉主要在于虚构与反虚构，在一般意义上，小说对生活现象的选择和加工不能以事实为准，但在新闻而言，事实便是一切。人们对于新闻的要求是了解"已经发生了什么"，而不是"可能将发生什么"。反之，在小说世界里，这个"可能性"居于支配地位。所有这些似乎都是不证自明、无需赘言的。然而事实上，正是小说对虚构的推崇需要我们认真作一番审视。真正无需赘言的，是小说对虚构的注重，醉翁之意不在酒，而在于对真实性的推崇。这种真实性当然首先在于事实，但并非所有的事实在这个方面都拥有发言权。从历史的发展运动来讲，现实中的某些事实常常会表现出一种与整体的趋势不相吻合的现象。可能性便是从这里腾空而起，替自己在小说世界中赢得了一分敬重。但这并不意味着事实本身的无足轻重。恰恰相反，即便在可能性面前，它同样也保持着自己的价值。因为一切真实的东西总是具有现实性，区别在于时间与空间。在黑格尔"凡是现实的都是合理的，凡是合理的都是现实的"那句名言中，现实之所以同时构成了逻辑的起点和归宿，原因也就在这里：离开现实无真实可言。而现实不是别的，它只能表现为各种事实。概而言之，事实——现实——真实，这是存在的事物运动所表现出来的基本轨迹。反过来也一样：任何对真实性的追求最终势必落实到对各种事实的选择上，虽然事实未必等于真实，但真实必然能拥有某些事实。显然，唯其如此，事实才不仅有权利在新闻领域得到普遍的青睐，同样也有资格在小说世界中接受相应的礼遇。毫无疑问，人们在新闻阅读中对事实的兴趣，目的在于从中得到某种真实的东西（就"真实"这个概念意指具有"普遍性"而言）。出于相同的心理因素，当小说读者在进行小说的接受活动时，他对真实性加以注重不可能不受到了解一些事实这样的愿望的诱惑。这是小说内在所具有的强烈的现实感的一种表现，所以，小说不仅具有追求虚构的趋向，同样也存在着反虚构的要求。托尔斯泰曾经说过："我觉得，随着时间的推移，一般将不再虚构文艺作品。作家们（如果将来还有作家的话），他们将不是编造，而是叙述他们在生活中碰巧遇上的那些有意义的，令人喜闻乐听的东西。"①现代小说的创作实践已经证实了这位小说大师当年的预言。从20世纪60年代开始，随着一代巨星海明威、福克纳和辛克莱等的相继陨落，一种新的浪潮开始席卷美国文坛，出现了不少新的文学流派，其中的一个重要小说流派是"新闻主义"。他们的创作宗旨是新闻式的以事实为核心。例如这个流派的代表作家之一梅勒，他为了写他的《刽子手之歌》，不仅亲自跑到书中主要人物之一——那个杀人犯吉尔摩的家乡采访，录下长达数千小时的音带，甚至在吉尔摩的房间过夜，而且还同吉尔摩原先的情妇厮混得很熟，从而搜集到许多第一手材料。《美国的判决》的作者迈克尔·艾伦和《地狱天使》的作者亨特尔·汤普生，在自己作品的撰写过程中也经历过类似的采访的阶段。从理论上对这种现象作出解释并不困难，因为虚构在小说中本来就只是一种手段而非目的，它不仅是为作家逼近真实服务的，而且小说中的虚构也并不是天马行空般地无中生有、凿空杜撰，而是对各种事实作出挑选和清理后获得的合乎生活逻辑的结果。因此，这种虚构倘若有悖于真实，无疑将受到人们的唾弃；在这时，事实理所当然地会得到人们最大限度的欢迎。因为同那些不仅具有"已在"性而且还具有"可能"性的"真实的事实"相比，那些虚构的现象毕竟只是一些潜在的现实而不是现实本身。

显然，正是基于这一认识，美国学者哈利·勒弗因在给由约瑟夫·希勃莱主编的《世界文学辞典》撰写的"小说"条释文中有这样的话：小说的"一端源起于古代的英雄传说，另一端连接着现代的新闻记事"。这同小说发展的实际情形也是相吻合的。如果从词义学上来看，西语中"小说"的表述除了 story 和 histoire 之外，主要是 romance 和 novella，而后者在意

---

① 转引自《当代文艺思潮》，1985 年第 1 期，第 51 页。

大利语中的含义是"新闻",我们可以从中意识到"小说"与"新闻"这两个词之间明显地存在着某种联系(新闻中有传奇因素)。我国古人对于"小说"这种文体样式在这一点上的认识与西方人士可谓不谋而合。班固在《汉书·艺文志》里说:"小说家者流,盖出于稗官,街谈巷语,道听途说之所造也。"很显然也是从小说的"新闻性"着眼来把握其形态发生的。除了表述手法(文体形式)上的特点是言简意赅之外,新闻的特征可以概括为"对不平庸的事实的报道"。新闻对于小说的影响主要也表现在这个方面,它有助于使小说更加接近现实世界,进一步走向大众化。因为任何事实下管多么离奇,总是属于生活的,具有现实性。这是离奇的事实同平淡的传奇的本质差异:在传奇,事实服从于"奇";在新闻,"奇"服从于事,而事实又服从于真实。就此而言,新闻同历史存在着共同的背景,在某种意义上,历史可以被视作是由"昔日的新闻"所构成,它在本质上乃是"新闻的化石陈列室"。因为一部真正的历史的事实便是真实的事实。立足于这个基点来看,当小说借助于新闻的力量而得以摆脱史诗的强大影响,替自己清扫出一块自立门户的地基时,它在客观上其实也同历史达成了某种默契。这不仅表现在小说同历史一样,能够凭借其相对广阔的时空框架来多侧面全方位地俯视整个人生世界,更重要的是两者都不满足于事实的罗列,而是试图透过这种罗列体现出对真理的追求。正如卡西尔在《人论》中所指出的,毫无疑问,历史学必须从事实开始,并且在某种意义上,这些事实不仅是开端而且还是终点。然而历史的事实又是什么呢?按照歌德的说法,一切事实的真实都包含着理论的真实。包含着人的理解和判断。历史也不例外,大量的史科积累过程显示出这种特点,即"像语言或艺术一样,历史学从根本上讲就是拟人的,抹杀人的特点的方面,也就毁灭了它独特的个性和本性"[1]。因此,"历史学并不是关于外部事实或事件的知识,而是(人类)自我认识的一种形式"[2]。在这里与它比肩而立的是艺术,其中主要的是叙事性语言艺术,因为只有这种体裁在

---

① [德]卡西尔:《人论》,甘阳译,上海译文出版社1985年版,第242页。
② [德]卡西尔:《人论》,甘阳译,上海译文出版社1985年版,第242页。

时空方面的灵活性,才更能承担起这项任务。这也就是为什么,尽管一些现代小说都在自己的宣言中明确声称他们在"解释生活"这个栏目内将弃权,但在实际创作中面对生活的何去何从与各种是非现象,仍难以保持缄默的原因所在。小说同历史一样,是人类认识自己的一种手段,在这里,车尔尼雪夫斯基所说的文学"不仅再现现实而且说明现实"的经典遗训依然有效,放弃这项权利不啻意味着吊销这种体裁在艺术园地里的经营执照。卡西尔说得好:"在伟大的历史和艺术作品中,我们开始在这种普通人的面具后面看见真实的、有个性的人的面貌。为了发现这种人,我们必须求助于伟大的历史学家或伟大的诗人——求助于像欧里庇得斯或莎士比亚这样的悲剧作家,像塞万提斯、莫里哀或劳伦斯·斯特恩这样的喜剧作家,或者像狄更斯或萨克雷、巴尔扎克或福楼拜、果戈理或陀思妥耶夫斯基这样的现代小说家。"①只有作如是观,我们才能够真正理解亨利·詹姆斯在《小说的艺术》这篇著名论文中,何以十分干脆地写道:"图画乃是现实,小说乃是历史。这是唯一相当准确地反映着小说本质的定义。"②这个定义在今天是否仍然行之有效姑且不论,至少它能够帮助我们全面地认识小说形态的历史起源。大量事实表明,在欧洲和我国,历史著作在小说创作的早期阶段,曾经充当过小说材料的主要采购市场。仅以中国白话小说史为例,就有八种"平话"的内容来自于各代史书,同时杂糅一部分民间传说,其中最著名的是《三国志平话》和《宣和遗事》,它们后来分别衍化成为《三国演义》和《水浒传》两部长篇小说。另一部著名小说《西游记》的成书经过也大同小异,这部作品主要以记载唐僧去西天取经的曲折经历的《大唐三藏法师取经记》为蓝本,经过艺术处理而成。

综上所述,现代意义上的小说无疑是一种年轻的文学样式,在其历史发生历程中,它曾从各种精神文化形态汲取过养分,其中除了早期的神话传说以及稍后的歌谣和史诗之外,还包括更接近于近代的新闻和历史。所有这些文化形态共同孕育、扶植了这门艺术,其结果便是自然地将各自

---

① [德]卡西尔:《人论》,甘阳译,上海译文出版社1985年版,第262页。
② 见《美国作家论文学》,刘保瑞等译,生活·读书·新知三联书店1984年版。

的基因遗传给小说。美国学者克林斯·布鲁克斯和罗伯特·华伦曾经十分形象地替我们描述过这番景象。他们写道："当夜色笼罩着外边的世界，穴居人空闲下来围火而坐定时，小说便诞生了。他因为恐惧而颤抖或者因为胜利而踌躇满志，于是用语言再次经历前人狩猎的大事；他详细叙说了部落的历史，他讲述了英雄及机灵的人们的事迹；他说到一些令人惊奇的事物；他竭力幻想，用神话来解释世界与命运；他在改编为故事的幻想中大大夸赞了自己。"①还需要我们作出分析的是，从文体渊源上来讲，所有这些文化形式最终是如何共同孕育了近代意义的小说，这种叙事作品的前身或者说早期形式是什么？在我看来，那就是传奇。一部世界小说发展史告诉我们，无论在中国还是在欧洲大陆，近代意义的"小说"的早期形态都是传奇。如根据美国斯坦福大学比较文学教授吉列斯比的研究，虽然英语和西班牙语如今都喜欢采用 novel 来表示通常我们所说的"小说"，但在法、德和意大利语里，却是 Romance。事实还有，直到 19 世纪初，英语中的 novel 也并不具有现代所具有的那种意义。而我们知道，Romance 源于中世纪的 romanice，后者的本意是指用民间语言进行写作。"这类优雅的叙事作品包括根据希腊-拉丁故事和拜占庭故事写成的传奇，和根据喜爱魔幻与神秘的凯尔特口头传说写成的传奇，以及根据普罗旺斯的一些故事写成的传奇"②。法国城市文学的两朵奇葩《列那狐传奇》和《玫瑰传奇》，和英国的亚瑟王传奇系列中的《高文爵士与绿衣骑士》，是这些诗体传奇中的佼佼者。

与此相类似的情形同样也存在于中国小说的历史变迁之中。如果说中国古代小说在经历了宋代平话小说和元代讲唱文学之后，在明代以白话小说"四大名著"（《三国演义》、《水浒传》、《西游记》、《金瓶梅》）和"五大名集"（即"三言二拍"——冯梦龙的《警世通言》、《醒世恒言》、《喻世明言》和凌濛初的《初刻拍案惊奇》、《二刻拍案惊奇》）的出现达到前

---

① 见［美］克林斯·布鲁克斯：《小说鉴赏》上册，主万等译，中国青年出版社 1986 年版，第 5 页。
② 见［美］杰拉德·吉列斯比：《欧洲小说的演化》，胡家峦、冯国忠译，生活·读书·新知三联书店 1987 年版，第 7 页。

所未有的繁荣,那么以"两记"(《枕中记》、《会真记》)和"三传"(《柳毅传》、《李娃传》、《霍小玉传》)为代表的唐代传奇的兴旺,无疑是中国古代小说的第一个高潮。它标志着中国近代小说的正式诞生。虽然这些作品仍往往带有六朝作品的痕迹,如《枕中记》的构思与《搜神记》中焦糊庙祝以玉枕使杨林入梦在情节上大体相同,但彼此已有质的区别:唐代传奇的故事内容不仅从"神"入"凡",由"鬼"变"人",具有强烈的现实感和世俗性,而且在创作意识上较之六朝故事更为自觉。所以鲁迅指出:"小说到了唐时,却起了一个大变迁",这种变迁的一个突出结果是文体的改进:"文章很长,并能描写得曲折,和前之简古的文体,大不相同了。"①所以,从远古神话传说到近代传奇故事,这便是整个世界小说在其形态发生方面所走过的全部历程。近代意义的作为一种独特的叙事艺术的"小说",便是所有这些人类早期文化相互匹配和杂交所推出的产品。其整个流变过程可以大致用这样一个图式来描绘:

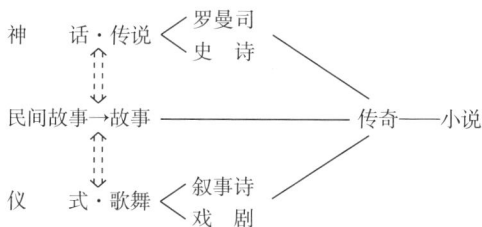

神　话·传说 ＜ 罗曼司
　　　　　　　　史　诗
民间故事→故事 ———————— 传奇——小说
仪　　式·歌舞 ＜ 叙事诗
　　　　　　　　戏　剧

第二节　小说的共时形态

小说的共时形态也即其本体形态,是小说这一艺术样式在本体论层次上的一种形态审视。一切现象存在的基本方式是时间和空间,各种艺术作品的本体结构是表现和再现,所以,从本体论的方位把握小说的共时

---

① 鲁迅:《中国小说的历史变迁》,《鲁迅全集》第 8 卷,人民文学出版社 1957 年版,第 325 页。

形态,主要也就是研究小说文本的物质存在方式和审美价值结构。具体地讲,也便是时空关系与再现和表现两个侧面。但小说不仅是语言的艺术,也是一种以叙事性为内容、以叙述化为手段的艺术,因而这种审视同样也包括对小说中叙事与叙述的关系作出分析。这种分析最终会告诉我们,小说这门艺术的特征不仅是综合性的,而且也是十分独特的。

1. 叙事与叙述

"叙事"与"叙述"虽只是一字之差,但在现代小说学领域,两者的内涵并不相同。"叙述"是一种行为,指的是叙述主体采用语言这种特定的媒介来表达一些内容,当这种内容是一个故事时,便是"叙事"。所以,虽然表述一个故事确是叙述的常规功能,"但不是每个叙述都产生一个叙述文本,也不是每个叙述都创造一个故事。"①换言之,"叙事"即"叙述"加"故事"。而"叙述"在外延上又是"陈述"(用某种符号媒介来表达一些信息的行为的总称)之一种,与它并肩而立的是"演述",即采用非语言类的符号媒介(如画面、姿态等)来表达一些信息的行为;"叙述"在内涵上又具体地包括"讲述"和"描述"两种手段,其间的区别不在于所使用的媒介而是运用媒介的方式。关于这方面的问题,将留待另文探讨,在这里我们所要做的,主要是从叙事与叙述这对范畴来认识小说的共时形态。显然,问题的关键又在于小说同故事的关系。

众所周知,在以往历史上,故事一直受到小说大众的膜拜,被安置于小说世界的中心。读者读小说也就是读一个故事,只不过他们所期待的故事具有不同的色调和特色而已。这种情形反过来自然也制约着小说家们的创作,促使他们像一位高明的厨师那样调配佐料,掌握火候,讲究方法,使一个故事能产生作者所预期的效果。用英国作家安·特罗洛普的话来讲:"我一开始就相信,一个作家当他坐下来动手写小说时,必须有

---

① 见[美]罗伯特·司格勒斯:《符号学与文学》,谭大立、龚见明译,春风文艺出版社1988年版,第93页。

故事要讲。"①继他之后的英国女作家伊利莎白·鲍温在其著名论文《小说家的技巧》中说得更为直截而肯定:"小说是什么?我说,小说是一篇臆造的故事。但是故事尽管是臆造的,却又能令人感到真实可信。"不能过于自信地以为所有这一切已经是隔世之谈,对这一观点表示赞同的,在今天仍大有人在。风靡一时的美洲大陆小说家基本上都站在这个阵营中。如乌拉圭作家胡安·卡洛斯·奥内蒂就明确地说过:"自从人们开始写小说起,所有的小说都是由故事、主题和人物构成的。"②巴西作家若热·亚马多也颇有同感,这位在巴西被誉为"百万书翁"的小说家有一次告诉他的朋友:"我在写作的时候,基本上是不注重语言问题的。我关心的是如何用最好的方式把故事讲出来,如何使人们能很好地理解它。"他表示:"我的兴趣就是讲故事。"③当然,历史总是不会定格于某一个阶段,即便那是一个成绩斐然、英雄辈出的阶段。而那些接踵而来的人们为了自己的生存,也总是要摆出一副向现有格局全面挑战的姿态。小说世界也不例外,世纪之隔的小说革新运动使得一些新潮作家更多地采取一种反叛态度,对传统小说视故事为本体规定性不以为然。即使以特罗洛普和伊利莎白所在的国家为例,新的持不同观点者也已涌现。英国当代实验小说倡导者约翰逊在给自己的小说《现在就写你的回忆录,你是否还年轻》写的序言中旗帜鲜明地写道:"如果一个作家的主要趣味在于讲故事,那么,最好的地方就是通过电视,比起小说来,它技术装备好,也能传达给更多的人。"他认为,对于一部小说来说,"重要的是它是如何写成的,重要的是他通过什么词句和形式的手段,使事物在读者面前发生"。譬如乔伊斯的小说《尤里西斯》,就故事而言任何人都能写,但是,"由于利用了形式、风格和语言技巧,他使这部小说变成一种高明得多的东西,变成一部小说,而不是一个讲什么事情的故事。"约翰逊的这一见解漂洋过海,得到了不少正在作同样尝试的中国当代小说家的支持,在年岁稍长的作家中有汪曾祺,他曾在一篇文章里表示,自己喜欢那些"不太像小说

---

① 特罗洛普:《谈小说创作》,《文艺理论研究》1982年第4期。
② 见崔道怡等编:《"冰山理论":对话与潜对话》下册,工人出版社1987年版,第763页。
③ 见崔道怡等编:《"冰山理论":对话与潜对话》下册,工人出版社1987年版,第136页。

的小说",言下之意,自然是非故事化的小说。当时年纪较轻的作家郑万隆在《现代小说的语言意识》一文里写道:"从'故事躯体'中蜕变出来的各式各样的现代小说,距离传统的惩恶扬善,把历史和现实道德化那种讲故事方法越来越远了,而是追求小说的特质性。……不管是纪实型还是构造型的现代小说,都越来越顽强地表现这种独特性,通过叙述语言的感染力,来表现这种独特的感觉、情绪、意境和象征,生产出比故事实体更丰富的内涵,更深切的力量。"

毫无疑问,这是一种公说公有理、婆说婆有理的格局。譬如,倘若我们恪守传统,将故事当作小说艺术的本体规定,似乎有悖于这样一个事实:不仅戏剧较小说更重视故事,而且随着影视艺术的诞生,我们可以看到,电影和电视在讲述一个故事的功能上几乎篡夺了小说家的权力。因为它们比小说用的时间少,细节更具体,场景更鲜明。在电影诞生以前,戏剧家在讲述故事方面就已经较小说家更为拿手。因为戏剧是建筑于人物的行为、动作基础上的,没有动作就没有戏剧,而动作总是有赖于某个故事核的存在。从这个意义上讲,认为"戏剧对于故事本身的要求比小说更为苛刻"①,未尝没有道理。这大概也便是那些杰出的戏剧家很少不是编故事的专家,而在小说里事情常常相反:一些公认的一流作家并不以擅长讲故事著称;"而另一些作家,虽然不太为世人所重,但在讲故事方面他们得天独厚,他们讲的故事世代流传,致使一些严厉的批评家都感到难以理解"②的原因所在。故事不为小说所独有,这一点是十分清楚的。因此,将小说文本简单地定义为讲述一个故事,恐怕并不妥当。事实上,杰出小说与拙劣小说的差别主要不在于故事题材上,而在于讲述的方式方法上。英国现代小说家伊舍伍德曾经说道。故事与故事不同,"有好多极好的故事,只是故事而已,别无其他。你听了以后会说:'真紧张','真可笑',或者说:'我真没想到是那样的结尾'。你可以用自己的话给朋友重讲一遍,也没有什么两样,只要你记住所有重要情节,次序不弄乱。

---

① 桑顿·怀尔德语,见《外国现代剧作家论剧作》,中国社会科学出版社1982年版,第124页。

② 见朱虹:《英美文学散论》,生活·读书·新知三联书店1984年版,第119—120页。

但是另外一种故事,你用自己的话永远表达不尽。这种故事实际上是一个世界的有机部分,在那里,每个句子都有助于唤起人物的话音,勾勒出环境、背景的气氛与感觉。这种故事大于生活,它是一个门径,由此进入作者的世界"①。伊舍伍德在这里强调了故事的主体性,即一切故事都是通过作者的主体意识而被呈现出来。这固然不错,但深入一步来看,一个故事不仅有主体性,而且带有媒介性,是故事讲述者借助于一定的艺术符号加以表现的结果。小说与戏剧、电影等艺术对故事的依赖程度之所以有区别,也是由于彼此所用媒介不同的缘故。换言之,我们姑且将讲故事的行为称之为"叙述",那么正像罗伯特·司格勒斯所说的:"叙述依赖于叙述者或叙述手段(演员、书籍、胶片等)的存在,和所叙述的事件的不存在。"②因为故事本身是一个由一定叙述媒介通过一定叙述手段和方式所构造出来的,本身是无形的,犹如语言中的能指中的所指,我们真正接触的是作为其能指的语音和书写形式。但不同叙述媒介的表现力和表现方式又不一样,同语言文字相比,电影的媒介画面与戏剧的媒介姿态等更具直接性,它们如同故事本身,媒介与表达内容融为一体,因而媒介有一种实存形亡的特点。不像语言,它是隔在我们与故事之间的中介物,给我们以一种看电影如同看故事本身,读小说首先是读小说中的语言的假象。唯其如此,小说家对故事的叙述过程较电影和戏剧似乎更为重视。在古代,一个优秀的故事讲述者的才干就表现在这"如何讲述"上。如司马迁《史记·滑稽列传》中列举的优孟、优旃、郭舍人等,都是俳优中的佼佼者,他们与一般俳优的区别,便在于"善于"讲故事。这是否擅长的关键,在于对语言文字的特性的掌握。汪曾祺曾有过这样的经验之谈:有些话,这么说没什么意思,换一种说法就有点意思了。许多小说家在写作过程中之所以常常要做这种将语言摆过来移过去的游戏,目的正是想获取这种语言文字的魅力。不言而喻,这是为小说所特有的魅力,它是小说为弥补自己在直观地展示一个故事方面无法同影视剧艺术一争高下而采取的

---

① 见朱虹:《英美文学散论》,生活·读书·新知三联书店1984年版,第119—120页。

② 见[美]罗伯特·司格勒斯:《符号学和文学》,谭大立、龚见明译,春风文艺出版社1987年版,第90页。

一种措施。这种魅力在小说文本中凝聚成一种特殊的语调和语势,它们常常通过超越具体描述的追述语段,以一种张力场的方式而存在。如:

　　A. 许多人踏着月光去了,许多人又踏着月光来了,道路上人影幢幢。我们生活在人间,我们无法不热爱月光。不管脱胎换骨多少次,只要你重新降临人间,就无法逃避月光的照耀。

——迟子建《原始风景》

　　B. 如今,他们的皱纹和白发早已从碳水化合物变成了其他的什么元素。可我知道,不管他们变成什么,他们仍然在相爱。尽管没有什么人间的法律和道义把他们拴在一起,尽管他们连一次手也没有握过,他们却完完全全地占有着对方。那是什么都不能分离的,哪怕千百年过去,只要有一朵白云追逐着另一朵白云,一棵青草依傍着另一棵青草,一层浪花拍打着另一层浪花,一阵轻风紧跟着另一阵轻风,相信我,那一定是他们。

——张洁《爱,是不能忘记的》

读着上面这样的语句,我们分明可以咀嚼出一种情愫的存在,这种情愫有一种魅力,能够渗透我们的语感,使我们产生共鸣。然而它是属于语言的,是一种语言张力的表现,电影和戏剧的媒介对此无能为力。对那些真正合格的小说读者而言,读小说并非仅仅读一个单纯的故事,而是读一个被作家以这种艺术语言处理过的故事,小说正是以这种方式而立足于艺术家族之中。

正是由于这个缘故,同样一个故事,如果它最初是由小说家所创造,也不会因戏剧或电影的改编而失去它在小说中的价值。卡西尔精辟地指出:"每一种艺术都有它自己独特的方言,这种方言是不会混淆不可互换的。不同艺术的方言是可以互相联系的,例如将一首抒情诗谱写成歌曲或给一首诗配上插图来讲解;但是它们并不能彼此翻译。"①因为每一种艺术文本都是由艺术媒介所构成,媒介自身的特性也就同样作为该艺术文本特性的组成因素之一而起作用。正是电影和戏剧所使用媒介的"透

---

　　①　见[德]卡西尔:《人论》,甘阳译,上海译文出版社1985年版,第197页。

明"性,使得它们较小说更依赖于故事。然而,如果我们因此而将故事驱逐出小说世界,或者对它掉以轻心,同样会发现此路不通。不妨再以上面所举两段文字为例,用写作教科书上的术语来讲,这两段文字可以划归"议论性抒情"。这种手法虽然是语言艺术的常规武器,但却也并不是小说所独家享用的。在比较意义上,抒情诗或抒情散文使用得要较小说更加普遍。这种手法虽然偶尔也为叙事诗和散文所用,但在小说里方得以淋漓尽致地发挥的,是叙述,通过这一表达方式,小说家创造出诸如幽默和讽刺、反讽等等艺术效果。如果说对故事表现的生动和鲜明是影视剧艺术得天独厚的长处,那么这些大概可以称之为小说艺术的看家本领,因为它们不仅属于语言的修辞方面,而且也总是借助于一定的故事而存在。当然,幽默和讽刺就其作为一种现象而言,在影视剧艺术中也同样存在。卓别林所扮演的那个流浪者形象堪称幽默艺术的精品,但小说中的许多幽默现象是不能通过具体视觉符号来"还原"的,一旦借助于这种手段表现出来,就显得不伦不类,幽默感也就荡然无存,留给读者的印象只是粗俗和不得体。如方方的小说《白梦》中的一段:

> 糟糕了的是家伙。多吃了几个丸子。并不知那丸子是臭肉所做,放了五花八门的佐料,把臭味压住了,反显得比不臭之肉丸子更有诱惑力。一送走几十张油稀稀和红扑扑的嘴脸后,家伙的肚子里便开始了不那么高雅的活动。这么一干便是五天。吃尽痢特灵黄连素土霉素四环素都不见成效,只好去吃氯霉素。不料又三天拉不出大便。便又吃导泄片和猛喝蜂蜜水。通畅后却还继续腹泻。忽左忽右,像路线斗争一般。

这里的幽默和讽刺是很清晰的,但同样明显的是无法用视觉符号来还原。因为这儿的幽默等效果并不存在于行为动作上,而存在于语言的语境关系中,像"不那么高雅的活动",是隐指肠胃中的不消化引起的想放屁、排便等生理现象;而"路线斗争"是比喻主人公一会儿便秘一会儿又腹泻的来回折腾等等。离开了接受主体对语言的这种修辞方面的文化掌握,也就无幽默可言。在小说中,这种只属于语言效果的幽默当然可以自由出入,类似影视剧艺术中的行为幽默通常也可以通过语言的"复述"而存

在;此外,还可以有一种介于语言与行为之间的幽默。如:

> 德娃被擒走时颇像演电影,戴了手铐微笑着对左邻右舍说:"别为我担心,我很快就会回来。"然后对哭哭啼啼的九段说:"坚强些。"其时九段正用剪刀剪"喜"字,手里攥一团红撵警车。德娃英武地大声喊:"九段,要挺住——"

> 坐在德娃身旁的警官笑嘻嘻的,在他肋上轻轻戳了一下说:"又不是演电影,算了吧小师傅。"德娃也就沮丧地不再作声了。

> ——乔瑜《恬淡》

在这段文字中有幽默感,这既是由主人公"德娃"和"九段"的行为所构成(德娃模仿电影中英雄人物的举动,但其实他之所以被带走并不是因为他是英雄,而是在经济上出了问题),但又是借助于语言处理而存在。不妨试着以视觉符号处理这个场景,便会发觉幽默并不存在。因为视觉符号不会"说谎",除非以夸张的动作来表演,否则便会"假戏真做",给人以或悲壮或悲惨的感受。使这个语言场景具有幽默性的,是语言首先创造了一种幽默化氛围。如女主人公的名字叫"九段",意思是身材好,竟然可以用围棋中的最高等级来比拟。又如德娃先是"英武地大声喊",尔后则又"沮丧地不再作声"。最起作用的是这段叙述的导语"德娃被擒走时颇像演电影",给了我们一个心理定向,朝"演"的方面来看这个场景。正是靠着这些话语的提示和处理,这个场景才显得十分幽默。基于这点,说幽默是小说艺术的看家本领,并不是指幽默的现象非小说莫属,而是指在小说中它们得以最大限度地开拓。但这种开拓是以故事链的存在为基础的,没有由各种具体生活细节和事件构成的故事,就没有真正的艺术效果,因而也就没有艺术化的叙述。如上面所举方方的那段文字,我们已指出,幽默来自一种语境的特殊压力,即用"高雅"、"路线斗争"等"严肃"的词语来隐喻明指主人公不登大雅之堂的生理现象。但在这里,毕竟有一连串的生活细节和事件,没有这些东西,这些隐喻明指手法派不上用场,原先的叙述魅力自然也就无从谈起。这使我们想起热奈特的一句话,他指出:"故事和叙述活动只通过叙述的媒介而存在。但反过来说,叙述(叙述的文字)如要名符其产,就必须做到以下两点才行:它必须讲故事,没有故事就不是叙述(比如说,像斯宾诺莎的《伦理学》);它必须有个人讲,如果没有人讲,它也就不是叙述(就会像一堆考古文献)。"①换言之,叙述具有媒介性和主体性。或许我们可以补充说,即便是以故事为基础的叙述也未必便是小说,像在新闻报道和某些历史的叙述中尽管也有故事因素,却未必是小说。但我们却不能否认,真正艺术化的叙述,总是离不开故事。

显然,正是基于这个认识,福斯特在他的《小说面面观》里提出,在谈到小说与故事的关系时,既不可顾左右而言他地敷衍搪塞,也不能过于干脆地肯定,而得用一种无可奈何的语气加以承认:小说是故事。因为"故事虽然是最低下的和最简陋的文学机体,却是小说这种非常复杂的机体中的最高要素"。美国现代小说理论家利昂·塞米利安教授在其所著的《现代小说美学》一书里也指出:"可以认为故事在小说中是次要的,但如果没有故事,就不能称之为小说。只是一堆人物,不管他们是如何有趣,也无法构成小说,那只是一个静止的肖像画廊。"同样,上面我们所谈到的那些语言的叙述魅力和情趣,就好比一大堆五颜六色的衣服,需要有一个挂衣架使之得以固定。故事首先就起着这个作用,但这还不是全部。要进一步认识这个问题,我们还得重新来谈谈故事。什么是故事? 对这个耳熟能详的概念术语作出深究,我们可以发现,其实理论家们在回答这个问题时往往语焉不详。照我的理解,故事以事件为基础但不等于事件,它是述说主体以一定的表达媒介为符号并以一定的结构方式组织起来的含两个单位以上的虚构的事件。这个定义当然并非最终判决,它的意义在于突出了故事的三要素,即媒介性、形式感和对象化。具体地讲,故事不仅依赖于一定的表达媒介而存在,而且它一方面是生活的客体对对象世界的一种反映,同时又是艺术加工的产物,前者取决于故事的事件原型,后者取决于故事的形式结构的安排。从这个定义所包含的故事三要素,我们所看到的,不仅是小说与故事的区别(即故事并非小说所专有,

---

① 见[英]安纳·杰弗森:《西方现代文学理论概述与比较》,陈昭全等译,湖南文艺出版社1986年版。

它可以被不同的表达媒介表述,在不同的符号系统中出现),同样也有小说与故事的联系,这便是如实地向我们展现客体对象世界,这既是电影、戏剧所承担的任务,也是小说所承包的使命。这个对象世界作为人的社会生活形态,总是由人的各种行为动作和存在本相所构成的,包括小说在内的各类艺术样式之所以有必要反映这个对象世界,乃是因为人的一切活动都是人的需求所使然。艺术需求产生艺术活动的驱动力,而这种需求作为人的整个需求系统的组成部分,势必要反映人的基本需求,并受到这个基本需求的制约,如果说人的最高需求是实现自由自在的人生,那么这个基本需求则是全面深入地把握其所身处的世界。因为只有在把握的基础上才能谈论改造世界,最终实现人们的最高需要,显然,马克思也正是在这个意义上将艺术归之为人类掌握世界的一种方法,以区别于其他三种科学的、宗教的和实践—精神的掌握,需要指出的是,艺术所要掌握的主要是人本身的世界,这个世界可以分为两个方面:主体的"自我世界"和客体的"对象世界"(后者又可以进一步划分为两个层次:外在的物质现象和内在的精神活动)。根据方法论中"对象—方法"相适应的规律,对不同对象的把握需要采用不同的方式方法,在艺术领域,这种不同的把握方式便构成为不同的艺术体裁。这样,在语言艺术领域中,当人们将反映人的主体自我世界的任务赋予"诗歌"这种文学样式以后,同时也将反映人的客体对象世界的使命留给了"小说"。因此,只要小说作为一种特定的文学艺术体裁而存在,它就责无旁贷地必须承担起这项任务。这使得小说同电影、戏剧站到同一个阵营,即它们都属于再现艺术,而故事自然也就成了它们共同的旗帜。因为构成对象世界的各种人的行为总是具体地表现为各种事件,它为所有再现艺术实现其艺术朝圣提供了必要的保障。各门再现艺术唯有在此基础上再结合各自的艺术媒介,才能获得同中有异的艺术个性,最终获得艺术缪斯的首肯。在小说,它的本质的特殊性的实现条件是采用语言媒介来表达故事。所以,苏联当代著名文艺学家莫伊谢伊·卡冈在分析文学艺术的形态特征时写道:"在叙事中,文学获得某种内在的纯洁性,确证自己完全不依赖于其他艺术的影响,显示它的特殊的、自身的、为它单独固有的艺术可能性。"因而"叙事类文学在文学中的情况犹如架上画在绘画中、器乐创作在音乐中的情况一样:成为该艺术的自我肯定,它的唯一性、不可重复性、其他艺术的不可替代性的表现,它的具有全部优点和缺点的生动统一的那种艺术'个性',在这里得到清楚显示"①。这番见解当然是深刻而精辟的,但同样有必要加以补充的是,在我们向"叙事"抛以媚眼之际,切不可怠慢了"叙述",因为事实上正是后者替前者争得了这份荣誉——说到底,正是叙述的力量使一个故事拥有在小说世界里生存的权利。这也便是小说中的有些故事无法被那些表演艺术(如戏剧、影视)所移植的原因所在,因为对于后者来说,这些故事的自身魅力过于贫乏,"动作"性差。而在小说里,它们能够借助于叙述的语言方面的张力,作为叙事主体显示话语魅力的舞台而从容地出现。英国大作家毛姆在评论简·奥斯丁的作品时,曾经引用司各特的话说,尽管"奥斯丁小姐描写的是人们的日常生活、内心感情以及许多错综复杂的琐事,并没发生什么了不起的事,然而当你读到一页末尾时,为了知道接下来发生什么事,你就急不可耐地翻过去;同样没发生什么大事,而你又迫不及待地掀动书页。"这种情形使这位论者"常常纳闷:是什么创造了它? 为什么即使你把这本小说读了一遍又一遍,而你的兴趣仍不减当初?"②显然,个中奥秘在于故事之外的叙述话语。奥斯丁不是在单纯地用语言交代一个故事,而是用一种具体的言语方式创造一个故事。这种创造需要小说家拥有"能"说"会"道的才能,对一个来自生活的"本事"进行加减乘除,从而充分发挥出言语媒介的魅力。这种魅力也就是叙述的魅力,它的一个重要表现自然是比喻。但即使在那些看似朴实、平淡、本真的叙述话语中,通过叙事主体的努力,同样能拥有一种独特的叙述魅力,如:

A. 土匪头子路小秃,忙活一天,带了几身日本军服回到大荒注。路小秃觉得这日本军服很威风,从此下夜去村里劫地主,也常穿着这些军衣。倒把地主吓了一跳:"我的天,怎么太君也下夜了!"

---

① 见[苏]莫·卡冈:《艺术形态学》,凌继尧、金亚娜译,生活·读书·新知三联书店1986年版,第406页。

② 见《文艺理论研究》1985年第3期。

B. 那天夜里,日军、中央军、八路军、土匪都撤走以后,村子仍成了老百姓的。打麦场上到处是血,村里的血也流得一地一地的。村子一下死了几十口人,从第二天起,死人的人家,开始掩埋自家的尸体。邻村一些百姓,见这村被"扫荡"了,当天夜里军队撤走后,就有人来"倒地瓜",趁机抢走些家具、猪狗和牛套、粮食等。现在见这村埋人,又有许多人拉了一些白木薄板棺材来出售。一时村里成了棺材市场,到处有人讨价还价。①

如果用影视或戏剧文本将上面两个场景表现出来,那么 A 段至多使人感受到某种戏剧性,B 段则多少会拥有一种悲剧感。但现在通过言语文字的处理,两个场景都存在着一种幽默性。这种幽默如前所述,就构成了一种为语言艺术所特有的魅力。当然,这种魅力也不能完全脱离文本的故事构架而发展壮大。它们虽然是小说这门艺术的独特的资质所在,但却"寄生"于故事之中。因此,就"叙事"这个概念在小说理论中意味着"故事"与"叙述"的缔姻而言,我们可以将小说的共时规定,首先归结为是一门以语言为媒介的叙事艺术。一部小说成败的关键,首先也就在于如何处理"叙述"与"故事"的关系。

2. 再现与表现

再现与表现是艺术史上用来界定艺术本质的两个传统概念,也是批评家们区分艺术形态的基本方式。前者发端于古代希腊的艺术理论,同柏拉图等人所倡导的模仿说一脉相承。后一个概念虽然在古代也已初露端倪,但与前者相比多少具有某种"现代性"。因为直到 19 世纪下半叶此说才真正受到人们的重视。最先对它从理论上加以清楚阐述的人是英国学者欧盖尼·弗尔龙,他在 1878 年出版的《美学》一书中写道:"如果要为艺术下一个一般的定义,我们不妨这样说:所谓艺术,就是感情的表现,表现即意味着使情感在外部事物中获得解释,有时通过几个有表现力

---

① 刘震云:《故乡天下黄花》,《钟山》1991 年第 1 期。

的线条、形式或色彩排列,有时通过几个有特殊节拍或节奏的姿势、声音或语言文字。"①"表现说"的崛起打破了"再现说"在艺术领域内长达近两千年的一统天下的格局,但并没有使之就此销声匿迹。当代美国新写实主义小说的代表罗伯特·格雷莱特不久前在《小说的未来》一书中,依然表示了对"再现说"的崇敬,他写道:"它准确地反映了人以及人生世界上的状态和遭遇,从中可以嗅到一种人主宰万物的气息。这种气息虽然很模糊,却渗透到万物之中,赋予这个世界以所谓的'意味',为它的内部装填了某种多少带点人为气息的感情和思想脉络。"然而各种艺术实践的发展毕竟使我们认识到,"再现说"虽然源于"模仿论",但两者显然不能同日而语。后者在本质上是一种"他律"说,即以追求对作品之外的现实世界的忠实和替换为目标;而再现则是一种"自律"说,它所注重的是作品本身描绘现实的方式的合理性。这样,虽然它所再现的对象在一定程度上仍同现实世界存在联系(这是它与模仿论的相似之处),但并不以此为转移,多少为主体的想象能力和选择的能动性网开一面地提供了活动机会。因为再现依赖于主体对事物一般规律的理解,包含着对现实对象的解释,这种解释不仅总是以某种一般性的概念为依据,而且也总是以一定的风俗常规和文化背景为基础。所以,不存在纯粹的再现,即便是所有再现作品中最富有逼肖性的摄影也是如此。著名摄影家爱德华·维斯登指出:"通过改变照相机的位置、摄影角度或镜头的焦距,即使同一件物体始终留在同一个位置,也可以使照相师创造出无数种不同的作品。如果我们进一步改变照射到物体上面的光线,或使用滤色镜,就可以使这件物体的任何一种性质改变。"②

再现与模仿的这一根本性区别,意味着在所有的艺术化再现中,多少都存在着表现性,如果表现是主体的某种情感投射的话。唯其如此,孤立地用再现与表现这对范畴来区分不同艺术形态,在今天已不再具有意义。时下的批评活动中之所以有时仍然出现上述分类,主要是由于在不同的

---

① 弗尔龙:《美学》英译本,伦敦查普曼与豪尔出版公司 1878 年版。

② 见[美]H.G.布洛克:《美学新解》,滕守尧译,辽宁人民出版社 1987 年版,第 97 页。

审美表现中,对现实形象的保留程度仍存在着差异,即以描述性为主的作品与以抒发性为主的作品之间存在的差别。在前一类作品中,客观世界的景象被程度不同地保留着,表现性是借助于对外在形象的描绘而间接地显露出来。而在后一类作品里,表现性直接被抒发出来。"这样,我们就必须承认并保持再现艺术和非再现艺术之间的某种区别,同时又不否认两种艺术都具有表现性"①。有必要再作补充的是,表现虽然以情感性为其特征,但并非所有对情感内涵的表述都属于"表现"范畴。正如卡西尔曾经指出的,所有那些具有独特表现性的艺术固然都是某种感情的自发流溢,但我们不能不加保留地接受这个关于表现的定义,否则,我们得到的就只是记号的变化而不是决定性的意义的变化。在这种情况下,艺术就仍然是一种模仿和复写,只不过不是对作为物理对象的事物之复写,而是对我们的内部生活亦即情感和情绪世界的复写。他认为:"艺术确实是表现的,但是如果没有构型它就不可能表现。而这种构型过程是在某种感性媒介物中进行的。"②这就是说,正像"再现"不同于"模仿","表现"虽然具有情感性,但并不等于"情感论"。决定一部作品究竟是再现型还是表现型的,并不是它所反映的对象(客观世界还是主观世界),而是其反映的手段和方式。

以此来衡量小说艺术,对于它应归属于再现还是表现似乎也就不难作出判断。在通常情况下,由于小说总是以故事为其本体型态构架,而故事乃实际人生世态百相的一种缩影,因此人们常常认为将小说划入"再现艺术"的阵营似无问题。但事实上这却是一个错误,因为,首先故事本身带有表现性。理解这个问题的关键在于将故事同"本事"区分开来。后者才是现实生活里所实际存在的人和事,它具有多头绪性和不可分割性,没有一个固定统一的时空格局。将这种"本事"提炼出来,并把它纳入一定的时空背景之中,呈现出某种流向和趋势,从而表现出一定的价值导向和取舍,这便是故事。而这个过程不仅总是在主体的参与下进行,其

---

① 　见[美]V.G.奥尔德里奇:《艺术哲学》,程梦辉译,中国社会科学出版社1986年版,第68页。

② 　[德]卡西尔:《人论》,甘阳译,上海译文出版社1985年版,第180页。

完成也总是依赖于一定的媒介(如画面、文字等),并具有一定的形式感(如前后秩序的确定和各个具体事件篇幅的剪裁等)。所以,约翰逊正确地将"故事"归之为艺术家的创造成果,他指出:"生活并不讲故事。生活是混乱的、易变的、任意的,它遗留下成千上万未解开来的头绪,参差不齐。"[①]故事是作家通过某种选择,加工而成的东西,这不仅意味着允许有一定程度的虚构性(可以认为"讲故事实际上就是说谎话"),同时也意味着一种情感因素的渗透,带有表现性。因为作家选取材料的行为本身离不开价值观的指导,带有某种主观意图和目的。正是"一部小说巨著的原始意图,使生活摆脱无限的混乱。生活由此而改变了性质。如同杂乱无章的草地,到了猎人眼里,便不再是杂乱无章的草地"[②]。这意图标志着一种创造意志的诞生,因而也就是作家个人的一种审美表现的开始。所以塞米利安在《现代小说美学》里写道:"在小说创作中,作者的彻底的客观态度显然是一种幻象,没有一个作家能够在写作中保持不偏不倚的态度。"原因不言自明:小说文本的成形过程——故事的建构本身是一个表现过程,这种表现因素的侵蚀使一切"客观小说"都成了一种比喻意义上的词汇。

然而再深入一步来看,小说文本的表现性不仅来自小说家对故事的建构,在更深层的背景中,它是由作家创造故事的媒介——语言所决定的。不妨具体地来分析一段文字:

> 跳盘子舞"金色的太阳,升起在东方"时,台下一阵阵嬉笑,不笑的人也张着嘴,直着眼,美得傻呵呵的。这个集体舞是我们自己创造的,男女舞蹈者双手持白色浅盘和竹筷,随着音乐的节奏,竹筷一齐击打在盘子上,发出悦耳的脆响。同时随着整齐划一的手舞足蹈,盘子上下左右翻展,煞是好看。可是,我发现观众并不是欣赏我们的舞蹈,对太阳升在哪方也不感兴趣,而是为另一种东西所鼓舞,所激动,这就是铁梅的乳房。她的乳房过分发达些,属于那种纺锤形的巨乳。

---

① 见崔道怡等编:《"冰山理论":对话与潜对话》下册,工人出版社1987年版,第670页。
② 崔道怡等编:《"冰山理论":对话与潜对话》下册,工人出版社1987年版,第514页。

不知为何，她今天没穿护胸，上衣也很宽大，那对巨大的东西失去了控制，自由自在，非常活跃，铁梅跳它也跳，铁梅跳一下，它不知要跳多少下，带有极大的煽动性，难怪观众们有那样的反响。

这段文字选自刘庆邦的中篇小说《宣传队》。小说以一支乡村公社的文艺宣传队从组建到解散的经历，反映了"文革"那段岁月，讽刺揭露了政治上的极左倾向所造成的人们生活的不正常和非人化。仅从上面这一小段，我们就可以感受到小说的这种批判性基调。然而从字面上来看，纯粹是客观叙述，并无明显的感情倾向。但假如采用电影或戏剧这些直观艺术来表现这个场景，除非"违背"文字的原来规格而将之丑化或作夸张性处理，否则很难取得这种表面上不动声色，骨子里分明褒贬有别，包含着调侃嘲讽的效果。弄得不好，反倒会造成一种错位现象，使人们对观众的粗俗感到厌恶憎恨，对表演者产生某种同情。虽然观众的粗俗相在小说里也是存在着，但在小说中作者是借观众的这种审美变向来衬托出整个表演本身的低劣、毫无价值和做作、矫情。这种特点是如此鲜明，以至于除非是一个毫无语感的读者，都不难领会作者的意图，与之进行交流。个中原因就在于影视剧的媒介与小说的媒介不同，前者是"透明"的，具有客观展示的特点；而后者带有强烈的主体性，因而它在处理一些客观对象时，无法保持"中立"的立场。用法国学者约瑟夫·祁雅理的话来讲："语言，不管是口语还是书面语，总是带着一条把它与用这种语言说话或阅读的人联系起来的脐带，这些人在使用取自公共宝库的词汇时，总带有自己的感情色彩和心理结构的色彩。因此，语言决不是一个由某一主体所使用的客体，它总是一个被某一使用者打上了他的印记的主观化了的客体。"①语言的这种主体性既来自于它在构词成句时的选择性，也表现在它作为一个完成的句子时的行为性。仍以上面这段文字为例，当作者想要表达一个台下的观众对台上的表演发笑的意思时，单是在"笑"这个词的位置上便可以有许多选择：譬如他可以用"嘻笑"，也可以单用一个

---

① ［法］约瑟夫·祁雅理：《二十世纪法国思潮》，吴永泉等译，商务印书馆1987年版，第175页。

"笑",或在笑的前后加上其他的修饰语等等。所有这些虽然在所指上语义相近,但在内涵意义(色彩、意味等)上并不相同。这种不同由一个词扩展到一个句子,再由一个句子扩展到一个语段。这样,即使是貌似纯客观的描述,事实上所谓"客观"也只是一种假象。当作家具体选下一个个词并用以组成一个言语单位时,这种表现性也就通过这些词的语义场的聚合和组合关系(词性、词格等的对比)的选择而清楚但却隐蔽地表露了出来。这些表现因素在进一步成为一种行为动作时,又会随着语流场的形成(其标志是一定的语气和语调的出现)而得到加强。譬如:

> 写尽了诗情画意之后,暑气已经陨落。我的笔所追踪的那架四轮马车,它终于走到故乡了。我写过了,我释然,可那遥遥的灰色房屋和古色古香的小镇果真为此而存在了么?我感到迷茫。我依然客居异乡,在寂寞中看着窗外的枯树和被污染的河流,我知道,下一季的钟声又要敲响了。

——迟子建《原始风景》

这段文字打动我们的是它的语调:委婉的抒情中带着点儿淡淡的感伤。由于语调的这种表情功能,一些语言学家们推测,语言在其发生阶段脱胎于原始人的歌咏和吟唱,认为现代语言中的语调便是音乐语汇中声调的一种退化的痕迹。此说因为缺乏更为坚实的逻辑依据而难以成为一种真正科学的见解,但语调本质上是一种情调,因而带有强烈的表现性则是毫无疑问的。所以日本文艺学家浜田正秀教授在其所著的《文艺学概论》里谈到,当你在说"红色的野蔷薇花"和"那波光粼粼的江河"时,"语气里便流露出对该事物的主观感情及评价"。这种语气可以是抒情的也可以是嘲讽、调侃的,而抒情也可有明快、浓烈、忧伤、缠绵等的区分,使得在语义场中存在着的主体痕迹得以进一步放大和凸现。

无需赘言,语言媒介的这种主体性使小说天然地具有一种抒发的潜在基质,这种基质替现代小说向诗的靠拢和汇合提供了方便。但我们不能因此而将小说轻易地从再现艺术阵营中驱赶出去,将它视为一种表现艺术。否则我们就无法解释小说与诗的区别。诗化小说之作为小说,毕竟依然存在不能与诗相混淆的特征,这特征便是对现实世界的再现性,它虽然表现于故事的抽象形态中,同样也是由小说的艺术媒介——语言提供的。英加登指出:"每一个名词都属于一个确定的纯粹意向客体,它的存在、形式、材料确定性贮存都依赖于名词的意义",而意义作为主体对客体世界的命名,总是指向于某个外在对象。"动词作为语言中最重要的句子构成或同构要素,在这方面也有同样的特点。它们把事态确定为纯粹意向性句子关联物。"这样,一个句子就以多种多样的方式构成在结构上变化多端的高级意群,最终"从这些结构中产生出作为故事、小说、交谈、戏剧、科学理论的实体"①。所以,阅读语言艺术作品,我们多少是在进行一种对物象世界的审美还原,即在一种形式化了的水平面上将语言中的意义转换成一种意向性客体。严格地说来,语义并不是我们所关注的对象,只不过是引导我们达到意指对象的通道。因此,如果说语言的主体性使得小说"天然"地具有一种表现性特征,那么这种表现性只能借助于再现化的方式才得以存在。即便是最抒情最具表现性的诗歌也不例外。由此看来,诗歌在古代被称为"文字写生",绝非出于偶然。譬如据记载,俄国著名未来派诗人阿·克鲁乔内赫曾打算从诗的语言符号中彻底清除表示现实客体的意象内涵,用"дыр бур щир убешур…"(得儿布儿西儿乌别树儿……)这样一串由纯音节组合成的书写符号来写诗,其结果是谁都无法理解,最终只得作罢。这些诗固然崇尚韵律、节奏和语调,但仍不能完全泯灭意象的原因所在。歌德曾经说过:"我为每个句子寻找视觉的形象。"小说是这样,诗歌也不例外。这是语言的再现功能的突出标志。所以卡西尔指出:"语言和艺术都不断地在两个相反的极之间摇摆,一极是客观的,一极是主观的。没有任何语言理论或艺术理论能忽略或压制这两极的任何一方,虽然着重点可以时而在这极时而在那极。"②相比较而言,诗是语言偏重于主观表现一极的产物,小说则是语言倾向于客观再现一极的结果。因而在诗中,再鲜明的意象也常常融解于韵律节奏的音响图式之中,而不能喧宾夺主地使意象压倒语流的运动起

---

① [波]罗曼·英加登:《对文学的艺术作品的认识》,陈燕谷、晓未译,中国文联出版公司1988年版,第28—29页。

② [德]卡西尔:《人论》,甘阳译,上海译文出版社1985年版,第176页。

伏,成为一幅名副其实的文字写生。反过来也一样,在小说里再突出的语调也无法孤立地凸显出来,游离于文本的形象世界而具有真正的表现价值。语调的表现不仅总是寄居、依附于具体描绘的词汇之中,而且其情感色调和指向也往往通过词汇的词义性质而得到确定。再举迟子建小说《原始风景》中的一段文字为例:

> 月光是这个世界上最无法让人捕捉的琴弦,它纯粹得使最好的琴手在它面前束手无策。我父亲是一个出色的琴手,他心灵的音乐曾经像一匹旅途的马一样驮着他远行流浪。他出生时月光湿润,而房屋的贫困之气和房屋之外等待他放牧的牛群又过于枯燥,使他站在荒凉的山坡上无法走进那个音乐丛生的世界。

英加登在分析诗人兼小说家的里尔克的妻子玛利亚·里尔克的传记性小说《科尼特·克里斯托弗·里尔克的爱与死》时曾经指出,这个作品中不少段落的语言有许多是"无用的、不实际的和重复的",其目的在于增强作品的韵律感。上面的这个语段具有相类似的特点。作家对诗意的刻意追求通过用词的华美和表述组织的弹性体现得十分鲜明,从而产生一种十分美丽的情感氛围。但仔细体会之下,我们仍可以觉察出,这种情调虽然是借助于叙述语调而得以凸显,但多多少少仍受到所叙内容的制约,离开了语句中的"月光"这个中心意象,以及月光下一位老人将一生奉献给他所崇尚的音乐这个动人故事,我们从字里行间所捕捉到的那种情绪便会逃之夭夭,或者面目全非。从这个意义上,就小说而言,重要的并非是指出小说文本的表现性,而是对作为这种表现之基础的再现化的特征有一个清醒的认识,这个特征归根到底是由小说的媒介所决定的。它意味着"在绘画与现实之间,有一种视觉上的相互一致(或关系),这种一致是语言与现实之间所没有的。语言再现几乎完全是惯例性的",也就是一种表现化的再现①。这也可以很好地解释尽管作为一种艺术方法的现实主义在今天已不新鲜,屡遭一些先锋艺术的唾弃和批评,但在小说领域它却雄风犹在。而在诗歌世界中,即使是 19 世纪中叶现实主义旗帜刚刚出

---

① [美]H.G.布洛克:《美学新解》,滕守尧译,辽宁人民出版社 1987 年版,第 63 页。

现之际,它也从未享受过在小说中受到的礼遇,未能真正形成一种气势同浪漫主义诗派分庭抗礼。追究起来,原因无非是因为小说文本的再现性需要用写实的态度来与之配套,相形之下,浪漫主义创作方法所倡导的情感抒发性也在诗的王国中如鱼得水。所以法国现代作家乔治·杜亚美不无道理地指出:"现实主义给长篇小说家留下了不少贵重的精密仪器作遗产,若把这些仪器送到旧货商店去,就不能不造成严重的损失。"①

3. 时间与空间

纵观时下的各路批评文字,大多在将小说界定为时间艺术这点上握手言和。寻根溯源起来,这方面的研究始于 20 世纪 20 至 30 年代。1927年,俄国人蔡特林发表了以《陀思妥耶夫斯基长篇小说中的时间》为题的论文。到了 40 年代,欧洲大陆学者们纷纷起而响应。如德国学者弥勒1946 年在波恩出版了《时间在故事中的意义》一书;同一时期,几位法国学者也撰写过这方面的专著。自此以降,风气渐盛,从时间角度切入小说文本成了一个新鲜而且实用的话题。作家们能够从中提出不少可以立刻在各自的创作实践中付诸实现的经验和技巧,而批评家们则能够沿着前人开辟的这条航道,使自己在小说世界的探险活动获得一种旅游观光的乐趣。对鲁迅的"拿来主义"耳熟能详的我国当代论坛自然也不会轻易放过这样的机会,仗着人多势众的特点,一时间趋之若鹜,短短几年工夫便使这一理论得以广为流传,在各种文章专著的正文或注释中普及开来。稍有不同的是,我国论坛对这一见解的引进主要来自三位英国作家。一是《印度之行》的作者福斯特,他在其所著的《小说面面观》一书中针对法国女作家斯坦因试图在小说里彻底清除时间痕迹宣告失败时指出:"小说把时间完全摒弃后,什么也表达不出来。"他还举出另一位英国作家本涅特的小说《老妇的故事》为例:"时间成了这本书的主角。它俨然以造

---

① 见《法国作家论文学》,王忠琪等译,生活·读书·新知三联书店 1984 年版,第111 页。

物主自居。"与福斯特同时代的伊利莎白·鲍温在《小说家的技巧》一文里也提出了相同的见解,认为"时间同故事和人物具有同等重要的价值。凡是我能想到的、真正懂得,或者本能地懂得小说技巧的作家,很少有人不对时间因素加以戏剧性地利用的。"还指出:"在一些书里面,时间与人物几乎处于同等的地位,甚至可以说时间也是主要的角色。"而稍后于福斯特和鲍温的乔纳·雷班则在他论述《现代小说写作技巧》的著作中,依据福斯特的理论,从小说的微观叙述和宏观叙述两个方面,对小说中的时间安排作了进一步的阐述。

他们的观点自然都无可非议,需要仔细地议一议的,是如何理解"时间是小说艺术的主角"这句话的真实含义。在这里,不论是"六经注我"还是"我注六经",食而不化的囫囵吞枣总是应该避免的,望文生义地妄加发挥每每会误人子弟。比如概括地来看,我们至少可以从这样两个方面来理解时间在小说中的重要性。首先从作品的能指——艺术媒介方面来看。小说的媒介是语言。阿恩海姆指出,语言是语词在一个维度上以直线性的方式作出的连续排列。语言的这一特点取决于其物质存在基础——语音能指。"只在时间上展开,而且具有借自时间的特征:a. 它体现为一个长度,b. 这长度只能在一个向度上测定:它是一条线。"①而我们知道,艺术媒介的特性并不在艺术文本之外。这样,根据莱辛在《拉奥孔》中所提出的"在时间中先后承续的表达符号也就只宜于表现我们在现实中看到的那些全体或部分在时间中先后承续的事物"这一著名原理,我们似乎可以为小说对时间的依赖找到某种理由。其次是从作品的所指——文本内涵方面来看。正如我们曾经分析的,小说虽然不能简单地归结为讲述一个故事,却不能没有故事。而我们知道,故事总是在一个时间流程中才得以体现。即使在福斯特所举的"国王死了,尔后王后也死了"这样一个不存在明显因果关系的结构中,时间性仍十分突出。这也是韦勒克和沃伦认为"'故事'来源于'历史'"的一个原因。它使我们

---

① [瑞士]费尔迪南·德·索绪尔:《普通语言学教程》,高名凯译,商务印书馆1982年版,第106页。

注意到这样一种文化现象，即按传统的要求，小说是必须严格地采用时间这一维的，"在许多伟大的小说中，人们出生、成长直到死亡；人物性格在发展、变化，甚至可以看到整个社会的变动，或展现一个家族的连环发展的盛衰兴亡史"①。

　　然而上述理由经不起思辨理性的挑战，只要我们仔细分析一番，便会发觉以媒介和文本内涵来解释时间在小说中的重要性显得似是而非。困惑来自两个方面。其一，从媒介上来考虑，抒情诗与小说一样属于"语言艺术"阵营，为此黑格尔在其《美学》中甚至提出："抒情诗比起史诗来还更加依靠时间作为传达的外在媒介。"因为在史诗里，更多地依靠空间的延伸的方式把许多现象并列交织在一起，而"抒情诗却要把瞬间涌现的情感和思想按生展次序表现为时间上的先后承续。"但这并不意味着诗与小说对时间的依赖是同等的，不妨以具体的作品为例。雨果有一次外出，亲眼目睹了一个孩子被枪杀，感情上的强烈震动使这位文学巨匠以《一件罪行的故事》和《回忆四日晚上》为题，分别以散文和诗歌的形式作了处理。前者的内容是这样：

　　　　这间屋子像是和一片后铺连接着的。在肖像下边，挂着一支祝过福的树枝。灯放在壁炉上，炉中燃烧着微微的火。灯旁边的一把椅子上，坐着一位老太太，身体前倾，好像变成了面概，折断了腰。她俯身在一件阴暗中看不清的、用她两手抱着的东西上。我走近去。她抱着的东西，原来是一个没了气的孩子。

　　　　可怜的老妇人在不出声地抽咽。E·P就在这所大楼里。他用手碰碰老太太的肩，对她说："让我们瞧瞧。"

　　　　老太太抬起头来，于是我看见一个惨白的小男孩，搁在她膝上；孩子半身赤露着，长得很秀气，额前两个鲜红的窟窿……

那首诗的内容是：

　　　　孩子头上挨了两枪，

---

　　① ［美］韦勒克、沃伦：《文学理论》，刘象愚等译，生活·读书·新知三联书店1984年版，第240页。

贫寒的住处，很朴素、清洁、安详。

肖像上挂着祝福的圣枝，

外祖母在一边哭她的外孙

我们默默地替孩子脱衣，他的嘴唇

惨白，张开着……

相似的例子还可以再举出徐志摩的散文《我所知道的康桥》和诗歌《再别康桥》，以及贺敬之的散文《重回延安》和诗歌《回延安》等。认真作一番对照，我们不难察觉，虽然散文和诗歌都是以语言为媒介，反映的题材也一致，但在接受心理中，散文的时间因素显然要强于诗的表达。原因在于诗受到分行排列的格式的限制。这种格式不仅使诗的细节被浓缩，在篇幅上也随之紧凑凝聚起来，而且突出了文本的共时态。这种突出不仅在形式上使诗获得了一种空间特征（因此而有所谓"图像诗"），同样在内容上也充实了作品的空间感。诸如"象征"、"隐喻"等文体因素便是通过这种空间意象的强化而得以强化，诗歌也正是通过这种强化而建构起自己的抒情结构。所谓"触景生情"，就是因为人的情感体验总是可以从客观物象中发现自己的对应物。别林斯基也据此以为，"纯抒情的作品看来仿佛是一幅画"，虽然诗的主要特点其实并不在画，"而在于由那幅画在我们心中所引起的感情"。[①] 但由于情与物之间所存在的那种神秘的牵引力，为了激发"情"而寻求"物"。所以，在比较意义上，是空间而非时间对于诗比对于小说更为重要，因为同小说相比，诗更富有表现性。

再从文本内涵来看，电影和戏剧同小说一样离不开故事，因为故事是一种能够以语言文字的形式而存在的东西，它既可以被一位陈述者以"说话"的方式"谈论"出来，也可以摆脱陈述者而以自我显现的方式"展示"给读者。但无论是哪种方式的表达，故事都包含着一条时间链。唯

---

① 见［俄］别列金娜选辑：《别林斯基论文学》，梁真译，新文艺出版社 1958 年版，第175 页。

其如此,有人提出,"电影和小说都是时间的艺术"①。然而这种提法利少弊多,很容易掩盖一些至关重要的问题。事实上,在电影里我们对时间的意识总是取道于空间方面的转换而形成,也由于这个缘故,我们常常不注意时间的存在,而是为生活"本身"所吸引。这也可以解释故事在电影和戏剧中,何以较在小说中更为重要。因为故事作为人的行为状态多少具有立体性和共对因素,这决定了在某种意义上讲,它不仅依赖于时间,而且更依赖于空间。因为"世界"这一概念的本意,指的就是一种"空间"存在。与小说相比,显然只有电影和戏剧更能满足故事的要求。因为在小说中,由于受到媒介的限制,任何空间幻象都只能通过时间的逐点前进来实现。但电影的表达媒介镜头提供的是画面,按照著名电影艺术家巴拉兹的说法:"画面是没有时间性的。"画面在一个直觉单位中展示给我们的场景,如果用语言转换出来,那将要在画面之外添加上许多东西,它所具有的只有一个特征:绵延。基于这个认识,显然同样是空间而非时间在影视艺术中占据第一把交椅。

以上所述表明,人们通常所说的"时间艺术"其实是一个十分模糊的概念,它既可以用来表示"以时间符号为媒介"的艺术,也可以指称"以时间文本为内涵"的艺术。毫无疑问,时间之所以能够在小说中担任主角,在于小说反映时间关系的全方位性,即它不仅以时间符号(语言)为其表达媒介,同样也以时间文本(故事)为它的内涵。而小说对时间的这种依赖性最集中地体现在其建构方式的选择——讲述上。

众所周知,"内容决定形式"这一事物存在的基本法则,在人类艺术世界里是以"形式制约内容"这一特定格局实现的。但一种艺术形式的建构如果说最终体现为一定的结构关系和风格样式的显现,那么其建构机制则是艺术家采用一定的艺术手段对由媒介承担的素材所作的处理。在这里,创作手段具有举足轻重的意义,在艺术媒介确定之后,它对作品形式的最终体现起着决定性作用。一般说来,小说家的常规武库中有四

---

① 见[美]乔治·布鲁斯东:《从小说到电影》,高骏千译,中国电影出版社1982年版,第66页。

种手段,即讲述(在习惯上这个概念被写成"叙述")、描写、抒情和议论,由于抒情常常能不具形态地取道于讲述、描写甚至议论而渗透出来,加之议论无法充当主角(过多的议论会使作品文本趋于说教化),因此在通常意义上,小说的主要创作手段是叙述(讲述)和描写,对这两个手段孰重孰轻的争论也就成了划分不同的小说形态阶段的一大标志。回顾一下欧洲小说的发展历程,我们可以清楚地看到存在着这样一条嬗变的轨迹:由文艺复兴时代的重叙述,到19世纪随着批判现实主义小说的全面兴盛而转变为重描写,又到了当代自从掀起现代小说革命之后重新回归以叙述为主描写为辅。正是在这种背景之下,卢卡契在《叙述与描写》一文里断言:"描写原来是许多叙事性的写作方法之一,而且无疑只是一种次要的方法。"这一结论的历史意义在于改变了由于受到那些杰出小说大师的推崇而一度盛行的重描写轻叙述之风。其逻辑依据首先在于叙述是作家联结故事结构的主要机制,而描写则往往局限于一个具体场景的格局。所以热奈特指出,现代小说理论家"研究叙述与描写之间的关系,归根结蒂主要是研究描写的叙述功能。"①因为没有叙述也就没有场景和场景的转换迁移(描写如同电影中的"定格"),而缺乏这种变化也就不会有名副其实的故事。但真正的关键在于,尽管叙述和描写作为两种不同的创作手段各有短长(在前者是形象感不强而导致枯燥,在后者则是过于精细而流于缺少变化)。但叙述的缺点能够通过强化个性色彩而得以弥补,使之富有吸引力;而描写的最终目标是追求视觉上的形象性,这种效果能够轻而易举地为诸如电影、戏剧乃至绘画、雕塑等时空艺术所取代。正是由于这个缘故,热奈特指出:在小说中"描写自然是叙述(讲述)的奴隶,须臾不可缺少,但始终服服帖帖,永远不得自由。有一些叙述体裁,如史诗与中短篇和长篇小说,描写可在其中占据极大位置,甚至最大的位置,但按其使命依然只对叙述起辅助作用。"究其原因,无非小说所独具的艺术魅力乃是一种介于抽象与具象之间的张力,这种张力虽然存在于语言文字之中,但只有在叙述里才得以最大限度的凝聚。不妨来看看几个

---

① 均见《美学与文艺学方法论(续集)》热奈特文,文化艺术出版社1987年版。

例子：

    A. 他对自己的生活很满意。因为满意也就没有理由不发胖，于是就发胖了。

    B. 詹大胖子是个大胖子。很胖，很白，是个大白胖。

两段文字均出自汪曾祺笔下，是他的两篇小说《晚饭后的故事》和《詹大胖子》中的文字，省略了细节的讲述行为表明，这是典型的叙述文字。两句话语中都存在一个共同特征：不精炼，语义重复、拖沓。明明可以用几个字就概括尽的意思，被叙述者"拉"长了，这种有意为之的将句子摆过来又翻覆过去的写法，有如语言游戏，但一种"味儿"却也由此而滋生出来。对于这种滋味，我们只能凭语感来体验品味，缺乏这种语感基础的人是无法觅取的，因为这种"味"存在于叙述文字中，是语言基质通过同叙述这种特殊的表达行为相融合的产物。因此，它无法为其他艺术文本所复制。正是这种特殊的滋味，赋予了故事在小说中的特殊魅力。

    沿此而进，我们也就不难理解，何以在以往的艺术史上，即便一部电影与一部小说述说的是同一个故事，但并不妨碍那些读过了小说的读者仍旧兴致勃勃前往电影院去一饱眼福。因为在电影与在小说中，同一个故事其实具有不同的艺术品格和审美价值。在小说中，这种价值在很大程度上是由讲述（叙述）而不是由描写赋予的。这样，倘若我们将"叙述"界定为用语言（尤其是书面语）陈说一件以上的真实或虚构的事件，那么它的区别于"演述"（影视艺术对故事的陈述）的特殊本质（或者说本质的特殊方面），显然也只能主要由讲述来体现。而承认了这一点，同时也就必须承认，小说文本的真正主角是时间而非空间。因为"叙述依附于被视为纯行动过程的行为或事件，因此它强调的是叙事的时间性和戏剧性；相反，由于描写停留在同时存在的人或物上，而且将行动过程本身也当作场景来观察，所以它似乎打断了时间的进程，有助于叙事在空间的展现"①。区别叙述与描写的一个根本标志是细节，叙述通过细节的省略和压缩实现其对事件过程的概括，描写借助于细节的放大和凸显来加深读

---

① 见《美学与文艺学方法论（续集）》，文化艺术出版社 1987 年版。

者对形象的印象。所以,在叙述中,时间得以突出。如海明威《老人与海》的第一段,只用了五六行文字就叙述了老渔夫在八十四天里连续遭受失败的经过。而描写总是使空间定格,如茨威格在《一个女人一生中的二十四小时》中,借女主人公的眼睛观察一双手用了三千多字作细致的描写,时间在这里悄悄退场。很清楚,正像离开了空间的并列关系,描写将无从谈起,时间感一旦被削弱,讲述也就不成其为讲述。而如果说在描写上缺乏特色会使一部小说的艺术性受到损失,那么在讲述上掉以轻心就会使小说徒有虚名。因此,为了使叙述性能够发挥其最大优势,小说家们需要注重时间掠素。莱辛当年在《拉奥孔》中之所以一再告诚诗人们尽量避免对事物作静止的描写,而应该在动态中加以处理,也是同样道理。所谓"动态描写",换用现代小说理论来表述,也就是"描写的叙述化"。

但上述结论很容易给人这样一种印象:似乎空间在小说中没有地位。这并非我们的本意。事实正像布鲁斯东所说:"为着艺术的目的,时间和空间归根结底是不可分的。指出某一元素的从属性,并不等于说这一元素就是无关紧要的。"①人类艺术活动的这一基本规律在小说世界同样适用。具体地来看,这同样可以首先从文本的能指和所指的结构上来加以解释。譬如我们在分析小说的主客观构成——表现与再现的关系时曾经指出,语言一方面先天地具有表现性,因为它完全是由言语主体一手操纵的;但这种表现性并不排斥其以再现性为背景,因为语言的基本单位语词是以语义为核心,而语义是对某种客观实体的命名。正因为如此,苏联著名文艺理论家卡冈认为:无论我们怎样强调语言的表现性,"然而它本身仍然首先是再现的工具。语言能够使人描述他的全部的现实的感性经验,并且使之客观化,能够使人这样形象地模拟他周围的世界,如同它出现在我们的知觉中一样,能够使人再现思想和体验的具体实物性。"②不难注意到,正如小说语言的主客观关系的本质反映出小说文本的表现和

---

① [美]乔治·布鲁斯东:《从小说到电影》,高骏千译,中国电影出版社 1982 年版,第 68 页。

② [苏]莫·卡冈:《艺术形态学》,凌继尧、金亚娜译,生活·读书·新知三联书店 1986 年版,第 294 页。

再现关系,当我们对小说语言的再现性特点加以肯定时,也就意味着替小说的空间因素找到了一种依据。因为再现之所以为再现,总是对一定实物形象的投射反映。显然,出于同样的认识,热奈特不仅认为"人们可以并且应当考虑文学与空间的关系",而且还认为"与其他任何种类的关系相比,语言似乎天然地更适于'表达'空间关系"①。这可以解释故事固然并非小说所最擅长表现的东西(电影在这方面更占优势),但同样可以在小说中立足。如果语言缺乏空间性,小说也就无能为力了,因为故事依赖于时空同一性。再进一步来看,小说文本在阅读上表现出来的时间性(这是由语言文字的线性排列所决定的),同样也是以空间关系的存在为前提的。譬如这种时间性的一种特殊表现是可以重复阅读,用卡冈的话来说就是:"阅读中篇小说和长篇小说以及诗歌时,允许为了思索而在任何一个地方停下来,允许返回到已经读过的地方,甚至抢先读后面的内容,如此等等。"②这种接受方式对于语言艺术(尤其是小说)显得如此重要(因为正是借助于这种方式,小说家们才能够充分发掘出语言张力的不确定中有相对的确定性,模糊中有某种可供理解的清晰性的优势),以至于我们很难否认这样一种见解:"叙事种类不仅容易迁就文学从存在的口语形式向书面形式的过渡,而且恰恰在这种新的土壤上达到真正的繁荣。"③因为小说文本一旦创作完毕,便以一种物质的空间方式存在着,图书馆是这种空间关系的一个最好象征:在每间屋子里,各种各样的书都同时陈列着,你既可以挑选出其中的任何一本开始阅读,也可以同时打开无数本,互相参照着进行阅读。重要的还不在于这种表层结构上的"共时性",而在于语句本身的结构关系。任何一个语词都具有纵向的聚合关系和横向的组合关系,这样,一个语词就不仅仅是以其自身的方式存在着,它同时也以一种语义场的方式存在着,联结着许多"不在现场"但却

---

①　见《美学与文艺学方法论(续集)》,文化艺术出版社 1987 年版。

②　[苏]莫·卡冈:《艺术形态学》,凌继尧、金亚娜译,生活·读书·新知三联书店 1986 年版,第 348 页。

③　[苏]莫·卡冈:《艺术形态学》,凌继尧、金亚娜译,生活·读书·新知三联书店 1986 年版,第 406 页。

暗中伴随着它的各类语词。比如"花"这个词的语义维至少可以从这样三方面展开：A. 植物方面（草、树木、果实）；B. 自然方面（春天、蜂蝶、公园）；C. 文化方面（节日、宴席、胜利、姑娘）等。显然，在这种发散状态中，不仅话语的线性关系被不动声色地模糊乃至最终取消了，而且随着这种取消也"在表面涵义与实际涵义之间产生了语言空间"（热奈特语）。不言而喻，这是孕育象征、暗示和隐喻的胎盘，因而也是使文学作品具有艺术价值的审美空间。它解放了我们的艺术接受活动，使之更具开放性和能动性，因为我们之所以有兴趣反复阅读一部作品，是因为我们可以从不同的方位展开阅读，而这种阅读自然每一次都可以给我们提供不同的新鲜的经验。这样，空间因素对文学作品而言，也就决非一种点缀和模仿，而是必不可少的。它在文学中与在其他艺术（诸如电影、戏剧、绘画、雕塑等）中具有同样重要的意义。它不仅是必然的（通过语词的语义学上的结构关系），而且也是十分必要的（借助于语词的符号学上的想象活动）。

然而我们应该承认，到此为止，我们所说的只是文学的空间性，作为共性因素，这种空间因素同样也为小说所具有。但作为一门独立的文学的艺术样式，小说与空间的关系还应该另有其特殊方面。对此，我们仍然只能从小说艺术文本的主要建构手段——讲述与描写的关系上来审视。如前所述，由于故事是被"陈说"出来的，而小说虽然不等于故事但又离不开故事性，在严格的意义上，读者读小说并非读故事，而是读一个用语言媒介谈论（陈说）出来故事，因此讲述总是在小说话语的表达中扮演主角。但对讲述的这种身份的认可，非但不能成为小说家在创作中轻视描写的理由，恰恰相反，应当给描写以应有尊重。因为尽管讲述在小说话语中总是扮演主角，但在形态上它却不能脱离描写而存在。换句话说，在文学家对语言的运用中，我们可以找到不带讲述的所谓"纯描写"（如在马致远的名句："枯藤老树昏鸦，小桥流水人家"里，就没有任何讲述的痕迹），但却无法找到不带描写的"纯讲述"。这是由于讲述固然可以省略对事物细节的描绘，但却离不开对事物的总的状态和特征的介绍，讲述通过这种介绍而达到对事件过程的把握，因为任何一个事件的发生总是属于一定对象的,离不开一定的行动成分和环境,而当一个叙述行为向我们指出了这些因素,便很难完全不具有描写作用。在这个意义上讲,也可以认为并不存在严格意义上的"讲述"与"描写"之分,只有"简洁描写"与"精确描写"的区别,一切所谓的"讲述",就其对事件承担者的某种程度的泄露而言,都可以视为描写。如刘震云《新兵连》中的一段话:

> 转眼半个月过去了。大家对部队生活都有些熟悉了,连走路也有些老兵的味道了。这时大家也开始懂得追求进步,纷纷写起了入党、入团申请书,早晨起来开始抢扫帚把。

这显然是"讲述",三四行文字将一伙新兵半个月内的生活作了粗略介绍,没有细节。然而这段话里存在着某种超讲述的东西。"大家"这个词告诉我们的首先是"人"不是物,其次是"一群人";而"抢"这个动词不仅是对由这"一群人"发出的动作的表述,而且还多少连带地映射出了这种动作实施时的一种状态,这种状态有别于诸如用"拿"、"找"、"弄"等动词所表现的状态,因此便显然带有某种描写性。正是这种描写因素的渗透,使得我们读到一个讲述句时,不仅能了解到一个事件的发生经过,而且同时也能对这个过程的一般特点有一个初步的印象。而这种印象对于讲述实现其功能来说并不是可有可无的,而是不可或缺的。因为讲述的最终目的同样在于使我们了解某个事件。为了达到这个目的,一定的印象的积累和提取是最起码的。艺术中的空间性就这样通过描写对讲述的贞操的侵犯而在小说中占据立足之地,它虽然不像时间那样锋芒毕露,引人注目,但却不甘示弱地遍布于小说文本之中,最终孕育出小说共时形态的一个内在悖论。韦勒克曾经指出过这一点,他在与沃伦合著的《文学理论》一书中写道:那些伟大的小说家们往往替我们创造一个虚构的世界,"在使用'世界'这一术语时,我们使用的是一个空间术语。但是'叙述性小说'却使我们注意到时间以及时间的连续"。有必要再作出一点补充的是,这种时间方面的连续性是通过一种空间方面的呈现而得以存在的。因为无论是讲述还是描述,作为叙述的两种具体方式,它们都是以"文字"而非口语的形态出现在文本中。这就是"叙述"不同于"叙说"的一个符号学特点。从符号学的观点来看,真正意义上的现代小说并不是用嘴巴"说"出来的,而是作家用手"写"出来的。用美国当代著名文论家马尔科姆·考利的话来讲:"不管这些作家用铅笔还是用钢笔写作,或者是在打字机上写作,重要的一点似乎是他们都用手写作。"而这个过程意味着"词语对他们来说不仅仅是声音,而且是他们的手在纸上制作的各种变幻莫测的图案"①。同样,对小说的读者而言,当他(她)打开一部小说时,就像英加登所说的,发现自己面对着一本"由一系列覆盖着书写的和印刷的符号的书页装订而成的书。所以,我们经历的第一件事就是对这些'符号'的视知觉"。所以,不仅仅是以语言符号为媒介,而且是以书面语、以文字为手段,这才是"叙述"的真正含义。这个特点使得小说这门艺术在某种意义上具有了一点书法艺术的形态学特征。因为现代小说的审美本质正是表现在书面语的运用之中:"随着写作的出现,叙事的性质发生了剧变。"这种变化不仅体现在书面语的采用可以充分保留创作者的艺术个性,体现出他们独特的精神品貌和审美风格,而且也只有在书面语的系统中,作者们才能最大限度地挖掘言语的艺术魅力,开拓文字的审美价值。这最鲜明地体现在语言的谐音效果上。如李昕的小说《望尽天涯路》里,写农村来的大学生周大安学外语时走"捷径",用中文来注音,将一句"我要睡觉(I am going to bed)"读作"爱摸狗应吐白的",听来让人哑然失笑。同样是这个细节,如果在广播里听来,就很难让人明白。② 相同的例子还有许多。如江浩的人物传记《嗜血的疯狂》③中有这么一句:"我们没有能力创造艺术上群雄割据的局面,但却在无意中完成了群熊汇集的现象。""雄"与"熊",同音不同义,一字之差,意思完全相反,也有着一种艺术谐趣。要产生这种效果,如果离开了书面语,小说家也就无能为力。全面深入地来分析小说家们在这方面的用武之地,不是本节文字的任务,在这里我们所要指出的仅仅是:小说文本对书面语的这

---

① 见程代熙、程红编选:《西方现代派作家谈创作》,文心等译,中国广播电视出版社 1991 年版,第 13 页。

② 分别见《当代》1991 年第 4 期,《电视·电影·文学》1990 年第 2 期。

③ 见[英]特伦斯·霍克斯:《结构主义和符号学》,瞿铁鹏译,上海译文出版社 1987 年版,第 141 页。

种依赖,决定了它对空间的某种关注。霍克斯说得好,口头言语作为一种听觉运动相对比较单纯,而"书写毕竟兼有两种类型的符号。通常以听觉方式出现的语言,当它被记录下来或印刷成文字时,就成了视觉性的了。因此,在听觉符号把时间作为结构力量这一举动上,还要加上视觉符号对空间所作的承诺。这样,书写就赋予语言以(口头)言语所不具备的直线性、系列性和空间的物理存在"①。这种存在直接使得小说文本能够"发布关于它们本质的图像信息"②。只有从这里深入进去,我们才能真正深刻地认识到小说文本的空间性质,这个性质与时间一起,为小说文本的审美品格提供了基本的背景。

---

① 见[英]特伦斯·霍克斯:《结构主义和符号学》,瞿铁鹏译,上海译文出版社 1987 年版,第 141 页。

② 见[英]特伦斯·霍克斯:《结构主义和符号学》,瞿铁鹏译,上海译文出版社 1987 年版,第 141 页。

第 二 章

小说形态的发展

任何事物都具有所谓"质的规定性",但这种规定性并不是一种静态的现象。小说的特性是在历史发展中逐渐形成并最终确立起来的。因此,认识小说不仅需要从发生学的角度来考察,还有必要从发展论的方面来把握。从这个方面来说,小说既具有其变化形态,也有其相对的稳定形态。本章主要从这两方面来分析。

第一节 小说的变化形态

所谓"变化"形态,指的是小说的历史变迁。小说不仅有它的现在,同样也有它的过去和未来,时间范畴中的这三个"点",构成了小说艺术的动态形态。

1. 小说的过去

在人类的艺术世界中,小说是一门后来居上的艺术。它那包罗万象的特点和雅俗共赏的魅力,不仅使它成功地取代了诗歌、戏剧等文学园地中的"老字号"成员,在语言艺术领域里独领风骚,而且也在很大程度上摆平了古典艺术文化中的绘画、音乐两大中心,一度成为现代审美活动的一大热点。然而,在小说以目前这种姿态展示在我们面前之前,曾经经历过怎样的一段路程?为什么文学史家们在谈到小说的兴起时,都不约而同地将世纪作为标志?现代小说又为何能在19世纪出现前所未有的繁荣?对诸如此类的问题有一个大致准确的了解,不仅是小说史论家的工作所不可或缺的,同样也有助于我们更好地认识小说艺术的基本特性和规律。

我们的论述似乎也有必要"话分两头,各表一枝"。先就欧洲小说的发展来看,最早的作品可以追溯到公元1至2世纪两位罗马作家创作的《萨蒂利孔》和《金驴记》。前书的作者佩特罗尼乌斯,据说是荒淫无度的罗马皇帝尼禄的心腹和密友。他凭借着自己对当时罗马宫廷生活的谙熟和对世俗人情的了解,穿插叙说各种相互衔接的故事,将生动的个性刻画、有趣的场面捕捉同精致的色情描写相结合,创作了这部幽默诙谐的作品。后者系阿普列乌斯的作品,它以作者青年时期在希腊北部帖萨利一带的种种奇遇为纽带,通过主人公误服高利贷者米罗的女巫妻子的魔药后由人变驴的感受,对当时罗马帝国的外省生活作了广泛的描写。但这两部类似于"米利都传奇"的叙事作品,还难以将真正的现实同神幻现象加以区别。如《金驴记》中由人变驴的故事以及一个著名插曲《小爱神和普苏克》,写某公主普苏克的美貌引起爱神维纳斯的嫉妒,她同小爱神结婚后又引起她两个姐姐的嫉妒。所以,它们通常都被视为"前小说",以今天的尺度来衡量,这些作品"不过是些故事而已,并不被看作是真正的文学创作,对小说的技巧也无贡献可言"①。在欧洲文学史上,使人类叙事活动完成其审美裂变的关键人物是意大利人薄伽丘,他完成于14世纪50年代的《十日谈》,不仅对当时正处于上升时期的资产阶级人文主义思想给予了热情赞美,而且还在文体上独树一帜,"把散文变成了引人注目

---

① 见〔美〕伊恩·里德:《短篇小说》,思涵等译,北方文艺出版社1988年版,第24页。

的文学艺术"①。这部作品因此而被文学史家们公认为欧洲近代小说登堂入室的一个坐标点。它同两个世纪以后相继推出的拉伯雷的《巨人传》和塞万提斯的《堂·吉诃德》等一起,标志着欧洲小说的发展出现了第一个高涨。自此以降,欧洲小说经历了一个以意大利和西班牙为中心的人文主义,以狄德罗《拉摩的侄儿》为代表的法国启蒙主义,以斯特恩《感伤旅行》为代表的英国感伤主义,以及分别由雨果、乔治·桑、大仲马、梅里美、爱米丽·勃朗特等同巴尔扎克、司汤达、萨克雷、狄更斯、屠格涅夫、列·托尔斯泰等为代表的、遍及全欧的浪漫主义和现实主义几大阶段。进入 20 世纪以来,西方小说的重心逐渐由英、法、意、德等欧洲大陆国家向美洲迁移,呈现出以托马斯·曼、罗曼·罗兰、巴比伦、萧洛霍夫等为代表的后期现实主义,到以卡夫卡、萨特、加缪、福克纳、普鲁斯特、詹姆斯·乔依斯、伍尔芙等为代表的现代主义,再到以博尔赫斯、马尔克斯、纳博科夫等为核心的后现代主义的转折。在这漫长的文学旅途中,出版于16 世纪中期的西班牙作品《小癞子》特别值得一提。这部作品以一个出身于卑微的穷苦人家的小叫花子为主角,取代了传统小说中的英雄美人和牧童牧女,讽世喻时,观照人生,使小说这种最初诞生于民间的街头巷尾,为众多引车卖浆者流所喜爱的文学体裁重归故地,成为布衣百姓的精神食品。所以,这部作品的意义决不仅仅在于承上启下地开了"流浪汉小说"的先河,在相当程度上,它其实已为欧洲批判现实主义小说创作在19 世纪中期出现大面积丰收作好了必要的准备。

再来看中国小说的历史变迁。尽管《辞海》认定《山海经》为最早的"旧小说",但那其实是取"小说"为"丛残小语"之意。以今天意义上的"小说"内涵来衡量,《山海经》不过是在战国时代记录整理成文的一部古代地理著作,虽然其中除了各种地理知识之外,还保存了不少远古时代的神话传说。伪托汉人班固所作的《汉武帝内传》和《汉武故事》,虽是以历史人物的生平为内容的故事编集,但同近代意义的小说仍有较大的差异。真正能以"小说"的身份在中国文学发展史上占据一席位置的,在当初是

---

① 见［美］伊恩·里德:《短篇小说》,思涵等译,北方文艺出版社 1988 年版,第 30 页。

六朝的"志怪"和"志人"小说。前者通常以干宝的《搜神记》和陶潜的《搜神后记》为代表,后者则以魏代邯郸淳的《笑林》和刘义庆编辑的从后汉至东晋历代旧文故事集《世说新语》为代表。这两类作品虽然在内容上各有侧重:"志怪"述鬼迹,"志人"说人事,但有一点乃是共同的,用鲁迅的话讲:"六朝人并非有意作小说,因为他们看鬼事和人事是一样的,统当作事实。"①因此,这两类文本在严格意义上说,犹如现代所称的"新闻"和"历史",充其量也只是小说的近亲。但它们对中国小说的发展功不可没,这番贡献具体地讲也就是直接引发了唐代传奇。从北宋人李昉等编的《太平广记》中所搜罗的六朝至宋初的小说作品来看,成书于唐初的两大传奇——王度的《古镜记》和无名氏的《白猿传》,都带有六朝志怪作品的明显烙印。这种情形在武则天时代的张鷟所作《游仙窟》中有了很大改观。这部作品虽以骈体写成,但它以主人公自叙某次旅途投宿与两位女主人公饮酒作乐的形式,反映了当时士大夫文人热衷于嫖妓狎娼的生活,具有强烈的现实感和世俗性,为唐代传奇脱离六朝志怪自立门户作了先锋。此后,中国小说在汲取了魏晋志怪小说、唐代传奇小说的养分的基础上,经历了宋代平话小说,元明白话小说,清朝讽刺、谴责、言情小说等演变过程,在 20 世纪形成一个汇集。从辛亥革命起,以鲁迅、周作人、郁达夫、沈从文等人为代表的现代作家,通过引进欧洲小说形式而逐步形成中国现代小说的文体格局,同由魏、唐以来的小说传统形成一种泾渭分明的对照,使得一般意义上的所谓"中国小说",单纯地成了对以清朝为界的那些文言和白话小说的别称。又由于中国古典小说在明代出现空前的大繁荣,出现了以四大名著《三国演义》、《水浒传》、《西游记》、《金瓶梅》和五大话本小说集"三言两拍"等为标志的"小说复兴"局面,人们在不规范的意义上也常将这种白话文体的作品视为中国古典小说的主导,而将它们所直接继承的宋元说唱文学视为中国小说的滥觞之地。因为白话在本质上乃是我国古代的一种口语,因而"在形式上和口头文

---

① 鲁迅:《中国小说的历史变迁》,见《鲁迅全集》第 8 卷,人民文学出版社 1957 年版,第 323 页。

学比较接近的白话文学,往往是口头文学的记录本和为口头文学创作的脚本。"①后两种形式发轫于唐代变文,发扬光大于宋元话本。具体的如《三国演义》的创作就明显地同元代作为讲史话本的《三国志平话》有着渊源关系;而作为《水浒传》的前身的《宣和遗事》,在体例上固然以编年史的形式出现,但文本中大量的白话部分表明它最初是在"案年演述"之后才"节录成书"②的。至于出现于唐末,后来又被改编创作为《西游记》的《大唐三藏法师取经记》,更是目前保存下来的继唐代变文之后第一种纯粹以白话为媒介的散文叙事文本,其最初的功用在于充当向佛家弟子及信徒、百姓们说经讲道时所依据的"话本"。所以,中国古典小说发达于明代白话文本,由于它直接受了宋代话本的影响,因而在文学史上有这样的观点出现:"小说起于宋仁宗时:国家闲暇,日欲进一奇怪之事以娱之。故小说'得胜头回'之后,即云'话说赵宋某年……'云云。"全面地来看,此说作为中国小说的发生论固然不够准确,但它指出了宋代话本小说在中国古典小说发展历程上具有独特的意义这一点还是可取的。除此之外还值得特别一提的是《太平广记》,它对于中国古典小说通过引入"野史"来突破所谓"纪史"、"征实"的藩篱,最终确立起"因文生事"的小说本体意识,起到了推波助澜的作用。

伴随着小说形态的这种发展的,是小说的社会地位的逐渐提高。英国著名作家毛姆在论述奥斯丁的小说时曾形象地向我们描述过这位女作家的创作情景:她总是"小心谨慎,不让仆人、客人或家里人以外的任何其他人怀疑她的工作。她写在小纸片上,这很容易收起来或用一张吸墨水纸遮盖住。在前门和下房之间有一扇转门,推动时会发生吱吱嘎嘎的声音;但她不让排除这小小的不便,因为这会在有人来时给她发出通知。"女作家之所以需要这么做,乃是因为在当时,"小说是受人轻视的一种文学形式"③。另一位英国作家、19世纪的英国现实主义小说大师之一安东尼·特罗洛普也曾这样告诉我们:"我清楚地记得,在我年轻的时

①　见[美]韩南:《中国白话小说史》,尹慧珉译,浙江古籍出版社1989年版,第5页。
②　鲁迅:《中国小说史略》,见《鲁迅全集》第8卷,人民文学出版社1957年版。
③　见《文艺理论研究》1985年第3期。

候,小说还不像今天这样无可争辩地能够厕身于大雅之堂。50 年前,乔治四世在位期间,确实不像其前任王朝期间莉迪亚那样对待小说:一听到长辈走来,就赶快把《皮克尔传》藏到枕头底下,把恩斯华斯的作品藏到沙发下面。但是毫无限制地允许阅读小说的人家是不多的,好多小说是完全禁止被阅读的。"①与此恰成对照的,是 19 世纪以来小说家声望的提高。如果说巴尔扎克当年在他妹妹面前以拿破仑自比,已清楚地表现出他作为一名小说家的自豪,那么著名小说《查泰莱夫人的情人》的作者劳伦斯的这番话说得就更加明白:"作为小说家,我认为自己比圣人、科学家、哲学家、诗人都更为优越。"②导致这种转变的一个最根本的原因,无疑是小说向现实生活的逼近。对小说的接受心态的分析表明,尽管由于对平庸生活的厌倦每每使得小说的读者们在拿起一本小说时,如司各特所说,"仍然渴望钻进比自己和邻人的普通遭遇更加有趣和奇特的曲折情节的浪涛中去。"③但人类本性中对"意义"的追求使他们并不愿意以牺牲"真实性"为代价来换取这种乐趣。最好的例子便是奥斯丁的小说。正如司各特所率先指出的:创作出了《爱玛》、《傲慢与偏见》、《理智和感情》的作者奥斯丁,以"描绘读者每天习见的事物"取代了她的前辈作家作品里的那些"来自想象世界的离奇场面"。然而尽管如此,一代又一代的读者在读完奥斯丁的小说之后,都曾面对这样的困惑:"为什么即使你把这本小说读了一遍又一遍,而你的兴趣仍不减当初?"显然,个中奥秘便在于真实。对这种真实的追求在现代那些杰出小说里自然比比皆是,但在奥斯丁的时代却如同凤毛麟角。根据司各特的记载:"小说家过去必须在或然性和可能性的同心圆之间踏步,而且,由于他不能越过后者,他的小说为了调整情景,几乎老是超越前者的界限。"于是,"小说的不真实在这里表现得甚至超过形形色色的急剧的命运转折。……所有这些挖

---

① 见王春元、钱中文主编:《英国作家论文学》,汪培基等译,生活·读书·新知三联书店1985 年版,第 176 页。

② 王春元、钱中文主编:《英国作家论文学》,汪培基等译,生活·读书·新知三联书店1985 年版,第 510 页。

③ 见王春元、钱中文主编:《英国作家论文学》,汪培基等译,生活·读书·新知三联书店1985 年版,第 127 页。

空心思臆想出的费解的情节、阴谋诡计的真相、内幕错综复杂的事件,以及新奇古怪的描写等等,同日常生活一点也不相似。"①驻足来看,小说在过去之所以被世人所鄙视,其原因在相当大的程度上在于小说自身的失真。所以,随着时间对读者好奇心的销蚀,这类小说终于脂粉褪尽,不再拥有生命力,也就在情理之中。相形之下,奥斯丁的作品要真实得多,这种真实是根植于作家的高度艺术修养之上的。正像司各特所说:"一个塑像是否同赫拉克勒斯相像,我们且留给作者的良心去管吧;可是关于自己的朋友或邻人的肖像是否画得逼真,任何人都能够加以批评了。"写实的小说要想让读者满意,需要有艺术技巧。所以,当奥斯丁成功地达到这一目标时,她也就替小说地位的提高作出了贡献。这种情形,我们可以从中国古代小说的发展背景里得到印证。对于《庄子·外物》篇中:"饰小说以干县令,其于大达亦远矣"一语,鲁迅在《中国小说史略》中指出,这儿的"小说"并非指现代意义上的一种文体,而是指与"大道"(帝王之道、圣人之言)相对的"琐屑之言,非道术所在"。这一观点始终为古代中国文人所接受。如罗浮居士在《蜃楼志序》中写道:"小说者何? 别乎大言言之也。一言乎'小',则凡天经地义,治国化民,与夫汉儒之羽翼经传,宋儒之正诚心意,概勿讲焉。一言乎'说',则凡迁、固之瑰玮博丽,子云、相如之异曲同工,与夫艳富、辨裁、清婉之殊科,宗经、原道、辩骚之异制,概勿道焉。"②问题在于人们最终还是选择了"小说"这个概念,来表示在西语里用 novel 和 fiction 所代表的一种语言艺术体类。究其原因,除了文体方面的记事录史的缘故之外,文化评价上的轻视无疑也是一个因素。对小说的轻视一直到了近代才以一种矫枉过正的方式得到改变。梁启超的话是最具代表性的。他在《论小说与群治之关系》中提出:在当代中国,"欲新道德必新小说,欲新宗教必新小说,欲新政治必新小说,欲新风俗必新小说,欲新学艺必新小说,乃至欲新人心、欲新人格,必新小说"。③

---

① 《文艺理论研究》1985 年第 3 期,第 129 页。

② 转引自黄霖、韩同文选注:《中国历代小说论著选》上册,江西人民出版社 1982 年版,第 525 页。

③ 见方正耀:《中国小说批评史略》,中国社会科学出版社 1990 年版,第 226 页。

将小说的价值抬高到无以复加的地步。这显然又是一种偏差，因而对于梁启超的理论，响应者固然不少，不赞成者也大有人在。年长于梁的黄人便是其中一位，他在《〈小说林〉发刊辞》里指出："有一敝焉，则以昔之视小说也太轻，而今之视小说又太重也。昔之于小说也，博弈视之，俳优视之，甚且鸩毒视之，妖孽视之，言不齿于缙绅，名不列于四部；私衷酷好，而阅必背人，下笔误征，则群加嗤鄙。……今也反是，出一小说，必自尸国民进化之功，评一小说，必大倡谣俗改良之旨；吠声四应，学步载途。"①这番话虽然未免偏激，但如果我们将之同巴尔扎克、劳伦斯等作家的自白比照一下，便可发现彼此实在也是十分相像。

从以上所述来看，像挪威特隆赫姆大学教授杰里米·霍索恩那样，认为"真正的小说正式出现于 18 世纪的欧洲"②；或者如英国学者伊恩·瓦特所说："'小说'这个术语的使用只是在 18 世纪末方告完全确立。"③似乎都带有"欧洲中心论"的烙印。因为早在 14 世纪中叶，我国古典小说史上的两朵奇葩《三国演义》、《水浒传》便相继问世。在此之后不久，《西游记》和《金瓶梅》也陆续诞生。无论从人物形象的刻画，还是从故事线索的曲折复杂，以及反映的生活面和手段的娴熟等等来衡量，这些小说都已达到十分高的水准，标志着我国小说艺术的成熟。但深入地来看，事情并非如此。因为在上述四大小说里，除《金瓶梅》外，都有着文本上的一些共同点：文本内容方面的传奇性和题材上的历史性。如前所述，作为一种小说作品的《三国演义》和《水浒传》，虽然已完全不同于历史上所记载的同名故事，但毕竟有着各种史传故事为底本。这两部作品来自话本演述的背景也表明了它们不可能摆脱史传类文本的影响。正如美国学者韩南所指出的："《三国志平话》无疑是某种程度上以口头文学的复合体为基础写成的，是后来的《三国志通俗演义》的来源之一。《宣和遗事》以编年史的形式写北宋衰败时的情况，重点在宣和年间。其中的白话部分为

① 方正耀：《中国小说批评史略》，中国社会科学出版社 1990 年版，第 239 页。
② 见《文艺理论研究》1990 年第 6 期，第 87 页。
③ 见《外国文学报道》1987 年第 6 期，第 32 页。

后来的《水浒》所本,内容虽简单,却很完整,值得注意。"①而《西游记》虽然也有类似的故事来源,但较《三国演义》和《水浒传》更富有传奇魔幻色彩。从中我们固然可以清楚地看到小说在发生学上的来源于传奇故事及历史文本的特点,但同时也应该注意到这些作品与今天意义上的"小说"仍有一定的差异。因为近代小说只有在完全摆脱史传文学和传奇文体的控制之后,才能真正确立起自己"因文生事"地来反映人间常态的本质。像这样意义上的小说,也就是奥斯丁式的作品,在我国古典小说里,能够与之媲美的是《红楼梦》。这部小说既无"奇"可传,也无任何史传文本可依,批评家们充其量只是从字里行间捕捉到一点作者本人生活经历的影子。所以,《红楼梦》在中国古代小说史上的意义,首先在于它标志着由《金瓶梅》所开启的真实地反映人生社会的小说范式,已在中国文学史上安营扎寨。自此以降,小说家们越来越自觉地注意摆脱传奇和史传文学的影响,使小说名副其实地成为一门独立的语言艺术,而不再是"传奇"的变种和"史书"的尾巴。从这个意义上来讲,如同欧洲文学史家们将奥斯丁的小说创作视为近代小说的一个里程碑,我们也完全有理由将《红楼梦》的诞生作为中国近代小说的第一页。考虑到这部名作于1791年左右问世(这在时间上同奥斯丁的创作极为接近,这位女作家的第一部小说《第一次印象》于1796年冬着手,次年8月辍笔),我们似乎没有必要对大多数小说史家们迄今仍将18世纪视为近代小说的开端的观点,过于吹求。当然,这并不意味着抹杀《金瓶梅》在中国小说发展历程中的突出地位。正如狄德罗的《拉摩的侄儿》这部小说的意义,在欧洲近代小说史上并不亚于奥斯丁的几部作品;《金瓶梅》对于我国近代小说的发展,也产生过巨大的影响。这就是它以最真切的世俗生活取代了那种大起大落的英雄故事,以普通人的喜怒哀乐取代帝王将相和才子佳人的成败得失。而比奥斯丁的作品早几年问世的狄德罗的对话体小说《拉摩的侄儿》,通过对处于金钱时代的人们赤裸裸的本性的大曝光,使小说从"天上"降落到了人间。因此,如果说《拉摩的侄儿》是欧洲近代小说的先声,那么《金

---

① 见〔美〕韩南:《中国白话小说史》,尹慧珉译,浙江古籍出版社1989年版,第8页。

瓶梅》则是我国近代小说之树上的第一枝。因为这本小说中的人物不仅有极鲜明的个性,而且还有极普通的人性。相形之下,我们更容易看出,无论是《三国演义》还是《水浒传》,两部作品中的人物虽然栩栩如生,各具性格,但他们身上那种非同一般的武艺、神机妙算,高出于众的意志品质,以及所参与的轰轰烈烈的战争生涯,这一切都使整个故事具有浓厚的传奇色彩,使小说中的人物事实上成了一种以普通人形象出现的超人。

在如何界定近代小说的历史开端的问题上,产生过不少的争执和意见分歧。与此不同的是,批评家对小说这一新体裁在 19 世纪出现前所未有的繁荣这一点并无异议,问题只是在于如何解释这种现象。在日本学者坪内逍遥看来,我们的思考应该从小说与戏剧的关系入手,理由是:"地道的小说在世上出现,总是在戏剧趋于衰微的时期。"[①]这无疑是合乎事实的,而从这个"果"去追寻"因",我们所得到的只能是生活本身的变动。生产力的飞速发展带来的经济和政治文化的繁荣,使得近代社会较之古代社会更为复杂。而戏剧这种体裁由于受演出的时空限制和接受效应方面的艺术假定性的规约,显然无法包容由社会变化所形成的新格局。唯其如此,尽管戏剧与小说一样拥有故事,但小说在文体方面的伸缩自如和接受方面的隐秘性,使得它显然较戏剧更能适应这种丰富多彩的生活。值得指出的是,无论在经济上还是在政治上,这种巨大的社会变化都出现在 18 世纪末。如果说 1789 年的法国大革命标志着整个欧洲在政治上从此开始了一个新纪元,那么从 1760 年开始到 1860 年为止出现于英国的第一次工业革命则意味着人类的经济生活由此进入了一个新阶段。社会结构的这种变动带来的第一个结果是人口的增加。以法国为例,1700 年的人口是 1700 万人,近一个世纪后,增加到 2600 万人。社会变革带来的第二个结果是相对剩余时间的增加和社会整体生活水平的提高:大机器的发明和使用一方面固然加剧了分配的不均,拉大了贫富差距,并且在某种意义上也使人们沦为机器的奴隶,但另一方面毕竟也提高了人们的生活质量,解放了生产者,使得人们有条件也有兴趣投入到一种积极的休息

---

① 见[日]坪内逍遥:《小说神髓》,刘振瀛译,人民文学出版社 1991 年版,第 39 页。

之中：以娱乐游戏的方式来认识自己、把握世界。这种认识和把握既包括对人生中隐秘现象的微观窥视，也包括对历史和宇宙上下数千年、纵横无数里的宏观扫描。仅仅只是在当时，戏剧、史诗和传奇等叙事艺术作品无力承担这种任务，难以满足读者在这方面的需要，小说才得以在文坛大显身手，独领风骚。

看来事实只能是这样："社会存在和社会意识的不断改变不仅引起了对艺术掌握世界的新方式的需求，而且使过去曾经很重要的某些艺术形式、品种、种类和体裁失去了社会价值。"①反过来也是这样：正如古代希腊社会对裸体运动的强调刺激了雕塑艺术的繁荣（因为只有这种艺术形式能够最好地体现人类的裸体美），19世纪以来由于经济的杠杆作用所带来的城市的发展和市民文化的兴盛，使得被黑格尔称为"近代市民阶级的史诗"②的小说，得到了全面发达所需的两大基本条件——足够的写作材料来源和必要的接受对象。因为小说的文本内容总是带有世俗化的倾向，小说的接受范围也带有大众化的特征，这两点都集中体现于市民生活之中。因为都市既是一个政治中心，也是商业中心，并且都市的居住空间规定了居民的大众性。用马克思的话来说："都市的居民，密集在一个小的空间内，彼此间更容易结合。"③只有在这种结合中才会产生所谓"大众文化需求"。其次，相对于那些农民和小生产者而言，都市居民的文化素质要高些，受到的教育要多些，经济生活水平的发展在他们身上首先引起的一个显著变化是教育的推广，其结果是起码的读写能力的提高。这种能力对于诗歌和戏剧的接受者而言或许并不是必不可少的，但对于小说的欣赏却十分重要。因为小说不仅是一种"语言"艺术，而且也是一种"文字"——书面语艺术，它通过书面语的形式使我们从"群雄荟萃"与"群熊汇集"这样细小的反差对比中体会到一种"言语滋味"，让我们从

---

① 见［苏］莫·卡冈：《艺术形态学》，凌继尧、金亚娜译，生活·读书·新知三联书店1986年版，第272页。
② 见［德］黑格尔：《美学》第三卷下册，朱光潜译，商务印书馆1981年版，第167页。
③ 见［德］马克思：《剩余价值学说史》第二卷，郭大力译，人民出版社1978年版，第89页。

"柔软"与"女性"之间的微妙联系中去捕捉一种"叙述魅力",从而使言语不是简单地"介绍"一个故事,而是创造出一个为小说所独有的语言艺术文本。因此,当经济的发展在19世纪通过人口的成倍增长和文化教育事业的发展,使市民文化相应地受到刺激,它最终也在生产与消费两方面为近代小说的繁荣奠定了坚实的基础。

除此之外,我们在谈到19世纪的小说的繁荣背景时,还不能抹杀了人类思想文化的巨大贡献,这种贡献主要是由科学活动带来的。譬如,批评家们曾经注意到,由于传奇是近代小说最直接的母本,所以,人们在某种意义上常常也将小说视为"传奇的一个变种"。然而一个人所共知的事实是:小说的兴起,不仅伴随着戏剧的衰落,同时也促使传奇的消亡。仍旧用坪内逍遥的话来讲:"随着文明的进步,世人逐渐对这种传奇的荒唐无稽,自不能不感到厌倦,于是传奇随之衰颓,兴起了所谓严肃的物语(novel)。"[①]对于这番话的含意不能理解为指现代人对世界已经不再感到好奇。因为我们知道,好奇心不仅是传奇文学的摇篮,同样也是孕育现代小说的胎盘,如果没有对大千世界的认识欲,就不会产生阅读各种小说的艺术需求。应该从现代人好奇心的调整方面来加以理解:对于今天时代的读者来讲,能够真正诱发我们好奇之心的,已不再是那种带有明显虚幻性的域外艳遇、天涯奇闻,以及不切实际的偶然的如愿以偿;而是那些每日每时发生在我们身边,时时刻刻都能为我们个人的切身体验所感受到的这个社会的一切。"我们的出发点是从事实际活动的人,而且从他们的现实生活过程中我们还可以揭示出这一生活过程在意识形态上的反射和回声的发展。"[②]马克思和恩格斯这两位人类精神文化的大师当年在《德意志意识形态》一文中所说的这番话,无疑代表了那个时代的人类精神生活的普遍特点。而导致人类意识中出现这种从"务虚"到"务实"的根本性转折的原因,首先当然是随着经济生活的发展而形成的一种社会心理。用马恩在《共产党宣言》里的话来讲,也就是金钱关系对古代宗法

---

① 〔日〕坪内逍遥:《小说神髓》,刘振瀛译,人民文学出版社1991年版,第33页。
② 见《马克思恩格斯全集》第3卷,人民出版社1960年版,第30页。

社会的情感关系的取代，使得"人们终于不得不用冷静的眼光来看他们的生活地位，他们的相互关系"。其次当推科学对人类精神的改变。不少人类学家都曾提出，从文化学的角度来看，人类迄今为止的历史可以在总体上划分为三个阶段，即以巫术文化为核心的古代社会，以科学文化为主导的现代社会，和表现为巫术文化与科学文化互相渗透、碰撞、对抗的过渡时期（近代）。在漫长的巫术文化一统天下的历史时期，我们的先辈似曾真诚地相信过各种奇迹；出于对自身力量的缺乏认识和对不可征服的自然力的恐惧，那些在今天看来似乎十分荒诞的现象在当时被人们信以为真地予以接受。传奇文学便是在这种背景下得到空前发展的，它与早期的神话传说一起被今人视为虚幻文化的两种形式，但在当时的读者与听众心目中却不失为一种真情实事。坪内逍遥对神话的分析在某种意义上其实也完全适用于传奇："其记载的故事，当然并非全是事实，但也很难说是虚构，它是虚假的故事与以讹传讹的事迹相互混淆在一起，装点成实有其事。"①人类的求知本能使得人们从来不会心甘情愿地"上当受骗"，为那些虚假的东西所陶醉，"好奇心"从来不曾完全脱离过"好真心"的约束控制。只是由于现代科学解除了巫术文化的催眠，调整了人们关于"真实"的观念和对于可能性的理解，使得传奇这种文体显得力不从心，从而为小说的崛起提供了一个历史契机。正如19世纪著名文论家赫士列特当年在评论莎士比亚戏剧时所指出的："《麦克白》中的妖婆在现代舞台上确实是可笑的，我们也怀疑埃斯库罗斯悲剧中的愤怒女神会不会比这更受到尊重。习俗与知识的进步对演戏有影响，也许将来到时候会把（古典）悲剧和喜剧一起毁掉。"②近代科学发展使得在伊丽莎白一世时期被人们深信不疑的"鬼魂"现象成了笑料，而这种科学在经过18世纪的启蒙运动的推波助澜之后，终于在19世纪出现全方位的兴盛。所谓近代科学的三大发现——"细胞学说""能量守恒"和达尔文的"进化论"便是在这种土壤中结出的三枚硕果。事实正像两位美国学者所指出的：

---

① ［日］坪内逍遥：《小说神髓》，刘振瀛译，人民文学出版社1991年版，第32页。
② 见杨周翰编选：《莎士比亚评论汇编》上册，中国社会科学出版社1979年版，第205页。

"我们都知道达尔文为进化论之'父',实际上1859年《物种起源》的出版主要是巩固和普及业已传播的科学思想。"①只要看到这一点,我们就不会对高擎着"现实主义"这面旗帜进入文坛,通过标榜"科学性"而引人瞩目的小说之所以能在19世纪出现全面的繁荣景象,感到任何惊奇。

作品是整个艺术文化的存在基础,19世纪作为"小说世纪"的主要标志,是出现了一大批杰出的小说艺术大师。他们的卓越才华与勤奋工作的结合使他们的作品不仅拥有众多本国读者,而且在当时或者日后对整个世界的精神文化产生了深远而广泛的影响。比如在英国,虽然人们对这个国家的近代小说之源究竟是笛福的《鲁滨逊飘流记》,还是撒缪尔·理查生的《帕米拉》,抑或是亨利·菲尔丁的《汤姆·琼斯》莫衷一是,但对瓦尔特·司各特在英国小说史上的地位却不会有争议。他于1814年隐名发表的震动英国文坛的长篇历史小说《韦佛利》,标志着他由一个"桂冠诗人"转而成了历史小说家。在那以后的17年中,他一气出版了25部长篇历史小说,这些作品几乎在许多方面都曾对当时的以及后来的英国小说创作产生过极大推动作用。因为"在情节发生的时间和地点方面,在小说中所描写的社会关系性质方面,它们都是和司各特本人及其读者当时的现实生活很接近的"②。同奥斯丁在当时的影响相比,司各特的作用显然要大得多。与作者同时代的一位评论家在1838年曾这样描述过司各特小说的影响:"一个人在这儿可以比在任何别的地方都更断然地往后一仰,高声宣称:'让我躺在这张沙发上读无穷无尽的瓦尔特·司各特的小说吧!'"③从这些方面来看,司各特不仅是欧洲的历史小说之父,他同时还是英国现代小说之父。19世纪对于俄国小说界的重要性尤为突出。如果说1825年2月发表的诗体小说《欧根·奥涅金》第一章,和1836年10月完成的长篇历史小说《上尉的女儿》,标志着俄国近代小说

---

① 见[美]罗德·W.霍尔顿、文森特·F.霍普尔:《欧洲文学的背景》,王光林译,重庆出版社1991年版,第290页。

② 见苏联科学院高尔基世界文学研究所编:《英国文学史(1789—1832)》,人民文学出版社1984年版,第215页。

③ 见文惠美编著:《司各特研究》,外语教学与研究出版社1982年版,第15页。

创作的开始;那么,于 1842 年同时推出短篇小说《外套》和长篇小说《死魂灵》的果戈理,则无疑是俄国现代小说的掌门人。陀思妥耶夫斯基的那句"我们全都来自《外套》"①的名言,十分清楚地反映了果戈理在像陀思妥耶夫斯基、屠格涅夫、奥斯特洛夫斯基、车尔尼雪夫斯基、列夫·托尔斯泰、契诃夫等一批俄国小说名家心目中的地位。而在 19 世纪的法国文坛,不仅出现了以一部《红与黑》和一部《巴马修道院》两本小说声扬四海、名垂千古的司汤达;而且还涌现出了一代小说大师巴尔扎克。从1829 年 3 月第一次以真姓实名出版长篇历史小说《朱安党人》开始,至1847 年 6 月完成《交际花盛衰记》,巴尔扎克在《人间喜剧》这个总题目下完成了 91 部长、中篇小说,刻画了 2400 多个不同性别、身份、性格的人物形象。而在这个过程中,正如勃兰兑斯所指出的:"他不仅奠定了小说写作现代风格的基础,而且由于他是科学越来越深地渗透到艺术领域这个世纪的真正儿子,他介绍了足资旁人遵循的观察事物的方法。"②许多与巴尔扎克同时代的及后来的作家,正是由于受到他的这种艺术精神的鼓舞和影响,通过对由他所承前启后地加以完善使之成熟的现实主义方法的发扬光大、推陈出新,而得以在小说领域建功立业、大显身手,最终汇集一堂,开创出小说艺术的崭新局面。所以,如同司各特和果戈理分别被人们奉为英国和俄国现代小说之父;对于巴尔扎克来说,勃兰兑斯馈赠给他的"现代小说之父"的称号应该是受之无愧的。他的名字之所以如这位大批评家所言,"具有千军万马的力量",无疑是因为他的这些作品最鲜明且强有力地体现出了那个时代的小说艺术的精华。以至于无论我们如何看待巴尔扎克的小说,是接受还是拒绝,都不能否认他的创作事实上已成为通常所谓"经典小说"的最佳范式。唯其如此,当那些不甘心臣服于伟人脚下充当小说世界的二等公民的年轻一代小说家们,企图从这种经典作品的包围中突围时,他们首先拿巴尔扎克祭旗也就毫不足怪了。而当这种现象由"宣言"变为实践时,一场现代小说革命也就拉开了帷幕。

----

① 见杨周翰等:《欧洲文学史》下卷,人民文学出版社 1979 年版,第 197 页。
② 见[丹]勃兰兑斯:《十九世纪文学主潮》第五卷,李宗杰译,人民文学出版社 1982 年版,第 232 页。

2. 小说的现在

从近代传奇故事中脱胎而来的小说艺术,自从在 18 世纪随着现实主义艺术的历史性崛起而崭露头角,并且最终于 19 世纪取诗歌和戏剧而代之,开始占据文学家族的第一把交椅以来,迄今已走过了一段光辉灿烂、充满荣誉的历程,当然,世纪之隔的变化是有目共睹的。当代小说在形态上不仅同它的传奇类同辈大相径庭,而且即使同曾经为小说艺术的全面兴盛立下过汗马功劳的 19 世纪批判现实主义作品相比,也已显得面目全非。因此,如何把握这种变化就成了一个问题。

谈到当代小说整体格局的这种变化,人们首先会着眼于作品的结构方面,习惯于用"故事瓦解、情节淡化"来加以概括。但事实上,"情节淡化"一说固然能够成立,"故事瓦解"却似是而非。伊恩·里德说得好:"正如最简单的无情节的素描,由于极少描写人类活动和人类动机,而不被看作真正的短篇小说一样,纯轶事也不应被视作小说,因为它只描写一些支离破碎的事件。"他的结论是:"只有轶事扩大成故事时才趋向于短篇小说。"①里德的这番话之所以不容置辩,是因为小说不仅仅是对生活的一种反映,而且是对人的命运的展示。在这里,不仅仅是一些散乱的事件,而且这些事件的"连贯性"才能构成为小说的反映对象,因为只有在这种具有连贯性的事件序列中,才能存在人的命运感。由于这种连贯性就其性质而言总是包含着一种因果关系(否则就无"连贯"可言),因此,所谓"故事"也就是这样一种现象,它虽然以一系列事件为细胞(这些事件本身又常常以各类人生碎片为"分子结构"),但并不等于"事件"。"只有当三个或三个以上的事件联系起来,而且其中至少有两个是发生在不同时间,且有因果联系时,才有故事的存在"②。可见,因果性与故事同在。这个结论又同福斯特当年所作的关于"情节"的规定并无差异。

① ［美］伊恩·里德:《短篇小说》,思涵等译,北方文艺出版社 1988 年版,第 51 页。
② ［美］伊恩·里德:《短篇小说》,思涵等译,北方文艺出版社 1988 年版,第 8 页。

按照福氏的见解,情节由具有因果关联的时间上有连续性的事件构成,而故事则仅仅表现为一种时序的连贯。但事实上,事件之间在时序上的历时态串接常常能在一定意义上包含有因果链的关联。导致人们发生误解的症结便在这里:由于因果性一仆二主地与故事和情节同时具有密切的关系,使得人们很容易将情节在现代小说中的萎缩,错当成故事的全面撤退。但两者并不是一回事,区别在于对因果关系的具体表现上。正如故事是事件的一种特定存在,情节乃是故事组织事件的具体格局,因而情节性同因果性成正比。这意味着小说家虽然有可能在情节的浓与淡方面各取所好,但决不可以在故事是否出场的问题上随心所欲。强烈的曲折的情节无疑是小说家养精蓄锐的避风港,但并不是说除此之外小说就不再具有在艺术领域内攻城略地的有效武器。对"叙述性"的强化便是这个武库中一种具有强力杀伤作用的手段。事实早已证明,"文学叙述可以让事件并不连贯但同时又可以保持读者对'故事'的兴趣。小说可以是支离破碎的然而却同样可以是令人信服的,正如一场离奇的梦"①。所以,故事与小说同在,小说的这一发生学胎记无疑具有发展论意义。表现在当代小说创作现状上,便是围绕着故事而讲求标新立异和别开生面,而这种求新求异的趋向并不危及故事的生存权利。归纳起来,大致有如下几个方面:

首先是故事内容由"奇"到"凡"。由于近代小说脱胎于在中世纪占主导地位的传奇故事,因此在很长一段历史时期内,在题材上求奇避凡乃是近代小说普遍具有的一种倾向。"奇"曾在浪漫主义小说中独占鳌头。以夏多布里昂的两部中篇小说《阿达拉》和《勒奈》为例。前者曾使作者因之而一举成名,在当时的法国文坛引起巨大的轰动效应。这部小说以居住于北美原野神秘森林中的印第安人的蛮荒生活为背景,述说了一对印第安青年的生死恋。后者虽然以白人生活为题材,但主人公勒奈与其胞妹阿美莉之间的异常之爱同样使"我们看到一个奇特的人物遭到的奇

① [美]伊恩·里德:《短篇小说》,思涵等译,北方文艺出版社1988年版,第11页。

特的命运"①。这种奇特性被夏氏的后继者们雨果、梅里美等人发扬光大,但在打着"按照生活的本来样子反映生活"旗帜的批判现实主义作家那儿遭到摒弃。当福楼拜在给乔治·桑的信中表示,他的小说"不要英雄也不要妖怪";当契诃夫在给列依金的信里同样写道:"我会写普通的爱情和家庭生活,不要天使和坏蛋,不要律师和女魔鬼";当列·托尔斯泰在给斯特拉霍夫的信里提出:"质朴——这是巨大而难以达到的优美境界"时,一种从传"奇"到述"凡"的变革便在小说领域拉开了帷幕。但它的重头戏却是在现代主义小说出场后才开演的。因为即使在像福楼拜和契诃夫这样几位被现代作家引为知己奉为先辈的作家的作品中,毕竟还存在着诸如"爱情的慧剧"和"人生的不幸"这样的主题。而在萨特的《恶心》和加缪的《鼠疫》等作品里,连"爱情"本身都成了奢侈品,人生无所谓幸与不幸。而当小说中不仅消失了天使和坏蛋,而且连凡夫俗子的形象都已不复存在,只剩下"墙上的斑点"(伍尔芙)和"茶壶"(格里耶)时,生活的平淡无味显然已逼近艺术上的临界点。

其次是故事线索由"繁"到"简"。在传统小说中,故事的多层次和多维度并非侦探、武侠和公案小说的专利,而几乎为所有长篇小说所共享。随之而来的,是登场人物层出不穷,形象众多。以巴尔扎克《人间喜剧》为例,在他完成的 91 部长中短篇作品里,出场人物多达 2400 余个。但被安德烈·莫洛亚称为"像巴尔扎克的著作一样规模宏大"的普鲁斯特的《追忆似水年华重现的时光》里,虽然在篇幅上包括 7 部巨作,累计达十五卷三百多万言,但全书的主人公只有一位"马赛尔",小说采用第一人称的写法,由追忆主人公过去的生活经历展开,着重表现马赛尔的心理感受,虽然整部书穿插有一系列其他故事,但总体上讲只有一个,即马赛尔从童年、少年、青年到成年的生命历程。另一部同样具有代表性的作品是福克纳的代表作《喧嚣与骚动》。在这部 20 多万字的长篇小说中,作者以杰弗逊镇上的律师康普生一家三代人的生活经历为线索,描写了他们

---

① ［丹］勃兰兑斯:《十九世纪文学主潮》第一卷,张道真译,人民文学出版社 1980 年版,第 35 页。

的混乱的思想、沉沦的道德和没落的命运，出场的人物虽有五个：康普生家的四兄妹昆丁、凯蒂、杰生、班吉和黑人女仆迪尔西，但所述的故事却只有一个，不过是从四个人物的视野出发作了"重述"，因而同样具有使故事线索"简化"的特点。

再则是故事表现由"清"至"糊"。这个特点集中反映在叙述时间的安排上。由于故事的本质是事件的历时态延续，因此小说中对时间的不同处理常常也就关系到故事头绪的清晰或模糊。传统小说中的故事尽管大都是多维度的，但却往往总是相对清晰的，人物与人物之间错综复杂的矛盾均有各自的阿里阿得涅彩线。这表现在叙述手法上便是对常态时序的基本遵循，这种手法往往通过结构上的开头、高潮、结局而得到落实。即便是那些采用所谓"倒叙"或"插叙"手法的作品也不例外，对故事时间的局部切割和有限调整，并不妨碍读者对其内在正常时序的辨析，并由此而对小说中的故事的脉络作出清楚的把握。但这种格局在现代小说创作中已被整个地颠覆。布托尔关于"新小说"特点所说的一番话具有普遍意义。他指出："新小说与传统小说的区别之一是，传统小说总有开头、高潮和结局，新小说则没头没尾，当中写上一段，然后再回溯过去，再又跳到将来，时间的次序不仅被颠倒，而且被打乱。"①标本之作是普鲁斯特的《追忆似水年华重现的时光》，在这部小说中，马赛尔一边在回忆少年时代阅读的一本书，马上联想到后来自己写书时推敲词句的情景，又从这联系到当年给外祖母的信中的某些意思，同时又出现对贡布雷生活的联想。在这段文本中，不仅现实观察和实际感受不断地同对往事的回忆相穿插，而且回忆本身又同回忆中的回忆相叠加，在诸如此类由无数生活现象的现实闪现和心理感觉的触发所构成的"印象堆积"中，正常时序已如侦探小说中的案情信息那样变得扑朔迷离，无从辨认。作者通过这种有意识的手法，强迫我们的视线放弃对故事的单纯搜索，去从容地体会文本中所反映出来的各种体验和感悟。

人们对当代小说的另外两点困惑是关于主题和人物的。故事的保留

---

① 转引自《社会科学战线》1982 年第 4 期《现代派文学的工匠》一文。

是否意味着这两大小说要素也仍将保留？法兰西学院院士杜亚美对此持肯定看法。在他看来："文学中的一切革命仅仅是虚有其表，实际上实现的不过是进化而已。要是抛弃长久以来付出了很高代价得来的有益经验的成果，那真是一种天大的浪费。"①然而我们知道，艺术缪斯对独创性历来情有独钟，丰富多彩的人类社会也总是如行云流水一般在日新月异地前进着。凡此种种都迫使小说家难以从容地进驻前人留下的楼宇殿堂去拾遗补阙，而必须背井离乡地去作新的开辟。由于这个缘故，当代那些新生代小说家出场伊始，便开始了他们对传统格局的叛逆。他们不仅削弱了故事的文本魅力，而且试图在小说中取消主题，驱逐人物，使作品成为一种无聚焦的散文。在这方面走得最远的自然当推法国"新小说派"。1985 年诺贝尔文学奖得主克洛德·西蒙声称："对我来说，小说不是时间概念上的故事，而是从某一个图像出发，由这个图像引起的插曲所构成的无主题故事。"②他的文学战友萨洛特则在《怀疑的时代》一文中集中火力于人物的存在，认为"就现在看来，重要的不是继续不断地增加文学作品中的典型人物，而是表现矛盾的感情的同时存在。"③显然，在这里我们面临着一次崭新的选择。

问题在于"新小说派"作家们的上述宣言并未能在他们自己的创作中付诸实践。拿西蒙的代表作《弗兰德公路》来说，这部作品以 1940 年春季法军在法国北部靠近比利时的弗兰德地区被德军击溃后大逃亡为背景，主要描写了骑兵队长德·雷谢克和他的三个士兵的不幸遭遇。小说虽然在表现手法上完全摆脱了传统的那种顺时序叙述的格局，将现实印象与历史幻觉相互渗融交叉，但读后仍能使人从中摄取这么一种主题含义：在一个非理性的世界里，人生很难拥有生活的真正意义。倘若由此而旁视开去，我们似乎不得不承认：能够在主题上相对淡化的小说，是侦探、惊险一类作品。在这些小说中，仅仅是紧张的悬念和情节的迅速发展就

---

① 见崔道怡等编：《"冰山理论"：对话与潜对话》下册，工人出版社 1987 年版，第 762 页。

② 见《法国作家论文学》，王忠琪等译，生活·读书·新知三联书店 1984 年版，第111 页。

③ 见崔道怡等编：《"冰山理论"：对话与潜对话》下册，工人出版社 1987 年版，第 561 页。

能给我们以阅读的快感。但这也正如伊丽莎白·鲍温当年所说,正因为这类小说没有一种真正重要的内在含义——主题,所以它们终究不登大雅之堂,难以成为小说世界的主宰。问题的症结在于人是一种寻求意义的动物,我们不仅渴望活着,而且还需要知道为什么活着和该怎样活着。"要是一篇小说不以这样那样的方法来关心这个问题,我们就会失望之至"[①]。所以,未来小说所面临的,并非是否还需要主题,而是需要怎样的主题。事实表明,正是在这里,传统的做法存在着似是而非之处。英国19 世纪小说家本涅特的话可以作为代表。他认为创作活动应围绕主题展开:"小说家先选定主题,沉浸于所选主题之中,安排好全书结构的主要方面,待雏形既定,就进一步发展充实完善,成为一部有机的整体结构。"[②]像这样"一切按既定方针办"式的做法显然并不符合真正的创作实践,也不利于伟大作品的诞生。因为这样写出来的作品总是离不开灵感的爆发,需要所谓"神来之笔"的出现,而这种状况往往总是以突破作家创作心灵中理性意识的家长制作风为前提。只有这样,小说才能真正拥有属于它自己的生命力,而不再成为一具意念的僵尸。所以美国评论家俄康纳认为,创作中作家对待主题的态度应该有两面性:一方面,"一个小说家应当找到隐藏在动作里的主题,也像我们在人生里一样。他必须思索,使这些主题成为活的东西,像个强烈的电流";但另一方面,"他不应当预先知道他的题材的意义。他必须等待故事开展,逐渐发现他的主题。如果这本书写完以后,主题极清晰地出现,那么作者大概是隐藏了一些证据,写出来的是一套教训,或是宣传品"。[③] 真实的情况就在于,在小说中主题并非是意义的全权代表,而只是它的索引。它的功能也并不是取代具体生活现象喧宾夺主地自立为王,而只是为作家筛选素材结构布局提供一个定位聚焦。一旦完成了这一使命,主题就应该退居二线,为具

---

① ［美］克林斯·布鲁克斯:《小说鉴赏》上册,主万等译,中国青年出版社 1986 年版,第 225 页。

② 见王春元、钱中文主编:《英国作家论文学》,汪培基等译,生活·读书·新知三联书店 1985 年版,第 395 页。

③ 见《美国现代七大小说家》,张爱玲等译,生活·读书·新知三联书店 1988 年版,"序"。

体生活现象的出场提供方便。因为归根到底,小说是小说家借助于这些感性现象来同读者进行对话和交流的。所以列·托尔斯泰表示:"如果有人对我说,我可以写一部小说,在其中我将无可争辩地奠定在我看来对一切社会问题都不无正确的观点,那么我决不会花两个小时的劳动来写这部小说。但是,如果有人对我说,现在的小孩 20 年后将读我写的东西,并且为之痛哭和欢笑,并从而热爱生活,那么我甘愿为这部小说贡献出自己的整个生命和毕生精力。"必须了解,主题对于小说家的创作是手段而非目的,是工具而非本体。这种特征既反映在创作活动的发动过程中,也表现在二度修改中。在前一种意义上,"主题被看作是一种'能够被带给公众的东西',能够放进一个被传播的作品中的某种东西,一旦它转变成为真正的主题,它的传播方式将从本质中出现。"①而在后一种情形下,主题则是作家修改作品使之完善的参照系。塞米利安正确地指出:"有关作品的修改是没有定则的。一篇短篇小说可能在几个小时内写完不必修改,但一部长篇小说就是另一回事,经常是要重写的。而所谓修改,无非是要进一步认识主题。"②

　　唯其如此,人物也无法被小说家驱逐出境,因为人们对小说的兴趣,在于关心真实可信的一些个人的实际命运。"这里便包含着小说的一项基本功能:它标志着其他人进入我们生活的封闭空间"③。因此,"无论如何,如果缺乏对人的关心,无论是对虚构的人还是现实的人都不感兴趣,那么小说对人的这种奉献就是不可能的"④。所以,在这里,问题的实质也并非在小说今后是否还将需要展现人物,而在于未来小说的主角该由怎样的人们来担任。带着这个问题让我们去一趟以往小说的人物长廊,可以发现这样一种现象:小说人物基本上是在一个两极结构中徘徊游荡,

---

　　① 见[美]W.C.布斯:《小说修辞学》,华明等译,北京大学出版社 1987 年版,第 127 页。

　　② [美]利昂·塞米利安:《现代小说美学》,宋协立译,陕西人民出版社 1987 年版,第 238 页。

　　③ 见《法国作家论文学》,王忠琪等译,生活·读书·新知三联书店 1984 年版,第 557 页。

　　④ 见《法国作家论文学》,王忠琪等译,生活·读书·新知三联书店 1984 年版,第 557 页。

即:英雄——反英雄;天使——恶魔,美人——丑角,超人——庸人,常态——怪诞。然而这个格局在当今小说文本中已在很大程度上不复存在。除了那些突出情节的娱乐小说(如侦探、武侠、言情等作品),就大多数文本而言,英雄与反英雄一同退场,天使同恶魔一起夭折,英俊小生与丑陋不堪、不忍卒睹的卡西莫多们全部卸装。这种情形应该说是一种进步,是对人的认识深化的结果。恩格斯当年提出的关于人的定义("一半是天使,一半是野兽")告诉我们,两面结构是现实人的基本结构,这在今天的现实中更加趋于多维。即人既有其善良的、崇高的一面,也潜在地或多或少地具有丑恶的、卑劣的根性。当代心理学研究报告指出,20世纪的人很少能称自己为完全正常的,"神经病"在某种意义上乃是全社会成员共同罹患的一种病症。区别只是程度和侧重点有所不同而已。当一个人犯罪时并不意味着他已脱离人的范畴被摩菲斯特所同化,而只是他身上恶的方面占据了主导,反之亦然。因此,综合而不是分化才是现代的"人"的观念,表现在小说创作中自然也就是对传统的那种人物系列的超越。立足于此,我们同意布鲁克斯的见解:"小说应该排斥两个极端:一个极端是纯抽象的世界——经纪人、平庸的家庭主妇、标准的普通人类,另一个极端是单纯的荒诞行为和心理变态者。"其结果是多注意生活中的那些"有个性"的人物,"虽则他在很多方面看上去很平常"。①

　　这并不意味着小说不能描写大自然和动物,而只是强调这方面的表现事实上只是换一种方式去表现人。小说家之所以常常以狗为主角最能说明这个问题。众所周知,在五彩缤纷的小说世界里,曾经出现过不少动物的形象,如鸽子(特里丰诺夫《鸽子》)、袋鼠(赖富子的《我们是袋鼠》)等,但相比较起来,写得最多也最令人难忘的,常常是狗和马。且不说日本儿童文学名著《在神秘的极光下》里的白狗,和乔治·西默农的侦探精品《黄狗》里的黄狗,欧洲现当代小说史上至少有两部以狗为主角的杰作:杰克·伦敦的《荒野的呼唤》和特罗耶波尔斯基的《白比姆黑耳朵》。

---

　　① 见[美]克林斯·布鲁克斯:《小说鉴赏》,主万等译,中国青年出版社1986年版,第213页。

分析起来,我们可以从狗所具有的人类学意义上找到这方面的心理原因。现代生物学告诉我们,虽然在所有的动物中间,猿同我们最为接近,但在与人的"共生关系"上,最"通"人性并且也最能给人以帮助的是狗。经验表明,动物的可爱程度首先与它具有的人格特征成正比,其次是它为人类提供服务的状况。狗在这两方面都占有优势,突出的表现是"忠诚"和"精明"。人常常会被同类所抛弃,但决不会被狗冷落,在主人孤独无援的时候,他的狗会陪伴在身边,并替他分担生活的劳役。"即便是在技术突飞猛进的今天,狗仍然在许多方面发挥着积极作用"①。显然,正是狗所具有的这种"人性的昭示"作用,使它成为小说家们的注意对象,因为在对它们的反映中,我们能感受到人的世界的存在。由此而推演开去,许多别的动物也能拥有一张小说世界的入场券。如马,这是除狗之外受到小说家青睐的一种动物。人们喜爱它首先是它虽然高大剽悍、性子暴烈,但经过合理调驯之后却能既不失威武有力的高大形象,又显出温顺服帖服从主人的一面。这种形象常常能成为那种理想男性的象征:阳刚俊美而又温文尔雅,具有力量、速度和气势。因此,以人物为中心的小说形态的文本规定性对于那些以动物为主角的作品同样适合。"虽然说动物之间的冲突也会激发起我们的兴趣,但那是因为我们很容易就会用我们自己去替代它们。"②小说中的人物由此而得以与主题和故事一起,在小说文本中拥有终生居留权。德利维斯说得好:"我们这个时代,由于电影、大量旅游和新生事物的迅速传播,各项文化正在走向同化,完成这项任务越益困难了。尽管如此,小说家来到世界上还是要发现人的真和假,把人的真实面目介绍给读者。"③

只有对这些问题有了清醒的认识,我们才有可能理解安德烈·莫洛亚这一见解的力量:"对小说做'彻底的'更新在我看来是不可能的。模

---

① ［美］D.莫利斯:《裸猿》,何道宽译,百花文艺出版社1987年版,第114、206页。

② 见［美］克林斯·布鲁克斯:《小说鉴赏》上册,主万等译,中国青年出版社1986年版,第228页。

③ 见崔道怡等编:《"冰山理论":对话与潜对话》下册,工人出版社1987年版,第867页。

仿卡夫卡并不比模仿巴尔扎克有更高的价值。"①当然,艺术永远需要创造,但真正的创造不仅是对因循守旧的唾弃,同样也应该是对唯新是从的超越。

3. 小说的未来

20世纪20年代,在英国文坛相继出现的两本关于小说的理论著作,宣告了西方现代小说学的正式诞生,其中之一便是由英国著名作家福斯特撰写的《小说面面观》。在这本迄今仍备受涉足小说领域的批评家所普遍称赞的著作的结尾部分,作者以他一以贯之的从容笔调写道:"如果就小说的未来、小说的现实主义色彩会增加还是减少,以及小说会不会被电影取代等问题作些推测来结束我们的讲课,那是很吸引人的。"但他又认为:"我们不应该对这类推测感兴趣。(因为)我们既已拒绝为过去所困累,同样我们现在也不能指靠未来。"②话说得自然有其道理,历史发展的"非决定论"决定了人类的任何真实的思辨活动都不可能成为占卜术,或像预报气象状况那样来预测人类精神现象的发展轨迹,小说理论自然也不例外。美国批评家波立斯指出:"想预料小说到哪个时候才不复为世界文学作品中的重要部分,是断断不可能的。"③然而全面地来看,这毕竟只是问题的一个方面。事实是,正如对未来的关注一直占据着人类的意识中心,对小说前景的展望从来就未曾离开过小说批评的视野。所不同的是,世纪之隔的小说创作实践的运行,使得这种展望由批判现实主义时代的乐观自信,进入了所谓"反小说"时代的悲观和灰心。譬如,巴尔扎克当年在回顾欧洲数百年来的文学发展时所说的这番话便是众所周知的:"文学就好像所代表的社会一样,具有其不同的年龄:沸腾的童年是

---

① 见《艺术与生活——莫洛亚箴言和对话集》,上海三联书店1989年版,第105页。
② 见[英]珀西·卢伯克、爱·福斯特、爱·缪尔:《小说美学经典三种》,方土人、罗婉华译,上海文艺出版社1990年版,第340页。
③ 见《小说的研究》,商务印书馆1925年版,第3页。

歌谣,史诗是茁壮的青年,戏剧和小说是强大的成年。"①仅仅半个多世纪之后,美国小说家弗兰克·诺里斯就在《小说家的责任》一书里写道:"各类艺术彼此接替",尽管"我们的时代是小说的时代",但"无疑,随着时间的推移,小说也将丧失自己的整个地位,正如长诗之丧失地位一样。"因此,"认真地想想是什么将取代它(小说)的地位,倒很有趣"②。在此之后,法国当代作家莫洛亚或许是出于职业和身份的缘故,不同意在本世纪就给小说这种艺术形式举行葬礼;但他在原则上也不得不承认:"一切艺术形式都会衰老、谢世。"③言外之意自然是:小说的末日迟早将会来临。相形之下,法国女作家纳塔丽·萨洛特的看法显得最为悲观。她在那篇被视为法国"新小说派"宣言的著名论文《怀疑的时代》中表示:"由于顽固地坚持过时的技巧,小说已经变成一种次要的艺术了。"在她看来,当今时代的小说家倘若还想继续借小说来抒志寄怀谋生立业,那就只能"寻求小说独特的创作途径和特有的表现方式,把不属于自己范围的东西让给其他的艺术。"④诚然,上述诸说的着眼点不尽一致,但从中我们至少可以发现这样一个结论:对小说未来的展望如同返顾小说以往的历史变迁一样,并非是对小说的历史发展作些简单的测定排列,而是从一个新的角度对小说的艺术规律作出审视。对此,任何小说美学都无法加以拒绝。

　　小说与故事的关系无疑是一个切入点。因为长期以来,人们对小说的兴趣在很大程度上来自故事。古往今来的人们对故事的传播和接受表明了爱听故事乃是人类的一种本性。普列查特说得好,故事能"使孩子们忘掉游戏,使老人们忘掉烤火。"⑤在阿拉伯民间故事总集《天方夜谭》里我们曾经读到:一位名叫山鲁佐德的年轻姑娘,正是凭借着擅讲各种故

---

① 　见《巴尔扎克论文选》,李健吾译,新文艺出版社 1958 年版,第 105 页。
② 　见《美国作家论文学》,刘保瑞等译,生活·读书·新知三联书店 1984 年版,第 147 页。
③ 　见《艺术与生活——莫洛亚箴言和对话集》,上海三联书店 1989 年版,第 102 页。
④ 　见崔道怡等编:《"冰山理论":对话与潜对话》下册,工人出版社 1987 年版,第 565 页。
⑤ 　见《文艺鉴赏论》,香港文化供应社 1950 年版,第 179 页。

事的才能,使残暴的阿拉伯君主卡里发对她动了善心,免其一死。而在芬兰史诗《凯莱维拉》中,那位名叫韦纳莫农的男主角显然也是由于他所讲的故事使人着迷而被尊为神祇。故事的这种力量在文学作品中体现得尤为突出。尽管俄国一代批评大师别林斯基当年在评价大仲马的《基度山伯爵》时曾经说过:"许多人所以要阅读它,是为了用离奇曲折的冒险故事来娱乐自己,过后就永远忘了。"①但真实情形并不是这样。诚如艾略特在谈到拜伦的长篇巨作《唐璜》的成功奥秘时所说:"《唐璜》之所以迄今仍令人喜爱阅读,首先就是因为它同拜伦早年写的故事一样,具有叙事的性质。"②也像福斯特在《小说面面观》里一针见血地分析的那样:"司各特的声誉是有其真正的基础的,即他会讲故事。"今天的不少评论家都发现,简·奥斯丁的小说在当今许多古典名作普遍受冷落的状况下依然走红的原因,也在于"奥斯丁是个真正的讲故事的能手"。相比之下,"尽管乔治·梅瑞狄斯和乔治·爱略特也才华横溢,但他们不是天生的讲故事的好手,他们选择小说作为表达自己思想的工具,而时间的消逝正在显示他们选择的错误"③。

结论是十分清楚的:故事不仅是小说赖以发育、成长的胚胎,同样也是其艺术本体的构成因素。不言而喻,这也正是人们常常干脆将写小说与说故事相提并论的原因所在。用乌拉圭当代作家胡安·奥内蒂的话来讲:由于"一本小说最重要的东西是故事,是小说讲的故事",因而人们当然有理由"认为小说就是故事"。④ 自然,对这番话的含义不能作简单的理解,不能以为小说不过是故事的一种文字表达,而只是强调故事的魅力对于小说文本而言具有十分重要的价值。这种重要性既表现在"故事"这种现象作为人生经验的一种凸显形式,对于小说所承担的使命而言具有决定性意义;同样也表现在其本身所具有的一种独特的审美意味对于

---

① 见《别林斯基选集》第二卷,满涛译,时代出版社 1953 年版,第 385 页。

② 见王春元、钱中文主编:《英国作家论文学》,汪培基等译,生活·读书·新知三联书店 1985 年版,第 484 页。

③ 见《外国现代剧作家论剧作》,中国社会科学出版社 1982 年版,第 124 页。

④ 见崔道怡等编:《"冰山理论":对话与潜对话》下册,工人出版社 1987 年版,第 763 页。

小说文本是不可抗拒的诱惑。因为"任何好的,动人的故事本身,都有已经发现了或者有待发现的价值"①。向小说读者提供这方面的价值,正是小说这种艺术形式不可推卸的责任。

但也正是在这里,我们看到了电影对小说的威胁。正像约翰逊所指出的那样:"电影能够更直接地讲述一个故事,比小说用的时间少,细节比小说更具体;人物的某些方面(例如,像跛脚、疤痕、特殊的丑陋或美丽等肉体方面的特征)更容易描写,并且总是摆在观众面前。"②总之,人们"对'栩栩如生'的人物和故事情节的爱好,从电影中就能得到满足。"③因为电影不仅能像小说一样占有时间,而且也能以画面的方式强调具体,一个故事的"出场"所需要的情节和细节,电影不仅同样可以提供,而且由于它的艺术媒介的特殊性,它能够达到小说文本所达不到的具体程度。这使得电影自诞生之日起便逐渐摆出一副取小说而代之的姿态,成了人类叙述故事的主要手段之一。用法国著名影评家马赛尔·马尔丹的话来说:"电影最初是一种电影演出或者是现实的简单再现,以后便逐渐变成了一种语言,也就是说,成了叙述故事和传达思想的手段。"④问题也恰恰在于,小说对故事的依恋实在别无选择,一个文本只有当它以故事的形式出现时,才有资格被称为小说(尽管用文字"说"一个故事的并不都是小说)。因为只有在这种状态下,它才能够向我们凸显社会现实,传达出一种人生体验,否则它就只能是诗歌或者散文。对于这一点,"叙述"作为一种符号行为的本质早已向我们作出过证明。我们知道,电影对故事的陈述功能使它具有"叙事性",但这种功能严格地讲是以一种"演述"的方式完成的。狭义的"叙述"指的仅仅是语言的一种特定使用方式:语式。所以,当小说家们将"对一件事情的叙述"变为"通过一件事情来叙述"时,语言也就成了作品的中心。从乔依斯开始的一场发生于小说界的"文体革命",显然便是这么做的。在乔依斯的《尤里西斯》里,我们看到

---

① 见王蒙:《风格散记》,人民文学出版社 1991 年版,第 40 页。
② 见崔道怡等编:《"冰山理论":对话与潜对话》下册,工人出版社 1987 年版,第 668 页。
③ 见崔道怡等编:《"冰山理论":对话与潜对话》下册,工人出版社 1987 年版,第 565 页。
④ 见马尔丹《电影语言》,中国电影出版社 1980 年版,第 4 页。

的确如英国小说家约翰逊所说:"由于利用了形式、风格和语言技巧,他使这部小说变成了一部小说,而不是一个讲什么事情的故事。"在这里,"重要的是它是如何写成的,即作者是通过什么词句和形式的手段,使事物在读者面前发生。"①然而,倘若我们沿此再进一步,使故事在小说中的存在仅仅是为了给小说家对语言的表演提供一个造型亮相的舞台,换言之,是小说艺术意味的"能指",那么我们只会使小说的艺术魅力产生巨大的熵值。仍以汪曾祺的小说《詹大胖子》为例:"老詹头是个大白胖,又白又胖,白白胖胖,是个大白胖。"这样的句子风趣含蓄,富有艺术意蕴。但如果叙述者停留于此,在不向我们提供关于"老詹头"这个角色的进一步的信息的情况下,再重复这一套"侃",我们就会觉得受不了。显然,一旦离开了故事,叙述的意味也将荡然无存,难以维持。只有立足于这个基点,我们才能理解胡安·奥内蒂何以如此坚决地认为:"说小说的中心是语言,我认为那是胡说八道。"②

所以,一方面是电影凭借其对情节和细节的表现力在逼迫小说拱手交出对故事的占有权,另一方面是小说的本体规定性决定了它不能作出这方面的让步。这便是小说的未来发展所面临的问题所在。所以,当莫洛亚指出,"未来的小说家的作用开始于电影的作用中断之地"③时,他的确是触及了问题的本质。需要再加以分析的是,小说能否在这场与电影的较量中找到突围的途径,以及如何寻找这条途径。在约翰逊看来,这就是向电影屈服,放弃叙述故事的权利。这种权利最早来自诗歌,小说从长篇叙事诗那儿继承了这个权利,如今,是交出它的时候了。因为,"如果一个作家的主要兴趣在于讲故事,那么,最好的地方就是通过电影,比起小说来,它技术装备好,也能传达给更多的人。"④显然,这便是小说形态衰亡论的理论背景:由于认定电影比小说更适合于表现一个故事,而小说偏偏又无法在这里作出让步,另辟谋生之路,使得人们对小说的前途忧心

---

① 见崔道怡等编:《"冰山理论":对话与潜对话》下册,工人出版社 1987 年版,第 668 页。
② 见崔道怡等编:《"冰山理论":对话与潜对话》下册,工人出版社 1987 年版,第 763 页。
③ 见《艺术与生活——莫洛亚箴言和对话集》,上海三联书店 1989 年版,第 105 页。
④ 见崔道怡等编:《"冰山理论":对话与潜对话》下册,工人出版社 1987 年版,第 670 页。

忡忡。当然,小说实践的新发展表明,这种担心固然事出有因,但却是被不确切地夸大了。若干年前,约翰逊曾十分困惑:"为什么还有这么多小说家仍旧在写作,就好像《尤里西斯》的革命没有发生过一样。他们仍旧依靠讲故事这个拐杖,为什么成千上万的读者仍旧过量地狼吞虎咽这些东西呢?"时至今日,这个困惑显然依旧存在。以罗伯—格里耶、西蒙、萨洛特等为代表的法国"新小说派"的创作至今仍未能为大多数读者所接受的事实,不仅十分清楚地显示了"故事定势"在小说读者的接受心态中的稳固性,而且也表明了小说与故事之间的这种密切关系并没有被影视艺术的崛起所动摇。首先,电影中的故事受到其"透明性"的表现手段的限制,而很难表现人类生活中最隐秘的那些领域,例如人类两性之间的种种亲昵关系。我们知道,裸体画和雕塑的存在是由于它们是经过移植的艺术形象,即便是形象酷似真人的作品也不具有"原在"性。并且,由于这种空间艺术在本质上的"静态"性,使它们往往停留于某种"象征"的状态之中,与实际的生活处于完全不同的存在范畴。但影视艺术所采用的视像画面的透明性有一种"透明"能力,这种能力能够将实际的生活形态"原在"地展示给我们,起到一种与生活等价的作用。在这种状况下,艺术的审美间距被取消,取而代之的是实践功利关系的刺激和生理诱惑。因此,再伟大的电影表演艺术家也无法把那些依靠文字的阻隔作用而在小说文本里显得十分从容的性爱场景在银幕上再现出来。因为在银幕上,性的刺激会过于强烈。从这个意义上讲,莫洛亚所说的"银幕上的裸体应受到与肮脏交易同样的谴责"这番话或许过于保守,但银幕上的性交场面肯定不会产生艺术所预期的效果。因为经验提醒人们,"如果性的欲望被过于强烈地激发起来,审美情感便不能产生"①。但劳伦斯的《查泰莱夫人的情人》的成功则充分证明,小说在这方面完全能够承担起艺术表现的责任。在这方面,美学上的阴影主要来自艺术观念的封闭、接受心态的偏差和欣赏趣味的异化,而不是小说文本的色情化。其次,电影媒介的这种视像化也妨碍它有效地进入主体的心理世界中去,所以,电影

---

① 见《艺术与生活——莫洛亚箴言和对话集》,上海三联书店1989年版,第174页。

中的故事只能是动作化的故事,是外部世界的事件。但除此之外还存在着大量的"心理事件",包括主体回忆的事件和主观想象的事件。这些事件的有序化不仅也同样是各种有声有色的故事,而且是更为强烈的故事,更富有戏剧性。对这种故事,影视艺术只能望"事"兴叹。正如莫洛亚所说,很难想象能在银幕上展现普鲁斯特的《追忆似水年华重现的时光》,要将米歇尔·布托尔的长篇小说《变》改编成一部电影,则意味着编剧和导演重新创作一部与《变》同名的剧本,对这部小说而言,任何"忠实"都只能使电影的表演化为乌有。因为在这部小说中,全部故事都仅仅在主人公的心理屏幕中上演。小说写的是关于一位巴黎的男子坐在开往意大利的火车上时,改变了他人生中一个重大转折计划的故事。但在整个过程中,什么事件也没有发生。实际所发生的仅仅是主人公的各种心理活动,这种活动最终导致了他改变主意。事实上这也正是现代小说革命的真正意义所在。正如乔治·杜亚美所指出的,"使现代小说家感兴趣的,与其说是明显的现实,不如说是深藏的和隐藏的现实。他们已不再把时间和才能花费在对外表的毫无节制的华丽描写上了。"取而代之的是心灵的显影。在这里,"任何一个细节都不是为其自身而存在,而是为了它与内心深处的联系而存在。"[1]而现代小说家凭借这种格局成功地承受住了影视艺术的挑战,维护了小说的艺术地位,这同时也清楚地表明了影视艺术对故事的青睐并不意味着对故事的垄断,而是仍在网开一面地替小说腾出了位置。

全部的奥秘在于两种表现手段的差异。美国电影学家乔治·布鲁斯东说得好:"人们可以是通过肉眼的视觉来看,也可以是通过头脑的想象来看。而视觉形象所造成的视像与思想形象所造成的概念两者间的差异,就反映了小说与电影这两种手段之间的最根本差异。"[2]这种差异不仅导致了两种文本所反映的范围的不相同,同样也决定了即使在表现同

---

[1] 见《法国作家论文学》,王忠琪等译,生活·读书·新知三联书店 1984 年版,第 112 页。

[2] 见[美]乔治·布鲁斯东:《从小说到电影》,高骏千译,中国电影出版社 1982 年版,第 2 页。

一个故事、同样的内容时,各自所产生的艺术效应也不相同。如果说视像的清晰性和直感性所带来的强烈的现实感是小说文本所欠缺的,那么反过来,概念的模糊性和超感性给小说带来的也决不仅仅是艺术的耻辱和贫困,同样也有其审美的优势。这种优势鲜明地表现在小说形象较影视形象更富有弹性上。众所周知,拜伦是一位擅长创造出美妙的理想女性形象的高手。他曾经对一直钟情于自己的布莱辛顿夫人表示:"我讨厌瘦女人,但不幸的是,所有的或者几乎是所有丰满的女人总显得手脚臃肿,因此我不得不求助于自己的想象力来创造我笔下的美人,而我在自己的想象之中总是能找到她们。我不无自傲地认为,我笔下的莱拉、朱丽佳、古耐尔、梅多拉和海蒂将永远能证明我的审美趣味;她们都是我的幻想的光辉创造物,既有圆圆的、丰满的身段,又有纤细的修长的四肢,这种互不协调几乎达到了罕见的乃至绝无仅有的地步。"①正如勃兰兑斯所指出的,拜伦本人所承认的具有"互不协调"性的"这些美丽的女主人公几乎产生不出任何现实感"。但在这里,重要的并不是这些缺乏任何现实感的形象作为浪漫主义诗人心目中的理想的投影,是否能为今天的读者所接受,更不在于像这类超现实的臆象事实上乃是每个人潜意识的梦幻中的常客,而在于这类形象能够堂而皇之地在语言文本中登场亮相。因为语言在本质上是概念的等价物,由它所提供的形象是"不在现场"的语象。在语言文本中,一个语词首先是作为语词被感知的,由这个语词所指称的形象仅仅显影于我们的心理想象之中,具有一种模糊性。这种模糊性一方面妨碍着我们对形象作出一个感性的观照,但另一方面却也使我们的想象活动得以尽兴地发挥。如果说这种发挥的低级形态是形象的主观置换,用鲁迅的话来讲,也就是所谓"读者所推见的人物并不一定和作者所设想的相同,巴尔扎克的小胡须的清瘦老人,到了高尔基的头脑里,也许变成了粗蛮壮大的络腮胡子";那么它的高级形态便是感觉的无限扩张,其结果是超现实形象的诞生。这种超现实性的极端形式是拜伦式

---

① 见[丹]勃兰兑斯:《十九世纪文学主潮》第四册,徐式谷译,人民文学出版社1984年版,第408页。

的理想人物的塑造,其常规形式是对实际现象的主观渲染和烘托。例如《水浒传》第三十一回,写李逵为营救宋江去劫法场。小说文本中对李逵出场时的描写是一个"彪形黑大汉",一声怒吼如"霹雳"。这儿的"彪形"和"霹雳"都是接受主体的主观感觉,它们完全能够被我们意会,但难以兑换成具体的视觉形象。因为感觉总要大于实际。因而,当小说通过对感觉形象的塑造来建构一个文本时,它就不仅能为我们提供自由想象的乐趣,而且还能使我们欣赏到一个只能意会而无法"实显"的弹性形象。这种形象的塑造是小说的优势,正像莫洛亚所说:"小说人物的特征是由读者以完全主观模糊的方式描绘的,德瑞纳夫人娜塔莎在他心中激起的是感觉而不是肖像。突然,在电影中,一个有血有肉的女人再也不能被修饰了。您能断言不为此感到痛苦吗?"①因为电影的画面是一种确定,而文字的概念却常常夹带着某种渲染,它提供给读者的仅仅是一个仅供想象的东西,而想象总是大于实际。所以艾迪生当年不无道理地替语言艺术文本辩护说:"文字如果选择得好,力量非常大。一篇描写往往能引起我们许多生动的观念,甚至比所描写的东西本身引起的还多。凭文字的渲染描绘,读者在想象里看到的一幅景象,比这个景象实际上在他眼前呈现时更加鲜明生动。"②

认识到这一层道理是理解小说与故事的基础,但这种理解的实现却并不能仅仅停留于这一阶段。深入地来看,上述这种语象弹性的基础是语词的不确定性。用著名波兰现象学家英加登的话来说:"'人'这个概念中任何可变的东西都不确定,我们不能推断他的腿有多长,他的嗓音有多高或听上去如何。"其原因不在于作家的疏忽和懒惰,而在于我们"不可能用有限的语词和文字在作品描绘的各个对象中明确而详尽无遗地建立无限多的确定点。"③不言而喻,这种由语象的超感性所造成的不确定性,在小说文本的形象性相对显得贫乏时,给予了它内涵上的丰富性。对

---

① 见《艺术与生活——莫洛亚箴言和对话集》,上海三联书店 1989 年版,第 167 页。
② 见汪流等编:《艺术特征论》,文化艺术出版社 1984 年版,第 48 页。
③ [波]罗曼·英加登:《对文学的艺术作品的认识》,陈燕谷·晓未译,中国文联出版公司 1988 年版,第 51 页。

这一点,那些富有实际创作经验的小说家无疑比评论家们更有体会。英国"意识流"小说家弗吉尼亚·伍尔夫就曾指出:"即使是这样一个简单的比喻:'我的爱人像一朵红红的玫瑰,六月里迎风初开',也能在我们心中唤起晶莹欲滴、温润凝滑、鲜艳的殷红、柔软的花瓣等多种多样而又浑然一体的印象;而把这些印象串联在一起的那种节奏自身,既是热烈的呼声,又含有爱情的羞怯。所有这一切都是语言能够——也只有语言才能够达到的,电影则必须避免。"①但指出这一点并不仅仅在一般意义上承认小说文本在艺术接受方面的多义性,而是从中看到它对故事的一种改造。因为一般意义上的解释的丰富性,在电影文本中同样可以通过那些象征化的镜头来达到。但这些镜头的空间形态总是不断地受到时间的制约,并随着时间的运动而作出各种变换,其结果是"强迫"观众的接受焦点不断地投入到时间的这种运动之中。这样我们看到,电影虽然以空间的姿态出现,但在本质上却最富有时间性。由于这个缘故,当电影开始展现一个故事时,它常常很难改变受支配的命运。显然,正是这个缘故,使得人们将电影视为"说故事"的最好工具。因为电影对时间的无条件依赖使得我们容易忽视隐蔽在一个故事的因果链背后的丰富的画外意和潜台词,我们首先必须弄清画面中的故事,否则我们就会什么也得不到。与此不同,小说的语言符号以线性方式存在于文本中,这固然使它在表面上凸显着时间的意义,但骨子里却时时在力图摆脱时间的控制。我们可以随时掌握自己的阅读节奏,甚至在一些地方驻足停留,去充分地体会那些微妙的含义,去尽情地展开各种有趣的联想。唯其如此,正如电影对时间的依赖在客观上限制了它的创作者们过多地表现那些思想感受,小说在时间上的这种自由性总是在促使作家们充分利用语言符号的不确定性去表现各种丰富的感受。所以,同电影中的故事相比,小说中的故事常常显得更加神秘。对这个问题,小说家们显然比我们更为敏锐。英国作家约

---

①　见［美］乔治·布鲁斯东:《从小说到电影》,高骏千译,中国电影出版社 1982 年版,第23 页。

瑟夫·贝洛克就曾说过："书能描写出神秘之国。"①美国当代小说家尤多拉·韦尔蒂说得更明确，他认为："在最好的短篇小说中，我们可以在掩卷之余再次理解它的神秘，每一个好的故事都有神秘性，不是迷惑性的那种，而是诱惑性的神秘，在我们更好地理解故事的同时，那种神秘并不一定会减退，而是确定地变得愈来愈美。"②这种神秘并不来自情节方面的扑朔迷离或故弄玄虚，而是由语词符号在本质上的不可明"道"只能暗悟造成的。语词的这种本质最突出地反映在它与神话文化的结盟上。卡西尔指出，人类对语言的意识一开始就同关于神话和宗教的意识不可分割地联系在一起。"人类的心智不得不经过漫长的演化过程，才能从原来那种信仰蕴含在语词中的物理—魔法力量的处境达于认识其精神力量的境界。"③语词的这种力量来自于它作为人类思想的代码，是我们全部经验的凝聚，"意识经验并非单纯地与语词结合为一体，而是被语词所吞没了"④。只有在语词中，我们才能"意识"到存在，这种意识的无限扩张和开放，导致了语词在本质上的神秘性。由于这个缘故，现代文明固然能够通过对"语词崇拜"现象的瓦解而成功地切断语言符号与神话的联系，却无法完全消除语言现象内在的这种神秘性。这种神秘性只有在用语言叙述一个故事时才表现得十分鲜明，因为故事作为人类理解世界的一种方式，其深层结构中同样存在着一种神秘性。这种神秘性的根源在于历史发展的非决定论。故事的发生学背景向我们昭示着这一点。我们只要仔细地体察一下自己对故事的接受期待，就不难发现，当我们的先人们聚集在篝火旁聆听一个故事时，他们期待的其实并不是关于远古时代的人类生活的真相，而是对这种真相的一种神秘的解释。在这时，由讲述者所使用的语言对故事内容的神秘化浸渗是必不

---

① 见王春元、钱中文主编：《英国作家论文学》，汪培基等译，生活·读书·新知三联书店1985年版，第338页。

② 见《文艺理论研究》1984年第3期。

③ 见［德］卡西尔：《语言与神话》，于晓等译，生活·读书·新知三联书店1988年版，第82页。

④ 见［德］卡西尔：《语言与神话》，于晓等译，生活·读书·新知三联书店1988年版，第86页。

可少的。故事的这种起源告诉我们："有关故事,我们理解的首要的东西是它的神秘。"①所以,如果说"情节"和"细节"是故事的形态学要素,那么神秘性则是故事这种文化现象的本质论规定。因此,只要我们承认语言行为的神秘性——神秘与语言同在,那么也就意味着必须承认语言艺术在表现一个故事时,永远拥有优先权。对那些伟大小说的读解经验同样在提示着这一点。比如卡夫卡的小说,正像莫洛亚所指出的:"我们揣测《判决》、《城堡》都是神话。真正的意思是什么? 这里就蕴藏着真正的神秘。"②这也正是那些伟大小说无法被改编成影视艺术的原因所在:在确定的清晰的视觉画面上,故事所蕴有的那种神秘性不复存在,随之而来的,是故事魅力的弱化。

但指出这一点并非是反过来宣判影视艺术的终结,而只是替小说在可见的未来的命运作出某种担保。用不着去替影视艺术的价值操心,它们对所谓"感觉美"的强力表现足以抵消它在其他方面的种种不足。重要的是强调小说家该怎么做。正像康拉德所说:"小说必须具备一种有别于其他所有无数资质的一种资质,这种资质以其微妙的、难以遏制的力量揭示过往事件的真实意义,创造空间与时间的道德、感情氛围。"③在这番话里,他事实上已经道出了能使小说自立于艺术之林的这种独特性的本质——对世界的神秘性本质的逼近和展现;他所忘了同时道出的,是小说家该如何去占有这种本质:这就是并不将语词仅仅视作某种实体对象的显示器,而是视之为人类精神活动的表演舞台。本着这样的认识,小说家在创作中就不能仅仅用语言来"表达"、"转述"一个故事,而必须以它来积极地"创造"、"建构"一个故事。小说家实现这一目标之际,便是他的成功之时。如果我们将这种言语活动明确地界定为"叙述",那么我们便可以接受托多罗夫的这一见解:在小说创作中,"叙述等于生命,没有

---

① 见《文艺理论研究》1984 年第 3 期,第 132 页。
② 见《艺术与生活——莫洛亚箴言和对话集》,上海三联书店 1989 年版,第 121 页。
③ 见《文艺理论研究》1984 年第 3 期,第 128 页。

叙述就等于死亡。"①不妨来看一个具体例子：

> 马锐不属于优生，就是说他的孕育是在马林生和他当时的妻子的意料之外的，缘于一次小小纰漏，纯粹是因为他们的心慈手软一拖再拖终成既成事实。他完全是在被动的情况下当了这个孩子的爸爸，就像过去被旧军队拉了夫的良民。小时候总觉得给别的小孩当爸爸是顶体面顶光荣占便宜的事，真当了爸爸倒留恋起做儿子的时光了。

这段文字截自王朔的长篇小说《我是你爸爸》②。在这里，作者不仅凭借语言文字在时空方面的灵活性"表达"了一个故事，而且还充分利用文字的表意功能和比喻效用"创造"了一个故事。这便是小说叙述行为的优势所在：叙述是一种"谈论"，由这种言语行为创造出来的故事是根本无法为影视艺术所"复制"的。因为在这里不仅不存在明确的叙事时空，而且还包孕着由"幽默"、"反讽"、"象征"、"风趣"等各种要素"合成"起来的语言文字的魅力和滋味，这种滋味依赖于我们对文字的审美语感而存在。只要我们的小说家能充分地意识到这一点，在自己的艺术实践中自觉地加以追求，那么，至少我们时代的小说艺术就不仅能拥有现在，而且还将拥有未来。

第二节　小说的稳定形态

毫无疑问，小说是一种最富于变化和最具开放性的文体。在历史上，小说有着它的一条发展变迁的轨道。但尽管这样，这个文体迄今仍得以"小说"的名义成为我们的批评对象，表明它内在地具有一种稳定性。在某种意义上来说，小说的历史变迁也是在保持某种稳定性的基

---

① 见［英］特伦斯·霍克斯：《结构主义和符号学》，瞿铁鹏译，上海译文出版社 1987 年版，第 101 页。

② 见《收获》1991 年第 3 期。

础上进行的。因此,为了对小说的艺术形态有一个全面认识,我们还得对它的这种稳定性作出分析。一般说来,这涉及小说的性质、特征和功能三个方面。

1. 小说的性质

究竟应该持什么样的态度来看待小说,一直是一个有争议的问题。小说形态自身所固有的那种开放性和自由性,使得批评家们围绕这个问题所作出的种种解答,迄今仍处于一种众说纷纭、莫衷一是的格局。逻辑的有效展开取决于找一条思辨的阿里阿得涅彩线,而对于后者而言,如何确定一个合适的思考起点无疑是至关重要的。譬如,我们注意到,现代小说在形态上的一个基本表现形式是"散文化"。因此,从小说的散文性入手来把握小说艺术的基本性质,这显然也是一个切入点。因为这种特征之于小说决不仅仅是一种外在的形式,而是具有某种本质性的功能。诚如美国学者帕克所指出的,小说所欲表现的并不是作者的一种情绪,而是他对于人生的一种理解,这种理解来自于他本人对各种真实的社会状况的体验。构成这种社会状况的是大量平凡而普通的现象。小说家只有通过这种现象作出某种相对准确的展现以唤起读者的一种现实感,才能够从容地传达出他对生活的这种体验性理解。由于这个缘故,对于小说来说,"真正的散文方法才是唯一适当的媒介"①,因为只有这种方法才最适宜于完成这种从各个方面、多种角度对现象作出具有现实感的描绘和客观化展示的任务。然而全面地来看,这仅仅是问题的一个方面。深入一步我们还能发现,散文体对于小说固然是"最合适"的,但毕竟并非是"唯一"的。在历史上,小说曾经也试穿过诗的"服装",以韵文的形式出现。普希金的《欧根·奥涅金》便是这类小说中的佼佼者。不仅如此,就像理查德·泰勒所说:小说、戏剧、诗歌三种主要的文学类型尽管各有自己的文体形式,但"事实上,三种类型的任何一种既可以用散文体也可以用韵

---

① 见［美］H.帕克:《美学原理》,张今译,商务印书馆 1965 年版,第 199 页。

文体写成。"①正如散文诗虽然表现为一种散文形式,但骨子里依然是"诗"而非"散文";诗体小说即使套着韵文的形态,在本质定性上仍然属于"小说"。同样,"根据所写的题材和主题,戏剧家同样也可以在散文或韵文之间进行抉择,以便为他的作品找到一种适合文体风格的工具。"②凡此种种都清楚地表明,散文化固然不失为小说这种艺术形态在形式方面的一个突出标志,但却不足以成为我们透视小说的形态学性质的一个理论制高点。

对思考起点的校正促使我们将注意中心从形式方面转向内容,其结果便是对小说的"叙事性"作出某种聚焦。显然,"叙事小说真正显著的特点在于它是一个故事或事件的富有意义的排列。"③正是这种"排列"所构成的所谓"叙事",形成了小说的形态学特质。这也便是在过去的几十年间,叙事理论能够取代传统小说理论,成为现代小说学的基本热点的原因所在。所以,对于小说的基本特性的探讨可以被十分明确地归结为对于小说的叙事性的分析,这种分析应该有助于人们准确地理解小说与诸如历史、传奇、史诗等同属于叙事文体的左邻右舍的区别。因为事实上,正是在逐渐地产生了这种区别之后,小说这种文体才得以最终从上述文体中分化出来,成为一种独特的语言艺术门类;小说的所谓"质的规定性",自然也就鲜明地反映在它同上述这些叙事类文本在"叙事性"方面的内在差异之中。在我看来,这种内在差异主要包括三大因素,即:"似真性"、"世俗性"和"虚构性"。

在前面的有关章节里我们已经指出,小说在历史渊源关系上曾经同史诗和传奇具有十分密切的联系,发生学上的这种联系往往具有本体论方面的意义。正像恩格斯在谈到人的类本质时所说的,人来源于动物界

---

① 见[美]理查德·泰勒:《理解文学要素》,黎风等译,四川大学出版社1987年版,第52页。

② 见[美]理查德·泰勒:《理解文学要素》,黎风等译,四川大学出版社1987年版,第53页。

③ 见[美]理查德·泰勒:《理解文学要素》,黎风等译,四川大学出版社1987年版,第53页。

这个事实注定了人类不可能彻底摆脱动物性,问题仅仅在于摆脱的程度而已。同理,小说脱胎于史(诗)传(奇)文体的历史,意味着小说形态同这两种叙事艺术之间总是存在着这样那样的共性。所以,卡冈认为:"把史诗作为'长篇小说的原型',这是一个非常准确的定义。"①华莱士·马丁也指出:"传奇与小说被证明为不是对立的,而是同一种潜在冲动的表现。"②具体地来看,在史诗同小说之间最显著的一致性,在于表现方式的客观化,正如在小说中,主体的任何心理活动首先是作为一种"对象化"的东西而存在;我们看到,"在史诗里,抒情诗的情感和观感应像客观事物一样,当作已经发生过的事,已经说过的话和已经想到的思想来叙述。"③而小说同传奇的所谓"同一种冲动",无非便是对世界的好奇。帕克说得好:"我们的生活很少是始终永远轰轰烈烈的,总是没有情趣的单调的插曲,毫无新鲜意味可言。我们对于战争和体育运动的爱好说明,我们的机体不是生来过平庸无聊的生活的。"④人类的这种不甘平庸的心态在直接孕育出"传奇"的同时,也滋润着小说艺术的成长。这可以解释何以即便在所谓最"现实主义"的小说作品中,我们多少仍能够发现某些"不平凡"的东西。譬如简·奥斯丁的小说就是这样,正如毛姆所指出的,一方面,"她感兴趣的并不是不平凡的事件,而是平凡的事";另一方面,"她凭借自己敏锐的观察力、冷嘲热讽以及巧妙的措辞,使平凡的事件显得非同一般。"⑤当然,小说与史诗和传奇的共性远不止这些,细究起来,我们无疑还能够再作出更详尽的补充。但无论补充得多么完整,都不足以取消这样一个事实,那就是:"小说"毕竟既非"史诗",也不再是"传奇"。

概括起来讲,使小说区别于古代传奇的主要特点,在于它始终强调一种"似真性",这种特性根植于小说中的故事对实际生活逻辑的遵循,它

① 见[苏]莫·卡冈:《艺术形态学》,凌继尧、金亚娜译,生活·读书·新知三联书店1986年版,第401页。
② [美]华莱士·马丁:《当代叙事学》,伍晓明译,北京大学出版社1990年版,第39页。
③ [德]黑格尔:《美学》第三卷下册,朱光潜译,商务印书馆1981年版,第151页。
④ [美]H.帕克:《美学原理》,张今译,商务印书馆1965年版,第203页。
⑤ 见《文艺理论研究》1985年第3期,第121页。

要求小说家对故事情节的选择和编排，"不必是曾有的实事，但必须是会有的实情"①。这也正是那些具有典范性的小说往往被批评家们称之为"现实主义"作品，而在这类作品中，人们也常常能够发现一种对"平均数"的崇拜的原因。因为人们借以作为判断是否"可能"和"可信"的依据的，一般总是生活中所常见的现象。在这里，"平均数"无疑是所谓"现实感"的心理背景，而"现实感"则是小说这种文本的一个基本特性。正是在这里，小说开始同传奇分道扬镳，因为传奇之为"传奇"，就在于对这种平均数的超越，缺乏现实感既是传奇故事在人类远古时代开始盛行的原因，也是这种文体在文明社会日趋衰落的根源。相形之下，作为"传奇的一个变种"的小说，则凭着它对"现实感"的追求而得以在今天这种"务实"的文化氛围中逐渐走红。导致人们对此产生困惑的原因，并不在于传奇对人间奇事的叙述，而在于一度确曾通过与现实主义结盟而占据文坛中心的小说，在20世纪80年代以来所出现的一种对"似真性"的颠覆。美学领域里的这场"政变"同样也曾波及我国当代小说界。例如在马原的《上下都很平坦》里，叙述者一开头就宣称："这本书里要讲的故事早就开始了，那时我比现在年轻，可能比现在更相信我能一丝不苟地还原真实。现在我不那么相信了，就像个局外人一样更相信我虚构的那些远离所谓真实的幻想故事。"在这段文字里，由于"我"的"坦率"，读者被十分清醒地同本文中的故事世界相"间离"，在以往小说里所常有的那种导向现实真实的接受幻觉被彻底瓦解。但这是否便意味着"似真性"也随之而从这类小说文本中销声匿迹了呢？对这个问题的任何肯定回答显然都是基于这么一种观点：小说中的"似真性"等于在接受心理上的"逼真感"。不能否认，"逼真感"的确是似真性的一个重要组成部分，一种体现，但倘若将两者完全重合地相提并论，则并不确切。因为事实上，似真性指的主要是故事内涵的逻辑链与现实的某种关联，而并非外在形态上的同构和吻合。正是通过这种关联，小说中的虚构得以割断同虚假的联系，建立起与事实的呼应关系。所以，《西游记》在形态上的那种神话色

---

① 见《鲁迅全集》第6卷，人民文学出版社1958年版，第258页。

彩并不妨碍它在内涵上拥有一种似真性,这个文本也由此而属于小说而非传奇。对马原的那篇小说的仔细审视可以发现,这个文本缺乏真实感确是事实。但导致这种现象的原因并不在于叙述者的这种"自我解构",而是遍及整个叙述过程的那种游戏态度。以这种态度从事创作,叙述者所破坏的并非故事结构的完整,而是对现实人生的某种真挚的关注。所以,当似真性在这部小说中随着这种对人生的真挚关注的消失而消失时,我们看到随之而去的还有文本的审美价值。而一旦这种贬值现象达到一个临界点,一个文本中存在的便只是游戏而没有艺术。这也从另一个侧面向我们揭示了"似真性"与作为艺术的"小说"的那种本质联系,通过这种联系我们可以看到,对存在之谜的诗化解答,乃是小说这门艺术的一个永恒的追求目标。

　　以此为立足点,不难看出,黑格尔在其《美学》中将小说称为"近代市民阶级的史诗",无疑是十分精辟的,因为同传奇相比,小说与史诗的联系无疑更为密切。在某种意义上我们甚至可以说,小说继传奇之后的崛起,乃是人类叙事文体的一次返祖归宗;它对"似真性"的强调,乃是史诗艺术的一种隔代遗传。因为正像黑格尔所指出的,尽管"史诗就是一个民族的'传奇故事'",但它的这种"传奇性"却是踏踏实实地建立在现实性的基础上的,有某种真实的事实作为依据。就像"荷马所写的阴魂们喝了血就恢复了生命以及记忆和说话的能力,具有远较深刻的诗的真实和现实感。"[1]所以,如果说史诗中的传奇性无疑为传奇性叙事的滥觞提供过某种帮助,那么史诗对真实性和现实感的这种强调,显然也可以从小说对似真性的注重中窥见到。事情当然并没有就此了结。我们想说的是,小说与史诗的这种特殊关系并不意味着小说便是史诗,以"独创性"的名义在艺术世界中出现的人类审美活动的"杀父"行为,不仅体现在风格上,同样也体现在体裁上。二者的区别在于:史诗是对人类崇高生活的展示,而小说则是对社会的世俗生活的表现。最能反映人类的崇高精神

---

　　① 见[德]黑格尔:《美学》第三卷下册,朱光潜译,商务印书馆1981年版,第167、108、148页。

和伟大气魄的,莫过于战争生活和英雄人物,所以,两大荷马史诗都围绕着战争展开,并且都以几个英雄人物为核心。问题当然不在于这种对题材和人物的一般性选择,而在于内在的特殊规定:首先从题材来讲,不仅"只有一个民族对另一个民族的战争才真正有史诗性质",而且"要有世界历史的辩护理由,一个民族才可以对另一个民族进行战争。"①

因为如同黑格尔所说的,"只有在这种情况之下,展现在我们面前的才是一个新的崇高事业的画面"②。其次,从人物来看,一方面,史诗中的"人物形象都现出自由的个性",这种个性能够具有一种光辉的范式;另一方面,这种具有强烈个性的英雄人物并不只代表自己,而是全民族的代表。"他们都是些完整的个体,把民族性格中分散在许多人身上的品质光辉地集中在自己身上,使自己成为伟大、自由、显出人性美的人物。"就像"阿喀琉斯这位风华正茂的少年体现着全民族的精神"③。因为只有这样的人物才能承受不平凡的命运,体现出超众的力量,成为英雄中的英雄。凡此种种,都决定了史诗只能是人类一个特定时代的产物。那就是人类文明的摇篮期,在这个时期,"人还没有脱离自然的生动的联系,还与自然在一起过着时而友好时而斗争的强烈而新鲜的共同生活。"正像黑格尔所说:"一个社会如果已发展成为组织得很周密的具有宪法的国家政权,有制定的法律,有统治一切的司法机构,有管理得很好的行政部门,有部长、参议员和警察人物,它就不能作为真正史诗动作的基础。"④因为在这种文化背景下,我们既不可能找到完全正义的理由对一个民族施行战争,更难以发现那些无拘无束的真正伟大的个性。与此不同,近代小说最基本的题材不是战争而是家庭生活,故事中的人物即便是英雄和所谓"强者",也仅仅代表个人。这也如同德国学者玛克斯·德索所说:"俄国小说是以什么样的特点在欧洲获得成功的呢? 首先是由于对个人

---

① 见[德]黑格尔:《美学》第三卷下册,朱光潜译,商务印书馆1981年版,第128—129页。

② [德]黑格尔:《美学》第三卷下册,朱光潜译,商务印书馆1981年版,第129页。

③ [德]黑格尔:《美学》第三卷下册,朱光潜译,商务印书馆1981年版,第118页。

④ [德]黑格尔:《美学》第三卷下册,朱光潜译,商务印书馆1981年版,第117页。

的描绘。"①从这里再深入下去,我们还可以进一步了解小说这种文体在19世纪获得大面积的丰收的原因。回顾一下世界精神发展史,我们可以看到,那个世纪是个人的大发展的时期。从文艺复兴以来逐步登上历史舞台的个性的觉醒,在那时通过"个人主义"的崛起而达到了一个高峰。这是一个真正意义上的"人的时代",个人不再仅仅作为集体和群众的一分子而存在,其本身就拥有价值,而且是终极的价值。因此,如同史诗是人类"英雄时代"对群体价值的一种最佳体现手段,"小说是最完美地反映这种个人主义和革新的重新定向的文学形式"②。这两种不同的价值取向同时也就决定了两种文体在现实感方面的差异:史诗的真实如果说是一种民族经验的东西,那么正像英国小说史家伊恩·瓦特所说:"小说的主要准则是相对于个人经验而言的真实,这种个人经验总是唯一的,因而也是新鲜的。这就是小说所以被称为 novel 的由来。"③

同"似真性"和"世俗性"相比,人们对小说文本的虚构性要熟悉得多,然而事实表明,这种熟悉在很大程度上是以某种曲解作为代价的,美国小说理论家华莱士·马丁曾经指出:"对于一个不懂小说所特有的成规的人来说,小说似乎仅仅是说谎。"④这种情景无疑是一个具有相当普遍性的事实,它来自于人们对小说文本所具有的那种虚构性的并不确切的认识。因为根据以往的那些经典小说的创作实践,批评家们得出的结论是:"无论哪种情况,只要企图把一个真实事件写成小说,变成艺术品,那么,就必然有一定程度的虚构和变形。"⑤虚构性被认为是小说文本的一个最基本也是最显著的特点。然而,这并不意味着小说家便是一个高

---

① 见〔德〕玛克斯·德索:《美学与艺术理论》,兰金仁译,中国社会科学出版社 1987 年版,第 359 页。

② 见瓦特:《现实主义与小说形式》,《外国文学报道》1987 年第 6 期。

③ 见瓦特:《现实主义与小说形式》,《外国文学报道》1987 年第 6 期。

④ 见〔美〕华莱士·马丁:《当代叙事学》,伍晓明译,北京大学出版社 1990 年版,第 236 页。

⑤ 见〔美〕理查德·泰勒:《理解文学要素》,黎风等译,四川大学出版社 1987 年版,第 11 页。

明的骗子。"我对在我自己的小说中说谎话不感兴趣。"①英国当代小说家 B.约翰逊的这句话,事实上道出了每一位真正以艺术为目标的小说家的心声,它提醒我们,"虚构"与"虚假"虽只一字之差,却是截然不同的两回事。前者是针对所谓"事实"而言,后者则是从"必然性"上作出一种判断。诚然,一般来说,"事实"往往包含着某种"真实",既然是"实有其事",就不可能是绝对的"虚假"。但这并不意味着反过来凡"真实"就必须是一种"事实",因为"真实"的概念大于"事实"的概念,它既属于"现实性",同样还属于"可能性"。而从可能性的角度来讲,有时生活中某件实际发生过的事倒常有一种"不真实感",因为它的发生概率太低。例如1991年的《钱江晚报》上曾刊载过两件奇事:前一件报道一对美国夫妇,30年前新婚燕尔作蜜月旅行来到希腊某地,在海滨游玩时作夫人的不慎将她的结婚戒指掉进了海水里。30年后这对夫妇故地重游,住进了当时住过的那家旅馆,在用晚餐时,他们居然意外地从正在食用的一条鱼的肚子里发现了那只30年前失落的戒指(经专家鉴定并非伪造)。另一奇事发生在我国河南某市,一位女职工起先出于对老年人的关心和道德感,主动抚养了邻近街道上的一位孤寡老太。通过一段时间的共同生活,这位妇女发现原来这位老太竟是自己失散了40多年的亲生母亲。这两件事除了亲眼所见的采访者,在我们读者大众看来,都有一种杜撰之感,原因便在于类似这样的事在实际生活中发生的概率太低了。反之,当小说家们根据生活的概率作出某种推测和虚构,则反而由于具有一定的普遍性而被人们视为真人真事,以至于小说家们为了避免因此而引起的各种"对号入座"的纠缠,常常需要在故事叙述中明确地道明"此事纯属虚构"云云。这也便是西方文论家常说的:"一件虚构的事能表达普遍的真理"②。狄德罗在给18世纪英国小说家撒缪尔·理查生的信里也写道:"最真实的历史充满了虚假,而你虚构的小说则充满了真实。"③这使人们想起拉丁美洲的诺贝尔文学奖得主马尔克斯的小说。1982年,瑞典文学

① 见崔道怡等编:《"冰山理论":对话与潜对话》下册,工人出版社1987年版,第671页。
② 见杨绛:《关于小说》,生活·读书·新知三联书店1986年版,第18页。
③ 见伯莱恩:《小说赏析面面观》,《名作与欣赏》1987年第3期。

院在作出这一宣布时提出的理由是:"他创造了一个独特的天地,即围绕着那个由他虚构出来的马孔多小镇的世界,自50年代末,他的小说就把我们引进了这个地方。那里汇聚了不可思议的奇迹和最纯粹的现实。"尽管这里不仅是"虚构",而且还是一种"汇聚了不可思议的奇迹"的虚构,但作者仍然让我们看到了(感受到了)"最纯粹的现实"。只要读读马尔克斯的代表作《百年孤独》,我们便能体会到瑞典文学院的评委们所作的上述概括,的确是符合实际的。① 从中我们也可以看出,正是由于虚构具有这种逼近真实的功能,它才如此地受到小说家们的欢迎。

由此可见,小说中的所谓"虚构",指的是对事实的一种仿制,而非对生活的原生形态的"保鲜"照搬,但这并不意味着对事实的歪曲和掩盖。从这个意义上讲,当批评家指出,小说只是事实的替代物而非事实本身时,我们实在没有理由因此而将小说视为一种精致的谎话。当然,要人们对这一点作出让步并不困难,问题在于小说文本与虚构究竟有着一种什么关系。如果说这个问题在那些古典小说中,曾经以标举"反映生活的本质方面"和"揭示历史的普遍真理"而得到解决,那么时至今日,这种理由显然已不再能使当代读者感到满意。事实正像纳塔丽·萨洛特所指出的:"今天的读者对亲身经历的叙述比对小说更感兴趣",在他们,已"开始怀疑小说家所虚构的事物能否含有真实事物的丰富内容……因而现代的读者宁愿慎重从事,把具有真实性的事实作为致力探索的目标。"②分析起来,这种现象的产生无疑是对一些古典作家以虚构的名义自觉不自觉地转移人们对生活真相的注意的一种抗议。我们知道,过去的那些伟大作家之所以要在自己的作品里采用虚构,是为了滤掉那些生活中纯属偶然的现象,以更好地展示出生活的基本面貌(常态)。换言之,虚构的价值并不在于"虚",恰恰相反,是在于一种"实"。对这一点,阿·托尔斯泰曾经说得十分明确,他认为:"一般地说,虚构得愈多愈好。这才是真正的创作,整个文学都是虚构出来的。但是,应该是这样的一种虚构:虚

---

① 见孙绍振:《文学创作论》,春风文艺出版社1987年版,第709页。
② 见崔道怡等编:《"冰山理论":对话与潜对话》下册,工人出版社1987年版,第559页。

构出来的东西在你们那里已经产生出一种绝对真实的印象。在这样的虚构里,生活比它本来的面貌还要显得真实。"①如上所述,由于生活中的不同现象常常具有不同的发生概率,因而正如低概率的某些"事实"有时反而显得令人难以置信;反之,通过对那些高概率的现象的"复制"和"加工",故事在某种意义上却能够告诉我们关于生活的某种真实。这也便是虚构能够在小说世界中立足的逻辑依据。然而对这个结论的深入认识,不仅应该看到,虚构之于小说仅仅只是手段而非目的;而且还必须看到,并非任何虚构都能达到这一目的。因为虚构在本质上是对生活现象的重组和选择,在这里,创作主体对生活的主观理解和认识处于支配地位,具有决定性的作用。这便是虚构在美学上的一个阿喀琉斯之踵:经验表现,正像"经过选择的例子对于任何有价值的概括从来就不是重要的证据"②,在小说创作中,小说家从各自对所谓"本质真实"的认识出发对生活现象加以"虚构",既可能洞幽烛微地逼近历史发展的内在规律;同样也完全可能网开一面地让那些对生活的主观臆造取代对社会真相的表现。当后一种情景发展到无以复加的地步之时,便是人们对虚构与小说的关系,由怀疑、动摇而发展到唾弃之日。

然而公正地来讲,使某些古典小说事与愿违地远离真实的原因,并不能简单地归之于小说家对虚构的接纳,而在于人们对如何运用这种手法的认识不够。如上所述,"虚"的目的在于"实",小说对虚构的采用并不是为了回避真实,相反是为了更好地回到真实。而真实固然在形态上并不等于事实的简单罗列,但就其本质而言它只能属于事实,是事实的一种内在属性。这也就是黑格尔所说的:凡是现实的都是合理的,凡是合理的也都是现实的。这位哲学大师当年的这句名言从一个方面来讲,显然也道出了真实与事实的这种内在关系。由于这个缘故,以真实为旨归的虚构,不仅要以事实为归宿,同样也必须以事实为起点——任何虚构要成为真正意义上的艺术的虚构而不是幻想家的信口开河或胡编乱造,都必须

---

① 见《阿·托尔斯泰论文学》,程代熙译,人民文学出版社 1980 年版,第 252 页。
② 见[英]R.道金斯:《自私的基因》,卢允中等译,科学出版社 1980 年版,第 10 页。

以事实为基础,对生活的实际现象作出某种合乎逻辑的剪裁和组合。否则,一旦完全将事实抛在一边任凭主观意念信马由缰地自由驰骋,这种虚构就会因无法在事实中找到一块能够降落的地方而始终只能在半空中飘荡。正是对这个问题有足够清醒的认识,高尔基一方面指出:"一切'巨大的'文学作品都使用了虚构,而且不能不使用它",另一方面也明确地强调:对小说家的创作而言,"归根到底是事实,事实!"①巴尔扎克说得更清楚:"同实在的现实毫无联系的作品以及这类作品全属虚构的情节,多半成了世界上的死物。至于根据事实,根据观察,根据亲眼看到的生活中的图画,根据从生活中得出来的结论写的书,都享有永恒的光荣。"②只有立足于这个基点,我们才能真正理解,何以那些事实证明已经成功地承受住历史考验的伟大小说,它们的虚构性常常同大量的事实材料交织在一起。譬如众所周知,司汤达的《红与黑》是以真人实事为基础的。小说中的德·瑞那夫人爱上了她的孩子们的家庭教师于连,脱胎于1827年《法院公报》上的一篇报道:一个名叫贝尔德的青年同他任教的这家女主人秘密相爱;而这位青年最后向他的爱人开枪射击的情节,显然也同样反映在小说中于连与德·瑞那夫人之间。对此,司汤达本人也在给巴尔扎克的信中作过十分明确的交代。他说:在这部小说中,"我采用了我非常熟悉的某些人物,我让他或她保持他或她性格中的基本特点。然后,我赋予他更多的机智。"③从中我们可以看出那些运用虚构最为自觉的古典作家对虚构本质的理解:并非完全撇开事实的凭空想象,而是对各种事实的裁剪重组。用巴尔扎克的话讲,也就是:"把这个事件的开头部分和另一个事件的结尾部分融合在自己的作品里",使之成为一种本身虽非事实,但却不乏事实依据的现象④。值得注意的是,这种现象具有极大的广泛性。它不仅是众多古典小说名作的共同特点(如福楼拜的《包法利夫人》取材

① 见《高尔基选集·文学论文选》,巴金译,人民文学出版社1958年版,第181页。
② 见《古典文艺理论译丛》第10册,人民文学出版社1965年版,第121页。
③ 见[丹]勃兰兑斯:《十九世纪文学主潮》第五册,李宗杰译,人民文学出版社1982年版,第267页。
④ 见[丹]勃兰兑斯:《十九世纪文学主潮》第五册,李宗杰译,人民文学出版社1982年版,第267页。

于作者一个女邻居的故事），而且同样也出现于许多当今小说精品之中，为那些优秀小说家所继承，巴尔加斯·略萨便是其中之一。这位 20 世纪 60 年代以来不仅名闻拉美而且誉满全球的秘鲁作家曾这样谈到他的创作："从某种意义上讲，《玛依塔传》是一部以事实为根据的小说……我的下一部小说，将是一部根据一个名叫弗洛拉·特里斯坦的真实而有趣的人物的故事写出的小说。"①至于他的《胡莉娅姨妈与作家》基本上是对作家本人私生活的一次真实披露，那就更是人所共知的事实。

从以上所述来看，这样一个结论应该是不言自明的：艺术虚构只有当它与事实携手合作、真诚结盟之时，才能有效地完成它在小说中所承担的那种"去伪存真"、"舍粗取精"的任务。然而，指出这一点固然有助于小说家通过对虚构手法的正确使用而替这一艺术手段在小说世界里恢复名誉，但还不足以使我们从根本上确立"虚构"与小说的那种本质性联系。解决这个问题的关键，在于对小说家为何不能在创作中对生活现象采用"实录"作出令人信服的回答。事实上，世纪之隔的小说创作实践已经促使当代作家们从读者大众对传统虚构作品的那种失实的厌恶之中，提出了引进"实录"手段的主张。如弗吉尼亚·伍尔夫就曾明确地表示："让我们录下纷纷降落的原子吧……按它们降落的顺序记录，每一个眼光、每一个事件在意识上留下的印象，无论它是多么毫不相关、毫不连贯，但还是让我们去寻觅它的模式吧！"②而在此之前，亨利·詹姆斯也说过类似的话："在小说提供给我们的东西中，我们越是看到那'未经'重新安排的生活，我们就越感到自己在接触真理；我们越是看到那'已经'重新安排的生活，我们就越感到自己正被一种代用品、一种妥协的契约所敷衍。"③这些出自两位著名作家之口的话无疑值得每一种小说批评认真对待。耐人寻味的是，尽管这种见解曾得到过一些当代作家的响应，并直接影响了诸如罗伯—格里耶这样一批作家的创作。但迄今为止，他们大多如流星

---

① 见崔道怡等编：《"冰山理论"：对话与潜对话》下册，工人出版社 1987 年版，第 755 页。
② 见伊莉莎白·德努《小说中的生活与艺术》，何开松、彭慕泽译，《小说评论》1987 年第 2 期。
③ 见[美]W.C.布斯《小说修辞学》，华明等译，北京大学出版社 1987 年版，第 25 页。

一般稍纵即逝,并未在当代文坛上创作出能够让人们真正刮目相看、击节赞叹的艺术作品。如果说这一事实本身已经通过对所谓"客观主义"小说家的创作的失败,而向任何试图在小说实践中以"实录"手法取代"虚构"的行动出示了黄牌,那么理论的任务则在于从形而上的方位对个中的原因作出某种解释。在我看来,这种解释可以从两个方面展开。

首先,我们知道,在一般意义上,被认为是一种叙事行为的小说,无不包括两种类型的故事:即或者是关于"他人"的,或者是关于"自我"的。因此,小说之所以难以采用"实录",首先在于读者所希望得到的关于世界的故事,并非是一个在形态上如同他们所直接身处的那个世界一样的生活。其中的心理背景并不仅仅是由于人们本能地希望摆脱遍布于日常生活中的那种平庸,而是在于我们的接受视野容纳不下那些漫无边际的琐碎细节,我们的审美意识需要有一个大致清晰的注意对象,以便加以聚焦。所有这些都需要小说对生活中的原生形态作出某种必要的梳理,只是在这个意义上,我们必须赞同阿·托尔斯泰的这一见解:"没有虚构,就不能进行写作。"因为"事件的自然情节不可能成为这样一个完整的写作序列,人们正常的交谈也不可能这样优雅而又充满机智。"[1]艺术或许能够在某种意义上容纳各种平庸和愚蠢,但至少不能缺乏由基本的艺术结构所提供的某种完整,否则,我们便会被一大堆材料所淹没。如果说在拙劣的虚构、对生活真相的歪曲中,艺术变得软弱无力,那么在这种淹没状态之中,同样也无审美意义可言,艺术也就往往名存实亡。对此,许多富有创作经验的小说家是深有体会的,伍尔芙和亨利·詹姆斯自然也不例外。为此他们尽管发表了上述的"客观主义"宣言,但同样也曾作出过补充。如伍尔芙在读了与她一样坚持"客观实录"的自然主义小说后说道:"我们所掌握的生活原型已经是够多的了,根本用不着到书本中寻找。"[2]而詹姆斯也曾表示:"在成熟的有活力的作家的作品中,我们随处

---

① 见[美]理查德·泰勒:《理解文学要素》,黎风等译,四川大学出版社1987年版,第1页。

② 见[美]理查德·泰勒:《理解文学要素》,黎风等译,四川大学出版社1987年版,第1页。

可以发现他们表达了对世界的总体观。这便是他们的作品提供给我们的最有趣的东西。"这无疑是经验之谈。因为小说的魅力,归根到底离不开作者的努力,在这中间,叙事主体的人格因素也是十分重要的组成部分。意识到这一点,我们显然也就可以对詹姆斯上面所说的关于"未经安排"的话作出解构。其实深入地来看,我们不应将这句话理解为是对"虚构"的拒斥,而应当看作是对一种形态逼真的故事风格的追求。这种风格最典型的狩猎场是那些史传小说,在这类作品中,事实无疑处于艺术的中心,虚构被置于并不显眼的位置。但这并不意味着在这里就没有虚构的一席之地,这里的虚构表现在对某些故事环节的推测和细节的渲染,以及对事实材料从结构方面作出的种种剪裁。只有这样,一种传记文本才能放射着审美的光泽进入艺术领域,成为小说家族中的一位特殊成员。正是在这个意义上,著名法国传记文学家安德烈·莫洛亚指出:"作为艺术家的传记作家有时会使自己的主人公变形。"这是由于对这样的一位作家来讲,"写传记并不是要把你所知道的有关主人公的一切都写出来",而是想"利用节奏把现实改变成为某种美好的和可以达到的东西"①。需要指出的是,正如虚构并不意味着必然导致虚假,在这样的"变形"中,传记作品失去的只是对事实的一种"实录",而并没有失去事实本身。

所谓"关于自我的故事",也就是那些带有自传性的故事。这些故事不仅在数量上同上述"关于他人的故事"平分秋色,构成了小说世界的半壁江山,而且在质量上甚至呈现出一种压倒的优势,构成了绝大多数超一流小说的基础。诚如阿诺德·本涅特所说:"调查一下任何第一流小说家的创作情况,便可知道他们的小说都充满了作者自己的生活故事,事实上每一部好小说都包含着比调查所能了解到的更多的作者本身的生活故事。"②这自然也早已不成其为什么秘密。从英国第一部近代小说、笛福的《鲁滨逊飘流记》,到杰克·伦敦的《马丁·伊登》、海明威的《永别了,

---

① 见《法国作家论文学》,王忠琪等译,生活·读书·新知三联书店1984年版,第154—158页。

② 见王春元、钱中文主编:《英国作家论文学》,汪培基等译,生活·读书·新知三联书店1985年版,第396页。

武器》和《丧钟为谁而鸣》，以及当代法国的两部"青春小说"《魔鬼附身》和《你好，忧愁》等等，我们都可以从小说所叙述的故事中寻找到作者本人的生活和经历。问题是如何解释这种现象。在以往的批评文字中，理论家们把这解释为出于体验生活的需要。不能否认这种解释有一定的根据。因为一部小说，说到底是表现了作者对生活的人生体验，为了写好各种人物，小说家不仅有必要借鉴自己的人生经历，而且还常常需要围绕本人的生活来写。因为人对事物的体验总是同对该事物的熟悉和了解成正比，而对一个作家来讲，最熟悉的莫过于他本人的生活。所以，冈察洛夫这样告诉他的朋友们："我只能写我体验过的东西，我思考过和感觉过的东西，总而言之，我写我自己的生活和与之长在一起的东西。"①然而，值得注意的是，冈察洛夫的这种写作方式并没有因此而使他的杰作《奥勃洛摩夫》成为一部"自传体小说"。这一事实清楚地表明，对于自传体小说出现的原因，我们只能从创作方式之外去发掘。诚然，小说家并不是生活在真空状态之中的超人，处于商品经济包围之中的当代小说生涯也越来越受到各种世俗利益的牵制。由于这个缘故，渴望成功的心态对于小说家的创作具有不可忽视的影响。但艺术生产毕竟是一种特殊的精神生产，在这个过程中，外在于作品的功利目的只有首先转化为内在的创作冲动，成为创作主体本身的一种自主愿望，才能够如愿以偿。马克思当年在分析英国诗人弥尔顿的创作时所说的"作品就是目的本身"，也就是这个意思。也正是在这个意义上，苏珊·朗格不无理由地指出："从某种意义说，艺术家的每件创作都是为了自己的满足而进行的。"②所不同的是，诗歌创作是为了抒发诗人内在积聚起来的某种审美情绪，而"散文文学（小说）的心理根源就是自我显露的冲动"。这种冲动反映了人这种动物的一种社会化本质。从心理学的角度来看，一方面，"完全隐秘的不可告人的东西，也像形体上的孤立一样，使我们感到焦躁和苦恼。"因此，通过对自我隐秘现象的坦露，便由于它能够使主体的这种焦虑情绪得到某种宣

---

① 冈察洛夫：《迟做总比不做好》，见《外国作家谈创作经验》，北京出版社 1989 年版。
② ［美］苏珊·朗格：《情感与形式》，刘大基、傅志强译，中国社会科学出版社 1986 年版，第 455 页。

泄释放,而成了主体维持自我心理平衡的一种需要。除此之外,"决定自我显露的还有另外一个因素,那就是希望得到赞美的愿望。"正如帕克所说:"向我们推心置腹的朋友是前一种动机的例证;夸耀自己的功业的英雄是后一种动机的例证。"①而这两种动机无疑也可以用来有效地解释有些小说家在创作中之所以如此酷爱向读者敞开心扉,抖露个人秘密的心理根源,采用自传故事来写小说无疑便是这些作家获得这方面的满足的一个最佳手段。批评家们早就发现,同别的作家相比,海明威的创作中自传性题材最多。分析起来,这显然同他本人的性格有关。如果说海明威在日常生活中处处争强好胜的特点,清楚地表明了他的性格中存在着一种喜爱表现的方面;那么在他有意无意地对孤独生活的追求中,则显然在这位硬汉的心中大大增加了释放这种情绪的需求。正是由上述这两种心理动机所形成的"合力",导致了这位作家在小说创作中几乎离不开他本人的自传材料。

但是,所有这些仍然不过是问题的一个方面。除此之外我们还看到,正如对"自我"的大胆裸露是人的一种生命需要,对"本我"的无意识掩盖同样也是人的一种文化本能。在这点上,弗洛伊德的"深层心理学"所作的贡献不能被我们遗忘。根据这位"心理学界的撒旦"的见解,人的本质可以分为三大部分:本我、自我、超我,其中本我作为个体最基本的东西,支配着人的心理冲动,然而由于文明的发展和社会戒律的存在,这部分东西往往被拦截在"意识"的门槛之外。这就决定了每一个"正常"人的自我裸露都不可能是对自我的一次"真实"的大曝光,即便作家主观上想这么做,在客观上仍难以冲破这种"意识"层的本能化阻隔和掩盖。所以,帕克指出:虽然同一般小说相比,"自传更接近于事实,然而由于它是给社会看的,我们又不能希望社会以绝对超然的态度看待它,因此,自传总是不可避免地有隐讳不实的地方",所以"大部分也仍然是解释,是文学虚构的产物"。② 正是在这个意义上,安德烈·莫洛亚干脆否定有所谓

① 以上所引均见[美]H.帕克:《美学原理》,张今译,商务印书馆1965年版,"第十章"。
② 见[美]H.帕克:《美学原理》,张今译,商务印书馆1965年版,第201页。

"自传小说"的存在。在他看来,这种概念未免似是而非:"有些作家的心愿是写自传小说,在弗罗芒坦眼中,《多米尼克》是部自传;如同本杰明·贡斯当眼中的《阿道尔夫》。但在这里还要考虑到双层的题材搬移:小心谨慎的有意识地搬移,和由于作者永远不会透彻地了解自己而造成的无意识搬移。由于这个缘故,书中人物'她'与'他'永远不会等同于作者本人的'她'与'他'。"①不妨以海明威的《永别了,武器》为例。文学史家们早就指出,这部小说是以作者第一次世界大战期间在意大利的一段生活经历为背景创作的,故事中的女主人公是以他的第一位情人、当时在米兰一家医院当护士的艾格尼丝·冯·库罗夫斯基为模特儿的,当时海明威只有 19 岁,而艾格尼丝已经 26 岁。但被搬移的远不止这些,在小说中男女主人公炽热相爱,但在现实中却只有海明威的单相思;并且艾格尼丝也没有像凯瑟林那样死于难产,而是一直活到了 1985 年。② 必须承认,经过"搬移"的小说较原来的事实无疑更有价值。但不能否认的是,这种搬移除了作者对题材的自觉加工之外,出于本能的对"自我形象"的维护同样也是一个潜在着的因素。从这里再往前跨一小步,我们可以看到这样一种情形:小说家所写的并非他本人的亲历,而仅仅是他虽然渴望但在实际生活中由于种种原因而又难以经历的事。屠格涅夫便是这类作家中的一位杰出代表。众所周知,这位在英语读者群中拥有无数崇拜者的俄国作家,虽然跻身豪门而且性情和蔼,颇得女性青睐,但一生里却从未同任何一位女性共谐鱼水之乐。妨碍他这么做的一个重要原因在于他对女性所持有的一种"完美主义"态度。于是,写作成了他满足自己这种愿望的一个良好手段。在小说的世界里,他能够从容不迫地同自己所钟爱的女神们朝夕相处、形影不离,其结果是世界小说长廊里出现了诸如叶莲娜、丽莎、塔姬雅娜、捷玛、玛丽安娜等众多光辉卓绝的女性形象;平生从未真正染指过一位现实女性的屠格涅夫,也就此成了一个比任何人都高明的塑造女性角色的能手。而当我们在为小说家的这种想象力感到惊叹时,

---

① 见《艺术与生活——莫洛亚箴言和对话集》,上海三联书店 1989 年版,第 111 页。
② 见《参考消息》1989 年 11 月 28 日第三版。

分明也可以看到虚构的存在。

所有这些都使我们看到，情况正像 B.约翰逊所说，"'小说'（novel）与'虚构的故事'（fiction）这两个术语，并非在偶然的情况下是同义词。"①虚构与小说的关系，不仅历史悠久，而且牢不可破，因为虚构便是小说文本的核心所在。只要我们不把虚构视作虚假的伙伴和事实的对立面，我们就能够接受阿诺尔德·班奈特的这番见解："小说家是这样一种人：他看到了生活，并被它所激动而非要把自己的看法传达给别人不可，因而选择叙述性虚构文学作为发泄感情的最生动的媒介。"②小说正是凭借着这一特点才划清了它与历史叙事的界限，最终成为一门与史传文本和新闻报道平起平坐的叙事艺术文体。对这一点，比较一下《三国演义》及同时代的历史资料就足以说明问题。我国当代古文献学者周振甫教授在其著作《小说例话》里便作过不少这方面的工作。作者着重以《三国演义》第三十回《战官渡本初败绩》同历史著作《资治通鉴》的有关记载相比较，指出了《演义》中在诸多细节处的"添枝增叶"，以及在若干情节方面的前后挪移。凡此种种都是"把历史的简单叙述，加以具体的描绘而有虚构。"③唯其如此，《通鉴》是一部历史文献，而《演义》则是一部真正意义上的小说。

2. 小说的特征

文艺理论中对艺术作品的"特征"现象的注意，始于 19 世纪的法国大批评家丹纳。在他那本彪炳史册的《艺术哲学》第五编里，专门列出两章用于分析"特征"之于艺术的意义。指出："倘若浏览一下伟大的文学作品，就会发现它们都表现一个深刻而经久的特征，特征越经久越深刻，

① 见崔道怡等编：《"冰山理论"：对话与潜对话》下册，工人出版社 1987 年版，第 671 页。
② 见伊莉莎白·德努：《小说中的生活与艺术》，何开松、彭慕泽译，《小说评论》1987 年第 2 期。
③ 周振甫：《小说例话》，中国青年出版社 1991 年版，第 186 页。

作品占的地位越高。"①根据丹纳的见解，"特征"这个概念来自生物分类学。而在现代艺术哲学领域内，它指的是一个事物的内部本质的外部标志，通过这个标志，我们能够更好地认识这个事物。所以，特征分析同样也就成了建构现代小说形态学所不可或缺的一个环节，这种分析具体地来看，应该包括文体、文本以及文化等方面的内容。

小说在文体方面的特征无疑在于所谓的"综合性"。20世纪初，杰出法国作家阿诺德·本涅特所说的这番话迄今仍令我们信服："我并不想论证小说在艺术的各种伟大传统形式中应列于最高地位。……相反，我倒是曾经相信夏尔特尔大教堂、某些希腊雕塑、莫扎特的《唐璜》、保尔·秦克维力的变戏法等，都是世上最好的，更不用说莎士比亚或聂任斯基的成就了，但是我还是要为文学形式之一的散文小说的真正卓越性说几句话。（因为）小说具有综合性的庞大的有利特点，今后也将如此。"②但究竟该如何理解小说在文体方面的这种"综合性"，以往的论述似乎语焉不详。人们反复引用的，是别林斯基当年的结论，即认为小说内在地汇表现与再现于一体，具有诗、画、戏剧乃至音乐、建筑等艺术的特性。同样的意思也曾为许多小说大家所道出，弗里德曼指出："康拉德在纪德和赫胥黎之前早就说过，小说必须尽量具有雕刻的可塑性，绘画的色彩和音乐的有魔力的暗示。"③这自然是不错的，上述见解早已被近两个世纪以来尤其是当代小说的发展所证实。然而，究竟是什么原因使得小说这种艺术样式能够如此博得文艺缪斯的欢心，成为艺术舞台上的一位全能冠军？对此我们仍然不得而知。因而仅仅停留在这里，在今天看来无疑已十分不够。因为我们只有在深入一步认识了小说的这种艺术综合作用的内在机制时，才有可能对这种体裁的文体特征作出把握，这就需要我们对小说与姐妹艺术的关系的生成根源作出分析，而不能满足于对小说在比喻意义上的多样性作出肯定。事实正如华莱士·马丁所说的："当批评家们把

---

① 见［法］丹纳：《艺术哲学》，傅雷译，人民文学出版社1963年版，第362页。

② 见王春元、钱中文主编：《英国作家论文学》，汪培基等译，生活·读书·新知三联书店1985年版，第386页。

③ 见《文艺理论译丛》(1)，田德望等译，中国文联出版公司1984年版，第372页。

小说的特点确定为不同文类的混合体时,他们告诉我们的不是小说是什么,而是小说不是什么。"①在我看来,在这里,能够帮助我们解开思辨之结的线索,是"叙述"。

在今天,"叙述"对于小说的重要性已经十分明显,一部小说在本质上便是由作家"叙述"出来的。用珀西·卢伯克的话来讲,也就是:"小说家是一定要陈述、一定要讲说、一定要叙述的,除此之外他还能做什么呢?"②现代小说叙事学也由此而通过对"如何写小说"这一古老话题的崭新回答,而日益受到人们的重视。由于"叙述"是小说文本的建构手段,因而对这种特定方式的准确认识,对于我们理解小说的形态学特征同样具有意义。因为"文学"其实并不是以"语言"的形式存在的,当我们耳熟能详地重复"文学是语言艺术"这一放之千古而皆准的结论时,指的是"文学"这种艺术作品都以作为一种符号体系的"语言"为媒介。但这类艺术现象的实际的存在形式是一种"言语"——"语言"的具体使用,这种使用通常总是受一定的"语域"制约,表现为各种不同的"语式"。正是这种不同的语式,在"文学"内部分门别类,构成了所谓诗歌、小说和戏剧等各种艺术形态。"叙述"便是这些文学语式中的一种,除此之外还有"独白"和"对话"。这三种语式作为文学作品的基本构成手段,事实上主宰了文体的形态学特质。因为虽然从现象学的角度看,诚如丹纳所说:"一部书不过是一连串的句子,或是作者说的,或是作者叫他的人物说的;我们的眼睛和耳朵所能捕捉的只限于这些句子,凡是心领神会,在字里行间所能感受的更多的东西,也要靠这些句子作媒介。"③但这些句子与句子之间有着巨大的差异,这种差异不仅仅具有风格学方面的意义,同样也具有文体学方面的价值。或许,这也便是"风格"与"文体"在西语里用同一个词(style)来表述的原因所在。根据英国语言学家奥斯丁的见解,任何

---

① 见[美]华莱士·马丁:《当代叙事学》,伍晓明译,北京大学出版社 1990 年版,第58 页。

② 见[英]珀西·卢伯克、爱·福斯特、爱·缪尔:《小说美学经典三种》,方土人、罗婉华译,上海文艺出版社 1990 年版,第46 页。

③ 见[法]丹纳:《艺术哲学》,傅雷译,人民文学出版社 1963 年版,第398 页。

一种言语现象首先都是一种行为,因为它必然都由一个言语主体所发出,并且具有一定的功能(体现出言语使用者的目的)。文学作为一种言语现象也不例外,从其文体构成上,我们看到,"文学可以被设想为对于言语行为即语言普通用法的模仿,而非对于现实的模仿"①。文学的三种主要形态诗、小说、戏剧,显然也便是我们日常交际中三种基本语式独白、叙述、对话的一种审美化使用。因为它们对于作品文本的意义决不仅仅是提供一个表达框架,更重要的是制约着文本表达的意味。正如"戏剧"所要求的那种特定的审美品格——冲突性,离不开"对话"这种交际方式(对话不仅是联结导致冲突的两种行动的纽带,而且本身也可以直接成为冲突的舞台);"诗歌"所要求的抒情性一旦舍弃独白的表达方式,便会变成文字绘画,从而使诗的意味渐趋泯灭。现代意象派诗歌由盛至衰的历程已清楚地说明了这一点。

问题还是在于如何从语用学的角度来理解"叙述"。确定一种语式的依据是它的表达结构和功能。一般说来,人们称之为"独白"的是这样一种语式:在这种言语行为中,不仅只存在一位言语主体,而且其功能在于"倾诉"而不是"说服"。如果按现代符号学的观点,任何交际行为的实现都需要有一个信息源和一个信息宿,那么在"独白"中,这二者是合而为一的。言语者并不要求别人来对自己的话语作出什么反应,这是一种"自指"的交际,说话主体身兼二职,其目的在于将某种心理积淀作一次"宣泄",以保持和恢复内心的平衡。所以,独白的语式在本质上也就是"自白"。正是它的这种符号学特点,使之受到诗人们的垂青,成为抒情诗的文体建构手段。因为抒情诗本质上都具有自白性,它通过抒情主人公所作的倾诉和呼吁,仅仅是倾吐诗人内心郁积的一种形式,这种形式对存在于诗歌文本中的"审美自我"的表现,至少在表层结构上无须依赖于一位"抒情接受者"的存在,具有一种审美自足性。与此恰好相对的是"对话"。在这种语式里,不仅话语的本体构成需要有两位同时既扮演信

①　见[美]华莱士·马丁:《当代叙事学》,伍晓明译,北京大学出版社1990年版,第231页。

息发送者又充当信息接收者的言语主体,而且话语的功能在于彼此影响和互相说服。我们看到,也正是"对话"语式的这种互相作用性,为戏剧艺术的产生提供了物质基础。所以,如果说"独白"是一种纯粹的"自指"语式,那么"对话"也便是纯粹的"他指"语式。在这方面显得有些游移的是"叙述"。譬如,倘若仅仅从语言的表达形态来看,叙述与独白似乎并无多大差别,无论在独白中还是在叙述中都只有一位言语主体,话语现象是这位主体的独角戏。也正是在这个意义上,文论家卡冈认为:"在18世纪流行的将文学分为叙事文学和戏剧文学,而把抒情诗归为叙事诗的两分法具有合理的含义,因为语言再现的后两种形式都是独白的。从它们向戏剧结构的过渡,是由独白的界限走向对话的领域。"①然而,以往的文学史上,诗与小说这两种文学现象最终还是分道扬镳各自为政表明,在小说的"独白"与诗的"独白"之间存在着巨大差异,正是这种差异导致了这两种文体样式在艺术功能上的区别。因为小说的独白是一种"伪独白",准确地说是一种"旁白",即它总是在为某一个接受主体而说的,用普兰斯的话讲,也就是:"凡叙述,不但必须有一位叙述者,而且以叙述接受者的存在为其先决条件。"②即便这位叙述接受者无名无姓无影无踪,躲藏在字里行间,并不直接在故事里登场亮相抛头露面,他也必须存在。因为只有通过这个叙述接受者的存在,一种话语行为功能才能实现转换,由"自指"转为"他指",将倾吐变为交代。而这恰恰正是"叙述"这种言语行为的本质,它不仅仅是对主体内在心理郁积的宣泄,而且是对客观外在世界的讲话谈论。自我倾吐的话语具有自足性,谈论和讲说却需要有一位倾听者。所以在这个意义上说,叙述接受者的存在并不是一种形式,而是一种方式,只有通过这种方式,"叙述"才能名副其实地成为一种以向我们谈论某个外部世界的目的的言语形式。

但这样一来,使得"叙述"在功能上同"对话"十分接近:这种言语行

---

① 见[苏]莫·卡冈:《艺术形态学》,凌继尧、金亚娜译,生活·读书·新知三联书店1986年版,第405页。

② 见《读者反应批评》,文化艺术出版社1989年版,第57页。

为像对话一样,不仅需要一位倾听者,而且也由于这位信息接收者的存在,使得这种话语现象如同"对话"一样,在功能上具有一种影响对方的努力。古往今来的小说像戏剧一样,都将"真实"性置于自己的文本之中,便是这种希望得到读者首肯的心态的清晰曝光。所以,可以认为随着小说中总是潜在地存在着一位话语倾听者,小说文本内在地便形成了一种对话关系。显然也是基于这样的认识,卡冈在指出了独白与对话的区别之后紧接着又进一步指出:"独白是讲述世界上发生了的事件或者诗人内心世界中的'心理事件'。但是'第二种声音'一旦付诸行动,伙伴们一旦发生相互作用,就产生了戏剧形式。"①法国作家查理·哈罗斯说得更加明白,他指出:"作家在创作一部长篇小说的时候,实质上是发出一个信号,让表面上平平常常的话语,让为我们而写的或者考虑到为我们而写的书,向我们传递这个邀请谈话的信号。"②但不能将这理解为,在为自己的生存权而斗争的过程中曾努力挣脱诗歌奶妈影响的小说,心甘情愿地投入戏剧的怀抱。对此,实践本身已提供过证明,不仅那些在19世纪之初一度显得蔚为壮观的"对话体小说"如今早已销声匿迹,而且一度步其后尘的"行为主义"小说家试图让它东山再起的良好愿望,如今也已宣告幻灭。当代法国"新小说派"主将之一的纳塔丽·萨洛特,在评价这个流派的创作得失时说的一番话切中要害,她指出:"行为主义小说家大量地运用镶嵌着简短指示和审慎评论的对话,把小说推向戏剧的领域,这是很危险的,因为小说在那里只能处于下风。他们放弃了小说独具的手段,也就放弃了使小说成为一种独特艺术的东西,实际上就是放弃了使小说成为艺术的东西。"③使小说成为一门独特的艺术形态的,是小说所独具的艺术手段,这种手段就是"叙述"。如果说它与"独白"的区别主要在于功能上与对话一样,要求一位倾听者,那么它与"对话"的区别则在于叙

---

① 见[苏]莫·卡冈:《艺术形态学》,凌继尧、金亚娜译,生活·读书·新知三联书店1986年版,第405页。

② 见《法国作家论文学》,王忠琪等译,生活·读书·新知三联书店1984年版,第558页。

③ 见崔道怡等编:《"冰山理论":对话与潜对话》下册,工人出版社1987年版,第580页。

述要求于这位接受者的仅仅是倾听,而不需要它的应答。所以,叙述既不是"独白"——对于这,它只是一种"伪独白",同时也不是真正的"对话"——无须应答的特点使它成为"潜对话"。叙述是从独白向对话的过渡,是二者的中介,它以此而实现其作为一种语式的功能质:以语言为媒介来讲述一个事件。这也正是"叙述"这个概念在语义学意义上虽然与"叙事"并不相同,但在实际应用中常常出现"串台"现象的原因所在,因为叙述离不开故事。但是,叙述首先是一种"话语现象",它是以独白的形式出场的一种潜对话。

不言而喻,正是叙述语式的这一性质,在替小说确立了独特的艺术风貌的同时,也替这一文学样式的文体特征作出了规定:综合。这首先指的是一种语式形态,作品的文体特征只是这种语式形态的一种表现。从上面的分析里我们可以看到,构成小说的纯粹本质的叙述本身并不纯粹,这一语式建立在两种相对立的语式的某种调和的基础上的特点,意味着它常常面临着自我解构的阴影。所以卡冈在指出了叙事对于小说的意义之后又特别强调:"叙事文学在自身的发展和巩固的过程中,既应该摒弃自己童年的形式——诗歌'服装',也应该拒绝戏剧——对话形式的诱惑。"[①]小说语式的这种特点不仅仅是它在发生学上一度曾寄居于诗和戏剧的一种胎记,同样有其现实意义。大量创作实践经验表明,只要小说家能够警惕叙述语式所面临的陷阱,便能够通过发挥叙述功能的综合性优势而使作品获得饱满的艺术魅力。所谓的"诗化小说"和"戏剧性小说"便是突出的例子。前者凭借着叙述在形态上的独白性,使客观的叙事活动中融进主观的抒情;后者则依赖叙述在功能上的对话性,使单声道的故事讲述行为获得一种复调效果,从而在一定意义上使我们分享到一种戏剧作品的魅力。在这两方面最为成功的两位作家,分别是德国的施笃姆和俄国的陀思妥耶夫斯基。由他俩分别开创的"诗化小说"和"复调小说",使我们充分地领略了小说这种艺术在文体方面所具有的综合性效

---

① 见[苏]莫·卡冈:《艺术形态学》,凌继尧、金亚娜译,生活·读书·新知三联书店1986年版,第406页。

应,懂得了"免于形式约束的自由可被视为小说的规定性特征"①。

　　作为语言的一种功能标志的文体,向我们揭示出小说的结构特点,通过这个特点而存在的,是小说的文本肌质。我们知道,小说家选择某种文体方式作为其在艺术世界里开业立户的手段,是为了创作出一定的文本。因而,我们对小说形态特征的认识,同样也得由此及彼地通过对小说文体特征的观照,进一步落实到对小说文本特征的审视上。这种审视自然也是伴随着人们对小说艺术的自觉而早已开始了的,比较地来看,在以往的讨论中,人们的意见大多趋向于小说的生活化上。美国作家弗兰克·诺里斯的一番话颇具代表性,他认为:"22 世纪的评论家们,在回顾我们的世纪时,在力图恢复我们的文明面貌时,为了发现我们的精神实质,他们将不会专注于画家、建筑师或戏剧作家的作品,而将注意小说家的创作。"理由是:"无论在哪一种艺术中,时代生活从来也没有(像在小说里这样)得到如此充分的表现。"②这个见解当然是符合实际的,我们对小说的阅读经验可以说明这一点。记得英国一代小说大师萨克雷就曾向人表示:"我读稗史小说得益甚多,我了解了那个时代的世界情况,了解时势,了解风俗,了解服装的流行样式,了解当时的快乐、滑稽、游戏等等与当前之所以不同。已死去的人又苏生了,已逝去的时代又复活了,仿佛令人感到又遨游于古老的英吉利国。"③而小说之所以能获得这种认识功能的多样化和知识的全面性,无疑同它是以生活自身的形式来表现人生分不开的。于是,当人们据此而将小说的文本特点归结为"内容高度生活化"④,这似乎完全顺理成章。然而,当我们围绕这个结论继续作一番反思,我们会发现它其实并不那么确切。首先,如果"生活化"指的是小说通过故事来反映生活的话,那么我们得说这个结论似是而非,尽管这种看法古已有

---

　　① 见[美]华莱士·马丁:《当代叙事学》,伍晓明译,北京大学出版社 1990 年版,"导论"。

　　② 见《美国作家论文学》,刘保瑞等译,生活·读书·新知三联书店 1984 年版,第147 页。

　　③ 见[日]坪内逍遥:《小说神髓》,刘振瀛译,人民文学出版社 1991 年版,第 73 页。

　　④ 见马振方:《小说艺术论稿》,北京大学出版社 1991 年版,第 17 页。

之。所谓"世上先有《水浒传》一部,然后施耐庵、罗贯中借笔墨拈出"[1],按照这位假托李贽的我国明代批评家无名氏的观点,若"非世上先有是事,即令文人面壁九年,呕血十石,亦何能至此哉?"这种见解的破绽在于混同了小说中由作家所虚构"制作"的"故事",同生活中由人的行为所推出的"事件"的区别。英国当代作家约翰逊说得好:"生活并不讲故事。生活是混乱的、易变的、任意的,它遗留下成千上万的解开来的头绪,参差不齐。作家从生活中抽出一个故事,只能通过严格的、细致的选择,这必然意味着伪造。"[2]在英语里"故事"(fiction)同时也意指"虚构"、"制作",它与"小说"(novel)的互指恰好说明了小说的性质上的"非生活化"。其次,如果"生活化"意味着小说中对生活现状形象的最大限度的"保留",那么我们也将看到,这个特点在电影中较小说有过之而无不及。因为电影不仅以一种"完型"的方式来反映生活,而且几乎是以一种"原型"的形式在逼近生活。在电影中不存在语言文字的"阻隔",它的"活动画面"具有最强的现实感和生活气息。不言而喻,正是基于这个原因使得人们一度对电影究竟能否跻身于艺术行列感到困惑,而批评家们当年为了向电影创作者们签发一张"艺术家"证书,也曾颇费周折。当然,在影视艺术已十分发达的今天,人们已不会对电影并非照搬现实,它通过对镜头的选择和剪接等同样能表现出诗情画意,因而它是一门名正言顺的艺术这一点再持异议。而随着电影在艺术的行列里安家立足,它显然比小说更有资格获得"生活化"这一称号。因为它不仅也像小说那样在叙述故事,而且它所使用的媒介常常可以瞒天过海地造成一种错觉,使我们误以为它便是生活本身(例如"纪录片")。

所以,为了把握小说的文本特征,我们只能在"生活化"之外另打主意。对小说作品本身的阅读告诉我们,小说反映生活的长处并不仅仅在于"量",还在于"质"。明确地讲,它比别的文体更能够洞幽烛微地反映出人性的隐秘之处,从这一点上来说,不仅诗歌、戏剧只能望小说之项背,

---

① 见方振耀:《中国小说批评史略》,中国社会科学出版社 1990 年版,第 132 页。
② 见崔道怡等编:《"冰山理论":对话与潜对话》下册,工人出版社 1987 年版,第 670 页。

而且这也正是影视艺术的盲区。用日本学者坪内逍遥的话来讲："那种完美无缺的小说，它能描绘出画上难以画出的东西，表现出诗中难以曲尽的东西，描写出戏剧中无法表演的隐微之处。"通过"描绘出恍如洞见这人世因果奥秘的画面，使那些隐微难见的事物显现出来。"①在这里，作者虽然没有明确地道出小说的文本特征，但良好的艺术感觉力显然已使他意识到了这个问题：小说在文本上区别于其他艺术门类的最根本之处，在于它的隐秘性。这应该没有多大异议，问题在于怎样理解小说文本的这种隐秘性。一个广为人知的解释是：小说中的隐秘性，指的是小说家通过小说作品对自己或朋友、熟人的隐私的自觉或不自觉的裸露和曝光。最早提出此说的或许当推 19 世纪的美国散文家奥列佛·霍姆士。他在《早餐桌上的独裁者》一书中解释自己为什么不写小说的原因时说道，写小说不比写诗，写诗可以借文字的韵律、意象、激情的渲染和想象力的激发等，将自己的内心秘密不动声色地加以掩饰；写小说总是会将自己乃至朋友的隐私给泄漏无遗。这话尽管说得颇为风趣，但确有一定道理。个中奥秘，全在于"故事"与"意象"的差异。意象不仅是零碎、个别的，而且多少具有一点不确定性和"天然"的朦胧感。而故事总是以人物行动为单元的事件的一种有序化组合，在时空关系上相对的完整性使得它在对现实生活作出某种反映时，总是较意象更为具体。这就使得以意象作为基本艺术表现单位的诗歌，尽管也反映诗人本身的喜怒哀乐，但还不至于将他内心最隐秘的难言之隐全盘托出。与此不同，以故事为构架的小说文本在反映生活的同时，之所以不仅总是拽出作家本人所掌握的秘密，而且往往以此为前提，是因为故事所要求的具体性乃是人生经验的具体化，这种经验的获得除了主体的切身体验别无他途（所谓"要想知道梨子的滋味，只能亲口去尝"指的便是这个道理）。这样，当小说家即使在写他人的故事时，在某种意义上讲其实仍然是在写自己。而具体之为具体的细致、明白则往往又使得作者无法加以遮盖。只有立足于此，我们才能明白，英国小说家本涅特当年所说

---

① 见［日］坪内逍遥：《小说神髓》，刘振瀛译，人民文学出版社 1991 年版，第 26 页。

的"小说必然带有作者自传的性质"①这一貌似武断、偏激的话其实蕴含着真知灼见,因为正像他的同辈女作家乔治·爱略特所说:"生活有条不紊地向我们呈现的唯一故事就是我们的那些自传,或者是我们总角之交的生平,或者是我们自己儿童时期的故事"。② 所以,当作为一门艺术创作的小说要求作家只有写出自己的切身感受才能得到人们的承认,而无法凭借贩卖一些道听途说来猎取名声时,他除了"无私"地贡献出自己以及他的亲人和熟人的秘密,似乎别无选择。然而这并不妨碍我们从作品的字里行间去破译出作家本人的内心隐秘。例如莫洛亚自己就曾从《老人与海》这部小说中,窥见到海明威的"作为作家的焦虑:他刚刚被公众认定为美国最出色的小说家,就看到自己的才华受到怀疑,他的最新作品被评论界扼杀了,妒忌者们则为此拍手称快;他在长时间不露面而勤奋劳作之后,自豪地拿出一部他清楚是篇佳作的小说,而那些鲨鱼们却掠去了他在这个世界上最宝贵的东西。"③从这个意义上讲,所谓的"隐私小说"并不确切,因为在理论上,几乎所有的小说都可以拥有这个称号。

然而深入一步来看,上述这种以小说对故事的借重而将其文本特征归结为对作家本人隐私的暴露的观点,并不能真正成立。道理很简单:故事虽然同小说结缘,但从没有对小说保持过忠诚。它不仅在现在同影视艺术打得火热,而且在历史上就一直与戏剧有着密切的关系。因而,我们关于故事功能的上述阐释基本上也适合戏剧和电影。在 20 世纪中叶,随着弗洛伊德"深层心理学"的崛起,一些批评家从莎士比亚名剧《哈姆雷特》中读解出丹麦王子的"俄狄浦斯情结"便是一个最好的例子。这或许还不能使我们就此宣判小说文本的隐秘性与故事内容的隐私化毫不相干,至少要求我们在回答这个问题时还得提供更为有力的论据。在我看来可以从两个方面入手。首先从表现对象的可能性上来看,小说文本的

---

① 见王春元、钱中文主编:《英国作家论文学》,汪培基等译,生活·读书·新知三联书店1985 年版,第 396 页。

② 见王春元、钱中文主编:《英国作家论文学》,汪培基等译,生活·读书·新知三联书店1985 年版,第 186 页。

③ 见《艺术与生活——莫洛亚箴言和对话集》,上海三联书店 1989 年版,第 56 页。

隐秘性应该是其他文体所无法表现的——人的心理活动。同人的外部行为相比,人的内心活动无疑要隐秘得多,它不仅常常是深藏不露的,有许多现象甚至连作家本人也是不自觉的,并且总是被社会规范的检察官拦截在意识的门槛之外。当人们不约而同地用"海洋"来比喻人的心灵世界时,显然是由于认识到了这一点:江河湖泊或许会有干涸的一天,对于大海,我们恐怕永远也见不着它露底的时候。戏剧建立在对人类行为"模仿"的基础上的特点,决定了它充其量只能通过暗示和象征间接地触及到人的心理,无法将人的主观世界直接展示在人们面前。抒情诗在这方面同样也无能为力。尽管它像小说一样,以所谓的"思想符号"语言作为媒介,但依然无法像小说那样,凭借着语言符号与人类精神活动的同一性(心理活动在本质上也就是人的内部言语活动),去对那丰富多彩的心灵世界作出全方位的展示。因为这种展示要求创作主体对人的心灵活动的过程作出细致的切割,这种切割又需要凭借理性分析的力量。而诗歌在本质上是作者对情感的疏导和倾吐,根本不允许全方位地展示人的心灵世界,因为那只会使情感的表达受到抑制。这便是心理表现与心理显现的区别所在:在前一种文本里,我们所触及的仅仅是人的心灵世界的一角,而在后一种文本里,我们仿佛已置身于这个世界之中。量的增加意味着质的改变,诗歌与小说分别以"表现"与"显现"的方式出现在文学家族,它们对人的内心世界的披露显然存在着程度的差异。所以,当本涅特提出"小说家和大多数艺术家的不同之处,在于他对人类本性中难以确切表达的人情最感兴趣"[①]时,他显然是抓住了问题的一大实质。因为小说不仅以语言为媒介,而且它并不听从表达情感的目标的特点使它多少具有一种散文性质。而"散文拥有一种特殊的手段,大家给了它一个十分准确的名称,叫做分析。"[②]正是这个手段替小说家透过各种情绪和意念的云遮雾障,将人类心灵的本来面目最大限度地展示给读者提供了方便;使得小说文本在隐秘性上不仅较戏剧显得突出,而且也比诗歌略胜一筹。

---

① 见王春元、钱中文主编:《英国作家论文学》,汪培基等译,生活·读书·新知三联书店1985年版,第385页。

② 见《法国作家论文学》,王忠琪等译,生活·读书·新知三联书店1984年版,第93页。

其次再从表现内容的合适性上来看。我们知道,在人类的实际生活中,所谓隐秘的现象不仅仅指客观上难以明确表达的想法,而且也包括主观上通常不便直接表现的行为。像男女间的事便属于此类。尽管我们希望人类有一天就像恩格斯所说的那样,能够无拘无束地谈论那些人们几千年来一直在夜间所干的事;尽管在文明已相对高度发达的当今时代,在许多国家里,社会风俗也已不再对热恋中的青年男女在大庭广众之中的接吻拥抱构成威胁,至少在可以想象得到的未来,人类在观念上恐怕还不会完全泯灭爱情与色情的界线,将迄今为止人们通常只是在私下进行的交欢行为,如同表演一般在光天化日之下公之于众。不能将这简单地理解为文明的不够开放,恰恰相反,而应视之为出于人性的一种内在需要。对一部人类文明史的历史回顾告诉我们,以穿衣行礼、内外有别为标志的羞耻心的产生和发展,实乃人性进步的一种反映。尽管在这过程中一度也曾产生过这样那样的偏差,但总的来说,这种意识的形成使人类的感情更加细腻精致,从而使人得到作为人的真正享受,这种享受无论在量和质两方面都比动物更为完美。所以,文明的进步对一些人为的障碍的冲破并不意味着应当返祖归宗地回到远古时代,像我们的动物祖先那样群居杂交。因为在那种情景下,异性交欢双方的感觉系统会由于这种行为的司空见惯过于随便而趋于粗俗和麻木,而这无疑会大大抑制这种行为原本应有的兴奋性,冲淡爱情交流的乐趣,最终使之沦为一种像填饱肚子、抵御寒冷那样的纯本能行为。只有从这里出发,我们才能理解恩格斯当年所说的,"性爱是绝对排他的行为"这句话的深刻含义。需要加以解释的是,这种排他性不仅指直接的体能介入,而且也包括间接的精神关注。现代文明对于人类这种行为所持有的"公私"分明、内外有别的态度,正是在这里显出了它的人类学意义。它是人性的一种正当的设置。就像弥尔顿在《失乐园》第四章里的诗句所描述的:"一双美妙的情侣,在幸福的婚姻里结合,单独在一起,何等调称。"著名英国剧评家查尔斯·兰姆当年在分析莎士比亚戏剧的特点时就指出:"罗密欧同朱丽叶的情话,黑夜里一对情侣的甜蜜、银铃般的言语;奥瑟罗或波塞摩斯同他们燕尔新婚的妻子亲昵而神圣的密语,这一切细腻之处,读起来何等赏心悦目,但倘若搬到舞台上,由于舞台天生的缺陷,这些东西暴露在大庭广众之中,就被玷污了,变了性质。"①这使我们想起左拉当年所说的话:"小说篇幅比较自由,或许将成为本世纪最好的文学形式,而戏剧只能步小说的后尘,补小说之不足。"②不能指望戏剧家在剧院里能像小说家在文本中那样,向我们敞开人世间所有的秘密,让我们领略到各种隐私。这儿的问题并不在于胆量而是在于交际方式。通过文明社会的行为法则而反映出来的那种人性的规律,使得我们无法从容地坐在剧院里观赏这种演出。因为在这种情形下,这种现象的排他性同集体观赏的共同性形成了一种尖锐的冲突,这种冲突所造成的剧烈的不和谐感使得美感荡然无存,取而代之的是由对正常人性的一种强行抑制而产生的刺激,它的俗称便是"色情"。但这也还只是问题的一个方面,除此之外我们还应当看到,人类的这种行为本身仍具有审美价值。这不仅因为适度的这种行为乃是人性的一种正常需要,为每一个正常人类成员所不可缺少;而且也是由于真正和谐的这种现象常常能使人产生一种如马斯洛所说的"高峰体验",这种体验给体验主体带来的那种极限性快感是那些具有接受能力的人们所难以拒绝的。很显然,这也正是所谓的"色情文艺"屡禁不绝的原因所在。像劳伦斯的《查泰莱夫人的情人》这样的在今天已被公认是充满美感的作品一度也被列入其中,就足以说明人们在这方面的标准其实常常并不科学。在许多情况下,问题主要并不在于表现的内容而在于方式。即使是那些丑陋的性行为,它们作为人类社会中实际存在的现象也同样有权进入艺术家的审美视野,以适当的方式予以表现。因为它们不仅能为美的现象提供必要的参照,而且本身也有利于我们更加全面地认识人类。所谓"艺术无禁区"指的也便是这个意思。但我们看到,能够对这种隐秘现象作出艺术地表现的,虽然也并非只有小说,但就其涉及的隐秘程度而言,则冠军非小说莫属。将根据劳伦斯小说《查泰莱夫人的情人》改编的同名电影与原著作一对比,颇能说明这个问题。不难发现,由于导演和演员

---

① 见杨周翰编选:《莎士比亚评论汇编》上册,中国社会科学出版社 1979 年版,第 163 页。

② 见《外国现代剧作家论剧作》,中国社会科学出版社 1982 年版,第 12 页。

的共同努力，这部影片在表现人类正当性行为所具有的那种美感方面，虽然已经在相当程度上逼近了小说的内涵，但仍无法与小说相提并论。因为在小说里，作者将人类的这种行为作了从肉体到精神的全方位的展示和披露，表现得可谓淋漓尽致。而在电影里，男女的结合其实只是对真正的交欢行为的一种有保留的仿做。限制来自于电影的接受方式。如果说以电影的胶片为中介，通过银幕对实际拍摄场景的"隔离"来表现生活的方式，使得表演艺术家们能够冲破戏剧舞台与观众的直接交流而造成的审美表现方面的禁忌，在一定程度上得以进入人类的隐秘领域，将男女之间的床笫之欢这类通常不便在光天化日之下进行的现象给予相当的艺术曝光，那么它在一般情况下总是能够容纳一定数量的观众共同欣赏的"集体性"的接受背景，则妨碍着摄影机镜头将这种最隐秘的人类行为的秘密披露无遗。人性的"公私有别"的规律使得这种披露难以同开放化的接受背景相协调，而在这种心理冲突之中，我们也就难以从容地进行欣赏，去获得真正意义上的审美快感。这种情况在小说的阅读活动中则是能够避免的。因为小说所使用的不是"语言"，而且是"文字"——书面言语。一般来说，"对书面文学的知觉比起对口头文学的知觉来，是一个隐秘得多的心理过程，其原因在于，书面文学较之口头文学在无可比拟地大的程度上诉诸作为个性的人。"[1]因为在一本书与它的读者之间，通常如同日本学者伊藤所说，形成的是"一对一"的关系，这种关系使得小说读者能够以最隐秘的方式"私下"阅读作品，如同《傲慢与偏见》里的那位女主人公莉迪亚那样对待小说："一听到长辈走来，就赶快把《皮克尔传》藏到枕头底下，把恩斯华斯的作品藏到沙发下面。"[2]不难理解，这种特点使得小说在审美地表现人类那些不便详尽曝光的隐秘现象方面，较其他文本具有更大的优势。这使我们再次体会到司各特这句名言的精辟："小说比什么都更有资格称作单独享用的食品。"因为正是这种消费方式构

---

[1]　见［苏］莫·卡冈：《艺术形态学》，凌继尧、金亚娜译，生活·读书·新知三联书店1986年版，第348页。

[2]　见王春元、钱中文主编：《英国作家论文学》，汪培基等译，生活·读书·新知三联书店1985年版，第176页。

成了小说在文本方面的一个基本特征:隐秘性。

　　小说从创作方面看,首先是一种独特的文体,其次在本体论意义上,它是一种自立门户的文本。再从消费方面讲,小说无疑又是一种独特的文化产品,因而同样也有其文化学方面的特征,这种特征明显地反映在它与读者的关系上,这就是所谓的"大众性"。譬如正像特罗洛普所说,人们阅读群书,公认诗歌在文学中的地位最高。正因为如此,小说常常效法诗歌,试图通过像诗那样用词造句以求与诗并驾齐驱。且不论这种情形是否能真正彻底地改变小说在世人心目中的形象,有一个现象却是十分耐人寻味的:与诗的至高无上的艺术声誉不相匹配的,是它的读者的数量历来显得稀少。相反,小说尽管常常由于那些蹩脚作者的胡编乱造而显得声名狼藉,却总是拥有一大批忠实的读者。用美国评论家梅特尔·阿米斯的话说:"甚至最糟糕的小说也有人阅读。"①证实这个结论的最好方法是对两种作品的销售状况作出统计,事实就像雅各布斯所说的:"阅读小说的人在今天还是那么多,一本书即使销售200多万册,也毫不使人惊奇。"②其中的佼佼者首推阿嘉莎·克莉斯蒂的侦探推理小说,据说,这位英国女作家的作品迄今仍是除了《圣经》之外在世上印销量最大的书籍。很难想象,一本诗集有朝一日能受到如此这般的欢迎。即使在20世纪之前,在诗的黄金盛世,"诗人"的桂冠令人崇敬,他们在读者群中仍然是曲高和寡,不免有一种深深的寂寞感,雪莱当年所发的"现存的诗人中没有一个曾享得最美满的声誉"③的感叹似乎仍能引起今天诗人的共鸣,便是最好的证明。

　　统计方面的这种反差足以向我们表明两种文本各自所具有的文化特征:一般来说,诗是一种"圈子"艺术,总是只能在少数人中寻求知音。相比之下,小说则具有一种真正的"大众性",即它不仅老少皆宜、雅俗共

---

　　①　见[美]梅特尔·阿米斯:《小说美学》,傅志强译,北京燕山出版社1987年版,第73页。

　　②　见毛姆等著,陈安澜等编译:《阅读的艺术》,上海翻译出版公司1988年版,第31页。

　　③　见王春元、钱中文主编:《英国作家论文学》,汪培基等译,生活·读书·新知三联书店1985年版,第97页。

赏,既为引车卖浆者流所喜爱,同样也为文人名士所垂青;而且,诗在某种意义上粘连于母语,只能供熟谙这种母语的本民族读者品味鉴赏,而小说则可以为那些异国他乡的读者所分享。因为所谓"大众",不是单纯就读者的数量而言,还应该着眼于是否为多层次和多民族的读者所普遍接受。小说在文化方面的"大众性",显然应该具有这样丰富的含义。需要我们进一步加以探讨的,是如何理解小说的这一特征的生成背景。

毫无疑问,小说与故事的关系,是我们的一个切入点。众所周知,当英国小说家安·特罗洛普指出"青年男女,老年翁妇,阅读小说多于诗歌,因为前者易于浏览"①时,他所指的显然是小说文本的故事性;当雅各布斯表示"大多数人都有过被一本小说完全吸引住的经验"②时,言外之意,仍然是指小说与故事的非同一般的关系。因为爱听故事的确是人类的一种普遍而且持久的本性。尽管我们必须承认,讲故事的权利从来不曾为小说所垄断,但我们最终还是得正视这样一个事实:随着小说这种文体样式的日趋成熟,它已经将"叙事"这个行当从诗的手中接管过来,牢牢地据为己有,并以此来促使诗进一步回归到它的艺术本位:抒发情感。因为正像保尔·瓦莱里所说,无论我们怎么给"诗"下定义,"当我们谈到诗的艺术或者具体的诗歌时,当然是指引起类似的心情和人为地促进这种感情的一些手段"。通过这些手段我们可以得到"纯诗情的感受:这种感受总是力图激起我们的某种幻觉或者对某种世界的幻想,并与我们的整个感觉领域存在着一种不可思议的内在联系。"③换言之,最自由、空灵的想象和最细腻、微妙的感觉,是"诗"这种文体所要传达的东西,也是它的存在标志。而为了达到这个目的,意象的跳跃式组合和音响的韵律化凝聚就必不可少。因为当我们松开想象的缰绳任其自由驰骋时,它总是显示出一种巨大的跳跃性;而在我们主体的各种感觉之中,唯有听觉最为

---

① 见王春元、钱中文主编:《英国作家论文学》,汪培基等译,生活·读书·新知三联书店1985年版,第175页。

② 见毛姆等著,陈安澜等编译:《阅读的艺术》,上海翻译出版公司1988年版,第31页。

③ 见《法国作家论文学》,王忠琪等译,生活·读书·新知三联书店1984年版,第117页。

细腻、敏锐,并且直接同我们的情绪中枢相通。这既是音乐艺术所以能执表现艺术牛耳的奥秘之源,也是"诗"与"歌"尽管不能混为一谈,但人们却总是把它们相提并论的原因所在:人们用"诗歌"来指称"诗"这种抒情文体,决不仅仅是由于它在发生学上一度曾与"歌"相依为命,而是同样也揭示出了这种文体的音乐性本质——当诗人们力图通过对意象和韵律的惨淡经营来实现其抒发情感的目的时,事实上正是在向音乐逼近。因为从主体与客体的感觉关系上讲,"我们所熟悉的有生命的或无生命的东西,如果可以这样说的话,好像都配上了音乐;它们相互协调形成了一种好像完全适应我们的感觉的共鸣关系。"诗的这一本质不仅使它远离以因果关系为核心的认知逻辑,而且也较其他语言艺术更强调符号媒介的听觉方面。这使得对诗的接受只能以心灵领悟的方式进行(这种领悟由于失去了认知逻辑的规约性而常常显得飘忽不定),依赖于主体的"语感"能力(同"语知"相比,语感的对象总是显得含蓄而朦胧)。不难发现,正是诗的这种独特接受方式导致了它与"大众"的分离。一首谁都不懂的诗当然不可能是好作品;但反过来,一首谁都能懂的诗也肯定不会是好诗,甚至不配称之为诗,而是"顺口溜"、"打油体"。因为诗对听觉的依赖使得它不仅具有不可移植性,而且也具有难接受性。正像"对于非音乐的耳朵再美的音乐也没有意义",对于缺乏语感的人来讲,最好的诗也不会有真正的价值。而"语感"这种东西如同"色感"和"音感"那样,并不完全取决于受教育的程度,不会随着我们的学历和职位的提高而同步上升。因此,如果说诗的不可移植性使它成为最有代表性的"民族艺术"(能够从一种语言翻译为另一种语言的是符号的"意思"而非"音响"),那么诗对"语感"的这种崇拜则决定了它在某种意义上总是一种"圈子艺术"。所不同的仅仅在于这个圈子的范围而已。

与此不同,小说的叙事性对"真实感"的注重,使得它必须对根植于认知逻辑的现象的因果关系保持某种尊重,叙事性对"空间感"的依赖,使得它较之于语言的音响韵律系统,对语句的语义方面更为强调。因为正是语句的语义方面以它的"透义性"承担着对客观世界的再现功能。而人们对语言的这种功能的掌握,往往是随着对语言的熟悉而得以实现的。所以,我们对小说的接受，首先从文体方面完全可以按"常规"进行，因为叙事的法则在某种意义上说也就是我们理解生活的法则，这种法则对因果关系的遵循使得每一个接受过正常教育的人都能从容地介入。这一种法则一旦同"故事"的特点相结合，就产生了一种"易接受性"。尽管我们曾经指出，"故事"并不是生活的同义语，而是小说家凸显生活的一种艺术手段，但它与生活之间毕竟有着一种"关联性"。由于"故事"总是以"事件"为基础的，它是对事件的一种有机组合，因而"为了理解一个故事中正在发生着什么，我们必须将其中各个事件联系起来"①。而"事件"虽然还不就是实际生活中所发生的"本事"，两者却具有一种现象学意义上的"同构"性。所以，"故事"——"事件"——"本事"，通过"事件"的中介，故事便同实际生活现象建立了一种"投射"和"映现"的关系，使我们常常有一种"生活化"的幻觉。这种幻觉固然不能使我们取消故事与生活在性质上的界线，但无疑地可以最大限度地减弱接受阻力，使我们能够像对待某种实际人生状态那样来对待故事，在一种体验人生的方式中进入它所展现的世界。

其次，我们还可以看到，小说在文本方面还具有一种可移植性。如前所述，故事的"非原在性"在于它的"非实在性"，即它总是只能依赖某一种表达媒介而存在，是"寄居"于这种媒介之中的一种抽象形式。由于这个缘故，一个故事如同里蒙·凯南女士所说，既可以充当一部芭蕾舞剧的剧情，也可以成为一部长篇小说的题材，还可以被搬上舞台或银幕。在这个过程中"一个人读到的是文字，看见的是形象，辨认的是姿势，而通过这些，了解到的却是一个故事，而且可能是同一个故事。"②

不难发现，正是故事的易接受性和可移植性，使得它"天然"地具有一种"大众文化"的基因：如果说"易接受性"使得它较其他方式更能为各个阶层、不同职业的人所欣赏，那么"可移植性"则显然也使它可以为使用不同语言、来自不同国度的人们所品赏。因此，当小说终于从诗歌那里

---

① 见[美]华莱士·马丁：《当代叙事学》，伍晓明译，北京大学出版社1990年版，第239页。

② 见[以色列]里蒙-凯南：《叙事虚构作品》，姚锦清等译，生活·读书·新知三联书店1989年版，第12页。

接管了叙事的功能并进一步加以扩展,不可避免地带有一种"大众文化"的烙印也就不足为奇了。问题在于小说与故事的这种关系,是否便是主宰小说这一文化特征的最终原因? 深入一步来看,结论并非如此。比如,尽管我们认为,小说这种文学形态在根本上并不能完全脱离故事而存在,但在这个前提下,它在一定程度上依然拥有对故事加以怠慢的权力。所谓"情节小说"与"散文小说"的对峙便是证明。在前一类文本里,故事是至高无上的独裁女皇,而在后一类作品里,它仅仅是一位合作伙伴。为此,我们对小说形态的大众性特征的生成背景的思考,还得在故事之外另辟蹊径,否则就无以解释那些故事性相对平淡的作品同样能够在小说苑地里存在的现象。看来,我们仍然得回到小说与读者的关系,从小说的艺术机制方面入手来分析。

我们知道,所有的艺术行为都必须满足两个条件:其一,它得具有一种"自律性",要求艺术家的创作能够满足自己的需要,因为只有这样,他才能够投入自己的生命于作品中,从而使作品获得作为一种"生命体现"的艺术的本体性。其二,它又得具有一种"他律性",即能够为读者和观众所接受,因为只有通过主体的接受,它才能够真正实现其作为一种"情感交流"的艺术的功能质,成为一种名副其实的"艺术存在"。但在不同的艺术实践活动中,这两种特质有着不同的表现方式,而且可以有所侧重。由于诗对主观世界的直接表现性,它的表达过程本身使得创作主体的情感能够得到一次宣泄和倾诉,因而在某种意义上已经获得了某种价值。与诗不同,小说对叙事的注重使得创作主体在情感方面的自我满足受到抑制,因为叙事具有一种客观性,虽然对故事的挑选和讲述方式的确定等受到作家的兴趣的支配,但一旦进入具体操作过程,作家个人的这种兴趣就必须退居次要地位,而首先对故事自身的结构以及它与生活的联系给予尊重。因此,如果说我们承认,"在某种意义上,艺术家的每件创作都是为了自己的满足而进行的"①,那么我们看到,对诗人来讲,这种满

① 见[美]苏珊·朗格:《情感与形式》,刘大基、傅志强译,中国社会科学出版社1986年版,第455页。

足在相当程度上来自过程本身,可以通过自我的心理宣泄得到补偿;而对小说家来说,则更多地在于过程之后,需要通过读者的共鸣和介入而实现,以在读者中引起共鸣、受到赞扬作为报偿。因此,在相对的意义上,人们便将诗归之为"自律的艺术",而将小说归之为"他律的艺术"。显然,正像诗的这种自律性使得它不至于因为自身在文本上的"圈子性"而自惭形秽,小说的这种他律性使得它作为一种大众文化的命运成为定局。小说家对故事性的难以割舍不过是体现这种"因"的一种"果",因为故事是维系小说与读者关系的最佳媒介。所以,如果说"诗人是一只夜莺,栖息在黑暗中,用美妙的歌喉唱歌来慰藉自己的寂寞"①,那么小说家则往往难于承受这种寂寞:他们自觉不自觉地总是在追求着一种所谓的"轰动效应",以期获得更大的声誉;而为了达到这一目标,他们的作品多多少少会存在一种对读者的迎合。简单地用"媚俗"或"浅薄"来评价这种状况,如同用"易懂"来要求诗歌那样,并不公正。"小说作者一定要讨人喜欢,否则就将一事无成。"②受读者欢迎,引起轰动,正是小说文本对这种艺术行为提出的一项要求。不论我们对特罗洛普的这句话是否觉得顺耳,都必须承认它至少道出了小说这门艺术的一大奥秘:它是一种大众艺术。

3. 小说的功能

艺术生产如同艺术消费那样,无疑是一项高雅的活动。马克思所说的:消费艺术比消费香槟酒更高尚,显然也正是对艺术产品特质的生动概括。但是,这一结论不应该成为我们的艺术家自命不凡自命清高的理由。尽管那些伟大的艺术常常表现出对社会大众的平庸要求不屑一顾,但对具体艺术实践动因的审视,总是使当代批评家无法否定托马斯·门罗的

---

① 见王春元、钱中文主编:《英国作家论文学》,汪培基等译,生活·读书·新知三联书店1985年版,第97页。

② 见王春元、钱中文主编:《英国作家论文学》,汪培基等译,生活·读书·新知三联书店1985年版,第178页。

下述见解："人类之所以对艺术家的事业进行赞助并付给他们酬金,其原因是由于人类发现艺术家的产品具有美的或其他方面的价值,而不是为了赋予艺术家表达自己的特权。"①

需要我们作出区分的,是如何把握小说的艺术功能。首先,似乎有必要将作为由小说文体的基本结构所决定并且反映着小说形态的本质定性的"功能",同由这一功能派生出来的小说的具体"用途"区别开来。譬如我们知道,小说能成为交友的手段和婚姻的使者。就像狄更斯有一次在纽约大街上散步,被一位妇女认出,她跑上去热情地对作家说,"先生,请让我碰一下这只手吧!它使我家里有了那么多朋友。"事情起因于这位妇女酷爱读狄更斯的小说,而通过这些小说,她与许多同她一样喜欢狄更斯小说的人们交上了朋友。这种友谊倘若发生在一对互相钟情的男女之间,则往往会催化出一个十分美满的结果。当然反之也是一样,一部"红学"研究史早就记载过这样的例子:由于对《红楼梦》的评价不一,一些人常常因"一言不合,遂相龃龉,几挥老拳"。此外我们也知道,小说常常能成为各种时代新潮的中心,并因此而具有某种经济和商业方面的用途。譬如,遍布我国江南各地的所谓"咸亨酒店",都是借鲁迅小说《孔乙己》的社会文化影响以招徕生意,京沪两地的"大观园",则凭小说《红楼梦》的影响成为我国的一个旅游项目。在18世纪的英国感伤主义小说家劳伦斯·斯特恩推出他的小说《特利斯特拉姆·香地》之后,"香地主义,这门新的'无聊哲学'成了那个'放肆得不太过分'的时代'所有的男人和大多数女人'的时尚;食品店里竞相出售香地凉拌菜,参加爱尔兰赛马的马匹叫做特利斯特拉姆·香地。化妆品、服装甚至牌戏也以这本书来命名。"②此外我们还知道,那些情节曲折文笔生动内容精彩的小说甚至还具有镇静剂和安神丸的效果,能配合医生对有关病人的治疗。譬如在19世纪的法国,一位医生曾经告诉小仲马:"在我们医院所有痊愈或死去的

①　见[美]托马斯·门罗:《走向科学的美学》,石天曙、滕守尧译,中国文联出版公司1984年版,第349页。

②　见[美]亨利·托马斯等:《外国名作家传》,黄鹏译,陕西人民出版社1983年版,第80页。

病人枕头下都可以找到一本你父亲写的小说。每当我们希望他们忘掉临近的手术带来的恐惧以及恢复期间的漫长的苦闷,甚至希望他们忘掉死亡的威胁时,我们开的处方都是你父亲写的一部小说,而且疗效很好。"①总之,小说对于人类生活无疑有许多帮助,但凡此种种只是小说的一般社会用途,而非它的形态学"功能",因为这些现象并不反映小说的形态学本质,也不是小说以"文学"的名义在人类艺术世界中开业经营的依据所在。正如即便世界上没有大仲马(或其他人)写的这类小说,这位法国医生依然能找到别的代用品来达到他的目的;没有那些名扬四海脍炙人口的中外名著,高明的推销商们肯定也有办法用别的手段通过另外的渠道发财致富;放弃小说这种文化产品的恋人们也同样可以发现别的关于人生和社会的话题来互相熟悉、加深了解。

明确了这些道理以后,我们注意到有一个问题无疑是解答小说功能之谜所无法回避的,那就是小说与认识的关系。必须承认,人类艺术在本质上作为人类把握世界的一种手段,决定了它内在地无法排除认识因素,小说自然更不能例外。不仅仅是因为反顾历史来看,小说的社会价值的递增一度是与其文本上的认识作用的发展成正比,在小说由文学家族中的丑小鸭一跃而成为艺术领域里的白雪公主的漫长历史过程中,认识作用的这种提高无疑曾立下过汗马功劳;也不仅仅是由于经验表明,"如果小说只是消闲的手段,只能帮助人消磨无聊的夜晚,或冲淡铁路旅行的寂寞而不是更多,那么看小说的风气我相信就一天也难以维持下去"②。而是事实的确如同别林斯基所说:"在什么书里记述着人类生活、道德规律和哲学体系,总而言之,一切的学问,都在长篇小说和中篇小说里。"③这种知识是道不胜道,这方面的认识也是言不胜言。恩格斯当年在读了巴尔扎克的《人间喜剧》后表示,他从这些小说里学到的经济、历史和统计

① 见[美]梅特尔·阿米斯:《小说美学》,傅志强译,北京燕山出版社1987年版,第125页。

② 见《美国作家论文学》,刘保瑞等译,生活·读书·新知三联书店1984年版,第148页。

③ 见[俄]别列金娜选辑:《别林斯基论文学》,梁真译,新文艺出版社1958年版,第200页。

学知识比从当时的那些专家著作里学到的还多。这番话是众所周知的。《三国演义》和《水浒传》问世以来,便一直被明清两代的农民起义军首领(如张献忠、李自成、洪秀全等)作为作战教案的例子,也是历史学家们所经常提及的。一位日本的大学教授在分析日本著名企业集团的成功之道时曾写道:"松下电器公司的显赫成功,正是松下幸之助善于运用诸葛亮的战略眼光的结果。"①而《红楼梦》第四十八回黛玉教香菱学诗的描写,对我国古代律诗特点作了精当而且简明扼要的剖析,也为历来的"红学"家们所称道。一位叫中野美代子的日本女学者在20世纪60年代出版过一本《从小说看中国人的思考样式》的著作,我们可以从中发现,作者从中国小说普遍地采用大团圆的结局,以及不具有真正的游历冒险小说等特点中,得出了"中国人缺乏悲剧意识"和"中国人不具有探险心理"②等结论。不管这些结论本身是否还大有商榷的余地,至少不能不承认作者的这种思路是有意义的。1989年,河南省新乡市的一位中医师高振达出版了一部题为《红楼四话》的书,分为四个部分,分别为:"红楼医话"、"红楼药膳"、"红楼茶话"和"红楼花卉"。顾名思义,作者是从这四个方面着眼来论述《红楼梦》这部小说的文化内涵和特色的③,这些内容无疑也是小说文本所具有的一个主要方面。当代学人邓云乡因而写了《红楼风俗谭》,通过对《红楼梦》的精读来研究清朝时代中国大陆的各种风俗民情,颇有创见。而通过小说来认识一个时代的历史面貌和社会关系,则是政治家们的特点。恩格斯曾经明确指出:"亚历山大·大仲马的小说可以用来研究弗伦特运动时期"④,列宁曾从列·托尔斯泰的小说认识到俄国革命的"某些本质方面"。

凡此种种无疑便是人们有时将小说称之为"人生的百科全书"的理

---

① 见李飞、周克西编著:《〈三国演义〉与经营管理》,北京体育学院出版社1988年版,"导论"。

② 见[日]中野美代子:《从小说看中国人的思考样式》,若竹译,北京十月文艺出版社1989年版。

③ 高振达:《红楼四话》,中州古籍出版社1989年版。

④ 见杨柄编:《马克思恩格斯论文艺和美学》下册,文化艺术出版社1982年版,第825页。

由所在。然而,倘若我们将这一形象的比喻视作关于小说功能的终极定论,则只能导致似是而非的结果。法国作家乔治·杜亚美说得好:"艺术是有用的。但这决不是说,艺术应该成为某些社会的、道德的、经济的或其他什么繁冗的学说的传播者。"①这主要并不是因为如同内容充实的经济学论文决不会依靠小说家们的描写来立论,有志于钻研唐诗的人也并不会满足于拜林黛玉(或曹雪芹)为师,总之,所谓小说的全能优势取代不了各门具体学科的单项价值,而在于小说功能中所具有的某些认识作用,并不意味着它因此便是一种认识活动。问题的关键并不在于小说在内涵上"大于"认识,而在于小说在本质上并非认识。这个情形清楚地体现于这样一个事实之中:一部只有娱乐性而缺乏认识作用的小说或许是一部"短命"的"劣"小说,但至少还是小说;一个虽有认识作用但毫无趣味性和娱乐价值的文本,不仅同样不可能是一部好小说,甚至还可能是一本"伪"小说——并非小说。沿此而进,道理其实已经十分明白:要想准确地认识小说的艺术功能,只有从深入地把握小说的娱乐作用入手。

众所周知,在一般意义上,小说文本的任务被认为是"述说一个故事"。但人们饶有兴致地接受故事的最直接的动机,首先是为了娱心悦神。这不仅表现在小说的发生学上,如坪内逍遥所说:"一旦神话、神鬼志完全从正史的体裁脱离出来,变成供人们排忧解闷之作的时候,小说也就开始出现了。"②而且也体现在小说的接受机制上,用美国当代批评家劳伦斯·伯莱恩的话来讲:"消遣,更多的消遣,这就是读小说的首要目的和理由。"③事实表明,如果说小说通过它向认识论的靠拢而得以在所谓"雅文化"的大厦里登堂入室,那么正是凭借着娱乐性,小说才得以广泛地受到读者的青睐,在文学市场上逐渐形成了一种一枝独秀的格局。然而迄今为止,人们对小说的这种娱乐功能,在消费方面的重视与在评价上的轻视,一直处于一种巨大的反差状态。契诃夫的话颇有代表性,他曾

---

① 见《法国作家论文学》,王忠琪等译,生活·读书·新知三联书店 1984 年版,第100 页。

② 见[日]坪内逍遥:《小说神髓》,刘振瀛译,人民文学出版社 1991 年版,第 32 页。

③ 见《小说赏析面面观》,《名作欣赏》1986 年第 5 期。

明确指出："小说家不是糖果贩子,不是化妆专家,不是给人消愁解闷的,他是一个负着责任的人。……如果公众想要找快活,那就让他们去用别的方法去娱乐。"①无须赘言,正是古典小说中的那些"批判现实主义"作品程度不同地存在着这种对娱乐性的轻视,使得它们中的很大一部分在今天已很难激起人们的阅读欲望;即便在那些"基本读者"当中,研究的需要也取代了欣赏的乐趣。这一事实本身足以证明娱乐性在人类艺术功能中的位置。在以往的审美实践中,妨碍人们对这一现象作出合理把握的主要症结,在于对人类的类本质的片面理解和对娱乐之于人的意义的忽视。诚然,人是一个创作主体,但人的这种巨大的创造性的实现需要有同样巨大的生命力作为后盾。正是在这里,娱乐显示出它的重要性:"娱乐、放松、无目的的玩耍是生活不可缺少的一部分,从心理学和生理学上说来,是保持和焕发旺盛的精力、刺激和加强活动能力所必需的。"②需要补充的是,正如人对必然王国的遵循的目的是为了进入自由王国,人类创造的最终目的是为了获得类似被马斯洛称之为"高峰体验"的那种对生命的至高无上的肯定。就这种肯定总是以一种无忧无虑、身心愉快的方式得到实现的意义而言,不妨将人类定义为"寻求并真正懂得娱乐的动物"。唯其如此,作为人类生命本质的最高体现的艺术作品的功能,它的最鲜明的特征便是以赏心悦目的方式出现的娱乐性。华滋华斯说得好:"不要把这种直接给人愉快当作是诗人艺术的一种退化。事实上决不是如此。这是对于宇宙间美的一种承认……还有,这是对于人的本有的庄严性的一种顶礼,是对于人们借以理解、感觉生活和运动的快乐的伟大基本原则的一种顶礼。"③同样也只有意识到这一点,我们才能理解现代再现艺术大师马蒂斯的这番话的深意:"我所梦想的是一种平衡、纯洁、宁静、不含有使人不安或令人沮丧的题材的艺术,对于一切脑力工作者,无

---

① 见《契诃夫论文学·同时代人回忆契诃夫》,汝信译,人民文学出版社1958年版。

② 见[匈]阿诺德·豪泽尔:《艺术社会学》,居延安译编,学林出版社1987年版,第231页。

③ 见《欧美古典作家论现实主义和浪漫主义》(一),中国社会科学出版社1980年版,第265页。

论是商人或作家,它好像一种抚慰,像一种镇定剂,或者像一把舒适的安乐椅,可以消除他的疲劳。"①而只要我们能够如此理直气壮地认识到艺术与娱乐的这种关系,我们也就无须再为小说的消遣作用遮遮掩掩。因为事实上,小说的这种作用较之诗和绘画无疑要突出得多,唯其如此,人们常常以此作为伟大作家的标准,如狄更斯就是最杰出的"提供娱乐者"。我国通俗小说大师张恨水指出:"夫小说者,消遣文字也。论其格,固卑之毋甚高论,无见于治国大计微言大义所不能尽者,而小说写事状物,不嫌于琐碎,则无往而不可尽之。他项文字无此力量也。"②显然,也正是从这里,我们可以发现艺术与游戏的暧昧关系,用鲍列夫的话讲:"艺术是在游戏式的无利害和无私的形式中塑造着人的活动。"③因为游戏之为游戏的一个主要标志,是能给人带来乐趣。诚然,并非所有的艺术品都对马蒂斯的追求一视同仁(人类艺术因此而有所谓"通俗"与"高雅"之分),但就娱乐是艺术功能的基本要素而言,它们都不能不多少具有游戏的色彩。从这个意义上讲,我们似乎的确可以说,"小说是更精致的游戏,(否则)人生可能是毫无趣味的"④。

但是,正像艺术毕竟不是一把安乐椅和一贴镇定剂,艺术在本质上也并非就是游戏。正如不注意到艺术的游戏性是片面的,"把艺术归之于游戏是错误的"⑤。因为游戏的根本目的是消遣,但艺术则虽然能通过娱乐的作用达到消遣的目的,但并不仅仅只是消遣——单纯地通过一种无害而有趣的方式来消磨空闲时间,而是能让人从中同时获得一种精神上的开拓和升华,这种升华无疑只能建立在对人生的某种感悟的基础上。所以"娱乐"的范畴中虽然包含消遣,但又大于后者。这意味着在人类的

---

① 见[英]赫伯特·里德:《现代绘画简史》,刘萍君译,上海人民美术出版社 1979 年版,第 27 页。

② 见张毅:《文人的黄昏——张恨水评传》,华夏出版社 1991 年版,第 83 页。

③ 见[苏]鲍列夫:《美学》,乔修业、常谢枫译,中国文联出版公司 1986 年版,第 226 页。

④ 见[美]梅特尔·阿米斯:《小说美学》,傅志强译,北京燕山出版社 1987 年版,第 76 页。

⑤ 见[美]梅特尔·阿米斯:《小说美学》,傅志强译,北京燕山出版社 1987 年版,第 95 页。

活动中,事实上存在着两种性质完全不同的"娱乐":一种便是"消遣",它在今天时代最典范的形式是游乐场,同时也包括由各种能直接诉之于我们的感官且有趣的活动;另一种是各种不仅能让人的精神得到放松,而且还能以这种状态悄悄地投入到某种具有"生产性"运转之中去的活动。艺术长期以来一直是后一种娱乐的最佳选译。但问题在于,娱乐在本质上并不是一种以趣味性作掩护的求知——认识活动,而是一种以消解生理疲劳和精神负荷为目的的生命现象。在这里,对人生意义的某种程度的输入,仅仅是为了满足主体高层次的精神享受的需要;对于娱乐本身而言,趣味性既是手段也是目的。这样,"消遣"虽然并不等于"娱乐",但也正是娱乐这种现象的核心所在。这也便是人们往往将二者相提并论,甚至混为一谈的原因。由于这个缘故,无论我们对小说功能中的娱乐因素作出多么充分的肯定,都不能将这种功能最终归之为娱乐。个中原因,除了我们在前面的分析中所谈到的,艺术与对人生奥秘的揭示的密切联系,决定了小说家在他的创作中必须如法国批评家查理·哈罗斯所说的那样,"依据大量综合的人的社会存在和个性存在,以其小说的特殊方式来探索我们人生的含义"①;而且还在于小说所采用的艺术媒介的特殊。亨利·詹姆斯曾经指出:"文学作品作为有重大价值的东西,是太轻了,而作为使头脑休息的东西,又太严肃了。"②如果说他的前一句话未必完全正确,那么后一句话无疑是出于大家之口的高论。小说是语言的艺术,语言符号作为一种思想符号这一规定性,使这门艺术形态"天然"地存在着一种排斥娱乐的倾向。同样需要指出的是,这一情形不仅不是小说艺术的阿喀琉斯之踵,恰恰是它的审美制高点,那些伟大作品常常便是通过对这方面的巧妙挖掘而建立起自己作为文学艺术的一种优势。例如爱因斯坦有一次就曾向他的朋友承认:"如果您要问,现在是谁唤起我最大的兴趣,我的回答是——陀思妥耶夫斯基! 这位作家使我产生的兴趣比科学

---

① 见《法国作家论文学》,王忠琪等译,生活·读书·新知三联书店 1984 年版,第559 页。

② 见《美国作家论文学》,刘保瑞等译,生活·读书·新知三联书店 1984 年版,第 42 页。

的思想家还大。"①如果没有上述的认识作为凭依,便很难想象,这位曾经在整整一个世纪的人类精神生活中产生重大影响的大思想家,竟会为一种精致的"文字游戏"所如此陶醉。

看来,小说是这样一种东西:它既非一般意义上的认识产品和娱乐工具,但却又能给人以这两方面的极大满足。莫洛亚曾以戏剧对话的形式,对此作过形象的描绘:

> 书店主人(向一位顾客):我能帮您什么忙吗?
>
> 这位顾客:我想找这样一本书,它同时既是消遣书,又是教科书;它帮助我飞快地度过阴雨的星期天,同时阅读它又不是荒废时间;它既明晰又深刻。
>
> 书店主人:噢……您要的是一部小说?②

当然,世纪之隔的时代生活,使得当今的小说不仅早已不再能像当年的《少年维特之烦恼》和《钢铁是怎样炼成的》那样产生所谓"轰动效应",而且也在逐渐失去对大众的指导作用。"当代人们的时代风尚不会是人们读过的某一本书造成的结果,肯定也不是哪一本小说造成的结果。"③英国作家特罗洛普在一个世纪前说的这番话,如今显然已被普遍证实。但尽管如此,我们仍然可以看到,对于众多晚生后辈来讲,小说依然是他们初涉人世所必备的导航手册和认识世界、理解社会的最好的窗口。因为事实正像我国当代的一位小说编辑兼作家的先生所说的:"文学刊物的读者绝大多数是 20 岁上下的青年……40 岁以后,除非是文学专业人员,只有为数不多的文学爱好者还读小说,年过 60,连专业的兴趣也从小说上转移。"④但其中的缘由却并非如这位先生所说的是小说太"虚",而在于小说对人生经历的关注以及对人生经验的提供。这种关注和提供对于老年人自然不如对青年人更有吸引力:老年人不仅已有了足够的这方

---

① 见[苏]鲍列夫:《美学》,乔修业、常谢枫译,中国文联出版公司 1986 年版,第 224 页。

② 见《艺术与生活——莫洛亚箴言和对话集》,上海三联书店 1989 年版,第 189 页。

③ 见王春元、钱中文主编:《英国作家论文学》,汪培基等译,生活·读书·新知三联书店 1985 年版,第 125 页。

④ 见《钟山》1987 年第 5 期载林斤澜与戴晴的对话。

面的经历和经验,无须后生小子或同辈中人再来指手画脚,而且他们对于人生的兴趣无疑已随着自己生命之火的渐趋熄灭而同步下降。再则,我们知道,"音乐往往激起人最惬意的幻想"①。因此,在所有的艺术形式之中,音乐的娱乐作用最为突出。相形之下小说虽然显得逊色,但也不至于因此而自惭形秽。因为事实正像司各特当年所说:"叙事小说的引人入胜的魅力,竟然使最差劲的小说作品也能找到倾心的读者。"②

所以,不仅仅是"认识"也并非单纯的"娱乐",而是二者的同舟共济、荣辱与共,这便是小说功能的基本构成。但问题显然并不在于简单地承认这一现象,而在于如何找到一个能促使它们融为一体的契合体。因为在小说中,正如娱乐因素并非认识作用的包装,认识因素反过来同样也不是娱乐作用的媒体。并且二者的结盟也并非拼盘式的合并,而是犹如水乳交融,难分难解,你中有我,我中也有你。在我看来,将认识与娱乐两大因素在小说中如此融洽地组接起来的这个契合体,只能是对于人生的一种"审美体验"。

"体验"是人所共有的一种心理现象,在英语中,这个概念与"经验"是同一个词"experience",区别在于后者通常作名词使用,而前者则作动词用。这个例子表明,"体验"在本质上是主体通过自己的肉体感官对那些具体感性现象的直接观照和接触。屠格涅夫在他的《猎人笔记》里,曾通过对一件具体事件的记载,十分形象地描述过这种心理现象的特点:这件事发生在作者一次打猎途中,一只小麻雀被风吹落到了林中的草地上。这时候——

> 我的狗慢慢地向它走去,突然间好像弹丸似的从树上落下来一只黑颈项的老麻雀,紧紧地落在狗的口边,浑身都蓬乱得不成个样子,它还是一面哀鸣,一面向狗的张着的大口和大齿飞撞了一回又一回。它要援救它的雏鸟,所以把自己的身子来搪塞灾祸。它的渺小

---

① 见[英]朱丽叶特·阿尔文:《音乐治疗》,高天、黄欣编译,上海音乐出版社1989年版,第52页。

② 见王春元、钱中文主编:《英国作家论文学》,汪培基等译,生活·读书·新知三联书店1985年版,第125页。

的身躯在惊怖震颤,微细的喉咙渐叫渐哑;它终于倒毙了。它牺牲了它的生命。在它的心眼中狗是多么巨大的一个怪物!但是它却不能留在安全的枝上,一种比它更强的力量把它拖下来。我的狗站着不动,后来垂头丧气地踱回来。……我向前走过时,一阵虔敬(按:崇高美的体验)的心情涌上我的心头。……我在看到那只义勇的小鸟和它的热爱迸发时,心里所体验到的确实是虔敬。母爱比死,我当时默想到,比死所带的恐怖还更有力。因为有爱,只因为有爱,生命才能支持住,才能进行。

严格地说来,这段文字并不是对一种体验本身(它的过程)的描述,而是对其结果——一种关于母爱的力量及其意义的体会的解释。但从中我们依然可以发现,作为这种心理活动的对象的,是那些具体感性的现象,而在其展开的整个过程中,始终交织着"情"与"理"两种因素。换言之,所谓"体验",也就是以一种情感的方式对某个感性具体现象的超感性观照和接受。唯其如此,心理学家们常常将这种现象同情感相提并论,称之为"情感体验"。因为任何体验作为大脑皮层与各皮下中枢协同活动的结果,都只能是"人对情感的体验"[1]。只是由于人类的任何情感反应总是必须以一定的价值判断为前提,所以在这种体验活动中,往往也包含着一种认识因素,这种因素通常以各种"突悟"和"直觉"的方式表现出来。在上面这段文字里,我们看到这种认识便是叙述者对人生中爱的现象的感悟。审美体验作为一种特定的体验,指的是在内容上针对人生,在性质上包含着肯定性的一种体验。这种心理活动往往"从一般的满意情感开始","经过一系列的阶段一直到体验真正的美的喜悦[2]。所以卢卡契精辟地概括说:"审美体验是以个体和个人命运的形式来说明人类。"[3]在这里,对人生意义的把握与在这种把握中所获取的一种触及生命深处的享受,是同时实现的。

---

① 见[苏]彼得罗夫斯基:《普通心理学》,龚浩然译,人民教育出版社1981年版,第400页。

② [苏]彼得罗夫斯基:《普通心理学》,龚浩然译,人民教育出版社1981年版,第419页。

③ [匈牙利]卢卡契:《审美特性》上册,卢赫特汉出版社1963年德文版,第248页。

毫无疑问,正如我们在读到诸如"感时花溅泪,恨别鸟惊心",以及"问君能有几多愁,恰似一江春水向东流"这样的诗词时,常常能体会到艾略特"读一首诗既是一时的体验,也是终身的体验"这番话的含义;当我们进入到一部小说时,就开始了对人生的一种体验:"例如,歌德《少年维特之烦恼》就是在作者本人沉重的体验影响下产生的。"①反之亦然。法国作家让·凯罗尔曾这样描述他读完《红与黑》后的心理活动:"我在狱中读完《红与黑》后,我真想像于连似地死去。我沉浸在痛苦的孤独之中,把自己和这个主人公完全合二为一了。他使我激动不安,扰乱了我这狭小囚室中的卑微生活;我听见他的脚步声就在走廊尽头,我同他一起去淋浴。"②在叙事文本中,小说家通过故事而得以成功地将他对人生的种种体验传达出来,由读者再通过故事来接受这种体验。"故事"之所以具有这种功能,是因为它虽然并不等于实际生活中所发生的"事件",却能反映出生活并且使我们愉快地感悟到这种生活中的意义。因为任何故事都是由各种"细节"和某种形式的"情节"所构成,如果说前者作为故事的基础(使之区别于抽象笼统的所谓"故事梗概"),使故事拥有具体形象地反映人生现象的条件,从而让读者能够以"体验"的方式去重新面对被概括了的生活;那么后者则不仅能使我们因为受悬念感及好奇心的驱使而感到生动有趣,而且还能使我们对故事所表现出来的这种具体的人生现象作出某种判断,并进而对人生的意义作出某种把握。因为一切情节的背景都建立在一定的因果关系上,正是作者对这种关系的艺术感觉构成了故事中人物的命运。而我们知道,所有的因果判断都内在地包孕着一个认识论的命题,具有对现象的本质作出整体把握的功能。从这里我们可以看到,故事中的"情节"同时具有"认识"和"娱乐"两种作用,因而,当小说家以故事为媒体,采用"讲故事"的方式来展示生活时,小说在使我们以体验的方式进入一个世界,同时使我们得到认识和娱乐两种效应

① 见[苏]科瓦廖夫:《文学创作心理学》,程正民译,福建人民出版社1982年版,第122页。

② 见《法国作家论文学》,王忠琪等译,生活·读书·新知三联书店1984年版,第549页。

也就不足为奇了。立足于这一点，正像我们在一定意义上可以将小说比喻为一种更为精致和高级的游戏，我们也能够接受著名法国作家路易·阿拉贡的这一见解："小说是认识世界的绝妙方法之一。"①但这种单向性概括很容易导致忽略由认识与娱乐这两种因素所孕育出来的一个新的因素——审美教育作用。诚然，鲁迅曾经说过："文艺之所以为文艺，并不贵在教训，若把小说变成修身教科书，还说什么文艺。"但这并不意味着否定小说的功能中具有一种美育因素，而只是强调了这个因素同一般所谓的"教育"作用的区别。那些伟大的小说总是在不断确立着各种人生法则，让读者通过对人生的体验去认识人生、享受人生，并且往往能进而激励人们的人生意志，便是这种因素的明显体现。只有立足于这个基点之上，我们才能够准确地理解巴尔扎克那句"教育他的时代是每个作家应该向自己提出的任务，否则他只是一个逗乐的人罢了"的名言的真正意思。这不仅仅是由于我们无法要求一个生活在一种具体道德文化背景中并且或多或少总是拥有某些人生信仰的作者，能够在其感情投入的创作活动中将自己的道德排除于他的故事述说行为之外，更主要的是因为正像帕克所说："没有作者的生动的和丰富的参加，就不能够把我们读者完全吸引进去；作者的人格在故事中体现得愈多，我们在故事中找到的生命也越多。"②但审美教育与一般的教育在性质上完全不同。这种差异不仅在于前者在内容上是对人类基本法则的张扬，而后者则大多囿于对某个具体历史时期的道德律条的遵循。此外，在方式上，美育是以体验为基础，通过对读者的人格塑造而实现；单纯的伦理教育功能则至多是以某种形象观照的手段，通过对接受者的心智启迪而实现。这种差异足以说明两种教育的效用期：单纯的伦理教育作用通常显得短暂，因为它多少带有某种"催迫性"；与此不同，审美教育由于是以体验的方式进行，给人以充分的选择权力，它的最终实现也是接受者主动响应的结果，因而常常能伴随一个人的终生，并且孕育出一定的人生理想和信念。保加利亚工人运

---

① 见《法国作家论文学》，王忠琪等译，生活·读书·新知三联书店 1984 年版，第271 页。

② 见[美]H.帕克：《美学原理》，张今译，商务印书馆 1965 年版，第 215 页。

动领袖季米特洛夫曾在回忆他的成长道路时写道:"我还记得,在我少年时代,是文学中的什么东西给了我特别强烈的印象,是什么榜样影响了我的性格。我必须直接地说,这是车尔尼雪夫斯基的小说《怎么办?》。我在参加保加利亚工人运动的日子里培养起来的那种坚定精神,这一切都无疑同我少年时期读过车尔尼雪夫斯基的艺术作品有关。"①

　　将以上所述概括起来,结论是很清楚的:所谓小说的艺术功能,也就是对人生的审美体验。通过这种体验,我们不仅能领悟到关于人生的意义,享受到各种人生乐趣,而且还能培植起一定的人生信念和理想。

---

　　① 见[保加利亚]季米特洛夫:《同法西斯主义斗争的文学》,人民文学出版社 1959 年版。

第 三 章

小说形态的内涵

第一节　小说的表现形态

小说形态的内涵也就是小说形态文体的特性,从本体论的观点看,主要由表现和再现两部分构成。小说的表现形态是其内在表现因素作用的结果,通常,它具体地以小说的诗化、音乐性和电影因素为特征。

1. 小 说 与 诗

小说与诗同属语言艺术,彼此之间的关系显得十分密切。早在1888年,当契诃夫的中篇小说《草原》刚刚发表之际,著名作家爱伦堡就立即撰文指出,这部作品"其实构成了一首长诗"。倘若说《草原》是开了风气之先,那么这种倾向在当代小说界更显得日趋明显。美国学者倍克尔在评论海明威的小说时曾经指出:"在他整个精彩的表面之下,潜伏着起支配作用的'诗的技巧'。"而读了王蒙的《海的梦》,王安忆的《雨,沙沙沙》,张承志的《黑骏马》、《北方的河》,以及邓刚的《迷人的海》,谁都不难从中品尝到一种诗的韵味。因此,把握这类叙述模式的关键,在于理解小说的这种诗化倾向。

当然，所谓小说的诗化，并不意味着小说作者们也像诗人那样用彼得拉克体或马雅可夫斯基的阶梯式来分行书写，句尾押韵，而是指小说不再满足于单纯地叙述客观事件，具有了强烈的表现意味和浓郁的情绪色彩。比较起来，这主要反映在小说创作的现代走向上。

在以往的批判现实主义小说大师看来，小说应该像一幅图画或一部风俗史那样供读者去琢磨和观赏，其意义主要在于揭示客观世界的本质规律。所以对他们来说，重要的是逼真的描绘和深刻的剖析，而不能过多地流露自己的感情色彩。如巴尔扎克所说："编制恶习和德行的清单，搜集情欲的主要事实，刻画性格，选择社会上的主要事件，结合几个性质相同的性格的特点揉成典型人物，这样我也许可以写出许多历史家忘记写了的那部历史，就是说风俗史。"[①]而在现代小说家看来，创作小说并不是为了通过描摹客观现象向读者揭示某个道理，而主要是为了抒发作者本人从生活中提炼出来的一种情绪和感受。海明威在答记者问时说，他的"创作目的全在于向读者传达一切：每一种感觉、视觉、情感、地点和情绪"[②]。而王蒙在回答他如何从事小说创作时也说："当写小说的时候，过往的日子全部复活了，各种喜怒哀乐、爱爱仇仇、欢声笑语、无端愁绪……纷至沓来，使我应接不暇。我完全忘记了是在写小说，我是在写生活，写我的心对于生活的感受、怀念、向往。"[③]当然，在以往的小说创作里，小说家们也需要有本人的某种切身体验和感受，而在现代的诗化小说中，同样存在具有鲜明性格特征的人物和保持清晰的因果联系的客观事件，但就像以往小说家们的情绪感受主要是为塑造典型性格、展现客观风貌服务的那样，在现代诗化小说里，作者塑造人物、描述事件则是为表现自己的情感所支配。重心的这种转移，使现代诗化小说与诗化小说从根本上区别于传统小说，并由此引起了诗化小说在艺术表现手法上的一系列变异。

① 巴尔扎克:《人间喜剧·前言》，见伍蠡甫主编:《西方文论选》下册，上海译文出版社1979年版。

② 董衡巽编著:《海明威研究》，中国社会科学出版社1980年版，第135页。

③ 王蒙:《漫话小说创作》，上海文艺出版社1983年版，第77页。

首先是景物描写的象征化。在以往的小说中,景物描写一般有两大作用,一是渲染氛围,为情节的进一步推进作好铺垫;二是烘托人物,为小说主人公的"性格亮相"提供背景,因而,景物"可以看作是对人物的转喻性的或隐喻性的表现"。但在现代小说中,它们"不仅仅是背景,不仅仅是规定时间和地点的环境,它们已被强调"①。比如下面这两段描写:

> 前面那天蓝色的世界,真像披上了一层薄纱,显得十分纯洁而宁静。……雨,绵绵密密地下着,发出"沙沙沙"的悄声慢语。雨水把路洗得又干净、又亮堂,使得这个天蓝色和"沙沙沙"组成的世界明亮了。
>
> ——王安忆《雨,沙沙沙》

> 月亮升上来了,夜色变得苍白而发黑。暗影好像散了,空气透明、新鲜、温暖,到处都看得清楚了,甚至辨得出路边的一根根草茎。
>
> ——契诃夫《草原》

法国作家莫洛亚在谈到诗的审美特点时指出:诗是"把大自然与人的内心激情结合在一起,把个人的遭遇重新置于空气和太阳、春天和冬天、青春和暮年这些广泛而有节奏的运动中去。"②上面引的两段景物描写出自两个不同国籍、民族、年龄、性别和气质的作家之手,两者之间当然存在着色彩和风格的差异,但在"把大自然与人的内心激情结合在一起"这一点上无疑是共同的。这使得它们获得了一种象征的意蕴,并由此而产生了一种超越文字描写本身所直接具有的意义的审美空间。换言之,景物事实上成了一位"抒情主人公",它直接抒发着作者对人生的种种微妙感受,编织着一层层情绪之网,从而在小说中构筑起一个充满言外之意、弦外之音的诗的境界。

其次是语言的节奏化。作为一种语言艺术,小说的审美特性在很大程度上取决于语言的运用。在传统小说中,由于小说家们把语言视为一种用来描写对象的工具,因而他们侧重于语言在概念上和色彩上的准确

---

① 转引自〔苏〕多宾:《电影艺术诗学》,罗慧生译,中国电影出版社1984年版,第110页。
② 见《世界文学》1981年第5期。

性而很少注意语言在音响、语调等方面所具有的表现意义。这一空缺正好为诗化小说家们所填补。他们的小说都十分强调语言的节奏感和音响效果。例如青年作者张承志在《黑骏马》里是这样运用语言的:"辽阔的大草原上,茫茫草海中有一骑在踽踽独行。炎炎的烈日烘烤着他,他一连几天在静默中颠簸……"这种拖长的语调正显示出作品所要表现的那种悲怆而庄重的情感。郭沫若说:"节奏之于诗是它的外形,也是它的生命。"①诗凭着这种节奏开出了一束束激情的花朵,现在,当小说语言也同样获得了这种节奏感时,它自然也就不仅仅是作者用来说明事件、描摹对象的一种符号,而能够像诗那样给作者带来抒情的自由和方便。难怪海明威说:他"对读者的唯一请求,就是同他合作,把握住这些语调和情绪"②。

再次是人物心理描写的表现化。传统小说中有许多刻画人物内心世界的杰作,例如托尔斯泰的作品就运用了"心灵辩证法",成功地再现了人物心灵活动的全过程。但尽管如此,托翁作品中的心理描写与诗化小说中的心理描写却不能等量齐观。为了说明问题,我们可以作一番对比。下面是《安娜·卡列尼娜》中的一段,当安娜头一次意识到沃伦斯基对他的爱情开始降温时,她痛苦得要自杀:

> 她睁着眼睛躺在床上……历历在目地想象着她不复存在,当她对他不过是一场梦的时候他会有些什么感触。"我怎么能够对她说这些残酷的话呢?"他会这么说。"我怎么能不辞而别呢?但是现在她死了!她永远离开了我们,她在哪里……"突然间帐幔的阴影开始摇曳,遮住了整个的檐板,……"死神"!她想。她心上感到那样地恐怖……"不,怎么都行,只要活着!要知道,我爱他,他也爱我!这都是过去的事,会过去的。"她说,感到庆幸复活的快活的眼泪正顺着两腮流下。

托尔斯泰不愧为心理描写的大师,他准确而细腻地捕捉住了人物的

---

① 郭沫若:《论节奏》,见《郭沫若论文艺》,人民文学出版社 1979 年版。
② 见董衡巽编著:《海明威研究》,中国社会科学出版社 1980 年版,第 89 页。

每一缕思绪,宛如打开了女主人公最隐蔽的心灵大门。然而不管怎么说,这一段描写无非是对安娜想自杀而又终于没死的行为作出一种心理解释,其目的与外部细节描写一样,都是为了帮助读者更好地认识这位女主角本人的性格特点而已。但是现代诗化小说中,"心理要素现在趋向于独立存在,即尽可能地摆脱人物的支撑"①。例如在《乞力马扎罗的雪》中,海明威是这样描写哈里在即将告别人世时的一段心理活动的:

> 在希伦塔,圣诞节那天,雪是那么晶莹闪耀,你从酒吧间里望出去,刺得你的眼睛发痛,你看见每个人都从教堂回到自己家里去。……他们那次大滑雪,就是从那儿一直滑到"梅德纳尔之家"上面那道冰川的大斜坡的,那雪看来平滑得像糕饼上的糖霜,轻柔得像米粉似的,他记得那次阒无声息的滑行,速度之快,使你仿佛像一只飞鸟从天而降。

不难发现,这段心理活动的描写并没有告诉我们主人公的内心是怎么在活动的,而是告诉我们他感受到了什么。并且这种感受不仅属于主人公本人,同时也属于作者,是作者从生活中发掘出来的一种具有普遍意义的情绪和感受。所以,与其说作者在通过人物心理塑造人物(当然这也是一个因素),不如说他更是在借人物心理而写生活,传统小说的心理描写就这样不动声色地转换成了现代诗化小说的心理表现。作者通过它给予我们的,不再是对客观对象的冷静观察及剖析,而是一种火热滚烫的情感和体验,从而就使得小说这门再现艺术获得了一种强烈的表现性。

通过对小说史的回顾,我们可以看到,小说的祖先曾脱胎于诗。就欧洲小说发展来说,无论是以雨果为旗手的积极浪漫主义还是以巴尔扎克为代表的批判现实主义,都可以从中发现一根联系着荷马史诗的脐带。但在小说从胚胎到成熟的漫长发展过程中,在近百年中之所以会出现"返祖"现象,却并非偶然。

就小说内部的发展规律而言,这是由于传统小说自身的"增熵"所引

---

① 纳塔丽·萨洛特:《怀疑的时代》,见《法国作家论文学》,王忠琪等译,生活·读书·新知三联书店1984年版。

起的一种"负反馈"。其中一个突出的原因是内容的过多重复。法国先锋派小说家纳塔丽·萨罗特指出:"自从《欧也妮·葛朗台》全盛时期以来,同样的内容像过分咀嚼的食物一样,对读者来说已经变得糊烂如糜而且淡而无味了。"①这种现象从主观方面看固然是一些无能作者对优秀作品的妄加抄袭、推绎所致,但从客观上讲却也是优秀作品本身的影响力的结果。美国理论物理学家库恩的"范式"理论指出:在任何时代和任何领域,都会有那么少部分人在众多竞争者中脱颖而出,成为该时代宝塔形思想成果上的塔尖。他们的理论和作品要比同时代所有的人都更好地把握准了时代的社会心理脉搏,构成迫使他人不得不接受其研究成果并以此来指导自己的研究的"范式"。这种"范式"一方面能迅速提高一般人的水平级差,但另一方面又往往导致千篇一律、失去个性的现象出现。这对艺术领域的副作用尤其大。布瓦洛曾说:"凡是说得过多的都无味而又可嫌;读者肚子里餍足了便立刻拒而不咽。"②现代心理学实验也告诉我们:一种重复的刺激会使神经系统产生负诱导作用,从而降低对这种刺激的感觉灵敏度,直至完全失去反应。所以,当批判现实主义把故事性小说推到了一个前所未有的高峰以后,对这种小说的否定也就同时产生了。

"增熵"的另一个原因表现为叙述手法的陈旧。传统小说作家通常采取一种全知全能的方式来叙述故事,通过这种叙述方法,作者能够让我们从人物的家族历史到他内心最秘密的隐私,从社会文化背景到大自然风光,全面地了解事件发生的来龙去脉,因果逻辑,最后导致我们自然而然地得出与作者本人的分析相一致的现成结论。所以它曾经使广大读者感到十分方便和满足。但后来,人们开始对这位喋喋不休、过于殷勤的导游产生怀疑,人们的审美兴趣从对结论式的事件因果链的注意转向对更富有真实感的现实生活本身的渴望,便是十分自然的。对小说家来说,与其再吃力不讨好地叙述某个故事,不如"表现矛盾的感情的同时存在,并

---

① 见纳塔丽·萨洛特:《怀疑的时代》,见《法国作家论文学》,王忠琪等译,生活·读书·新知三联书店 1984 年版。

② 布瓦洛:《诗艺》,见伍蠡甫主编:《西方文论选》上册,上海文艺出版社 1979 年版。

且尽可能刻画出心理活动的丰富性和复杂性"①。

"增熵"的再一个原因表现在传统小说的功能质上。从文艺复兴到古典主义、启蒙主义以至传统小说的巅峰——批判现实主义，这些小说家们的创作方法和动机虽然不尽一样，但有一点却是十分一致的，即他们都非常重视小说的道德教育作用和对社会的认识意义。比如巴尔扎克，尽管他承认"伟大的作品是靠强烈的情绪活下来"，但又认为："什么叫生活？无非是一堆细小情况，而最伟大的热情就受这种情况管制。"②因而，在他的作品中，对一个时代的那些重要名姓、风俗、建筑、法律及事件细节的精确描绘，往往妨碍了情感的介入，就像勃兰兑斯说的："凭着观察，他积累了一大堆互不相关的特征。而把这些特征分门别类地罗列起来，总是使他的小说的开头部分令人生厌而又杂乱不堪；对一幢房子、一个体形、一张脸庞、一个鼻子的没完没了的描写，结果使读者什么也看不见，简直腻味极了。"③所以，当诗化小说把情绪感受的表现放到首位时，读者们自然会耳目一新，欣然接受。

就小说外在的广泛联系而言，小说的诗化与近代心理学对"意识流"的发现有着密切联系。就像当年通过人体解剖而获得的人体知识及"透视原理"使绘画和雕塑在文艺复兴时期发生了一场大革命一样，美国心理学家威廉·詹姆斯 1890 年提出的"意识流"概念，对现代小说创作中诗化倾向的迅速发展具有直接意义。如前所述，小说诗化的一条重要途径，是通过将传统小说的心理描写转换为心理表现来抒发作者的感受，强化小说的表现色彩，而这种转换的实现无疑应当归功于"意识流"手法的运用。在托尔斯泰的作品中，读者是通过作者的眼睛去观察人物的内心活动，具有明显的"间接性"，所以作者始终未能摆脱介绍者的处境，心理描写实际上也仍是一种心理介绍和解释。例如上文所引的那段安娜的心

① 阿兰·罗布：《新小说》，见《法国作家论文学》，王忠琪等译，生活·读书·新知三联书店 1984 年版。
② 巴尔扎克：《人间喜剧·前言》，见伍蠡甫主编：《西方文论选》上册，上海译文出版社 1979 年版。
③ ［丹］勃兰兑斯：《十九世纪文学主潮》第五册，李宗杰译，人民文学出版社 1982 年版。

理活动描写,作者的叙述方式是:"她睁着眼睛躺在床上","历历在目地想象着当她不复存在时"的种种情景,尔后又是"'死神'？她想。她心上感到那样地恐怖"等等。而在海明威通过"意识流"方式表现出来的人物的内心独白中,人物心理与读者之间不需要经过第三者的转递,而是直接地相见。人物的心理意识就像是作为描写的"银幕"或者"电影胶片"。这样,作者就能从介绍人的地位解放出来,通过那张特制的人物心理屏幕去直接表现生活本身,表现出人物所特有的那种情绪色调。这也就像意象派诗人常用的意象手法:通过对客观抽象的直接展示来表现诗人的感受和体验。因而,美国著名文艺评论家弗里德曼指出:"意识流和现代诗的作用非常相近",并且认为,"随着意识流的出现,诗与小说结合起来了。"①

但一个事物的变化,归根到底取决于该事物本身的矛盾运动,客观外界的条件只能通过内因而起作用。导致小说诗化的最根本原因,还在于小说与诗有其作为艺术的两种样式的共性。一般说来,诗是一种表现艺术,诗是情感的产物,其实小说又何尝不是呢？列·托尔斯泰说:"艺术起因于下列事实:一个人抱着想把自己感情传达给别人的目的,于是在自己心里重新唤起这种感情,并且用某种外在的标志表现出来。"②这说明:一切再现艺术在本质上也是表现性的,小说作家描述事件、塑造典型并不是以此为目的,而不过是用它们作为抒情表意的凭借。由于诗的表现性特别强,因而人们常说:"艺术就是诗,没有诗就没有艺术。"从这个意义上讲,小说向诗靠拢具有先天的必然性,就像司各特所说:"成功的小说家多少都得是诗人,哪怕他一行诗也没写过。"③而乌纳穆诺也指出:"优秀的小说也是诗。"④波德莱尔说得好:"不同种类的艺术趋向于互相替

---

① 《"意识流"概述》,见《文艺理论译丛》(1),田德望等译,中国文联出版公司1984年版。

② 列·托尔斯泰:《什么是艺术?》,见伍蠡甫主编:《西方文论选》下册,上海译文出版社1979年版。

③ 司各特:《罗比亚斯·斯摩莱特评传》。

④ 乌讷穆诺:《三篇模范小说的序》。

代,如果还不能达到这一点的话,至少也相互增添了力量。"①如果将《草原》算作是诗化小说的萌芽,从那时至今,已过了一个世纪,小说的诗化倾向之所以并未受到"黄牌警告"而得以与岁月推移同步繁荣起来,原因就在于诗化为小说创作开创了一条新途径,使得小说这门古老的艺术具有了新的活力。

首先,诗化有助于拓展小说反映生活的广度和深度。诗化小说明显地采用了诗的结构方式,也即放射性结构。传统小说都是以故事情节为结构中心的线性结构,它使得小说只能围绕着故事之间的几条因果链而展开,不能有很多的伸展余地,否则就会出现结构松散或节外生枝。但"诗人把互不相关的事物,通过想象,像一条线串联起来,形成一个统一体"。诗化的小说打破了以故事为中心的传统,而将情绪和想象作为结构的枢纽,例如海明威的《乞力马扎罗的雪》,小说并没有一个完整的故事,但却具有强烈的整体感,因为小说中"有一种情绪上的连贯性,仿佛它们全都随着同一股水流在移动。"②区别在于:诗里的想象是属于诗人自己的,而在小说里,这种想象却是作品主人公的意识流动。但二者的功能质相同:都在于帮助叙述者摆脱外在客观事件的因果限制。而这样一来,小说就获得了诗一般的自由。其结构犹如手风琴的风箱,可以随着演奏者的情感起伏伸展或收缩。也正是这种放射型、风箱式的结构,为现代诗化小说更宽广地反映生活提供了方便。虽然只有短短的几小时,海明威却几乎将哈里的一生全盘托出;虽然是在遥远的非洲旷野,作者却可以随心所欲地领我们走遍西班牙、美国和欧洲大陆。

诗化小说对诗的象征技巧的借鉴,也使它比起传统小说来显得更为含蓄隽永。一般说来,象征是诗的常规武器,黑格尔在谈到艺术家之所以追求象征时讲了三点理由:一是"强化效果",二是"把自己和自己的情绪转化为美的形象",三是为了"避免平凡"③。显然,黑格尔这是仅仅就创作者的主观而言,从客观上看,生活中并不是所有的现象都能用语言清晰

---

① 《哲学的艺术》,见《波德莱尔美学论文选》,郭宏安译,人民文学出版社 1987 年版。
② 见董衡巽编著:《海明威研究》,中国社会科学出版社 1980 年版,第 115 页。
③ 见[德]黑格尔:《美学》第二卷,朱光潜译,商务印书馆 1980 年版,第 130 页。

地表达出来,对这一类"说不清,理还乱"的东西,"象征"却能轻而易举地
予以驾驭。正因为象征所独具的这种概括力和渗透力,才使得一首短短
的抒情诗常常传达出深邃无比的生活内涵,让人读来意味无穷。所以,当
小说获取了这一技巧,通过象征来表现生活时,就能够使现实与理想、感
觉与幻觉、意识与潜意识等融为一体,达到音乐中的多声部效果。契诃夫
的《草原》写的是一个9岁男孩的所见所闻,但那雄伟壮丽的草原景色使
我们感到了整个俄罗斯的呼吸和忧伤;海明威《老人与海》中神奇瑰丽的
大海,又给读者以多少悄然无声的冲击;而在我国作家张承志的《黑骏
马》和《北方的河》里,那匹"毛皮像黑缎子一样闪闪发光"的黑马,和那条
"赤铜色的浪头缓缓地扬起着"的黄河,几乎就是万言长文的"文眼"。正
是通过这些"草原"、"大海"、"马"及"河"的象征,我们从"主人公"及
"主要情节"之外,看到了象外之象,体味到了言外之意。如果说放射性
结构拓展了小说的覆盖面,那么,象征手法的运用则扩充了小说的容量,
从而构筑起纵横交叉的小说艺术的殿堂。

其次,诗化加强了小说的美感,增添了小说的艺术魅力。美国现代美
学家帕克指出:"一种感觉要想是美的,只是不受实用目的的束缚是不够
的;它必须用更大的感情背景联系起来。"[1]美感的实质是情,其强度也是
与情感的浓度和纯度成正比的。所以,当小说像诗那样强化了情感表现
色彩时,小说给人们的美感也在递增:

"春天了,他深翻地,目不斜视,耳不旁听,全部肌肉和全部灵魂
的能力集中在三个动作上:直腰竖锨,下蹲,翻土;然后又是直腰竖
锨……夏天,他割麦子,上身脱个精光,弯下腰来把脊背袒露在阳光
下面。……秋天,他打荆条,腰里缠着绳子,手里握着镰刀……"这
是王蒙的小说《布礼》中描写钟亦成被莫名其妙地打成右派后下放
偏僻农村接受"劳动改造"的一段文字。我们发现:即便是对那个令
人痛心的不公正年代的揭露,也给人一种美的超脱感,作者流露于字
里行间的对生活的深情,使我们在认识过去的历史的同时,也陶冶着

---

① 　[美]H.帕克:《美学原理序》,张今译,商务印书馆1965版。

自己的性灵。

但除此之外，诗化对小说创作更为重要的意义，还在于它强化了小说作为一门艺术所必不可少的审美品性。众所周知，情与理是艺术基本特性的两个侧面，艺术不能没有情，有情才能使艺术具有美感；但艺术也不能缺少理，有理才能使艺术成为"生活的教科书"。当然，在艺术中，情与理是不可分割的有机统一体，但对不同艺术来说仍然存在着不同的侧重：就小说来说，"作家所表现的，是他的理智和胜利……但是诗却给读者带来了充满激情的一瞬。"①这往往使得诗在给人以美的陶醉之余稍有不够深刻之感，而小说则在给人以深刻启示和震撼之后又因浓度和密度过大而缺乏诗的那种轻松感。所以，小说的诗化也正是使这难以两全其美的问题得到理想解决的成功尝试，即将热烈的抒情与冷峻的剖析，将人类微妙的感受与社会深刻的发展规律有机地融合一起，从而使"寓教于乐"这一古老的艺术箴言在更高的层次上得到体现。因而，如果说以往的小说已经为世界文学宝库提供了一大批具有鲜明性格特点的艺术典型，那么我们完全有理由期待着今天的诗化小说在生动而有力地刻画艺术形象的基础上，奉献给我们一曲"典型性格"和"典型情绪"的二重奏，而这也应该是现代小说通过诗化而革新的真正价值所在。

2. 小说与音乐

在古典艺术王国中，音乐一直备受人们的宠爱，君临于所有艺术样式之上。叔本华的这段话是颇有代表性的："世界在音乐中得到了完整地再现和表达。它也是各种艺术当中第一位的，帝王式的艺术，能够成为音乐那样，则是一切艺术的目的。"②处于这种艺术文化范式的统辖之下，包括小说在内的各种艺术样式在形态上自觉不自觉地向音乐靠拢，似乎是顺理成章的事。一个世纪之前，伟大的英国小说家康拉德就曾提出，小说

---

① 《亚历山大·普希金作品》，见《别林斯基选集》第五卷，人民文学出版社1958年版，第五篇论文。

② 见汪流等编：《艺术特征论》，文化艺术出版社1984年版，第257页。

"必须孜孜不倦地追求雕塑的柔性、绘画的色彩和音乐的神奇启示。"他将这一认识贯彻于自己的小说创作实践中,如在写了《黑暗的心》后他说过:"它简直像是一种面目全非的艺术。那阴惨的主题必须有一种吉凶莫辨的共鸣,一种独特的基调,一种余韵。我希望,当奏出了最后一个音符以后,这种余韵仍然在空中和耳边久久回荡。"奥古斯都·赫胥黎步其后尘,倡导"音乐化小说",20 世纪中叶以后,这种追求日渐趋于自觉。法国新小说派作家米歇米·布托尔在谈到现代小说的艺术特征时就指出:"近几年来,批评界开始承认小说创作在探索时间方面特有的意义,开始承认小说这门艺术同另一门主要用时间来表现的艺术——音乐之间的亲密关系。从一定的高度来讲,我们必然会看到,大部分的音乐问题在小说中也相应地存在,音乐的结构可以在小说中加以运用。"①20 世纪 80 年代以来在世界文坛红极一时的捷克作家米兰·昆德拉也明确提出:"把小说与音乐相比较不是没有益处的。"在他的小说创作实践中,音乐化始终是一个十分重要的美学追求。这种倾向也一度在我国的小说创作中有所反映,苏联学者托罗普采夫在评论王蒙小说的艺术特色时就曾明确地说道:"这种复调音乐和对位结构,就是王蒙创新的本质所在。"②只要读读王蒙的《蝴蝶》和《布礼》,就不难发现这一特色。

从作家到评论家的这种异口同声的说法,反映出音乐性是叙事文体在形态上除诗性之外的另一个重要特征。构成这个特征的内在机制主要有两个。首先,二者都以音响媒介为物质材料。18 世纪的法国作曲家拉赛装德说得好:"音乐实际上只表现可以作用于听觉的东西",因为它整个儿地是建立在音响材料之上的。而根据索绪尔的著名观点,语词本质上乃是一个音响(能指)与意义(所指)的复合体,正是这种复合体建筑起了叙事文体。所以韦勒克毫不含糊地指出:"每一件文学作品首先是一个声音的系列,从这个声音的系列再生出意义。"他承认在大部分小说中,这个声音层面的重要性被减弱到最小程度,但他同时又提醒我们:

---

① 见柳鸣九编选:《新小说派研究》,中国社会科学出版社 1986 年版,第 111 页。
② 见《当代文艺思潮》1985 年第 1 期。

"即使在小说中,语音的层面仍旧是产生意义的必不可少的先决条件。"①当然,仅仅停留在这里还不足以说明问题。众所周知,一般说来,音乐中的声音系统本质上就是表现性的,离开了表现,它便无任何存在价值;但叙事文本中的语音系列却首先是意义的物质负载物,正像韦勒克本人所说:"没有一首具有'音乐性'的诗歌不具有意义或至少是感情色调的某种一般概念。即使听别人读一门我们根本不懂的外国语,我们听到的也不是单纯的声音。"②使叙事文本在文体形态上同音乐发生关系的,在于语音的发生学基因,这方面的知识告诉我们:任何音响在本质上都具有表现性,是人类情感的衍生物。闻一多先生曾经提出过这么一个观点:

> 想象原始人最初因情感的激荡而发出有如"啊""哦""唉"或"呜呼""噫嘻"一类的声音,那便是音乐的萌芽,也是孕而未化的语言。声音可以拉得很长,在声调上也有相当的变化,所以是音乐的萌芽。那不是一个词句,甚至不是一个字,然而代表一种颇复杂的涵义,所以是孕而未化的语言。这样介乎音乐与语言之间的一声"啊……"便是歌的起源。③

无独有偶,英国著名音乐理论家戴里克·柯克在将音乐与文学写作作比较时也指出:

> 音乐和文学的相似性在于两者都用有声的语言来达到表情的目的。……这种比较在其原始阶段最易使人理解。一种最合理的关于文字起源的臆测是,它最初仅仅是被用来表现情感上的愉快和痛苦的叫喊。其中一些声调在两种语言——音乐和说话中保留至今。这两种语言就是从这里发展起来的。④

如果两位学者的上述观点能够成立,那么我们就有理由认为,不管叙事文

---

① [美]韦勒克、沃伦:《文学理论》,刘象愚等译,生活·读书·新知三联书店 1984 年版,第 166 页。
② [美]韦勒克、沃伦:《文学理论》,刘象愚等译,生活·读书·新知三联书店 1984 年版,第 166 页。
③ 见《闻一多全集》(一),湖北人民出版社 1993 年版,第 181 页。
④ [英]戴里克·柯克:《音乐语言》,茅于润译,人民音乐出版社 1984 年版,第 36 页。

体中语言的语音现象同音乐中的"纯粹"的音响有什么不同,二者在发生学上存在着一种呼应关系,当这种关系通过一定的渠道而得到流通时,文体的音乐性也就显得十分强烈。这条渠道便是声调,在音乐中它体现为一种旋律感,在叙事作品里则表现为一种特定的语调。经验早已表明,小说家们在进入实际的操作阶段时所面临的一个重要难题,是如何准确地找到整个叙事活动的基调。用高尔基的话说:"开头,正是第一句话,是最难写的。跟在音乐中一样,它要给整个作品定下调子。"《这儿的黎明静悄悄》的作者瓦西利耶夫在完成整部小说的构思之后,就因一时找不到合适的语调而迟迟未能动笔。著名俄国短篇小说大师蒲宁说过,他无论写什么作品,动笔之前所要做的首先也是"找到这个小说的音响"。对此,帕乌斯托夫斯基曾解释说:"'找到音响'是指找到小说的节奏,找出小说的基本声调,因为散文与诗和音乐一样,也具有内部旋律。"①可以再作补充的是,语调的这种旋律性在本质上乃是一种情感性,所以叙事语调的内涵便是情调,当这种情调性通过文体叙述语调的宣泄达到一定程度时,叙事作品中也就产生了一种音乐感。例如:

> 我看见他戴着黑布小帽,穿着黑布大马褂,深青布棉袍,蹒跚地走到铁道边,慢慢探身下去,尚不难。可是他穿过铁道,要爬上那边月台,就不容易了。他用两手攀着上面,两脚再向上缩;他肥胖的身子向左微倾,显出努力的样子。这时我看见他的背影,我的泪很快地流了下来。

从朱自清名篇《背影》里截取的这段文字,基本上是以描述为主的,因而文本上浮现着一个鲜明的油画般的形象。然而,透过文字的叙述语调,我们分明还能感受到一种强烈浓郁的父子之情在撞击着我们的胸膛,于是,一种音乐般的体验便从这画面之外悄悄地回响起来。

叙事文体在形态上具有音乐性的再一个机制是二者都是时间艺术,都十分强调"流动性"。音乐的旋律由此而来,小说叙述语调也从这里生

---

① 转引自[苏]谢·安东诺夫:《短篇小说写作技巧》,白春仁等译,重庆出版社1985年版,第226页。

成。但这并不仅仅取决于小说叙述媒介的语言特征。诚然,语言在本质上是一种线性结构,这使得它在时空关系中更倾向于时间这一轴。但语言的这一选择并不是绝对的,在不同的条件下它同样能够产生出不同的分化和变异,雅克布逊指出:"话语的进行会沿着两条不同的语义线发展:一个话题或者通过类似关系,或是通过邻接而导向另一个话题。前者可以用隐喻性方式,这个术语得到最恰当的概括,后者则相应地符合于换喻性方式。"他认为:"在一般的语言行为中,这两个过程都是持续发生作用的,但仔细地考察将表明,由于文化模式的个性和语言风格的影响,人们对这两种方式的运用是有所侧重的。"这种侧重的具体表现便是:"在俄国抒情诗歌中隐喻的结构处于优势,而在英雄史诗中则是换喻方式占优势。"①隐喻强调的是垂直关系(如"花"与"姑娘");换喻强调的是组合关系(如"花"与"春天")。二者虽然都以联想为基础,但在结构上并不相同。事实上,只有在以换喻为主体的话语现象中,语言的线性特征才得以充分的体现,而在以隐喻为主体的文本中,这一特征已大打折扣。诗在形式上的那种分行排列使"诗"空间化了,只有通过这种意象结构,才能建立起一种特定的情景关系,这种关系是诗情赖以存在的审美心理基础。反之,小说中的叙述需要不断地延续下去:从一个语义到另一个语义,一个语段到另一个语段。因为小说所欲介入的现实生活是一个流动的整体,这个"流体"同样也构成了作为小说文体基础的故事和情节,小说通过它们实现其拥抱生活、重建世界的目标。所以,当我们像福斯特那样虽然无可奈何但又毫不含糊地承认故事对于小说具有不可否认的支撑作用时,这同时也就意味着我们必须将"流动性"作为小说文体的一个基本形态特征。因为故事的阅读动力学机制是"变",只有不断地求异翻新,人们才会保持进一步了解下文的兴趣,而这种"变"就使得整个故事链处于一种流动状态之中,使叙事文体呈现出一种音乐性,因为音乐的旋律在本质上乃是一种音响流。这也构成了小说读者与诗歌读者在接受美学中的区别。一般说来,小说读者总是急于知道"下文如何",而诗歌读者则表

---

① 参见雅克布逊:《语言的基本原理》,海牙·摩顿 1956 年版,第 90 页。

现为一种相对延缓的玩味,其目光常常停留在几个意象之间。这便是小说与诗分别侧重于时间与空间的一个心理方面的验证。乔纳森·雷班曾举过一个很好的例子来说明这一问题(所引文字出自福克纳的小说《村庄》)。其中有一段是这样的:

> 他爬起来就跑,母牛离得很近。他看见了火光——在他和母牛叫着的地方之间,升腾起一股烟雾,下面闪动着一道柔和的玫瑰色的光。他随着自己的脚每次同地面接触,猛然发出一声声刺耳的尖叫,他一只脚还未站稳,就又急急地抽了回去,接着又立即惊奇地转向刚才一时间被忘却了的另外那只脚。他就这样毫无进展地,像跳舞一样地原地跳呀,跳呀。这时,他又听到那匹马向他冲来,于是发出一声尖叫。他的喊叫和马的嘶鸣汇成一个声音,充满了惊恐、狂暴和绝望。他一头冲进火堆,穿过烟雾,蓦地,天空再现,太阳重光,撇在身后的火焰,像褴褛的衣衫一样旋卷。

正像雷班所分析的,这段文字里运用的比喻("像跳舞一样","像褴褛的衣衫一样")出人意外地不引人注目,其目的是为了"使读者的注意力主要放在流畅的文字上,放在母牛和男孩的各个动作发生的前后次序上。"①而这段流畅的语流中充满了一种不稳定感,这便是叙述所产生的张力,它有别于诗歌的意象张力,是组合轴得到强化的结果。读了这个语段的第一个词语,我们便急不可待地想一口气读下去,只有到这个语段结束才能喘一口气。而对于故事中人物的命运的关心又会成为对下一个语段的关注。叙事中的悬念机制就这样充当了整个叙事流的动力源。所以,当雅可布逊指出"隐喻"与"换喻"两种结构在诗与小说中具有不同意义时,他事实上触及了小说叙事文体在形态上的那种音乐性特征:流动性张力。

当然,叙事在语言和故事机制上所表现出来的种种特性尽管使小说有可能与音乐在一定程度上作些攀比,但并没有能彻底抹杀二者之间的

---

① [英]乔纳森·雷班:《现代小说写作技巧——实用文艺批评集》,戈木译,陕西人民出版社1984年版,第9页。

距离,小说家们之所以如此强调这种关系,是出于一种明确的艺术上的考虑。返顾一下小说的发展史,我们将会发现,现代小说界通过几次声势浩大的文体革命,已经呈现出一种离经叛道之势。但这种反叛一方面确实旗帜鲜明,面貌一新,另一方面也并非像人们所估计的那样与传统小说完全不可同日而语。变化的是实现目标的方法、手段和途径,而并非目标本身。在探讨人生方式和表现理想图式这点上,古今小说之间并无根本分歧。在这里,"一部成功的小说必然是成功地传达了某种情感"①这一准则,仍然是现代小说叙事活动的内在规定。唯其如此,现代小说的那种日趋强烈的本体意识和自立心态,非但没有使它从以往那种对音乐化的一往情深中摆脱出来,反而使这种追求达到一个崭新的阶段。标志着现代小说诞生的意识流小说便是一个例证。因为正是"由于意识流的出现而产生了与传统小说不同的作品"。这种不同既是文体性的也是本体性的,前者是后者的依托。而所谓"意识流文体"在形态上的一个重要特征便是音乐化。弗里德曼在他著名的《"意识流"概述》一文里精辟地告诉我们:"人们不应忘了音乐对意识流小说的重要贡献。其贡献至少不亚于柏格森发明的新的时空关系,和弗洛伊德提出的利用整个意识领域的方法。"他指出:"有些小说从一些明显的方面来看,就是模仿音乐的形式写成的。赋格或奏鸣的形式,一般所以常被采用,就是因为它们段落的轮廓清晰、主题的相对分明。意识流的小说由于其他方面迁就了音乐,必要时常常要尝试这两者当中的一种音乐形式。"②可以认为,意识流小说正是凭借着这种特殊的魅力而打下了江山,这是它的诗化叙述模式在形态上的必然结果。概括起来看,意识流小说在音乐化上的新发展主要表现在叙述层和故事层两个方面。从叙述层来看,语言的话语形态首先被音乐化。罗杰·福勒曾经指出:"有时,当大量结构相似的短句和短语连续重复时,文本的音乐结构就会处于前景位置。"③重复是音乐之母,因为重

---

① [美]利昂·塞米利安:《现代小说美学》,宋协立译,陕西人民出版社 1987 年版,第 81 页。

② 见《文艺理论译丛》(1),田德望等译,中国文联出版公司 1984 年版。

③ 见福勒:《小说语言学》,伦敦 1975 年版,第四章"话语、语调"。

复才能形成节奏,有节奏才能激活情感。所以当语言文本中同样也出现这种重复时,便会建立起一个抒情结构。譬如张洁的《爱,是不能忘记的》快结尾时,"我"在告诉读者,故事里的这对恋人如今已皱纹丛生、白发上鬓,但"不管他们变成化石,他们仍然在相爱。尽管没有什么人间的法律和道义把他们拴在一起,尽管他们连一次手也没有握过,他们却完完全全地占有对方"之后,作了这样一段抒情:

> ……那是什么都不能分离的。哪怕千百年过去,只要有一朵白云追逐着另一朵白云,一棵青草傍依着另一棵青草;一层浪花拍打着另一层浪花;一阵轻风紧跟着另一阵轻风,相信我,那一定就是他们。

这段抒情将一种超越时空的刻骨铭心之爱表现得淋漓尽致。如果作一番分析,那么我们也就不难发现,形成这个段落中抒情结构的就是重复。这说明,叙事中的抒情手段本质上便具有一种"准音乐倾向",因为它能强化文本的表现性。这种话语形式在意识流小说中占有很大的比重,这使得这样的一些作品事实上总是处于一种没有抒情的抒情状态中。如伍尔芙《海浪》的开头几段:

> "我看见一枚戒指,"伯纳德说,"挂在我上面,颤动着悬在一个光圈里。"

> "我看见一片淡黄色,"苏珊说,"延伸着直至遇到紫色的条纹。"

> "我听见一个声音,"罗达说。"啾唧;啾唧;传来传去。"

> "我看见一个球,"内维尔说,"背靠着一个大山坡,像是个悬垂的小点点。"

> "我看见一串深红色的流苏,"吉尼说,"用金丝编织而成。"

> "我听见什么东西在跺脚,"路易斯说,"一头巨兽的脚戴着铁链,它跺着,跺着,跺着。"

正像福勒所指出的,"这些序列显然是音乐性的,它们形成了朝曲晨歌,在节律上模仿海浪的起伏。"①显然,这也是一种感情的节律,它不停地翻卷在我们的心灵的海洋。叙述话语的重复使这种节律得到外现,被唤醒

---

① 见福勒:《小说语言学》,伦敦 1975 年版,第四章"话语、语调"。

了,音乐也便由此而来。

但音乐的最根本的特点是秩序和结构。现代主义音乐的著名旗手斯特拉文斯基反对将音乐归之于"表现",认为:"音乐的现象给我们提供了唯一的目的:在各种事物之间建立一种秩序。这种秩序唯一要求的,而且无可通融的是一种结构。"①否定音乐的表现性无疑过于极端,但如果能全面地理解斯氏的意思,就不难看出,他的本意并非在反对"表现",而是强调音乐必须先有"结构"后有"表现",前者是后者的基础。而这显然言之成理。正由于此,人们才常常将音乐比之为建筑。用罗曼·罗兰的话讲:"音乐就是声音的建筑。"这种建筑通常总是以一个或几个主导主题为焦点构成的。叙事作品对音乐的借鉴主要也表现在故事层的结构上,弗里德曼曾引用菲利浦·夸尔斯的话说:"小说的音乐化不是用象征派的方法使意义服从声音,而是大规模地在小说结构上进行……在整个思想、感情范围内把一切都与一个小小的、可笑的华尔兹舞曲有机地联系起来。把这一切都用到小说里。"②其具体做法是围绕着主导主题扩散开去,不断地形成各种对比,凸显反差。所谓"当琼斯在卧室中杀害老婆的时候,史密斯却在花园里推着摇篮车。"如德国 19 世纪著名诗人埃杜阿特·默里克的中篇小说《莫扎特去布拉格的路上》的结尾部分,叙述者一方面描写了一个生意盎然的世界,充满着欢乐氛围;另一方面也透露出一种死亡的朕兆,弥散着哀伤的情绪,犹如一首奏鸣曲中两个乐题的复合。作者通过这种手法有意地强化叙事的音乐效果。他曾借一位朋友之口评论说:这部小说"从头到尾我好像听了一曲画的交响乐,从整个的欢乐气氛说,它简直是莫扎特音乐精神的一幅肖像画。"③这种手法在音乐中也被称为"对位法",其主要标志是同时表现两种或两种以上声部,它们尽管完全合在一起,但仍保持其相对独立性。按照弗里德曼的看法,这种手法之所以特别适合于小说,是因为它原本生长于文学领域,被音乐接受过去利用了,现在小说又将它搬了回来。暂且不论此说是否可考,现代小说

---

① 见《音乐研究》1981 年第 4 期。
② 见《音乐研究》1981 年第 4 期。
③ 见《世界文学》1981 年第 5 期,严宝瑜文。

中大量采用"对位法"来结构篇章却是事实。陀思妥耶夫斯基的《群魔》和《罪与罚》是开风气之先的作品。在《群魔》里存在着三条线索:(1)老斯塔伏洛吉恩和斯杰潘·维尔科文斯的讽刺性爱情;(2)斯塔伏洛吉恩和她全部的浪漫恋情;(3)一个革命小组的政治活动。由于书中所有人物都互相认识,因此小说在情节上有一条中心轴将它们联结成为一个整体。但又由于所有这些故事各自都有一个相对完整的构架,因而它们本身都可以作为一部独立的小说而存在。米兰·昆德拉还介绍过海尔曼·布洛赫的小说《梦游人》也采用类似手法来结构。这部作品可以分解为五个板块:(1)由三位主要人物帕斯诺、艾斯克和于格诺的活动构成的短篇小说;(2)关于安娜·温德灵内心世界的中篇小说;(3)对一所军队医院的报道;(4)关于救济院一位姑娘的叙事诗;(5)对于价值堕落所作的哲学论述。昆德拉认为,"把非小说性的类合并在小说的复调法中,这是布洛赫的革命性创举。"[1]但对这种结构采用得最为普遍的,仍得推意识流小说。这类作品以人物意识为叙述中心的格局,决定了只有通过这种类似音乐中的对位法来进行布局,才能够行之有效地形成一个有秩序的叙事文本。弗里德曼对福克纳《喧哗与骚动》所作的分析颇能令人信服。他指出,在这部作品中,"描写昆丁的一段是用对位法写的,并且在他心情的徐缓的乐章中找到了依据,慢慢地将意识铺展出来。"譬如开头一段进行得十分和缓,第二部分犹如行板,第三段则急转直下,转为轻快活泼,第四段则是最复杂的,有快板也有慢板,"最后以徐缓的乐章轻快平稳地收尾"。

由上面所述可知,对位法原理所遵循的是情感逻辑而非因果逻辑。因此,在结构上的这种音乐化使意识流小说显得更具有情感性,这种情感性通过叙述层的话语形式的重复结构而得到进一步的强化。从这个意义上讲,意识流小说的本质是通过客观生活的"泥石流"来反映主观世界的情感流。这种现象的发生学动因是对小说中过于讲究情节设计和因果逻辑的极端戏剧化倾向的反叛。塞米利安的话可谓一语破的:"小说的音

---

① 见昆德拉:《小说的艺术》,伽利玛出版社 1986 年版。

乐化是反对有着严格因果关系的情节和整一的戏剧形式以及过多的逻辑性、过多的规则、过多的限制和常规而出现的总趋势的一部分。在今天,我们更加深刻地意识到潜意识的活动和情感所起的决定性作用,而情感的本质就是没有条理。"①他认为:"在一部小说的某些部分用音乐对位法的原理进行创作是可能产生具有价值的效果的。这将更能使作家获得一种交响乐式的效果。"②

当然我们也必须看到,正如小说在文体形态上所具有的某些戏剧化特征并不意味着它应当同戏剧合并,小说中的音乐性倾向同样也只表明这两门艺术在形态上的一种借鉴而不是同流。因为无论我们怎样替小说与音乐的亲善关系寻找证据,都无法掩盖这两种艺术在本质上的巨大差异。这种差异清楚地显现在各自的接受过程中。格里尔巴策说得好:"音乐的作用是先从感官的刺激、神经的游戏开始,经过情感的激动,最后才达到精神的领域。至于诗艺,它开始唤起概念,通过概念影响情感,最后在感官的参加下,达到完善或堕落的最后阶段,二者的途径是相反的。其一是物质的精神化,另一是精神的物质化"③。换言之,音乐是追求感性的,而小说作为语言艺术却必须依赖于理性的所指。这也正如帕克在《美学原理》中所说的:"散文文体的相对的非音乐性不是它的弱点决定的,而是为了适应它的任务。"这就是通过符号的物质材料的"透义性",来直接表现出主观世界的那种律动。因为叙事作品中的节奏不是物质的节奏,而是一种观念的节奏;它要求小说家不能过分地追求情绪和感性的物理轨迹,而必须将注意力更多地投向思维和意识的心理航道。在这个意义上,马克·肖勒的如下说法虽未免偏激,却似乎也不无道理:"将小说与音乐相比是不确切的,它只是一个比喻,只是指出了小说所运用的技巧而已,对我们所理解的才艺并无用处。"④然而问题也正在于,小

---

① 见[美]利昂·塞米利安:《现代小说美学》,宋协立译,陕西人民出版社 1987 年版,第131 页。

② 见[美]利昂·塞米利安:《现代小说美学》,宋协立译,陕西人民出版社 1987 年版,第129 页。

③ 见汪流等编:《艺术特征论》,文化艺术出版社 1984 年版,第 258 页。

④ 见《技巧的探讨》,《世界文学》1982 年第 1 期。

说在根本上说是以故事为中介来反映生活,大千世界中林林总总的现象既构成了小说艺术的丰富性,也给作者的审美表达活动增添了不少麻烦。在这里,故事的内涵上的空间性与外延方面的时间化构成为一对矛盾,如何妥善地解决这个矛盾,是小说艺术的本体上的审美性向形态学提出的课题。从已有的一些创作实践来看,小说在纵向上对自身的不断更新拓展,与在横向上向诸如音乐、诗歌等左邻右舍借鉴和汲取,是摆脱困境的两条行之有效的途径。立足于这个基点,我认为,正如绘画和戏剧在小说发展历程中一直与音乐保持着某种暧昧关系,现代小说在形态上的改革事实上已经表现出十分自觉的音乐意识。因为就小说的价值内核而言,它同音乐并不相悖。因此,福斯特《小说面面观》里所说的:"音乐,虽然我们在其中找不到人类的生存本相,它的法则也只是些繁复的符号,但在它的终极表达中为小说提供了一种美的形态,这种美小说可以用它自己的方法表达出来"这番话,我们没有理由不表示赞同。

3. 小说与电影

作为一门年轻的艺术的电影,在当代社会中的影响早已有目共睹。时至今日,它不仅在空间上大举侵吞了原本由戏剧所独占的演出场所,而且在时间上也同样蚕食着小说的阵地,使大批文学读者弃文从影,将自己并不充裕的娱乐和消费时间投入到蒙太奇的跳跃和转换之间,然而迄今为止,无论从电影文体对故事的依赖性,还是从电影语言作为一种叙述行为的符号学构成上,我们都能看到小说的幽灵。这毫不奇怪,因为不仅是通过对小说的借鉴,使电影创作者们获得了必要的灵感,而且也正是在由小说所提供的文学性的遗产的基础上,汲取了音乐和绘画的所长,才滋生出所谓的电影艺术魅力。但电影与小说的这种特殊关系既可以被用来探测电影艺术的审美特质,同样也可以反过来观照小说形态的艺术规定性。换言之,在小说这门艺术样式中,本来就蕴含着某些电影的因素。乔纳森·雷班在《现代小说写作技巧》一书中,曾以狄更斯《大卫·科波菲尔》中的一段描写为例,对此作出过独到的分析。这是在小说中写到主人公

大卫童年时的伙伴斯提福兹的船遇险后,大卫在海滩上见到他的尸体时的一个情景。小说是这样写的:

> 但是他把我领到海边。就在她和我——两个孩子——寻找贝壳的地方——昨夜来的那条旧船的一些比较轻的碎片被风吹散的地方——就在他所伤害的家庭的残迹中间——我看见他头枕胳膊躺在那里,正如我时常看见他躺在学校里的样子。

正像雷班所说,这段文字所产生的视觉效果超过了一般的想象,这种想象建立在连续几个不同场景的巧妙而自然的联系上,而这本是电影的基本手段——蒙太奇所擅长的。所以,这部作品的上述写法意味着"狄更斯早在电影艺术发明之前就掌握了这一技巧。"①譬如只要稍作修改,上面这段文字叙述就能够成为一种标准的电影展示:

(1)暴风雨后,大卫和渔夫走向海滩。(溶入)

(2)大卫和埃米莉在同一海滩拾贝壳。

(3)船只残骸和帕格悌的房子。(切换)

(4)斯提福兹的尸体。(溶入)

(5)斯提福兹童年在学校睡觉的情景。

在这里,虽然小说中原先通过叙述者的叙述话语实现的场景转换,已被蒙太奇的镜头组接和融入淡出所代替,但其效果大同小异:童年的安宁与悲剧性的死寂联系到了一起。相同的例子我们还可以随意地从手头的一篇小说中找出。

> ……占领军成了阶下囚,武士道的倨傲丧失殆尽。面色晦暗,衣甲不整,垂头丧气,在市民面前也得躬身唯唯:"嗨,嗨……"军马、军犬、军鸽和它们的主人一样,毛羽蓬乱,瘦骨嶙峋,惶然看着行人,往日趾高气扬的威仪荡然无存。街道的地面成了溃军的阵地,"皇军军用品,真正东洋货!"摊贩大声叫。战斗帽、军装(还缀有领章)、军大衣、皮带皮靴、水壶、子弹盒、马鞍辔头,甚至于钢盔和战刀,琳琅满

---

① [英]乔纳森·雷班:《现代小说写作技巧——实用文艺批评集》,陕西人民出版社1984年版,第105页。

目,应有尽有,就只缺三八步枪、歪把机枪和山炮了。这就是 1945 年
8 月下旬,我回到故乡,看到的街景。

——叶楠《遥远的乡情》

正如小说中的那位叙述者"我"所说,这是一个街景,本身就充满动作性
和视觉感,因而要改编成一段电影脚本并不困难。

所有这些叙述文字在手法上都存在着一种电影方式,然而它们却是
小说文本的基本构成单元——叙述场景的常规运用。所谓场景也就是在
同一地点和一个没有被间断的时间跨度里,通过人物的具体活动而展现
出来的一个事件。这样的事件由于具有一种共时性的幻觉和具体形象的
画面,能给人留下深刻印象,体现出生活本身的丰富多彩。所以在一般意
义上,正像塞米利安所指出的那样:"技巧成熟的作家,总是力求在作品
中创造出行动正在持续进行中的客观印象,有如银幕上的情景。"①银幕
中的镜头是情景的视觉切分和组合,小说中叙述场景同样也是对一个具
体视觉对象的符号投射。小说符号的这一功能矢量是由小说语言的命名
机制所决定的。我们知道,作为一种思想媒介的语言文字,如桑塔亚纳所
说,不具有直接的感性映照功能,尽管以这种符号为媒介的小说具有审美
特质。语言现象的这一特点一度令理论家们感到困惑,成为现代分析美
学的一个难点。美国学者伊森伯格将它归纳为这么一种悖论:A. 如果审
美对象纯粹作用于感官,那么语言作品就不可能是一种审美对象,因为语
言不是纯粹作用于感官的;B. 然而审美对象的确是作用于感官的,因为
一件非作用于感官的事物不可能被我们直接感觉和欣赏,而没有被直接
感觉和欣赏的东西不会是审美对象;C. 但是,语言也确凿无疑地能够成
为我们的审美对象。解开这个悖论在逻辑上的一个关键点在于把握语言
的意义内涵的生成前提。一切语言都是意义的晶化形式,离不开能指与
所指的复合。但所指作为所指,是对符号之外的某个东西的意向联系,这
种联系便构成意义。所以,杜夫海纳指出,语言的第一项功能是命名,即

---

①　[美]利昂·塞米利安:《现代小说美学》,宋协立译,陕西人民出版社 1987 年版,第
9 页。

用一个符号体来对一个实在作出某种界定。这种界定所蕴有的"意义"，便是这个符号同与之相对应的某个东西的联系。问题在于这种联系的实现方式，它毫无疑问具有心理方面的效应性。然而事实告诉我们，"当我们感知到语词指号的时候，不同于所有其他的严格指号，我们并不感到它们的物质形状是独立的东西，恰恰相反，这个形状是和它的意义混同到这样一个程度，以致除非在知觉失调的情形下，我们是不会去理会语词指号的物质方面的存在的。"①这就是所谓语言符号的"语义透义性"，它依赖于主体内在地所具有的一种化抽象为具象的对概念作出意象性溶解的能力。由于这个缘故，即便是一些非物体对象的语义概括，同样能在我们的语感接受机制的作用下，被提升到一个视觉意象的水平。著名心理学家铁钦纳就曾在一篇文章中指出："每当我读到或听到某某人在虚心地或严肃地、骄傲地、谦卑地和殷勤地做某件事情时，眼前就立即呈现出'虚心'、'严肃'、'骄傲'、'谦卑'与'殷勤'等视觉形象。"②不言而喻，这正是以叙述场景为单元的小说文本内在地具有一种情景要素的原因所在。当这种要素在具体的叙述语段中通过描述手段得以强化和凝聚，并与某种情绪色调相融合而构成所谓"氛围"时，其特具的那种电影肌质便得到放大和凸显。譬如爱伦·坡的一篇著名的恐怖小说的开头，就存在着这样一个情景：

> 那年秋天，有个阴郁、晦暗、岑寂的日子，暝云低压压的笼罩着大地，整整一天，我孤单单地骑着马，驰过乡间一片无比萧索的荒野；暮色渐渐降临，满目苍凉的厄舍府终于望见了。……我好生惆怅地注视着眼前这番情景——寂然兀立的古屋，和寥落的庭院——荒凉的垣墙——茫然的眼睛似的窗户——三两枝丛生的芦苇——几枝枯萎的白桦树……我感到异常抑郁。

这是一个气氛低沉伤感的场面，它给了故事一个惨淡荒凉的展开背景。由语词符号的透义性所折射出来的视觉意象，在我们的内知觉的作用下

---

① ［波兰］沙夫：《语义学引论》，罗兰、周易译，商务印书馆1979年版，第198页。

② ［美］鲁道夫·阿恩海姆：《视觉思维——审美直觉心理学》，滕守尧译，光明日报出版社1986年版，第177页。

被兑换成一连串清晰的画面形象。从现代电影技法的角度来说,这段文字为最典型的电影方式的运用提供了良好的舞台;虽然有一些解说词和画外音,但主要的是具体可见可感的视觉对象。在这里,叙述者"我"的那番伤感的回忆性的语调,完全可以被所提示到的那些语词意象所"省略";它们可以潜藏于那些断垣残壁和空荡冷清的房屋后面,隐匿于这几个枯树干和丛生的野芦苇之中。

不难注意到,这里我们已经涉及一个有争议的问题:电影与隐喻的关系。隐喻的本质是创造主体对生活意义作出的一种审美理解,它建立在事物与事物之间的不相似中包含相似的基础之上。由于隐喻首先出现于语言艺术中,其功能在语词的模糊性里得到最大限度的发挥,而电影镜头的直观性一般并不允许作这种发挥,使得不少电影艺术家将隐喻礼貌地奉还给文学。意大利的一流电影导演比埃尔·帕索里尼的话是有代表性的,他曾明确指出:"我觉得电影和文学作为表现手段之间的区别,主要地表现在隐喻上。文学几乎完全是由隐喻构成的,而电影几乎完全没有隐喻。"①不能认为这种观点毫无道理,事实上,那种通过蒙太奇的运用而将隐喻结构的两个基本要素——喻旨与喻体简单并列在一起的做法,的确计人感到浅薄,它所获得的效果与小说中的效果大不一样。但如果作深入一步的审视,就不难看出这种并列与其说是隐喻不如说是对照。就隐喻的美学内涵是一种具有高度的理性概括的审美寓意而言,在那些优秀的电影中并不缺乏,它通常借助于镜头的心理效应而获得。举一个例子:在苏联著名电影艺术家爱森斯坦执导的影片《罢工》里,有这样几个镜头:

A. 警察局里正在草拟扼杀罢工的计划。

B. 在桌上放着这个城市的地图。

C. 有人一不小心,就让一滩黑墨水沿着地图上的工人区流散开来。

这里显然存在着一种隐喻关系:那滩黑墨水的流淌使人隐约感到一种流

---

① [美]D.G.温斯顿:《作为文学的电影剧本》,周传基、梅文译,中国电影出版社1983年版,第30页。

遍工人住宅区的鲜血的寓意形象。所以,针对这些成功经验,苏联学者多宾指出:虽然"比拟(和对照)在电影和诗的王国里占据着并不重要的位置,可是隐喻却起着重大的作用(远较它在文学中的作用大得多)。在某些被列入苏联和世界电影宝库中的影片里,隐喻是磁力的中心,形象的集中点。影片的思想——情绪的高潮正是落在隐喻形象上。"①姑且不对电影与文学谁最需要隐喻的官司作出裁决,有一点是可以肯定的:隐喻作为一种基本的审美手段,不仅为文学作品所具有,同样也能为电影艺术所采用。需要加以补充的是,电影中蒙太奇手法的本质便在于获得一种隐喻效果,通过这种效果来对生活现象作出某种审美理解。但这一手法如果不是从小说文本中的隐喻功能得到启发才得以发现,至少也同样为小说所具有。事实表明,"小说家一般都很懂得,语词获得重要的意义常常不在于它们所讲出来的什么,而在于它们所没有讲出来的什么。"②这些没有讲出来的东西也就是一种意义之意义,所指的所指,文论家们通常用"隐喻"来指称具有这种言外之意的话语表达方式。对小说读者的接受活动来说,困难的主要也就在于如何捕获这种意义。因为这些意义作为一种"另外的意义当然由隐喻也使用的词或词组对读者暗示出来,但通常并没有足够的明晰或必要的力量使他能够毫不费力地找到语词背后的'实际'意义,从而以充分的能动性展开这个意义同时又不失去字面意义和停止思考它。"③这种相似性导致了小说与电影在接受机制方面的相通性:在小说,需要善于发掘故事下的故事;在电影,必须注意体会镜头后的镜头。

当然,不能由此得出小说等于电影的结论,或反过来认为电影仅仅只是小说的一种复制。两者的区别在小说文本向电影文本转换的过程中表现得十分清楚。安德烈·巴赞说得好:"作品的文学素质越是重要,越是关键,那么改编作品就越是难以和它相媲美,因而也就越是需要有创作天

---

① [苏]多宾:《电影艺术诗学》,罗慧生译,中国电影出版社 1984 年版,第 62 页。

② [美]S.阿瑞提:《创造的秘密》,钱岗南译,辽宁人民出版社 1987 年版,第 114 页。

③ [波]罗曼·英加登:《对文学的艺术作品的认识》,陈燕谷、晓未译,中国文联出版公司 1988 年版,第 71 页。

才来对它重新安排。"①

　　这并不意味着那些最杰出的小说不能被改编成电影,像根据玛格丽特·米西尔的小说《飘》改编的电影《乱世佳人》,以及依照夏洛蒂·勃朗特的不朽之作《简·爱》拍成的同名电影,都与它们的文学原著一样成了电影艺术中的里程碑。但在这样的作品中,事实上都存在着一种创造性背离。美国影评家道格拉斯·温斯顿就曾指出,当杰出的意大利导演鲁奇诺·维斯康蒂将卡缪的《局外人》忠实地搬上银幕时,他彻底失败了;四年以后他根据托玛斯·曼的中篇小说《威尼斯之死》改编的电影却大获成功,但在这部影片里,原著的内容还不到百分之十。② 上述现象反映出小说与电影作为两种不同形态的艺术,具有各自的特殊本质。这种差异最终是由二者所采用的媒介不同所造成的。电影是以一种视觉符号——镜头为叙述代码,而小说则是以意念符号——语词为叙述代码。两种代码各具不同的时空特征,导致两种艺术文本的差异:在电影中空间是显在的,而时间是隐含的且具有不可逆性,即它只是通过空间的转换变迁而实现,体现在一个画面的具体时态的改变上;反之,小说中的空间是隐含的,时间是显在的和可逆的,具体体现在语词文字的线性排列上,这种线性排列的物化形态具有可逆性。这种差异反映在作为艺术形态的肌质的审美幻象上,表现为这样一种区别:电影中的幻象主要是一种视像,它在空间上的鲜明性和时间上的不可逆性能给予我们以感觉的生动性和经验的同步性;而小说中的幻象主要是一种语象,它在空间上的模糊性和时间上的可逆性能给予我们以想象的丰富性和超验的同构性。这可以解释小说与电影对场景的不同侧重:在小说里最好的场景是由对话构成的(因为对话的表现方式在语言文本中具有最大限度的"可仿造性",这种特点使之呈现为一种"客观"对象);然而在电影中,对话的效果难以得到很好的体现,最好的场景是无对话的景物写照和环境展示(包括人的行

---

　　① ［美］D.G.温斯顿:《作为文学的电影剧本》,周传基、梅文译,中国电影出版社 1983 年版,第 34 页。
　　② ［美］D.G.温斯顿:《作为文学的电影剧本》,周传基、梅文译,中国电影出版社 1983 年版,第 33 页。

为动作）。因为出色的对话中往往含有丰富的潜台词,包含着各种反讽和嘲弄等等,而对这些东西需要"慢速"乃至重复才能体会得到,电影幻象在时间上的不可逆性使这种体会过程受到了限制。顺便说一句,唯其如此,由王朔的小说《顽主》改编的同名电影虽然颇有特色但远不如小说本身更具魅力,不足的原因便在于这部作品的艺术意味在相当程度上是建立在对话上的,充分体现出一种反讽和自嘲,具有多维度的隐喻品格。而这一切在电影中都只能被割爱,制作者又未能从小说文本中发掘出别的东西来弥补这方面的损失。正是鉴于这些方面的不同,美国当代著名符号学美学的代表罗伯特·司格勒斯提出:"虽然'相同的叙述'既可以表现在语词形式中,又可以表现在电影形式中,但叙述和'叙述性'将极不同。"①所谓"叙述"是依赖于一定的叙述媒介而实现的叙述行为,而"叙述性"则是在这个行为过程中(通常体现为一个事件)内在地存在着的某种特点和品格。落实于小说和电影这两种艺术文本,便是分属于超验和经验的两大范畴。所以,当小说将"现在"变成过去时,电影总是将过去变为"现在"。

从以上所述来看,小说与电影之间在时空上存在着一种错位性对等现象。因此,这种现象一方面导致二者相分离(错位),但另一方面却也意味着彼此的某种沟通(对等),这种沟通首先表现在,无论是小说还是电影,都存在一个"视点"机制,通过一个角度来使文本得到确立,倘若我们将这个视点比作一个窥视者,那么就可以发现,在小说里他通常躲在叙述人物的背后,由作者和叙事者共同扮演;在电影中他往往隐匿于摄影镜头的后面,由导演和摄影机一起充任。然而,通过这个视点机制的一致性,小说与电影建立起来的真正的同盟关系奠基于时空转换上的自由。这种自由在电影中是借助于空间上的解放而实现的——空间解放带来了时间解放:在30秒钟之内,我们得以看见一株幼芽从容不迫地渐次长成植株,生出花蕾、花朵,而这个过程的实际时间起码需要几个星期。反之,

————

① [美]罗伯特·司格勒斯:《符号学与文学》,谭大立、龚见明译,春风文艺出版社1988年版,第105页。

在小说里自由感的产生是借助于时间上的解放而实现——时间解放带来了时间解放。例如：

> ……后来那个在草场当更官的男人死了,我看见她神情黯然地看着棺材中那副凝止不动的躯壳。再后来,她从来不再打听船长的消息,而春天却使每一条河流都冰雪消融,许多大胡子的船长都驾着船远行了,而她却孤独地被抛在春天的河畔。她守着唯一的孩子,头发慢慢花白起来、稀疏起来,脚下却渐渐地鲜艳起来,她驻足之地落英缤纷。
>
> ——迟子建《原始风景》

这个语段只有100多个字,但不仅在时间上经历了那位寡妇("她")的大半生,而且在空间上也存在着相应的迁移。时空方面的这种自由性的获得的实质是趋于表现化,在小说里,这主要直接通过叙述语流的语调性得到展示,并由此而形成一种独特的艺术魅力。比如:

> 我不知道世界上还有哪种月光比我故乡的月光更令人销魂。那是怎样的月光呀,美得令人伤心,宁静得使人忧郁。它们喜欢选择夏日的森林或者冬天的冰面来分娩它们的美丽,在上帝赐予人间的四季场景中,月光疯狂,庞大的黑夜被这绝色佳人给诱惑得失去了黑暗的本色,黑暗在它明亮热烈的胴体前被烧炙得漏洞百出,月光就这样透过漏洞丝丝缕缕地垂落人间。
>
> ——迟子建《原始风景》

在这里无疑存在一个场景,然而它被叙述语调所淹没,显得主观化了:无论是月光的"美得令人伤心"和"宁静得使人忧郁",还是被这月光的"胴体烧炙得漏洞百出",所有这些都无法用视觉镜头来准确显现。正是通过这种语调"渗入"和"侵蚀",小说文本培植起一种为它所独具的审美品格,因为这种东西属于语言的张力场。类似的表现性同样也存在于电影文本中,具体体现为一种通过叙述场景而显示出来的情调感。如高仓健主演的两部日本影片《远山的呼唤》和《兆治的酒馆》里,这种情调感就十分鲜明,它们通过几个主要场景(在《远》中的那个视野开阔的北海道远景,在《兆》中是一些极普通的住宅小区)被显示给我们。尽管两种文本的具体效果不尽一致,但叙述的美学构架基本相同:既不能缺乏故事,又超越于故事。这也正是一部小说较之剧本更易于被搬上银幕的原因所在,即便它们反映的是相同的故事。因为在小说中与在电影中一样,没有时空方面的固定性,而这种固定性往往为戏剧所需要。可以认为,正是基于这一认识,苏珊·朗格认为:"电影不是造型艺术,而是诗的表现,这是因为电影能够吸收无限丰富多彩的素材,并能将其转变为非图像的因素。"①但从这里望出去,我们所看到的仍然有小说的影子,因为小说的叙述在本质上便是一种"非图像"因素的系统化。这种一致性当然不足以成为小说"剽窃"电影创作手段的证据,而只是表明小说形态中本来就蕴有一种特殊品格。由于这种品格只是在电影中才得以淋漓尽致地发挥,不妨称之为"电影性"。把握了这一点,我们也就不难理解,何以在电影早已过了它的哺乳期成为一门独立的艺术之后,它仍然需要小说这位养母,以巩固它在艺术王国里的地位。

第二节 小说的再现形态

小说的再现形态相对于表现形态而言,指的是小说文体中所表现出来的绘画性、戏剧性和建筑性。不少著名学者和作家都提出过这样的观点。如波斯彼洛夫认为:"在各个时代的文学里都能看到作家与画家在风景画、室内装饰、静物写生、肖像画等方面的特殊竞争。"②塞米利安也曾指出:"小说是在同戏剧相同的总的原则上建构起来的。"③而米兰·昆德拉在谈到他对那些伟大小说的看法时则表示:"所有伟大的作品……必须有一种小说对位式的新艺术,它能把哲学、叙事与梦合为一支音

---

① [美]苏珊·朗格:《情感与形式》,刘大基、傅志强译,中国社会科学出版社 1986 年版,第 482 页。
② [苏]波斯彼洛夫:《文艺学引论》,邱榆若等译,湖南文艺出版社 1987 年版,第 245 页。
③ [美]利昂·塞米利安:《现代小说美学》,宋协立译,陕西人民出版社 1987 年版,第 91 页。

乐。"①所有这些都在提醒我们,只有从下述几个方面进行深入的考察,才有可能对叙事的文体特征作出真正透彻的把握。

1. 小说与绘画

自从古希腊的西摩尼得斯将绘画称为无声诗、把诗称为有声画以来,"诗画同源"说早已被普遍接受,而很少见过将小说与绘画相提并论的。不过,正是这个"诗画同源"说,值得我们作一番辨析。

亚里士多德在《诗学》里论述史诗的特点时说:"史诗有一个非常特殊的方便,可以使长度分外增加。"此外,"史诗则因为采用叙述体,能描述许多正发生的事,这些事只要联系得上,就可以增加诗的分量。"显然,在这儿"史诗"与"诗"是处于同一范畴的,而史诗又是欧洲小说萌芽的一个母体(史诗以故事为主干,以叙述为主要表述方式,这正是近代"小说"艺术品性的基因)。所以,古代欧洲的"诗画同源"说,事实上也就是指以近代诗和小说为主的狭义的"文学"与画同源。只有从这个意义上,我们才能正确地理解莱辛那本著名的论著《拉奥孔》同样也是论述文学与绘画的异同,而不是仅限于我们今天所说的"诗"与"绘画"的区别,尽管书的副题是《论画与诗的界限》。

虽然如此,小说与绘画的并提仍然让人感到疑惑,这是因为作为一门语言艺术,小说是通过语词这种抽象的"思想符号"来充当艺术媒介的,而"任何词(语言)都已经在概括","在语言中只有一般的东西"。② 所以,一般来讲,小说缺乏绘画所具有的色彩、线条等"自然符号"的直观性。那么小说的绘画性从何谈起呢? 就从语词符号谈起。一方面,从词的本体论来看,作为主体对客观世界的一种反映媒介,语词所概括的,并不是抽象的思想本身,而是现实存在的客观事物。"任何事物都是作为其本质的特性在标志它的词中固定下来的对象而被感知的";另一方面,

---

① 《北京文学》1989 年第 2 期。

② 列宁:《哲学笔记》,人民出版社 1972 年版,第 306 页。

从主体对词的感知来看,词的意义内容借助于反射的接通同对象的感性映象结合起来,因而当主体在接受一个词时,"其本身并不是单独地被意识到"①,而是以一种实在对象的形态出现在我们的言语感知意识中。

正由于语词符号主客体这两方面的特性,使得语词虽没有自然符号的直观性,但却往往具有一种可观性。巴甫洛夫指出:"对于人来说,词像人和动物共有的其他条件刺激物一样,也是一种现实的条件刺激物。""由于成年人过去全部生活的关系,词与那些达到大脑半球的一切外来和内在的刺激联系并成为它们的信号,随时代替这些刺激,因而词也能引起有机体的各种本来由那些刺激所决定的行动和反应了。"②这一理论早已为实践所证明。列宁在看了契诃夫的小说《第六病室》后感到十分压抑,仿佛自己也被关进了这间牢房;而一位外国评论家说,他读李白《早发白帝城》这首诗时,甚至产生了一种类似晕船的感觉。这些无非是说明:在想象和经验记忆作用下,语词符号能够使人产生一种身临其境的感觉,因而通过文字的描绘,我们不仅能了解许多思想和诗情,而且还能领略到活生生的现实景象。叶昼在《水浒》第二十四回回末总评里写道:"说淫妇便像个淫妇,说烈汉便像个烈汉,说呆子便像个呆子,说马泊六便像个马泊六,说小猴子便像个小猴子,但觉读一过,分明淫妇、烈汉、呆子、马泊六、小猴子光景在眼……声音在耳,不知有所谓语言文字也。"说"不知有所谓语言文字"当然不是指作家将抽象的文字符号拆散了拼凑成一幅画,而是像莱辛在《拉奥孔》中所说的:小说家"在把他的对象写得生动如在眼前,使我们意识到这对象比意识到他的语言文字还更清楚时,他所下的每一笔和许多笔的组合都是具有画意的,都是一幅图画,因为它能使我们产生一种逼真的幻觉。""而在产生这种逼真幻觉的一瞬间,我们就不再意识到产生这种效果的符号或文字了。"

由此看来,小说的画意是可以实现的,就像别林斯基所说:"果戈理

---

① 〔苏〕谢·列·鲁宾斯坦:《存在与意识》,赵璧如译,生活·读书·新知三联书店 1980 年版,第 110 页。

② 转引自〔苏〕柯·柯普拉图诺夫:《趣味心理学》,张德等译,吉林人民出版社 1984 年版,第 187 页。

不是在写,而是画,他的描绘呈现出现实世界的奇颜丽色。"①当然,小说与画的这种密切关系更主要的取决于小说作为一门艺术的必要性。高尔基指出:"作家的作品要能够相当强烈地打动读者的心胸,只有作家所描写的一切——情景、形象、状貌、性格等等,能历历地浮现在读者眼前","画得像现在就要从画面里跳出来一般。"②这话说得很有道理。之所以这样认为,可从以下两方面来看:

首先,就小说的审美共性来看。艺术作品中的审美信息是一种情感信息,它相应地要求任何艺术的传递媒介都必须具有可观性和可感性。因为"我们的感情总是被生动的对象引起的,而不是被一般的概念所引起的。"③而比较起来,可观性又比可感性具有更重要的意义。亚里士多德说得好:"人们总爱好感觉,而在诸感觉中,尤重视觉。"因为"能使我们认识事物,并显示出事物之间的许多差别的,此于五官之中,以得于视觉者为多。"④由于历史的局限,亚里士多德还只是从主体认识的角度看问题。而以现代心理科学的观点来看,视觉的意义在于:任何现象如果不能在我们视觉中同时留下明确的印象,那么主体对该对象的把握就会产生一种"失重感"。实验的结果是:一个人同时或先后用视觉和另一感觉器官接受两个互相矛盾的信息,那么他总是对视觉信息作出反应。所以,为了使作品的审美功能释放出饱和性能量,即便是最"抽象"的表现艺术之冠的音乐,也同样需要设法增强自己的可观性。比如贝多芬的第十四钢琴奏鸣曲,原名为《升 C 小调奏鸣曲》,德国诗人路德维希·莱尔什塔勃听了其第一乐章后觉得有一种"月光倾洒在美丽的琉森湖上"的景象,后来这个乐曲就被称为《月光曲》。再譬如现代印象主义音乐由于反对音乐的可观性效果而只如昙花一现,只有德彪西高

---

① 别林斯基:《在书店里偷听到的文学谈话》,见《别林斯基论文学》,新文艺出版社 1958 年版,第 230 页。

② [苏]高尔基:《给两位青年作家的公开信》,以群译,上海读书生活出版社 1937 年版。

③ 杜勃罗留波夫:《阿·卡·柯尔卓夫》,见《杜勃罗留波夫选集》第一卷,辛未艾译,上海译文出版社 1983 年版。

④ [古希腊]亚里士多德:《形而上学》,苗力田译,第 1 页。

出一筹,但这就像保罗·朗格所说:他的作品中,"色彩的情调和气氛取得了几乎是造型的形体"①。小说的画意也正是由情感与形象的这种统一性所决定的。反之,"没有图画感会使一位最生动的诗人也变成一个讲废话的人。"②

其次,就小说的审美个性来看。如前所述,现代小说出现了一种诗化倾向,但小说的诗化并非意在取消小说这门艺术本身,而在于使小说更富有活力。作为一个独立的艺术样式,小说的价值在于:如果说诗是一架对人类心灵的奥秘进行"微观透视"的显微镜,那么小说则是一面对宇宙世界的规律进行"宏观扫描"的广角镜。拿我国当代作家中最富有"艺术冒险"精神的王蒙来说,不管他怎样尝试新的表现手法,至今他仍坚持:"小说是一种叙事文字,一般说,要有人和故事。"可见,正面展示人的生活风貌而不是仅仅抓住人在一瞬间的微妙感受加以铺张抒发,这便是作为"再现艺术"的小说区别于"表现艺术"的诗歌的审美个性。由此也就同样地决定了在小说中,离不开对具体、形象的生活景象的描绘和刻画。小说只有通过语词构筑起自己的变焦镜头,才能在艺术的大家族中获得堂堂正正的居留权,并获得巴尔扎克所说的舒卷时代风俗、揭示社会本质特征的审美品格。

不过这个结论大概会受到达·芬奇的反驳。这位文艺复兴的巨头认为,如果让小说分享绘画的光辉,无异是对绘画这一再现艺术之王的玷污。他曾打过一个比喻:两位媒人分别拿着一位美少年的画像和介绍他的书去找一位姑娘,她听完了故事又看了画,最后跟着拿画的媒人走了。这虽是一个玩笑,但也未必没有道理。就像达·芬奇所说:"美感完全建立在各部分之间神圣的比例关系上,各特征必须同时作用,才能产生使观者往往如醉如痴的和谐比例。"小说虽然是一种"再现艺术",但同时它也属于"时间艺术",因而在小说中往往"一次只让你窥见一眉半眼的脸庞,

---

① 保罗·亨利·朗格:《十九世纪西方音乐文化史》,张洪岛译,人民音乐出版社 1982 年版,第 383 页。

② 王蒙:《漫话小说创作》,上海文艺出版社 1983 年版,第 85 页。

使你永远无法欣赏它的美"。① 所以,仅仅指出小说与绘画有相通之处是不够的。就像小说的诗化并非意味着"小说"的消失,指出小说具有一种画意,也并非宣告它与绘画争夺"制空权",而是在于了解小说绘画性的自身特点。

第一,小说可以把心理世界转换为物理世界。譬如《红楼梦》中的大观园里,姑娘小姐们正在一边开怀痛饮,请来的戏班子在远处弹唱,"不一时,只听得箫管悠扬,笙笛并发;正值风清气爽之时,那乐声穿林渡水而来……"我们知道声音是声波作用于人的听觉器官后产生的一种刺激信号,虽然现代物理基本粒子学说已经证明像这种声光物质具有一种"波粒二象性",但这大大低于我们正常视觉的阈限,在日常经验中它只不过是一种感觉而已,并不具有明确的视觉形象。但在这里,那美妙的声音如同神话中逼人的小精灵,不但"可闻",而且也"可见"了。这是因为语词毕竟是一种思想符号,它不仅可以概括大千世界的物质对象,还可以概括冥冥心灵的感觉因素,将人们的主体感受直接传达出来,造成一种赏心悦目的审美意境。正是通过语词媒介的这种转换,主体的心理世界可以不受限制地展现在我们面前,获得一种物理世界的实际效果。如鲁迅先生在《记念刘和珍君》里说:"我将深味这非人间的浓黑的悲凉。"这样的描写使悲凉这种人的内心情绪体验以一种物理对象的方式被我们所把握。这无疑是小说之画的一种特权。

第二,小说可以将想象的世界转换成现实世界。长期以来我们的画家一直面临这么一个苦恼:即便是世界上最杰出、最伟大的画家,也承认无法画出世界上最美的对象。这是因为画家笔下的这些东西"不论多么美,我们还能够想象更美的东西","他的心目中有一个绝世无双的美的形象。"②想象这只鹰永远是翱翔在现实之上的,这是理想与现实的矛盾。但就像马克思所说:"艺术是人类给予自己的最高享受",由于人的理想之光具有无可比拟的魅力,所以对艺术家来说,"把人的内心幻想揭示出

---

① 见汪流等编:《艺术特征论》,文化艺术出版社 1984 年版,第 39 页。
② 见汪流等编:《艺术特征论》,文化艺术出版社 1984 年版,第 28—48 页。

来这就是任务所在"。比起绘画来,小说在对人的内心幻想的展示上似乎更胜一筹,原因就在于小说中的画有一种"间接性",即它是通过主体的审美想象的"破译"而实现的。而这也决定了它的两大特点:一是它具有主观性,审美主体的想象往往是从自己的经验积累出发,以自己心目中的理想图景去点化、揣摩小说中的形象。譬如我们看《红楼梦》,从文字上推见了林黛玉这一人物,"恐怕会想到剪头发、穿印度绸衫,清瘦、寂寞的摩登女郎;或者别的什么模样。"二是它具有模糊性,《诗经·卫风·硕人》里描写卫庄公夫人庄姜的美貌:"手如柔荑,肤如凝脂,领如蝤蛴,齿如瓠犀,螓首蛾眉。巧笑倩兮,美目盼兮。"诗人的比喻全面而详尽,但仍无法使我们完整、清晰地想象出这个美女的真实模样,因为这些比喻都十分模糊。而正是这种模糊性所产生的那种雾里看花的感觉,使我们觉得这位美妇人的美既无法描摹,又似乎纤毫毕现,这就不动声色地消除了想象世界中理想与现实的矛盾。这说明:"凭文字的渲染描绘,读者在想象里看到的一幅景象,比这个景象实际上在他眼前呈现时更加鲜明生动。"

第三,小说的图画可以化丑为美。罗丹有一句名言:"在自然中一般人所谓的'丑',在艺术中能变成非常的美",艺术家"只要用魔杖触一下,'丑'便化成美了。"①这话固然不错,但从严格的意义上说,真正能将丑的事物最大限度地正面展示给我们的,只有在小说中。比如罗丹的"欧米哀尔"和委拉斯凯兹的"赛巴斯提恩",都是美术史上有名的"丑"的形象,前者是一个老妓,后者是一个侏儒。但推敲起来,这两个丑角身上并非毫无美的因素,这些美的因素既存在于他们的内在心灵、身世之中;也在于其外在构图造型符合平衡、对称的绘画形式美原则。概言之,绘画中的丑是相对意义的丑,它的直观性决定了这门艺术在展示丑的对象时必须有所选择、有所克制,即必须限制在审美主体的感觉阈限所能忍受的范围内。相形之下我们看到,小说家"却有本领把最不堪入画的东西描绘成为有画意的东西。"②无论是巴尔扎克笔下的守财奴葛朗台,莫里哀笔下

---

① 《罗丹艺术论》,沈琪译,人民美术出版社1978年版,第24页。
② 见[德]莱辛:《拉奥孔》,朱光潜译,人民文学出版社1980年版。

的伪君子答尔丢夫,还是果戈理《死魂灵》里的那五个地主,这批私有制孕育出来的人类渣滓从外形到灵魂都是奇丑无比的。尽管这些文学形象也可以通过戏剧、电影的形式予以表现,但当他们在舞台或银幕上出现时,他们身上丑的因素势必要打些折扣,因为再可怕的形象也不能狰狞到让观众神经崩溃的程度,再恶心的现象也不能恶心到让人们呕吐不止的地步。从这个意义上说,我们无法反驳莱辛的这一见解:"只有诗人才有一种艺术技巧,去描绘反面的特点。"这同样是因为小说图画的间接性造成了一种"间离效果",使得我们可以避免直接接触这种丑时所会产生的刺激。

　　第四,小说的语言还"同时组成一幅音乐的图画,这不是用另一种语言可以翻译出来的"。著名语言学家索绪尔指出:语词符号中的音响("能指")"不是单纯物质的声音,而是这声音的心理印道。"①因而它往往能在我们的感觉系统中造成一种"声音表象"。譬如李白的《蜀道难》开头:"噫吁嚱,危乎高哉!蜀道之难,难于上青天!"朱光潜先生曾认为,像这类作品,如不能从"感觉上体会到其中形象的意味,就很难说对作品懂透了。"②这不愧为精辟之论。因为这句诗的形象并非由语词的语义内容所构成(从语义上讲,诗人把蜀道形容为"难于上青天"十分笼统),而主要由诗句语调上的渲染、烘托所形成。细吟之下就能看到:从"噫吁嚱"到"难于上青天",整个语句的调子呈现出一种"阶梯"形,即由弱到强,由低到高,层层递进,从而在读者的心理感受上划出了一条高耸的曲线。这句诗的形象便由这语调曲线的折射而形成。在小说中,这种语调曲线往往以一种"语势"的方式对语义形象进行铺排和强化,造成一种绘形造影的效应。

　　总之,虽然用语言文字描绘的图画并不一定就能转化为一幅物质的图画,但在小说中,"意象可以最大量地、丰富多彩地并存在一起而不至于互相掩盖、互相损害,而实物本身或实物的自然符号却因为受到空间和

---

　　①　[瑞士]费尔迪南·德·索绪尔:《普通语言学教程》,高名凯译,商务印书馆 1982年版。

　　②　见《美学》丛刊第一辑,上海文艺出版社 1979 年版。

时间的局限而不能做到这一点。"①

那么,小说究竟该如何去获得它的画意呢?这个问题看上去很简单:语言中有现成的所谓"显像词":如高山、大海;"表现词":如欢乐、悲哀,只要加以合适的搭配,我们自然就能用语词来描绘出一幅生活场景。但事实表明这是行不通的。这倒不是因为像福楼拜所说的"不论一个作家所要描写的东西是什么,只有一个词可供他使用",而在于小说之画的独特性,决定了小说的描绘也有其自身的规律。尽管这些规律并不引人注目,但谁要忽视了它们,谁就会受到惩罚。

巴尔扎克是当之无愧的批判现实主义小说大师。但丹麦著名文学评论家勃兰兑斯却批评他说:"对一幢房子、一个形体、一张脸庞、一个鼻子的没完没了的描写,结果使读者什么也看不见,简直腻味极了。"②这话似乎过于严厉,但认真仔细读一读巴尔扎克的一些作品,我们就不得不承认勃兰兑斯的批评言之成理。试以《高老头》中的一幅肖像画为例:

> 维多莉·泰伊番小姐虽则皮色苍白,带点儿病态,像害干血痨的姑娘;虽则经常的忧郁,局促的态度,寒酸和娇弱的外貌,使她脱不了这幅画面的基本色调——痛苦;可是她的脸究竟不是老年人的脸,动作和声音究竟是轻灵活泼。这个不幸的青年人仿佛是一株新近移植的灌木,因为水土不宜而叶子萎黄了。黄里带红的脸色,灰黄的头发,过分纤瘦的腰身,颇有近代诗人的中世纪小雕像上发现的那种妩媚。灰中带黑的眼睛表现她的基督似的温柔和隐忍。朴素而经济的装束勾勒出年轻人的身材……

这段描写到这里还远远没有结束,但限于篇幅和考虑到读者的忍耐心,我们暂且打住。我们看到作者对这位伏盖公寓女房客的描写可谓细致入微,不仅写了她眼睛的颜色,而且详尽地写了她的头发,反复写了她的脸色和腰身等等。但尽管如此,我们对这位老处女的把握依然有些困难。与此不同,鲁迅是这样描写五年后的祥林嫂的:

---

① [德]莱辛:《拉奥孔》,朱光潜译,人民文学出版社1980年版。

② [丹]勃兰兑斯:《十九世纪文学主潮》第五卷,李宗杰译,人民文学出版社1982年版,第220页。

　　……五年前的花白头发，即今已经全白，全不像四十上下的人；

脸上瘦削不堪，黄中带黑，而且消尽了先前悲哀的神色，仿佛是木刻

似的。……

没有面面俱到的刻画，更没有重复的形容，寥寥数语就使我们对这个饱受
封建势力摧残的女人有了一个深刻的印象。这很容易使我们想起契诃夫
当年劝告高尔基的意见："看校样的时候，尽可能删去名词与动词的定
语。"原因并不难理解：小说中的画面必须通过读者的审美想象才能实
现，而一旦让冗长的描写打破了印象的完整性，想象便会失去作用。"由
此就会产生出一条规律：描绘性的词汇应单一，对物体对象的描绘要
简洁。"

　　再则我们还可以注意到，巴尔扎克式的描写之所以令人感到乏味，不
仅仅是由于语言的堆砌、累赘，还在于对所描绘对象的视角不太合适。譬
如他对"伏盖公寓"外景的描写，甚至连房子之间的角度和小道的宽度都
作了精确的观察。但问题是"最大的效果都要靠第一眼的印象"，而小说
的语言媒介恰恰不具备这种效果，所以就像莱辛所说的：单纯描写客观存
在的对象，"这就是诗人对画家领域的侵犯"，结果往往吃力不讨好。

　　但同样是现实主义流派的作家，也有这样的描写：

　　……寒冷的冬风就带来了一片片阴沉沉的乌云，接着，无孔不入

的雨点就噼噼啪啪地落下来。再到户外去活动是绝对不可能了。

　　　　平原后面，山峦呈棕色，光秃秃的。……

　　　　路面冻得坚硬似铁，天气晴朗干冷，……

两段文字分别出自夏洛蒂·勃朗特和海明威之手，尽管两人国籍不同，年
代有别，但有一点是共同的："小说中的'物'从未脱出于人的感知之外显
现出来，不论这种'物'是真实的，还是想象的。"①如"寒冷的风"、"光秃
秃的山"、"坚硬似铁的路面"等等，都诉诸于我们的主体感觉而不是单纯

---

　　① 见《法国作家论文学》，王忠琪等译，生活·读书·新知三联书店1984年版，第
397页。

的视觉。这样,由于调动了我们的审美感受,使得我们可以通过自己的切身体验去拥抱它,在自己的想象世界里去"放大"它,而物质的画面也就进入了我们的审美视野。由此我们得到了小说描绘的第二条规律:"如用文字来模仿一幅物质的绘画,只有一个正确的办法,那就是把潜在的东西和实际眼见的东西结合在一起。"①

不过深入地来看问题,我们还有必要指出:巴尔扎克式的描绘的最大弊端在于:被描绘的对象只是起一种舞台道具的作用,它在小说中充其量只是为作品增添一点真实感而已。无庸赘言,这正是当时现实主义小说所要遵循的一项创作原则和努力追求的一个目标。但小说毕竟是一门艺术,它必须像狄德罗所说的那样:"抓紧这条力与兴趣的规律"。而巴尔扎克式的为真实而真实的描写,缺乏情感价值,因而"只有生理学家和考古学家才能在这里揣摩出一些东西"②,而对于把小说作为艺术来欣赏的读者来说,他们寻求的是情感的激发和共鸣。如鲁迅《故乡》开头对绍兴农村自然环境的描写:"时候既然是深冬,渐近故乡时,天气又阴晦了,冷风吹进船舱中,呜呜的响,从缝隙向外一望,苍黄的天底下,远近横着几个萧索的荒村,没有一些活气。我的心禁不住悲凉起来了。"读了这段文字,不但可以感到作者的心情是沉重的,而且读者的感情也会与"我"一起"禁不住悲凉起来"。这便是感情的力量。感情既能使审美主体产生审美的兴趣,而且也决定着被描写客体的"清晰度";由于感情的沟通,使得画面变得可亲可见了。由此,我们得到了小说描绘的第三条规律,那就是老舍先生说的:"小说是些图画,都用感情串联起来。图画的鲜明或暗淡,或一明一暗,都凭所要激起的情感而决定。"③

当然,说到底,将小说与绘画相提并论不过是一种比喻,作为两种不同的艺术样式,彼此之间无疑会存在形态学方面的本质差异。但这种差异之所以并不妨碍我们将它们作出对比,乃是因为这两种艺术样式都属

---

① [德]莱辛:《拉奥孔》,朱光潜译,人民文学出版社 1980 年版。

② 泰纳:《巴尔扎克论》,见《文艺理论译丛》(2),田德望等译,中国文联出版公司 1984 年版。

③ 《老舍论创作》,上海文艺出版社 1982 年版,第 93 页。

于"再现艺术"。不少著名的作家发表过类似的观点,其中以法国作家阿·本涅特说得更加明白,他说:"将一种艺术同另一种艺术相比是危险的,不过为方便起见,把小说比作画还是合适的。一幅布局很好的图画总是将欣赏者的眼光吸引在某一特殊点上。小说也是这样,一部作品必须有一个、两个或三个在全书中最为突出的人物,他们应放在最受人注意的地位。"①总之,小说不仅是一种供阅读的文本,而且也是让人们审视的对象,抽象的文字通过想象的作用,最终以一种具体生动的形式显现于读者内视觉的屏幕。一部具有这种生动性和形象感的小说虽然未必是一部伟大的作品,但是一部缺乏这两个因素的小说肯定不会获得真正的成功。从这个意义上说,小说家们不仅应该从诗歌、音乐、电影等姐妹艺术汲取养料,而且有必要自觉地借鉴一点绘画艺术的笔法。小说作品的魅力正是在这样的综合化之中才得以充分地体现。

2. 小说与戏剧

如同当年杰出的浪漫派画家德罗克洛瓦曾经说过的:"艺术就是诗,没有诗就没有艺术";著名的爱尔兰象征派大诗人威廉·叶芝也有这么一句名言:"一切艺术分析到最后显然都是戏剧。"②作为一位造诣很深的文学家,叶芝的这番话决不是信口开河,而是他对自己一生的艺术经验的一次总结,因而不难找到响应者。譬如艾略特就说过:"哪一种伟大的诗不是戏剧性的?"他认为,"诗歌的最理想的形式,最能直接发挥它的社会功能的手段就是戏剧"③。相形之下,小说与戏剧的关系较之它与诗的关系更为密切。因此,别林斯基曾有过这样的论述:在小说中,"既有作者对所描写事件的感情的吐露——抒情诗,也有使人物更为鲜明而突出地表达自己的手段——戏剧因素";雨果干脆就认为:"小说不是别的,而是

①　本涅特:《作家的技巧》,见《法国作家论文学》,王忠琪等译,生活·读书·新知三联书店 1984 年版。
②　见《外国现代剧作家论剧作》,中国社会科学出版社 1982 年版。
③　见[英]托·艾略特:《四个四重奏》,裘小龙译,漓江出版社 1985 年版,"译者前言"。

有时是由于思想,有时是由于心灵而超出了舞台比例的戏剧。"①由此看来,就像小说与诗和画的结合是小说这门艺术的一条规律,小说与戏剧尽管是两种不同的文学样式,但二者的关系也并非像人们通常所认为的那样疏远。随着对小说审美特性的认识不断深化,我们终将发现:"戏剧性"与"画"一样,也是小说叙事文体特征的一个重要方面,当然,文学大家们的名言警句并不意味着否认小说与戏剧两种艺术之间的差异。一般来讲,这种差异可以像美国戏剧家乔治·贝克在《戏剧技巧》一书中所指出的,从两个方面去看:首先从审美表现上讲,"在多数小说里,读者好比是被人带领而行的,作者就是我们的向导",而在戏剧里,"就剧作者而论,我们必须独自旅行"。其次从审美效应上讲,"小说通过视觉诉诸读者的智力和各种情感。戏剧则同时诉诸视觉和听觉、布景、灯光和服装,这使得在小说中许多绝对必要的描绘成为不必要"。这无疑是有道理的。不过倘若我们立足于艺术审美特质的制高点来俯视这两种文艺现象,便不难看到两者其实异中有同。

日本当代文艺学家浜田正秀教授在他的《文艺学概论》一书中对"戏剧"下了这样的定义:"用动作和语言直接表现主观同客观、自我与他者、抒情和叙事、永恒的对立及斗争,情节朝着未来逐渐变化的文学作品谓之戏剧。"这段话有三点值得注意。一是戏剧较其他文艺品种在表现形式上更具"客观性";二是戏剧往往充满一种"冲突性";三是戏剧里总离不开一定的"情节性"。把握了这"三性",我们再回过头来看那些古典小说,不难发现其中无不包含着明显的戏剧因素。无论是以雨果、梅里美等为代表的浪漫主义小说,还是以巴尔扎克、司汤达等为旗手的批判现实主义作品,其中都不乏曲折生动的故事情节,包含着丰富的矛盾冲突。左拉在他的《自然主义与戏剧舞台》一文里就曾精辟地指出:"在巴尔扎克的作品里,一句话,一声喊,往往足以表现一个人的全貌。这一声喊,实际就是戏剧,而且是上乘的戏剧。"

① 转引自北京师范大学文艺理论组编:《文艺理论学习参考资料》下册,高等教育出版社1957年版。

　　比较起来,困惑主要来源于现代小说的"反传统"倾向。无需赘述,现代小说一反以往小说对故事因果逻辑的严密铺排和衔接,对外部世界的精心刻画和雕塑的传统格局,转而注重人物的心理现实和情感思绪的捕捉。我们看到,随着历史的不断发展,叙事作品的情节越来越不是单纯地由主人公的外在运动来构成了。这种由于审美视点的转移而导致的诸如故事情节的淡化、人物外形的模糊化等等艺术形态和格局方面的变化,离所谓"戏剧性"似乎是愈益遥远了。不过,如果我们的思辨之舟能沿着这条轨迹继续深入一步,那么就会看到这样的结论未免下得过早了。这一点只要参照一下现代戏剧本身的演变就足以得到证明。

　　美国戏剧批评家约翰·加斯纳在谈到现代戏剧的特点时曾这样说过:"不管怎样,情节和外部动作在现代戏剧里毕竟失去了它们的地位,就如同在小说里更加彻底地失去了它们的地位一样。在左拉式的自然主义的'生活片断'中,在萧伯纳风格的议论剧中,在主观与心理剧中,以及在其他类型的戏剧写作中,无不反映了这种倾向。"①这就是说,现代小说在艺术格局方面的"革命"是与现代戏剧相同步的。意识到这一点同时也就意味着必须正视这么一个事实:现代小说的"心理化"不但未必就等于"非戏剧化",恰恰相反,而是向戏剧的一次逼近。

　　众所周知,传统的小说创作十分推崇这么一条原则:一个艺术家不应当是自己的人物的审判官,而只应做一个公正的见证人。尽管在 20 世纪以前,这个原则在批判现实主义作家的阵营中具有至高无上的权威,但只有在 20 世纪以来的现代小说中才得以真正实现。这是由于传统小说所采用的那种全知全能的叙述模式,使得作家们能够直截了当地举起文学的"惩恶扬善"的旗帜,每每在推出人物的同时身不由己地介入作品之中,扮演起文学解说员的角色。从这一点上讲,乔治·贝克提出的"小说可能是,并且往往是高度地个人的;最好的戏剧是非个人的"这一观点未尝没有道理。不过需要补充的是,这并非小说这门艺术所固有的品性。因为事实上,问题的症结在于小说的叙述角度。我们看到,一旦现代小说

---

①　见《外国现代剧作家论剧作》,中国社会科学出版社 1982 年版。

家们摆脱了以往那种全知全能式的叙述模式,其客观性显然就强于以往的现实主义小说。正是这一点使得现代小说能更好地与戏剧相沟通。如海明威的短篇小说《桥边的老人》,小说通篇只是一位青年军人"我"与一位过路逃难老人的对话,因此,所见所闻都限于"我"和这位"老人"的视野之内。海明威曾经指出,小说中的人物可以海阔天空地谈论一切,但这些内容必须符合人物自身的需要。"如果人物没有谈论这些问题,而作家叫他们谈论,那么这个作家就是一个伪造者。"这篇小说便是作者这一艺术原则的示范。由于作者不动声色地从作品与读者之间"退出",这就使得我们在读这篇小说时宛如在欣赏一出独幕剧,有一种身临其境的感觉。

由此而旁视开去,我们还能发现,随着现代小说审美兴趣的转移,表现在艺术的结构手法上,悬念已不再像以往那样受到小说家们的普遍青睐,而是以人物的内心情绪脉络作为起承转合的结构枢纽,构筑起多声部小说的艺术框架。这样,小说中的戏剧性矛盾冲突不仅没有随着故事情节的淡化而削弱,相反被高倍放大了。因为归根到底,"戏剧艺术的任务并非表现一个事件本身,而是表现事件对人的心灵的影响"。换言之,对一部真正充满戏剧性的作品来讲,事件只不过是它的表层结构,其深层结构是人物的内心运动。"所谓戏剧性,就是那些强烈的、凝结成意志和行动的内心活动。"①所以,当现代小说家们将小说的审美焦距校准在人物不平静的内心层面上时,小说的戏剧因素无疑也被提到了一个前所未有的强度。以著名意识流小说家维·沃尔芙的《墙上的斑点》为例,这篇小说展示了一位女犯支离破碎的联想:"我"从墙上一个斑点想到一幅古典画像、莎士比亚戏剧、法庭诉讼程序、古物收藏家的嗜好等等。而透过这层显意识的屏障,我们不难体验到"我"在潜意识平面上所展开的那番关于人生的希望与绝望、过去与未来、理想与现实等等的冲突,体会到一种现代人心态深处的失落感和骚动状态。用雨果的话来说,这无疑是一出

---

① ［德］古斯塔夫·弗莱塔克:《论戏剧情节》,张玉书译,上海译文出版社1981年版,第10页。

超出了舞台比例的心灵深处的戏剧。

将以上所述归结起来,问题并不在于小说能否戏剧化,而在于小说这一独立的文学样式之所以会渗透戏剧的种种因素。在我看来,这首先取决于小说与戏剧两者在审美指向上的一致性以及由这种一致性所导致的在审美形态上的同态性和审美效应上的同构性。

美国现代美学家帕克在谈到文学的审美特质时指出:"文学的心理根源就是自我显露的冲动和了解生活的冲动。"①这一结论早已为古往今来的文学实践所证明。当然,在文学王国中,一般讲,前一种心理动机主要通过抒情诗来宣泄,后一种动机则由小说和戏剧来达成。如果我们承认,审美主体对艺术作品的需求是以情感为基本特征,以理性为内在意蕴的一种审美需求,那么小说所承包的便是这种审美需求坐标中偏向于理性的这一极。正是在这一点上,小说先天地与戏剧相毗邻,两者之间有沾亲带故的联系。英国当代著名戏剧理论家马丁·艾思林说得好:"剧院就是一个民族当着它面前的群众思考问题的场所。"返顾整部欧洲戏剧史,姑且不说古希腊四大戏剧家用自己的创作反映了远古时期的人类对人的命运的探索;也暂且不论莎士比亚以文艺复兴时代的杰出人文主义代表的身份对那个伟大时代作出的种种思考;仅就现代戏剧而言,"在法国、美国和英国,戏剧界的先锋派往往是社会思想和政治思想的新倾向的先导"②。

小说与戏剧在审美指向上的这种一致性,一方面决定了这两种文学样式在艺术的审美形态上的同态性。具体地讲,"小说家和戏剧家都是从共同的要素即情节、人物和对话入手的。"③当然,如前所述,就像现代小说里的情节与古典小说大不相同,现代戏剧中的情节与古典戏剧也形态各异。但无论是在小说里还是在戏剧中,现代文学的"非情节"并不意味着"无情节"。就像乔治·贝克所认为的:"说每一个剧本都必须有一个故事,

① [美]H.帕克:《美学原理》,张今译,商务印书馆 1965 年版,"散文文学"篇。
② [英]马丁·艾思林:《戏剧剖析》,罗婉华译,中国戏剧出版社 1981 年版,第 96—97 页。
③ [美]乔治·贝克:《戏剧技巧》,余上沅译,中国戏剧出版社 1985 年版。

甚至是个单薄的故事,那也是无可否认的";苏联已故文艺学家维戈茨基指出:"情节之于小说,一如诗句之于诗、旋律之于音乐、景物之于绘画、素描之于版画。"①道理很简单:在生活中,由人与人的关系所组成的一系列事件构成了现实社会的风貌形状;在艺术中,由故事情节的因果逻辑所构成的审美链则能展示出生活的内在必然性运动,既然小说与戏剧二者作为文学领地中的"再现艺术",责无旁贷地担负着满足审美主体"了解生活的冲动"这一任务,那么借助于故事情节的构架来步入纷纭复杂的现实社会则是理所当然的了。正是从这个意义上,我们同意这样的结论:"叙事作品无论如何总是有情节的"。区别在于,在古典作品中,这种情节主要表现为人物外在矛盾的交锋上;而在现代作品中,不管是小说还是戏剧,都"有可能把它们的情节建立在各种内心冲突的状况和关系的基础上"②。

另一方面,小说与戏剧在审美指向上的一致性,还决定了二者在审美效应上的同构性。一般来讲,举凡成功的戏剧作品都不乏一种"期待效应",即"剧中必须使观众有一种期待心理,并让他们保持这种期待至剧终为止"③。如同抒情诗凭借激情来触发读者的欣赏兴趣,戏剧等再现艺术则是凭借期待来维持读者的阅读欲望。因为这种效应的实质是主体的一种"理智感",它是以人的动机系统中的好奇心为内驱力的,这种好奇心不仅推动着人们的纯认识活动——科学,而且也渗入人们的审美活动之中。沿此望去,我们就可以看到,小说在这一点上显然与戏剧站在同一地平线上。只要小说中多少还保留着故事和情节,那么它也就决不会停止向戏剧借取这种期待效应。

不过到此为止,我们仅仅只是从"必然性"方面分析了小说与戏剧的共同点,对命题的全面审视表明,戏剧对小说的渗透不仅有其必然性,更有其美学上的必要性。这首先表现在通过汲取戏剧的养料有助于小说家

① [苏]列·谢·维戈茨基:《艺术心理学》,周新译,上海文艺出版社1985年版,"第七章"。

② [苏]波斯彼洛夫:《文学原理》,王忠琪译,生活·读书·新知三联书店1985年版,"第五章"。

③ [英]马丁·艾思林:《戏剧剖析》,罗婉华译,中国戏剧出版社1981年版,第37页。

们更好地表现人物。乔治·贝克指出:"为什么写过被有能力的人称为有'戏剧性'的长篇或者短篇小说的男女作家,必须对戏剧技巧进行特别的研究呢? 如同戏剧家一样,他们必须懂得性格描写和对话,否则他们就写不出成功的小说来。"①一个突出的例子是海明威的创作。我们已经指出过,在海明威的意识流代表作《乞力马扎罗山的雪》中,作者通过主人公的"内心独白",在短短的几页中全方位地展现了哈里一生的经历,从而在一个宏观角度绘出了人物的立体投影。把握了这一点,我们就能看出,真正优秀的现代小说大量采用意识流的"内心独白",并不意味着势必淹没人物的个性。相反,它为作家多层次、多侧面地揭示人物性格,从而丰富所塑造的人物形象提供了更大的方便。但耐人寻味的是这种技巧原本是戏剧家手里的常规武器。任何一个对戏剧发展史略知一二的人都不得不承认:"事实上内心独白是一种戏剧形式,同样也是一种叙述形式。内心独白本质上是属于戏剧的。"②在哈姆莱特的大段舞台独白里,我们不难寻找出为现代小说家所普遍接受的叙述形式的雏形。

其次,戏剧技巧还有助于小说家更真实地反映生活。马丁·艾思林指出:"戏剧的优越性在于它的具体性和真实性,因而也具有现实世界本身的无比复杂性。"③当然,就像一切艺术都离不开情感的表现那样,一切文学样式都讲究真实。然而比较起来,戏剧之所以更加强调这一点,是因为戏剧首先乃是一种"直观"艺术,因而可以最大限度地保留现实生活的丰富内涵。"对于表现那种难以捉摸的情绪、内心的紧张和同情、人与人之间微妙的关系和相互影响等等来说,戏剧是最最经济的表现手段。"譬如无论是古典戏剧还是现代戏剧,戏剧的表现形式使得欣赏主体直接面对某个场面,从而能直接体验到这一场景中人物的感情和当时的具体情景,而不只是仅仅接受此有关的一番描写和介绍。因此,当现代小说采用了戏剧的这一技巧,它与生活的距离随之也就逼近了一步:

　　　一个戴钢丝边眼镜的老人坐在路旁,衣服上尽是尘土。河上搭

---

① ［美］乔治·贝克:《戏剧技巧》,余上沅译,中国戏剧出版社 1985 年版,"第一章"。

② 见［英］马丁·艾思林:《戏剧剖析》,罗婉华译,中国戏剧出版社 1981 年版,第 9 页。

③ 见［英］马丁·艾思林:《戏剧剖析》,罗婉华译,中国戏剧出版社 1981 年版,第 10 页。

着一座浮桥，大车、卡车、男人、女人和孩子们在涌过桥去。骡车从桥边蹒跚地爬上陡坡，一些士兵帮着推动轮辐。卡车嘎嘎地驶上斜坡就开远了，把一切抛在后面，……但那个老人却坐在这里，一动也不动。他太累，走不动了。

海明威《桥边的老人》这段描写的好处不仅在于跟实际生活同样自然，还在于像这样一个镜头的确包含了那一切内容，而且意味无限深远；如同现实世界本身一样，它也可以有无限的解释。

概而言之，作为一种独立的艺术样式，小说自有其得天独厚的审美价值。但有必要指出的是，小说的伟大之处不但不在于它可以与戏剧分庭抗礼，而是吸收、汲取了戏剧的养料之后的结果。唯其如此，美国著名小说家亨利·詹姆斯才那样大声疾呼：小说创作"要戏剧化！要戏剧化！"①那么，除了以上所述借助于故事框架的搭配和意识流手法的移植之外，小说究竟应该通过什么渠道来汲取戏剧的长处呢？我认为主要就是"对话"。

高尔基说："剧作家只能利用对话。可以说，他仅仅用语言写作，他不能说明也不能叙述为什么主人公恰恰是这样说话，而不是那样说话，他也不能用自己的叙述——作者的叙述——来说清楚这个或那个主人公的行为的意义。"这番话是很有见地的。对一出成功的戏剧的审美解剖告诉我们，正是凭借了巧妙的对话，戏剧家达到了戏剧的主要特质——矛盾冲突。以《玩偶之家》的两段对话为例：

> 谢尔茂：娜拉！喔，别忙！让我再看一遍！不错，不错！我没事了！娜拉！我没事了！
>
> 娜拉：我呢？
>
> 谢尔茂：当然你也没事了，咱们俩都没事了。你看，把借据还你了。他在信里说，这件事非常抱歉，要请你原谅，他又说他现在交了运——喔，管他还写些什么。娜拉，咱们没事了！现在没人能害你了。喔，娜拉，娜拉——

---

① ［英］乔纳森·雷班：《现代小说写作技巧——实用文艺批评集》，陕西人民出版社1984年版。

这段台词中,娜拉的台词初稿为"怎么样,没事了?"现在定稿的这句"我呢?"虽只两个字,却更充满韵味,谢尔茂在娜拉的眼里曾经是个好丈夫,他一口一个"小鸟"地爱着娜拉。但一次意外风波使他的自私自利的本性暴露无遗。这段对话正是十分概括地表现出这两个人物的性格和矛盾交锋。谢尔茂收到信后,由于危机的解除而兴高采烈,又突然恢复了对娜拉的感情。而娜拉则已看透了这个正人君子骨子里并非大丈夫而是小人。"我呢"两个字暗示着事情并没有了结——危机是解除了,但她与他的爱情也完结了。这儿既表现出两个人物性格的侧影——谢尔茂的只能同享福不能共患难的自私性和娜拉的现代女性的坚强性,同时也充满了强烈的动感,预示着更大风暴的来临。可见,"在戏剧里,语言往往就是行动。"①而行动的矛盾冲突与客观表现的综合,便正是戏剧艺术的根本特征。从这个意义上说,对话可以说就是戏剧的灵魂,因而小说向戏剧的逼近倘若离开了对话的技巧,便无从谈起。问题的核心在于:小说家怎样才能通过"对话"来获得戏剧性。一般认为是要准确。鉴于以往小说在这方面的不足,我们认为仅仅有准确是不够的。

　　她(鲍赛昂夫人)问阿瞿达:"你和特·纽沁根太太相熟,可以把拉斯蒂涅先生介绍给她吗?"侯爵对欧也纳说:"哦,她一定很高兴见见你的。"漂亮的葡萄牙人起身挽着大学生的手臂,一眨眼便到了特·纽沁根太太旁边。"男爵夫人,"侯爵说道,"我很荣幸能够给你介绍这位欧也纳·特·拉斯蒂涅骑士,特·鲍赛昂太太的表弟。他对你印象非常深刻,我有心成全他,让他近前来瞻仰瞻仰他的偶像。

《高老头》里的这段对话十分真实,但却索然无味,它仅仅起了一种过渡性的衔接作用,毫无戏剧性可言。与此不同的是,我们在海明威的短篇小说《白象般的小山》一文中读到的一段对话。这儿有一男一女正在某个小火车站等候班车。女的正要去做流产手术,她问她的男友:

　　"如果我做了它,你就会高兴,一切就会照旧,你就会爱我,对吗?"

---

　　① 见[英]马丁·艾思林:《戏剧剖析》,罗婉华译,中国戏剧出版社1981年版,第35页。

　　"我现在爱着你。你知道我爱你。"

　　"我知道。但如果我做了它，我说这一切就像白象，那么，它又变好了，这样你会喜欢它吗？"

　　"我会喜欢它的。我现在就爱着它，但是却不能去想它。你知道我一着急会是什么样子。"

这段对话是充满戏剧性的。这倒不仅因为作者本人对这段话未加任何解释，它如同一段录音剪辑，需要读者自己去"听"，因此对话未免也带有"偷听"似的模糊（如果男女双方甚至没提"流产"一词，是读者自己由对话里反复提到的"做它"的暗语而猜想臆测到的），而在于这段对话泄露出了对话双方的复杂心理。换言之，在这儿"没有说出来的话与说出来了的同等重要"。细加揣摩可以悟出，女的迫不及待地想重新获得男子的爱，而男的尽管一口承认"现在爱着你"，"我会喜欢的"，但其实却是在敷衍搪塞。他最后那句话"你知道我一着急会是什么样子"，表明就是在此时他也把自己看得比女友重要。这样，从只希望女友怜悯自己而不是全力以赴地为女友着想，揭示出这场对话中的男主角是在扯谎。于是，对话就具有戏剧性，不仅有人物的自我表现，而且有情节的前因后果。乔纳森·雷班指出："传统的写法是注重准确性而忽视复杂的心理。"从上面所引《高老头》中的一段来看，情况正是这样。从这种对比中，我们可以看到，对话的戏剧性来源于对话对当事人双方内在心态的揭示。

3. 小说与建筑

　　谈论小说而涉及建筑，或许会让人感到不可思议，但事实上，正如小说同绘画、戏剧等姐妹艺术常常互相渗透，小说同建筑多少也可以攀亲扯故。法国记者达文便曾经从建筑学的角度评论过巴尔扎克的小说艺术，他指出："在这幢建筑的第一层里，挤满了成群的典型化的个性；在第二层里，则站着一些个性化的典型。"①意大利小说家卡尔维诺则将写小说

①　见王秋荣编：《巴尔扎克论文学》，程代熙等译，中国社会科学出版社 1986 年版。

视作向迷宫宣战,他认为,"外在世界不啻一座座迷宫,作家不可沉浸于客观地记叙外在世界,从而淹没在迷宫之中。艺术家应该寻求出路,尽管需要突破一座又一座迷宫。"①我国当代作家王蒙也曾经说过:"一部小说就像一幢建筑,如果对总体布局,对开头,发展伸延,结束,对主要人物与主要人物的关系,对中心事件或虽无一个中心事件却总会有的一系列小事件因而总会有联结一系列小事件的行动线索,或虽无行动线索却总不能没有的哲理线索或情绪线索,没有一个大致的考虑,没有一个大的总体设计就去写,那是一件不设计就施工的冒险,其结果很可能是建筑坍塌,作品变成混乱的呓语。"②而被陀思妥耶夫斯基称之为"当代欧洲文学中没有一部可以与之媲美的作品"的《安娜·卡列尼娜》,对其整体构造上作出的不同评价更是人所共知的一段历史掌故。当时的莫斯科大学教授拉钦斯基在读了这部作品以后写给作者的信中提出:"这是您最出色的作品,但小说的根本缺点在于整个长篇的结构,它没有建筑学。在小说中出色地展开两个平行的但却没有任何联系的题材。我多么高兴列文和安娜的相识。您一定会同意这是小说最优美的插曲之一。这里提供了一个把小说各条线索联结起来,保证作品情节完整性的机会。可是真不知道为什么,您不想这样做。"但对于这位教授的批评,托尔斯泰本人有不同的看法。他在1878年致拉钦斯基的复信中表示:"我为自己的建筑艺术而感到自豪,圆拱衔接得使人觉察不出什么地方是拱顶。而这正是我尽力以求的东西。这所建筑物的联结不依靠情节和人物之间的交往关系,而自有其内在的联系。"对于这种联系,"您再瞧一瞧就会找到的"③。如果我们还有耐心继续从事这方面的搜罗,那么还可以读到,著名的英国惊险小说家罗伯特·斯蒂文森在闲话大仲马小说的得失时,也曾从建筑学的角度指出:"为什么还会有人在这部小说的门坎前踟蹰徘徊而不愿进去呢?诚然,在如此宏大的建筑物中是有许多暗道楼梯以及各种辅助设施的。这些都远非每个爱好者都能涉足。因此,至少应该使整幢建筑的

---

① 见崔道怡等编:《"冰山"理论:对话与潜对话》下册,工人出版社1987年版,第846页。

② 王蒙:《漫话文学创作特性探讨中的一些思想方法问题》,《上海文学》1983年第8期。

③ 见《托尔斯泰研究论文集》,上海译文出版社1982年版,第506页。

前厅多透些光亮。"①此外,名噪一时的捷克作家米兰·昆德拉在一次谈话里也说道,对一个小说家来说,"有一些人类学上的限度是不能超越的,比如说记忆的限度。您在读到最后时,应该能记得开头。否则,小说就会显得丑陋不堪,失去其建筑结构的光彩。"②以上诸家的说法虽不尽一致,但在要求小说具有一种建筑艺术的审美特质这一点上,显然并无分歧。当然这种说法也不过是一种比喻,因为小说文体的语言媒介是一种时间系列符号,它是通过时间的运动行使其职权的。然而深入下去我们将看到,将小说与建筑相比并不仅仅只有一种比喻意义,这不但因为小说的存在有其空间感,用沃尔夫冈·凯塞尔的话来讲:"一种建筑的结构意志在各章的扩展的平均性和对称性就已经表现出来。"③同样也是由于建筑中不乏时间因素,这便导致小说与建筑的一致性。正如英加登所说:"就审美对象逐步地或部分地构成而言,对建筑作品的审美理解最接近于审美的文学经验。因为在这里我们也是只能相继地观看作品的各个部分和方面。"④当然,作为空间艺术代表的建筑,同小说的空间感不能同日而语。热奈特在《文学与空间》这篇旨在论述文学作品的空间特征的论文中指出,"建筑这门杰出的空间艺术不谈空间,更正确地说,建筑是让空间讲话,空间在它之中讲话,而且讲的是它(因为任何艺术都以组织自己的表现为基本目的)"。换言之,建筑(所有其他空间艺术如绘画、雕塑也都一样)作为空间艺术的特征不在于为我们表现空间(文学只需稍作努力就能够做到这一点),而在于通过空间来表现。热奈特这篇论文的目的在于替文学确证这一特点,他写道:"是不是以同样或类似的方式,存在着某种积极的而非消极的、能指而非所指的、为文学所有并专为文学所有的空间性,一种表现的而非被表现的空间呢?"结论是肯定的,这种

---

① 见王春元、钱中文主编:《英国作家论文学》,汪培基等译,生活·读书·新知三联书店1985年版,第328页。

② 见《北京文学》1989年第1期。

③ [德]沃尔夫冈·凯塞尔:《语言的艺术作品》,陈铨译,上海译文出版社1984年版,第236页。

④ [波]罗曼·英加登:《对文学的艺术作品的认识》,陈燕谷、晓未译,中国文联出版公司1988年版,第237页。

空间性主要表现在小说与建筑同样注重形式。有"第三代建筑师"之称的英国著名建筑理论家菲利普·约翰逊曾经说过："建筑全都是形式。"这里的"形式"有超越功能的含义。用约翰逊的话来说，"你如果过于重视功能，就只能盖出蹩脚的房子。"譬如，"你可以在建筑中加上厕所，但是在发明厕所前很久，伟大的建筑就已经存在了。"[①]同样，自从克莱尔·贝尔在他的《艺术》一书中指出"艺术乃是'有意味的形式'"之后，形式在文艺活动中的地位日渐看涨。如果说在历史上，由于片面理解"内容决定形式"这一原则而一度出现过一种将艺术形式当作某种抽象内容的形象包装的偏向，那么时至今日，这种理论显然已经偃旗息鼓，不再拥有市场。尽管人们对如何理解"有意味的形式"仍存在很大分歧，美国加利福尼亚大学伯克利分校教授马克·肖莱尔的下述观点，如今已不同程度地为学术界所接受：只谈论内容本身不是谈论艺术，而是在谈一种生活经验；只有当我们论及完成了的内容也即形式时，我们才是在谈论艺术作品。所谓艺术技巧也就体现在使内容转化为形式的过程中。准确理解肖莱尔这番话的意思，不难看出，他并不主张取消内容而只是强调艺术内容的特殊性。因而，用"形式主义"来标志它并不确切，但却有必要对这种产生现象的理由作出进一步的解释。换言之，艺术的内容为什么必须经过这种转换，成为一种形式化了的东西，才能真正成为一种艺术内容？在我看来，问题的症结仍在于如何理解艺术的本质。在一般意义上，艺术无疑应当具有某种兴味，这就意味着艺术必须与生活缔结某种关系，因为对于人类来说，一切兴味无不来自于生活。俞平伯说得好："对于万有的趣味，都是从人间趣味本身投射出来的。这基本的趣味消失了，则大地河山及其所有的兰因絮果，毕落于渺茫了。"[②]这还只是问题的一个方面；另一方面，这种兴味的产生又得依赖一种超功利性的自由感，真正的兴味的本质便是这么一种对生活的某种意义现象的自由自在的重温和体验。这又要求对象具有某种"非本在性"，即对生活原态的超越。正是这种对生活

---

① 见《世界建筑》1981 年第 4 期。
② 见《散文》1980 年第 10 期。

原在的既保留又超越的两重性构成了艺术的本质特征,而艺术家在创作中通过形式化使之形成。因为艺术的形式化过程在根本上也便是一种符号化过程。根据苏珊·朗格的观点,符号的物质媒介存在使之具有一种直观性,符号的异体指代性质,使之具有一种间离性。艺术形式的符号特点也便反映在它同样具有这样两方面的功能:形式作为内容的外化总是个别的和具体的,具有直观感性形态;形式作为对内容的整合又具有某种"抽象"性,已是生活原在的"改动"而非"原版"。因此,当形式的感性形态向我们提供生活的某种直观因素时,形式的间离功能又切断了这个对象同生活的功利实践性联系,使我们能够摆脱生活的负荷,处于一种真正自由的状态。而我们知道,对某种感性对象的自由观照和体验所带给我们的特殊愉悦,便是艺术接受活动的基本内涵。这也便是苏珊·朗格用符号学来解释人类艺术现象,将审美创作过程归之为一种特殊的符号化过程的逻辑背景。其最终结果便是"有意味形式"的出现,这意味来自于艺术家借助于形式而实现的感性直观对象与自由接受态度的统一。由于这种统一在本质上也是一种有序现象,而有序的一个最突出表现是人的生命活动,所以朗格又用"生命形式"来注解贝尔关于艺术的定义。她认为:"一旦作品被看作是一种纯粹的形式,它的符号性质——它与运动着的生命形式在逻辑上的类似性——就不言而喻了。"①这种生命形式是一种有机的动力形式,这种形式的同构之所以能激发我们的审美感,乃是由于被称之为审美体验的这种经验,归根到底无非是人对自己的类本质的充满确证和主体力量的一次检阅。

所以,朗格将以一种符号形式表现出来的人类生命活动视为各门艺术的深层规定性是不无道理的。她认为,尽管各门艺术都有自己的审美幻象,正是这种幻象构成了艺术的分类形态;但是,"假如你继续仔细地和深入地探查各类艺术之间的区别,你就会到达那个从中再也找不到各门艺术之间的区别的纵深层次,这就是那个由种种深层的心理结构图

---

① [美]苏珊·朗格:《艺术问题》,滕守尧等译,中国社会科学出版社 1983 年版,第40 页。

式——具有矛盾心理的意象,相互交叉的动机,强有力的节奏以及与这些大的节奏相类似的种种细小节奏,变化与和谐,还有其他的种种组织模式——组成的层次。"①在这个层次,"上述种种结构模式在其中以动态形式出现",这种形式既有历时态的延续性,也有共时态的普遍性:"无论在哪一种艺术中,这种动态的形式都是作为能够体现每一件艺术品的有机统一性、生命性或情感表现性等性质的主要原则出现的,这一主要原则就是我们经常说的艺术品的意味。"②

所以,艺术作品的形式由于同主体的生命形式同构而获得意味,这种意味体现为一种有机和谐的节奏化运动,这种运动的基本特征是有序。正是在这个意义上,卡西尔将艺术定义为"在对可见、可触、可听的外观之把握中给予我们以秩序",这种秩序对生命本质的投射使之具有一种内容③。可以见出,这里存在着一条形式构成的基本法则:结构产生形式。如果说内容的主客观因素最终归宿于材料,那么,形式的有序统一性则来自于结构的和谐和完整。列·托尔斯泰指出:"在现代艺术作品里,……若将任何一句诗、一场戏、一个人(或物)像、一个节拍从原位置上移到别处,没有不破坏整个作品的意义的。"④这便是所谓结构的功能意义,这种意义在小说创作中体现为一种"意味",而在建筑艺术里则关系到一幢建筑物是否能够存在以及具体的存在形态。早在公元前 1 世纪,古罗马的建筑师维特复威在《论建筑》一书里就写道:"建筑须讲求规则、配置、匀称、均衡、合宜以及经济。"除了经济因素,其余都是从结构上作出的考虑。由此而拓展开去,我们可以看出,通过对结构的功能作用的重视而实现形式的创造,最终达到内容的独特发现和体现,这是建筑与小说共同遵循的规律,小说创作活动中的建筑学特质也就表现在这里。事

---

① 　[美]苏珊·朗格:《艺术问题》,滕守尧等译,中国社会科学出版社 1983 年版,第 40 页。

② 　[美]苏珊·朗格:《艺术问题》,滕守尧等译,中国社会科学出版社 1983 年版,第 40、213 页。

③ 　[德]卡西尔:《人论》,甘阳译,上海译文出版社 1985 年版,第 213 页。

④ 　见[苏]波斯彼洛夫:《文艺学引论》,邱榆若等译,湖南文艺出版社 1987 年版,第 198 页。

实表明,作为形式关系的整体体现的"作品的结构,是作为创作目的与实现这种目的的可能性,创作冲动与表达这种冲动的工具,创作母题与媒介之间的互动的结果而产生的。"①一个出色的艺术结构是这些要素协同耦合的表现,反之则会导致艺术形式上的破绽。所以,小说家研究作品建筑学原理的目的,在于对叙事结构的功能机制作出把握,这种把握只能从确定叙事结构的基本含义入手。维戈茨基曾经这样区分小说的内容与形式:"如果我们单说作为某一小说的基础的事件本身,这就是这一小说的材料。如果我们谈到这一材料的各个部分以某种顺序、某种安排呈现给读者,即如何叙述这一事件,这就是这一作品的形式。"②因为叙事作品的内容的主观要素主题思想只能通过客观要素得到体现,而在小说中,这种客观要素只能是由人物行为构成的具体事件。这样,如果把小说视为一种故事文本,那么形式的结构安排也就是"怎么说",结构的功能意义赋予它以"说什么"的价值实质。所以,维戈茨基认为:"小说的事件安排、诗人向读者介绍本事的方式和他的作品的布局是语言艺术的异常重要的课题。"③莱辛在《汉堡剧评》第三十四篇中也指出:所谓创作天才,他的一个重要工作是"把现实世界的各部分加以改变、替换、缩小、扩大,由此造成一个自己的整体,以表达他自己的意图。"

作如是观,这样一个结论便是十分现成的:小说家对文本结构的重视和关注,其实质就是对所叙事件的设置和安排。从基本方法上讲,这首先需要作家确立起叙述中心。列·托尔斯泰指出:"艺术作品中最重要的东西,是它应当有一个焦点才成,就是说,应当有这样一个点:所有的光集中在这一点上,或者从这一点放射出去。"阿·托尔斯泰也认为:"什么是结构? 这首先是确定中心,作家视野的中心。作家不可能以同样的兴趣、同样的感情对待各个不同的人物,正如画家在他的写生画上不能有几个

---

① [匈]豪泽尔:《艺术社会学》,居延安译编,学林出版社 1987 年版,第 116 页。

② [苏]列·谢·维戈茨基:《艺术心理学》,周新译,上海文艺出版社 1985 年版,第194 页。

③ [苏]列·谢·维戈茨基:《艺术心理学》,周新译,上海文艺出版社 1985 年版,第194 页。

中心一样。"①因为按照形式分析的观点,艺术形式的构成方式是作为某一特定的艺术因素而起作用的,其目的在于产生某种功能质。这就要求有一个结构中心,"不管艺术作品采用什么样的构成因素,其中一种通常总是起到整个作品的基本结构的作用,而其他因素只是附件。"②由于小说在本质上是一种叙事艺术,小说文本的形态名义上是作为故事叙述者的叙述话语而存在,因此,小说的结构中心的确定具体地也就落实于叙述视点的选择上。在这里,小说的叙述者扮演了一个调整焦距的角色,因为它不仅直接决定着叙述方式的选择和调度,还决定着作者与读者之间的距离,所有这些最终都会影响叙事作品的形态特点和文本构成。譬如,如果叙述视点被安置于故事之中,叙述者本人处于故事见证者的位置,我们就得到一个戏剧化的文本,这有助于加强故事的可信性以及造成某种空白(叙述以叙述者的经验和经历为临界线),更能发挥读者的作用。但这种方式既无法使我们进入意识活动中去,也受到时空方面的限制。反过来,如果叙述视点被安置于故事之外,叙述者以一种超然的"说故事人"的身份出现,我们得到的便是一个完全主体化了的文本,这可以反映更为开阔的时空背景,叙述者的个性也可以得到充分表现,形成一种诗化倾向,但又是以牺牲客观性为代价的。所以,美国小说理论家柏西·卢伯克提出:"在小说技巧上,全部复杂的方法问题我以为是由角度问题,即叙述者和故事的关系问题,来决定的。"③其次,从具体措施上来看,小说的结构安排主要体现于小说家对时空的切割,也就是时间维度上的前后顺序和间隔距离,与空间维度上的篇幅长度和材料的选择。一个故事总是通过言语链而被我们所知悉,所以,小说文本首先有其时间维,它意味着事件与事件之间存在着一种历时关系,这种关系作为结构的组成因素之一,有其功能意义。如鲁迅的《祝福》采用的是"倒叙"法,一开始先将人

①　见段宝林编:《西方古典作家谈文艺创作》,春风文艺出版社 1980 年版。

②　[美]托马斯·门罗:《走向科学的美学》,石天曙、滕守尧译,中国文联出版公司 1984 年版,第 262 页。

③　见[英]珀西·卢伯克、爱·福斯特、爱·缪尔:《小说美学经典三种》,方土人、罗婉华译,上海文艺出版社 1990 年版"卢伯克文"。

物的命运点出,这样做的结果是以"祥林嫂为什么会死"的问题的探究,代替对人物命运的好奇。这个作品的主题在于对中国当时现状的思考,作者所采用的这种结构方法显然正是主题所需要的。倘若以顺叙法道来,读者对祥林嫂悲剧根源的深思就不如倒叙来得强烈。可见,"年月顺序的重新安排就揭示了小说中兴趣的焦点和表达效果之所在。"①但正如时间与空间不可分离,小说事件的发生也同样有其空间维度,事件之间在篇幅上的长短比例便是这种空间性在文本上的集中体现,它同样具有结构的功能意义。譬如《三国演义》中诸葛亮形象的塑造,尽管他指挥的战役胜少负多,六出祁山的讨魏战争均毫无结果,但给读者留下的却是一位常胜将军的印象,奥秘就在于叙事主体在篇幅比例上做了手脚,作者将诸葛亮每次战役前的布置精描细述,而对战役的具体失败过程,或一笔带过,或轻描淡写。这样做的结果便是瞒天过海地使诸葛亮的无能被掩盖,他的失败也成了胜利的凯旋。有必要再加以指出的是,小说结构在时空维度上的这种功能意义,同样也反映在叙述层上。罗曼·英加登在《对文学的艺术作品的认识》一书中曾举过一个例子:

> ……结果,父亲被儿子的行为激怒了。他狠狠地给了他几个耳光。由于儿子缺乏家庭感情而对他严加惩罚之后,他就去干自己的事了。

如果重新安排这些句子,比方说改变一下几个分句的前后顺序,语义情境便会面目全非,意义也就会不一样:

> ……他狠狠地给了他几个耳光。结果,父亲被儿子的行为激怒了。由于儿子缺乏家庭感情而对他严加惩罚之后,他就去干自己的事了。

读第一段,我们会猜测儿子可能干了什么违抗父亲的事,惹得父亲发了火。这里父亲处于主宰地位。而在第二段,不仅打人这一行为的施动主体换了角色(由父亲变成儿子),而且字里行间似乎还多出了一个第三者

---

① [美]理查德·泰勒:《理解文学要素》,黎风等译,四川大学出版社1987年版,第68页。

他(挨打的人)。英加登据此指出:"重新安排文学的艺术作品的各部分还会在其他方面带来变化,它的构造、展开事件的动力、或大或小的思绪展开的速度,等等。这些变化完全产生于作品各部分次序的改变,它们对文学作品有很大影响,特别是对那些决定作品艺术价值和审美价值的特征有影响。"①这是叙述时间维度的结构意义。乔纳森·雷班在《现代小说写作技巧》中对叙述层的空间维度的结构意义作出过十分精辟的分析。例如在玛格丽特·德拉布尔的小说《金色的耶路撒冷》中,有这么一段文字:

> ……她到家时,发现等待她的是她以前的老师海尼斯小姐寄来的一张印有埃菲尔铁塔的明信片和一封多丽丝姨母写来的信,还有一封来自诺坦的电报,让她立即返回诺坦,因为她母亲已住院,病情危急。

这儿的"她"是作品的主角克莱拉,一位伦敦大学的研究生。克莱拉迷上了来自汉普斯特的丹哈姆一家,一个殷实的书香人家,同婚后夫妻关系不和的加百列·丹哈姆发生了暧昧关系。克莱拉同他游览巴黎,一周以后在一天早晨只身搭班机回到伦敦。上面这段文字写的便是她到家之后的事。在这里叙述者将那份电报与一封家常信和一封明信片并列在一起加以叙述,使得事情的重要性被淡化了。这种淡化并不针对事情本身,而只是反映了女主角克莱拉的那种对什么都满不在乎的心态。

所有这些显然都需要作者特别留心,小说的各种技巧也就在这些方面显示出它的魅力。冈察洛夫因此指出:"单是一个结构,即大厦的构造,就足以耗尽作者的全部智力活动。"日本著名作家小林多喜二也曾指出:正如"结构"两个字的字面含意是盖房子一样,不管你的材料有多么优良,不管你的目的又是多么高尚,如果盖得不好,摇摇晃晃,结果是毫无用场的。立足于这个方面来看,小说家在其创作过程中不啻扮演着建筑师的角色,因而建筑性如同绘画和戏剧一样,也是小说文体形态的一个再

---

① [波]罗曼·英加登:《对文学的艺术作品的认识》,陈燕谷、晓未译,中国文联出版公司1988年版,第98页。

现方面的特征。因为小说作为艺术的特性,要求它必须具有一种形式感,这种形式感使之同其他艺术一样,能够与建筑相提并论。用英国著名音乐家戴里克·柯克的话说,也即:"任何一种艺术品的完成都要通过结构或形式。因此,每种艺术都可以和建筑相比较,因为建筑本身就是一种可见的纯形式的体现。"①

---

① 〔英〕戴里克·柯克:《音乐语言》,茅于润译,人民音乐出版社1984年版,第13页。

第 四 章

小说形态的外延

第一节　小说的文化形态

"文化"一词的本义是培植,在现代文化学里,理论家们使用这个概念表示的是人类某种"培养价值准则和观念"的活动,这种活动的目的在于通过认识世界而最终改造世界。小说从它作为一种艺术形态的角度来看,无疑具有文化的某些特性,同科学、哲学和美学等人类文化家族中的这些基本成员之间,存在着千丝万缕的联系,上述种种方面也就构成了小说文本的形态学外延。因此,通过对小说与各种文化形态的关系的考察,来全面地把握小说文本的外延,这无疑是把握小说艺术形态的一条渠道。

1. 小说与科学

要在小说与科学这两种人类文化形态之间竖起一块界碑,并不困难。众所周知,科学以认识论为基础,侧重于解决"是什么"的问题;而文艺则以价值论为轴心,主要围绕"应怎样"的问题而旋转。唯其如此,尽管恩格斯像马克思一样,对以巴尔扎克为代表的批判现实主义作家的历史功绩给予了充分肯定,但仍然指出,文艺作品的这种真实描写无论多么准确逼真,科学家们仍不能引以为据。总之,文艺与科学各有其至尊至圣的独裁女皇,这使得它们常常同床异梦乃至分道扬镳、互不干涉。评论家们早就发现,尽管在莎士比亚生活和创作的那个时代,具有真正现代意义的科学已得到了长足的发展,然而它在这位巨人所写的悲剧作品中,仍不见丝毫踪影。这些悲剧作品当然也存在着一种科学背景,然而"这只是亚里士多德和中世纪的烦琐哲学家们的科学",而"莎士比亚笔下的天文学是托勒玫式的,整个精神则是亚里士多德式的"。同样,一位叫费因贝格的学者提醒说,在普希金的时代出现了罗巴切夫斯基、高斯、法拉第等几位科学天才,人们发现了电磁,创建了科学化学,但是当时的语言艺术家们对此却并没有加以理睬。然而,这种种事实也并不意味着在小说与科学之间存在的这道界线是不可逾越的鸿沟。实际上,不止一位著名的小说大家曾表示过对科学的尊敬。如福楼拜曾提出:"该是把无情的方法、物理科学的准确性给予艺术的时候了",并预言:"艺术愈来愈科学化,而科学愈来愈艺术化,两者在山麓分手,有朝一日将在山顶重逢"。契诃夫也曾说过这样的话:"文学家应当也像化学家那样客观:他应当摆脱日常的主观性,而且应该懂得风景画中的大粪堆也起着可观的作用,凶恶的激情也如善良的激情一样,同是生活所固有的。"他表示:"从事医学科学研究,对我的文学活动有很大的影响,我对此深信不疑。"歌德也有过类似的经验之谈,他曾对爱克曼说:"如果我没有在自然科学方面的辛勤努力,我就不会学会认识人的本来面目。在自然科学以外的任何一个领域里,一个人都不能像在自然科学里那样仔细观察和思维,那样洞察和感觉人物性格的弱点和优点。"批判现实主义的鼻祖司汤达也说过:"在政治中也像在艺术中一样,不研究人就不能取得高度的成就,因此必须勇敢地从自己本身,从生理现象起步。"同样,一代小说巨匠巴尔扎克在《人间喜剧》的构思阶段,有意识地向莱布尼兹、贝丰、查尔·波奈等自然科学家的著作借鉴,他说:"我曾经注意到,在这一点上,社会和自然相似。社会是按照人类展开活动的环境,把人类陶冶成无数不同的人,如同动物之有千殊万类。"①正由于此,泰纳于1858年2月至3月发表在法国《评论报》上的《巴尔扎克论》认为,巴尔扎克是"奉自然科学家的趣味为师傅,以自然科学家的才能为仆役,以自然科学家的身份描拟着现实。"当然,在这方面表现得最为突出的当推自然主义小说家左拉,他在《实验小说论》一文中写道:"既然以往作为一种技艺的医学现在构成了一门科学,文学为何就不能借助实验方法也成为一门科学呢?"他进而明确宣布:"我的论述都原封不动地来自克洛德·贝纳尔,只不过一直把'医生'一词换成'小说家'。"左拉的结论是:"文学由科学来确定。"②反映在创作实践上,如果说巴尔扎克小说中的科学因素尚不甚鲜明(其实也存在着,如他对人类体质上的"内分泌"现象的发现),那么左拉等人的自然主义小说对人的生理方面的描写,以及现代意识流小说对人的无意识心理的表现等等,则无不体现着科学的足迹。所有这些都证实了别林斯基当年的分析:"活生生的现代科学今天成了艺术的抚育者,如果没有科学,那么灵感是虚弱的,才能是无力的。"

具体地来看,科学对人类艺术文化的影响主要表现在技术、方法和观念三方面。如欧洲阿塔米拉洞穴的野牛壁画,便既是史前艺术的杰作,也意味着人类对化学的最早运用。最有说服力的是电影的创作。1890年,美国的爱迪生和法国的卢米埃尔兄弟相继拍摄了一些影片,使这一发明逐渐成为一门艺术,它的全部发展过程都是科学技术的结晶。但总的来看,对小说而言,科学技术的影响并不太大,主要是科学方法与科学观念的渗透。高尔基曾经指出:"在科学和文学艺术之间有许多共同的东西:观察、比较、研究处处起着主要的作用;艺术家就像科学家一样,必须具备想象和猜想。"直觉——无意识把握既是科学家从事发明创造的主要方法之一,同样也是小说家的主要武器。歌德承认他写《少年维特之烦恼》时,"像一个梦游者那样,差不多无意识地写成这篇小东西"。而德国数学家斯捷克洛夫回忆他一次成功演算的经过时也表示:"这个过程是无

① 以上所引均见[苏]米·贝京:《艺术与科学——问题·悖论·探索》,任光宣译,文化艺术出版社1987年版。

② 见柳鸣九主编:《自然主义》,中国社会科学出版社1988年版。

意识地进行的,在这儿没有任何形式逻辑参与。"但比较起来,当然科学的方法更多地是自觉的抽象思维而不是下意识的直觉——形象思维。问题在于这一方法也并不是科学家的专利,它也常常被小说家们所借用。当代作家张贤亮就从自己几部成功之作的创作体会出发,提出了一个大胆的结论:"我认为,抽象——逻辑思维在塑造艺术典型时有极其重要的作用,……只有通过这种思维,才会使大千世界通过我的视听器官传到我脑子里的种种形象信息更为清晰和生动。"无独有偶,他的这一观点也引起了陆文夫的共鸣。后者在他的《小说门外谈》里写道:"逻辑性的思考和推理可以帮助我们看清楚形象的内在和外延,可以使我们对形象的微妙处有更多的发现。"听一听美国著名作家爱伦·坡的话,还可以获得更深的印象。这位小说怪才有一次声称:"我的作品一步一步前进,直至结束,都有解数学习题所固有的那种准确性和严格的合乎逻辑性。"①除此之外,科学中的有些技术也能以一种方法或手段的方式,给小说家的创作以启迪,现代小说采用的一种"外视点"手法,便是从摄影机和录像机的使用中借鉴过来的,因而又称之为"录像式视点"手法。例如法国小说家爱舍武德在小说《别了,柏林》的一开头就说:"我是一台带快门、完全被动、完全记录而无思想的摄影机"。与科学方法一起,科学观念的改变也常常引起关于包括小说在内的艺术观念的改变,使得小说形态出现相应的调整。在现代文学史上,我们可以从每一次小说形态的革命中,看到其背后总是存在着一种变化了的科学观念。譬如自然主义的"实验小说"的出现就与生理科学的发展相关联。左拉在创作中十分推崇遗传说,明确提出:"我认为遗传问题对于人的精神和感情行为有巨大的影响"。这是由于在当时,遗传学说作为一门刚从普通生理学中分离出来的新兴学科,已日益受到重视,人们开始意识到人类的行为有其生理遗传性。左拉将他的这一思想集中反映在长篇小说《卢贡·马加尔家族》的创作中,企图通过这部作品来形象地说明,"一个投身于近代社会之中的家族的野

---

① 见[苏]A.H.鲁克:《创造心理学》,周义澄等译,黑龙江人民出版社 1985 年版,第106 页。

心与贪欲,它作了超人的努力,然而,由于它本身的天性与遗传的影响,终归达不到目的。"①而现代小说在视点上的由"上帝式"(全知全能)向"录像式"(外聚焦)转移,同样反映出一种科学观的渗透和影响。根据现代行为主义心理科学的观点,我们无法科学地报告有机体内所发生的事,因为这些事情是不能通过客观的观察获得的。华生因而指出:"那么我们能观察什么呢? 我们能观察行为,也就是有机体所做的或所说的东西。"而弗吉尼亚·伍尔夫在解释现代小说的变革根源时说道:"生活之超越人智的晦涩不允许冷静而全面的观察,也不允许无所不知;因此,小说家的任务恰恰是再现不可认识且支离破碎的生活。"②将这一结论同上述的行为主义的心理科学观相比较,我们不难发现二者之间存在着的那种联系。正是基于这一理由,现代量子力学创始人海森伯认为:"科学与艺术这两种过程并非迥然不同。二者在许多世纪的历程中形成了人类的一种语言,用这种语言我们能够谈论实在的更为微小的部分,而各种概念的前后一贯的联系和不同的艺术风格则是这种语言中不同的词和词组。"他指出:"科学对艺术生产力的发展有着强大的然而鲜为人知的影响,有许多方法是艺术从科学中借用的。"③

众所周知,人类的科学形态就其内部构成而言,通常分为自然科学和社会(人文)科学两大类。小说艺术的实践与自然科学和人文科学都有着联系。在自然科学方面,主要是生理学和心理学。譬如左拉,他虽然说过文学家"应当像化学家和物理学家研究非生物……那样,去研究性格、感情、人类和社会现象",但坚持实验小说主要是"以生理学为根据,去研究最复杂、最微妙的器官,处理的是作为个人和社会成员的人的最高级行为"。换言之,"构成实验小说的几个方面是,掌握人体现象和机理,依照生理学将给我们说明的那样,展示在遗传和周围环境影响下,人的精神行

---

① 见柳鸣九主编:《自然主义》,中国社会科学出版社 1988 年版。

② 见[英]弗吉尼亚·伍尔夫:《论小说与小说家》,瞿世镜译,上海译文出版社 1986 年版。

③ [德]W.海森伯:《物理学和哲学》,范岱年译,商务印书馆 1981 年版。

为和肉体关系"①。但相比较而言，小说家们对于心理学的依赖性更多一些，以至于心理学家们常常惊诧地发现，小说家对人类心理活动方面的关注与自己不相上下。苏联著名心理学家乌赫托姆斯基就曾指出："在陀思妥耶夫斯基笔下出现的斗争着的思想与人物的忧郁思绪中，显示了三个规律的轮廓，即优势规律、有功交谈着规律和仁慈规律。"②这给了他的研究以很大的启发，为此他后来将自己的一系列成就归功于陀氏。另一位美国心理学家甚至直截了当地宣称，现代心理科学倘若要想研究人的情绪领域，就得向文艺作品请教。因为"现代心理学对全部情绪经验的组织和分类很少作正式的探讨，甚至连一个说明整个情绪领域的详尽的纲目也没有。我们必须求助于诗人、戏剧工作者和小说家，他们对于情绪经验的具体描述曾作过大胆的尝试。正是他们的那些艺术创造对忌妒、恐惧、悔恨、内疚和狂喜作了说明。"③具体地来读读那些小说名著，我们就可以替上述几位心理学家的这些见解找到许多例证。如在列·托尔斯泰的小说《安娜·卡列尼娜》中，作者在描述安娜的哥哥奥布浪斯基时说过这么一番话："他对所掌管的工作始终抱着冷淡的态度，结果他从来没有把全部精力倾注在工作上，也没有犯过什么错误。"换言之，奥布浪斯基在事业上"成功"的秘诀，在于他对事业并不十分热心。这一心态正是心理学上的所谓"约尔斯—多桑定律"的形象反映。根据这条以两位英国心理学家的名字命名的定律，在人类的动机激发过程中存在着一个临界点，在此之前，动机的强烈程度同效率成正比，一旦超越这个临界点，则呈现反比。列·托尔斯泰的短篇小说《舞会以后》是以第一人称写的，作品在写到男主人公如愿以偿地获准与他所迷恋的姑娘莲妮卡跳舞之后，有这么一段文字："那时候我用自己的感情拥抱着整个的世界，我也爱女主人，爱她的丈夫，爱她的客人们，爱她的仆人……"这种心境同马斯洛的"高峰体验"说十分一致。按照马斯洛的理论，"很多人在快乐的时候

---

① 见《艺术与社会》，《文艺理论研究》1988 年第 3 期。

② 见［苏］苏霍金：《艺术与科学》，王仲宣、何纯良译，生活·读书·新知三联书店 1987 年版。

③ 转引自劳承万：《审美中介论》，上海文艺出版社 1985 年版。

或之后都感到很幸运,心怀感激之情。结果他们会对别人,对整个世界产生爱,甚至会有一种要在这个世界上做点好事作为报偿的愿望。"①但人的心理是一个十分复杂和微妙的系统,雨果将它视作比海洋更阔大、更不可思议的空间,许多著名作家在小说中也常有对这种复杂性和微妙性的表现。如冈察洛夫在他的长篇小说《奥勃洛摩夫》里塑造了一个"懒汉"的典型,那位同名主人公整日无所事事,只求在懒散中打发日子。这反映出人身上所固有的一种心理倾向。心理学早就发现,"懒散安静中的乐趣"有着生物学上的意义,"懒惰是我们所有激情当中的一种潜意识的激情。没有哪一种激情比它更顽固、更难对付的了。"然而相反的情形也同样存在。如高尔基在他的自传体小说《我的大学》里描绘过一个搬运工劳动的镜头,作品是这样写的:

> 一艘满载波斯货物的大拖船,在喀山附近触礁,船底碰破搁浅了,码头搬运组的工人带我一同去卸货。……这些愁眉苦脸、无精打采、淋得湿漉漉的人们开始"露一手"了。他们像上火线作战一样,纵身跳到那艘快要沉没的货船的甲板上,跳入船舱里,胡乱呐喊、咆哮,说着俏皮话。……那种狂热劲头儿,真像是他们渴望劳动,他们像儿童迷恋游戏似的,干得那么愉快、陶醉,就像除了跟女人拥抱再没有比这更甜美的事了。

对于这种"反懒惰心理倾向",马斯洛以"自我实现的需要"来加以解释。这种需要是一种创造性需要,它主要通过诸如劳动(脑力与体力的)与工作等来满足。

但小说作品同科学的关系,更主要地是表现在社会科学方面。马克思曾经指出,在某种意义上,巴尔扎克的《人间喜剧》做了他和恩格斯在《共产党宣言》里所做的同样的事;同样,列宁在纪念列·托尔斯泰的文章里向这位小说大师表示敬意,是由于他的作品"反映出了俄国革命的某些本质方面",认为"研究托尔斯泰,俄国工人阶级会更清楚地认识自

---

① 见[美]弗兰克·戈布尔:《第三思潮:马斯洛心理学》,吕明译,上海译文出版社 1987年版,第63页。

己的敌人"。对于这些论述本身,我们并不陌生,问题在于找出依据。这个根据在于社会科学的研究对象同小说所把握的创作对象之间,存在着共同的发生学本源,社会科学与小说的关系较之自然科学更为密切。恩格斯曾经写道:"社会发展史却有一点是和自然发展史根本不相同的,在自然界中(如果我们把人对自然界的反作用撇开不谈)全是不自觉的、盲目的动力,这些动力彼此发生作用,而一般规律就表现在这些动力的互相作用中。在所发生的任何事情中,无论在外表上看得出的无数表面的偶然性中,或者在可以证实这些偶然性内部的规律性的最终结果中,都没有任何事情是作为预期的自觉的目的发生的。反之,在社会历史领域内进行活动的,全是具有意识的、经过思虑或凭激情行动的、追求某种目的的人;任何事情的发生都不是没有自觉的意图,没有预期的目的的。"①因此,当小说家为了真实地描绘人的命运时,他也势必同时准确地反映出人类历史的发展轨迹。阿·托尔斯泰将这称为"对历史的诗的解答",这种解答之所以有必然性,是由于小说对象与社会科学对象存在着某种同一性。

上述现象无疑使我们在对小说的艺术形态作出把握时,难以轻易作出结论。深入地来看,小说与科学的这种关系之所以那样密切,原因之一在于彼此作为一种文化形态,存在着文化上的功能相通性和互渗性。关于小说的特点,人们不太会忘记,常常容易被忽视的是科学的方面。著名科学家薛定谔为此抱怨说:"有一种倾向,忘记了整个科学是与总的人类文化紧密相连的,忘记了科学发现,哪怕那些在当时是最先进的、深奥的和难于掌握的发现,离开了它们在文化中的前因后果也都是毫无意义的。"他指出:"如果有一种理论科学,在那里这一点已被遗忘,在那里,已经对它入了门的人用那些最多只被少数游客所懂得的术语互相继续着冥想,那么这种理论科学必将被其他有教养的人所抛弃。"②由于这个缘故,科学的发展对整个人类的基本文化心态不可能没有影响,这种影响通过

---

① 见《马克思恩格斯全集》第21卷,人民出版社1965年版,第341页。

② 见[比]伊·普里戈金、[法]伊·斯唐热:《从混沌到有序:人与自然的新对话》,曾庆宏、沈小峰译,上海译文出版社1987年版,第53页。

哲学的中介而扩散到人类生活的各个领域。如果说在科学显得相对落后，它在人类社会生活中的作用还不显著（那时它常常同巫术等混淆在一起）的时期这种影响表现得并不十分明显的话，那么到了近代，就日益明显而突出。正如安托科利斯基的话很有见地。他说，当今世界，"如果诗人对科学领域不感兴趣，一般来说这就意味着他已经不是诗人了"。因为科学正在走出实验室，从各种物质消费产品（电视、电话到冰箱、空调）到人类行为准则和设备（如食物疗法、优生教育和办公自动化等等），科学正以其前所未有的姿态介入到人类事务的各个方面，成了我们日常生活的基本内容。英国当代著名美学家奥尔德里奇写道："昨天的世界是古老习惯的世界，而今天漫步在灰色伦敦马路上的时候，不可能怀着昨天的那种感情。不！从加加林进入太空轨道并完成环球飞行的时候起，世界已经完全变了样。"①这是两种文化范式的交替。研究人类学的专家们认为，人类文化经历着由巫术文化占支配地位向科学文化占主导地位的迁移，前者是古代世界的文化范式，后者是现代世界的文化范式。处于这两种范式之下的人类各种文化形态都受到"范式效应"的影响。除此之外，还有第二个原因，那就是艺术和科学都以人作为对象。表现在生理学和心理学中，是对人的自然因素的把握，这种把握对于人的精神—社会本质规定性的确立同样具有意义。因为人的这种类本质属性总是以其自然因素作为存在的物质基础。马克思指出："任何人类历史上的第一个前提无疑是有生命的个人的存在。因此第一个需要明确的具体事实就是这些个人的肉体组织，以及受肉体组织制约的他们与自然界的关系。"②这意味着自然史与社会史的统一："只要有人存在，自然史和人类史就彼此相互制约。"③这种制约从根本上决定了认识论与价值论的互为前提：一方面，脱离价值论的认识论会由于漫无目的而失去其意义；另一方面，有悖于认识论的价值论则会由于缺乏必要的逻辑依托而不具价值。这就

---

① 见［苏］苏霍金：《艺术与科学》，王仲宣、何纯良译，生活·读书·新知三联书店1987年版。

② 见《马克思恩格斯选集》第1卷，人民出版社1972年版，第23页。

③ 见《德意志意识形态》。

使得小说与科学在本体论和方法论两个层次上都存在着相互依赖性。具体地讲，在本体论层次上，小说家对于人类历史"应怎样"的把握从来都离不开对于"是什么"的考虑。在方法论层次上，小说文本对人的命运和需求关系的深入把握，同样也离不开对于其自然基础的准确透视。唯其如此，契诃夫认为："知识总是停留在世间。无论解剖学还是优雅的文学都具有同样的起源，同一种目的。因此，天才从来不打架，在歌德身上，自然科学家和诗人两者在一块儿非常出色地和睦相处着。"最后，小说与科学能够重修旧好、捐弃前嫌的第三个原因，在于二者都以"有序"性作为其逻辑归宿。一般说来，科学总是以有序性为前提和目的。哥白尼曾这样向人们描绘他的宇宙观："在这极美丽的庙堂中，太阳就坐在皇帝的宝座上，管理着周围的恒星家族。……我们就发现在这种有秩序的安排下，宇宙里有一种奇妙的对称，轨道的大小与运动都有一定的和谐关系。"尽管这幅图案随着现代科学的发展已得到了很大的修正和补充，但各种天体仍然是沿着有序的轨道运行。文学艺术同样如此，高尔基就曾指出：想象，这就意味着赋予混乱状态以一种形式和形象。卡西尔也认为，文艺与科学、伦理学等文化形态在给我们以秩序这点上是一致的。区别在于"科学在思想中给予我们以秩序，道德在行动中给予我们以秩序，而艺术则在对可见、可触、可听的外观之把握中给予我们以秩序。"①

由于这些原因，科学文化与小说作品便常常可以互相礼尚往来。爱因斯坦声称，陀思妥耶夫斯基给予他的东西超过任何一位思想家，也超过了数学王子高斯所给予的。反过来，科学同样也能给予小说家的创作实践以影响。这种影响概括地来看，主要表现在作品的真实感和真理性两方面。1984 年，著名的法国新小说派作家罗布·格里耶在访华时作的一次演讲中，曾对现代小说艺术在形态上的变革动因作过十分精辟的分析。他说："为什么艺术要不断改变？为什么音乐要不断改变？为什么绘画要不断改变？为什么文学要不断改变？这主要是因为真实性的概念在不

---

① 见［德］恩斯特·卡西尔：《人论》，甘阳译，上海译文出版社 1985 年版。

断改变。"①对小说这门艺术,虽然人们从来都意识到它离不开虚构,但总是要求它具有某种真实性。这种特性既表现在故事外延的"真实感"(即"可信")上,也表现在故事内涵的"真理性"(即"有意义")上。小说对科学的依赖便直接表现在这种"含真量"上。科学观的改变会改变人们对世界的一般认识,同样也就会影响到人们对于小说反映生活现象的真实感的背景。赫士列特曾经指出:"《麦克白斯》中的妖婆在现代舞台上确实是可笑的,我们也怀疑埃斯库罗斯悲剧中的愤怒女神会不会比这更受到尊重。习俗与知识的进步对演戏有影响,也许将来到时候会把悲剧和喜剧一起毁掉。"②这位英国著名评论家对戏剧艺术发展前景的担心或许近乎杞人忧天,但在这番话里,他对于科学发展会影响一部作品的艺术真实感的发现,无疑是十分深刻的。有证据表明,在莎士比亚的几部悲剧里之所以都包含有超现实的成分,乃是因为他所处的那个时代的科学观容许他这么做。换言之,人们"真诚"地相信鬼魂是像活人一样存在于另一个世界里,他们会在一定的时候向我们"显灵"。可以认为,现代小说家之所以不再像巴尔扎克们那样君临一切,正是为了适应人们对艺术真实感的要求。至于真理性与审美性之间,原本就存在着一致性,这种一致性甚至使科学的研究活动对于某些人而言,在某些时候俨然也便是一种审美活动。巴斯德便是属于这类科学家中的 员,他深有体会地说道:"当你终于确实明白了某种事物时,你所感到的快乐是人类所能感到的一种最大的快乐。"我们不必要求每个人都有同感,但至少可以赞同莎士比亚的这句名言:"给美的事物戴上真理的桂冠,它就会变得百倍的美好。"而当我们俯视当代小说的创作实践时,很容易为这种观点找到佐证。现代小说实验中一度十分流行的"反情节"化倾向,便是出于对因果关系的似是而非的特质的厌恶,而这种情绪在很大程度上显然又是由科学所一手促成的。早在300多年前,牛顿就曾说过:"自然哲学的任务,是从现象中求论证,从结果中求原因,直到我们求得其最初的原因为止。这个最初的

---

① 见崔道怡等编:《"冰山理论":对话与潜对话》下册,工人出版社 1987 年版,第 527 页。
② 见杨周翰编选:《莎士比亚评论集汇编》上卷,中国社会科学出版社 1979 年版,第205 页。

原因肯定不是机械的。"在这里,牛顿对以因果律为基础的真理性表示了大胆的怀疑。但牛顿也只不过提出怀疑而已,真正取消因果律的真实论基础的,乃是现代科学。著名维也纳学派的领头人物莫里茨·石里克在一篇文章中写道:"现代科学必须放弃因果原理的绝对真实性而满足于概率性的预测。"①用一种美学的语汇来表述,这种概率性的预测也就是对必然律的动摇,也即权威解释的瓦解。这正是法国新小说派率先尝试的艺术原则。罗布·格里耶指出:新小说的特点既在于叙述者置身于故事世界之中,另一方面,存在着无意义的细节。这就带来一连串关于小说真实性标准的变化,随之而来的是接受规则的修改。读新小说的困难也正在于真实性概念发生的这种根本性变化。这种变化的具体方面需要小说家们予以解决,但它的发生学动因在于人们的真实观并非静止不动而总是变动不居的,科学作为人类认识活动的先锋,无疑是这种新的真实论诞生和消亡的舞台。

2. 小说与哲学

"小说与哲学的关系"这个话题其实是从"艺术与哲学"中衍化出来的,后者贯穿于从柏拉图到尼采的整个欧洲文论史之中,在海德格尔、萨特和阿尔多诺等人的著作中也屡有提及,一度也曾以"哲学与诗"的命题被广泛讨论。但一旦把考察对象具体确定为小说,范围的缩小和界定,就需要从一个新的切入角度,也即二者的特殊接合点来展开讨论。

毫无疑问,小说是表现人生经验的一种方式,而哲学则是探讨世界本质的一门学科,两者有着完全不同的功能指向。因此,倘若将小说当作某种哲学观念的形象阐发,这并不是小说的荣耀。但如果我们能够暂且撇开这种形而上的推论,从具体的小说艺术实践出发来加以讨论,问题就显然要明确得多。别林斯基曾经指出:"今天,所有的诗人,甚至包括伟大的诗人,都同时必须是思想家才行。否则,纵令具有才华,也无补于实

---

① 见〔德〕莫里茨·石里克:《自然哲学》,陈维杭译,商务印书馆1984年版,第57页。

际。"别林斯基作为一代理论枭雄,他的这番话是颇具代表性的。它不仅适合于绝大多数的批判现实主义时代的小说家,同样也适合于当今时代的一些小说家。萨特无疑是这类人中间最杰出的一位。诚如著名法国传记文学家安德烈·莫洛亚所说:"萨特首先是一位哲学家,其次才是小说家。他的长、短篇小说、戏剧,都是其哲学思想的体现。"①例如使他在文坛上崭露头角的长篇小说《恶心》,这个作品没有通常意义的故事情节,是以主人公洛根丁的日记为主体构成的。洛根丁是一位飘泊无定的知识分子,住在一家旅店的房间里为一个叫罗莱邦的侯爵写传记,与一个并不爱他也不为他所爱的咖啡馆老板娘一起睡觉,尔后在一种忧郁和孤独中度过无数的白昼和黑夜。他讨厌周围的一切:人、物、城市和习惯。从这种生活中他逐渐悟出了点什么,这就是"存在不是必要的":

> 存在就是在那儿,这是显而易见的。存在的东西出现着,彼此相逐相逢。但人们永远不能解释它们……这公园、这城市,以及我本身,一切都是无谓的。当意识到这些时,心里就翻腾,一切都在你眼前浮动起来,于是你就想呕吐,这就是恶心,这就是那些混蛋企图用他们的法权思想掩盖的东西,这是多么可怜的谎言啊!任何人也没有这个权利。混蛋们像其他人一样,完全是无谓的。

从上面截取的作品的片断,我们可以找出作者将作品命名为《恶心》的理由,而通过这个理由,我们很自然的会想起罗杰·加洛蒂的这番结论:"萨特的第一部小说《恶心》,是以否定和荒诞的哲学为起点,反对肯定论和价值论的古典哲学。这部小说是一份真正的哲学宣言,小说的主题是:一旦我失去了目的,世界便没有任何意义可言了。"②我们无需接受加洛蒂所揭示的《恶心》的主题,不能反驳的是他关于这部小说的哲学背景的分析。加缪也许可以被认为对介入哲学持积极态度的作家之一。作为一名存在主义文学家,加缪的小说不仅同样充满着存在主义关于自由与存在的种种思考,而且他还独树一帜地替艺术的思辨性作辩护,提出:"艺

---

① 见[法]安德烈·莫洛亚:《从纪德到萨特》,袁树仁译,漓江出版社1988年版。
② 见柳鸣九编:《萨特研究》,中国社会科学出版社1981年版,第330页。

术的瞬间完形,其更新的必然性,唯有透过一种先入为主的概念,它们才是真实的。"①关于对哲学的介入持积极态度的现当代小说家究竟有哪一些,可以商榷,但有一点可以肯定:无论是萨特还是加缪,他们并不是使小说与哲学联姻的始作俑者。走在他们前面的起码有启蒙主义小说家。恩格斯在《反杜林论》这一著作里曾经对整个欧洲思想史中的辩证法因素作过回顾,指出古希腊的哲学家都是天生的自发的辩证论者,他们中间最博学的人物亚里士多德就已经研究了辩证思维的最主要形式。只是到了近代,这个学派陷入了所谓形而上学的思维方式,但这主要表现在英国,虽然也波及法国,但并不彻底,因为"在本来意义的哲学之外,他们也能够写出辩证法的杰作,我们只要提一下狄德罗的《拉摩的侄儿》和卢梭的《论人类不平等的起源》就够了。"如果说卢梭的《起源》是一部论著,狄德罗的《侄儿》却是一部中篇小说。恩格斯认为这部作品提供了"一些辩证法的高度的范例"。这些范例是通过主人公拉摩的自白性叙述表现出来的。这个人物虽然有其原型(实际上是法国著名作曲家让·费里普·拉摩的侄儿),但却是一个艺术化了的典型:既厚颜无耻又聪明而卓有见地。作品通过他的嘴指出:"在自然界中,一切的种类互相吞噬;在社会中,各种地位的人互相吞噬。"在这种对现实的批判态度中,表现出启蒙哲学否定宗教神权、追求尘世生活的趋向。

当然,并不是所有小说家都这样写作,除萨特、加缪乃至狄德罗之外,也有为数更多的小说家们不愿在他们的作品里谈论这些涉及条条框框的东西,他们只是在追踪感觉的舞步,表现他们所视、所听和所嗅、所触的东西。海明威称得上是这样的一位作家。英国评论家欧·贝茨指出,海明威在文体上进行改革的初衷,是由于他发现了这么一个事实:一部小说中真正具有长远意义的东西是那些表现得鲜活真实的人物和场面。经过一代人的时间后,宏大的哲理会出现各种破绽,那些曾经被广为传诵的思想警句会具有霉味。"但是那些人物、故事、场面色彩都还保留着,要是构

---

① 见崔道怡等编:《"冰山理论":对话与潜对话》下册,工人出版社1987年版,第493页。

思得好,描绘得法,是永远不会褪落的。"①为此,他斩伐了整座语言森林的冗枝赘叶,追求一种如画的客观性,在这个过程中,"海明威自始至终没有作丝毫努力来影响读者们的思想、印象、结论。他本人从来不出现在作品里。"②贝茨的这一分析无疑已成为评判海明威小说的著名见解之一,使海明威能引以为豪的也正是这种不动声色地对生活现象本身所作的展示。然而,小说家采用的手段是一回事,小说家通过这一手段所产生的效果则是另一回事。如果我们全面地看一下海明威的全部作品,便可以发现,给这位作家带来巨大声誉的决不仅仅是他所采用的手段(文体),而是他通过这种文体所表达的一种强有力的体验,其中的核心便是"人可以被从肉体上消灭,但不能从精神上给征服。"这一思想通过死亡、孤独、爱情和冒险等等海明威所偏爱的主题反复地体现出来。这显然是一种人生哲学,但那是海明威所发现、烙有他的纹章的哲学。表现这一哲学观点的最主要作品是《老人与海》。小说主人公桑提亚哥在同象征着厄运的那条大鲨鱼的搏斗中失败了,但他对待失败的风度又使他成了一位胜利者。另一位具有代表性的作家是塞林格,这位在美国当代文坛上名闻遐迩的小说怪才,在风格上同样以客观性著称。他在小说《卓埃》里借主人公之口表示过这样一种艺术主张:"艺术家只关心一件事,就是寻求某种完美,但各自按照自己的标准,而不按照任何别人的标准。"但这并不妨碍塞林格同样在其小说里表现出一种哲学态度:人生在世难以如意,唯有上帝才能拯救灵魂。这一思想贯穿了他的整个创作,以小说《弗兰妮》为例,这个故事主要写某个星期六下午,女主角弗兰妮赴男友兰的约会,两人在餐桌上进行了一席交谈。弗兰妮希望自己能通过交往爱上兰,可是结果适得其反,她发现兰是个虚情假意的伪君子,他自命不凡,只顾自己。听着兰的夸夸其谈,弗兰妮的心情更加苦闷,就情不自禁地跟他说起主祷文来,但兰不感兴趣。弗兰妮只好站起身去女盥洗室,走到半路晕倒在地,醒来时嘴里喃喃地正念着主祷文,故事到此结束。它显然反映

---

① 见董衡巽编著:《海明威研究》,中国社会科学出版社 1980 年版,第 132 页。
② 见董衡巽编著:《海明威研究》,中国社会科学出版社 1980 年版,第 132 页。

出了作者本人的一种思想。这种思想内在的矛盾性甚至使得塞林格的创作道路愈来愈窄。美国评论家斯丹莱·爱德伽·海曼打了一个比方：塞林格从康庄大道起步转入泥土小路，又从小路拐进车辙，再从车辙沿着松鼠出没的线路爬到了树上。

当然，经过选择的例子从来不能作为任何立论的根据。但只要我们对古往今来的那些小说名作作一番巡视，就可以清楚地看到这么一种现象：那些被公认为最伟大的作品常常并非在艺术技巧上也属完美无瑕之作，妨碍它们获得这顶桂冠的是那些强烈浓郁的哲理化思想。正如塞米利安在《现代小说美学》中所指出："在《战争与和平》里，托尔斯泰发表了很多冗长的议论，如果没有这些沉闷的议论，这部小说就会更加完美。"但是，如果没有这些议论，这部小说还能如此"伟大"吗？回答无疑是否定的。相同的情形我们至少还可以从陀思妥耶夫斯基的《罪与罚》里找到。梅特尔·阿米斯认为："尽管弥德尔顿·莫利在《罪与罚》中从头到尾都没有找到一句评论康德体系的话，但是陀思妥耶夫斯基还是精心地把他的哲学写到小说中去了。"①我们不能阻止作家这么做，因为在很大程度上，这部小说之所以如此有分量，原因显然也正在于这些哲学性思辨的力度和深度上，这些因素虽然也像在《战争与和平》中那样，不可避免地损害着作品在形式上的完美。在这里，"伟大"与"完美"再次发生龃龉，形成对立。当然，完美只是一种理想，但伟大却是实在的东西。上述这几部文学名著的成功无可辩驳地提醒着我们：哲学在小说中有其立足之地。罗丹在回答葛赛尔的提问时说过，在艺术中，一切都是思想，"艺术的整个美来自思想"。当然，这思想不是关于物质的分子结构和能量转换，而是人生的意义："艺术向人们揭示人类之所以存在的问题，它指出人生的意义，使他们明白自己的命运和应走的方向。"②这种思想由于涉及对人生的看法，包含着一种价值内涵，因而不仅能触动我们的认识系统，同样也能激发我们的情感机制，从而给予我们一种高层次的审美体

---

① ［美］梅特尔·阿米斯：《小说美学》，傅志强译，北京燕山出版社1987年版，第138页。
② 见《罗丹艺术论》，沈琪译，人民美术出版社1978年版，第127页。

验。这不仅同艺术的本质规定性不相悖离,恰恰相反,是对这一要求的满足。因为"审美经验只能作为非审美经验中的一个阶段而存在。它总是由对价值的思考构成的,而价值是对问题的回答。"①而哲学的主要任务之一乃是对人的存在价值的把握,这种把握在古希腊哲人赫拉克利特的"我已经寻找过我自己"那里初露端倪;在卡西尔《人论》中得到明确表述:"认识自我乃是哲学探究的最高目标。"就这样,通过对人的存在价值的思考,艺术与哲学携起手来,缔结起一种良好关系。如果说这种关系在那些感觉艺术中还未必很鲜明,那么它在小说领域则显得十分突出。这种特殊性取决于小说文本所赖以存在的媒介的特殊。小说通过语言来叙述故事,在这一过程中,每个符号首先被解释成一个概念,尔后通过语义辨认转换成一种意向性的实体,同某种所指对象相连接。这就是说,它同观念具有直接的联系而间接地同形象发生关系。这样,如果我们能够在某种含义内将艺术作品之美按照其构成划分为思想和形象两个方面,那么对小说来讲,它显然无法在形象方面同那些感觉艺术相媲美。唯一使它能够建立起独特的艺术优势的,是对思想性的强化。正像一位日本学者所指出的:"文学的媒体是与向我们传授知识以至教训时所用的相同的语言。"②因此,对人生意义的探讨的价值论基础规定了思想的审美特质,而语言媒体的观念性则为这种特质的充分显示提供了具体手段。这种手段之所以虽然同样可以在诗歌中发挥其作用(因此而有所谓"哲理诗"),但只有在小说这种艺术体裁中才得以大显身手,乃是由于小说在时空上较诗更为阔大,使得它更适合于全方位地表达作家对人生世态的看法。一般来说,诗人和小说家都离不开某种观念意识,不过诗人可以凭借其情感的丰富和感觉的细腻来弥补认识能力上的不足。但作为小说家,这种认识无疑是他们的生命。因为对小说家而言,他们首先要做到的是描写外在世界,叙述人类行为,而不是描述主观心灵,抒发人的感情。而这种描写和叙述要想具有艺术价值,自然得成为某种思想的象征,使之

---

① 见《罗丹艺术论》,沈琪译,人民美术出版社1978年版,第127页。

② [日]桑原武夫:《文学序说》,陈秋峰译,上海师范学院中文系1984年印制,第17页。

成为一种审美观念的符号。这意味着小说不仅能够从容地吐纳各种关于生活意义的本体思考,表现作家对存在价值的独特认识,而且只有在这个时候它才能释放出自己所贮存着的全部能量。所以,小说家虽然是对各种实际经验形态作出描绘和反映,但只有当这些经验形态的东西表现出某种超验内涵时,他才能创作出真正的黄钟大吕之作。桑塔耶拿把作品所表达的思想感情称为审美价值的"第二项",他认为:"在一切表现中,我们可以区别出两项:第一项是实际呈现出的事物,一个字,一个形象,或一件富有表现力的东西;第二项是所暗示的事物,即更深远的思想与感情。"①尽管第二项依附于第一项而存在,很显然,一个作品只有通过它的存在而真正具有魅力。正是在这个意义上,著名的德国社会主义文论家保尔·拉法格提出:"不研究哲学的作家,只是舞文弄墨的匠人"。这一观点显然也是基于相近的认识。苏联杰出的当代作家格拉宁在同苏联《文学问题》记者奥斯科茨基的一次交谈中表示:"过分耽溺于哲学思考的偏向,这比哲学思考的匮乏给我们造成的威胁要小得多。"②

不过真理之所以为真理,在于它有着明确的限定性,一种主张和道理一旦超出它所适用的限度,便会成为谬误。尽管我们看到,在小说中对人生价值的哲学思考的削弱,常常会导致小说艺术的衰落,比如那些 17 世纪的小说家,毛姆指出,由于他们"被文艺复兴的艺术追求搞得筋疲力尽,又在探索人生的大问题时遭到专制的王侯和教会的阻止,就把心思转移到龚戈拉风格、夸张华丽的文体和诸如此类的玩意上去"③,使得那个时代的小说在整体上不成气候。但倘若我们就此而替哲学研究在小说界的长驱直入大开方便之门,那便会导致以偏概全的错误。小说毕竟不是哲学的代销店,那些伟大的小说家固然各有其所偏爱的哲学体系,这些哲学观也只有在经过审美观的中介作用转化为一种具体的艺术思想以后才

---

① 见[美]乔治·桑塔耶拿:《美感》,缪灵珠译,中国社会科学出版社 1982 年版,第132 页。

② 见北京师范大学苏联文学研究所编译:《苏联当代作家谈创作》,北京师范大学出版社1984 年版,第 75 页。

③ 见《世界文学》1987 年第 3 期,毛姆文。

能为作品所容纳。在这个转换过程中,小说表现出它作为一个独立的文化形态所具有的不同于哲学之处。具体表现在表现对象和表现方式上。根据恩格斯的见解,哲学的基本问题乃是存在与意识的关系问题,所有以往的哲学派别都围绕着对这一关系的不同解答而划分成两大阵营。所以,首先从对象上来看,小说对哲学的容纳也存在着十分明确的选择性。在一般意义上,它只同那些以哲学的主要问题——人为对象的人生哲学保持一种关系。用毛姆的话来说,"作家们总是向往具有情感价值并且不太难懂的哲学家。他们曾经依次被叔本华、尼采、柏格森吸引过。精神分析学会引起他们的注意也是必然的。"①很显然,存在主义之所以能进入小说领域,也是由于它在本质上是一种人生哲学,所有这些哲学都程度不同地通过人道主义精神而成为小说的艺术内核。譬如"加缪的《鼠疫》与萨特的《自由之路》在寓意或谈历史的形式下,试图通过小说来表现这种拒绝在历史的灾难面前消极顺从的人道主义"②。这是一种"新的人道主义,这种主义是存在主义在1945—1950年间的第二种面貌。"③同样,现象学之所以能在一个特定历史阶段为小说家们所注意,也在于其内在具有这方面的精神。这种精神在海德格尔身上表现得尤其鲜明。正如他自己所说,"现象学在成为一种理论或体系之前就是一个运动,既非偶然,亦非欺骗,它像巴尔扎克、普鲁斯特、瓦莱里或塞尚的作品那样艰难——同样的专心和惊奇,同样的对良心的要求,同样的把握世界或处于初生态的历史意义的意愿。"④然而一定的对象会对表现方式提出特定的要求,在对象与反映这种对象的方式手段之间,总是存在着某种对应关系。小说对具体人生事态的展示总是离不开形象化和个性化的道路,而哲学对事物本质的揭示,需要有抽象化和概括性的表述。这样,当小说对

① 见《世界文学》1981年第3期,毛姆文。
② 见[法]J.贝尔沙尼等:《法国现代文学史》,孙恒等译,湖南人民出版社1989年版,第13—17页。
③ 见[法]J.贝尔沙尼等:《法国现代文学史》,孙恒等译,湖南人民出版社1989年版,第13—17页。
④ 见[法]J.贝尔沙尼等:《法国现代文学史》,孙恒等译,湖南人民出版社1989年版,第13—17页。

哲学表示出某种姿态时,并没有放松自己的防御,这种情形即便对那些人生哲学也不例外,使之无法畅通无阻地进入小说世界。在这方面成功的例子和失败的经验都不难找到。贝尔沙尼等人指出:"哲学探索和文学创作虽然在存在主义里相互接近,却仍然是两桩平行的、有区别的事情。存在主义作家并未力图把它们融合在一种共同的语言或一种新的言语类型里。"①这可以解释何以作为一种哲学,存在主义有其为数众多的信徒;但作为一个小说流派,存在主义不仅几乎没有超出一代人的范围,而且即使在这个范围内也仅限于加缪、萨特和西蒙娜·德·博伏瓦三人的作品。萨特虽然曾以极大的热情向社会推荐过让·热内,但也仅此而已。究其原因,不外乎萨特等人的作品固然不乏特色,同时也存在着艺术上的局限和不足的缘故,这些优点和缺点都是由哲学造成的。相形之下,狄德罗《拉摩的侄儿》的成功奥秘,也正在于作品中的那位人物形象塑造得十分出色。用狄德罗自己的话来说:"拉摩比起别人来不会更糟糕也不会好一些,他只是更加诚实,更加前后一贯罢了。"②对于哲学的这些有悖于小说表现的种种因素,不少小说家凭借其丰富的创作经验早已有所认识,英国作家毛姆便是这些作家中的一员。他在评价精神分析学在小说中的影响时,一方面表示肯定,指出"精神分析学对于小说家具有广阔的前途",同时也认为,"这是个很聪明、很有趣的花招,但也仅此而已。偶尔用来达到一个特殊目的是可以的,用来作为写作的基本方法就显得乏味了。"③这种乏味来自于哲学本身的抽象性,它要求于我们的是对事物本质的思考。小说固然也同样需要思考,但这种思考不仅要建立在感觉的基础上,而且其最终归宿是回到感觉而不是相反对感觉加以扬弃。在这里,理性的作用在于更好地进行感觉。正是在这里,我们看到,小说家与哲学大师各自站在不同的出口处,已朝着不同的方向走去。这种差异在当今时代的小说革命中变得愈加明显。艾丽斯·梅多克指出:"20世纪

---

① 见[法]J.贝尔沙尼等:《法国现代文学史》,孙恒等译,湖南人民出版社1989年版,第17页。

② 见《狄德罗哲学选集》,江天骥等译,商务印书馆1983年版,第285页。

③ 见《世界文学》1981年第3期,毛姆文。

西欧的小说基本上不同于在社会环境中描写人的 19 世纪小说,因为现代文学的任务是弥补哲学对于人类个性理解的不足,恢复艺术和精神生活之间受到损坏的联系。"①所以,一个小说家不管多么擅长于哲学思辨,甚至拥有哲学家的声誉,但他毕竟不是真正意义上的哲学家,他的作品也并不因此便成为哲学教科书。这便是问题的实质所在。米兰·昆德拉说得十分透彻,他指出:"一个哲学家的思想方法与一个小说家的思想方法有根本的区别。人们经常谈到契诃夫、卡夫卡、穆齐尔等人的哲学,那么,就试着从他们的作品中找出一个严谨的哲学吧。即便在他们直接阐述自己的思想时和在他们的日记里,这些思想也不过是思索的练习、悖论的游戏或即兴的想法,而不是一个思想的确定。"②只要不是过分地吹毛求疵,我们就不难体会出昆德拉的这番不无偏激之言中蕴含着发人深思的东西。

3. 小说与美学

福斯特在他的《小说面面观》里曾经写道:"小说家不能以追求'美'始,但亦不能以缺少'美'终,不美的小说就是失败的小说。"小说在一般意义上作为艺术家族的一名成员,使得人们常常从美学的角度对它作出审视。这在我国的当代文坛也一度成为一种时尚,无论是那种一本正经的抬杠还是那种出于哥们义气的捧场,都言必称"美学",拐弯抹角地同黑格尔乃至鲍姆嘉通攀亲扯故。其结果不仅是各种各样涉及小说艺术规律的高头讲章被漂洋过海地批量引进,而且形形色色土产的余墨戏言也纷纷加上"小说美学"的标签联袂登场。当然,时髦的孪生兄弟是寂静和冷落,曾几何时,当维纳斯的裸体塑像逐渐随同万宝路香烟和彩电、冰箱一起,走进千家万户;蒙娜·丽莎的面纱也成了伴随"改革"浪潮而遍布于街头巷尾的那些个体餐馆的抹布,小说界对美学的朝圣终于也随之告

---

① Stephen Hazell(Author):The English novel:Developments in criticism since Henry James:a casebook (Casebook series), Red Globe Press;1978th edition (March 2, 1978).

② 见《昆德拉关于小说创作的两次说话》,《北京文学》1989 年第 1 期。

一段落,取而代之的,是所谓"西方的丑学"和中国的周口店猿人头盖骨及神农架迷雾。理论上的这种喜新厌旧自然并不意味着真正的超越,事实上,每当人们从趋炎附势的诱惑中清醒过来,便会发现一切依然如故:在小说,如何确定它同美学的关系的问题依然悬而未决。

问题来自小说媒介的观念性和由此而导致的形态上的模糊性。众所周知,语言在本质上是一种抽象符号,它直接涉及我们的理智而间接地反映形象。由于这个缘故,使得一些讲究逻辑的严密性的形而上学家们常常对是否存在"语言艺术"一说表示怀疑。如威廉·普劳尔就曾旗帜鲜明地声言:"艺术与艺术之间在其严格的审美价值方面差别悬殊。音乐在本质上最富于审美价值,诗歌的这种价值却微乎其微。"①著名美国美学家帕克也在其所著的《美学原理》中指出:"许多老话中都表示了一种想法,认为散文文学并不是美术的一种。原因是这样的:同其他艺术相比,散文文学中明显地没有形式美和感觉美,没有装饰性的东西。"因为"在散文中,媒介往往是透明的工具,它牺牲了自己,以免它要向思维揭示的东西和想象力之间存在任何障碍。"结论自然是不言而喻的:"散文文学的美是不完全的。美感的东西的充分意义和价值,不应该在这里寻找,而应该到诗歌、绘画、雕塑、音乐、建筑中去寻找。"

自然,事实一直在对理论家的这种刻板观点加以嘲弄,具体的创作实践早已替语言的审美特性提供了担保,使之在艺术大家族中得以顺利地登堂入室。但在同属语言艺术的诗歌与小说(散文)之间,情形并不完全相同。比较起来,人们似乎更容易承认诗的审美品格而不太情愿向小说颁发这份证书,即令小说像帕克所说,事实上仍然是一门艺术,故而一直与诗、绘画和音乐一样同立于审美对象之林。症结在于二者的语言结构不同。诗的语言对诸如节奏、韵律等的凸显使之明显区别于普通语言,而在小说中这种区别即便存在也并不明显。用朗格的话讲:"许多人在判断散文体的小说的优劣时遇到了困难,其原因大部分在于所使用的媒

---

① 见[美]苏珊·朗格:《情感与形式》,刘大基、傅志强译,中国社会科学出版社1986年版,第334页。

介——推论语言,没有被韵律和节奏所规范的语言——上面。我们的日常谈话时所用的正是这种推论的语言。"①譬如像这么一句话:"1820 年 3 月 1 日,一个汉子在巴黎圣母院的门口站了 3 个小时。"或者:"1939 年古历八月初九,我父亲这个土匪种 14 岁多一点,他跟着后来名满天下的传奇英雄余占鳌司令的队伍去胶平公路伏击日本人的汽车队。"尽管它们分别出自雨果的《巴黎圣母院》和莫言的《红高粱》这两部小说。但将它们当成某个新闻报道、乡区县志乃至个人的履历登记表来读,似乎也未尝不可。由此观之,至少在小说里诚如伊森贝格所说,"句子的性质如何,它是否包含审美信息,并不取决于它本身,而是取决于读者的态度"。读者的态度固然不能使高斯的著作成为一部世界小说名著,但有权使各种报道、史书、文件等与小说为伍,只要它们多少蕴有一些事件,涉及人世间的种种纠葛。随之而来的便是小说形态的模糊性。

形态上的这种模糊性所孕育的,是内涵上的进一步的混淆。根据克莱夫·贝尔给艺术所下的定义:"一切审美方式的起点必须是对某种特殊感情的亲身感受,唤起这种感情的物品,我们称之为艺术品。"尽管这一定义在当代艺术哲学中受到符号学派的修正。以卡西尔和苏珊·朗格的名字命名的符号学美学认为,艺术品是情感的符号化展现而不是情感本身的直接表现。但无论怎样,情感性总是艺术存在的基本规定。也正是在这里,诗与小说表现出各自的特点。英国文艺理论家约翰·穆勒说过:"伟大的诗人往往很自然地对生活无知,他们所知觉的东西来自他们的自我审视。……但作为小说家,这种认识乃是他们的生命。他们必须描写外在世界,而不是人的内在世界。他们要描述行为和事件,而不是描述感情。"②这番话说得十分偏激,但只要我们不是吹毛求疵,那就不难发现这种偏激里也包含着某种深刻。尽管我们在原则上赞同这么一种见解:小说中的故事应该包含有某种独特的情感体验,小说家应该像诗人那样表现感情,而不是单纯地为讲故事而讲故事。但事实上故事就是故事,

---

①　见[美]苏珊·朗格:《情感与形式》,刘大基、傅志强译,中国社会科学出版社 1986 年版,第 331 页。

②　见《约翰·斯图亚特·穆勒选集》第 1 卷,加拿大多伦多大学出版社 1981 年版。

它遵循的是行动的逻辑链而不是情感的必然律;驱使一个小说家坐下来铺开稿纸落笔行文的,首先是向我们述说一个故事的愿望而不是抒发一种感情的需要。对于后者,他可以借助于诗的形式来处理。这显然也正是许多小说家一边写小说同时也写诗的原因所在。这样的"两栖"文人并不少见,其中就有雨果、哈代、屠格涅夫、普希金等人。他们的行动向我们证明:通过诗歌,诗人们抒发一种感情,借助于小说,作家们述说一个故事。所以,艾茨拉·庞德在论述小说与诗的差异时提出,散文艺术(小说)与诗二者虽然都不过是"语言的铺张而已",但归宿不同:当你"希望表达概念和它的各种变化形式,概念和各种作用,它的气氛和各种与它相反的概念;你想知道某一公式是否对所有的情况都能适用,或对百分之几的情况可以适用等等,这样便有了亨利·詹姆士的小说"。与此不同,当你想表现"某种知觉及其引起的感情,或某种引起感情的印象等,最初你用长啸或大叫来表示,进而用舞蹈、用音乐来表示,又进而用带文词的音乐来表示,再进而用带音乐的文词来表示,或有节奏的词,或有韵律的词来表示,而这种韵律保留了某些感情印象,或产生这种印象的感情本身的明确特征",这便是诗。① 诚然,由于人的价值活动的连贯性,小说家对某一个故事的叙述有时也伴随感情,但它毕竟只处于一种附属的位置,不能喧宾夺主地篡夺故事的正宗宝座。唯其如此,极端地来看,一个情感因素稀薄的故事陈说或许不是一篇伟大的小说,但毕竟还能被名之为"小说";然而反过来,一个缺乏故事的陈述可以是散文、杂谈、报道或其他等等,决不能称为"小说"。而一旦与情感表现分手,小说的审美品格势必也就名存实亡,失去其赖以立足的根基。

如此这般的现象不能不让人们产生这样的疑虑:小说究竟能否算是一门艺术? 倘若是,那么又该如何来确定其身份? 对这样的困惑加以澄清,同样需要按部就班地进行,首先我们可以作出一个判断:小说文本的性质对读者有依赖性,不足以成为我们否认小说具有审美规定性的根据。

---

① 庞德:《严肃的艺术家》,见《现代美英资产阶级文艺理论文选》上册,刘若端等译,作家出版社 1962 年版。

因为事实上,这乃是一切艺术作品的普遍特征。马克思说得好,音乐只有对于音乐的耳朵才是"存在"的,对于"非音乐的耳朵",再美的音乐也毫无意义。这当然不排斥音乐在那时也能起一定作用,即便"对牛弹琴",也能够使牛多产奶,但这当然与审美无关。同样,在那些性变态者那里,一座维纳斯的塑像也能被"欣赏",但这是一种特殊的欣赏,塑像成了他们"意淫"的工具。所有这些都清楚地表明,美是一种审美关系的产物,它既是这种关系的体现,也存在于这种关系之中,艺术作品作为这种关系的物化形态,需要人们以审美的方式去对待。艺术接受活动决不仅仅是对艺术对象的欣赏,而是将这种对象艺术地加以欣赏。只要我们对此没有异议,那么当然也就没有理由对小说文本的审美信息在很大程度上依赖于小说读者的态度这一观点表示怀疑。真正需要分析的倒是小说文本与情感的关系。因为"审美经验或者艺术活动,是表现一个人情感的经验,而表现它们的活动,就是一般被称为语言或艺术的那种总体想象性活动,这就是真正的艺术。"①不管那些正统批评家如何试图替小说的艺术特质引经据典,如果无法在小说与情感体验之间建立起紧密的联系,那么小说在艺术世界中永久居留的希望就十分渺茫。在我看来,前景当然并不悲观,但在这里,我们需要对一个事物的情感表现与它是否具有情感效应加以区别。换言之,事物可以不是对情感的直接表现,但这并不妨碍它在某种特定环境里具有情感的效应。小说中的故事就是这样,即使作家在讲故事时至少在表层结构上并非直接表现某种感情,也不妨碍读者在阅读故事时常常能激发起一种情感反应。这种效应既来自故事文本在形式上给予我们的一种快感,也来自于故事内容对社会生活的反映。小说既然是对大千世界的剪影,离不开人的命运和生态,它的舞台上所上演的无非是各种各样的生离死别和爱恨交错,涉及男女老少、健康人和残疾者。所谓故事,也便是这些现象的切片和抽样。对于这些,故事的讲述者或许可以一种故作洒脱和超越之状,不动声色地加以述说,故事的读者们

---

① ［英］罗宾·乔治·科林伍德:《艺术原理》,王至元等译,中国社会科学出版社 1985 年版,第 281 页。

则往往难以摆脱那种兔死狐悲的感受,产生这样那样的共鸣。在这里,感情的泉源来自于故事中人的生活的再现:无论是孩子的幼稚还是长者的固执,是匹夫的幻想还是伟人的抱负,是奋斗者的幻灭还是厌世者的超脱,都是对人的一种动机的揭秘,因而也都能在我们的心灵的峡谷中引起感情的回声。总之,"散文并不一定要有感情"的真正含意并非指叙述与感情对立,而是指它可以描绘感情但并不一定直接表现(抒发)感情。这便是小说作为艺术而存在的理由:凭借着对人的价值世界的反映,小说使我们产生相应的情感反应;由于存在这种反应性,小说便具有某种审美品格。

正是基于上述认识,更多的批评家不赞成没收小说在艺术世界中开张营业的执照,而只是坚持二者不能相提并论。在他们看来,同诗相比,小说充其量不过是艺术女王陛下的二等公民。这种观点的逻辑依据建立在这么一种现象之上:通常,诗的接受面积固然小于小说,但阅读的"重复率"则要大大高于小说。一首好诗倘若能引人注目,每每会被人们反复吟诵、经常品味,但一篇小说即使非常精彩并且赢得了人们的喜爱,至少在读后不久的一段时期里,很少有读者会重新去反复阅读。导致这种差异的原因无疑是多方面的,"新批评"派的开山者之一托·休姆认为,是由于两种文学体裁的价值结构不同,他打过一个著名的比方:"诗是一个步行的人带你在地上走,散文是一辆火车把你送到目的地。"①小说以故事为文本的肌质,故事的"潜因果关系律"使之具有一种历时态的特点,蕴含有某种结局和指归。因而对于故事,人们自觉不自觉地总是有一种想了解下文的期待感,这种期待感构成了小说文本的接受模式,反过来制约着小说的形态建构。与此不同,诗是一种情感抒发,对诗来说,过程就是目的,它通过每一种景色和意象来垒筑其情感的方程式,读者解读的过程便是对这个方程式的解构。这样,当小说的期待感在无意识之中使人无心专注于过程中的各种景色,而一心乘着悬念的列车直扑目的地时,

---

① 休姆:《论浪漫主义和古典主义》,见《现代美英资产阶级文艺理论文选》上册,刘若端等译,作家出版社1962年版。

诗总是让人去细细地咀嚼每一滴心灵的甘露,体察感情的波动。相形之下,存在于过程中的东西总是要多于目的地的承诺,而这也就构成了诗与小说在审美上的差异。正是由于这个缘故,法国著名传记文学家安德烈·莫洛亚认为,"传记在美感方面大概比小说有某种优越性。在我们阅读一位著名人物的传记时,我们早已知道主要的波折和事件的结局。初看起来这会削弱阅读该书的兴趣,但实际上,只要书写得好,这会产生完全相反的效果。"因为在这时,我们"就好像在熟悉的地方漫步,勾起了我们的回忆并补充这些回忆。我们散步时的平静心情促进了美的感受。"①莫洛亚对传记文学的艺术特点所作的分析无疑是精辟的,其奥秘在于切断读者对结局的那种通常意义上的期待,这样就能调整读者的接受准备和心态,使之更多地将注意力投入过程之中。这就在一定程度上促使传记文学向诗靠拢,所以莫洛亚在回答"传记能不能具有诗的价值呢"这一提问时明确表示:"是的,我以为是的。"②不过这一方法显然并不复杂,如果仅仅改变一下叙述的展开方式便能成功地移植一种艺术结构,那么小说文本似乎可以作同样的尝试。这种尝试事实上已经在现代小说的实践中大张旗鼓地展开,但那些成功的例子却向我们昭示,小说中对过程的强调并不意味着对结局的排斥,期待感永远是一切以叙述性为构架的艺术文本的核心机制。小说家一旦忽略或轻视这一点,他便会受到艺术女神的黄牌警告。对此,传记文学同样能以身显法。莫洛亚指出:"使传记具有小说的兴趣的正是对未来的期待,……即使讲的是一位著名人物,读者清楚地知道,主人公将成为伟大的统帅或伟大的诗人,我认为,第一句就说明这一点是荒谬的。"③正确的做法应该是"装作你不知道这是一位伟大统帅的传记,你忘记了他的前程。"这种装假便是艺术的本质所在。因为期待感与体验性并不同构,它们有其不同的价值指向:前者注重

①　莫洛亚:《传记是艺术作品》,见《法国作家论文学》,王忠琪等译,生活·读书·新知三联书店1984年版。
②　莫洛亚:《传记是艺术作品》,见《法国作家论文学》,王忠琪等译,生活·读书·新知三联书店1984年版。
③　莫洛亚:《传记是艺术作品》,见《法国作家论文学》,王忠琪等译,生活·读书·新知三联书店1984年版。

于动态的结果,后者侧重于静态的过程,当期待感占据上风时势必抑制对过程的体验,反之也一样,在体验性处于一统天下之势时,期待感会不同程度地被削弱。问题在于这种体验的美感并非叙事艺术所独有,而期待的愉快却非它莫属。这样,小说如果过分地追求体验性,注重过程的魅力,它只能以放弃期待的价值作为代价,其结果是导致小说形态的面目全非,面临失去生存优势的危险。

可见,小说的审美价值的长处同时也便是其短处,这是一个事物的两个方面。从这个意义上讲,小说的"一次性消费"与其说是它作为艺术的弱点,不如讲是它的审美特点。因为小说本来就无意在这方面与诗歌争雄比美,它的价值在于反映人生的大喜大悲而不是各种细腻的瞬间感受和突然爆发的情结意绪;它的独特魅力在于接受过程中体验的强烈催化和大起大落,而不是隽永持久的咀嚼和寻觅。其原因在于小说的审美价值基点偏于内容方面。必须承认,艺术的一个基本特征是对形式的依赖性,如马克·肖勒所说,只有谈论完成了的内容也就是形式化了的内容时,我们才是在谈论艺术。这个定律同样也为小说文本所遵循。约翰逊在论及乔伊斯小说的意义时指出,《尤里西斯》的题材任何人都会写,"但是,由于利用了形式、风格和语言技巧,他使这部小说变成了一种高明得多的东西"。因此,在这里,"重要的是他是如何写成的,重要的是他通过什么词句和形式的手段,使事物在读者面前发生。"①但形式与内容毕竟有各自相对的独立性,艺术家所做的是如何设法使二者融为一体,这种融合的方式并不完全一样。一个最好的音乐家所做的是设法将内容消灭为形式,而一名杰出的小说家所做的则是如何让形式融解为内容本身。因为对音乐而言,内容(思想、题材)等是"并不存在的",实际触及于我们的审美感觉系统的,是音乐的运动形式(旋律、节奏等等);但对小说,作为形式的语言媒介只是故事的负载工具,在这里形式具有某种"隐形"性,它的使命在于将一个被它所着色、打磨过了的故事推到我们面前。这个

---

① 约翰逊:《小说:形式与手段》,见崔道怡等编:《"冰山理论":对话与潜对话》下册,工人出版社1987年版。

故事作为一种由作家的想象力和虚构力所孕育出来的生活幻象,已不是生活本身的实际拷贝,而是它的符号投射。但这是一种"具象符号",而音乐和抽象绘画中的符号则是一种"抽象符号"。所以,符号的一般构成——能指与所指的关系在作为具象符号的小说中,所指总是显得相对地突出一些。深入地来看,小说在审美上的"一次性"显然与此有关。美国学者坎尼斯·勃克指出:"音乐比起与它同等好的散文来更加不怕重复,其原因有一个就是音乐的性质在一切艺术中更不适于知识的心理学,却比较接近形式的心理学。在这里,形式不会蜕化。"与此不同,同样好的散文之所以不能做到令人百读不厌,乃是由于它多少偏向于内容,以思想的美感为核心。这种美感的基础是知识性的,而"一旦得到了那种知识,知识的美感价值就消失了"①。

那么,摆在我们面前的问题便是:小说是艺术吗? 或者说,小说不是艺术吗? 将以上所述归结起来,关于这个问题我们似乎可以阶段性地给出一个欧姆加点。这就是说,小说作为一门艺术的特点在于它在某种程度上存在着非艺术性,换言之,这是一门具有非艺术性的艺术。不言而喻,这便是导致对小说的性质把握迄今仍然见仁见智的根源所在,但这种格局的出现本身也就意味着小说形态的多维性。它提醒我们在审视小说的艺术特质时,不能用那种"非此即彼"的方法作为准则,而必须以"亦此亦彼"的态度作出裁决。

第二节　小说的意识形态

"意识"既是一个心理学范畴,同样也是一个哲学领域的概念,它指的是人脑的一种机制,这种机制具有对客观现实的反映功能。按照马克

---

① 勃克:《心理与形式》,见《现代美英资产阶级文艺理论文选》上册,刘若端等译,作家出版社 1962 年版。

思的见解,意识一开始就是社会的产物,所以,人的意识主要也就是人的"社会意识",指的是人类社会的精神生活方面,这些方面的系统化构成为"社会意识形态"。小说作为作家对生活进行审美评价的产物,其意识形态性表现在它的反映性上。但它是一种特殊的意识形态,这种特殊性具体存在于它同政治、宗教、道德等左邻右舍的关系中。

1. 小说与政治

在以往关于小说的理论探索中,总有那么几个问题显得说不清、理还乱。当批评家们忙于在新的思辨领域内攻城略地时,这些问题虽然会暂时被大量新的更紧迫的课题所湮没,但并没有真正得到解决。因而一俟机会降临,它们便又会纷纷抖落身上的尘土躬逢其盛,成为创作实践紧跟在批评先驱之后长驱直入的一大障碍。

小说与政治的关系便是其中之一。不仅是由于对小说一度沦为政治思想的扬声器而导致自身全军覆没的灾难记忆犹新,也因为对这两种意识形态有其截然不同的功能有了清楚的认识,使得当今时代的批评家们普遍厌恶于小说同政治重修旧好、再结良缘,程度不同地倾向于小说的非政治化。不能不认为这种心愿是一种自我保护的反应,因而是可以理解的。也应该承认,小说家有权在自己的创作题材和主题上作出选择,相对地淡化政治色彩。在一部世界小说史上,这样的成功之作并不少见,至少可以开列出这么一些小说的名单:张洁的《爱,是不能忘记的》,埃里奇·西格尔的《爱情故事》,梅里美的《高龙巴》,茨威格的《一封陌生女人的来信》,萨冈的《你好,忧愁》,塞林格的《夫妇们》等等。然而同时我们也看到,多多少少涉及政治的优秀之作也为数不少。如萧洛霍夫的《静静的顿河》和《一个人的遭遇》,都德的《最后一课》,法捷耶夫的《青年近卫军》,以及苏联当代小说名篇《日瓦戈医生》、《癌病房》。在我国当代文坛则有王蒙的《布礼》、《蝴蝶》,宋小平的《桑树坪纪事》等等。这些作品的成功向我们证明,一部小说的政治色彩的浓淡并非衡量其价值高低、品位优劣的标尺,小说家们既可以通过对政治题材和主题的确立来施展身手,创作出黄钟大吕之作,同样也可以回避这类现象来取得独特成绩。究根寻源地来看,原因无非在于政治一方面作为人类社会生活的基本组成部分是一种客观存在;另一方面,虽然政治常常波及许多领域,但并不能君临人类生存活动的一切环节。唯其如此,我们可以认为,那种过分注重小说与政治的关系,强调"小说为政治服务"的主张并不科学;反过来,极端地仇视政治,企图割断小说与政治关系的主张,同样失之片面。作为一种独立的社会意识形态,小说自然有其自主权,但这种权利的存在标志应该是自由地出入于人类生活的一切方面,根据创作主体的生活积累、审美趣味和表现意图自由地作出选择,而既非单方面地同政治结缘,或反过来同各种牌号的"为艺术而艺术"论签订一项非政治化的契约。

上述分析无疑是十分正确的,但显然仍不能令人感到满意。因为使我们感到困惑的不在于小说与政治的这种一般关系,而在于小说之所以不仅无法洁身自好地回避政治,而且常常出现"越界"行动,情愿或不情愿地要同政治发生暧昧关系,以致在某种意义上导致"一切文艺皆为宣传"的局面。为此,需要我们首先对"政治"的内涵有一个清楚的把握。按照马克思的划分,一个社会好比一幢建筑,有基础和上层建筑两部分。前者是人们的经济活动,后者包括受这种活动制约的政治、法律、宗教及社会意识形态等等。其中政治代表一种制度和政策的确立和实施,是经济利益的集中体现,它直接关系到物质产品的分配和物质生产力的发展。因此,政治在整个上层建筑中处于突出的地位。它要求其他的意识形态因素符合于它的利益,对整个国家的面貌和历史发展前景产生重大影响。因为一个社会的存在首先有赖于物质生产条件提供保障,用马克思的话来讲,人们只有在解决了衣、食、住、行等问题之后,才能进一步来从事诸如科学研究和艺术创作这样的文化事业。这样,在每个人具体的生活内容中,政治因素势必相应地占据一个重要位置,这构成了艺术的审美反映的客观对象。对于这种对象,诗歌所以相对地加以淡化,其内向性特点决定了它需要以人的情绪的直接表现为内容。而小说的使命则在于表现描写对象的宏观性和历史性,它在体裁和篇幅上的规模决定了它在反映社会生活方面较诗歌形式要显得相对阔大,它对人的心理特点和情绪意念的揭示,同样也是为了更完整地反映人的面貌,展示人的命运。因此,诗能够相对淡化政治内容,但小说却不能,它所承担的随着时空关系上的扩大而全方位地反映生活的使命,决定了小说对政治题材的回避将会大大限制它的创作空间,从而削弱它在艺术上的优势。

不过有必要指出,现实中对人的命运具有影响的,既有客观因素也有主观因素,如莎士比亚笔下的悲剧主人公之一奥赛罗,他最终杀妻自戕的悲惨下场即便不像普希金所说的,仅仅是嫉妒心盲目膨胀所致,但也不能否认这种主观因素是这出悲剧发生的重要因素之一。而且在客观因素中,不仅社会力量,自然力量也是一个基本方面。小说《爱情的故事》中,直接妨碍男女主人公白头偕老的罪魁祸首便是病魔,而不是社会因素。甚至在社会因素中,除了政治,道德也是一个不容忽视的方面,张洁的《爱,是不能忘记的》所反映的显然便是这个问题。然而尽管如此,我们还是得承认,在政治对抗作为社会的主要矛盾而存在的历史阶段,硬性推行小说的非政治化,不仅同当年使小说与政治强行"婚配"一样是个灾难,而且也是不现实的。记得恩格斯当年在《英国工人阶级状况》一文中写道:"我们随便把目光投到什么地方,到处都可以看到经常的或暂时的贫困,看到因生活条件或劳动本身的质量所引起的疾病,以及道德的败坏,到处都可以看到人的精神和肉体在逐渐地无休止地受到摧残。难道这种状况能够长久地继续下去吗?"这里就清楚地显示出政治活动的道德背景,这种背景集中反映在一定的政治制度对社会财富的分配关系是否公平上,其实质在于代表着什么人的利益:当一种政治体制符合社会多数人的利益时,它具有合理性和进步性,反之则表现为不合理和反动。这表明人类的政治活动同样也是人类的一种社会行为,因而具有道德内涵,这种内涵通过与人的命运的密切联系而具有一种或善或恶的品格,并由此而获得一种美学上的意义。进步的政治格局不仅能够解放生产力,提高物质生产水平,实现民富国强,而且能不断提高全社会的精神文明程度。反之,反动的政治格局则在替生产力的发展设置路障的同时,会败坏社会的道德风尚,使民族的创造力趋于崩溃。所以,不仅仅是经济还同道德一起,构成了政治活动的基本面貌。这样,政治也就不仅作为作家创作对象而存在,同样也以一种创作动力作用于创作主体。它所蕴有的善恶是非品格在激起政治家的政治热情的同时,无疑也能激发小说家们的巨大创作愿望,使之投入艺术生产中去。不言而喻,这也便是小说家们一方面厌恶政治家们依仗其手中的权力对文艺创作发布指令性计划,另一方面又常常在一种平等关系中心甘情愿地投身到政治活动中去,为某种政治格局的确立和巩固而效劳的原因所在。在中国现代文学史上,鲁迅的小说创作是一个突出例子。20世纪30年代初,他在《自选集》的自序里就表示,自己的创作"也可以说是'遵命文学'。不过我们遵奉的,是那时革命的前驱者的命令,也是我自己所愿意遵奉的命令,决不是皇上的圣旨,也不是金元和真的指挥刀"。在这里我们看到,一旦摆脱那种不正常的屈从关系,在小说与政治之间还是存在着某种默契。换言之,政治不仅能为小说家的创作提供素材,供他立马中原地大显身手,而且也能充当作家创作激情的酵母,诱发出巨大的审美冲动。

由此也可见出,小说领域对政治有时表现出兴趣,其实也不过是借花献佛,即通过具体的政治事件来表现人的生存状况。政治既然是人类的一种社会行为,归根到底是具体的,通过某些人事而得以体现,而不是抽象的。同样,政治制度的合理与否,最终也落实于对实在的社会成员的处置上。因此,通过政治事态的变化来表现人的命运的变化,借助于政治格局中人的社会表现来探索生存的真实意义,这才是小说中引入政治内容的目的所在,而不是反过来以一部分人所遭遇的不幸和不公正对待等等来控诉某种政治路线的失误,揭露某个政治集团的罪恶。尽管在小说家真实地展示生活的过程中,常常在客观上伴随着这种控诉和揭露,但由于最终指向的不同,使得小说家在表现这方面的内容时往往具有一种超越性,即他并不把焦距对准某个具体的政治事件本身,而是聚焦于体现这种政治力量和行为的具体的人。因为任何社会行为最终都是由人来承受,在这里,作为执行者的个人的人格结构、精神面貌以及能力、才干等等,对于行为的后果多少会产生某种影响。这是小说家与政治家在审视点上的区别:在政治家,他所着眼的是客观力量对主观意志的掣肘;而在小说家,他所着眼的则是主观方面对客观的相对控制。这种差异决定了小说与政治的关系的实质,即使两者偶尔同居,也是同床异梦,难以做到夫唱妻随、生死与共。《北京文学》1990 年第 1 期刊登的刘庆邦的中篇小说《宣传队》,可以作为上述观点的极好佐证。这篇小说通过一支在那个特定时代里诞生的公社文艺演出队的活动,真实地再现了已经成为历史的那种生活。这支演出队由临时从公社的各个部门抽集的人员拼凑而成,他们中有食堂炊事员、小学教师、待业中学生、民间盲艺人、复员军人和公社所在地的小镇上的居民等等,任务是演出《收租院》、《红灯记》等以宣传从上面传来的最新指示,提高广大贫下中农的阶级觉悟,要他们不忘阶级斗争。由于蹦蹦跳跳吆喝几声相对地比干农活要来得轻松,而队里的"工分"又可以照拿不误,也由于在当时除此之外没有其他的文化娱乐活动,在这种情况下,这项差事多少显得层次高一些,并为人们所羡慕,再加上既是文艺团体,就少不了有能拉会唱的情男艳女,来到这个演出队的人都还挺乐意。但生活总是不平静的,本来就是一帮乌合之众,说不上有什么真正的文艺素养,加之演出内容的苍白虚假,天长日久,无聊乏味之感逐渐滋长。于是男女之间的风化事件层出不穷,人类劣根性中的那种排他性和自私性本来就难以升华,在这种环境下自然就更加如鱼得水。从暗地里钩心斗角、争风吃醋发展到明火执仗的互相拆台和陷害,演出队就在这样的格局中落幕收场。这中间无疑有政治,但更主要的是有人和人的生活。从这里不难看出,小说反映政治,乃是因为政治本身是生活的一个组成部分,通过政治小说表现的依然是生活。在这个过程中里,小说是以自己的方式,根据自己的特点而作出选择和处理,使之媒介化和构型化,成为一种审美符号,以便让我们从中领悟到某些人生真谛,对人的历史位置和生存处境作出反省。在这里,我们看到政治也不过是舞台背景的组成部分,各种各样的人在这一背景下作出各种不同的表演和造型。凡是反动的政治格局往往成为小人们得以飞扬跋扈倒行逆施的阶梯,反之,进步的政治格局则为那些道义英雄和仁人志士的建功立业提供机会。概而言之,在小说中,政治不仅被人格化了,而且人格化了的政治已经不再是一种单纯的政治,它成了善与恶、是与非的放大镜和加温器,是我们取道于它进入到人类社会深层结构和人类灵魂最隐秘处的一条捷径。

我们如果能够接受上述分析,那么同时也就必须意识到这么一个事实:当我们在具体地评价一部小说时,不能单纯地从作品所反映的生活的政治背景着眼,作出肯定或否定;而应该全面地来看,从作品的艺术表现入手。在这里,"真实性"依然是一个最具权威的参照系。纵观世界小说史,一个很能说明问题的例子是两位美国女作家的小说:皮丘·斯托夫人的《汤姆叔叔的小屋》和玛格丽特·密西尔的《飘》(又译《乱世佳人》)。前一部作品讲的是一个悲惨的故事,主人公汤姆是美国肯塔基州的庄园主谢尔比的一个黑奴,由于他品格高尚,为人忠诚,主人让他当了总管。但不久谢尔比破产了,出于迫不得已将汤姆卖给奴隶贩子海利抵偿债务。汤姆为了不连累别的黑人兄弟,放弃了逃往加拿大去的机会。在去南方的船上,因为救了不慎落水的白人女孩伊娃而被其父亲克莱亚买去。在那里汤姆度过了一段平静的日子,但厄运又再度降临。克莱亚在一次劝架中死于非命,汤姆随之而被转卖到雷格里庄园。新主人起先有意重用他,让他充当他的工头。汤姆利用工头的权力袒护一些遭受主人欺侮的黑奴,终于得罪了雷格里,并遭毒打而致死。后一部小说所涉及的故事也发生于美国历史上的同一个阶段,但其政治观点与前者迥然不同。它以南北战争前后十几年间美国南方的佐治亚州为背景,以一个种植园主的女儿为核心人物,同样叙说了一个不幸的故事。但这个故事的主人公斯嘉丽生性高傲、强悍。在她16岁那一年南北战争爆发,情窦初开的斯卡雷特疯狂地爱上了童年伙伴艾希礼。但艾希礼却娶了他的表妹梅兰妮。这使斯嘉丽愤恨至极,一气之下她以嫁给梅兰妮的哥哥查尔斯作为报复,因为查尔斯正是艾希礼美丽的妹妹霍妮的热恋对象。但婚后不久,查尔斯便应征入伍,死于战场;战争也随之结束了。成了寡妇的斯嘉丽独自承担起支撑自己与艾希礼两个家庭的重担。其时她正处于母亲病故、父亲精神失常的困境。心灰意懒的艾希礼无力重整家业,斯嘉丽起早贪黑地操劳,不惜一切代价地扩展家族的力量,甚至将自己妹妹的未婚夫弗兰克也抢过来,以便控制他的资产,目的达到以后又无情地将弗兰克弃之一边。不久,弗兰克在同侮辱斯嘉丽的仇人的决斗中丧生,27岁的斯嘉丽又投入军火商罗特的怀抱。但直到此时,她仍然在心底里爱着艾希礼。

而艾希礼在妻子梅兰妮死后，再度拒绝了斯嘉丽的爱情，使她终于明白，只有瑞德才是她此生唯一可以在一起好好生活的伴侣。可惜为时已晚，此时，瑞德由于知道她在感情上背叛了自己而将她抛弃。

从上述的故事梗概里，我们可以看出两部作品在政治态度上的巨大差异：《汤姆叔叔的小屋》是对当时美国社会中还普遍存在的种族压迫现象的抵制和控诉，在政治上符合"废奴主义"的时代激流，具有进步性。而《飘》则是从鲜明的南方庄园主立场出发，对那个逝去了的格局表示了极大的同情。但这并不妨碍这部小说同前一部一样，在文学史上占有一席之地。该书从1936年初版起，就轰动全美国。头一年发行量就达150万册，成为该年度美国第一畅销书；第二年获普利策小说奖和国家图书奖，1939年被搬上银幕，由英国著名影星、一代莎剧大师劳伦斯·奥立弗的夫人费雯丽主演的《乱世佳人》，还一举夺得了好几项奥斯卡金像奖。当然，一时的轰动效应和发行量并不能完全反映出一部作品的实际的艺术价值。但对于《飘》来说，事实不仅在于它迄今已被译成30多种文字，风靡全世界，而且还在于这种成功名副其实地反映出这部作品在艺术上所拥有的巨大的美学力量。对作品的深入分析告诉我们，正如《汤》在文学史上作为一部小说的巨大声誉，并非仅仅由于它赞美了一种民主精神和黑人的人格力量，而是因为它真实地反映出了一个时代的缩影、一段历史的必然命运，并且在此基础上塑造出了一个可信、可敬、可亲、可爱的黑奴汤姆的形象。同样的，在《飘》这部作品里，我们也看到了客观生活的真实和作家在表现这种真实时所体现的一种主观情感的真诚。这种真诚使得这部作品一方面赋予斯嘉丽这位庄园主女儿火一样的激情，烈马般的性格以及执着的信念；另一方面也揭示出她身上的极端自私和狂妄自大，使我们看到形成这种品质的阶级根源。这种真诚也使作者在表现了她对一段已经一去不返的历史的哀伤和惋惜的感情的同时，向我们展示了一个腐朽阶级不可挽救的灭亡的命运，昭示出"时代潮流浩浩荡荡，顺之者昌，逆之者亡"这样一个简单而深刻的道理。

所以，"真实"，这永远是一部小说在艺术的土地上繁衍生长的立足之本。但这不仅并不意味着小说可以因此而回避或超越于政治生活之外,恰恰相反,它鲜明地反映出小说内在的政治基因。因为政治作为人类社会的一种现象,归根结底是人们的愿望的一种体现。这种愿望同小说家们追求人类进步的心态有着相通之处。只要一部小说真实地反映一个历史时代的人们的心愿,它就必然能够与同样是这种心愿的一种体现的这个时代的进步的政治意识相呼应,从而自觉不自觉地对这种政治意识的影响的扩大和深化起到推波助澜的作用。这也就是那些宏观地展示社会生活的小说,不管作家本人是否愿意,常常会受到来自政治方面的各种议论和关注,受到那些政治家们的喝彩或斥责的原因所在。其结果自然是有喜也有忧:一部作品有时会意外地蒙受不白之冤,被打入冷宫,但时过境迁之后却又会受到过分热烈的赞扬,被赋予名不符实的光荣。对小说家来讲,他除了以自己的人格作为担保,努力去真实地展示社会历史和人生现实,舍此别无选择。而在这一过程中,事实上他已将自己纳入一种政治轨道,人类正是沿着这条轨道通向更为美好和光明的前方。这就像诗人艾青所说:"愈是具有高度真实性的文艺作品,就愈是和一定时代的进步的政治方向一致。"因为进步的政治方向本身就是历史的必然产物,它是"真"的体现。在当代社会,这就是马克思当年所提出的为全人类的彻底解放而奋斗。从这里我们也可以看到,小说之所以需要"真",是因为艺术的"自律"——艺术不能说谎。而一部小说如果具有了真实性,它也就同时拥有了善——与进步的政治力量殊途同归。而判别这一点的基本标志便是"人民性"。因为进步的政治力量过去是、现在是、今后也仍将是代表全人类的总体利益的。

基于以上所述,我们可以对小说中的"纯艺术"论作出终审判决。如果说它在音乐、绘画等感觉艺术中多少仍有生存的余地,那么,在小说世界中肯定无法立足,因为小说必须直接介入实际的人生社会。还得进一步加以指出的是,政治对小说的影响往往擅自行事,它并不顾及小说家是否愿意接受,以及小说本身是否能够从容不迫地承受。这种影响主要体现在政治行为和事件、政治体制和政策,以及政治观念和意识三个方面。政治行为和事件对包括小说在内的人类艺术文化的影响,最突出的便是战争。战争是政治的极端形式,它的破坏性以及所引起的社会震荡,往往波及一个国家和民族乃至整个世界,对于小说创作而言,则往往是通过对读者接受需求的制约而调整作品的风格、题材以及主题甚至体裁。如二次大战后期,由于纳粹德国对英国本土发起攻击,迫使文学家们纷纷撤离到美国,这极大地推动了美国的文学创作的繁荣。战争也曾改变诺贝尔文学奖获得者黑塞的创作路子,迫使他放弃对小说领域所作的那种追求形式美的特点的尝试。对这一点,黑塞在几十年后仍然不无遗憾。他曾在一篇序文里谈道:"当时,通过《骏马山庄》这部小说的写作,我在手法和技巧上都达到了我本人所能达到的高度。此后,我在这方面再也没有前进过一步。当时的战争不允许我再往这方面发展,不允许我成为完美形式的大师,却使我陷入令人困惑的问题中去,面对这种问题,纯美学的方法就再也不能坚持下去了。"①但同政治行为和事件相比,一个社会的政治体制和政策对小说创作的影响,显得更为持久和稳定。一场政治风波可以成为过去,一个政治事件也会被新的事件所取代,但一种政治制度一旦确立,则常常不会轻易消失。更重要的是,这个因素由于直接与权力相联系,因而能够通过对小说家们的生存方式和生活条件施加压力而对小说创作产生影响。世界文学史上的古典主义时期的创作便是最好的见证,那种节制情欲、张扬理性的创作主张之所以能够风靡一时,无非是因为这种主张符合当时那种一切以君主为核心,强调"朕即国家"的封建专制主义的利益。唯其如此,朝代的改换,一种政治制度的更迭、嬗变,小说等创作领域往往也会遥相呼应,表现出从体裁、方法到风格、追求等方面的改变。普列汉诺夫指出,正如古典悲剧是 17 世纪的法国封建阶级的剪影,"流泪喜剧是 18 世纪法国资产阶级的肖像。这是完全正确的,无怪乎它也叫作资产阶级戏剧。"②艺术体裁的改换,实质上是艺术思想的改换,这种思想的政治色彩来源于政治意识的渗透。而这种政治意识又是社会意识的一部分,存在于社会成员的心理平面上。从这个意义上说,"非政治化"同样也是一种政治意识的表现。任何政治意识都只有借助于权力

---

① 见《牧童与牧女》,见易漱泉选编:《外国中篇小说选》,湖南人民出版社 1982 年版。

② [俄]普列汉诺夫:《从社会学观点论十八世纪法国戏剧文学和法国绘画》,曹葆华译,人民出版社 1983 年版。

机构,通过某种政治体制和结构方能得以贯彻执行,而这是政治能够办到的。古今中外的小说发展史表明,小说创作的繁荣与政治体制的民主性成正比,在专制政治的文化环境中,无论是小说家还是小说读者,都无法根据他们各自的艺术需要和审美趣味来进行创作和欣赏。一部中国当代文艺中的"文革"断代史为之提供了反面的例子,人类迄今仍引以为荣的古希腊文学则为之提供了成功的典范。恩格斯曾经指出:"对于在特洛伊城下仅仅作为军队出现的希腊人来说,人民大会是进行得十分民主的。"温克尔曼说得更明确,他写道:"希腊艺术达到卓越成就的原因,一部分在于天气的影响,一部分在于希腊人的政治体制和机构及由此产生的思想情况。"具体讲,"在希腊,自由随时都有它的宝座。"①正是基于这个认识,克莱夫·贝尔在《艺术》一书中直截了当地提出,对于一个时代与一个国家包括小说在内的艺术事业是否繁荣,政治家们负有很大责任。因为只有"他们可以撤销那些吹毛求疵的法律,废除对于思想和言论、行动的种种限制"。撇开其总体的美学体系不谈,就这一具体见解而言,我们也不能听而不闻。审美从来都是人类自由意识和本质力量的高度张扬,因而,当我们对借着小说的意识形态的独立性而兜售"为艺术而艺术"的古老神话表示怀疑时,似乎也不能顺着"强化使命感"的渠道投入到"文以载道论"的怀抱。比较起来,更为确切的提法似乎是:"文常涉道"。正如小说并非科学和哲学的代销店和小卖部,小说也同样不是政治观念的零售摊。然而尽管这样,我们也还得看到:一部具有史诗风范的作品,本着对艺术真实的追求而在客观上体现出一种政治归趋和一定的进步的政治倾向,这不仅不会损害它的艺术价值,而且肯定会使它显得更加伟大。

2. 小说与宗教

"你早已与宗教绝缘,但现在信仰的需要却前所未有地向你施展出

---

① 见朱光潜:《西方美学史》上卷,人民文学出版社 1963 年版,第 286 页。

它辉煌的诱惑力。"几年前,青年诗人杨炼在一篇文章里如此论述现代诗的发展走向。诗人的审美嗅觉异常灵敏,正如他所说,当尼采大声宣布"上帝之死"的声音尚未飘逝,现代诗却令人惊讶地出现了一种向宗教返归的趋势。但只要我们顺此方向将视野拓展开去,便能发现,在人类艺术发展史的波峰浪谷之间,宗教意识从来就未完全销声匿迹。例如,被誉为现代雕塑之父的罗丹,在同葛赛尔的交谈中说道:"伟大的艺术家,到处听见心灵在回答他的心灵。什么地方找得到比他更信宗教的人呢?"属于现代抽象画阵营的"蓝色骑士派"的首领弗朗兹·马克甚至声称,古往今来,"没有一个伟大的'纯洁的艺术'是无宗教的;艺术愈宗教化,它就愈有艺术性"。

对于艺术家们的这种心态,理论家们常常以"恋母"情结来解释,即艺术在发生学上曾经吸取过宗教文化的乳汁,这使得艺术在以后的发展历程中,很难完全摆脱宗教的影响。此说的主要依据是艺术起源于巫术说,但却把巫术与宗教混为一谈。宗教学家罗伯逊在《基督教的起源》一书中指出,巫术与宗教并没有因果关系,"最原始的社会都有巫术,但是并没有宗教"。达尔文的一些实地考证材料也向我们证明了将艺术起源仅仅归之于宗教是缺乏根据的。1871 年,他在火地岛上探查,发现那里找不到任何宗教仪式的痕迹,但却有舞蹈、歌咏、文身和装饰等艺术活动。

然而,由于人类的童年完全处于一种异化状态,宗教相应地居于整个意识形态的统治地位,成为"社会发展的无可争辩的因素",因此,它对于人类艺术活动的发展有过巨大影响那也是事实。众所周知,在欧洲和阿拉伯的历史上,曾经以新旧约《圣经》和《古兰经》为蓝本,形成过一种声势壮观的宗教文学。在我国,现存的总面积 45000 多平方米,彩塑达 2400 多身的敦煌壁画,便是在佛教影响下创作的。15 世纪以后形成起来的在世界绘画史上占有重要地位的法兰德斯艺术,同样是在宗教的影响下产生的。著名文论家泰纳因此指出:"法兰德斯的艺术的双重特性,是在基督教思想指导下的文艺复兴。"①

---

① ［法］丹纳:《艺术哲学》,傅雷译,人民文学出版社 1963 年版,第 15 页。

宗教的这种影响不仅涉及一个时代的艺术精神，对于文学来说，也影响到其体裁的发展和演变。例如迄今为止仍不失其艺术魅力的古希腊悲剧，便是直接从宗教活动中衍化出来的。最初，它只是作为祭祀酒神狄俄尼索斯的春节仪式的一部分来表演。对于西方的抒情诗，宗教的影响同样也十分巨大，至少在 17 世纪，英国诗坛是宗教诗歌的鼎盛时期。"不仅该世纪最伟大的诗人弥尔顿是一位宗教诗人，而且当时几乎没有一位大诗人不在各种场合下写过宗教诗歌，并且其中有些非常出色的诗人是专写宗教诗歌的。"①但相形之下，小说领域的情况似乎有所不同。因为无论在东方还是西方，小说都是世俗生活发展的产物，因而在西方有"大众文艺"之称，在我国则有"文必通俗"的要求。小说伴随着都市的兴起而普及，在题材上反映市民的饮食男女和道听途说，以满足他们对世俗文化的消费需求。因此，这种体裁不像戏剧和诗歌，在它的发生学上的基因中注入了一种非宗教化倾向，这是我们在具体地把握小说与宗教的关系时所必须注意的。小说的这种非宗教化倾向的具体表现之一是对宗教的不恭较之其他艺术形态更甚。如欧洲小说史上的第一个短篇集《十日谈》，通过 10 个青年男女讲述的 100 个长短不等的故事，在抨击封建贵族的腐朽愚昧和等级制罪恶的同时，揭露和鞭笞了天主教僧侣的劣迹丑行。法国第一部长篇小说、拉伯雷的《巨人传》，通过主人公卡冈都亚怎样接受了人文主义思想，摆脱了经院教育的影响而由呆子成为聪明人的描写，讽刺了教会的愚蠢和可恶。乔叟在《坎特伯雷故事集》里形象地告诉世人，教会人士连地狱中的魔鬼都不如。启蒙主义小说、伏尔泰的《老实人》中的"老实人"邦葛罗斯从一个芳济会神甫那儿染上了花柳病，而且差一点死于宗教裁判所。

狄德罗的《定命论者雅克与他的主人》中有一位道貌岸然的修道院长，整日价眠花宿柳诱骗妇女干尽坏事。雨果《巴黎圣母院》中的副主教克罗德也是一个虚伪狠毒的坏蛋，他贪恋美丽的吉卜赛姑娘爱斯梅拉达，追求不成，便勾结法庭以妖术害人罪将她与其母亲一起判处死刑。夏洛

---

① ［英］海伦·加德纳：《宗教与文学》，沈弘译，四川人民出版社 1989 年版，第 191 页。

蒂·勃朗特则在她的自传性小说《简·爱》中,通过简·爱在教会孤儿院里的悲惨遭遇以及她的所见所闻,控诉了以布鲁尔哈斯为代表的教会神父是真正残害孤儿的刽子手。爱尔兰著名女作家艾捷尔·伏尼契的名著《牛虻》,同样借助于男主角亚瑟的悲惨结局,通过他的生父蒙泰里尼神父始而诱骗亚瑟背叛革命,最终将儿子送上刑场的卑鄙行径,更是对教会采取了一种全盘否定的态度。

但我们是否能就此得出结论,以为关于人类艺术同宗教的那种一般关系的观点不适用于小说,在小说创作中没有宗教意识的地盘呢?在我看来,这样的结论未免轻率。之所以如此断言,倒并不仅仅基于这样的事实:在那些一流的小说大师中,宗教信徒也不乏其人。如巴尔扎克就曾明确表示:"作家的法则,作家所以成为作家,作家能够与政治家分庭抗礼,或者比政治家还要杰出的法则,就是他对于人类事务的某种抉择,就是他对于一些原则的绝对忠诚。"这儿的"人类事务"指的是人的社会生活,而"原则"便是包括宗教在内的思想意识。他在《人间喜剧》这部巨著的序言里说过:"我在两种永恒真理的照耀之下写作,那是宗教和君主政体。"另一位小说大家托尔斯泰,虽然在艺术主张上同巴尔扎克背道而驰,对他的这位欧洲同行颇有成见,但在创作态度上同样表现出对宗教意识的推崇。他在《艺术论》中写道:"现代的宗教意识——即承认生活的目的在于人类的团结——已经显示得够清楚了,现代的人们只须摈弃美的理论(这种不正确的理论认为艺术的目的是享乐),那么宗教意识就自然而然地会成为现代艺术的指引。"主要的原因,是基于对宗教意识同小说创作之间更深层次的内在联系的考察。关于这一点,我们得回到宗教同艺术的一般关系上来认识。

返顾历史,宗教对艺术的影响既有过凭借强权而介入的时期,也有过通过精神意识的潜移默化而诱发的阶段。前者往往是借艺术来布道,但后者却带有某种程度的主动性。宗教与艺术的真正关系便体现在后者,在这时,艺术对宗教的反映既不是题材上的,也不仅仅是功能方面的,而是你中有我,我中有你。所以,苏联美学家斯托洛维奇颇有见地地指出:不能将宗教对艺术的渗透仅仅看作是借艺术来替它服务,而应该看到

"宗教价值有审美根源,所以宗教需要艺术,需要自身的审美潜力的艺术展示",这种根源深入地来看,在于"宗教体验和审美体验的心理结构的共同性"①。

什么是宗教体验?概括地来讲,首先是神秘性。《旧约·传道书》第十四章有言:"神的一切所作的,都必永存,无所增添,无所减少","现今的事早先也有了。"这种不可知性势必导致神秘,而神秘反过来也维护宗教活动的神圣性。当代正教神学家阿力克赛大主教就曾明确告诫他的信徒们:"当教义变得过于明白的时候,就会有理由怀疑,教义就不会被看得那样神圣和深奥。"而神秘性体验同样也常常是我们在面对那些伟大艺术作品时所感受和经历到的,如当诗人马拉美站在保尔·高更的那些来自塔希提岛的画前时,他喃喃地说:"这真是非凡的,人能在这么多的光彩里放进这么多的神秘。"②罗丹甚至干脆宣布:"神秘好像空气一样,卓越的艺术品好像沐浴在其中。"③艺术中的这种神秘性来自人类生命意识深处面临着的那种拥抱永恒的渴望与认识能力的有限性的矛盾。当艺术家将这种生命意识投射到作品中去时,神秘就宣告诞生,只有在这时,我们才真正体验到一种美的颤抖和激动,因为它们使我们谛听到生命本在的跳动。这种生命意识本身十分神秘,而美也正来自这种神秘中所透射出来的人的生命追求。"魔法的现实主义"画家贝克曼认为:"艺术中一切本质东西自从夏尔代、太尔哈拉夫和克塔来以来,总是从那对我们的存在的伟大的蒙着网幕的神秘"④。小说以对人的全方位反映为己任,因此小说家常常在作品中涉足于人性的这种种神秘性领域。雨果将人的心灵比作比海洋还要深广的宇宙,也显然出于同样的考虑。这种人性的神秘来自于人的可塑性。福克纳的短篇小说《纪念艾米丽的一朵玫瑰》中的那位老姑娘,一生未曾婚嫁,但在她死后人们才从她的房间里发现,爱

---

① ［苏］列·斯托洛维奇:《审美价值的本质》,凌继尧译,中国社会科学出版社1984年版,第101、107页。

② 见《宗白华美学文学译文选》,北京大学出版社1982年版,第233页。

③ 见《罗丹艺术论》,沈琪译,人民美术出版社1978年版。

④ 见《宗白华美学文学译文选》,北京大学出版社1982年版。

情之神同样也曾光临过这位女士的心灵。人世间之所以有那么多不可思议之事和怪诞的行动,不正表现出人这种动物的难以捉摸。谁又能替那句铭刻在阿波罗神庙柱子上的著名古希腊箴言"我是谁?我从哪里来?我到哪里去"圈上句号? 迄今为止,哲学家们为之殚精竭虑,小说家们同样也为它所吸引,但也无法作出终审判决。于是,神秘就成了我们日常生活的一个组成部分。小说中的神秘感在很大程度上便来自对现实人生的如实反映。如意大利小说家维尔加用致友人书简的形式写成的小说《格拉米格纳的情人》,小说写一位美貌出众的姑娘佩帕拒绝履行同本村那位"像太阳那样漂亮"又有钱的菲努签订的婚约,而爱上了一个她素不相识且在被追捕中的强盗格拉米格纳。故事的叙述者还让我们知道,这位强盗并不因为她如此诚挚的爱而给予她相应的回报。但她无所畏惧也并不因此停止她的行动,最后直到强盗死去,她依然对他忠贞不渝。这当然是一种不可思议的爱,我们能够为此而感到神秘莫测,但不能否认为它所触动。在某种意义上,难道我们期待于作家的不正是这种闻所未闻的东西吗? 正是通过这些东西,我们认识着自己所生存的土地。

宗教体验的一大特征是伦理性。《旧约·申命记》里的"复述十诫"规定:"不可杀人,不可奸淫,不可偷盗,不可作假见证陷害人,不可贪恋人的妻子,不可贪图人的房屋、田地、仆婢、牛、驴及其他所有的一切。"不可否认,这种思想在一些宗教组织中常常成为欺骗手段和烟幕,但就宗教精神的本质而言,它体现出了鲜明的伦理色彩也是毫无疑义的。唯其如此,现代物理学奠基人爱因斯坦一方面反对神学宗教的各类具体宗教团体组织,但同时却主张保留宗教意识,并以此为核心建立起一个新的"宇宙宗教"。这种伦理性同样也充满于文学艺术之中,是创作活动的临界标志之一。从莎士比亚热情赞美人文主义的仁爱口号,到启蒙主义文学家们大力张扬"平等、自由、博爱"的主张;从雪莱的"唯有爱,被当作统治精神世界的唯一法律,在诗中处处受到赞美",到列夫·托尔斯泰的"只有充满了这样的爱的人,才适合作为艺术家作出什么有价值的事业",我们可以清楚地找到一条贯注于整个人类艺术史的伦理原则。这是宗教文化区别于科学文化之所在:后者关注于物质的运动规律,前者的立足点在于人类社会的生活方式。艺术同样以此作为自己的审美焦点，由于这个缘故，一些理论家担心科学文化的过于发达会扼杀艺术精神。伏尔泰是这些人中的一位先驱，他曾指出："今天，我们被科学的突飞猛进所淹没，我甚至已无力回答这些问题，这比以往任何时代都更严重。科学思想趾高气扬，至高无上，而人的精神在领会自身、领会普遍意义方面却无能为力，这两者形成了尖锐的对立，由此产生出当今时代精神及其哲学上的最终的主要特征。"①尼采说得更为明白。他在《悲剧的诞生》一书中写道："想起这种惶惶不可终日的科学精神所引起的直接后果，便立刻想到神话是被它摧毁的了；由于神话的毁灭，诗被逐出她自然的理想故土，变成无家可归。"因为科学的使命在于对物理宇宙的奥秘作出解答，这物理宇宙作为精神宇宙赖以生存的舞台，并不以人的意志为转移。科学越发展，这一关系便体现得越充分，地球"热寂说"和"大爆炸论"无情地向我们揭示出，价值空间的永恒性不过是人类自己编织的一种神话。与此不同，一切宗教的基础都是价值论，因而能成为马克思所说的"无情世界的感情"和"没有精神的制度的精神"。这同艺术活动具有共同的逻辑基点。对艺术而言，"真在这里不仅作为认识论的范畴，而且作为价值学说的范畴"②。因此，艺术中的真理性必须受到伦理性的限定和补充，这是艺术之真同科学之真在本质上的差异。所以，艺术不仅需要科学文化的渗入，同样也需要宗教意识的渗透，二者在伦理性这一点上具有内在同构性。

但宗教意识最根本的特点是它的虚幻超验性。马克思、恩格斯当年在《德意志意识形态》一书中指出："在宗教中，人们把自己的经验世界变成一种只是在思想中的、想象中的本质，这个本质作为某种异物与人们对立着。"宗教对现实的反映是以虚幻的方式进行的，它给予我们的种种谎言和希望带有很大的不切实际性。所以，马克思称之为"精神的鸦片"。宗教意识的这种虚幻性随着科学文化的发展而受到严峻的挑战，但现代历史告诉我们，科学虽然粉碎了宗教对人类的精神的独裁统治，但并未能

---

① 《伏尔泰选集》1976 年英文版，第 109 页。

② ［苏］列·斯托洛维奇：《审美价值的本质》，凌继尧译，中国社会科学出版社 1984 年版，第 115 页。

取而代之成为新的君主。时至今日,宗教依然有其影响。这使我们注意到,宗教不仅有其宇宙学上的意义(这种意义被科学所取代),更有其人类学方面的价值。它的虚幻性一方面带有欺骗性,但另一方面也具有一种积极的振奋力量,是挽救那些濒临绝望的灵魂的有力措施。而随着科学的发展,宗教的职能越来越多地朝着这个方面转移。宗教的这种特点当然也出自于人的一种社会需要。人作为理性动物的界定并不仅仅意味着人总是渴望着认识、掌握世界,同样也意味着人需要有一种信仰作为精神支柱,人凭借着这种精神而选择自己的生活目标,从无中创造出各种奇迹,使世界根据人所需要的方式被重新安排。这便是宗教的人类学意义的内容。这种虚幻性与其说是人类自欺欺人的归宿,不如说是精神的自我保护和鼓励的一种策略。所以恩格斯指出:"只是由于一切宗教的内容是以人为本原,所以这些宗教在某一点上还有某些理由受到人的尊重。……只有意识到这一点,才能使宗教的历史,特别是中世纪宗教的历史,不致被全盘否定。"①不言而喻,这也便是宗教精神与艺术精神的相通之处。表现在人类的艺术活动中,便是对更合理的世界的追求。而为了达到这一目标,不仅当艺术家们在真实地表现那些不尽如人意的黑暗现实时,必须像鲁迅那样透入一丝"亮色";而且有时还得对某些现象作出必要的规避,正是在这里表现出艺术作品的价值所在——对人类理想世界的憧憬。克莱夫·贝尔说得好:"伟大的艺术的价值不在于它能否变成日常存在的一部分,而在于它能把我们从日常存在中解脱出来的能力"②。为此,需要艺术家学会善于"从生活之琐碎事物中进行绝对的抽象"。在这里,宗教精神与艺术精神携起手来。譬如多少年来,那些善男信女去庙宇教堂的目的,乃是去寻求一种与他的平时的辛勤劳动有所不同的精神状态,那些神秘的气氛和虚无缥缈但却美好的想象和幻想使他们心醉神迷。同样,在那些杰出的艺术作品中,人们可以体验到一种对生命重负的解脱。这种解脱对于某些人来说,有时也具有使之逃避生活

---

① 《马克思恩格斯全集》第 1 卷,第 651 页。
② 贝尔:《艺术》,中国文联出版公司 1984 年版,第 180 页。

的效益。"艺术中的幻想或妄想,对于劳累过度的肉体和灵魂来说,可以起到一帖鸦片剂所起的作用。"所以,倘若说,是否具有感情因素是判别真艺术与伪艺术的标准,那么理想性的品格高低则是衡量艺术价值高低的尺度。在那些伟大的作品里,我们常常可以发现一种乌托邦色彩,它来自作家对人道主义精神的执着追求和对人类价值世界的一厢情愿的信仰。但正是这种追求和信仰赋予人类以人的开放性。所以,马尔库塞认为:"伟大艺术中的乌托邦从来不是现实原则的简单否定,而是它的超越的持存,在这种持存中,过去和现在都把它们的影子投射到满足之中"①。这是人类需要艺术的原因所在,同样也是人类在不再盲目地屈从于外界神秘力量之后仍然要想重建一个上帝的理由。这个精神上帝是人的自由意志的投射和自由理想的表现,因此,它在给予其信徒们以生活的勇气之际,同样也能使艺术精神得到滋养和激励。只有立足于此,我们才能准确地理解黑格尔所说的"艺术到了最高的阶段是与宗教直接相联系的"这句名言的真实涵义;对施勒格尔所说的"诗的生命与力量在于诗从自身出发,从宗教那里撕得一块,然后回到自身,并且占有这块宗教"作出深刻的阐述。小说与宗教的关系同样基于这个大背景之中,当我们说,小说家在其创作中有必要体现出一种宗教精神时,这并不意味着是在向宗教献媚,也不能理解为从巫术的孕育下呱呱坠地的文学,注定将终生戴着"原罪说"的枷锁在上帝的伊甸园里服苦役,而只是对小说的理想内涵作出强调,因为真正意义上的宗教精神,其实如卡西尔所说乃是我们最高理想的一种符号表达。

3. 小说与伦理

　　小说与道德的关系早已成了老生常谈,其原因自然在于小说常常会受到各种来自道德方面的盘查乃至黄牌警告。巴尔扎克就曾不无感慨地说过:"勇敢的作家永远难免受到不道德的非难,此外,如果你对一个诗

---

①　马尔库塞:《审美之维》1970 年英文版,第 70 页。

人没有什么可以指责的话,这种非难就是唯一的口实了。如果你的描写是真实的话,如果你继以日夜、辛勤不辍,终于写出了世界上最难得的文字的话,就有人把不道德这句话扔到你的脸上。"①例如福楼拜的《包法利夫人》诞生伊始,作者不仅受到了这种"不道德"的指责,甚至被诉诸法律,由法庭将作家定罪;哈代的《德伯家的苔丝》也有过相同的遭遇,小说出版后作家遭到各种嘲笑,责骂声不绝于耳。这种情景使得司汤达甚至说出这样的话:作家不是为他的时代而写作,他的读者在半个世纪之后。多少年过去了,这种格局究竟有多大的改变呢?仅以我国新时期小说创作的一个阶段来看,事态并无多大改观。无论是张洁的《爱,是不能忘记的》,路遥的《人生》,还是张贤亮的《男人的一半是女人》,无不引起过道德观上的纠纷和聚讼。当然,对于这种判决的结果,历史本身自有其选择。我们今天看到的是,那些在当时被以不道德的名义而遭放逐的小说,无不在事过境迁之后得到历史的认可而东山再起、卷土重来。且不说像《包法利夫人》、《苔丝》与《查太莱夫人的情人》等早已声闻遐迩,跻身于"世界名作"之林的作品,即便是上面提到的几部我国当代小说,今天再回过头翻阅一下几年前的那些评头论足的批评文章,我们大概也难免哑然失笑。因此,在小说世界里道德究竟扮演着什么角色?当评论家给一部作品的艺术品味打分时,道德因素是否有资格介入进来?如果有,又该处于什么位置?诸如此类的问题对于每一位严肃的小说家而言,无疑是无法回避的。

有一点可以肯定,尽管小说史上有过的许多冤假错案大多为那些道德家们的越界行动所造成,但当我们拨乱反正地对之加以平反昭雪时,并不能就此而将道德从小说领域一脚踢出去。因为人类艺术活动的审美价值本身内在地包含有道德因素。美使人热爱生命,这便是一种道德选择。因为所谓道德,也就是一定时代和社会所倡导的关于人的各种行为规范的总和。因此,即便在自然美中,人一旦从对象中体会到一种审美经验,

---

① 巴尔扎克:《人间喜剧·前言》,见伍蠡甫主编:《西方文论选》下册,上海译文出版社1979年版。

就会为此感到存在的一种意义,这种意义又作为对人生的肯定而不是否定,便是体现于意义上的"道德化要求"。毫无疑问,正是基于这个原因,高尔基将艺术同善密切相连,认为"美学是未来的伦理学"。苏联画家克拉姆斯柯依曾十分形象地对美感的这种内在道德意蕴作过一番描述。他写道:"在月亮这个圆盘中有什么好东西呢?但是在月光笼罩下自然界若隐若现,俨然是完整的和谐,它那么雄浑、那么崇高,使得像蚂蚁一样可怜的我进入高尚的精神境界:这时候我能够变得更美好,更善良,更健康。"①在这里,由于感到一种"美"而使得审美接受主体产生一种对"善"的追求。这与马斯洛所说的人在经历了某种高峰体验之后会产生出一种宽容、博大的精神,和愿意为世界做出点好事的见解是一致的,它反映出道德现象的人类学依据,即它不仅仅是社会对个人的一种约束,而且也是人的一种内在需求,而美作为人类最高本性的体现,自然与这种需求相沟通。这使得审美感总是同合理的道德要求殊途同归。因此,"真正伟大的艺术甚至不必给自身提出直接的道德劝善任务,而正是由于它的审美本质而在道德上对人们产生影响。"②

但是,承认审美感中有道德因素,因而艺术活动不可能同道德绝缘,是一回事;要求各种不同的艺术样式和体裁在体现这种因素时必须平均分摊,因而我们在把握这些艺术形式同道德的关系时必须一视同仁,又是另一回事。艺术总是离不开道德,难免受这种意识形态的影响,但在不同的艺术体裁中,这种影响并不完全相同。归根到底,这取决于艺术形式的相对独立性。我们强调形式与内容的完整统一,这既是因为艺术的内容只有被形式所容纳之后,才能成为名副其实的"艺术内容"。反过来也一样,艺术中的形式只有在成了不是形式的形式之后,才是真正的"艺术形式"。如果艺术仅仅是作为一种形式,那它可能是一种很好的装饰品,但决非通常意义上的艺术,因为艺术永远离不开"意义"内核。但即使撇开

---

① 转引自[苏]列·斯托洛维奇:《审美价值的本质》,凌继尧译,中国社会科学出版社1984年版,第98页。

② 转引自[苏]列·斯托洛维奇:《审美价值的本质》,凌继尧译,中国社会科学出版社1984年版,第98页。

这种总体原则,我们同样也得承认形式有其相对独立的价值,正是这种价值构成了艺术中的所谓"形式美"。这种价值通常在自然美上得到充分体现。普列汉诺夫在论述原始艺术的特点时指出:"当狩猎的胜利品开始以它的样子引起愉快的感觉,而与有意识地想到它所装饰的那个猎人的力量或灵巧完全无关的时候,它就成为审美快感的对象,于是它的颜色和形式也就具有巨大和独立的意义。"①这就是说,颜色和形式具有某种相对独立的审美价值,这种价值是自然美的价值构成的主体部分。我国古代关于自然美理论的"比德"说在这里便显示出一种理论方面的不足,即以社会美对内容品格的相对侧重来要求自然美,将美的社会性理解得过于狭隘了。当然,艺术美不是自然美,但不同的艺术体裁在选择审美对象上往往有所侧重,这同样会影响到艺术美的价值构成。一般说来,诗歌常常可以直接抒发诗人对大自然的一种感受,我国古诗中有许多这样的名句。如"疏影横斜水清浅,暗香浮动月黄昏","大漠孤烟直,长河落日圆",以及"两个黄鹂鸣翠柳,一行白鹭上青天",等等。对这些犹如用文字作成的风景画,谙熟于那种社会学批评模式的评论家常常会感到英雄无用武之地,在这里,倘若硬要用是否合乎道德来作评判,未免牵强。因为这里无非是像马克思所说,表现的是诗人"对大自然的美的纯真的爱",而不是人类社会现象的倾向。

问题在于,小说家没有像诗那样单纯咏叹自然美,表现对草木山川江河大地的纯真之爱的权利。这不是说在小说中不能作这方面的描写,而是指这种描写只能是一种塑造人物、表现事件的手段,是性格的倒影,事件发展的情绪性氛围,以及某种结局、动因等的铺垫和渲染,或者只是局部的、零散的、附加的、点缀性的,不是小说的主干。倘若一部小说在其大大超过抒情诗的篇幅里,用各种时空转换来表现这种纯粹的自然美,那不仅失去了它作为一部小说的独立的审美意义,而且读者也会受不了,读不下去。这也便是小说不能缺乏对人物的刻画和描写的原因所在。"如果

---

① 《没有地址的信》,见《普列汉诺夫美学论文集》第一卷,曹葆华译,人民出版社1983年版。

小说正像有些人说的那样正濒临死亡,那么它将由于僵化的人物形象而死亡。"对于塞米利安的这一斩钉截铁的结论,我们或许可以撇撇嘴表示不太高兴,但也只能仅此而已,既不能掉以轻心,更无法反驳。因为只有小说才能给予我们这方面的审美体验,使我们有机会对人性的秘密加以窥视,通过各种各样的我们的同类来认识自己,事件也因人物而具有存在的意义。这是古代小说在今天仍然能为我们所喜爱的原因所在。每个时代的小说家总是在进行各种新的尝试,不甘心步前辈之后尘。伴随着这种创新的是小说理论的变革,它们为各种艺术主张提供崭露头角的场合,也替那些新的小说品种的诞生鸣锣开道。但所有这一切都围绕着同一个轴心而旋转,这就是如何更好地表现我们身边的人的生活,反映出日新月异的时代风貌,而不是一味地吟风弄月,将大千世界的人和事拒之门外。唯其如此,评论家们尽管每每面临遭受历史嘲讽的危险,但仍然要从道德方面对小说说三道四,这其实事出有因。原因就在于小说家们首先难以回避各种道德原则,在具体地描写各种人生现象和社会行为的时候,无可避免地要流露出一定的道德倾向,作出一定的道德评价。因为社会现象在本质上便处于各种道德因素之中,要对这种社会现象作出褒贬,势必要从道德上作出一种选择。

作如是观,就可以发现问题的症结在于小说如何作出道德上的评价。首先得从理论上扫清各种道德评价的不实之词,这些障碍中最主要的是历史发展的非道德性,这种观点据说由于得到马克思和恩格斯等的支持而显得更加雄辩。诚然,恩格斯曾经指出,"文明每前进一步,不平等也同时前进一步。"而恶则是人类历史的发展动力,是社会繁荣在降生时所必然伴有的阵痛。因此,恩格斯在批判"只求公平得胜,哪怕世界灭亡"的蒲鲁东主义时不仅指出:我们不能拘泥于各种美德,谁若以正义的名义"给自己提出消除坏的方面的任务,就是立即使辩证运动终结";而且还明确宣布:"我并不是一个抽象的道德家,……我永远不会谴责抛弃的爱情","我们仅仅知道一门唯一的科学,即历史的科学。"①然而倘若我们因

---

①　见《马克思恩格斯全集》第 3 卷,人民出版社 1960 年版,第 20 页。

此便断言,马、恩不赞成从道德方面对文学作品作出评价,这未免过于匆忙。恩格斯不仅指出,德国的民间故事书有一个重要使命,"这就是同圣经一样使农民有明确的道德感",而且还在《反杜林论》一书里强调:"愤怒出诗人,愤怒在描写这些弊病或者在抨击那些替统治阶级否认或美化这些弊病的和谐派的时候,是完全恰当的。"很清楚,全面地理解马恩关于道德和文艺的作用的论述,可以看到他们所否定的是对作品作抽象的道德评判,但并不否定而是强调道德评判的重要性。正由于此,马、恩才特别肯定了古希腊悲剧之父埃斯库罗斯是一个"倾向诗人",并指出席勒的《阴谋与爱情》的价值也在于它具有鲜明的倾向性。而这种倾向性所包含的,除了政治态度,就是道德意识。

道德评价之所以能在小说创作中占据一席之地,首先在于道德进步与历史进步的一致性。如前所述,在人类历史上,每一次巨大的社会变革常常会表现出某种道德上的倒退。如奴隶制比原始社会残忍,资本主义社会比封建社会冷酷。前者表现为对奴隶生命的残杀,后者则是以金钱关系取代一切感情上的联系。但全面地看,这种退步并不是全部事实,以此作为代价所得来的,是更大的进步。恩格斯指出,奴隶的被折磨虽然不人道,但"现在至少可以保全性命了",因此,"这也是一种进步"。而资本来到世间,虽然从头到脚浸满剥削的鲜血和欺诈的铜臭,这些都很不道德,但"资产阶级消灭了各个现有等级之间的一切旧的差别,取消了一切依靠专横而得到的特权和豁免权",并且"不得不把选举原则当作统治的基础"。尽管这些往往不过是一种形式,至少在原则上承认了平等,较之连形式都缺乏的封建制显然是一大进步。因此,马、恩在批判了资本主义制度的弊端后又指出:"在这四百年间,毕竟是前进了一步"[①]。这表明了道德进步同历史进步的一致性,深入地来看,这种一致性根植于道德现象的"自律性",它是人类为进入更合理的方式而制定出来的。而历史本身不同于自然,是人类自己创造的结果。这样,作为社会行为准则的道德因素势必加入到历史发展的机制之中,成为推动历史前进的一种力量。因

---

① 《马克思恩格斯全集》第 2 卷,人民出版社 1957 年版,第 623 页。

此,道德也就可以成为人们判别一种社会是否合理的参照系。马克思说得好:"如果群众的道德意识宣布某一经济事实,如当年的奴隶制或徭役制,是不公平的,这就证明这一经济事实本身已经过时。"①因为恶不过是历史为进入更善的阶段的一个阶梯,是手段而非目的,因此,如果这种阵痛不能最终通过自我扬弃和否定而为更高形态的合理和公平的实现铺平道路,那就毫无意义。正是凭借道德与历史的这种同步性,政治家们可以通过道德批判来达到其政治方面的目的,文艺家同样也可以依据于道德评价实现其艺术真实性。

当然,对艺术来讲,真实性固然是艺术价值的重要基础,但仍然不是目的。高尔基指出,艺术的本质是赞成或反对的斗争,漠不关心的艺术是没有也不可能有的。如果艺术不能激发人的感情,不能给人以审美体验,它就不成其为艺术。道德评价在小说中的重要意义也正体现在这里。人类社会的行为规范作为一种价值关系,总是联系着我们的情感。对于那种恶的行为我们会憎恨、讨厌;反之,善的表现则让我们感动、向往。因此,如同美使我们弃恶从善,人们因为美而追求善;反过来也一样,因为善而感到某种美,如果这种善得以同具体的生活现象相融合,具有某种形式感。因为道德上的"善"(即合乎道德性)总是能够激发起我们的一种肯定性情感评估,它由于满足社会的一般需要而包含着价值内涵,这使它同审美活动具有共同的心理背景。可以认为,正是认识到了这一点,一些伟大作家常常毫不含糊地亮出他们的旗帜,反对小说创作的非道德倾向。巴尔扎克就在《人间喜剧》的前言里写道:"值得非难的行为、过失、罪恶,从最轻微的直到最严重的,在这幅图画里总是受到人间的或神明的、显著的或隐秘的惩罚"。在列·托尔斯泰为真正的小说家所开列的三项条件中,我们看到头一条便是"作者对事物的正确的即道德的态度"。

所以,小说中体现出一定的道德因素,这不仅有其必然性——小说是人类实际生活的反映,同样也有其必要性。然而小说中对道德的引入主要体现为一种道德倾向的选择和道德意识的渗入,而并不是对某种道德

---

① 《马克思恩格斯全集》第21卷,人民出版社1965年版,第209页。

主张的接纳以及对某种道德目的的追求。鲁迅指出:"宋时理学盛极一时,因此把小说理学化了,以为小说非含教训,便不足道。但文艺之所以为文艺,并不贵在教训,若小说变成修身教科书,还说什么文艺。"①小说不能服从某种道德目的,是因为审美价值既同道德价值有关联,但并不等同、吻合于它,两者之间存在一种交叉现象。艺术的目的在于给人以精神上的审美体验,这种体验虽然含有某种道德因素,但更加丰富全面。一切道德目的仅仅在于要求人们作出某种行为选择,同艺术目的相比不仅显得狭隘,而且有一定的冲突性。表现在艺术目的是超功利的,而道德目的则以功利性为归宿。所以,一旦某个作品明确地以某种道德目的为旨归,宣扬某种道德主张,这就会彻底毁灭它的艺术价值,使之沦为道德教育的形象工具。只有摆脱狭隘的功利关系,我们才有可能获得真正的艺术感受。这些关系中同样也包含道德活动在内,它通过具体的道德主张和目的而存在。而当我们承认艺术活动中包含道德因素时,并不是认为艺术活动等于道德活动,而只是强调艺术活动的开放性结构,它是人的生活的全方位的反映。但这些因素如果不同艺术的媒介相交织成为一种符号,"如果它们同艺术的审美意义折中地共存并处而不是有机地纳入其中,那么作品可能是不坏的直观教具,或者是有用的物品,但是永远不能上升到真正艺术的高度。"②因此,立足于上述认识,我们赞同这样一种观点:小说家在创作时不能缺乏起码的道德意识,但不能仅仅以一个道德家的眼光来审视生活。

---

① 鲁迅:《中国小说的历史的变迁》,西安大学出版社 1925 年版,"第四讲"。
② [苏]列·斯托洛维奇:《审美价值的本质》,凌继尧译,中国社会科学出版社 1984 年版,第 167 页。

第 五 章

小说形态的结构

第一节　小说的微观形态

形态学所关注的是作品自身的存在,由于这种存在并不是一种孤立的现象,具有历时态和共时态两方面关系,所以我们在认识小说的真实面貌时,首先有必要认识小说的纵向的运动轨迹和横向的包容关系。但作品的存在在根本上具有一种自主性,这种自主性主要体现在作品的文本结构里,落实于小说的语言媒介和叙述方式中。因此,对小说的形态特质的进一步把握,就有赖于对小说的微观形态作出分析。在本节中,我们的分析主要从小说的语体、文本和格局三方面展开。

1. 小说的语体

小说是语言艺术,它的形态学特质首先就体现在它的语体上,这种独特的语体乃是小说形态的"物质基础"。然而什么是"语体"?它同"文体"究竟是什么关系?二者有没有区别?概括地看,在我国学者的有关著作里,常常将二者混为一谈。但在英语里,文体与语体各有自己的符号标志,即 style 和 variety in language。能指形态上的这种区分标志着其内涵的差异,虽然这种"异"常常建立在某些共同因素的基础之上。简单地来讲,文体与语体都是语言在功能上的变体。并且这种变体都没有在语言上的专门特征。所不同的是,文体的这种功能变异并没有使它形成一种固定的语言"品种",而一种语体的产生却总是以一种语言品种的存在为先决条件,是这种"语言品种的次分类"①。换言之,文体是语言作为一种"言语"的功能变体,而语体则是语言作为一种"语言"的功能变体。所以,文体常常带有风格化的倾向,而语体则往往显示出一种客观性,一种语体的确立并不取决于个人而取决于一种语言现象通行的历史时代和社团群体。因为任何语言现象总是处于一定的坐标系中,受到历时态和共时态的双重制约。这样,语言现象就不但有时间范畴的"新""旧"之差,而且还有空间领域的地域和流通程度之别。前者如古英语、中古英语、现代英语和古汉语、现代汉语等等的划分;后者则有口语与书面语、俚语(方言)与标准语、母语与外来语等等的区别。所有这些都是语言的不同品种,而所谓"语体",也就是"同一语言品种的使用者在不同场合所典型地使用的该语言品种的变体。"②在这里,"场合"的存在具有特别重要的意义。但场合的变动不仅往往意味着交际功能的相应变化,而且作为一种言语现象的功能变体,也总是以一定的语言规约作为轴心。由此看来,叙事语体与文体之间的关系应该是一种共性与个性、基础与建筑物的关系。一定的语体现象不一定伴随有某种十分鲜明的文体方面的特点(如在科技作品中);但反之,一定的文体现象肯定具有某种语体方面的因素作为内核。这也正如我国古人所说:"吏部仪曹体不同,拾遗供奉各家风。未言看到无同处,看到同处却有功。"每一位优秀的文学家都有自己的文体风格,但在那些风貌各异的杰作里,同时也必定体现出某种它们作为语言艺术在语言运用上所共同具有的那些因素。这种因素也就是一定的语言品种在文学的交际场合里所形成的语体规定性,它是文学家形成

---

① 均参见程雨民:《英语语体学》,上海外语教育出版社 1989 年版,第 2 页。
② 均参见程雨民:《英语语体学》,上海外语教育出版社 1989 年版,第 2 页。

自己的文体风格的语言学基础,制约着他们在语言层面的创造的可能性空间。这使得对小说叙事语体性质的把握,成了通向揭开小说文体生成机制之谜的一条阿里阿得涅彩线。

然而这是一条交织着许多头绪的线,其中之一是如何确定它在口语与书面语轴上的位置。毫无疑问,除了那些流传于街巷乡村,依赖古老的说书方式传播的"口头文学"之外,我们通常所"见"到的众多小说作品都是通过书面形式存在着的。从这个方面说,小说语体似乎不可能不是一种书面语,更何况在"书面语"与"口语"之间本来就存在一种密切关系,用叶圣陶先生的话讲:"口头为语,书面为文,文本于语。"①这个思想早在汉代王充的《论衡·自纪》里就已经出现过。所谓"夫文由(犹)语也,或浅露分别,或深迂优雅……言恐灭遗,故著之文字,文字与言同趋。"但这并不意味着书面语与口语毫无二致,相反,这种差异是相当明显的。因为两者的交际背景不同:在口语中不仅交际双方直接相处(或可见可闻,或闻而不见),而在书面语中却是借助于书写为中介。这使得口语通常有句子的结构简单、语义多有省略的特点,许多信息可以通过交际主体的表情、姿势、动作以及周围环境等渠道来补充。而在书面语里,句子则要显得相对齐全完备些,否则就会导致词不达意或望文生义,完不成交际任务。以此作为衡量标准,我们很容易发现在小说语体中存在着十分明显的口语化现象。在我国现代小说大家像鲁迅、老舍、沈从文、叶圣陶等的作品中,这种现象十分普遍;在我国当代文坛的许多十分活跃的小说家笔下,这个特点也十分突出。如作家郑万隆的《老棒子酒馆》的开头:

> 这老东西,为了省钱,又用生炭温酒。烟憋在屋里出不来,像羊群一样在桌子上跑来跑去。陈三脚一闻到这种生烟味,酒兴就败了一半。
>
> 他的爬犁还没赶进酒馆的障子里,就闻到这种生烟味了。他鼻子特灵。他年轻时候踩山,在兽粪堆上闻一闻,就能断出野物什么时辰路过这里的。

这段话语的口语化表现在几个方面。(1)句子结构简单,多用并列句,如

---

① 叶圣陶:《语文教育书简》,教育科学出版社 1980 年版。

"他的爬犁……"、"他鼻子……"、"他年轻……"来连接语段,而且句子都较短。(2)包含着许多的省略。如第一句"为了省钱"前省略了主语"他"。(3)用了口语词"时辰"而不用"时刻"。小说家们这样的选择是自觉的,目的是为了提高叙事话语的接受效率。老舍就曾明确说过,自己在写作时只要一句话"不像口头说的那样,我就换一句更明白、更俗的、务期接近人民口语中的话。所以在我的文章中,很少看到'愤怒的葡萄'、'原野'、'熊熊的火光'这类的东西"[1]。然而,如果我们因此而以为小说的叙事语体就是对日常口语的复制,一个正确的命题就会走向反面。大量的调查材料证明,在口语的简略背后往往也伴随着啰唆或跳脱,这两种特点在口语中固然具有使句子显得灵活和使信息量增大的优越性,但一旦移植到书面语中,就会妨碍交际功能的实现。如在一篇小说里这样一段对话:

"你爱人也太小瞧人了。谁不想住公寓房子,用抽水马桶呀?条件不同,人可是一样的人,是吗?"

"对对对,这个……实在太……那个……"[2]

后面的答话具有十分典型的口语特征,跳脱极大,但转录在这里显然让人无从知晓它的语义内涵。这正是书面语同口语相龃龉之处。鲁迅指出:"讲话的时候,可以夹许多'这个这个''那个那个'之类,其实并无意义,到写作时,为了时间、纸张的经济,意思的分明,就要分别删去的,所以文章一定应该比口语简洁,然而明瞭。"[3]叙事语体作为一种书面形式的存在本身,决定了它不能完全听命于口语的安排,而必须根据书面交际的规约以及书面语的特点重新设计。这反映在几乎所有成功的小说叙事语言中。即使是上引郑万隆作品的例子,也是这样。如用"还没……就……和"、"明明……可以……"等连接词来完成语句的转换,便是典型的书面语所要求的。更能说明问题的是池莉的中篇《烦恼人生》:

早晨是从半夜开始的。

昏蒙蒙的半夜里"咕咚"一声惊天动地,紧接着是一声恐怖的嚎

---

① 老舍:《出口成章》,人民文学出版社 1984 年版,第 65 页。

② 见《十月》1982 年第 4 期,第 117 页。

③ 鲁迅:《且介亭杂文·答曹聚仁先生信》。

叫。印家厚一个惊悸，醒了，全身绷得硬直，一时间竟以为是在噩梦里。待他反应过来，知道是儿子掉到地上时，他老婆已经赤着脚窜下了床，颤颤地唤着儿子。母子俩在窄狭拥塞的空间撞翻了几件家什，跌跌撞撞扑成一团。

无论是从其基本完整的叙述语链来看，还是从多少保留着的那些修辞限定结构来讲，这一段叙述都表现出一种由口语向书面语转化的痕迹。正是通过这种转化，使语句中原先那种因口语性所致的语义阻隔得到了疏通，文本才具有可解读性。

把握叙事语体性质的第二个难点是如何确定它与俚语（方言）及标准语的关系。我国著名语言学家王力先生曾经说过："方言是文学语言不断丰富的源泉。"①这一精辟见解由于那些举世公认的第一流小说所提供的证据而显得无可置疑。乔纳森·雷班在说到赛林格的《麦田里的守望者》时也曾指出："这本小说师承了马克·吐温和美国其他用方言土语写作的作家。"②小说家们这么做的目的，是为了提高小说语言的艺术表现力。因为方言俚语往往带有鲜明的地理区域色彩和浓厚的历史文化氛围，同被严格的规范化运用所磨损了的标准语相比，它们显然更富有生活的新鲜感、光亮度和对生活涵义的包容性，而所有这些，无疑十分有助于小说家们塑造出独特的"这一个"艺术语象。在我国当代文坛，这方面的例子也比比皆是。如何立伟的小说《水边》的开头："因为有细伢子，世界上很热闹，是不可免的事。""细伢子"是湖南一带称呼孩子的俚语。王安忆的《大刘庄》的第六章开头有一段对话描写："'弟弟，你们几个同学一道去插队，生活安排，一定要商量好。'姆妈嘱咐陈志浩。"这儿的"弟弟"是上海方言对男孩子的称呼，"姆妈"是指"母亲"。乔瑜的中篇小说《孽障们的歌》中用了许多四川方言。如：

> 知青见知青，透着狠劲儿地亲。他们彼此也常打架，提了刀撵得
> 飞叉叉地喔呵连天地跑。有时也真丢翻了的，但毕竟同属于哥他们

---

① 见《文学语言问题讨论集》，文字改革出版社 1957 年版，第 6 页。

② ［英］乔纳森·雷班：《现代小说写作技巧——实用文艺批评集》，陕西人民出版社 1984 年版，第 129 页。

　　内部矛盾。

这段话语中的"飞叉叉"、"丢翻"、"哥他们"等等,都不是汉语标准语,而是当时流行于四川成都一带的俚语。上述作品中出现的这些方言俚语都曾经给这些小说增添了不少特色,它们也为此赢得过许多评论家和读者的彩声。在我国当代文坛曾经聒噪过一时的"寻根小说",在叙述语言上的一个重要特色也便是乡土化。因为现实生活里的人不是抽象地存在着的,他(或她)总是依赖于某个具体生活圈子,活动在一定的地域环境中,而语言是这个圈子和环境最显著的文化标志。因此很难设想,写活一个人物形象,反映出一种真真切切的现实生活,小说家们可以回避对方言俚语的选择采用。这尤其表现在人物的对话描写中。准确地运用方言俚语能获得事半功倍之效,使人物性格和面貌跃然纸上。如:

　　　　孔灵来了又走了。这一走就是五个月。他再回来时,已见出她臃肿的腰身和沉重的步态。

　　　　"这是……揣起了?"他厌恶地问。

　　　　"揣起了",她平静地回答说:"想等你来了商量一下。"

　　　　"无其商量眼!"他断然说,"刮掉!"

——乔瑜《孽障们的歌》

　　"揣起"、"无其商量眼"都是四川成都一带的俚语。用在这里,使孔灵这个形象陡然变得真实可信,具有了自己的生命。但尽管这样,小说家们在建构叙事文体的过程中,仍然面临着一条临界线。苏联著名文学家巴乌斯托夫斯基曾在一片方言热衷向小说家们提出警告说,小说家在对待方言的问题上"必须掌握分寸",他认为:"过于偏爱方言是非常危险的,这同样会把语言搞乱,就像那些毫无必要的外来词一样。滥用方言会使作家变成哑巴。如果一个读者在阅读的过程中,在某一个词上碰两三次钉子,这就会妨碍理解;如果这种事不断发生,那么一部作品就不能称其为文学作品了。"[①]真正含意深刻的经验之谈总是不难找到响应者。对

---

①　[俄]K.帕·巴乌斯托夫斯基:《面向秋野》,张铁夫译,湖南人民出版社1985年版,第78页。

于巴乌斯托夫斯基的这番见解，我国语言艺术大师老舍也曾作过类似的阐述。他结合自己的创作实践，在一次发言中说道："过去我很喜欢用方言，《龙须沟》里有许多北京方言。在北京演出还好，观众能懂，但到了广州就不行了，广州没有这种方言。连翻译也没法翻译。这次写《女店员》我就注意用普通话。"①只有事实是最能说明问题的，不妨再来看一段《孽障们的歌》中的这样一段文字：

> ……常有这样的事，逢场天，知青和农民有了争闹，拉拉扯扯了，便有路过的素不相识的知青，不问青红皂白就参战。这种助纣为虐的德性就叫"落教"，是时下成都街头流行的对人的最高赞誉之词。"虾子落教"合北京话"丫挺够哥们儿"，"虾子不落教"则又合北京话"丫挺不仗义"。……

叙述者对"落教"作的一番解释之所以必要，是由于这个俚语太让人费解。《孽》这部小说中有许多这样的语词。如第一章里"知妹的丈夫杀鸭子被擒住"的"杀鸭子"是四川俚语"偷钱包"的意思。"人家的丈夫当官拿数数"的"数数"则是钱的俚称。第五章的"盒盒"和"搞灯儿"分别是"情人"和"性交"的俚称。"栽梦脚"也是四川方言，意为打瞌睡。对于这些方言俚语，如果作者不在行文中直接让叙述者作出解释，或者干脆在每一页的底边注上脚注，我们无论如何也是难以望文生义的。而这样一来，叙述语气就会因读者的阅读语流备受阻隔而消失得无影无踪。显然，小说叙事语体在这里面临着一个跟口语与书面语的划分相类似的问题：既应该通过采用方言俚语来强化作品的地域色彩和特征，但又要注意分寸，不能漫无节制地滥用。解决这个问题的出路在于作好选择和掌握比例。老舍曾经将自己在这个问题上的态度作了这样的概括："用一些富有表现力的方言，加强乡土气息，不是不可以，但不要贪多，没多少意义的，不易看懂的方言，干脆去掉为是。"②从创作实践来看，这应该是可取的。

---

① 老舍：《出口成章》，人民文学出版社1984年版，第17页。
② 老舍：《出口成章》，人民文学出版社1984年版。

对小说叙事语体性质作出准确把握的再一个难点,在于如何看待小说语言中母语与外来语的关系。迄今为止,大概没有人会轻易否定小说家必须从本国语言中汲取养分以建立他的功勋。美国语言学家萨丕尔的这句名言可谓一语中的:"读了海涅,会有一种幻觉,整个宇宙是说德语的。"①从这里可以看出,语言艺术家所创造的产品的特色,同他用来作为创造这一产品的媒介的本民族语言特色是如此不可分割地联系融合在一起,以致萨丕尔最后的结论是:"艺术必须利用自己本土语言的美的资源。如果这块调色板上的颜色很丰富,如果这块跳板是轻灵的,他会觉得幸运。"②对于萨丕尔的这一发现,小说家们更有深切体验。鲁迅曾经指出:"一个作者离开本国后,即永不会写文章了,是常有的事。"③美国诺贝尔文学奖得主、著名小说家辛格指出:"在我看来只有意第绪语作家、希伯来语作家、英语作家、西班牙语作家。什么犹太作家、天主教作家,这种提法在我看来有些牵强。"④我国当代作家张承志在一篇文章里也谈道:"如果不是通过母语,我不相信人能读得文章之美。"⑤这些话虽然表述不尽相同,意思大体一致,都强调了小说文本中叙事语体的母语化现象。究其原因,主要在于母语是我们精神意识和思想观念的存在基础,它制约着我们对客观事物的知觉、反映和表现。正如卡西尔在其划时代的著作《人论》中所说:"我们的知觉、直观和概念都是和我们母语的语词和言语形式结合在一起的。要解除语词与事物间的这种联结极为艰难。"因而倘若离开了这个符号体系,我们就会有一种观念上的失重症。辛格曾经谈到,他初到美国时约有五年无法从事写作,原因在于"我当时觉得我的语言是丢失了。我的一些形象不再存在。东西——我看到成千上万的东西,在波兰没有意第绪语的名称。以地铁为例——我们在波兰没有地铁。我没有意第绪的名字来叫它。……我的感觉是,我丧失了我的语言,也丧

---

① [美]爱德华·萨丕尔:《语言论》,陆卓元译,商务印书馆 1985 年版,第 200 页。
② [美]爱德华·萨丕尔:《语言论》,陆卓元译,商务印书馆 1985 年版,第 200 页。
③ 见《鲁迅书信集》,人民文学出版社 1976 年版,第 811 页。
④ 崔道怡等编:《"冰山理论":对话与潜对话》下册,工人出版社 1987 年版。
⑤ 见《文学自由谈》1987 年第 4 期。

失了我对周围事物的感觉。"①现代认知心理学的研究表明,我们的感觉都是自觉不自觉地同我们语言的系统联系着,一个感觉由模糊到清晰,由初级到次级(知觉)再到高级阶段(观念)的递进,是语言系统逐渐强化的结果。只不过在普通人这整个过程常常是无意识的,而在小说家则有一种相对的自觉性。这尤其表现在观察阶段。俄国作家柯罗连科的一段描述颇能给我们以启示。他说,平时"凡是使我惊奇的东西,我都力求把它们注入能包含现象的内在性质的语言中去。在我们的一条大街上,有一座小木房子,它的低矮的木排已经腐烂了,陷了下去;它的墙壁还不及人高。我从它旁边走过时,我对自己说,它是愁眉不展的、……忧郁的、……满怀冤屈的,……令人伤心的。这在我已成为习惯。"②小说家正是通过这种良好的职业习惯培养起了他的语言意识,但这种意识归根到底是建立在其母语上的。小说家不但无法轻易地超越这个语言空间,而且只有借助于它才能捕捉住并表达出对事物的独特感受。对于这一点,我们从各国作家的所谓"民族风格"中就可窥见一斑。例如,根据王力先生在《中国文法学初探》(1936)中提出的一个观点:"西文的组织偏重于法的方面,中文的组织偏重于理的方面。"所谓"法"即客观的法则,"理"即主体方面的理解。因此,以汉语言为母语的小说作品中,语言表达多呈现为一种"形散神聚"的结构,也即《文心雕龙·章句》所说的,"搜句忌于颠倒,裁章贵于顺序"。例如:

> 那些日子都这样,一断黑,三口两口扒完饭,家家就都把什么一闩子闩在门外了,又实实地顶上桌子凳子,绝不点灯的,统困去。
>
> ——何立伟《死城》

这个语段中从"一断黑"往后,所有的句子都是说明"那些日子"的。围绕着这个"神"而辐散开去,阅读视点也随之而呈现一种流动状。在这里,句子与句子之间处于一种并列关系。与此不同,"西方各种语法,包

---

①　见崔道怡等编:《"冰山理论":对话与潜对话》下册,工人出版社 1987 年版。

②　[苏]尼季伏洛娃:《文艺创作心理学》,魏庆安译,甘肃人民出版社 1984 年版,第232 页。

括当代语法的众多流派,本质上都是一种'从属关系句法'"①。所以,这种以语法上的并列关系为核心的散点结构,正是汉文学作品在语言上的一个特点,它反映出一个民族的小说创作在叙事语体上对母语的依赖性,是作品形成民族风格的重要机制。老舍指出:"我认为民族风格主要表现在语言上。除了语言,还有什么别的地方可以表现它呢?你说短文章是我们的民族风格吗?外国也有。你说长文章是我们的民族风格吗?外国也有。主要是表现在语言上,外国人不说中国话。用我们自己的语言表现的东西有民族风格,一本中国书译成外文就变了样,只能把内容翻译出来,语言的神情很难全盘译出。"②从这些方面讲,叙事语体的建构无可置疑地应该以母语为基础。有必要再作强调的是,对这一点同样不能加以绝对化。因为我们的母语本身不但是处于一种不断发展的状态中,而且在这种发展中也总是存在同各种外来语互相影响的一面。就我国而言,20世纪初,随着大量西方学术著作的翻译引进以及在思想文化观念上受到西方文明的冲击,语言的组织形态发生了明显的欧化现象。用王力先生在《中国语法理论》一书中的话来说,"从民国初年到现在,短短20余年之间,文法的变迁,比之从汉至清,有过之无不及。文法的欧化,是语法史上一桩大事。咱们对于这一个大转变,应该有一种很清楚的认识。"处于这样一种文化氛围之下,小说创作自然不可能不受影响,其结果有弊也有利。譬如一般说来,"书面上,表示状态的副词性成分可以修饰全句,这是受英语句式的影响。"③在老舍的名作《骆驼祥子》里,我们可以找到许多这样欧化了的句式。如:

　　　　慢慢地他想起一点来。　　　　　　　　(《老舍选集》第246页)

　　　　很懒的他立起来,看了她一眼,走过去帮忙。

　　　　　　　　　　　　　　　　　　　　　　　(同上书第187页)

　　　　迷迷糊糊的他拉了几个买卖。　　　　　　(同上书第125页)

　　　　呆呆的,他手心上出着凉汗。　　　　　　(同上书第222页)

---

① 参见申小龙:《汉文学语言形态论》,《上海文学》1988年第9期。

② 老舍:《出口成章》,人民文学出版社1984年版。

③ 见陈建民:《汉语口语》,北京出版社1984年版,第248页。

> 御河的水久已冻好,静静地,灰亮的,坦平的,坚固的,托着那禁城的红墙。 （同上书第 145 页）

不可否认,小说叙述中的欧化倾向并不总是值得提倡的,因为这有时会妨碍叙述文本的民族风格的形成。但这并不意味着小说家在他们的创作中必须对欧化句式持一种绝对排斥态度。在上面这些例子中,老舍的处理显然是合适的,欧化的句式不仅能刺激我们的语感使之重新激起对句子的高度注意力,更重要的是有助于使状态行为化,使行为意象化。这有助于增强语言的形象感和可视性。因此,综上所述,我们的结论是:小说的叙事语体是一种混合结构,这个结构以口语、俚语和母语为底色,以书面语、标准语和外来语为补色。从这些元素所产生的那种"系统质"新因素,便是小说语体的内在规定性,这个规定性是建立在一种互补关系之上的。因而,当人们谈及小说的语体性质时,就像雷班所说,必须记住:"这个词的含义不仅包括小说中各种类型的语言模式,而且也包括起着支配作用的小说的整体结构。"①

澄清了小说语体的性质之后,我们也就可以进一步把握这种语体的生成机制——小说叙述语式的建构。"语式"这个概念最初见诸法国学者托多罗夫的论文《叙事作为话语》,意指叙述者向叙述接受者作出陈述的具体方式。由于这种方式事实上关系到整个叙事文本的话语形态的构成,所以,叙述的语式问题也就是叙事语体的具体建构问题。因为这种语式在本质上乃是一种"言语格式"。通过对这种格式的解剖我们能够清楚地把握小说语体的生成机制。

在我看来,小说叙事语式的建构原则首先是"简约性"。诺贝尔文学奖得主约翰·斯坦贝克曾对人说:"我发现我很喜爱单词。怪就怪在我写作时倒不用很广的词汇量",从不用那些"长的、专门化的和复杂的单词"。其实斯氏所说的这个特点并非他个人的一种嗜好。有人曾经运用统计学对鲁迅、茅盾、赵树理、杨沫等作家的作品作过一番抽样调查,结果

---

① ［英］乔纳森·雷班:《现代小说写作技巧——实用文艺批评集》,陕西人民出版社 1984 年版,第 130 页。

发现这些小说每句的字数平均在 11 至 14 字之间,其中简单句占百分之五十至七十。而分别从《中国语文》、《中国史研究》以及《中国社会科学》等刊物上抽出来的语言学、史学和经济学方面的文章的同样分析结果是,平均字数在 20 至 28 字之间,简单句仅占百分之二十左右。① 这种差异当然是由两种语体不同的功能特点所决定的。一般说来,科学语体的主要功能是陈述一个客观事实,而文学语体的交际目的在于显示一种审美结构。这样,对科学作品而言,语言的基本要求是"准确",在这里,主体的接受习惯必须服从于对某种客观现象的清楚阐述。而在文学作品中,语言的第一特点必须具有"可读性",在这里,一切都是围绕着有利于主体的欣赏机制而展开。因此,正像科学作品中的语句常常得有一定的复杂性,唯有这样它才能使意思通过各种限定结构而变得精确起来,对小说家而言,他的语句必须简洁单纯,只有这样,才能念起来不拗口,看起来不费力。美国合众国际社 1983 年的一份统计资料表明,在句子的词汇量与接受的心理阈限之间大致存在着这么一种关系:

最易读的句子	八个词以下
易读的句子	十一个词左右
较为易读的句子	十四个词上下
标准句子	十七个词
较难读的句子	二十一个词
难读的句子	二十五个词
很难读的句子	二十九个词以上

这份统计资料和上面对中国现代作家作品的分析结果显然是吻合的。它告诉我们,那些杰出的小说艺术大师早就凭经验在自觉不自觉地遵循这一简约化原则。小说叙事话语之所以偏爱口语和惯用语,其原因也可以从这里得到部分揭示,这便是口语和惯用语最容易被人所接受。

当然,句子的构成不单单是词的问题,除此之外还有语法结构。一般说来,汉语的总体结构较西方语系要来得"散",但这个特点也只有在小

---

① 见《山西大学学报》1985 年第 1 期。

说等文学作品中才真正体现出来,对于科学论文,欧化体式的严格的逻辑关系无疑是十分合适的。这大概也便是一些语言学家在研究汉语的民族特色时,每每要以文学作品为例的原因所在。而从修辞格式上来讲,小说叙事语式中最常用的结构方式是"鱼鳞式"和"组合式"。比如:

> 那松林,人们叫它"快活林"。它坐落在校园外右后方,由于四周地势低平,它显眼地突出了,加上绿的松林,绿的草地,犹如绿色的小岛。小岛起伏的地面,密密的林子,就十分地宜人小坐,而极少互相干扰。坐在这里可以看四周的风景,背后即是校园,校园的围墙变矮了。正前方是一座颇大的水库。在这黄昏时分,清清的水里,西边一个红的太阳,东边一个白的月亮,世界成了两个。让人指点,让人随想……

> （《作品与争鸣》1985 年第 3 期,第 60 页）

将这个语段整理一下,它的结构脉络是一种典型的"顶真"修辞格。即:

那松林叫做快活林　快活林如小岛
　　a　　　　b　。　b　　　c　。

小岛上有宜人的景色　景色有校园水库
　　c　　　　d　。　d　　　e　。

水库里有太阳和月亮
　　e　　　　f　。

顶真格能够使语句气势通畅,语流自然,由此而形成的语义链,如同鱼鳞一片叠着一片地顺序推展,读者的视点能够十分方便地转移,所以有助于增强语句的可读性。再如:

> 天亮亮的,像婴儿的眸子,纯情得让人心里泛滥着千奇百怪的激情。看着一片嫩叶柔柔地沐浴着春天的阳光,老婆婆会想起小孙子掉进澡盆后那娇憨可爱的、静静等待往身上撩水的情景;看着草甸子上的黄花打起了粘苞,老公公们会有滋有味地吧嗒一锅黄烟,在淡蓝的烟雾中眯缝起眼,吮吸着早已流淌过的青春之河中的新婚甘露;看着月亮越来越丰满圆润,少男少女愿意在晚风的怂恿下,勃发出滔滔的汹涌澎湃的恋情;看着小燕子得意骄傲地鸣叫在桦子垛上空,一群

> 色彩鲜艳的孩子会不约而同地张着双臂跳跃,幻想着自己也生出一
> 双翅膀,也飞……

这是女作家迟子建的小说《初春大迁徙》的开头语。它的内在脉络则是
一种"排比",四个不同的视点(嫩叶、黄花、月亮、飞燕)被四个"看着
……"连接起来,构成一个完整的语段,互相间的关系犹如现代流行的组
合式家具。如果说,前者有明显的承前启后的作用,那么这种结构则显得
整齐。而深入一步来看,脉络清晰,语流通畅且富有节奏感和流动性是它
们的共同特点。这无疑正是小说叙述语体所需要的。雷班说得好:"读
者在阅读抒情诗和小说时常常会有所侧重。在讨论一首诗时,实用批评
法可以含蓄地指出,读者应把全诗的所有成分同时记在心里,然后才能看
出其各部分之间的互相影响。"①与此不同,"一部小说也很容易被分成段
落,以及章、节等较长的单位。读者的兴趣通常不是靠迭出的比喻和韵律
铿锵的叠字复句来维持,而是依赖条理清楚的叙述。"②条理分明,脉络清
晰,这是小说文本吸引读者的基本条件,也是叙述语式生成构建的基本准
则,小说家为了实现这一目标,不仅要注意外在的句子的长度,还得注意
句子内部的构造。

小说叙述语式的第二个构建原则是"变异体",即对常规组词构句法
则的创造性背离。众所周知,艺术作品是以直觉为接受机制的,但是一件
不能直接地作用于我们感官的事物,并不能被我们艺术地感觉和欣赏,而
没有被直接感觉和欣赏的东西不会是审美的。因此,如同"可读性"一
样,"可感性"也是艺术语体区别于非艺术语体的一个基本特征。当然,
作为一种意向性符号,语言通常只是概念的一种晶化形式。但这并不意
味着它不具有感性化的内在基因。心理学家爱德华·铁钦曾经谈道:
"每当我读到或听到某人在虚心地或严肃地、骄傲地、谦卑地和殷勤地做
某件事时,眼前就立即呈现出虚心、严肃、骄傲、谦卑、殷勤等视觉形象,一

---

① [英]乔纳森·雷班:《现代小说写作技巧——实用文艺批评集》,陕西人民出版社
1984年版,第8页。

② [英]乔纳森·雷班:《现代小说写作技巧——实用文艺批评集》,陕西人民出版社
1984年版,第8页。

提到某个高贵的巾帼英雄,眼前便立即闪现出一个英姿飒爽的高大形象。"①这说明,语言符号的概念性与其说是语言自身的一种"系统质",不如说是我们言语接受主体赋予它的一种"功能质"。在一定条件下主体同样也能赋予它以可感性。这个条件便是言语的表达格式。事实上,正是通常那种语法规则和造句习惯制约着我们的言语接受机制,总是朝着那种概念化的逻辑轨道运行,因为在我们的日常生活中,语言的这种惯用法则主要地是为非审美交际而设计的。正是从这里产生出了这么一条审美语体的转换生成规律:"只有违反标准语言的常规并且是有系统地进行违反,人们才有可能用语言写出诗来。"②因为"变异"能够使人们产生惊奇和新鲜感,这就有助于打破那种非艺术接受机制的惯性运动,产生出艺术语体所需要的言语接受图式。譬如阿城的小说《遍地风流》(之一)里,写人从溜索上过峭崖,不说"挂"和"荡",而是说"一路小过去";写天上的老鹰不是"飞",而是"移来移去"。一个"小"和一个"移"字显然便是对常态的一种偏离,这种偏离使得我们将注意力集中到语言本身上,而不是它以外的什么东西,语言随之而获得了一种可感性。作者何立伟将这些上升为一种自觉的审美意识,他在一篇文章中指出:"某女诗人一句情诗,'看你,隔着淡淡的花香',将状语倒置在动词的后面,比之规范的'隔着淡淡的花香看你',我以为是要额外多出那么一种一张一弛的语言的弹性的,这就很合算。我自己在小说的习作中,也很做过一些摆来摆去的试验,譬如《小城无故事》中,'噼里啪啦地鼓几片掌声',摆成'鼓几片掌声噼里啪啦',文字于是就起伏了一种韵律感。"这种韵律在很大程度上并不是新的文字结构有什么特殊,而是我们在语感上对这种结构有一种特别的新鲜感。从心理学的角度讲,人的行为总是处于一种定势状态的支配之下。这种定势是主体以往经验的积淀,它有助于提高人们的活动效率,使主体对刺激迅速作出反应。但对文学活动来说,这种以往的

---

① 见[美]鲁道夫·阿恩海姆:《视觉思维——审美直觉心理学》,滕守尧译,光明日报出版社 1986 年版,第 177 页。

② 什克洛夫斯基:《作为手法的艺术》,见[俄]什克洛夫斯基等著:《俄国形式主义文论选》,方珊等译,生活·读书·新知三联书店 1989 年版。

经验有时会成为一种障碍，它使读者对那些早已熟识了的一套失去兴趣，使作者陷入一种封闭状态之中，创造不出新的东西，表现在语言上便是轻车熟路地自我模仿和屈服于流行的路子。用黑格尔的话来说："在过去时代里许多本来是新鲜的东西，经过重复地沿用，就变成了习惯，逐渐习以为常，转到散文（非艺术文本）领域里去了。"①导致这种弊端的原因便是作者叙述语式的定势化。因为定势的心理机制便是习惯成自然。"在定势的影响下，人会从其内部的过去经验中不由自主地把那些同他的定势和在定势基础上实现的行为联系着的现象挑选出来，并控制了自己的意识的中心。"②所以，所谓对常规组句规则的背离，也就是通过"陌生化"效果来打破在读者心中的这种接受定势，恢复语言的表达力。而要实现这一目标，小说家必须首先克服自己的心理言语传达定势。苏联作家安东诺夫的经验是："为了使词在你笔下重新获得活力，你得养成一种对轻易就想到的现成词组不以为然的习惯，不要让流行的滥词取代你的想象，让它把你对事物的独具观察落入窠臼。"③这究竟是否有效，尝试一下便可见分晓。

小说叙述语式的再一个建构原则是"诡论性"。这一概念出自美国"新批评派"文论主将布鲁克斯的著名论文《诡论语言》。他在该文中提出："诡论出自诗人语言的本质"，"是诗歌不可避免的语言。科学家的真理要求其语言清除诡论的一切痕迹，但诗人要表达的真理只能用诡论语言。"这虽然是就诗而言，但同样也适合小说。这里的"诡论"是指叙述语言的不确定性，英国著名文论家燕卜荪曾用"含混"来表示。小说语言对不确定性的追求，是因为叙事话语不仅要求"可读"和"可感"，还得"可塑"，能使读者从中产生许多丰富的联想，玩味出各种言外之意来。如李晓《继续操练》中的"操练"一词就显得有些"含混"。在这篇作品中，用

---

① [德]黑格尔：《美学》第三卷下册，朱光潜译，商务印书馆1981年版，第63页。

② [苏]肖·阿·纳苛拉什维里：《宣传心理学》，金初高译，新华出版社1984年版，第12页。

③ [苏]谢·安东诺夫：《短篇小说写作技巧》，白春仁等译，重庆出版社1985年版，第224页。

到它的地方不少,粗略摘出几段来看看:

　　(1)"什么也不干,黄鱼?""还没操练到这种水平。"

　　(2)"我从来没想到还有人能把音乐这东西操练得那么难听。"

　　(3)"头几个回合,四眼操练得不错。"

　　体会起来,例(1)中的"操练"带有一种玩世不恭的味道,语义上可概括为"胡混";例(2)中"操练"成了"摆弄"、"捣鼓"的同义语;而在例(3)里,这"操练"又有了"应付"的意思。显然,如果没有这种含混性,语词的意味不仅要少得多,而且反而会"词不达意"。譬如阿城的小说《棋王》开头一句:"车站是乱得不能再乱,成千上万的人都在说话。谁也不去注意那条临时挂起来的大红布标语。"如果我们对这儿的"乱"读出的仅仅是对一种客观场面的如实交代,那么就体会不出阿城这部作品的妙处来。阿城这部作品之所以深获好评,显然在于不少人都读出了言外之意来。譬如这儿的一个"乱"字,就包含着当事人和叙述者共同的一种心理感受,而这种感受分明又指向当时的历史背景。所有这一切都同小说叙述语言的"诡论性"不无关联,表现在"乱"这个词上,也就是"糟"、"坏"、"差",甚至"灰暗"、"绝望"等等许多意义的混同。换言之,"一个形象的词语并不只创造看得见的东西。词汇在形象中已经多次泄露出其他的功能"。在小说文本中,它是不确定的。反之,正像凯塞尔所说:"科学的语言必须为反对这种不固定性而斗争,因为它刚好必须固定和永久。同时它同样也必须为反对超概念内容的单词的充斥而斗争。"①

2. 小说的文本

　　文本(text)指的是具有某种信息意蕴的叙述话语,这种话语通常以某种言语符号的形式表现在纸上。从形态学的角度来看,小说的文本内涵也就是故事。毛姆说得好:"说到故事,大多数人指的是一种包含有开

---

　　① 〔德〕沃尔夫冈·凯塞尔:《语言的艺术作品》,陈铨译,上海译文出版社1984年版,第389页。

端、中间部分和结尾的,连贯而又表达清楚的叙述。"①因而,小说形态学对小说文本的探讨,主要也就围绕故事构成的这三大部分,因为它们各自都有着不同的艺术要求。

先来谈谈小说的开端。在传统的小说理论中,一部作品的故事常常被视为情节的同义语,这样,开端便被认为是情节的发生。这种见解随着今天"故事"与"情节"的分离而不再居于统治地位。按照一种新的小说观,如果我们将小说视为由一个叙述者对某些事件的述说,那么小说的所谓开端,自然也就可以被看作一个善于通过文字来唠叨的故事叙述者的开讲,其结果是产生一篇具有相对有序性的叙述话语。

这很容易造成一种叙述的开端可以信手拈来、毫不费力的印象,但经验告诉我们的却常常与此相反,不止一个的小说家诉说过在开讲时的下笔艰难。小说《人生》的作者路遥在回答友人的提问时就曾承认:"对我来说,如何选择作品的开头是很困难的,有的时候,写了几十个开头,自己都不满意。"深入地来看,开端的困难主要在于既要顾到读者的兴趣,具有吸引力,又要考虑作品所要展开的整个故事,具有功能上的机制作用。小说是一种十分普及的艺术样式,但对于绝大多数的非专业读者来讲,他主要是靠读开端来决定是否继续其阅读的。在这个意义上,小说的开端有些类似于商品的包装,装潢设计的好坏固然不能说明产品的质量,但却能影响顾客的消费心理,为他作出是否购买的决定提供一个依据。但这也仅仅是问题的一个方面。正如漂亮的包装的目的是为了名副其实地使高质量的产品不致被埋没,而不是为了推销伪劣产品,小说开端的吸引人,其意义也在于将读者引荐到文本中去,使之对一个良好的作品予以接受,而不能哗众取宠地仅仅是一种对读者设置的圈套。否则,读者会产生一种被愚弄、欺骗之感,这种感觉反过来会导致阅读阻抗增大,在这种情况下,作品实际上多少还具有的那么一些意思也会被读者所拒绝。从这个方面看,对小说开端的吸引力不能作片面理解,衡量开端成功与否的标志除了读者是否看得下去之外,还得视其同文本的内在联系是否紧密,结

---

① 见《文艺理论研究》1985 年第 3 期,毛姆文。

构是否合理。常常有这样的情况：一篇小说的开头部分很吸引人，但读者在进入正文中去之后，却渐渐无精打采起来，其原因有时并不在于正文布置得不好，而是"文"不对"题"，正文的内容并不是开端部分的有机展开。开端是对读者的阅读期待的诱发和调动，这种期待一旦破灭，其后果是对整个阅读行为的否定。在我国当代一些作品中，这样的现象并不少见。例如：

> 一代宗师阮进武死于两名武林黑道人物之手，已是十五年前的依稀往事。在阮进武之子阮海阔五岁的记忆里，天空飘满了血腥的树叶。

作家余华年轻时的小说《鲜血梅花》的这个开端，集武林大侠的传奇性与谋杀的神秘性于一体，颇能让读者产生某种悬念。然而读完整个作品，作者实在并没有写出什么新东西，如果说有什么特别之处的话，充其量只是将一个并不成功的故事作了一种并不成功的处理，用叙述上的故弄玄虚使之扑朔迷离，造成一种仿佛有什么含义的虚幻的假象。但这种假象毕竟经不起读者创造性阐释的剥离，而读者一旦从虚幻中摆脱出来，文本就成了一堆瓦砾。

所以，小说家对开端的吸引力不能作极端性的追求。事实正像盖利肖所指出的，有不少麻烦是开端造成的，"如果你不准备写出冲突，就不要预示它，否则就是在哄骗读者，他会因为受到愚弄而愤恨不已。"[①]对于读者，开端是给他的第一印象，这个印象的清晰与否，是好是坏，将直接影响他对作品的接受。而对作者，开端意味着给整个作品定下基调，是他切入故事的角度选择，这个选择和调子决定着他对整个故事的主体评价和把握。这是小说开端所具有的叙事功能作用的一个表现。托尔斯泰写《复活》，曾数易其稿。最初他以对地主老爷涅赫留道夫的生活的描写作为开头。这是作者将这位地主确定为这部作品的中心人物的一种表现。但这样一开头之后，作者觉得写不下去。后来他在日记中写道："……我

---

① ［美］约翰·盖利肖：《小说写作技巧二十讲》，梁淼译，北京十月文艺出版社1987年版，第311页。

理解了我的《复活》写不下去的起因。小说的开头写得不对。在构思短篇小说《谁有理》的时候,我明白了这一点。我明白了,我应从农民的生活开始,他们是小说的对象,是正面人物,而其他不过是阴影,是反面现象。"①人们现在读到的《复活》便是作者在这样自我反省之后重新创作的。从小说来看,作者对作品重心的调整是对的。重写了一个开端,诞生了一部名作,叙述开端的重要性由此可见一斑。

这样看问题,小说家写好叙述开端的关键,可以说也就是如何设法从作品的整体设计出发来吸引读者,在这里,对读者阅读心理的考虑应当对文本结构意蕴的分析结合起来。小说《在没有航标的河流上》的作者叶蔚林曾说道:"我的体会是,开头应该从这三个方面来考虑:(1)要简洁,(2)要真实,打破读者的虚假感,使他们一读就认为'真有那么一回事',(3)要从全篇着眼,努力做到结构严谨,匀称,不要给人头重脚轻,或头轻脚重的感觉。"②将这三点作一番梳理概括,可以看出显然也是从读者心理和文本结构两方面着眼,简洁的语句和真实的气象能够吸引读者的阅读视野,匀称的布置则有助于使这种兴趣贯通全篇保持到底。小说家的这三条经验固然不错,但还是未能解决如何将兴趣同文本布局具体结合的问题。深入一步来看,这种结合需要一个中介点,这就是叙述情境。它既是整个作品的逻辑背景,也是读者介入文本的接受前提。因而,一篇小说的开端也就是一种叙述情境的推出,具体地讲,也就是准确、及时地提出一个叙述问题。叙述问题不仅能带来一种叙述情境,而且也使我们的阅读视线得以凝聚,从而产生出一种叙述趣味。因为一个叙述问题的提出也就意味着有一个事态的存在、行为的出现以及人物的出场等等,而所有这些都能使读者迅速进入一种期待状态,激发起一种要想进一步知道下文的好奇。从这些方面来分析,盖利肖的这番话是中肯的。他指出:"结构、描写都成功的开端的标志是:读者读了它之后,会向自己提出一个主要叙述问题。……因为在读者没有提出小说叙述问题之前,是不会

---

① 见《文艺理论研究》1980 年第 1 期。
② 刘炳泽编:《小说创作论荟萃》,长江文艺出版社 1987 年版。

有小说叙述趣味的。"①但仅仅指出这一点,并没有使问题得到全部解决,有一个疑虑仍有待澄清,这便是以什么方式来提出叙述问题的。因为叙述问题本身仍是一个所指,可以通过不同的能指来提出,这种方式不可能不对内容具有影响。在以往的讨论中,"那样多的作者没能为读者写出有趣的开端,主要原因在于,他们用叙述代替了形象的描述"②。对此我们无法苟同。诚然,叙述在本质上是全景的,强调的是聚合的结果,擅长对事件作概括的把握。这种概括的缺乏具体性常常会使之散发出一种枯燥的"说明"味。但这并不是绝对的。因为叙述也最能体现出一位叙述者的主体性,被他的个性所染色。当这位叙述者的人格塑造丰富多彩、具有活力时,叙述也就会同样显得活泼风趣,具有魅力。反之,那种描述手法固然十分具体、形象,但如果流于一般模式,缺乏特色,同样也会让人腻味。所以,重要的也并不在于是采用场景的描述手法还是全景的叙述手法,而在于小说家在具体运用这两种手法来写作品开端时,应根据这两种手法各自的长处和不足来作出表达。一般来说,场景描述要清晰、鲜明、独特,而全景叙述则要平易近人,不能摆架子。例如:

> 医院的院子里有一幢不大的屋子,四周长着密密麻麻的牛蒡、荨麻和野生的大麻。屋顶生了锈,烟囱半歪半斜,门前台阶已经朽坏,长满青草;墙面的灰泥已经脱落,只剩下一点痕迹了。屋子的正面对着医院,后背朝着田野,小屋和田野之间由一道钉了钉子的灰色院墙隔开。那些尖端朝上的钉子,那围墙,那小屋本身,却有一种垂头丧气、罪孽深重的特别气象。

这是契诃夫的名作《第六病室》的开端,这段场景描述的成功之处并不在于采用了这种手法,而在于作者通过这种手法写出了一种独特的气氛和背景。记得曾有文件记载,列宁在读了这个作品之后整整有好几天说不出话来,深受小说所反映的那种压抑的生活气氛所包围。契诃夫通过对

---

① [美]约翰·盖利肖:《小说写作技巧二十讲》,梁森译,北京十月文艺出版社1987年版,"第16节"。

② [美]约翰·盖利肖:《小说写作技巧二十讲》,梁森译,北京十月文艺出版社1987年版,"第16节"。

一所医院的一间病室的描写,将当时弥漫于整个俄国社会的让人窒息的状态作了淋漓尽致的透视。小说开头这段场景描述就抓住了这个特征,十分自然地将读者带入了一种叙述情境之中。再譬如:

> 尽管我跟下面讲的这个故事压根儿没有什么联系,但我还是用第一人称的方式来叙述,因为在读者面前,我不想装样,强不知以为知。整个故事的情节就是我要讲的这一些,至于产生这些情节的原因,我就只好猜测了。读者读完小说以后,或许认为我的猜测是错的,但谁能保证自己的猜测完全准确呢?不过,假如你对人性这个问题有兴趣的话,你会感到,最有意思的事情莫过于对产生某些行为的动机进行揣度了。

毛姆的小说《露水姻缘》是这样开的头。不仅完全采用了叙述手法,而且也未必见得简洁。但读来并不让人反感。面对叙述者那种推心置腹、诚恳交底的口吻和言语,作为读者的我们很难无动于衷,会以同样的信任作为回报投入到阅读过程中去。而在读者与文本之间一旦建立起这样一种互相信任的关系,作家也就成功地实现了在一个作品的开端所要达到的目的。

诚然,诗无达诂,文无定则。有各种各样的小说,也有各种各样的开端。但由于小说家用以建构叙述格局的基本手段只有两种:场景描述和全景概述,而这两种手段在艺术上的内在规定性,分别是特征鲜明和态度真挚。因而在一般意义上,对小说开端的基本要求,不外乎在这两极之间的摆动。如邓刚有一篇题为《芦花虾》的小说,反映了一个海滨小城镇的生活。作品的开端是这样的:

> 因为离河近,所以这里的集市再精彩不过。金鳞银翅的黄花鱼、肥油油的大香螺和铁青色的长腿蟹子,还有被煮得鲜红的芦花虾,精心地摆成各种游动的姿势,上面巧妙地撒上几叶绿莹莹的海菜,就好像在水里似的,给人一种活鲜活鲜的感觉。

这是一个十分典型的场景描述,叙述者通过对海边集市上那些最富有代表性的海生物的抓取,并以不同的色彩词和形容词来修饰,准确而一目了然地将一种海边城镇生活反映了出来,使无论到没到过那种地方的人都

能产生一种如见其状如历其境的真切感,因而读来让人难以释手。又如:

> 由四川过湖南去,靠东有一条官路,这官路将近湘西边境,到了一个地方名叫"茶峒"的小山城时,有一条小溪,溪边有座白色小塔,塔下住了一户单独的人家。这人家只有一个老人,一个女孩子,一只黄狗。

这是沈从文名篇《边城》的开头,读来极为流畅,因为是采用了最典型的"鱼鳞式"结构方式,如句中的语义核为:有一条路,路到了一个城,城边有一条溪,溪边有座塔,塔下住着一户人家,家中有老人、女孩和黄狗。这简单明瞭的叙述流反映出一种简朴的风格,毫无一丝造作矫饰之态,因而让人感到作者内在态度的诚挚。正是这种诚挚深深地打动着我们,使我们身不由己地被叙述语流裹挟而去。而当这种简洁的叙述同场景化的描述融为一体,就会使读者感到别有一种情调。青年作者亚丁的小说《遗失在海边》的开头就有这种特点。如:

> 远方,一只灰褐色的鸟儿闪动着翅膀,缓缓地沿着海边移动,那是一张帆。
>
> 还有,更大一只白色的鸟儿徜徉在天空,懒懒地翻动着丰厚柔软的羽毛,那是一片云。
>
> "再游一会儿好吗?"他问。沉阒无人的沙滩立即吸收了他声音的全部。在这广阔的大海面前,任何宽厚的话语声都显得那么单调。
>
> 她点点头,双眼依旧望着天边,西下的太阳一点儿也没有疲惫,像一只金黄色的大铙,兴高采烈地敲打着,把无数敲碎掉的小铙抛进大海。

分不清这是诗还是小说,空灵、跳跃,极富美感,读这样的开端,有一种纯审美的被征服感,因为这儿既有诗情也有画意。

但更多的时候,小说家们还是喜欢"没有开头的开头",即通过尽量缩短开端的叙述文字来从时间上压缩开端,使之进入正文,尤其在一些故事性较强,人物本身充满行动性的小说里,采用这种开头会让人感受到一种力度。如俄国著名作家蒲宁的《一支罗曼谛克的插曲》的开端只有两句话:"这天傍晚,我俩在火车站上相逢了。她正在等什么人,但是神思恍惚。"一下就激起了我们的阅读好奇心,不能不往下读,这其实也便是省略的魅力:叙述者说得越少,留给我们的疑虑就相对越多,因而人类本能中的那种窥视欲和认知心也就越容易被激发。所以契诃夫要作家在写完小说之后将开头砍去,指的也就是这个意思。换言之,并不是不要开头,而是要压缩开头,使之更加有力。但在这种情形下,叙述者需要在开头之后紧接着提供一些说明性材料,以便让读者的兴趣不至于减弱,因为读者固然会被省略所产生的某种神秘感所吸引,但却受不了过于长时间的遮蔽,而需要对所叙之事有一种把握。缺乏这种把握,由神秘性带来的吸引力便会随着心态上的失重感而消失殆尽。所以,一些高明的作者往往在推出一个极度省略的开端之后,及时地补充进较为详尽的说明材料,以满足读者的进一步了解事实真相的愿望。在上面这篇小说中,蒲宁的做法就是连续对"我"和"她"的活动加以曝光,因为读者此时将全部注意力都聚焦在这两位作品中人的神秘的出现上。所以,叙述者写道:

> 火车进站了,人群淹没了月台。空气中弥漫着雨后树林的馨香和煤的气味。熟人那么多,我俩几乎连向他们点头打招呼都来不及。
>
> 可是她一直在用眼睛惴惴不安地寻找着的那个人,却不见影踪。

直到火车开动,她仍失望地站在那里,最后,"由车厢连成的障壁猝然中断了,车尾的缓冲器一晃而过,列车在苍翠的树林间飞驰,变得越来越小,越来越短。"这样,一个充满各种可能性的故事,就在我们的各种猜测中正式开场了。任何一个人读到这儿,都很难不继续往下读。这表明,如果说第一步的吸引力在于开头的两句话,那么真正的阅读期待的形成却是通过后面紧接着的几大段进一步描述所产生。所以说,一个审美叙述话语的开端其实是由两部分所构成,即叙述问题和作为补充的说明性材料。这在那些缺乏神秘感和刺激性的故事中表现得尤其明显。如陆文夫的得奖小说《围墙》的开头,也只有一句话:"昨夜一场风雨,出了些许小事:建筑设计所的围墙倒塌了!"这篇小说通过某建筑设计所修筑围墙的故事,深刻揭露了我们在现实生活中那种已经司空见惯了的"干事的不如看事的,看事的不如什么事也不干的"现象。上面这句话已经给了我们一个叙述问题:修墙。但这件事本身的意义一下子还难以为读者所意识到,因

此并不具有多大的吸引力,作者对这点显然也有察觉,于是紧接着在简扼地交代了围墙的历史后写道:

> ……问题是围墙倒了以后,这安静的办公室突然和大马路连成了片。马路上数不清的行人,潮涌似的车辆,都像是朝着办公室冲过来;好像是坐在办公室里看立体电影,生怕那汽车会从自己的头上碾过去!马路上的喧嚣缺少围墙的拦阻,便径直灌进这夏天必须敞开的窗户。人们讲话需要比平时提高三度,严肃的会议会被马路上的异常景象所扰乱,学习讨论也会离题万里,去闲聊某处发生的交通事故。人们心绪不宁,注意力分散,工作效率不高而且容易疲劳。一致要求:赶快把围墙修好。

将一堵围墙的倒塌提高到影响人们的日常工作甚至生活的高度,这里多少存在一些夸张。但它显然又反映一种真实的感受,因而,经过这种夸张的渲染,"修围墙"这个叙述问题被艺术地予以突出和强调,使得我们读来饶有兴味,也就难以释手。在这点上,小说家应该接受盖利肖的忠告:"如果你是明智的,你就会在小说开端部分包括尽可能多的一般的说明性材料。"①

再来谈谈小说的结尾。众所周知,叙事艺术的时间性在于它总是在一个时间单位中延续,表现在文本里,也就是叙述者对一个故事的讲述,有开端也有结束。因而,同叙述的开端一样,一个良好的叙述话语的结尾的标志必须满足两个条件:在文本上同开端一起完成结构的有序化,使之成为一个有机整体;在接受方面满足读者的阅读期待,使之产生回味。而这两方面的考虑具体地也落实于叙述问题上,如果说叙述的开端是一个叙述问题的抛出,那么其结尾便是对这个问题的回答。因为"即使结构事先可以猜出,主要叙述问题实际上也是在小说结尾处才得到回答。这个主要叙述问题从头到尾在小说里不断出现,给了小说以统一性和效果

---

① [美]约翰·盖利肖:《小说写作技巧二十讲》,梁森译,北京十月文艺出版社1987年版,"第15节"。

的专一。"①不妨读读刘嘉陵的中篇小说《硕士生世界》,这篇小说在结构上以时间为序展开,叙述是从故事中的男女主人公——那些硕士研究生入学报到开始的。叙述者"我"本身也是他们中间的一员:

> 学院有三种校徽:白色的,红色的,和绿色的。白色是本科生,红色是教职员工,绿色是研究生。我们的校徽是绿色的。我们是研究生。
>
> 入学第二天,我们到研究生处办理各种有趣儿没趣儿的手续时,每人交两毛五分钱,各领一枚绿色校徽。……于是我们都顺理成章地别在身上,就在当年别伟大领袖像章那地方。

读了这个开端,我们会对这个硕士生世界将发生些什么事产生兴趣。尽管我们知道,学校是个临时性的汇聚点,而并非人生长久的泊锚港。几年以后,这些年轻人又将带着各种复杂的愿望和计划各奔东西,重新踏上人生之旅。然而这种凭经验作出的预测并不能取代故事中那位叙述者的交代。在这篇小说的结尾处,叙述者向我们描述了一个车站送别的场景:

> 313的患难弟兄们这时头挨头紧紧抱作一团。泪又咸又热。谁能让时间凝固,谁能让地球停转,谁能让我们永远血热心烫,永远青春不老,谁能让一日长于百年。
>
> 汽笛响了。我在列车员的呵斥声中飞身上车。那四只身影渐渐远去。我酸甜苦辣了三个春秋的城市渐渐远去。沉沉的夜。地平线上,几点灯光在闪耀。

这无疑是一个最常见的学校生涯结束的场景,类似的镜头我们可以从自己、从朋友、从家人或直接或间接的经历中找到。但生活中的这种例子填补不了艺术虚构世界中的空缺。对这部小说而言,只有当叙述者明确地将这个并不出乎我们意料的结尾具体展示出来,才可能获得一种叙述语流上的完整性。

当然,并非所有的结局都只是一种期待中的填空。那种既在意料之

---

① [美]约翰·盖利肖:《小说写作技巧二十讲》,梁森译,北京十月文艺出版社1987年版,第312页。

外又在情理之中的故事发展,本身就具有一种接受魅力,有助于强化作品的艺术效果。因此,小说家为了追求这种效果,有时常采用一种反期待式结尾,在一些古典作品中尤其是这样,如莫泊桑的《项链》和欧·亨利的《警察与赞美诗》,便属于这方面的作品。前一部作品里的那位女主人公,出身于职员家庭又嫁给一位小职员,无缘像那些名门闺秀那样,享受人间的豪华和风流。但由于她天生丽质,又不甘于清贫生活,一个偶然的机缘使她有机会步入高层社交场所,为了充分利用这个机会,她作了精心装扮,特地向女友借了一串项链。但一夜满足的代价是半辈子的辛苦,为了归还买项链的欠债,她整个儿地改变了自己的生活方式。项链成了这个人物命运中的一个转折点。然而在时过境迁之后,当她已开始完全适应另一种生活时,才得知自己本来可以不必过这种生活,因为那串项链是假的。读者与作品中的这位女主人公一起为这个意外所震惊,在主人公,这意外似乎表现了一种命运的嘲弄,而对于我们读者,这意外使我们陷入对于这种嘲弄的反思。后一部作品在这一点上与前者殊途同归。小说叙述一个叫索菲的小偷,在冬季到来时为了替自己找一个避寒场所而动了重归监狱的念头。为了实现这个计划,他做了各种努力,先是用石头砸豪华饭厅的玻璃,再是光天化日之下在一家店里抢一位绅士的雨伞。但不是因为他从容不迫的"主动投案",便是因为歪打正着地使那位雨伞主人的扒手身份暴露而均告失败。最后,就在他来到一所教堂外,由于受到音乐的感染而天良发现,准备打消原先的念头重新开始做人时,他原先的计划倒反而得到实现——一名警察将他从教堂门口带走,法庭以他企图抢劫教堂为由判处他三个月徒刑。小说以结尾处的出人意料揭露了美国社会中存在着的问题,嘲讽了资本主义世界的法律的可笑本质。但从这里我们也可以看出,无论是"顺理成章、按部就序"的结尾,还是"异峰突起、出人意料"的结尾,主要都是为了表现作品的主题和照顾结构的完整。后一类结尾在读者接受心态上所产生的效果,如果离开了对文本结构的考虑,游离于作品的主题表现之外,便会适得其反。

所以,如何使作品所要表现的意蕴显得更加鲜明、更加深入,这是小说家把握叙述结尾的关键。因为叙事作品是通过一个完整体而存在的,与开端一样,结尾只是这个整体的有机组成部分,任何喧宾夺主的处置只能损坏一部作品。衡量一个结尾是否成功,也就是看它在整个文本中是否和谐得体。如果能在此基础上再对主题作出新的挖掘和开拓,就有可能成为大手笔。读一下鲁迅的《阿 Q 正传》,我们便会有这种感觉,众所周知,鲁迅在这篇作品中触及了一个我们民族的国民性问题,阿 Q 的愚昧和麻木使作者深为痛心。这种不觉悟性在阿 Q 被枪决前努力地画圆圈这个细节上,又一次得以披露。故事在阿 Q 的"大团圆"后结束了,作为一篇情节小说,这部作品如果在这时收尾,未尝不可,因为,文本结构与读者对叙述问题的解答两者已经得到统一。然而作者并没有这么做,而是在这之后又写了两段,形成故事之外的结尾。最后一段是这样写的:

> 至于舆论,在未庄是无异议,自然都说阿 Q 坏,被枪毙便是他的坏的证据;不坏又何至于被枪毙呢?而城里的舆论却不佳,他们多半不满足,以为枪毙并无杀头这般好看;而且那是怎样的一个可笑的死囚啊,游了那么久的街,竟没有唱一句戏:他们白跟一趟了。

如果说前面的整个故事使我们清楚地认识了"阿 Q"这个艺术典型,那么这最后的一段文字则使我们看到了"阿 Q"所赖以产生的社会基础。阿 Q 虽然死了,他的各式各样的同类们依然存在。那些阿 Q 的看客其实也就是"阿 Q 们"。阿 Q 的悲剧因而也将继续下去,只不过换些角色和场景而已。这是何等精彩的一个收尾,通过这个收尾,整个作品的思想内涵大大深化了。这固然有赖于前面整个故事的铺垫,但这种铺垫代替不了这个结尾,有它没它大不一样,有了它,作品显得更加厚重;而如果缺少这个结尾,我们多少还会有不够饱和之感。当然,并不能对所有的结尾都一律提出这样的要求,但由于结尾意味着一种叙述结构的合拢,因而它对一篇作品的最后成功起着特殊的作用。契诃夫因此认为:"谁为剧本发明了新的结局,谁就开辟了新纪元。"他的《万卡》是一个好例子。这是一个带有悲剧性的作品,小说中那位 9 岁男孩的不幸反映了一种制度的罪恶。如果说在现实生活中这个不幸的根源在于社会结构,那么在作品中之所以得以艺术化地被强调,则多亏了作品的结尾。小万卡倾注了全部感情写出的那封信,不可能如愿以偿地送到他爷爷手里,小说结尾那"乡下爷爷收"的一笔有力地突出了这一点,通过这一笔,不仅使整个作品在结构上凝聚成一个整体,而且也强化了故事的悲剧效果。倘若把这个结尾稍作改动,这部名垂世界文学史的小说名作便将大为逊色。

从这一点上讲,小说家冯骥才的这番经验之谈确实有些道理。他提出:"我以为结尾比开头重要得多。一件艺术品成功与否,很大程度上在于它最后的工作是否恰当。最后一句台词,最后一笔油彩,尾声等等,最容易成功和最容易失败之处往往就在这里。一部作品的内容、思想、情感也都凝聚在这里,它是整部作品最浓郁的地方。"①当然,这不能成为我们轻视开端的理由,只是表明写好叙述结尾的重要。从艺术上讲,各种结尾有其相对的独立性,这种独立性构成了各种不同的模式。这些模式从手段上讲有"急煞式"和"收网式";从效果上讲有"定格式"和"晕化式";从结构上讲有"反刍式"和"推进式",从形式上讲有"严谨式"和"随便式"等等。以史铁生的《我的遥远的清平湾》为例,小说一开头,叙述者向我们叙述了北方黄牛的特点,告诉我们:"我插队的时候喂过两年牛,那是在陕北的一个小山村。"而在故事的结尾处,10 年过去了,叙述者又写到他插队时那户农家的小女孩"留小儿"来北京,给"我"带来许多土特产,这使"我"重又回想起过去的日子:"哦,我的白老汉,我的牛群,我的遥远的清平湾……"这个结尾犹如一种反刍,将我们带回作品开头,去重温整个故事。与此形成一种鲜明对比的是蒋子龙的《燕赵悲歌》。在这个作品中,作者塑造了一个富有时代精神的农民企业家武耕新。他历经坎坷,闯过一个个险滩暗礁,绕过各种急流,终于干出了一番事业。但在结尾处,作者让他住进了一个高干病房,由于观念不同,引起一位老干部谢德的愤怒,几天后出来了一份题为"以'土皇上'自居向钱看"的内参。这种东西在中国这块土地上总是有其特殊作用的。于是叙述者使我们看到:"这也许又是一场思想大爆破的导火索,而当事人武耕新还蒙在鼓里。生活——哪有个尾声啊!"这个结尾不啻是作品的又一个开端,属于"推

---

① 见刘炳泽编:《小说创作论荟萃》,长江文艺出版社 1987 年版,第 310 页。

进式"。而汪曾祺《岁寒三友》的结尾则是一段场景描写：

> 这天是腊月三十。这样的时候，是不会有人上酒馆喝酒的。如意楼空荡荡的，就只有这三个人。外面，正下着大雪。

如同电影中的画面空格，将三个人的关系通过一个特写手法固定下来，意味深长，一切都在这个画面中了。相比之下，邓刚《芦花虾》的结尾虽然也是一个场景，但却别有一番滋味：卖虾姑娘张书琴勇敢地迈出自谋生活的一步，在她背后是一望无际的大海，只听得一首歌远远飘来——"蟹子肥哟，虾儿鲜！赶海的人儿，乐颠颠！……"这歌声连着故事中的生活，如同落在宣纸上的一滴颜料，慢慢地在读者的心理空间上渗化开去。再如劳伦斯的《马贩子的女儿》，写一个马贩子的女儿由于父亲破产，在三位兄长对她置之不顾的情况下，因绝望而自杀，被乡村医生弗格森救起。出于依赖也出于对救命的感激，她爱上了这位医生，然而她又对这种爱情毫无把握。小说在这对情侣间的对话中结尾：

> "我觉得糟透啦。我觉得糟透啦。我觉得对你来说，我实在叫人讨厌。"
>
> "不，我要你，我要你"，他就这样回答，盲目地，声调可怕地回答。这种声调几乎比她唯恐他不要她的那种畏惧心理还使她惊骇。

这种结尾就像一辆行驶中的汽车，在看不出有任何停顿预兆的情况下突然刹车。故不妨名之为"刹车式"。与之相对的，是对故事结局的逐渐逼近，在读者有了充分心理准备的情况下结束，就像收渔网一般。契诃夫的《第六病室》可以作为例子。这间病室里的病员安德列·叶菲梅奇终于因为中风而死。这是十分必然的事，叙述者写道："第二天安德列·叶菲梅奇下了葬。送葬的只有米哈依尔·阿威良内奇和达留希卡。"

不难体会出，上述各种结尾模式各有其艺术上的特点，孤立地来看，无法作出孰优孰劣的比较评判。小说家在构筑叙事格局时究竟采用什么样的结尾，得视具体的叙述文本而定。并且，小说作为作家表现生活的一种手段，存在着无限广阔的发展前景，因此谁都无法将叙述结尾的方式穷尽。但经验也表明，重要的并不在于找到几种方案对号入座，而是从中把握最基本的规律，在叙述文本的结构与读者的阅读心理之间形成某种平衡。正是通过这种平衡，一篇作品才能最后实现其在叙述色调上的统一，从而形成一种艺术风格。

　　一个故事的中间部分也就是叙述的扩展，同开端和结尾相比，这部分似乎显得更加难以把握，理由之一是，与古典作品的按部就班的布局设置不同，现代小说常常有点儿"不伦不类"，只有开端和结尾而无扩展。但这其实是将扩展理解为对高潮的铺垫。如像阿城的《遍地风流》系列，曹乃谦的《温家窑风景》系列，以及类似矫健的《古树》、《预兆》、《死谜》、《海猿》这样的小说，短则几百字，长的也不过千把字，在这样的作品中，的确很难找到通常意义上的那种使各条线索百川归海，将种种矛盾冲突推到极致的所谓"高潮"。然而我们所说的"扩展"却依旧存在，因为它是对叙述话语开端部分的进一步丰富和补充。根据这样一个定义，只要存在着开端，就势必少不了扩展。通常，它总是同那些说明性材料密切融合在一起，通过这个部分而与开端相衔接。例如女作家张曼菱的小说《生命》，通过一对知青在农村的婚变故事，从一个侧面反映了那个时代的知青生活和他们在动荡年月里的命运。作品的主干部分是知青扬伊与金琦霞从恋爱到结婚再到生孩子、返城的一段经历。小说一开头并没有将这对男女主人公立刻推到前台，而是先来了一个铺张：

　　　　县干部作报告说："不许你们乱爱！"然而，在知青中，"乱爱"的事层出不穷。

接着作了一些补充性说明作为过渡：

　　　　插秧的时候，有一天通知去公社开会。这意味着可以穿鞋着袜，停工一天，工分照记不误。……"你们知道今天开会是干什么吗？"一个男生问我们。"不知道啊！"

　　　　"批判我。"他颇有些得意地指指自己的鼻子。他叫扬伊。文子铃、曼陀铃弹得很好。自弹自唱，还善编知青小调。

接下去具体描写了一个批判会的场景。那位主持会议的公社干部起先让扬伊"讲错误"，后来干脆挑明了要他讲"睡觉"等等细节，以一种幽默调侃的口吻将一个愚昧时代里所存在的愚昧状，作了十分逼真的展示。叙述也由此进入到主干部分，扩展为对主人公生活的进一步披露和挖掘。

再如青年作者乔典运的小说《疤瘌》，这个作品写得很讨巧，虽短小却精练，寓意颇深。小说通过一位县级局长同两位年轻技术人员上地区出差，一路上所发生的一些蒜皮小事，反映出当前基层生活中所普遍存在着的一种微妙的人际关系。在作品一开头作者就通过"王局长"的恼怒点出了矛盾：

> 新华旅社二〇二房间，有三个床位，眼下只有王局长一个人在屋里。因为没人走动，没人说话，屋里很静。静得像山谷，像监狱。王局长热闹惯了，受不了这种安静，感到了孤独、空虚、气恼，止不住想发脾气想骂人，可是又没人听他骂，只好在肚里酿造更多的烦恼了。

这位王局是何许人？何以能如此颐指气使？他为什么发火？"酿造烦恼"的后果又怎样？如此等等的疑虑和悬念，伴随着关于王局长等人的前因后果的叙述问题，从这个开端中进入我们的阅读场。作者替我们解答这些问题，让我们了解真相，主要从三个空间落笔，即：坐车（出发）、住宿、坐车（归程）。对这三个空间所发生的事的具体叙述和描写，也就是这部小说在叙述上扩展的三部曲。但在开头与这个主干部分之间，存在着一个由解释性材料构成的过渡，对王局长其人的经历作了一番交代，以使我们了解这场"火"的"历史背景"。这就是这两位技术人员都是搞专业的年轻人，而王局长则是一个"20年干遍了所有的局"但"没有一样专业知识，啥也不会"，目前又在家待分配的赋闲干部。有了这个段落，开端与主干两部分就很妥帖地串接到了一起，读者也更有兴趣来"观看下文"了。

由此也可以看出，叙述扩展部分是将在开端提出的元叙述问题化整为零，从中再进一步衍化出一些小叙述话题。没有元叙述问题，作品难以形成一个叙述聚焦点；而缺乏小叙述话题，作品会显得粗疏空泛，不够生动丰富。小说叙述的主干部分的难点，首先就在于如何解决这一与多的关系。在这个部分，作家必须精心设计出几个大场面，让人物面临各种实质性的冲突和危机。从这个意义上说，一部作品的扩展部分是最能见出作者的功力的部分。作品的主干部分则是作者与读者交流的主要部分。因而这个部分是否充实饱满，不仅直接关系到结尾的设计，而且也决定着整部作品最终能否成功。如果这个部分苍白、干瘪,再好的开端也会变得毫无意义,而漂亮的结尾则既不可能也无必要。当然,不同的叙述模式对其主干部分有不同的要求,在以故事为中心的情节模式中是强化悬念、推进冲突;在以塑造人物性格为中心的情态模式里是充实背景、增添细节;而在抒情性的情调模式中,小说家所要做的是在突出主旋律的基础上,尽可能地通过各种变奏来使之丰富。但无论是什么类型的叙述模式,一个共同的任务是设计出叙述的核心部分,在许多情况下,这个部分可以说是一种危机。如在海明威《老人与海》里,主干部分是老人将鱼放到地上,鱼在游回海岸去的时候,被鲨鱼吃掉了。通过这些描写,我们看到了老人的顽强意志力和不屈服的个性。换言之,也就是通过危机达到表现人物的目的。布鲁克斯说得好:"单讲一只圆木桶滚到山脚下去,也就不成其为小说了。小说之所以令人感到兴趣,就在于遇到了各种阻力,再加以克服,或者克服不了。"①小说是对现实人生的一种宏观把握,无论什么样的叙述模式,都离不开人和事。所以危机总是作为命运的伴侣而存在着,小说家通过危机来扩大信息量,多方面地表现出他对人生的思考,以此来同读者进行交流。这种交流构成扩展部分的叙述趣味,这一方面发展了由开端所带来的吸引力,另一方面又刺激读者进入对故事文本深层的理解。但为了实现这一目标,对小说家来说,他在叙述扩展部分所要做的最重要的事,仍在于发展主要叙述问题。因为"正是为了发展这个主要叙述问题,你才写了主体部分。"②

不同的叙述问题需要有不同的展开方式,不同的展开方式构成不同的叙述格局。叙述主干部分的重要性和难以把握性也就表现在这里。但如何通过掌握好叙述节奏来形成文本的艺术张力,无疑是十分突出的一环。作家孙犁曾经说过:"至于中间布局,并无成法,参照各家,略如绘

---

① 见[美]克林斯·布鲁克斯:《小说鉴赏》上册,主万等译,中国青年出版社1986年版,第64页。

② [美]约翰·盖利肖:《小说写作技巧二十讲》,梁淼译,北京十月文艺出版社1987年版,第312页。

画。当浓淡相间,疏密有致。一张一弛,哀乐调剂。人事景物,适当穿插。"①说的是叙述的节奏问题,同样也是张力的问题。这个问题之所以要如此强调,是因为一部作品的主干部分往往也是在篇幅上占比例最大的部分。这样,单凭某种悬念和场面冲突的危机性虽然可以让读者产生阅读欲望,但却难以维持得长久,需要有节奏感来调节,通过这种调节而在结构上产生一种艺术张力。这种张力来自于文本中不同色调不同类型的小故事的配备和组合。因为文本中的故事可以分成无数个小故事,正是这些小故事构成了各个具体的小叙述话题。一部小说的主干部分则可以视为由若干单个小故事组合成的故事群。这些故事之间存着巨大差异,构成了叙述文本的张力的一个重要来源。小说家在着手铺排叙述文本主干部分时的一个重要任务,便是通过良好的组织设计来形成文本结构上的张力平衡。这种平衡是一部作品结构统一的内部凝聚机制,有助于作品风格化的实现和美学上的效果的获得。美国学者伊恩·里德指出:"契诃夫的许多作品之所以能不动情地打动人心,就在于它们在喜剧因素和悲剧因素之间建立了张力平衡。"②有必要指出的是,这种平衡的实现基础是故事单元的选择,实现机制却是叙述主体的审美评价。因为小说中的叙述模式和手法的采用,归根到底都是为了表现小说家的一种人生体验,因而作家在叙述活动中主观态度是否鲜明,情感色调是否统一,对于文本具有重要意义。里德在分析小说《忧伤的咖啡馆之歌》时曾指出,这篇小说采用了一种非长篇小说的讲述形式,整个故事以多种模式进行回忆,不仅头绪繁多,而且手法也多样,既有现实主义式的素描,也有浪漫主义化的夸张和传奇等等。但尽管如此,整个作品仍然给人以一种完整统一的印象,其原因便在于"所有这些叙述模式与手法,都汇入了讲故事者他那渗透力很强的声音的语调里。"③

这种叙述语调的统一性赋予作品以风格上的统一,所以,能否在吐纳各种人物和事件的变调中保持叙述语调在创作个性与艺术评价上的协调

---

① 见刘炳泽编:《小说创作论荟萃》,长江文艺出版社1987年版。
② 见[美]伊恩·里德:《短篇小说》,思涵等译,北方文艺出版社1988年版,第89页。
③ 见[美]伊恩·里德:《短篇小说》,思涵等译,北方文艺出版社1988年版,第89页。

一致性,这是一个作家在叙述扩展部分时必须格外重视的。用小说家周克芹的话说,也就是:"作者在写出第一章第一节以后,情绪就必须把握在这个总的基调之中,以后就只能在这个基调允许的范围内'变调'。"这尤其表现在写作篇幅较长的作品时。由于写作时间的拉长和所反映生活的多样化,使得作家们的情感基调常常会受到主观心境和客观素材的干扰而偏离最初的航道。如果不能及时发现并予以调整,他的叙述活动就很可能触礁。所以周克芹表示:"我发觉,长篇第一章有许多种写法,这还是比较容易掌握的;最难处,不是在结构上考虑它与通篇的关系,而是在'基调'上与通篇感情主旋律的一致性。"①这无疑是经验之谈。诚然,如何从理论上作更为深入的把握,似乎仍是一个难题,因为这个问题本质上带有极为突出的实践性,需要每个作家在具体操作过程中予以解决。但这并不意味着我们不能从总的规律方面作出某些总结和分析,这种分析来自于对那些成功的创作经验的蒸馏提纯。概括地讲,主要有两个方面:所指——语义方面的一致性与能指——语符方面的连贯性。

所谓所指的一致性,也就是叙事主体的价值态度与情感方向在一篇小说中保持一致。如前所述,语调的质是一种情调。所以,叙事主体的情感方向和价值评价是否前后一致,也就直接关系到叙述语调的稳定性。这方面,一个成功的例子是迟子建的中篇小说《原始风景》②:

> 当我想为那块土地写点什么的时候,我才明白胜任这项事情多么困难。许多的往事和生活像鱼骨一样鲠在喉咙里,使我分外难受,我不知道自己应该把它吐出去还是吞进来更好。当我放下笔来,我走在异乡的街头,在黄昏时刻,看着混沌的夕阳下喧闹的市场和如潮的人流,我心底有一种说不出的失落感。我背离遥远的故土,来到五光十色的大都市,我寻求的究竟是什么?

这个作品是这样开的头。叙述着"我"对故土、对自己留在这块土地上的童年足迹的寻觅和回忆,构成了作品的扩展部分。叙事主体爱这块土地,

---

① 见刘炳泽编:《小说创作论荟萃》,长江文艺出版社 1987 年版。
② 见《人民文学》1990 年第 1 期。

因为"我知道,有雾的天气已经消失在我的童年了,我的头发很难再感染它的清新、凉爽和滋润了";因为"我知道我的文字只有在这一时刻才变得格外真实和有情"。于是,"当我看着一架四轮马车辘辘穿过街头,朝我所向往的那片土地去"的时候,叙述者的声音便也"跟随它的踪迹,走久远的路,去叙述那些朴素而结实的往事"。这些往事有很大一部分是属于一个灰色庄园的一幢"高大的木刻楞房屋"的,除此之外的一部分则归一个方圆百里的"古朴宁静得犹如一只褐色枣木匣子的小镇"。在这两个空间里,叙述者带着我们走进了她的生活,让我们了解了她的外祖父和外祖母,以及他们的大家庭;见到了夏至白夜的极光和冬季里的鱼汛,以及春天里的大雪,仲秋时的月光,还有一座金色的草垛和小镇中的葬礼。这个葬礼既是属于"我"的老师的,也属于一条叫"小夏"的家狗。而当这个葬礼结束,春光重又回到这块土地上的时候,我们也随着已向童年时代永远告别的"我"一起跨出了这两个空间。进入我们阅读视野的,是一个小小的"尾声",在这里,叙事主体写道:

> 写尽了诗情画意之后,暑气已经隙落。我的笔所追踪的那架四轮马车,它终于走到故乡了。我写过了,我释然,可那遥遥的灰色房屋和古色古香的小镇果真为此而存在了么?我感到迷茫。我依然客居异乡,在寂寞中看着窗外的枯树和被污染的河流,我知道,下一季的钟声又要敲响了。

用不着作任何详尽周密的论证我们就能感到,在上面这个十分粗略的介绍中,存在着一种叙述语调的一致性。这种一致便来自于叙事主体的情感方向和价值态度的稳定:这篇小说自始至终流溢着一种甜蜜而伤感的情愫,是"我"的一次"重回旧地、重温旧梦"。这股情愫不仅将大大小小一串并无因果关系的人生经历串接到了一起,成为一个有机的艺术整体,而且还激发了一种特定的情调和风格,感染着我们与叙事主体一起来咀嚼这段生活体验。

所谓能指的连贯性,指的是叙事主体用来讲述一个故事,构筑起一个叙事文本的叙述话语,在选词造句搭配组合方面的统一。这种统一由于是一部小说叙事风格形成的主要背景,因而也对叙述语调的形态具有制约作用。在这个方面,小说家王朔显示出了很高的技巧。在他的那些作品里,评论家们大多注意到了他的小说中语言的滋味和"油气",但对其叙事文本的对立和错位现象关注得似乎不多。换言之,王朔小说中常常存在着一种叙述层与**故事**层的逆向组合,由那些貌似玩世不恭的叙述所推出的,是一种严肃的甚至还带着点古典风格的故事,这几乎构成了王朔从《浮出海面》、《顽主》、《千万别把我当人》到《玩的就是心跳》、《我是你爸爸》、《无人喝彩》等中长篇小说的基本特点。在上述作品里,叙事主体无一例外地通过保持叙述话语在语用学方面的连贯性,来成功地获得了叙述语体的风格化,从而形成一种独特的叙述语调。且拿《无人喝采》①来看(这篇小说依然保持了王朔小说在叙述层的那种"玩世不恭"),细读一番就能看出,这种现象同叙事主体在行文中所采用的比喻有很大关系:整个作品中凡用比喻之处,叙事主体总是朝粗鄙方面扩展开去,往往涉及一些富有刺激性的联想。如:

> 肖科平出现在一座晚清妓院风格的饭店门口。她沿着铺红地毯的走廊往里走,穿过一间间厅堂,走进大厅,远远就看见钱康正指手画脚地说着什么,十分突出地坐在一大群戴眼镜的男女记者之间。那里,足够两个成年人做爱的大圆台面上仅摆着两壶茶、几碟花生米和一排啤酒,菜还一样儿未上。

这一段文字中用了两个比喻,都与性有关。问题在于,如果说前面一处关于饭店建筑式样的"晚清妓院风格"还属于"客观"描写,后一处用成年人"做爱"的联想来形容上菜的大圆桌,则纯属叙事主体的"主观"了,这突出地显示了叙事主体在叙述上追求一种"粗鄙化"的倾向。相似的还有在这段叙述后面,写肖科平出席由钱康出资替她举办的个人演奏会时的比喻:"嘴唇鲜红,穿着一身黑皮裙,紧裹着身体,像个在南边混的东北妓女。"以及"几个娇冶似窑姐儿的女郎,开始把一篮篮菜筐似的大簇花卉抬上舞台,花山一样堆码。"后一个语句里,用"菜筐"来形容花篮,也是一种嘲讽和调侃。再加上对一个捐了上万元钱的"老绅士"上了主席台后

---

① 　见《当代》1991年第4期。

急着朝前排人堆里挤想露一露脸的细节的描写,以及一群闪光灯冲这排"大脑壳闪成一片"的特写,都体现出一种统一的嘲讽口吻。这种口吻同故事层那些不无辛酸的事件搭配到一起,就形成了一种强烈的反差,使嘲讽成了一种无可奈何的自我保护,使不尽如人意的生活显得更为沉重。再如这篇小说的末尾,写到老姑娘韩丽婷又来到那处"自由恋爱角"待沽,只见"一个男人骄矜地在夕阳中沿着湖走来,湖畔的杨柳垂枝纷纷扬起犹如一只只人手,或戏或拂,再三落下,继而又起"。这时候,只见——

> 背光而立脸色发黑的韩丽婷紧张地调整了一下自己的表情,在那个男人看见她的一刹那,欢笑着弱不禁风地迎上去。

读着这样的故事,面对这样的情景,我们很难不为之动"情",为之深"思"。

但是,追求叙述语调的风格化仅仅是为了获得艺术上的完整和审美上的统一,除此之外,对于小说家来讲,为了使叙述的扩展部分能够引起人们的接受兴趣,还得作适当的变动。语调上的"稳定"和故事内容上的"变异",便是小说家在叙述扩展部分所面临的主要问题。没有语调上的稳定,文本会成为一堆拼盘,难以形成一个有机的统一体;但缺乏内容上的变异,读了上文便知道下文,读者也会感到索然无味。由俄国形式主义文论家们所率先提出的"陌生化"原理,道出了小说创作中的一个基本规律。我国当代作家王朔在运用这种手法上也取得了成绩,如他的《我是你爸爸》①这篇小说写一对相依为命的父子,如何在没有家庭主妇(由于离婚)的情况下维持生活的故事。故事一开头,父子俩的关系如同中国绝大多数的家庭那样,是一种"准君臣"关系。儿子马锐由于在课堂上纠正语文老师读错了字而与老师发生争执,结果被校方以"扰乱教学"的名义给予处分,遭到父亲马林生的一顿痛打。但此后,做父亲的见到被打"乖"了的儿子,心里十分自疚,于是开始设法与儿子搞好关系。随着这个计划的实施,父子俩的角色渐渐被颠倒、换位了。儿子不仅摆脱了父亲的"无理干涉",而且开始替父亲的生活着想,为他说媒;女方是他一个同

---

① 见《收获》1991 年第 3 期。

学的母亲。在父子俩去女方家见了面回家之后,有这么一段对话:

"你不觉得齐阿姨特会理家么?"儿子问。

"家庭妇女!"父亲回答。

"可不是家庭妇女怎么着,你还想让她是什么?"

"看来你对姓齐的印象还挺好?"

"是不错。长得又带得出去,人也能干,找媳妇有这两样儿还求什么?"

"既然你觉得她这么好,那我把她留给你了。"

"你这就不像话了。这是给你说媳妇儿。"

"我觉得你比我合适。爱情嘛,不管早晚,不分先后,我忍痛割爱。"

"老马,你今儿是怎么啦?说话流里流气的,这可不像你……跟你说正经的呢。"

"是吗?跟我说正经的?可我今儿还就想当回儿流氓。"

马锐严肃地望着爸爸,"怎么,心里不痛快?是不是又想起你那个小情人了,觉得对不住她?"

马林生像被说中心事似的垂下了头,脸上流露痛苦、矛盾的神态。

"过去的就让它过去吧。既然已经友好地分手,生活的脚步不能停顿。就是她,如果她真爱你的话,不也由衷地希望你今后幸福吗?"

"是是,她一定会这样希望。"马林生愈发沉溺于自设的规定情景之中,心中如万箭钻心。

"不要再折磨自己了,为了她你也要好好地活下去才对。"儿子的话让父亲大为感动,但转念一想,又觉荒唐,这是从何说起?"你他妈的少跟我废话!"

"哎,你怎么那流氓劲儿又上来了?我这是一片好心,你说话别带脏字儿呵。"

即使从上面这段对话里我们也不难看出,小说中父子俩的身份虽然没变,但内涵其实已悄悄调换：儿子成了父亲，父亲成了儿子。问题还不仅在于做儿子的替父亲说媒，而且还在儿子的说话口气和内容俨然像一位富有人生经验的长者，在开导、关心一个徒有成年人身份的"父亲"。正是这种故事内容上的"陌生化"（违反"常规"），使得我们对这个作品产生了一种新鲜感，促使我们全神贯注地投入到作品之中。而能够在不损害主题的情况下成功地实现这一目标，便是一个作品的叙述扩展部分的主要收获了。在这个部分，小说家的任务用一句话来概括，就是让读者在"看得下去"的状态下，建构起一个完整统一的文本。"看得下去"需要出奇，出"奇"也就是"陌生化"。这种陌生化效果在小说中最基本的方面是故事层，但最直接的层次是叙述言语。读读刘震云的长篇近作《故乡天下黄花》，让我们首先感受到一种阅读魅力的，倒并不是其中的故事，而是文本中叙说故事的言语格式：简练到了不能再简的地步。这就有了出奇制胜的效果。如小说开端，写村长孙殿元被人用麻绳勒死在一座土窑里。他的两个老婆闻讯后各有不同的反应：

> 大老婆一见尸首，扑上去就哭；小老婆一见尸首，扭身就往家跑，去收拾自己的包袱细软。平日大老婆表现不好，在家里摔盆打碗，小老婆见人先笑。现在一到关键时候，就把人考验出来了。

这段文字简练中见对称，且用了"表现"和"考验"两个词来分别形容大小老婆的活动，语气幽默，跟通常那种与死人的事件相伴的悲哀凄惨之状不符，这就是一种"陌生化"，读来让人觉得新奇。再如紧接着写孙家的对头，另一户地主李老喜来吊唁（其实人是他儿子雇了杀手干掉的）：

> "老元，没想到侄子……事情过去以后，到我家里去散散心！"

> 孙老元拱拱手，说了一句"老喜……"便哽咽着说不出话来。孙老元今年55岁，李老喜大他两岁。两人拱过手，李老喜由孙老元的本家侄子孙毛旦送到门外，又拱了一回手，带着自家伙计，骑上驴走了。①

在上面这个语段里，叙述者突出了两次"拱手"。这种不加任何修饰的叙

---

① 见《钟山》1991年第1期。

述,使得这个场景显得犹如木偶戏一般,十分的滑稽。像这种叙述言语的陌生化效果本身就对我们具有吸引力。有时,作者在基本按照常态进行叙述时,把句子中的核心词组稍稍调换一下位置和顺序,也会有一种陌生化效果。如王朔的《无人喝彩》里,描写韩丽婷的小学同学钱康在猛追了一阵他童年时代的恋人之后,终于发觉徒然(因为韩仍在心里爱着她的"前夫"李缅宁),怀疑韩与李是在玩什么假离婚的把戏,要李对他道出实情。这时,李对他说:

> "我现在就可以带你去政府那儿核实,你信不过我总相信咱们
> 人民的政府吧?"

细细读来,会觉得这句话十分符合小说中那位男主人公玩世不恭的形象。效果就出在他将通常连在一起的"人民政府"一词拆开来讲,变成了"人民的政府"。加了一个"的"字,表面上看起来似乎更加强调了被修饰词"政府",其实是将"人民"与"政府"作了区分,暗示出这位小说人物对他所身处的那个世界的官僚机构本身的调侃的手法。通过这种不信任,小说家成功地刻画出了这个人物的一个性格特征。这便是言语"陌生化"所蕴含的艺术力量。所谓小说是"语言的艺术"指的也正是这个意思。出色的语言功力不仅能够为故事添光增彩,而且直接关系到小说文本的顺利展开,它构成了小说文本的主干部分。

3. 小说的格局

在汉语的语义系统里,"格局"这个概念意指事物的"式样"和"规模"。如《红楼梦》第四十八回,黛玉的贴身使女香菱开始学习作诗时,对陆游诗句"重帘不卷留香久,古砚微凹聚墨多"十分欣赏。黛玉听后说道:"断不可学这样的诗。你们因不知诗,所以见了这浅近的就爱,一入了这个格局,再学不出来的。"鲁迅在小说《孔乙己》里也写道:"鲁镇的酒店的格局是和别处不同的。"小说的格局指的是作为小说文本的物质基础和故事的构架手段,主要包括小说的叙述单元、叙述情境和叙述图式三要素。

小说的最基本的叙述单元便是人们通常所说的"场景"——在一个没有间断的时间跨度里所发生的事件,它的特点是不能无限地持续下去,它总是需要借助于时空的转换和迁移而存在。如沈从文《边城》中的一段:

> 河中划船的决了最后胜负后,……天快要黑了,军人扛了长凳出来看热闹的,都已陆续扛了那凳子回家。潭中的鸭子只剩下三五只,捉鸭人也渐渐的少了。落日向上游翠翠家中那一方落去,黄昏把河面装饰了一层银色薄雾。
>
> 再过一会,对河那两只长船已泊到对河水溪里去不见了,看龙船的人也差不多全散了。吊脚楼有娼妓的人家,已上了灯,且有人敲小斑鼓弹月琴唱曲子。……河面已朦朦胧胧,看去好像只有一只白鸭在潭中浮着,也只剩一个人追着这只鸭子。

上面这两段文字包含着两个场景,时间是连接它们的媒介。从"落日向上游翠翠家中那一方落去",到"河面已朦朦胧胧",时间的变化是显著的,这种变化带来了人物心理(翠翠的思想和感觉)的变化,构成了所谓的"内部事件"。作为小说格局的物质框架的故事情节,也就随着这些事件的延续而逐渐成形。

不难注意到,场景叙述单元的主要构成手段是描述,除此之外,小说家也可以采用讲述来展开故事,在这类文本中,叙述的基本单元是意念,叙述者的议论和陈说通过某个思想核得以凝聚成整体。王蒙的短篇小说《初春回旋曲》可以作为分析的例子。作品以第一人称展开叙述,"我"参加了朋友聚会后回来,向"你"说起一篇旧作的梗概。这是一篇小说,"写一个年轻人,在工会办的图书馆当管理员。有一个姑娘每天晚上到图书馆阅书":

> ……姑娘很美,可能有长长的辫子。有黑的与深不见底却又映照着世界光亮的眼睛。我已经记不清我是怎么描写的了,可能写到了清水潭,反正二十七年以前我的文笔在描写一个姑娘的肖像的时候肯定比现在强。那时候我精通现实主义,注重细节描写,叫作"栩栩如生"。用外行内行白痴一起嗡嗡的话说就是那时候的感觉好。

后来那些神秘而又细微的感觉就随着汗水蒸发了。

上面这个语段围绕着对一篇旧作的议论而"东拉西扯"开去,所有那些讽刺或反讽现实的叙说都借助于对这篇旧作的写作手法的回顾这一意念焦点而被串缀到一堆。如同场景有其时空上的限定,一个意念的发挥也有赖于变奏的出现。在《初春回旋曲》这篇作品中,这种变奏的轨迹清晰可辨:最先是"老友"从位置上退下来后整日无聊地看苍白的电视新闻,接着是关于现实主义描写与神秘感觉之间关系的议论,再是关于现代姑娘的不擅微笑的话题,紧接的又是涉及现代小说回到"肉"上去的感叹等等。

然而,说到底,议论和概述得以发挥的前提,仍在于有"事"可涉及,人物的社会活动和行为状态是一切叙述意念的发生基础。所以,作为故事细胞的事件不可或缺,真正实质性的区别在于戏剧性的强弱。一般的规律呈现出,当事件以共时态的方式通过无数个意念核被横向地衔接起来,其戏剧性常显得弱些。如王阿成的《年关六赋》,共由六个叙述块面组成。前五个块面各叙说一位作品人物的日常生活起居,第六块面将它们汇集到一起。这种十分突出的共时组合赋予作品一种散文的艺术魅力。反之,当事件以历时态的方式借助一系列场景画面被纵向串连成一个整体,其戏剧性就会大大加强。契诃夫的短篇《变色龙》堪称佳作。小说中的那位巡官奥楚蔑洛夫之所以被叙述者比作一条变色龙,是因为他曾两次发令要惩罚一条咬了人的恶狗,但又两次将这个指令收回。决定他的态度的不是事实本身的真相,而是这条狗的归属。在终于确知这条狗的主人是本城一位将军的哥哥之后,他向被狗咬伤的工人赫留金作出一番不许告状的恫吓后扬长而去。而人物的所有这些表演固然都被叙述者通过场景以客观呈现的方法展示出来,但毕竟已超越了空间的纯粹性。通过围观者对那条咬人狗的议论,时间同场景一起在这里扮演了一个不为人注目的主角,戏剧性由此而得以凸显。

由于故事的内涵是人的社会活动,小说对故事的关注也就是对这种活动的关注。这样,作为体现这种活动最直接有效的一种手段,场景在小说叙事格局的构成过程中便具有举足轻重的作用,读者阅读活动开始的标志,是被引入一个规定场景之中。"通过场景,我们可以捕捉到生活的真实过程和生活本身所持续的时间"①。显然,正是基于这样一种认识,盖利肖认为:"在某种意义上,所有小说都由描述单位(它们通常是交流或场面)所构成。"②而构思的孕育和实现过程的主要关节,也便是对场景的设计和安插。从一些成功的范例来看,要写好一个场景,必须注意这样几个方面。首先是掌握好虚与实的关系。场景是具体的,需要十分准确、细腻地抓取一些带有特征性的现象,以期产生出如闻其声、如见其人的艺术效果。但语言符号对感觉的剥离不擅长于这方面的传达。作为补偿,迂回曲折的形容和比喻有时能产生别致的魅力。这样,在提供一定的写实描写的背景上,适当地作一些虚写,能使对场景的描述更为生动。从王蒙《神鸟》中可以找到一些成功的例子。小说写的是一位青年指挥,在一次演奏阿勃罗斯交响乐《痛苦》大获成功后反遭厄运的故事。既然这次演奏是主人公的命运的转折点,对这个场景的描述便显得至关重要。作者是通过对音乐的四个乐章的具体展现来表现的。前两个乐章平平淡淡,看来出师不利,失败就在眼前。这位沮丧的指挥家"似乎正在变成一具失去生命的躯壳"。但第三乐章的小步舞曲使情形发生了一些变化,有一只神鸟飞了进来,它唤起了观众的情绪,也激发出指挥者和演奏家们的灵感。对上面三个乐章的刻画为第四乐章的特写般的描述作好了充分的准备,作者是这样来表现的:

> 情绪渐渐激昂。一座山又一座山在崩裂喷火。鸟愈飞愈大,黑羽变成了红色。黑羽毛在燃烧,发出了刺鼻的臭味。孟迪甚至看到了鸟的愤怒而悲壮的大眼睛。厮杀没有结果,鸟飞不出去。敌人和人民像小麦一样地一大片一大片地被割倒。天上石落如雨。红鸟变成了空中霸王式轰炸机。鸟向孟迪俯冲,吓得孟迪瑟瑟发抖。鸟向提琴手俯冲,提琴发出深谷中的蛇音。鸟向鼓手俯冲,大鼓发出地震

---

① [美]利昂·塞米利安:《现代小学美学》,宋协立译,陕西人民出版社1987年版,第11页。

② [美]约翰·盖利肖:《小说写作技巧二十讲》,梁淼译,北京十月文艺出版社1987年版,"第一节"。

的轰鸣。鸟没有出路。声音没有出路。千军万马左冲右突。观众的热情愈积愈烈。鸟快飞如梭。乐曲如疾风瀑布闪电。最后，鸟像子弹一样地向指挥头上的顶灯冲去，砰然一声，玻璃灯罩炸开了，舞台瞬间暗淡下来。《痛苦》戛然而止。

在上面这个语段里，叙述者对演奏第四乐章的场景描述是借助于对那只神鸟的刻画而展开的，对这只神鸟的刻画又是建筑在一连串的比喻之上。如"地震的轰鸣"、"千军万马左冲右突"、"疾风瀑布闪电"等等。通过这种避实就虚的描述，作者成功地将一个高潮迭起、激动人心的场景形象地表现了出来。

其次是处理好点与面的关系。场景之所以为场景，必得有一个面的铺陈张扬，因而共时态的辐射是它们的基本品格。但语言的线性结构在这方面显得力不从心。因此，小说家所能做的，是设法以点带面，选取一个独特的角度来形成某种统一的印象。如：

> ……虽然是临街设市，但是极不整齐，地摊上有挂气死风牛角灯的，有挂只纸灯的，还有人挂一盏极贵重又极破旧的玻璃丝贴花灯。摊上的东西，在灯影里辨不大出颜色，但形状分得出来。锅碗瓢盆、桌椅板凳、琴棋书画、刀枪剑戟；索子甲、钓鱼竿、大烟灯、天九牌；瓷器、料器、铜器、漆器；满族妇女的花盆底、汉族贵妇的百褶裙；补子、翎管、朝珠、帽顶……有人牵着刚下的狗熊崽，有人架着夜猫子，应有尽有，乱七八糟。

这是邓友梅《烟壶》中的一段场景描写，写的是旧北京德胜门外的"鬼市"。给人的感觉是虽五花八门，眼花缭乱，但又特征鲜明，一目了然。这种效果的产生便是灯光夜影下的一个小摊市场的氛围感，在我们的接受视野中形成了一个统一的印象。

再次是写好人物自己的行为，尤其是对话。利昂·塞米利安认为："哪里有对话，哪里就会产生出生动的场景"。这话很有道理。言语不仅能够表现出各种人物的性格，而且还能渲染气氛，直接与读者进行心理上的交流。但有时，是否善于捕捉具有表现力的外部行为，对一个场景的刻画同样十分重要。且看下面这段文字：

"谁叫你这样做？嗯？"

将军一声不响。

"我们已经传达通知，基层和民间一律不搞任何形式的悼念活动。你这样做，目的是什么？"

将军纹丝不动。

"你们都给我站住，把黑纱摘下来！"

人们站住了，但谁也没有动手摘黑纱。镇长惊惶地朝将军转过身来。将军连眼珠也没朝他转一下。他脸上有一种淡然的平静，这种神情有点像他在观察一场由他指挥的战役。

这是陈世旭的得奖小说《小镇上的将军》里的一个场景，叙述者通过对镇长的下命令和将军不予理睬的沉默这一动一静两种对立行为的描述，不仅准确地表现出了人物的性格特征，而且也借此渲染了一种气氛，读来让人仿佛觉得闻之有声视之有色。于是，一个生动的故事场景也就浮现于纸面，对于这样的场景，即使在它所述说的整个故事从我们的记忆屏幕中褪去后，仍然会十分清晰地留在那里。

小说叙述情境又称故事情境。盖利肖认为，小说家在营造叙述格局时的一个重要任务，是要"尽早地，不违情理地使读者意识到一种主要故事情境"[①]。我国当代作家林斤澜也认为：小说家"把读者带到一定的情境里去是必要的手段之一，这是框架这个结构方法应该达到的艺术效果"[②]。因为叙述情境不仅关系到读者对小说的创造性阐释的顺利进行，而且也涉及他对小说的阅读兴趣。

概括地来看，所谓叙述情景，也就是小说家在具体讲述一个故事时，根据艺术虚构原则而设立的一种结构关系。这种关系既是故事所赖以展开的背景，也是读者介入故事世界的前提。关于这一点，通常不会有什么歧见。在目前比较容易引起争议的，是对它自身的构成因素作如何划分的问题。斯坦塞尔在《小说中的叙述情境》一书中，从创作主体的角度出

---

① ［美］约翰·盖利肖：《小说写作技巧二十讲》，梁淼译，北京十月文艺出版社1987年版，第11页。

② 见刘炳泽编：《小说创作论荟萃》，长江文艺出版社1987年版，第125页。

发提出:"为了研究这种情境,我将阐明叙述者与小说人物之间存在领域的同一或者不同一的问题。"他的结论是:"叙述情境主要由三元素:模式、人称和透视角度所构成,这三种构成因素的每一种都有众多的具体表现。"①斯坦塞尔的这种划分自然有一定的道理,因为模式、人称和透视角度构成了一个叙述行为的功能系统,其中任何一个因素的变异势必引起整个叙述格局的更动,这种更动不可能不影响到读者对作品的感知方式。我们感到不足的,是叙述情境作为叙述行为的展开背景,其功能最终在于诱使读者介入到一种阅读活动中来,引导他进入艺术文本的内结构,从而与作者实现交流。如果这个说法能够成立,那么我们看问题的方位似乎也有必要作相应的调整,即从叙述的接受方面而不是从叙述操作的角度出发来把握叙述情境。在我看来,这种审视主要应落在叙述问题和叙述氛围上。

叙述问题不同于叙述主题(二者的区别犹如语言学中的使动用法与被动用法),也有别于叙述中的悬念。悬念是对某个情节中的某种比较明确的行为的好奇和期待,而前者则是在宽泛意义上对故事的一种总体把握,这种把握能够使读者作出是否继续阅读的选择。所以,悬念只存在于情节小说中,叙述问题则是一切小说所不可或缺的。如:

> 我接到贴着四分邮票的一封市内来信。很简单的几句话:"我已从沪上返家。想见到你,想和你聊天。有时间吗?我住××街××号。"末了署的是她的名字。我捏着这纸短笺,照了照镜子。我从镜子里望到自己,仿佛有一点激动,有一点异样。也就是这一刹那,一种不可言说的预感热乎乎地浮起来。我暗自讶异:难道在日子同日子之间或许有叫做"事情"的东西要羼了进来么?但终于没有多少踌躇,我去了她那里。

> ——何立伟《秋之谣》

作家何立伟在我国当代作家群中向来以空灵的笔法见长,他的这篇作品

---

① 见[美]约翰·盖利肖:《小说写作技巧二十讲》,梁森译,北京十月文艺出版社1987年版。

在总体美学倾向上仍属于空灵一类。然而这个开头却见不到空灵的踪影,仿佛一场"好戏"就要开场。其实这只是虚晃一枪,如果带着这么一种期待,那就会感到失望:读完全篇,什么"事"也没发生。但作者这么写,决不是为了设下一个骗取读者阅读欲望的圈套,而是出于完成一次叙述行为的需要。在我们的生活中,异性之间有时会存在一种若即若离的关系,伴随着的是一种若有若无的感情。这本是极自然也极正常的现象。然而在某种文化空间里,却会受到不自然不正常的对待和处理。这种感受需要通过一些具体的事件来传递,这些事件又得依赖于一个具体的叙述问题作为"引子"和"导线"。在上面这段文字里,叙述者通过"我"对一位女性来信的反应的陈说,将这个话题端了出来,从而替下文的展开作好了语理和心理的双层铺垫。总之,正如盖利肖所说:"叙述问题决定了叙述情境。没有叙述问题也就不会有叙述情景。"在一篇小说里,叙述问题有隐与显之分,变与不变之别,以及多与寡之差,但决不会毫无影踪。它有时浮现于某个具体的人或事上,有时沉浸于一种似乎不着边际的场景描述之中。譬如李锐的系列短篇《厚土》之八《篝火》的开头:

> 红黄的火像个温柔的女人,在黑暗中摇摆出些光明来。他们拥着火,脸上也被涂满了红黄的温柔。繁星似锦的天幕上,分叉的银河清冽地流过山脊,有水声从河谷里淙淙地传上来,和那清冽融会在一起。有一个人在火边站起来,从身后的窝棚上取下铜锣,用力地敲打几下,接着,粗哑悠长的喊声便在山脊中传开来:"山猪噢——过去喽喽喽喽——"

这是一个典型的山庄荒野里的场景描述,然而叙述问题依然存在,这就是关于在这个场景中、在这个小山庄里会发生的事,有些什么样的人的一种朦胧的猜测所引起的关注。随着叙述话语的推进,这种关注在这篇小说里渐趋明朗具体,这就是在篝火旁烤火的"队长",对公社书记来"睡"他的"相好"这件事的态度,而到这时,叙述问题也就转换成了悬念。

氛围虽然来自文本,但被把握(感觉)于人们的主体心理意识,指的是一种具有弥散性的精神气氛和情感色调。在叙述活动中,它具有铺垫故事、刻画人物和表现主题、强化美感等多方面的作用。但最主要和最基

本的功能,在于使读者对于某个事件的发生产生某种预感。譬如:

> 十一月里一个星期六的后半天,越来越靠近暮色昏黄的时候了;那一片没有垣篱界断的广大旷野,提起来都管它叫艾登荒原的,也一阵比一阵地凄迷苍茫。抬头看来,弥漫长空的灰白浮云,遮断了青天,好像一座帐篷,把整个荒原当作了它的地席。

这是托马斯·哈代的长篇《还乡》的开端,叙述者对"十一月里一个星期六"的黄昏景色的描写,营造了一种令人感到既广袤无垠又压抑迷惘的氛围,从而使我们为一种"风暴即将来临"的叙述期待作好了心理上的调整。鲁迅的《故乡》结尾处那段对远去了的家乡景色的描述,具有异曲同工之妙。旧社会江南农村在冬日里所呈现出来的那种凄凉荒芜的氛围,不仅恰如其分地泄露出主人公"我"当时的心境,而且也传达出一种忧国忧民的思想内涵。再譬如:

> 十几只船上的红灯笼像月亮似的挨着水面摇曳,灯笼被里面的火光映得通红。在远处,游艇的螺旋桨微微发出阵阵宛如弦乐的丁丁当当声,艇上连成线的彩灯随艇移动,艇上还不时放出一个个花炮,把一块天空染得绚丽多彩,那些能炸出火球的烛型花炮和能射出一束束火星以及其他火花的花炮把水面照得如同白昼。过后,迷人的暮色又重新降落,灯笼和连成一线的光点微弱地发着亮光。湖面响着低沉的划桨声和阵阵音乐般的声音。
>
> ……
>
> 古德仑停住手中的桨,环顾四周。小划子随着微微的波浪在上下起伏。杰拉尔德那白色的膝盖离她很近。
>
> "多美呀!"她轻声地说,显出格外虔诚的样子。
>
> 他身子往后靠着,背对水晶般的灯笼光,她瞧着他,能看清他的脸,虽然他脸色模糊,但它上面却有一丝微光。

上面的引文截自劳伦斯的长篇小说《恋女》,书中一对男女主人公古德仑与杰拉尔德之间产生了一种微妙的温情。在人物,这种温情很显然是由那个水光激滟月色溶溶的夜景诱发起来的。但读者在触及了主人公所身处的那个场景之后,同样也产生了一种与之相似的接受心境,感到十分美好动人。因此,接下去叙述者告诉我们的主人公的活动,我们便觉得那是顺理成章,水到渠成的事。这就是氛围的叙事铺垫作用所产生的效果,所以,有人不无道理地指出小说读者不能对叙事氛围不加注意。"有时候,由于我们不能正确认识一部作品的氛围,我们也就不能充分理解这部作品。"①而进一步加以体会,我们还将发现这样两点:其一,作为一种艺术范畴的叙事氛围,在本质上是主体审美联想的一种定向展开,没有这种审美心理依据,任何氛围都不复存在。这就像莱辛在《汉堡剧评》里所说:"我们觉得莎士比亚剧中的鬼魂真正是从阴间来的。因为它出现在庄严的时刻,令人恐怖的夜的寂静中,并且由许多神秘的联想伴随着,在这样的时刻里我们从能听懂奶娘的故事时起,就习惯于用这种联想来等待和想着鬼魂了。"其二,审美联想作为主体的一种心理活动,总是需要有一种外界的触发点,这种触发点便构成叙事氛围的发生学前提。从上引的两个例子来看,对景物的描写具有十分重要的意义,在一定程度上,这种描写能够决定一种氛围的基本色调。柯勒律治对莎剧《哈姆雷特》开场的分析颇为出色地指出了这一点。他指出:"在所有大家所公认的最好的鬼故事和幻影的故事中,看见鬼的人都处在外界寒冷或阴湿、内心不安的状态中。"②正是这种客观场景诱导着我们产生出关于鬼的种种联想,从而产生出特定的氛围感。如当代英国著名小说家约翰·莱卡里的《寒风孤谍》第一章结尾处,写主人公利马斯在女友那里过夜,于第二天早晨回自己家:

> 他走出她的寓所,转向杳无人迹的大街,向公园走去。此时大雾蒙蒙,在马路的前方不远处,二十码或二十码多一点,隐隐约约可以看见一个身着雨衣的矮胖男子的身影,正倚着公园的围栏站着,在浮动的雾霭中,那人只显出侧面的轮廓。利马斯走近时,雾气似乎越发浓了,团团地围住了那个倚栏而立的身影。等雾气消散些时,那人已毫无踪影了。

---

① [美]乔安尼·科克里斯等:《文学欣赏入门》,王维昌译,安徽文艺出版社 1986 年版,第 91 页。

② 见杨周翰编选:《莎士比亚评论汇编》上册,中国社会科学出版社 1979 年版。

在这段描写中,有着此类间谍小说所最常见的品格——神秘性。这种神秘性在这里当然同所发生的事件有关(那位"身着雨衣的矮胖男人"突然的失踪),但也同样受到事件所发生的那个场景——晨雾中的一条空旷大街的影响,只要我们将这个场景中的浓雾抹去,换上旭日东升的景象,小说原来描述所产生的那种神秘感便会大为减弱。显然,对于接受主体而言,作为艺术场面基本品格的自然物的空间特征同我们的心理意识有一种相对稳定的文化积淀联系,这种联系赋予景物不同的情绪反应,使得高山与海洋、白天与黑夜、乡村与都市等等,分别都有各自不同的审美意味。当然,场景的空间性并不能完全脱离时间而存在,这使得有时场景的氛围感也多少带有时间的痕迹,受到时间因素的制约。不妨来作一比较:

> 这个房间陈设很简单,但却很华丽。房间是圆形的,靠壁有一圈固定的长椅。长椅上,墙上,天花板上,都铺着富丽堂皇的兽皮,踏上去像最贵重的地毯一样柔软;其中有鬃毛蓬松的脱斯阿拉的狮子皮,条纹斑斓的孟加拉的老虎皮,西伯利亚的熊皮,挪威的狐皮……
>
> ——大仲马《基度山伯爵》

> 里面有一间,是称作书房的。一张粗脚桌子,上面放满了被陈年的灰尘弄脏了看来好像是烟熏黑了的纸张文件,它就把两个窗户中间的地位填满了;墙壁挂着几支土耳其枪,几根马鞭,一把指挥刀,两幅地图,几幅解剖图,……一张皮沙发已经破损,到处露了洞。
>
> ——屠格涅夫《父与子》

上面这两段文字描写的同样是房间场景,但两者的氛围感不同。导致这种不同的根源,表现上看来是房间中陈设物的富丽堂皇与衰败破旧的对比,而实际上是时间不同所致。第一段富丽堂皇的景物表明房间的使用具有现在性,而第二段那"盖满灰尘的文件"和"破损的沙发"都给人以一种历史感。在这里,空间成了时间的一种压缩,使得主体的心理活动不仅有横向的联想,也有纵向的回忆,从而赋予整个场景以某种特殊的厚重性。

景物对氛围的机制力反映了主客体之间通过文化积淀而形成的审美关系,古人所谓"遵四时以叹逝,瞻万物而思纷;悲落叶于劲秋,喜柔条于芳春",包含着类似的意思。我国现代小说大师老舍将这种关系从一般审美角度提升到叙事学方面,他指出:"换了背景,就几乎没了故事,哈代与康拉德都足以证明这一点。在这两个人的作品中,景物与人物的相关,是一种心理的、生理的和哲理的解析,在某种地方便非与社会发生某种事实不可;人始终逃不出景物的毒手,正如蝇不能逃出蛛网。"①但这并不意味着事件就纯然是消极被动的,其作为叙事文本的叙述框架的支撑物,本身也对氛围感的性质具有影响,这种影响通常表现为一种逻辑层面上的依据。这种依据乃是氛围感的主体心理机制力的深层结构。否则,我们就难以解释何以灯火通明的喜庆之夜一旦演出一幕杀人剧,我们会同样感到阴森恐怖的氛围,而不是温暖宜人的情调。例如在华西里耶夫的《这儿的黎明静悄悄》里,女战士莉扎被一片沼泽地吞没了,尽管此时正是旭日初升的一刻,四周有秀美悦目的山林和溪流,但给我们的氛围却不是安谧而是恐怖,因为场面本身被所发生的事件蒙上了浓郁的阴影,这阴影改变了场面的自然景象,赋予这个场面为背景的氛围一种灰暗的情感色调。由此也可看出,氛围的艺术表现特质是一种情调,由于小说语调在本质上便是一种情调,因此,小说叙事氛围的构成同样也受到叙述者所采用的语调制约。我国当代作家余华就常常采用语调来构筑叙事氛围。如:

> 那天早晨与别的早晨没有两样,那天早晨正下着小雨。因为这雨断断续续下了一个多星期,所以在山冈和山峰兄弟俩的印象中,晴天十分遥远,仿佛远在他们的童年里。

这是他的小说《现实一种》的开头。孤立起来看似乎并不觉得什么,但只要仔细地阅读整部小说,并且同张承志、梁晓声等作家前几年的几部作品作一对比,便能品尝出它所独具的特点——一种不祥的预兆。

罗兰·巴特在论述小说叙事艺术的一个根本性原则时指出:人们可以"或者说叙事只是一些事件的简单重复,或者说它和别的叙事一起具有某种共同的内在结构可供分析,可是谁也不能构思一个叙事而不参照

---

① 见《老舍论创作》,上海文艺出版社 1982 年版,第 76 页。

一个一致性原则的系统。"①不难发现,巴特的这番话其实并不新鲜,在某种意义上,它只是歌德"艺术是通过一个完整体向世界说话"这一名言的翻版而已。因此,人们似乎仍有理由对它的现代性表示怀疑,而世纪之隔的现代小说创作在相当程度上显然也已向我们呈现了它们离经叛道的勇气。譬如超现实主义,作家完全应该凭冲动来写作,借助妄想狂来进行批评活动,一切都处于一种非理性状态,表现出身不由己的"自动性"。根据这个理论,任何试图在作家的创作活动中寻找一个一致性原则和整体结构的努力,自然不仅不可能而且也毫无意义。因为在这些艺术家看来,人们只有在这样一种非理性状态中,才有可能真正冲破现实中那些虚假的束缚作家创造性的清规戒律的羁绊,达到审美的自由彼岸。但衡量一种美学原则成功与否的标志,毕竟得看它实际上做了什么而不是听它的宣言。而当人们依照这一准则行事时,对诸如此类艺术主张的敬意仍然无法动摇对某些经典思想的信任。事实上不管怎么说,有序而不是无序乃是一切人类活动的基本特征。按照卡西尔的看法,科学在思想中给予我们以秩序,道德在行动中给予我们以秩序,艺术则在对可见、可触、可听的外观之把握中给予我们以秩序。所以,一致性和完整性是艺术的基本规定性,在小说的叙述活动中,这种规定性赖以实现的基本保证是一定的叙述图式的确立。如果说叙述单元与叙述情境分别诉诸叙事文本的具体材料和内在结构,那么叙述的"图式则诉诸我们的美感,它要我们将一本小说作为一个整体去看。"②因为无论是叙述单元还是叙述情境,所处理的都是作为叙事文本肌质的素材,这些素材只有在三相之间缔结起各种关系,形成为一种如克莱夫·贝尔所说的"有意味的形式",才能转换成艺术文本,进入我们的审美视野。但困难在于并不存在任何现成的"形式",因为在艺术中,形式就是内容,而且两者互相依存。艺术形式是同艺术的具体文本格局一起诞生的,在这个意义上,小说家的全部创造工作首先可以归结为形式的创造。换言之,"赋予不具形式的素材以形式,这

---

① 见[法]安德烈·尼耶:《悲怆与诗意》,万胜译,湖南人民出版社 1988 年版,第 46 页。
② 见[英]爱·摩·福斯特:《小说面面观》,苏炳文译,花城出版社 1981 年版,第 126 页。

是小说作家的艰巨使命"。而根据传统的感觉主义理论,这个过程是一种感觉原素的渐进堆积,新的形式是小说家在创造活动中通过想象而对各种简单材料的精细加工的成果。这种设想不仅一直同作家们大量的创造实践经验相悖,而且迄今也已露出了它在理论上的破绽。它的阿喀琉斯之踵在于忽视了这样一个事实:人类的感觉本身并不仅仅是许多孤立印象的集合和堆积,而是一种能超越单个要素的"整合"。事实上,"即使最简单的知觉过程也已经暗含了基本的结构要素以及某种样式或形相。"①这种要素和形相作为一种心向趋力,为主体对新的感觉活动中的各个原素的整合提供了必不可少的发生学背景。从这个意义上说,尽管我们不能将主体对新的形式的创造单纯看作是一种先验的心理预制活动,但在这个活动的展开过程中,在主体意识系统里,一定程度上存在一种潜在的"前形式"却并非无稽之谈。没有这样一个"前形式",新的形式的产生便决不可能,对于小说家而言,这个"前形式"也就是他在构思活动中就已开始,在操作阶段更趋明显的"叙述图式"。对于这一点,人类的言语交际为我们提供了一个可供比拟的模型。语言学家们认为,这种交际行为的展开过程存在三个环节,即内部言语、交际图式、外部言语。一般说来,内部言语是一种意象代码,而外部言语也就是我们日常所见所闻的概念代码。两者之间存在着一种断裂,这种断裂使小说家在叙述活动中常常会有一种"语言的痛苦",它通常成为一道关卡,那些优秀的作品便是从对这种痛苦的征服中诞生,而这种征服之所以能够有实现的可能,便是由于存在着一个言语交际图式作为中介,这个图式能够将由某种相对朦胧的表达意向所激起的内部言语编码,转换成条理清晰的外部言语。所以,存在于主体心理层面上的一定的意向图式,是人类各种社会实践赖以顺利进行所不可或缺的主观条件。这个图式的形成虽然除了受到个体所身处的本民族文化原型的历史积淀的影响,有很大一部分也来自主体自身早先的实践经验,但对于新的实践活动来说,它却是一个主体反应结构,客观刺激只有通过这个结构才能被主体所接受,从而作出相应的

---

① [德]卡西尔:《人论》,甘阳译,上海译文出版社 1985 年版,第 48 页。

回答。

而再深入一步看,这个结构在根本上也是一个"格式塔",因为人的大脑神经活动本身是一个动力系统,系统内的各个元素在一个单位时间内积极地相互作用。这使得在某个外部刺激与内部知觉之间并不存在一对一的对应关系,而是整个知觉经验的形式与刺激信息的形式在总体上的一种同构共形关系。处于这种关系下的主体对客观事物的反应,也总是呈现为一种以形式感为核心的整体性的反应,而不是对事物内部各个具体感觉元素的反应。"格式塔"的德文原意也就是"完形",这个特点在言语交际图式中表现得十分突出,美国著名语言学家乔姆斯基,曾以儿童语言交际能力的发展来自对整个语句结构的掌握而非对单个词汇组合的认识这个事实,令人信服地证明了这一点。小说家的叙述活动就其操作阶段而言,本质上也是一种言语交际行为,因此,这种"格式塔"性同样也构成了叙述图式的一种特征。英加登指出,真正的小说读者与一般读者在阅读作品时的一个根本性区别在于,后者只是逐字逐句地看过去,而前者具有一种综合能力。这种综合的客观化并非把一个一个的事实加起来,而是使它们成为一体。这种阅读方式是文本所需要的,因为艺术接受作为一种审美再创造,乃是艺术生产的逆向展开。所以从根本上来说,文本决定接受,作品本身的格式塔结构要求读者以同样的"完形"方式来接受它,经验表明,"只有当读者在阅读过程中能够从按部就班地理解句子上升到总体理解时,才能达到被描绘世界的客观化和正确理解"①。不言而喻,正是凭借着这种整体性,叙述图式能够同叙事文本的形式相同构,因为一切艺术形式都要求一种高度的有机统一性,只有这种统一性才能形成艺术的张力,只有这种张力才能赋予艺术的形式以意味,使之与艺术内涵融为一体。而对于这种统一性,艺术家必须以完形的方式予以把握。叙述图式在本质上的完形化为小说家完成这一使命开辟了道路,所以,福斯特在他的《小说面面观》中特别强调了它的重要性,指出:"图式必须建

---

① 〔波〕罗曼·英加登:《对文学的艺术作品的认识》,陈燕谷、晓未译,中国文联出版公司1988年版,第47页。

立,散乱不驯的枝枝节节必须修剪清理。"在创作中,叙述图式的作用就在于将叙述单元提供的具体材料与叙述情景展示的内部结构糅合起来,使之形成一个完整的叙述格局。

当然,人类任何实践活动的顺利进行,既不是客观刺激对主体单方支配的结果,同样也并非主体图式一厢情愿地展开的产物,而是在主客体互相作用的基础上,通过主体内在的"同化"和"顺应"两种心理机制的控制和调节所使然。小说创作也不例外,叙述图式的使命也仅仅在替艺术形式的孕育提供土壤,小说家所要做的,是对它的重构和超越。但也正因为如此,需要确立一些出发点和目标。一般来说,小说通过一个叙述图式所要把握的,是确立一个叙述中心点,这个点作为叙述话语的展开基点,控制着作品中的人物配备、事件设置、方式选择以及风格的培育。所有这些无疑都意味着一种局限,但没有局限显然也就无所谓艺术,在创作中与在现实生活里一样,必须遵循"有所不为才能有所为"的原则。对一个小说家来说,重要的并不是需不需要有某种图式,而是怎样依据这个图式来创造出一个艺术文本的形式,以及依据这个图式来创造一个怎样的艺术形式。在理查德·泰勒看来,"一个作者只能根据他希望取得的效果,根据方法须与题材及主题相吻合的原则来选择这种或那种方法。"在这里,作者主观方面的艺术口味和题材方面的客观限定(主题也被包含于其中)是最基本的决定力量。因此他认为,"在文学中,构成形式的,有两个一般的方式",第一种是从客观出发,"按照题材来决定";第二种是从主观出发,"调节各种事件的自然形态,以便创造出更有条理或更为完美的场景。"①当然,不能对这种划分作过于拘泥的理解,因为艺术的风格化要求主客观相统一,决定了小说家不能单方面地考虑问题。但撇开这种极端化做法,作家在具体建构一个艺术形式时,相对侧重于主观或客观的现象不仅存在而且也是合理的。例如何立伟在一篇谈他创作《白色鸟》的短文里曾写道:"我一直就想尝试着写一种'绝句'式的短篇小说,不特在精

---

① 〔美〕理查德·泰勒:《理解文学要素》,黎风等译,四川大学出版社1987年版,第79页。

短方面做文章,且更须在有限里追索无限。绝句类似中国国画中的文人画,重简约、空灵、含蓄、淡雅,还讲究留空白。……故《白色鸟》于这种借鉴与尝试中若有小小一点'成功'的话,无外乎是它的结尾部分留了些让读者观止而神不止的空白,使其终非终,终亦始罢了。"[1]这显然是从主体的艺术口味出发,来构建艺术文本的形式,口味上的审美偏爱形成一种直觉,导致作家大胆地在艺术形式上作出创新。而在更多的情况下,则是题材方面决定着作家对艺术形式的构建。盖利肖在分析一篇小说时写道:"在很大程度上,一篇小说的题材就决定了对它的处理方法。《怒叫猫》是一篇'完成式'小说,其中的情境要求主人公完成某件事。"[2]所以,对一位小说家来说,透彻地了解自己所掌握的题材,这是有效地建构一个叙述图式的前提,也是最终营造出一个良好的艺术格局、"说"好一个故事的关键。不同的小说家对小说这门手艺的掌握的差异,也就清楚地表现在这里。

第二节　小说的宏观形态

小说的宏观形态指的是小说同别的文艺样式的"比较形态",换言之,也就是立足于"大艺术"的角度看小说。这种审视主要可以从三方面着手,即小说的要素、小说的方法以及小说的分类。本节围绕上述三个方面加以阐述。

1. 小说的要素

任何事物的构成都离不开一些基本要素,要想对小说的形态学特质

---

① 刘炳泽编:《小说创作论荟萃》,长江文艺出版社 1987 年版。

② ［美］约翰·盖利肖:《小说写作技巧二十讲》,梁淼译,北京十月文艺出版社 1987 年版,第 95 页。

有一个全面的认识,就必须对小说的要素作出准确的把握。这本来似乎并不成其为问题。在许多经典作家看来,小说就是以书面语为媒介来述说一个故事,因而关于小说要素的探讨,自然应该围绕小说与故事的关系来展开。尽管这种"传统观念"的继承者今天仍大有人在,如乌圭拉的胡安·奥内蒂就曾明确表示:"说到底,我当然认为小说就是故事","自从人们开始写小说起,所有的小说都是由故事、主题和人物构成的。"①我国当代作家王蒙也说过,绝对的所谓"三无小说"(无故事、无主题、无人物)他写不出来。但"革命"毕竟也已开始。由于传统故事手法的泛滥和陈旧,更由于事实证明"电影不仅可以叙述一个故事,而且这正是其力量所在"②,使得人们对是否应该继续将小说的要素归之为故事的构成产生了怀疑。不过,这种怀疑就像在法国新小说派那儿一度被作为旗帜那样,变得十分强烈;随之也如同这些作家作品的稍纵即逝那样,很快得到澄清。这便是:无论写小说被视作讲故事的历史已经多么古老,我们都不能仅仅由于它的古老而将它废黜。

人们之所以对故事在小说中的位置持排斥态度,原因并不一致。在新小说派作家那儿,纯粹是由于创新的动机,用娜塔丽·萨罗特的话来讲:"我认为,为了与福楼拜交谈,小说应该永远带来新的形式和新的内容。我还认为,人们只有在自己感觉到别的作家还没有感觉和表达的某种东西时才应该写作。"③但除此之外,显然还存在着这样两方面的原因:其一,对故事的艺术意义缺乏认识;其二,对创造出好的故事缺乏信心。

谈到故事的魅力,长期以来似乎一直存在着这么一种反差:一方面是人们对故事的意味的熟悉,谁都不会拒绝一个好故事所具有的那种诱惑力;但另一方面却是对故事的意义的轻视,许多有身份或有资历的人即便不是故意地掩饰自己对听故事的出自本能的爱好,至少不愿意承认故事

① 见崔道怡等编:《"冰山理论":对话与潜对话》下册,工人出版社 1987 年版,第 762 页。
② 见[法]J.贝尔沙尼等著:《法国现代文学史》,孙恒等译,湖南人民出版社 1989 年版,第 392 页。
③ [法]J.贝尔沙尼等著:《法国现代文学史》,孙恒等译,湖南人民出版社 1989 年版,第 284 页。

的价值的持久性。关于这一点,曾在美国芝加哥大学执教的坎尼斯·勃克曾作过十分明确的阐述。他认为,人们对艺术的兴趣有两种心理根源,一是知识方面的,一是形式方面的。一般地说,"在新奇方面(即知识方面)我们不能一而再地获得快乐,但在天生的欲望方面(即形式方面)我们却能获得它"。这在音乐(表现)艺术与散文(小说)作品的对比中尤其突出:"音乐比起与它同等好的散文来更加不怕重复,其原因,有一个就是音乐的性质在一切艺术中更不适于知识的心理学,却比较接近形式的心理学。在这里,形式不会蜕化。"相形之下,"同样好的散文却更容易受纯粹知识的引诱,就不能那样百读不厌。因为一旦得到了那种知识,知识的美感价值就消失了。"①应该承认,勃克的这番分析并非是毫无根据的信口雌黄,但就像任何概括都难免会有疏漏,在具体的小说鉴赏实践中,我们显然也能看到,分明还存在另一种情景。众所周知,大仲马的小说向来以情节生动曲折见长,英国著名科幻小说创始人斯蒂文森曾这样说到大仲马的《布拉日隆子爵》:"《布拉日隆子爵》我读过不是六遍就是五遍。具有别种爱好的人可能对我居然在短暂的人生中花那么多时间去读像《布拉日隆子爵》这样一部不太出名的作品而感到大惑不解。我也感到惊异,然而不是对我自己心灵的这一选择,而是对人们如此缺乏分辨能力感到惊异。"他并且还具体描述了自己的阅读过程:"我带着小说情节的线索进入梦乡,醒来之后,那梦中所见还清楚地记得。吃早饭时,我又欣喜地埋头读了起来。然后,由于自己的一些事才不得不忍痛放下。我之所以这样如醉如痴,是因为世界上没有任何东西能像这部小说那样使我着迷。"②无独有偶,在1991年的一期《读书》杂志上,我们读到时人冯其庸先生谈他对金庸小说文字的喜爱:"我是金庸小说的热烈读者,十多年来,我读金庸小说尽管重复了三四遍,但至今仍如初读时的热忱。"尤其值得注意的是,作者告诉我们,"金庸小说情节之紧张、紧密是人所共知

---

① 见《现代美英资产阶级文艺理论文选》上册,刘若端等译,作家出版社1962年版,第178—179页。
② 见王春元、钱中文主编:《英国作家论文学》,汪培基等译,生活·读书·新知三联书店1985年版,第324—325页。

的。我第一次读他的小说时,经常是通宵达旦,夜以继日",但直到"读第四遍时,仍旧没有失去这种紧张感。可见他的小说的强大的吸引力"①。

　　或许有必要指出,人的欣赏口味的差异是巨大的。西方有一句名谚:趣味无可争辩;中国民间也有一句俗言:萝卜青菜,各有所爱。正如并非每个人都像斯蒂文森那样爱读大仲马的那部小说,肯定也有不少读者对金庸小说的迷恋不如冯其庸先生,但类似于这种情形的心理体验无疑是十分普遍的。事实就像雅各布斯所说:"当我们沉湎于小说家的魔力之下时,电话没人去接,饭菜空摆在桌上,草地迟迟没去修剪,鸡也忘记喂了。"②只要我们能够正视这一经验,我们就应该在承认故事的巨大价值的前提下,对那种轻视小说与故事的关系的心态作出适当调整。比较地来看,那些使人读过一遍就再也没勇气重读的小说,往往是一些拙劣的作品,或者起码是并不出色的作品。这类作品对于具有深厚艺术修养的读者而言,事实上读一遍就已勉为其难。所以,问题并不在于故事本身缺乏持久的魅力,而在于我们能否创作出优秀的故事。那些迄今仍雄踞在奥林匹斯山之巅俯瞰我们这个世界的伟大小说家,也便是那些替我们创造出了许多杰出的故事的作者,他们的作品所具有的那种"永恒的魅力",雄辩地证明了故事的价值。这种价值来自于对生活的那种本体性展示。因为生活自身虽然并不直接"讲"故事,但的确在提供着各种能被小说家用来创造成为"故事"的素材。一个成功的故事便是这种既"高于生活",是对生活的一种审美概括,又具有高度的"生活化",使人产生一种"这便是生活"的错觉的现象。例如小说家王蒙在读了《红楼梦》以后产生过这样的感觉:"整个《红楼梦》在你接受以后有一种比逻辑更重要的征服力,本体的征服力,就是说,你相信生活本身就是这样的,世界本身就是这样的。合乎逻辑的,你相信它是真的,不合乎逻辑的你也相信它是真的。"③这使人想起海明威早年在读了托尔斯泰的小说《战争与和平》后谈的一番体会:"一切好书在这一点上都是共同的:它们比实际可能发生的生活

① 见《读书》1991 年第 12 期,第 110 页。
② 见毛姆等著,陈安澜等编译:《阅读的艺术》,上海翻译出版公司 1988 年版,第 31 页。
③ 见王蒙:《风格散记》,人民文学出版社 1991 年版,第 106 页。

更加真实,在你读完以后,你会产生这样一种感觉,觉得书中的一切都是你亲身经历的事,从此以后,这一切——好事和坏事,狂喜、悔恨与忧伤,人物和地点以及天气情况——都属于你了。"①这就是那些杰出故事的魅力的奥秘所在:它是对生活的一种本体化表现,生活是多维度多向性的,因而凡是能够提供这种展现的故事,它对人生经验的启发和提示也相应地具有一种无穷感。因为它并不是对某种固定的、抽象意义的形象图解。对故事所提供的这种人生体验的获取,取决于每个阅读主体自身的生活经验。所以,同一个故事,不仅本身蕴含着多重"意味"和"意义",而且随着我们人生阅历的不断丰富和深化,每读一次都会有新的感受。这样的感受自然具有"永恒的魅力"。

正因为这样,写出一个杰出的故事并不是一件容易的事,它要求作家具备如下条件:不仅需要作者本人有对生活的深入的体验(这种体验往往来自作家本人的经历),而且还要求作家有深厚的艺术修养,能够体会出故事的各种意味。纵观古今中外,能在其中一方面占有优势的小说家不在少数,但两者兼而有之并且结合起来使之融为一体的作家则为数不多。正由于此,才导致了小说世界中故事质量的参差不齐。阿诺德·本涅特说得好:"你可以看到至今还有粗糙、不成熟的小说家们在咖啡馆、俱乐部或街头向人们讲述片断的、未经润饰的生活故事,他们是艺术家中最低级的一群,然而他们还是艺术家。他们采取的形式乃是小说的最基本形式。在他们那些无数引人入胜的步骤上,你可以逐步登上大艺术家的地位。到了这一境界,生活视野广阔,错综稠密,需要在一个长时期内由大师们运用小说的传统形式来恰当地予以表现,这样就使小说得以超越于其他艺术形式之上。"②总而言之,虽然那些拙劣的胡编乱造曾使小说的艺术品位蒙受过巨大损失,但为小说争得巨大的荣誉的,也只有故事。一名小说家的成功之道就在于如何讲好一个故事,舍此别无他途。

---

① 见董衡巽编选:《海明威谈创作》,生活·读书·新知三联书店1985年版,第21页。

② 见王春元、钱中文主编:《英国作家论文学》,汪培基等译,生活·读书·新知三联书店1985年版,第386页。

因为"正如画家用画笔来思维和作画一样,小说家是用故事来思维的。"①
这种情形无疑进一步加剧了小说家们在故事创作方面的激烈的竞争,使
得要想写出一个好故事的愿望更加难以实现。唯其如此,当那些在创造
优秀的故事方面无所作为的小说家们在一起大淡所谓"超越故事"时,常
常表现出一种"酸葡萄心态"。这种心态我们固然能够理解,但并不能因
此便予以默认。因为事情的确如英国作家毛姆所说:"要编出一个好故
事显然是不容易的,但不能因为不容易做到就瞧不起它。"②诚然,讲故事
的权利从未为小说所垄断。在历史上它不仅曾为诗歌和戏剧所拥有,而
且一度也曾为音乐所分享。心理学方面的实验表明,不仅许多年龄在六
七岁之间的儿童,"他们大多把音乐看成是'关于某种东西'的,换言之,
他们把音乐当成是讲故事。"③而且这种接受效应甚至会随着接受主体年
龄的增长而进一步加强。德国大作家海涅在他的中篇小说《佛罗伦萨之
夜》里,就曾形象地描述过叙述者"我"在聆听一位小提琴家演奏意大利
著名小提琴大师帕格尼尼的作品时的印象:"随着他手中琴弓的每一挥
动,在我面前都出现形体和画面,他用帕格尼尼由象形文字构成的语言,
给我讲了许多有声有色的故事。"④但只要我们仔细将音乐作品的魅力
同小说作一对比,便不难看出这只不过是一种比喻意义上的论述。因
为故事不仅依赖于时间的延续,同时还依赖于空间的凸显。在这一点
上,音乐无法与语言艺术相媲美,因为正如斯特拉文斯基所说,"音乐是
人和时间之间关系的调整。"⑤在绝大多数情况下,人们对音乐的知觉
无须借助于任何空间画面。而随着这种空间画面的隐匿,故事自然也
就无从说起。与此不同,无论我们如何看待语言的功能,都不能否认这
一事实:以对客观存在的"命名"为基础的语言符号,"它本身仍然首先

---

① 见崔道怡等编:《"冰山理论":对话与潜对话》下册,工人出版社 1987 年版,第 656 页。
② 见崔道怡等编:《"冰山理论":对话与潜对话》下册,工人出版社 1987 年版,第 656 页。
③ 见[美]H.加登纳:《艺术与人的发展》,兰金仁译,光明日报出版社 1988 年版,第
255 页。
④ 见[苏]鲍列夫:《美学》,中国文联出版公司 1986 年版,第 312 页。
⑤ 见[苏]莫·卡冈:《艺术形态学》,凌继尧、金亚娜译,生活·读书·新知三联书店
1986 年版,第 227 页。

是再现的工具"①。正是语言的这一特征使得文学作品有可能以故事的方式来反映世界,只要它们同时也能以叙述的形式来引入时间的因素,小说与戏剧也因此而结成同盟。但当我们看到,事实正像狄德罗所说:"一部不能编成好戏的小说并不因此而不是好小说,但是从来不会有一出好戏而不能改写成为一部优秀的小说"②时,我们所得到的决不是小说对故事的超越,而是对故事的依赖。换言之,"可以认为故事在小说中是次要的,但如果没有故事,就不能称之为小说。"③在这个意义上,我们可以将小说视为是对戏剧舞台的扩大而不是对戏剧主旨的彻底背弃。这不仅由于离开了故事的文本结构,纯粹的所谓"叙述魅力"(怎么说)根本无从体现,而且也因为小说对人物的塑造和对性格的刻画,同样也必须以故事为背景。具体的鉴赏经验使批评家们很难否认这一事实:"一部小说读过一段时间后,书中的人物仍能活生生地留在我们心中,人们不仅记得他们,而且推断得出他们对日常生活中发生的事情会作出什么样的反应,这就是好小说。"④唯其如此,素以推崇小说生活化闻名的"意识流"小说家弗吉尼亚·伍尔夫也表示:"我看所有的小说都是写人物的,同时也是为表现性格的。"他认为:"男女作家们之所以会去写小说,是因为他们受到了诱惑,要把这盘踞在他们心头的人物形象塑造出来。"⑤然而问题也在于:小说家究竟如何才能写出人物、写活性格?沿着这一话题深入下去,我们只能得出这样的结论:成功的人物塑造与成功的故事编造同在。因为故事不是别的,它就是人物的各种行动的组合。在这里,"行动不仅形

---

① 见[苏]莫·卡冈:《艺术形态学》,凌继尧、金亚娜译,生活·读书·新知三联书店1986年版,第294页。

② 见伍蠡甫主编:《西方文论选》上卷,上海文艺出版社1963年版,第355页。

③ 见[美]利昂·塞米利安:《现代小说美学》,宋协立译,陕西人民出版社1987年版,第84页。

④ 德利维斯语,见崔道怡等编:《"冰山理论":对话与潜对话》下册,工人出版社1987年版,第872页。

⑤ 见[英]弗吉尼亚·伍尔夫:《论小说与小说家》,瞿世镜译,上海译文出版社1986年版,第180页。

成事件,而且也塑造了参与事件的人物"①。所以,写好故事也就成了创造出有特色的人物形象的先决条件。看来,如何确定故事的形态学构成,这便是我们探讨小说的基本要素的症结所在。正是在这里,我们看到有一个问题尽管已被批评家们所"熟视",但却仿佛又"视而不见"。这就是究竟什么是"故事"? 迄今为止,人们对故事的主体性已有了比较清楚的认识,像乔治·艾略特那样将"故事"与生活中实际发生的"事件"混为一谈,认为"生活以不同的表现程式与形式向我们提出故事"②的小说家已为数不多了。比较起来,人们更倾向于赞同这样的见解:"作家成功地把看来不合理性的杂乱繁复的生活素材提炼为具有意义和清晰的逻辑结构,这时他就获得了故事。"③换言之,现实生活中只有各种"事件"而没有"故事","故事"是由作家在生活素材的基础上创造出来的,以"事件"为零件,包含有一个相对完整的逻辑结构并且因此而拥有对生活的某种发现的话语现象。所以,从符号学的角度看,"故事"已经是一个符号——一个具有话语能指和意义所指的现象。但这仍然只是对故事的性质的认识,而并非对故事的形态内涵的把握。对后一个问题,通常所做的仅仅是一种现象的描述而非理论的阐述。用毛姆的话讲:"说到故事,大多数人指的是一种包含有开端、中间部分、结尾的连贯而又表达清楚的叙述。"④这固然同我们对一个"故事"的接受感觉相吻合,但显然未能帮助我们进一步理解故事的实际构成。所以,伊恩·里德曾经抱怨说:"'故事'是什么意思? 很少有批评家会屈尊去审查这个基本的概念。"⑤如果吹毛求疵地来看,这句话自然有些夸张。比如他的同胞、美学家帕克就在他的《美学原理》一书的第十章里写道:"每一个故事的要素都有五个:人物、事

---

① 见[美]利昂·塞米利安:《现代小说美学》,宋协立译,陕西人民出版社 1987 年版,第84 页。

② 见王春元、钱中文主编:《英国作家论文学》,汪培基等译,生活·读书·新知三联书店1985 年版,第 184 页。

③ 见[美]利昂·塞米利安:《现代小说美学》,宋协立译,陕西人民出版社 1987 年版,第83 页。

④ 见《文艺理论研究》1985 年第 3 期。

⑤ [美]伊恩·里德:《短篇小说》,思涵等译,北方文艺出版社 1988 年版,第 7 页。

件、大自然、命运和环境——社会、历史和文化背景。"①但公正地评价,里德的这句话仍不失为对问题的真实陈述。因为从帕克的研究中,我们固然可以比之一般的印象式批评对"故事"有了较为细致的了解,但它究竟是怎样构成的则依然不甚了了。而再深入一步来看,帕克所说的其实仍是在一部小说中通过故事而存在的各种内容,并不是"故事"本身的要素。因为说到底,就像里德所指出的,所谓"故事","就是对事件的叙述"。认识一个故事并不能凭借一种定义性的概括,而必须了解这样一些问题:"是什么构成事件? 无数事件是怎样构成一个最小的故事? 它们是否需要有逻辑地联系在一起?"②不难发现,这些问题的解决涉及两方面的关系,即"故事"与"情节"的关系和"故事"与"故事梗概"的关系。这意味着能否令人信服地澄清故事与这两种现象之间的本质性区别,是最终解决什么是故事的构成要素这一问题的关键所在。因为我们知道,严格意义上的"故事",既不等于"情节",也不是一种"故事梗概",它的特质存在于与这两种现象的差异之中。

无须赘言,小说中的"故事"同人们通常所说的那种"故事梗概"完全不是一回事。一个好故事有如那种经过加工的橄榄,能让人反复咀嚼久久回味;而任何故事梗概都不可能产生这种效应,它们中的佼佼者充其量只能激起人们想对它所反映的那个故事作一番细细品尝的愿望。二者的区别就在于:凡故事总是对人生现象的具体展示,而梗概则是对这种现象的省略和浓缩,几乎无具体性可言。所以帕克指出:"每一个故事中有持久价值的成分就是对生活的具体描写。"③需要再加以补充的是,故事的这种具体性来自于细节。纳博科夫的小说《黑暗中的笑声》的开头对这一点作过十分生动的描述:

> 从前,德国柏林住着一位名叫艾尔比纳斯的男人。他有钱,受人尊敬,很幸福。有一天,他为了一个年轻情妇而抛弃了妻子;他爱那女人,可那女人并不爱他,不久他便不幸地死去了。

① 见[美]H.帕克:《美学原理》,张今译,商务印书馆1965年版,第204、215页。
② [美]伊恩·里德:《短篇小说》,思涵等译,北方文艺出版社1988年版,第8页。
③ 见[美]H.帕克:《美学原理》,张今译,商务印书馆1965年版,第215页。

　　这便是整个故事，要不是讲故事本身是一桩快乐有益的事，我们也许就会到此结束，不再往下说了。虽说长满青苔的墓碑上有足够的空间可以容纳一个人的生平简述，但细节总还是受人欢迎的。

诚如小说里的这个"叙述者"所说的，人们对小说的兴趣，在很大程度上是建立在细节之上的。因此，如果说小说是一个"故事"，那么这个故事是具体的而非概括的，这是"故事"与"故事梗概"的区别所在，而这种区别正是通过细节而实现的。从这个意义上讲，人们可以将"小说"视为"说小"——从小处说起。用美国当代作家马尔科姆·考利的话说，"故事的胚芽是某种看见、听见，或者突然记起来的东西，它也许是不经意掉在餐桌上的一个记号，或者它是一个陌生人脸上的长相。大多数情况下，它总是某种以敏锐的细节表现情绪的东西。"[1]例如在萨特的存在主义小说《恶心》里，有一段描写男主角洛根丁与其情人(一位酒店老板娘)法兰梭瓦丝幽会的情景：

　　　　她一面脱衣服一面对我说：告诉我，您知道有一种叫做"布路特"的开胃酒吗？因为在这个星期里有两个客人要过这种酒。侍女不知道，她来通知我。……如果您不在乎，我就不脱袜子了。

女老板在同自己的情人上床做爱之际还大谈生意经，以及称情人为"您"并且嫌麻烦而"不脱袜子"，三个细节将这对情人之间的那种有欲无情的关系揭露得淋漓尽致。而通过这种男女关系，我们所体验到的并不仅仅是一种人心不古世风日下的感叹，分明还可以看到一种遍及于现代人当中的十分严重的精神悲剧。可见，细节是人生的一种浓缩，我们想通过小说而体验人生，离开了细节就无从说起。细节的贫乏意味着这种体验的贫乏，细节的虚假意味着体验的虚假。所以，当巴尔扎克指出："小说在细节上不是真实的话，它就毫无可取了"[2]时，他的确是揭示出了问题的本质。一部小说的成功首先就建立在这些真实的细节上，因为通过这些细节，我们一方面能够体验到那种实实在在的生活，另一方面也能感受到

---

　　① 见程代熙、程红编选：《西方现代派作家谈创作》，文心等译，中国广播电视出版社1991年版，第5页。

　　② 见《人间喜剧·前言》，见伍蠡甫主编：《西方文论选》下册，上海译文出版社1979年版。

各类活生生的人物。前者如当代国内女作家王安忆的中篇小说《锦绣谷之恋》中，描述一位受整个浮躁化大背景的影响，对平稳而缺乏色彩的家庭生活产生厌烦的女编辑，期待利用一次外出参加"笔会"的机会发生一次感情插曲来打破这种平稳，使生活增添一点色彩。小说里写到，这位女编辑与人一起去机场接两位参加会议的"名作家"。其中一位风度很好的中年男子在与她握手时，搞错了手的方位，结果使两人都显得不太自然。这个小小的细节很富有生活味，一下子就引发了读者的接受体验，使我们能够通过这个细节而进入到故事中去，体会出当事人双方的那种微妙的心理活动，并隐约地对两人的下一步"命运"作出某种推测。后者如《水浒传》中的人物刻画。正如金圣叹在评点这部古典名作时所指出的，这部小说中写了许多性格类型相近的人物，如李逵、武松、鲁智深等，但读来个个栩栩如生，全然没有雷同感。这便是细节的功能。细节不仅让我们看到了人物各自在"做什么"，而且还十分具体地看到了他们是"怎么做"的。例如同是打虎，李逵用他的一对大斧不仅三下五除二不假思索地将虎杀死，而且还杀性大发冲进虎窝里将一窝老虎统统杀光，显出了李逵的虽"莽"但又"憨"得单纯可爱的特点。与此不同，武松打虎仗的是一身英雄胆量，但同时也是为了维护他作为好汉的声誉。如小说第二十三回写道，武松起先在"三碗不过冈"酒店喝酒时并不相信店主人的话，以为不过是当地人的一种夸大其词的传闻而已。来到山坡下以后：

> 武松看了印信榜文，方知端的有虎，欲待转身再回酒店里来，寻思道："我回去时，须吃他耻笑，不是好汉，难以转去。"存想了一回，说道："怕什么鸟！且只顾上去看怎地！"

这段文字的具体描写，使我们很真切地看到了武松所独有的性格特点。

　　对于上述见解，人们是不会有什么异议的。比较起来，批评家们对"故事"与"情节"的关系却一直是众说纷纭，莫衷一是。毫无疑问，"故事"与"情节"分别指称着两种不同的东西。正如查特曼所说："每一种组合都会产生一种不同的情节，而很多不同的情节可源于同一故事。"①例

---

① 见查特曼：《故事与话语》，康乃尔大学出版社1978年版，第20页。

如在结构主义文论所作的诸如(1)沙皇送给伊凡一只鹰,这只鹰把伊凡载送到了另一个王国;(2)一位老人给了苏森科一匹马,这匹马把苏森科带到了另一块土地;(3)公主送给英雄一只戒指,从这戒指里跳出来的一名年轻人将英雄带到了另一个世界等等的归纳之中,我们很清楚地看到在这里存在着不同的"故事",但这些故事却拥有一个相似的"情节"。由此我们也可以看出,决定故事的是事件本身的内容,决定情节的是事件的具体安排。问题在于一个故事究竟能否脱离情节而存在。根据福斯特的见解,对这个问题的回答是肯定的。在福斯特看来,"故事"与"情节"的区别在于前者仅仅是叙述一个按时间顺序安排的事件,而后者则是对一种因果关系的强调。比如,"国王死了,后来王后死了"。这是故事;而"国王死了,后来王后由于悲伤也死了"这便是情节。因此,从理论上讲,二者似乎可以各自为政:凡是情节固然必定同时拥有故事,但一种叙述可以仅仅是一个故事而没有情节,因为"情节"乃"故事"的一种扩展形态①。必须承认,福斯特从时间关系上把握故事的观点是深刻的,因为一个故事只有在它所具有的若干事件处于一个统一的历时态关系中时,才能成为故事。例如王蒙的短篇小说《春之声》里有这样一段文字:

> 自由市场。百货公司。香港电子石英表。豫剧片《卷席筒》。羊肉泡馍。醪糟蛋花。三接头皮鞋。三片瓦帽子。包产到组。收购大葱。中医治癌。差额选举。结婚筵席。……

这是一段叙述话语,然而它并没能给我们一个故事,一个显而易见的原因是通过叙述而存在的这些个现象,彼此之间缺乏一种历时态的衔接关系。而随着"时间"的"退场",故事也就不复存在。这也便是小说批评家们如此一致地关注小说与时间的关系的奥秘所在;有人之所以说,"小说一旦完全摆脱了时间观念,就根本不能够表现任何事物"②,道理也就在于取消时间便意味着取消故事,而没有故事也就没有小说。这自然不成问题。

---

① 见[英]珀西·卢伯克、爱·福斯特、爱·缪尔:《小说美学经典三种》,方土人、罗婉华译,上海文艺出版社1990年版,第270页。

② 见[英]珀西·卢伯克、爱·福斯特、爱·缪尔:《小说美学经典三种》,方土人、罗婉华译,上海文艺出版社1990年版,第234页。

有必要进一步追问的是,使一种叙述成为一个故事的这种"时间关系"究竟意味着什么。从上面的引文中我们可以看出,故事的时间性并不取决于叙述话语层面上的"语序"关系,而是取决于由这个叙述话语"引"出的事件与事件之间的"顺序"关系,这种关系只能存在于一定的因果链上。区别仅仅在于,对这条因果链我们既可以显著地加以点明,也可以隐蔽地不予突出。对此,法国著名结构主义批评家托多罗夫曾在其《散文诗学》中作过很好的分析。他举出两个句子:

A. 他扔了一块石头。窗子破了。

B. 他扔了一块石头。把窗子打破了。

从表层结构上看,A 句的两个事件之间似乎只存在时序关系而无因果关联;B 句则既有时序关系也有因果关系。但从深层结构上分析,"因果关系在上面两个例句中都是存在的,无非只有第二个例句中因果关系才是明言的。人们常用这个办法区分优秀作家和拙劣作家"[1]。对大量的创作现象的鉴赏告诉我们,现代叙事艺术的迷人之处也正在于利用了事件之间的时序关系以及因果关系的这种暧昧性,成功地创造出了各种暗示和隐喻,使小说的故事内涵由此而显得更为丰富、含蓄,更富有魅力。用罗朗·巴特的话来讲:"叙事的主要动力正是后事与后果的混淆,阅读叙述时,居后的事件就是被前事所造成的事件。"[2]所以,时序即因果,故事对时序关系的拥有意味着它总是同时也有着某种因果性。正是基于这样一种认识,一些当代学者都不能接受福斯特对故事与情节关系的理解。美国学者杰拉德·曾林斯在他的《故事基础入门》一书中提出:只有当三个以上的事件联系起来,而且其中至少有两个不仅具有时序关系,"并且有因果联系时,才有故事的存在"[3]。以色列耶路撒冷希伯来语大学比较文学教授里蒙·凯南女士说得更明确,她不仅指出:"事件是怎样结合成序列,序列又是怎样结合成故事的呢?结合的原则一是时间顺序,二是因果关系。"而且还进一步提到,由于因果通常总是包含在时序之中,因而

---

① 见托多罗夫:《散文诗学》,巴黎 1968 年版,第 126 页。

② 见巴特:《叙述分析的评价:意象—音乐—文体》,巴黎 1977 年版,第 94 页。

③ 见[美]伊恩·里德:《短篇小说》,思涵等译,北方文艺出版社 1988 年版,第 8 页。

对于故事来讲,时间关系乃是最根本的基础,因为"时间顺序已足以构成把事件组合成故事的最基本的要求"①。

意识到时序与因果的这种内在联系,我们也就必须承认这么一个结果:故事与情节虽然并不同一,但却彼此同在。有故事必有情节,因为情节乃是故事中的事件的一种结构形式,它与细节一起,是故事的两大形态学因素。事实上,福斯特凭着他的丰富的创作经验也已觉察到故事与情节在小说文本中的这种同体性。例如他在给故事下了定义后紧接着指出:"作为故事,只能有一个优点,那就是使听众想要知道接下去会发生什么事情。反过来说,故事也只能有一个缺点,那就是使听众不想知道接下去会发生什么事情。"②故事的这种机制无疑便来自情节方面,取决于故事中的情节的具体铺排。正是由于"故事"与"情节"之间存在着这种有机联系,毛姆很不赞成批评家们在这上面故弄玄虚。他曾坦率陈述:"我就不懂得某些自作聪明的理论家在故事和情节之间所作的严格区别。情节不过是故事的布局罢了。"③这当然并不是意在取消故事与情节的本质性差异,而只是提醒我们在意识到二者的区别的基础上,还应该注意到彼此的密切的内在联系。因为事实证明,一个小说家只有在占有了许多很好的细节的同时,还能恰到好处地安排好情节,他才能够真正写好一个故事。概括地来看,如果说作家写好一个细节的关键在于充分地体现出生活味,那么创作出一个出色的情节的关键则在于掌握住偶然性的分寸。偶然意味着各种巧合,没有这种现象,作品会缺少一种独特的吸引力,所谓"无巧不成书"指的也就是这个意思。但反过来也正如帕克所说的:"巧合的事件太多,以致好像是魔术,是一位任性的天才使然,而不是大自然使然。"④毫无疑问,这种魔术的奇幻性曾经是传奇文学的基本品格,但对于小说则不同,"在一部严格意义上的小说中,事情必须看上去

① 见[以色列]里蒙-凯南:《叙事虚构作品》,姚锦清等译,生活·读书·新知三联书店1989年版,第29—33页。
② 见[英]珀西·卢伯克、爱·福斯特、爱·缪尔:《小说美学经典三种》,方土人、罗婉华译,上海文艺出版社1990年版,第222页。
③ 见崔道怡等编:《"冰山理论":对话与潜对话》下册,工人出版社1987年版,第655页。
④ 见[美]H.帕克:《美学原理》,张今译,商务印书馆1965年版,第207页。

是真实的。"①这种真实性既来自细节方面的生活化,同样也来自情节方面的现实感。

2. 小说的方法

每一种艺术体裁都有自己的守护神,在一定的创作形态与一定的艺术方法之间,存在着一种审美对应关系,这早已不是什么秘密。批评的法则固然常常对艺术的骄子们的天才作出种种让步,但对于那些蔑视艺术规律的任性却向来毫不留情。这种情形在 19 世纪的文学主潮中并不鲜见。杰出的丹麦批评家勃兰兑斯在评价法国浪漫派的艺术成就时就曾指出:"浪漫主义在本质上是太抒情了,产生不出具有持久价值的戏剧作品。我们衡量浪漫派最伟大的抒情诗人的戏剧时,或许会强烈地感受到这个事实。"②浪漫主义的伊甸园是抒情诗,一部 19 世纪英国诗史便足以令人信服地证明这一点。在当时,被称之为"湖畔派"的华滋华斯、柯勒律治和有"撒旦派"之名的拜伦、雪莱,他们在政治上的尖锐对峙和命运的大相径庭,并没有妨碍他们共同聚集在"浪漫主义"的旗帜之下,不仅替英国诗坛而且也为整个世界诗史立下丰功伟绩。与此相映成趣的,是现实主义创作方法同小说之间那种已经十分悠久的相依为命、荣辱与共的关系。这种关系首先表现在从 18 世纪以来正式以"小说"的名义登场献技之中。众所周知,近代小说的母本是民间传奇,但二者虽然在发生学上存在这种联系,在性质上却并不相同。区别就在于小说在内容上较传奇更接近于我们的现实社会。用伊恩·瓦特的话说,"'现实主义'是区别 18 世纪初期小说家的作品和先期的虚构作品的决定性特征。"③其次表现在 19 世纪的整部艺术史上。我们看到,正是由于像司汤达、巴尔扎

① 见[英]珀西·卢伯克、爱·福斯特、爱·缪尔:《小说美学经典三种》,方土人、罗婉华译,上海文艺出版社 1990 年版,第 46 页卢伯克语。
② 见[丹]勃兰兑斯:《十九世纪文学主潮》第五册,李宗杰译,人民文学出版社 1982 年版,第 395 页。
③ 见《外国文学报道》1987 年第 6 期,第 32 页。

克、托尔斯泰、屠格涅夫、狄更斯、萨克雷这样一批"批判现实主义"作家的成功，不仅替小说这门艺术在艺术世界里占领了一个显赫的位置，而且也替整个现实主义艺术在人类艺术史上留下了光辉的一页，使得批评家们有足够的理由认为，"上一世纪的长篇小说的历史，首先就是现实主义的历史。"[①]

当然，从那时以来，现代小说已经有了长足的发展，不仅与上述古典作家的作品相去甚远，同福克纳、海明威等这些昨日枭雄的作品相比也已面目全非。由乔依斯首先发难，伍尔芙推波助澜，博尔赫斯和马尔克斯等遥相呼应的对小说形式的改革日渐深入，成绩斐然，更让人想起亨利·詹姆斯当年的这一见解："小说即使处于正确意见的劝导下，也依然是文学形式中最独立不羁、最富有弹性、最为奇异的一种。"[②]不过分析起来，这一见解固然准确地道出了小说研究的难度，似乎仍不能解除现实主义与小说艺术的联盟。一个不容置辩的例子是，迄今为止，所有那些在小说领域内的花样翻新，在某种意义上都没有能真正自立门户，而是依然固守在"现实主义"的阵地上。例如像由伍尔芙等人开创的"意识流小说"有"心理现实主义"之称；马尔克斯的创作有"魔幻现实主义"之名；巴尔加斯·略萨的作品属于"结构现实主义"，米兰·昆德拉、纳博科夫等聚集在"后现代主义"阵营中的作家作品，同时也被视为"现实主义之后"。至于在当代国际文坛行情看涨、在我国小说界也日益备受关注的"新写实主义"和"非虚构写作"，它们在血缘关系上对现实主义作品的继承则是有目共睹的。当然，像法国的"新小说"归类就并不那么简单。他们对本国前辈巴尔扎克们的创作范式的公开批判，似乎使得批评家难以贸然地将双方联系在一起。但如果我们看到，"新小说"与古典小说的分歧并不在于是否继续强调"真实性"，而在于对这个概念的重新理解，那么我们也就不难看出，"新小说"其实是以巴尔扎克和司汤达等人为代表的法国古典批

---

① 见《法国作家论文学》，王忠琪等译，生活·读书·新知三联书店 1984 年版，第109 页。

② 见《美国作家论文学·"小说的艺术"》，刘保瑞等译，生活·读书·新知三联书店1984 年版。

判现实主义小说的直系后裔,他们的创作实践是现实主义小说在当今时代的一种艺术变奏。正由于这个缘故,他们在对自己的先辈作出某种背离的姿态的同时,也十分明确地承认:"巴尔扎克的作品就是牢固的跳板,我们可以支撑在上面。在今天,很少有什么创造是不能从这块跳板上受到启示或者得到证明的。今天很少有作品能比它使一个小说家觉得思想更加充实,能把读者引导到现代小说的问题上来。"[1]指出这一点并不是想要读者对巴尔扎克的作品继续顶礼膜拜,而只是提醒人们重视卡冈的这一结论:正如"中长篇小说最终成为叙事文学存在的理想形式,现实主义是叙事文学的理想的创作方法"[2]。

无须讳言,这个结论会让许多不甘心追随于大师们身后做"填字游戏"的小说文体革新者们感到沮丧,对于那些患有"现实主义过敏症"的作家来说似乎更是灾难性的。但如果我们能够不将这一概念简单地同巴尔扎克和托尔斯泰或者其他某个作家的作品画上等号,并且学会承认创作中的自由从来都是一种戴着镣铐的跳舞,那么我们便可以看到,事情远不像人们所想象的那样糟糕。

对概念的准确理解无疑是解决问题的关键所在。但究竟什么是"现实"?在以往的讨论中,人们首先就在这里遇上了麻烦。因为根据现实主义在发生学背景上对浪漫主义的自我推崇的反动,作为这种"新"的美学原则的核心,显然应该是指作品与生活的某种联系。但我们知道,在审美的领域中,永远必须为它留下一个位置,这就要求艺术活动必须对人的存在给予关注。语言艺术自然更不例外,"文学不可能也不应是别的什么,而是一条迂回地通向现实生活的道路"[3]。因此,当我们以"真"为标尺,用作品文本与人的实际存在的联系来界定小说,也就显得毫无意义。诚然,从具体作品来看,现实主义艺术较之浪漫主义文本,对"艺术真实"

---

① 见《法国作家论文学》,王忠琪等译,生活·读书·新知三联书店1984年版,第420页。

② 见[苏]莫·卡冈:《艺术形态学》,凌继尧、金亚娜译,生活·读书·新知三联书店1986年版,第407页。

③ 见《法国作家论文学》,王忠琪等译,生活·读书·新知三联书店1984年版,第105页。

的要求显得更加突出。由此,有一种提法一直十分响亮,这就是向一切现实主义艺术提出的对现实保持某种"忠实"的要求,理论家们将之归结为"以生活的本来面目反映现实",但深入一步看,我们发现,理论上的这种明确其实从来未能在实践中得到充分兑现。事实正如莫洛亚所说:"如果您生活在 1840 年,您也会对巴尔扎克有同样的责难,您会说:'什么!这个沃特兰!这十三员大将!这些发生在所有家庭中的悲剧,这些无处不在的高利贷者、法庭庶务员,这些围绕一个女财产继承人或一份遗产展开的明争暗斗,它们不反映世界的本来面目。'"①对那些"正统"的现实主义艺术来说,"'艺术真实'不在于个别语句的真实,而在于对由艺术作品所再现和揭示的现实的总体判断的真实性。"②显然,这种真实明确地说,也就是一种接受方面的"真实感"。不能把它理解为是艺术对作家能力的让步,恰恰相反,而应视之为艺术对作家的一种规定。因为艺术之为艺术,并非是对生活的照搬,它永远大于生活;同样,人们对艺术所要求的决非生活本身,而是对生活的某种理解。所以,从具有范式意义的古典现实主义作品中可以看到,作为这类艺术形式的基本标志的"真实感"所要求的,是"由再现作品所唤起的印象应当尽可能地接近于由被再现对象所唤起的感觉印象"③。在这里,两种印象之间既对应又差异的一定的距离感是必不可少的:如果说"对应性"体现了现实主义艺术作为一种艺术的特殊性,那么"差异性"则反映出这种作品作为一种艺术的一般性——一旦两种感觉印象完全吻合,便将意味着该作品仅仅是现实的复制和抄袭,因而也就失去了其作为艺术的性质。

立足于这个基点来看,通常所谓的"现实主义"创作方法,指的是通过对现实生活的审美再现来表达主体的艺术体验。在这里,"再现"手段的采用和对被再现对象的尊重,是实现这种方法的两个基本环节。由于这个缘故,"客观性"依然是这种创作方法最突出的特征,因为"客观"不仅是一种存在("有"),而且也是一种实在("事物"和"事实")。这样,当

---

① 见《艺术与生活——莫洛亚箴言和对话集》,上海三联书店 1989 年版,第 190 页。
② 见[波]奥索夫斯基:《美学基础》,于传勤译,中国文联出版公司 1986 年版,第 132 页。
③ 见[波]奥索夫斯基:《美学基础》,于传勤译,中国文联出版公司 1986 年版,第 138 页。

我们将它作为"现实主义"的基本特征予以强调,就不仅替作品与生活之间的"对应"关系作出了明确规定,而且还进一步对这种艺术态度所要求的两大特点作出了相应的提示,即:具体性和主体性。因为首先,客观作为一种"实在"现象,总是以"个别"的形式出现的,而任何"个别"都是"具体"的;其次,客观也是针对主体的再现而言,这不仅因为个别并不能脱离人的主体性的把握,它是一种"主体性的存在",而且也因为离开了主体的再现,也就无所谓客观性。显然,历来优秀的现实主义创作中都十分注重的"细节真实"和"理想渗透",可以在这里找到理论上的解释,而其根本无疑在于这种艺术方法对"实在"的强调。在西语中,"'现实主义'的词源归根到底是'事物'(res)"①这一事实,清楚地向我们表明了这一点。因为没有具体实在的"对象",对这种对象的"再现"自然无从谈起,而失去"再现"这种方式,那么以"真实感"为核心的"现实主义"创作方法也就不复存在。

循此以进,我们可以发现"现实主义"对小说的依恋。众所周知,在小说这种文本中取得巨大声誉的这种艺术方法,一开始曾经步入过色彩的世界,当法国画家库尔贝在1855年率先将这个词组张贴在他自己的作品展室的门口后,一场"现实主义"运动便在欧洲画坛上拉开了帷幕。然而迄今为止,这场运动并没有能够形成多大的局面。尽管米勒的《拾穗者》赢得过广泛好评,库尔贝本人也在世界绘画史册上占有一席之地,但作为一种画派的现实主义所取得的艺术成就,并未能同现实主义在别的艺术运动中的业绩相媲美。原因显然在于绘画这种形式过于逼近原在,当画家以再现的方式向我们展示出对象时,"真实感"会由于对文本的印象与对原在的印象的过于一致而名存实亡。因为这种一致会"强迫"我们去注意两者的"相似",而在这种心态下,作品常常会被我们当成原在的替身。这也便是罗丹用"照相效应"这一名称对现实主义绘画作出指责的理由。绘画要想捍卫自己的艺术声誉,就必须设法摆脱原在的纠缠,而为了实现这个目标,现象上的变形就不可或缺。印象画派显然也正是

① 见达米安·格兰特:《现实主义》,周发祥译,昆仑出版社1989年版,第55页。

由于在这方面开了风气之先,而成为整个"现代艺术"的滥觞。因为存在于印象派的"印象"之中的现实已不再是原在的等价物,再现也因此而不再具有至高无上的权威。从这里进而向表现主义、抽象主义等的发展,已只有一步之遥。而从所有这些现代绘画艺术所取得的成就以及迄今为止仍无回归现实主义的趋向来看,我们不难发现这种艺术形态与现实主义创作方法之间的一种内在的龃龉。"在摈弃了原本原样地表现运动的方法时,就可能达到一种更高的理想的美。"①被艺术史家们称之为"野兽派"鼻祖的法国画家马蒂斯的上述这番话并不单纯是一种绘画观,事实上道出了绘画这门艺术的一种基本性质。正像这位画家所说的,对画家来讲一直存在两种表现事物的方法:"一种是原本原样地去表现它们,另一种则是艺术地把它们传写出来。"②这两种方法分别导致两种不同的结果:前者充其量是对某种事物的艺术的表现,后者才是表现某种事物的真正的艺术。实现这一目标的方法不是去努力真实地逼近对象,而是尽可能准确地表达出主体对被表现对象的感觉、印象和体验。所以,当马蒂斯明确地宣布"准确描绘不等于真实"时,他想要表达的真正意思是:绘画所要求的并不是客观性,而是一种主观的发现。这一口号之所以能得到普遍响应,并像赫伯特·里德所说成了整个现代绘画艺术的纲领,无非是由于它深刻地揭示出了这样一个现象:一直以"空间再现艺术"的名义存在的绘画,其实身在曹营心在汉,骨子里倾向于表现性。对绘画来说,不是对事物的准确再现,而是对主体精神内涵的表现,才能还其"艺术"的面目。绘画的物质媒介色块和线条决不只有勾形描态的作用,在某种意义上,它与音乐所使用的音响媒介一样,能产生十分强烈的感情效果。这使得一幅画如同一首乐曲那样,可以供创作主体自己欣赏,艺术家在挥洒颜料勾线涂形的过程中便已能获得满足,这种满足的饱满度甚至可使艺术家最大程度地割断与观众的联系。从中我们不仅可以找到画家们像音

---

① 见[英]赫伯特·里德:《现代绘画简史》,刘萍君译,上海人民美术出版社 1979 年版,第 26 页。

② 见[英]赫伯特·里德:《现代绘画简史》,刘萍君译,上海人民美术出版社 1979 年版,第 25 页。

乐家那样在所有艺术家队列里显得最为清高的原因,还可以发现高更能够终其生于塔希提岛,将自己的画作随便毁弃的奥秘所在;并且理解毕加索当年表示的他作画纯粹为了宣泄自己的一种感情这一自白的深刻之处。凡此种种,显然都为现实主义创作方法在绘画领域大显身手设置了巨大的障碍:这种方法通过细节真实实现具体客观性的要求,对于绘画作为艺术所要求的表现性,以及画家本人试图凭借色彩来宣泄自己感情的需要,无疑都是极大的背离和限制。

对这一层道理的理解并不困难,比较起来,不易把握的是戏剧与现实主义方法的关系。这种艺术格局以在三维空间中展开的演员的"实况"表演来传情达意为特点,与浪漫主义自然格格不入。因为演员的动作必须以叙事性内容为基础,而浪漫主义所注重的自我抒发在本质上是反叙事的。但从这种冲突中所表现出来的戏剧艺术对客观性的某种敬意,是否就意味着现实主义方法在戏剧中也能够像在小说里一样大显身手,取得长期居留的"绿卡"呢? 一部世界戏剧活动的历史告诉我们,情况并不是这样。尽管现实主义创作方法通过易卜生对小资产阶级虚伪性作了无情揭露的剧本,和斯坦尼斯拉夫斯基对规定情景的切身体验予以高度强调的导演,而一度在欧洲的舞台上大放异彩,但时过境迁之后,时至今日,这一切毕竟都已成为明日黄花,一去不返。诚然,正如"浪漫主义戏剧终于没有为现实主义作家所废除,现实主义戏剧实际上也没有被新浪漫主义、象征主义、表现主义的作家以及其他诗剧或想象剧的支持者所置换"[1]。但以梅特林克、萧伯纳、斯特林堡、布莱希特、奥尼尔、杜仑马特、尤涅斯库、阿瑟·密勒等人的名字为标志的现代戏剧,显然与"现实主义戏剧"无缘。尤其耐人寻味的是,正像易卜生作品中那种神秘主义宿命论色彩吸引过梅特林克,这位"神秘主义戏剧大师"的一些作品,曾经博得在戏剧舞台上倡导现实主义最有力的斯坦尼斯拉夫斯基的由衷喝彩。如果再联系到以拉辛的《昂朵玛格》和高乃依的《熙德》为代表的法国古典主义戏剧,我们便能发现,诸"方"并驾各"法"齐驱乃是戏剧领域的一

---

[1]　见《外国现代剧作家论剧作》,中国社会科学出版社 1982 年版,"导论"。

大特色。这在替现实主义在戏剧界领取到一份开业执照的同时,也限制了它的经营范围。

那种以为现实主义曾经在剧院也像小说在书店那样颠倒众生、独领风骚的错觉,在很大程度上来自对莎士比亚戏剧结构的误识。由于莎剧在反映生活的深广度和性格塑造方面的突出成就,使得人们常常给这些作品贴上"现实主义"的标签,并且将莎剧的巨大成功视为现实主义戏剧的胜利。但这种观点尽管由来已久,却仍属似是而非,许多莎评家早已对此作出过鞭辟入里的分析。即使我们以那个年代的观众受泛灵论的影响会认真对待灵魂显现的传说为根据,而不对《哈姆雷特》开场中的那段父王显身述秘的情节的可信性吹毛求疵,也暂且不对莎氏喜剧中那些大量的超现实逗趣和巧合过分挑剔,也依然能够对莎剧中具有现实感但并非名副其实的"现实主义"的现象作出合理的解释。首先从内容上看,莎剧的主要作品是悲剧。正如布拉德雷所指出,"在莎士比亚看来,悲剧总是与'身居高位'的人有关,往往是与帝王或王子有关;如果不是的话,就是与国家的领导人物,与豪门巨族的成员有关。"①如果这与那些英雄传奇和史诗作品显然具有着某种暧昧联系,与现实主义艺术所要求的"不要英雄,不要妖怪"的主张明显不符的现象还不足为例,那么像列夫·托尔斯泰所指出的,这些因素则肯定与"现实主义"的基本宗旨有悖:"《李尔王》的情节发生于基督诞生前八百年,而登场人物却处于中世纪才可能的条件下:在剧中活动的有国王、公爵、军队、私生子、侍臣、侍从、医生、农夫、军官、士兵、带脸甲的骑士等等。"②其次,再从形式上讲,倘若说同是这位托尔斯泰,他指责莎剧中"人物的塑造大都不是使用戏剧的方法",因此不具有真正意义上的个性,或许有点言过真实;那么他指出莎剧作者是"使用叙事诗的方法"③来创造人物角色,却是符合实情的。因为我们

---

① 见杨周翰编选:《莎士比亚评论汇编》下册,中国社会科学出版社 1981 年版,第 23 页。
② 见杨周翰编选:《莎士比亚评论汇编》上册,中国社会科学出版社 1981 年版,第 503 页。
③ 见杨周翰编选:《莎士比亚评论汇编》上册,中国社会科学出版社 1981 年版,第 506 页。

知道,莎剧属于诗体剧,这一事实足以使现实主义所要求的以细节真实来保持与对象的对应关系的企图成为幻影。由此再深入一步,我们很难反驳托氏的这一发现:莎剧的成功"在于莎士比亚擅长安排那些能够表现情感活动的场面"①,通过这种场面,观众不仅能被演员的表演所吸引,而且能在这种场面的感染下与作者进行交流。因此,这种场面事实上成了作者借角色的言行来抒发胸臆的契机,由那些倩女俊男们所扮演的角色则成了作者用来抒情的道具。从这个角度去看,莎士比亚在本质上同席勒并无多大差异,所不同的是他通过赋予人物以一定自由而比席勒使人物成为傀儡更好地达到了目的。意识到这一点,我们也就不会对弗·史雷格尔在看完莎剧之后得出"莎士比亚的诗完全是浪漫性的"②这一见解感到惊讶。即便我们不能因此而将莎士比亚戏剧同席勒的戏剧相提并论,至少也不能毫不犹豫地将它归入到现实主义的阵营,否则我们就将陷入到由无数"失真"构成的困境之中。最具代表性的例子是《奥瑟罗》里,奥瑟罗在入睡的苔丝狄蒙娜床前独白,向自己的心上人倾诉衷肠。以现实主义的创作准则来衡量,这的确是"完全不可能的。一个人在准备杀死心爱的人时,不会讲这样的废话。"③倘若由此再扩展开去,我们还可以看到,类似的因素在莎剧中比比皆是。但需要指出的是,这并非莎士比亚的疏忽,更非由于他的无能,而是由戏剧属性的要求所使然。因为戏剧的舞台本身就是一种超现实的提示,它要求以一种多少有些夸张的方式来"复现"生活,使得在戏剧中往往细节不"细",成了对现实的"放大"。否则观众就不会产生有效注意。这在戏剧中的独白和对话中体现得最为充分。正如查尔斯·兰姆所指出的:"戏剧中的'说白'(独白也好,对话也好),不过是一种手段,而且是一种高度人为的手段,其作用是使读者或观众去理解人物内心的结构和活动,否则不通过这种

---

① 见杨周翰编选:《莎士比亚评论汇编》上册,中国社会科学出版社 1981 年版,第 515 页。

② 见杨周翰编选:《莎士比亚评论汇编》下册,中国社会科学出版社 1981 年版,第 320 页。

③ 见杨周翰编选:《莎士比亚评论汇编》上册,中国社会科学出版社 1981 年版,第 320 页。

形式他是无法理解的。"①这也正是许多优秀的戏剧演员在初入影视圈"触电"时,常常会显得不适应的原因所在。因为戏剧并不"生活化",它所要求的对生活原态的夸张和强调,在银幕上会显得矫揉造作、不自然。这最清楚地反映出戏剧艺术与现实主义创作方法之间的若即若离的关系。所谓"即",是指戏剧毕竟是以最富有现实性的演员的实际存在为基础的,这决定了戏剧与现实之间多多少少保持着某种对应关系,因而用美国戏剧理论家约翰·加斯纳的话说:"在舞台上,我们必须看到现实"②,即便这种"现实"是以"历史"的名义出现的过去的生活,或者是以梦幻的方式体现出来的现实中的"非现实"。所谓"离",是指"戏剧带有节日喜庆欢闹的性质,模仿的生活毕竟超越了现实。"③戏剧的这种超现实性同样也体现在它对现实主义艺术所要求的"真实感"的解构上。因为一方面,当我们坐在剧院里观赏一出戏剧演出时,由于舞台的存在,"我们并不把演员当成他所扮演的人物"④,而仅仅是通过艺术的"假定性"去观看演出。在这种强烈鲜明的"戏剧意识"中,那种"真实感"的产生所要求的最大限度地缩小接受印象与客观印象之间的距离的条件,显然难以出现。但另一方面,当演员的表演魅力过大,使我们产生一种身临其境的幻觉而失去戏剧意识时,我们的接受活动就会由审美向非审美转换,将表演当成事实。在这种情形下,"真实感"由于两种印象的完全重叠而同样并不存在。换言之,戏剧在本质上已像鲁迅说的那样,所要求的是"以假为假"而非"以假为真"。而"真实感"之为"真实感",恰恰就在于这种"以假为真"——对本质上并非现实的现象产生一种似真的感觉。正是由于这个缘故,虽然浪漫主义戏剧被推下现代戏剧舞台,但也没有让现实主义在上面充分表演,而是向各种具有超现实性的剧种流派发出了邀请。莎剧的成功同样可以为我们提供这方面的启示。正像许多评论家所指出的,莎

---

① 见杨周翰编选:《莎士比亚评论汇编》上册,中国社会科学出版社 1981 年版,第 162 页。

② 见《外国现代剧作家论剧作》,中国社会科学出版社 1982 年版,第 10 页。

③ 见《外国现代剧作家论剧作》,中国社会科学出版社 1982 年版,第 126 页。

④ 见[波]奥索夫斯基:《美学基础》,于传勤译,中国文联出版公司 1986 年版,第 125 页。

剧之所以较当时一些剧作有更高的价值,在于许多角色十分性格化,这也正是莎剧所拥有的现实主义因素,因为人物的性格化作为对现实中人物的真实的艺术体现,一直是现实主义艺术的主要标志。莎剧中的福斯泰夫形象与巴尔扎克作品中的那些人物相比,在典型化上有过之而无不及。但正是莎剧中的这种"现实主义"因素,使得莎剧事实上已处于戏剧表演的临界点。正像兰姆所说:"莎剧比起任何其他剧作家的作品来,都更不适宜于舞台演出。"①这对于在戏剧舞台上大获全胜的现实主义无疑也是在出示黄牌。

当然,作为一种艺术方法的现实主义,在上述"再现艺术"领地中被放逐,并不意味着它必然有资格在小说这块地盘上安居乐业。这种方法终于在现代小说创作中扬眉吐气,表明现实主义对小说的追求并非只是一种单相思,而是出于两相情愿,得到小说艺术的呼唤。这种呼唤既来自小说的文体方面,也来自小说的文本结构方面。

一般来说,小说的文本结构也就是故事结构。小说作为一种叙事艺术的基本规定性,决定了它对故事的依赖(谁如果讨厌故事,他可以写散文或写诗),但正如我们曾经指出的,这不意味着故事因此便是小说创作的目的。对小说家而言,他之所以选择一个故事,是为了通过对这个故事的叙述来传达一种特定的人生体验。任何体验作为一种心理现象,都是主体对某种切身经历过的事件或直接接触过的事件,在感觉的基础上所作出的一种反应。在这里,正像客观性通过主体性而得到表现,主体现象借助于客观对象而得到激发。因而客观性不仅是人的心理体验的起点,同时也是这种现象的归宿,因为体验的内容是对某种实际存在的对象与主体之间的"关系"的反映,这种关系具有客观性。因为它受到主体自身存在结构的制约,并不是人的主观意识的产物。人通过体验所得到的,尽管并非对客观对象自身的本体论意义上的抽象化"知性"认识,而是对客观对象所具有的价值属性的"感性"把握;然而这种把握的对象毕竟是一

①　见杨周翰编选:《莎士比亚评论汇编》上册,中国社会科学出版社 1981 年版,第162 页。

种具体存在。所以,"具体性"和"客观性"乃是一切体验的两大基本要素,因为任何"存在"作为一种"有",固然未必都是"客体的"(物质存在),但必然都拥有"客观性"。这样,当小说家们将属于人类心理的人生体验和感受作为自己的传达内容,他就注定了必须对具体性和客观性给予高度的尊重。显然,"形象性"和"真实性"的要求也正是因此而被小说创作奉为圭臬:前者是具体性的集中体现,后者则是客观性的基本标志。小说艺术对故事的选取,无非也就在于故事能很好地满足小说文本的这两方面要求。因为"故事"不是别的,乃是对"事件"的叙述。而真正意义上的事件,不仅具有鲜明的具体性(正是这一点使以事件本身为基础的"故事"同以对事件的概括为前提的"故事梗概"相区别),而且也具有真正的客观性,正是这种客观性制约着小说家的创作:它通过作家在操作过程中发生的一些角色与作家的对抗和情节的"自律"等等现象,清楚地向我们证明了自身的存在。譬如在众所周知的普希金的《欧根·奥涅金》中,女主人公达吉亚娜最后没有听从作者所安排的命运"擅自"决定出嫁;以及法捷耶夫在《毁灭》里忍痛让美谛克当了叛徒等等,都是这种存在的具体体现。用海明威在《流动的圣节》里的话来说,在那时,"故事仿佛在自动进展,我的笔要费很大劲才能跟上"。小说家之所以如此期待着这样一种状态,乃是因为经验告诉他们,这种状态是孕育"真实性"的最好胎盘。分析起来,这是由于"故事"的运行轨道最终是建筑在"事实"的土壤上的,"事件"作为事实的代理,承担着联系故事与事实的桥梁,而"故事"在操作层面上的自律化正是这条联系渠道畅通无阻的最好标志。

所以,小说对人生经验的传达,最终也就意味着,对这种艺术形态来说,"真实性"是不可或缺的基本条件。因为经验是客观的,这是它与一般意义上的"情绪"的区别所在:后者虽有客观的激发因素,但其本身只是一种"心理状态"。人们对诗之所以不作"真实与否"的要求,而代之以"真诚与否"的判断,正是在于诗所表现的并非人对客观生活的客观体验,而是一种由某种情景所激发起来的主观情绪。这并不意味着小说不能反映人类的心理状态和梦幻愿望,而是指只有当这些情绪状态以一种"心理事件"的方式出现,成为我们的体验对象而非接受内容时,才能进入到小说文本中去。而这时,真实性的命题便已悄悄出现——它要求作家所反映的内容具有与生活的某种对应关系,因为在这里,主观的情绪状态本身已经成为一种不以我们接受主体的个人意志为转移的"有",一种客观存在。从这里我们也可以看到,在小说创作中频频露面的"虚构",对于小说家而言只是手段而非目的。换言之,小说家之所以需要虚构,不但不是为了逃避事实,而是为了更好地表现事实。正如"拿破仑有时在某一瞬间表情显得愚蠢,而俾斯麦却显得温柔"①,真相在某种意义上有时并非真正的"真相",事实有时也并不一定真正拥有它作为事实的内涵——对事物本质规律和必然性的反映。但归根结底,我们仍然必须承认,事实就是事实——一切客观性的依据,事物的内在必然性和本质方面最终总是通过具体的现象,以一种"既成事实"的方式表现出来。事实与客观性的这种关系使得它在终极意义上对小说拥有支配权,如果说小说史上长盛不衰的自传体小说一直在向我们提示着这一点,那么当代那些大量的"新闻小说"和"纪实小说",则通过对虚构的瓦解和颠覆在直接地向我们提供着这方面的证明。生活中没有任何事物能比当事实货真价实地以事实的身份出现时更能拥有真实。这尤其表现在那些长篇巨制之中。英国作家乔治·威尔斯的经验是,"长篇小说,这是不允许明显虚构的作品"②。不能把这理解为"小说"就此将成为"新闻"的别名,而应看作是在提醒我们,无论今后的小说是否将与虚构重修旧好,它都只有一个目的:让我们领略到人生的现实。亨利·詹姆斯说得好:"现实的空气是小说的最大优点,是无条件地、郑重其事地建立在小说的一切其他优点之上的优点。如果没有这个优点,其他优点也都不存在了,因为其他优点有赖于作者成功地创造出生活的幻觉。"③小说如果无法实现这个任务,它就会由于既不能与诗媲美,也不能同戏剧竞争,更不能与绘画、音乐、舞蹈

---

①　见《马克思列宁主义美学原理》下册,陆梅林等译,生活·读书·新知三联书店 1961 年版,第 478 页。

②　见王春元、钱中文主编:《英国作家论文学》,汪培基等译,生活·读书·新知三联书店 1985 年版,第 375 页。

③　见《美国作家论文学》,刘保瑞等译,生活·读书·新知三联书店 1984 年版,第 47 页。

等抗衡而失去在艺术家族中的位置。显然,正是小说的这一目标,决定了它是一门真正的"再现艺术",因为"再现"之于小说不仅是一种基本手段,而且也是目的。用米歇尔·布托的话讲:"再现人物的原则是有它的优越性的,(因为)它不仅可以几乎是自动地增加和发展小说的结构,而且还为解决小说和现实之间的关系,提供了一个出色的办法。"①而当小说如此这般地取道"再现"的途径去实现它对"真实"的朝拜时,事实上也就替现实主义创作方法的光临铺平了道路。而在这里,问题的全部出发点都在于小说所传达的人生体验的价值量,在一般情况下总是同客观性的程度成正比。

不言而喻,也同样是由于这个缘故,小说在凭借现实主义的力量而获得成功的同时,也面临着一个使它日后步履维艰的阴影。因为客观性在本质上具有一种"一致性"的要求,而完满地满足这一要求的最好方法无疑是对被反映对象保持"忠诚",并严厉地排斥主体性。其结果不仅是将"现实主义"所要求的对现实的再现被对丑恶的展示所置换(因为在许多情况下,现实的确显得不尽如人意),而且导致了文本的"物质化",成为新闻报道、历史文献和科技论文等等的代用品。"真实就是真实之物"②。美国小说家德莱赛的这句话,足以清楚地概括现实主义在小说领域的一种实践。它的首席代表无疑当推"自然主义"小说大师左拉,左拉在《黛莱丝·拉丹》的再版前言中对自己这部小说的评价是:"我只是对两个生命体做了些医生对尸体所做的剖析工作。"③像这种被达米安·格兰特生动而准确地称之为"为物质世界打长工"的做法,无疑已使小说远离"艺术"的阵营。因为这种做法不仅完全剥夺了人们对语言艺术文本所期待的阅读快感,更重要的是,它在一种冠冕堂皇的理论下诱使小说家放弃了真实地把握社会存在的价值关系和帮助人们认识人生的任务。正是这个缘故,福楼拜在给乔治·桑的信里公开声明:"我憎恨人们时兴称为现实

---

① 见《法国作家论文学》,王忠琪等译,生活·读书·新知三联书店 1984 年版,第410 页。

② 见达米安·格兰特:《现实主义》,周发祥译,昆仑出版社 1984 年版,第 33 页。

③ 见达米安·格兰特:《现实主义》,周发祥译,昆仑出版社 1984 年版,第 74 页。

主义的东西,即使他们奉我为现实主义的权威。"①问题在于这种"非艺术化"倾向是否是现实主义的必然走向。在现实主义的发展历程中,它最终解雇了自然主义这一事实,对这一问题作出了十分明确的否定。奥索夫斯基说得好:"当我们考虑一部作品和它个别指示物的一致性的时候,我们谈的是'忠实地再现',而不是现实主义。"②作为一种艺术方法的现实主义,"尊重"现实但并不崇拜现实,它既不是"审丑主义"的别名,更非"物质主义"的同党。它所"再现"的,并不是冰凉的物质"世界",而是主体性统摄下的人类"生活";它所"忠实"的,也并非生活的实际构成,而是生活对于人类的意义。"主体性"在这里再次显示出它对于人类艺术活动的意义:它不仅是浪漫主义艺术实践的核心,同样也是现实主义艺术方法的出发点。显然也是基于这一认识,威廉·夏普在评论英国作家豪威尔斯的小说时曾顺便提出:"也许,文学艺术中的现实主义可以近似地定义为:以一种真实的综合,对众多的或抽象或具体的复杂事物,作精确描述的技巧;这一技巧要加上创造力,它在高度发展中牵涉到了被人误为浪漫主义精神的因素。"③这一因素应该就是指主体性,浪漫主义艺术通过对自我的张扬而表现出一种强烈的主体意识,使得人们常常将之视为"浪漫精神"的实质。这固然事出有因,但并不全面,因为"主体性"在某种意义上讲,乃是"艺术性"的一种本体论规定。正像人们对自然美的流连忘返是由于为大自然自身的魅力所倾倒,人们对艺术美的如醉如痴则主要是为通过创作主体的审美评价而体现出来的某种人类精神所折服。尽管我们知道,投身于艺术行列的人们常常动机不一,口味有别,性格各异,但有一点却是一致的,那就是:"说起'自然',其实他颂扬的是自己的灵魂。"④事实上,那些在小说世界内替现实主义创作方法赢得巨大声誉的作品,正是在这方面显示出了它们鲜明的共性,以至于评论家们常常拿这些作品为例,来论证现实主义与浪漫主义的交织。但两者的内在区别

---

① 见达米安·格兰特:《现实主义》,周发祥译,昆仑出版社1984年版,第29页。
② 见[波]奥索夫斯基:《美学基础》,于传勤译,中国文联出版公司1986年版,第131页。
③ 转引自达米安·格兰特:《现实主义》,周发祥译,昆仑出版社1984年版,第76页。
④ 见左拉:《论小说》。

和差异显然是无法否认的。问题并不在于如何作出这种区分,而在于怎样给予评论。基于对不同的艺术类型有其各自的审美优势和盲区的考虑,我们至今或许仍然难以对豪泽尔的"所有伟大的艺术大师的重要作品都是现实主义的"①这一结论表示苟同;但只要我们承认,"艺术创作的目的是建立对生活的相关性,是反映和鼓舞生活"②,因此,正如娱乐和感发作用对于艺术不可或缺一样,认识功能永远在艺术作品的功能质中占有一个重要位置,那么我们就不能不对现实主义创作方法表示崇高的敬意,因为正是这种方法替艺术的审美认识功能的实现,提供了最有力的保障。

所以,公正地来看,我们不能不对韦勒克的这一结论表示遗憾:"现实主义的理论是极为拙劣的美学。"③现实主义并不拙劣,拙劣的只是对现实主义方法的不恰当运用。这种状况之所以会经常出现,是因为人们常常忽视这样一个事实,即这种方法内在地存在着的对客观性的最大限度的追求,要求我们在具体运用它的时候必须同等待遇地给予主体性以相应强调。只有立足于这个基点,我们才能够真正理清小说艺术与现实主义方法的关系,理解现实主义能够在小说领域内长驱直入、独领风骚的原因,不仅在于这种方法对小说文本的建构来讲是必需的,而且也在于它的运用从小说的文体方面来看,也是最为方便的。因为小说文体的肌质——语言,并非声音的等价物,而是对某种事物的概念化指称。所以,这就像卡冈所说:"无论怎样评价语言的表达可能性和它的这样一种能力:除了标志物质现象之外,还标志精神现象,除了标志外在世界的对象以外,还标志内心世界的状况和过程,然而它本身仍然首先是再现的工具。语言能够使人描述他的全部的现实的感性经验,并且使之客观化,能够使人这样形象地模拟他周围的世界,如同它出现在我们的知觉中一样,

---

① 见[匈]豪泽尔:《艺术社会学》,居延安译编,学林出版社 1987 年版,第 4 页。
② 见[匈]豪泽尔:《艺术社会学》,居延安译编,学林出版社 1987 年版,第 33 页。
③ 见[美]R.韦勒克:《批评的诸种概念》,丁泓等译,四川文艺出版社 1988 年版,第 243 页。

能够使人再现思想和体验的具体实物性。"①对于语言的这个特点,心理学家巴甫洛夫曾用"条件反射"原理加以解释,认为是由于成年人全部的生活经验使得他们将用以指称这种经验的语词,在某种意义上当成了对象本身;而当代波兰语义学家沙夫则从语义三角关系出发,用"透义性"来加以说明。不管理论家们如何认识,我们的言语应用经验早已使我们对语词的这一功能坚信不疑。事实上,这也正是人们常常将小说与绘画相比较的原因。法国作家本涅特就曾表示:"将一种艺术同另一种艺术相比是危险的,不过为方便起见,把小说比作画面还是合适的"②。但正如我们在上面所指出的,绘画的"复制"性使得它并不能名副其实地履行其"再现"功能,否则它就得以失去艺术的称号作为代价。真正能使客观性与主体性结为一体,使对生活现象的再现不仅仅是"再现",而且同时也是一种"艺术"的,是语言。因为语言无法复制对象,语言对视像的再现需要通过我们的想象的转换。在由这种想象所孕育的生动的表象与实在物象之间,没有任何实际的对应关系。这就使得言语主体在进行"客观描写"时,不仅无须像画家那样,担心由于两种视像的重合而使自己的作品成为现实的代替物,而且还常常能获得一种描写的愉快,这种愉快来自对想象力的激活。当然,这种愉快还只是处于审美快感的边沿。语言通过描述而实现艺术化再现的关键,在于它在性质上带有主体性的烙印:"语言具有这样的性质,不带感情地把对象抄成语言的事是不可能发生的。"③因为一个句子的形成不仅是主体安排的结果,同时也是主体评价的产物。这种评价既体现在对单个语词的选择上——语词的文化性使之具有不同的感情色彩,也表现在对整个句子的语气处理上——语句的行为性使之具有微妙的情绪内涵。这也如同日本玉川大学教授浜田正秀所指出的:"当你在说'红色的野蔷薇花'和'那波光粼粼的阿武隈河'的时

---

① [苏]莫·卡冈:《艺术形态学》,凌继尧、金亚娜译,生活·读书·新知三联书店1986年版,第294页。

② 见《法国作家论文学》,王忠琪等译,生活·读书·新知三联书店1984年版,第392页。

③ 见达米安·格兰特:《现实主义》,周发祥译,昆仑出版社1989年版,第83页。

候,既客观地反映了外界事物,语气里也流露出对该事物的主观感情及评价。"①任何评价都必然带有情感性,因为它是价值关系的体现;任何价值都是对人而言,是主体性的一种投影。正是语言的这一"天然"的主体性,使之具有一种艺术化的内涵,这种内涵给左拉的自然主义理论提供了帮助。评论家们早就发现,一个持自然主义态度的摄影家或画家的作品常常难以被人艺术化地接受,但左拉偏激的艺术理论却并未妨碍他的小说多少仍具有现实主义的魅力。对这位自然主义小说大师在理论与实践上的这种矛盾,显然不能仅仅从作家主观上的折中和妥协来解释,更多地应该从语言符号的主体性方面来分析。当然,被动的、不自觉的得益于主动的、自觉的追求在效果上并不一样。语言的艺术价值的最大实现只能属于后者,其标志就是风格化。所以,真正的小说艺术并不存在于对语言的运用之中,而只存在于语言的一种风格化之中,因为风格乃是主体个性的集中体现。只有从这里着眼,我们才能充分理解这样一个现象:在世界小说史上,一个作家的诞生总是伴随着他的风格的出现。因为风格不仅是他本人得到同行承认的条件,也是他的作品能以小说的名义在艺术的领地上立足的前提。只要我们的作家能够很好地驾驭语言并使自己作品的语言风格化,那么人们就可以看到,现实主义的旗帜在小说的领域高高地飘扬。因为小说这种艺术体裁不仅需要运用风格化的语言,而且能为语言风格化的实现提供最优惠的条件。只要我们承认这两点,那么也就会听从德努瓦耶当年在致尚弗勒里的信里提出的这一劝告:"写韵文的时候,就让我们做诗人,写散文的时候,就让我们做现实主义者。"②

3. 小说的类型

有各式各样的作者,就有各式各样的小说。萧红女士当年提出的这个著名论点,无疑对批评家们将小说分门别类的做法表示了某种怀疑。

---

① 见[日]浜田正秀:《文艺学概论》,陈秋峰、杨国华译,中国戏剧出版社 1985 年版,第30 页。

② 见达米安·格兰特:《现实主义》,周发祥译,昆仑出版社 1989 年版,第 36 页。

然而这方面的努力不仅由来已久，而且直到如今似乎仍不见有终结的迹象。在我国唐代，刘知几以笔记小说为对象，将小说分为十类，可谓开了风气之先。南宋的罗烨步其后尘，以话本小说为主要对象将小说分成八种。明代的胡应麟又在前人的基础上再作划分，他重新以笔记小说为对象，而将话本小说拒之门外，认为："小说家一类，又自分数种：一曰志怪，《搜神》、《述异》、《宣室》、《酉阳》之类是也。一曰传奇，《飞燕》、《太真》、《崔莺》、《霍玉》之类是也。一曰杂录，《世说》、《语林》、《琐言》、《因话》之类是也。一曰丛谈，《容斋》、《梦溪》、《东谷》、《道山》之类是也。一曰辨订，《鼠璞》、《鸡肋》、《资暇》、《辨疑》之类是也。一曰箴规，《家训》、《世范》、《劝善》、《省心》之类是也。"①胡应麟的这种划分法在今天看来未免失之偏颇，原因在于他的"小说观"过于宽泛。在他看来，"小说，子书流也，然谈说理道，或近于经，又有类注疏者。纪述事迹，或通于史，又有类志传者。"在日本文学史上，曾任日本早稻田大学教授的坪内逍遥在其启蒙性读物《小说神髓》里所作的小说分类，曾在日本小说学界产生过很大影响。他从两个方面来给小说分类。首先从作者的"用意"来看，他认为所有的小说都可分成两类，其一是"劝善惩恶"，其二是"模写"。而在第一类的小说中又可再分出两种：即"褒誉"和"讽刺"。"模写"类小说以描写的逼真为目的，通过逼真来体现当代社会的世态人情。其次，也可以根据小说中所叙述的事件的性质，将作品分成两大类："往昔小说"和"现世小说"。后者又可以进一步按照作品所具体反映的社会生活层次，分为"上层社会"、"中层社会"和"下层社会"三类②。在当代西方小说学领域，挪威学者霍索恩在所著的《小说研究》一书里作出的划分较为引人瞩目。他基本上是沿着小说的历时态发展将小说分为流浪汉小说、书信体小说、历史小说、地域小说、讽刺小说、成长小说、影射小说、主题小说、哥特式小说、系列小说、科幻小说、新小说、超小说、纪实小说等十四类。而在美国批评家劳伦斯·伯莱恩看来，所有的小说都可以

①　见方正耀：《中国小说批评史略》，中国社会科学出版社1990年版，第86—87页。
②　见［日］坪内逍遥：《小说神髓》，刘振瀛译，人民文学出版社1991年版，第58—62页。

根据文本功能分成两类:逃避现实的小说和阐释人生的小说。前者纯粹以娱乐为目的,"帮助我们把日子过得舒服些",后者则意在"开拓、加深和砥砺我们对生活的敏感"。① 我国当代学人中也有对这个论题作出过研究的。执教于北京大学中文系的马振方先生,在著作《小说艺术论稿》中提出:"古今小说汗牛充栋,基本形态却只有两类:拟实和表意。前者以人生世事为蓝本,内容须合乎现实的逻辑,以生活本身的样态反映生活,传达作家的识见、感情和理想;后者以表意为旨归,内容是超验的,非现实的,或是现实的变形变态,以奇思异想为意念、情感营造幻诞的形象结构,传达作家的生活感受和真知灼见。"②

面对上述这些五花八门的说法,我们很自然地会给自己提出这样三个问题:首先,为什么要进行这种分类;其次,如何实现这种分类;再次,对小说的各种具体形态究竟怎么看? 而对这些问题的深究表明,批评家文章中的这种互不相同的分类法,归根到底是由于实际的小说创作实践存在着相应的区别和差异。我国南宋时期的灌园耐得翁在《都城纪胜·瓦舍众技》里写道:"说话有四家:一者小说,谓之银字儿,如烟粉、灵怪、传奇;说公案皆是搏刀赶棒及发迹变泰之事。说铁骑儿谓士马金鼓之事。说经谓演说佛书;说参请谓宾主参禅悟道等事。讲史书讲说前代书史文传兴废争战之事。"③无论后人对这"四家"究竟怎样归类有什么争议,也不管作者对"小说"类的概括是否全面,他从题材上作出的相当于当今言情、魔幻、浪漫等小说的划分应该是能够成立的。从中我们不难发现小说分类的一个十分重要的形态学意义,这有助于人们对一部作品的艺术成就作出恰当的评价。加拿大学者弗莱说得好:"想象一个'创造性的'诗人拿起笔和白纸坐下来,于是便在一种特别的创造活动中产生出一首新诗,这种批评观点是很难让人接受的。"因为古往今来的艺术鉴赏经验一直在向我们证明:"诗只能从别的诗中产生。小说只能从别的小说中产

---

① 《小说欣赏面面观》,见《名作与欣赏》1988 年第 5 期。
② 见马振方:《小说艺术论稿》,北京大学出版社 1991 年版,第 213 页。
③ 见方正耀:《中国小说批评史略》,中国社会科学出版社 1990 年版,第 19 页。

生。"①这并非是从理论上为那些平庸的艺术匠人们的变相抄袭和重复模仿他人的行径进行开脱，而仅仅是确认这样一个无可讳言的事实：正如科学上的那些伟大发明都需要借鉴和学习别人的经验，艺术中的独创性劳动常常从不自觉的效仿开始。衡量作家的艺术贡献的标准，并不是看他的作品是否纯粹的"独创"，而是看他的作品中有多少推陈出新的东西。因为经验表明："优秀的作家在一定程度上遵守已有的类型，而在一定程度上又扩张它。"②于是对批评家来讲，准确地了解各个小说类型的结构规律和功能特点，就成了他有效地开展批评活动的必要前提。当然，这种活动总是以正确的阅读和接受作为起点。但也正是在这里，对小说类型规律的全面把握显示着它的重要价值。罗伯特·休斯正确地指出："在成人的世界中，在文学阅读和文学批评方面，大多数严重的误读和大多数错误的评价都与读者或文学批评家对样式的错误理解有关。"③杰里米·霍索恩的观点与休斯如出一辙，他说："尽管每一部小说都具有独特之处，反映着作者个人的思想、观点与创作手法，然而，如果我们搞错了一部小说的类别，那么也许在阅读和评价过程中就会导致某种误解。"④这样的例子在历史上曾经有过，在今天的社会里也并不鲜见。例如两个多世纪之前，身为小说家和评论家的塞缪尔·约翰逊，就曾对他的同时期作家、也是其同胞的菲尔丁的小说创作公开表示不满，认为《汤姆·琼斯》在心理描写上远不如当时的另一位英国作家理查逊的《帕米拉》。今天看来，这种批评有欠公正，其原因正如霍索恩所指出的，"完全是由于不明白两位作家创作观点和手法的不同。"⑤同样的情况还表现在人们对契诃夫的中篇小说《草原》的反应上。不仅仅是由于口味上的差异，也不单纯是因为人们对这类作品不适应，主要是由于当时的小说读者受到巴尔

---

① 见《神话——原型批评》，陕西师范大学出版社 1987 年版。
② 见［美］韦勒克、沃伦：《文学理论》，刘象愚等译，生活·读书·新知三联书店 1984 年版，第 268 页。
③ 见休斯《文学结构主义》，生活·读书·新知三联书店 1988 年版，第 205 页。
④ 《小说研究》，见《文艺理论研究》1990 年第 6 期。
⑤ 《小说研究》，见《文艺理论研究》1990 年第 6 期。

扎克—托尔斯泰模式的影响,习惯于从小说中的人物和故事入手来解读作品,而当他们用同样的眼光来看待《草原》时,发现这两项恰好是被这部小说所"淡化"了的,这就形成了一种接受上的阻隔。后来的读者之所以能够成功地消除这种障碍,则是由于人们已经认识到了这部作品属于"诗化小说"一类,对这类作品,读者的接受视野应该聚集于文本的情绪空间而非故事的情节和人物塑造方面。分析起来,这无非是因为艺术的欣赏并非是艺术作品对艺术受体单方面的"强迫介入",而是一种双向的交流和共鸣。为此,读者和观众的艺术接受能力对于艺术的消费活动的有效实现具有举足轻重的意义,这种能力既包括基本的审美感受力,也包括对不同艺术类型的功能结构的艺术把握力。缺乏这种把握力的艺术接受者就无法对具体作品实行相应的审美解码,而不经过这个中介环节,以艺术的"共鸣"为标志的成功的艺术交流活动也就无从谈起。

所以,通过对艺术形态的分门别类来进一步把握艺术的一般规律,这就是小说分类所具有的形态学意义。当代批评在这方面的工作愈益精细和合理,清楚地反映出人们对小说艺术特性的认识的深入。换言之,形态学范畴的分类只是一种手段而非目的。这也就意味着我们划分各种不同的小说类型的标准,应该以作品在内容与形式相统一的基础上产生出来的某种具有生产和消费功能的审美特征以及艺术规定性为依据。根据这个标准,小说形态学的分类应该是在"体裁"的层面上而非"种类"(品种)的范围内进行。按照卡冈的研究,"'体裁'范畴和'种类'范畴的主要区别在于,如果后者评定一种艺术样式在另一种艺术样式的影响下结构发生的变化,那么前者标明一种艺术样式由于内在原因所引起的结构的变化"①。所谓"内在原因",指的就是文本的内容与形式相统一的稳定性。所以,"体裁"是一个"综合性"的概念,而品种则具有单一性,它既可以由形式也可以由内容方面的某一种因素来确定。前者如"书信体小说"、"日记体小说"等等,后者如按题材划分的"政治小说"、"战争小说"

---

① 见[苏]莫·卡冈:《艺术形态学》,凌继尧、金亚娜译,生活·读书·新知三联书店1986年版,第418页。

等等。这种划分只具有单纯的分类学意义,因为并没有由此而产生相应的艺术规定性,并进而对小说作品的创作、批评和欣赏形成某种审美制约。不论一个作家创作的是一部"政治小说"或是一部"战争小说",除了题材方面的转换之外,在其他艺术背景和手段上并无多大区别,反过来也同样,一名读者对一部反映农村生活的小说或一部描写城市风貌的小说,在欣赏心理上也无须作太大的审美调整。与此不同,我们对于那些以内容与形式的相对稳定性为标志的不同的小说体裁,无论在创作还是欣赏上都必须作出相应的审美调整:例如倘若我们用对待属于"写意小说"一类的魔幻作品的方法来对待属于"写实小说"范围的史传作品,我们就难以很好地把握作品内在的艺术价值,无法去体验它的意味。正是由于这个缘故,卡冈精辟地指出:如果从艺术体裁的最基本特征开始,我们完全可以"把体裁定义为艺术创作的选择性"①。认识到这一点,我们也就不难看出,诚如韦勒克所说,小说分类的关键在于从作品的内容与形式之外去"找寻'另外一个'根据,以便从外在与内在两个方面确定文学类型"②。而小说分类的具体任务,也就是从这个根据出发来替那些浩如烟海的小说作品分门别类。值得提到的是,韦勒克在《文学理论》一书里虽然没有为我们给出一个十分明确的正面答案,但却提出:"总的说来,我们的类型概念应该倾向形式主义一边,就是说,倾向于把胡底柏拉斯式八音节诗或十四行体诗划为类型,而不是把政治小说或关于工厂工人的小说划为类型,因为我们谈的是'文学的'类型,而不是那些同样可以运用到非文学上的题材分类法。"这番话的某些措辞可能容易引起误解,所举的例子或许也稍嫌含混,但撇开这些来看,应该承认其中包含着一个深刻的道理:尽管并非任何形式特征都具有内在的功能意义,但凡是这种由内容的变化所引起的功能方面的意义必然都会拥有各自的形式特征。立足于这个基本点,我认为,应该从小说文本的建构手段和结构原则方面来把握韦勒克所

---

①　见[苏]莫·卡冈:《艺术形态学》,凌继尧、金亚娜译,生活·读书·新知三联书店1986年版,第418页。

②　见[美]韦勒克、沃伦:《文学理论》,刘象愚等译,生活·读书·新知三联书店1984年版,第264页。

提出的那个能使我们从形式和内容两方面来确定文学类型的根据。具体地讲,也就是从小说家在具体创作一部作品时所必需的手法、笔法、文法、章法、技法等因素着眼来划分不同的小说类型。因为这些因素并非一些单纯的形式因素,它们事实上也正是一部作品的内容与形式的具体黏合剂,是小说"体裁"的物质构成。从小说家对它们的选择反映出内容的制约性以及对它们的运用过程中也体现出对内容的反作用来看,这些因素对一部作品的艺术品格和审美特质具有不容忽视的影响。而在迄今为止的世界小说史上,每一次"体裁革命"大都是以这些因素的变化和革新为标志的,每一种新的手法和技法的出现,总是伴随着一种新的小说类型的诞生,这个现象本身就给上述因素与小说体裁的关系作了十分明确的注解。

所谓手法,指的是小说家创作中取材选料的具体方式,通常有三种主要类型:幻异、拟实、本真。相应地我们也就得到三种小说类型,即:写意小说、写实小说、写真小说。它们各自具有体裁上的审美特征:前者多有变形和夸张,以种种"超现实"的幻异的形式反映生活;第二种讲究遵守生活的基本逻辑但并不服从事实的约束,以"逼真"的方式来反映现实世界;后者则在各种真相和事实的基础上进行艺术加工,以不仅"可信"而且主要背景大多"可证"的方式来反映人生。所以,这三种小说类型各自又可以作出更具体的分类:写意小说的典型形式是"魔幻小说"和"科幻小说"。《西游记》可以看作是前一类型的代表作,儒勒·凡尔纳和 H.G. 威尔斯虽然被并称为后一类型小说之父,但实际上,英国名诗人雪莱的夫人玛丽在 1818 年写的《弗兰斯泰因,或现代的普罗米修斯》,才是这类小说的滥觞之作。在共同的"超现实"的幻异背景之下,这两类作品之间也存在某些明显的区别:其一,魔幻小说允许大胆地表达人类梦寐以求但可能永远无法完全实现的理想和愿望,而科幻小说则侧重于对可能发生的事情作认真的推测。用美国学者罗伯特·海因莱因的话讲:"它以现实世界的过去和现在,以及对科学方法的性质和意义的完全了解为坚实的基础"①,所以带有某种意义上的预言性质。例如在凡尔纳的《从大炮筒

---

① 见陈必详:《通俗文学概论》,杭州大学出版社 1991 年版,第 189 页。

里射向月球》这篇小说中，不仅写到了一种类似现代宇宙飞船的高能火箭，而且作家还指明这种火箭的发射地在一个叫"卡纳维拉尔角"的地方。众所周知，100 年以后，美国的第一个航天器果然从佛罗里达州的卡纳维拉尔基地发射成功。其二，魔幻小说允许打通人兽的界线，以拟人的方法来表现动物的故事。而按照著名科幻小说家西奥多·斯特金的观点，"科学小说的故事是以人类为中心的故事，它写人类尚未发生的冲突和结局"。"写真小说"同样也可以分成两类：新闻—报告小说和历史—自传小说。两者的区别在于前者更富有当代性和现实感，而后者则有较强的历史感。"新闻—报告小说"在英语中有一个专用词：faction，系由"fact"（事实）与"fiction"（虚构）相拼接重组而成，意指"对事实的加工"。美国作家杜鲁门·卡波特是这类小说的推出者，他出版于 1965 年的《蓄谋》是这类小说的开山之作。历史小说与自传小说的区别在于所反映的生活内容不同：前者以社会为对象，后者以个人为主体。在欧美小说史上，通常认为司各特是"历史小说"之父，他的《艾凡赫》迄今仍不失为这种类型作品的经典之作。而产生于 10—11 世纪之交的日本女作家道纲母的《蜻蛉日记》，则可以被视为"自传体小说"的源头。正如有的论者所指出的，这部作品并非真的日记，而只是作者在 38 岁前后以日记形式追述自己 20 多年间对婚姻对人生的种种感受。但自传性是十分明显的。作者本人就在作品开头写道："看了世间流行的许多旧物语，大半虚假；我将自己以往不寻常的经历写成日记，想能成为一种新型作品吧。"①道纲母的这一愿望无疑已成为现实，自 19 世纪以来，这类小说已屡见不鲜。美国小说家杰克·伦敦的《马丁·伊登》就是其中的一部成功之作。从一个出身于社会底层的水手和工人，经过顽强的拼搏而跻身于所谓"名作家"行列的主人公伊登，在很大程度上就是作者自己的化身。所以作者本人对这部小说比之对他的其余作品更为偏爱，在小说出版后，他由于主人公的悲剧性命运得不到读者的理解而深感不快，为此向朋友表示：

---

① 见《日本古典文学大系》第 20 卷，岩波书店 1957 年版，第 89 页。

"为什么我不能稍稍地替马丁感到惋惜？马丁也就是我。"①而介于"写意小说"与"写真小说"之间的所谓"写实小说"，也就是以巴尔扎克、司汤达、福楼拜等的名字为旗帜的那类"古典小说"。这类小说在美学特征上偏向于"写真小说"，不同之处在于它仅仅以一种能够"传神"（或曰"反映本质"）的"形真"来反映我们所处的现实世界。这种区别鲜明地体现于作家与事实的关系上。比如尽管福楼拜曾经说过，"包法利夫人就是我!"但这同杰克·伦敦说的"马丁也就是我"并非一回事。杰克指的是整个事件，不仅仅是作品中的体验；而在福楼拜，则主要是指作品中的那种感受来自作家本人的生活体验，是一种真挚的投入。明白这种差异并不困难，需要认真予以辨别的是这类作品与"写意小说"的关系。在很长一段历史时期内，人们似乎一直习惯于服从某种"思维定势"，喜欢用"浪漫主义"与"现实主义"来加以区分。这其实不仅不能真正说明问题，而且在理论上也难以成立。因为一方面，小说这种以再现生活为主旨的艺术不允许作家像在抒情诗中那样，将描写对象当作一种表情达意的工具，来无阻无碍地抒发自己的心情胸臆；另一方面，小说作为艺术的审美规定性，又要求作家在真实地展示生活的风貌形态的同时，必须以这样或那样的方式来表现某种审美理想。由于这个缘故，如同"写意小说"中的魔幻和变形在根本上仍不能超越现实的临界点，必须在各种怪诞的故事情节及形象场景中曲折地投射出某种人生的真迹；反过来"写实小说"作家对客观性的追求也并不能导致对浪漫精神的排斥，因为这种精神——对理想世界的自由向往也正是整个人类艺术精神的本质所在。从这两类小说的所有成功之作中，我们能够清楚地发现上述这种互相渗透和交织的现象。前者可举巴西亚·马尔克斯的《百年孤独》为例。在这部被批评界冠之以"魔幻现实主义"的小说中，作者描写了长着猪尾巴的人物，叙说了一个人物乘着一条飞毯腾空而去的故事等等怪异现象。但作者本人却一再解释，他的作品中并无什么"魔幻"之事。"因为说实在的，我没有讲

---

① 见毛信德：《美国小说史纲》，北京出版社 1988 年版，第 245 页。

述过任何一件跟他们的现实生活大相径庭的事。"①如果我们联系作品所反映的地域背景来看,便可以发现作者并没有夸大其词。19世纪初,美国探险家德·格拉夫曾在亚马逊河流域作过一次长途旅行,他亲眼看到,那儿的一条河中滚滚流下的沸水能煮熟鸡蛋,当地人有时一开口说话便能使天上降下一场倾盆大雨,在阿根廷南端的里瓦达维亚海军准将城,一次飓风曾将当地的一个马戏团全部卷上天空,第二天渔民们在附近海域里用渔网打捞上来许多死狮子和长颈鹿。而小说出版后,巴兰基利亚的一个青年给作者写了一封信,告诉他自己就长着一条猪尾巴。反之亦然,即使从那些出自批判现实主义大师之手的作品中,人们也常常可以发现种种浪漫主义的成分。勃兰兑斯在读了司汤达的《红与黑》和《巴马修道院》后写道:"一种根深蒂固的内在的浪漫主义成分是这两部小说所共有的。"尽管他同时也承认,在这两部小说中,司汤达"仿佛是通过一架显微镜,或者是在从事一场用色素注射使最细微的血管都清晰可见的解剖准备工作,给我们显示了活动着、苦恼着的人类的常常幸福和不幸的感情波动及其相对的力量。"②

作为一种小说创作手段的"笔法",顾名思义也就是小说家实际操作过程中的用笔之法,换言之,也就是语言的运用方式。从接受美学的角度来看,诚如伊瑟尔所说:"小说阅读,就包含着对本文的理解或对本文所传达的内容的理解而言,是一种语言活动。是它(语言)建立了文本与读者间的关系。"③但是,语言交际的符号学本质("约定俗成")决定了它与言语使用主体之间的一种密切关系——它是主体价值判断的承担者,反映出主体的情感意愿和态度。这种态度和评判对一部作品艺术品格的铸成所具有的举足轻重的影响,使得我们完全可以从小说的笔法入手,对不

---

① 见[哥伦比亚]加西业·马尔克斯、门多萨:《番石榴飘香》,林一安译,生活·读书·新知三联书店1987年版,第47页。

② 见[丹]勃兰兑斯:《十九世纪文学主潮》第五册,李宗杰译,人民文学出版社1982年版,第266页。

③ 见[德]沃尔夫冈·伊瑟尔:《阅读活动》,金元浦等译,中国社会科学出版社1991年版,第67页。

同的小说现象作出形态学分类,这就是人们通常所说的"讽刺小说"、"幽默小说"和"抒情小说",它们分别标志着创作主体对作为小说内容的基本来源之一的创作对象的三种价值评判:否定、否定——肯定、肯定。所以,从"讽刺小说"到"抒情小说",我们能够划分出"由一种价值极向另一种价值极的阶梯的运动"。① 如同在从"写真小说"到"写意小说"的体裁系列里,我们可以清晰地看出艺术形象由现实向超现实的逐步过渡。因为被作为讽刺对象的,虽然不能是混蛋透顶的十足的恶魔(这种形象只能成为"鞭笞"的对象而溢出了讽刺的范围),但必须是在价值构成上被否定的。而能够让我们咏叹赞美的艺术对象,则总是应该具有占主导位置的肯定价值。处于二者之间的幽默则是否定与肯定的交融,在这里否定虽然依旧存在,但如同卡冈所指出的,这种"否定不具有毁灭性,而具有宽容的、非恶意的,甚至是友善和愉快的性质。"②后一种情形之所以能够存在,无非是由于被置于幽默情境中的对象内在地包含有若干值得肯定的因素。所以,准确地掌握好这种分寸感,需要创作主体对艺术对象的价值关系作出深入而全面的把握。在西方小说史上,英国作家乔纳森·斯威夫特的《格列佛游记》被认为是讽刺小说之滥觞,美国小说家马克·吐温的《哈克贝利·芬历险记》则是这一类型小说的成熟之作,在20世纪,这类小说中最成功的作品当首推约瑟夫·海勒的《第二十二条军规》。比较起来,人们对"幽默小说"的源头尚缺乏定论,在某种意义上,这类作品似乎可以追溯到卜伽丘的《十日谈》。小说中对那些教会人士既想获取作为"上帝忠实的仆人"的荣誉又想享受人间的乐趣的虚伪性所作的种种"善意的讽刺",无疑已具有幽默的基本特征。而"抒情小说"的最初形式是所谓"牧歌小说",它的主要类别则是以德国小说家施笃姆的《茵梦湖》为开端,以契诃夫的《草原》为代表的"诗化小说"。值得注意的是,这类小说中的典范之作大都是中篇。分析起来,大概是由于人类

---

① [苏]莫·卡冈:《艺术形态学》,凌继尧、金亚娜译,生活·读书·新知三联书店1986年版,第425页。

② [苏]莫·卡冈:《艺术形态学》,凌继尧、金亚娜译,生活·读书·新知三联书店1986年版,第426页。

的情感抒发既不宜过长（过长则易导致疲倦），又不能太短（过短则往往言犹未尽）所使然。

　　小说创作中的"文法"和"章法"，指的都是小说文本的结构组织方法，区别在于前者常用以表示作为小说文本的"能指"系统的语言叙述层面上的结构方式，后者则用于表示作为小说文本的"所指"的故事叙事层次的组合方式。结构方式上的差异通常体现在篇幅上，因而可有长、中、短篇小说之分；叙述层次的组合关系由于主要围绕小说的三大要素（事件、人物、主题）而展开，因此也相应地可以据以划分出三种类型：情节小说、性格小说、问题小说。不言而喻，这两种分类是人们所最熟悉，也是小说形态学范畴中最基本的小说分类。唯其如此，人们也往往由于熟视无睹或熟而生厌而最容易产生各种误解。譬如对于从文法角度作出的长、中、短篇三类小说的形态划分，是指作品文本方面由字数多寡的不同而造成的篇幅上的差异而言，几乎是人所共知的；而为什么这种"量"的变化能具有一种艺术功能方面的作用，因而这种变化最终能成为从形态学的角度对作品加以分门别类的依据，这一点却并不是人人都能真正明白的。因为事实上我们看到，三类作品之间的界线十分模糊，当代批评仍然无法定量地作出十分明确的界定。事情无疑仍得从作品的文本内涵说起。我们知道，对于小说而言，题材是一个十分重要的内容要素，小说创作起始于对题材的选择和剪裁。但小说文本在篇幅上的差异要求作家对题材的容量作出相应调整。用雷波伊慈的话来说："长篇小说的选材和短篇小说不同，因为长篇小说的叙述任务应详尽细致，而短篇的叙述则要受到局限，至于中篇小说的选择技巧，则又与其他两种形式不同，因为它的叙述目的是要对素材进行浓缩。"①这种调整反映在作品的故事结构方面也就具有这样一些要求：对短篇小说而言，情节必须单一；中篇小说需要在情节单一的基础上作适当的展开；而在长篇小说里，则要求在故事的情节方面有相对的多维性和多面性。所以，归根到底，作品篇幅上的伸缩变化意味着内在容量的变化，这种变化总是带来结构关系上的变动。正如卡冈

────────────

① 　见［美］伊恩·里德：《短篇小说》，思涵等译，北方文艺出版社 1988 年版，第 70 页。

所说:"量明显地转化为质。"①只不过这里所说的"量",落实到文本的叙事系统中,也就是"事件"的长短多寡。一般说来,所谓短篇小说的情节单一,指的是事件在时空方面的单纯:不仅是一件事,而且是发生在一个时间片断里或一个空间场合里的一件事。如都德的《最后一课》和欧·亨利的《最后一片绿叶》。中篇小说的情节展开,指的是一件事或者在时间上展开(如海明威的《老人与海》),或者在空间上展开(如茨威格的《一个女人一生中的二十四小时》)。长篇小说的情节多维化和多面性,意味着小说在时空方面的全方位开放。冯梦龙是我国古代第一个指出长短篇小说之间区别的人。他在《古今小说》的序言里写道:"小说如《三国志》、《水浒传》称巨观矣。其有一人一事足资谈笑者,犹杂剧之于传奇,不可偏废也。"从以上的分析中,我们可以看到,批评家们对小说在篇幅方面的形态学关注,很难同对小说在文本叙事结构上的分类截然分开。沃尔夫冈·凯塞尔认为:"长篇小说的三个种类就是'事件长篇小说'、'人物长篇小说'和'空间长篇小说'。"②虽然不能据此认为中篇小说就绝对不存在这种分类的可能性,但一般说来,这三种小说类型在长篇小说中无疑体现得最为鲜明和普遍。批评家们在这方面的分歧并不明显,除了名词上的差异,只有理论上的一个纠葛曾经引起过一些混乱。这个理论上的纠葛,来自对性格和情节的理解。正像亨利·詹姆斯所说,性格与情节实在是难分难解的一对孪生兄弟,"如果没有情节的规定性,性格是什么?如果没有性格的显现,情节是什么?"③最能说明这种关系的文本是《水浒传》。小说第六回着重写林冲的故事,用了两个事件来反映林冲的性格。第一件事是林冲正与鲁智深喝酒,忽闻妻子被人调戏,赶到五岳楼时正见一少年拦着自己娘子下楼,先是一怒,攥起拳头欲打;接着是一

---

① 见[苏]莫·卡冈:《艺术形态学》,凌继尧、金亚娜译,生活·读书·新知三联书店1986年版,第423页。

② 见[德]沃尔夫冈·凯塞尔:《语言的艺术作品》,陈铨译,上海译文出版社1984年版,第475页。

③ 见《美国作家论文学·小说的艺术》,刘保瑞等译,生活·读书·新知三联书店1985年版。

惊,见那少年是高太尉之子,便手软了。甚至在鲁智深仗义赶来要替朋友打不平时,林冲反加以劝阻。第二件事是富安用计派陆谦将林冲骗出去喝酒,然后再将林妻诓到陆谦家与高衙内相会。待到林冲得悉真情赶到陆家,虽然起先见楼门关着,出于礼貌叫了一声"大嫂开门!"最后还是按捺不住,将陆家打了个粉碎。这两件事反映出林冲这个人物既具有君子风度和官场的历练,又不失大丈夫本色和英雄气概的性格特征,情节与性格在这里融为一体。但深入一步来看,事情显然还存在着另一个方面。按照现代结构主义叙事学的观点,故事是叙事的原材料,亦即按照时间顺序串联起来的事件;情节则是实际出现的叙事。因此,情节作为故事关系的集中体现,本质上也服从于时间的系列,它以"悬念"为特征的艺术魅力,既同事件在时间关系上的推进速度同步展开(因为只有在这种推进中,才可能引入新的事件,出现各种变化和转折),又与事件本身的特质有关,要求事件奇、神、沉,最能体现这些特色的自然莫过于性爱、冒险、凶杀等等内容。由于这个缘故,情节的价值指向在本质上同性格刻画并不一致。因为,"一种小说的情节必须严谨地发展,另一种小说的情节最好散漫地即兴创作。"[1]即便拿上面举的例子来看,也可以说明一些问题:两个事件虽然能从一软一硬两方面体现出林冲的性格,但就它们自身而言,却是一种平行的关系,倘若离开了它们所共同赖以存在的人物性格,本身并无多大的艺术魅力。这也进一步说明,"最成功的人物还是那些真正脱离重要情节而独立的"这样的观点或许过于绝对,但不同结构类型的作品各自拥有自己的审美优势却是事实。鲁迅在小说《阿Q正传》的前言里说过,若不是《晨报》编辑孙伏园急着离京南返,他本也完全可以依孙的请求而"放阿Q多活几星期"。如果这样,那些"添"上去的故事肯定虽然有助于(或至少无损于)对阿Q性格的进一步刻画,但于故事的情节方面的要求却无甚必要,是可有可无的。所以,迄今为止的小说研究经验表明,如同长、中、短篇小说是小说形态学中最基本的分类,情节小说、性

---

① 见[英]珀西·卢伯克、爱·福斯特、爱·缪尔:《小说美学经典三种》,方土人、罗婉华译,上海文艺出版社1990年版,第355页。

格小说、主题小说是所有小说分类中最核心的划分。当然它们各自还可以再作进一步的区分。如情节小说的两大主要类型是"言情小说"和"尚武小说"（后者又包括西方的侦探小说和东方的武侠小说）。而性格小说的主要类别有"心态小说"和"生态小说"，前者通过对人物内在心理的透视来塑造人物，后者则通过对人物外部行为的观察来表现性格。而在前一类小说中，如果说有"心灵辩证法"之称的托尔斯泰的小说开创了第一个高峰，那么由乔依斯、伍尔芙、普鲁斯特、福克纳等欧美当代作家为主体，以法国作家艾德华·迪雅尔丹的短篇小说《被割断的荣誉》为先声的"意识流小说"，则是这一小说类型在当代的主潮。因为"人物刻画问题是意识流小说的中心问题。这类小说的最大优点同时也是它得以存在的最充分的理由，还在于它能够更为精确、更为现实地描写人物"。至于"主题小说"，它的主要类型是"哲理小说"和"问题小说"。不难发现，通常所说的所谓"纯文学"指的主要也就是"性格小说"和"主题小说"；而所谓的"通俗小说"则基本能为"情节小说"所包容。因为正如英国学者爱·缪尔所指出的："在情节小说中，逃避生活是不可少的。"①这种小说对事件性质的神、奇、沉的特殊要求，以及对事件的组合方式的变和快的无限强调，使得它多少有一种超平凡性。作为"不够现实"的代价，它由于能给人以某种宁静和慰藉而得以在小说世界中占有一席之地。

　　以上我们对现有的各种小说现象作了一番大致的归类，这种工作的粗疏和有所遗漏是显而易见的。但重要的并不在于如何去拾遗补阙，而在于真正确立起对小说作品从艺术形态学的角度加以分门别类的原则。根据我们在上面所作的分析，从艺术手法和结构方式等方面入手应该是可行的。从这一方面看，我们还能从小说家对各种技法的运用上区分出一些新的小说体裁。如巴赫金就曾指出，陀思妥耶夫斯基运用一种新的叙述技法——"复调性叙述"，而成功地"创建了一种新的小说体裁——

---

　　① 见[英]珀西·卢伯克、爱·福斯特、爱·缪尔:《小说美学经典三种》,方土人、罗婉华译,上海文艺出版社 1990 年版,第 352 页。

复调小说"①。需要再加以补充的是,小说的形态学关系是在不断发展的,各种小说类型之间以及小说与它的姐妹艺术(诗、散文、戏剧)之间,还存在着若干"过渡"类型。如以 1746 年出版的霍勒斯·沃波尔的《奥特兰托城堡》为代表的所谓"哥特式小说",便是介乎"写意小说"与"写实小说"之间的一种小说类型。而在小说与诗歌、散文、戏剧等姐妹艺术的毗邻地带,我们还可以看到由普希金的《欧根·奥涅金》和我国唐代陈鸿的《长恨歌传》所代表的"诗体小说",以及大量的"笔记小说"和"对话小说"。从历时态的小说发展历程来看,在我国小说史上还存在着处于"说话"与现代小说之间的"章回小说",和处于"史传"与小说之间的"演义小说"等。正是这些互有联系又各不相同的小说类型,组成了一个庞大的小说家族,建构起一个丰富多彩的小说世界。在它们之间相互影响和渗透的运动中,孕育着小说艺术的勃勃生机。

---

　　① 　见[苏]巴赫金:《陀思妥耶夫斯基诗学问题》,白仁春等译,生活·读书·新知三联书店 1988 年版,第 363 页。

第六章

小说形态的建构

第一节　小说的艺术形态

在人类的活动中,一切结构都是建构的结果。艺术尤其是这样。从创作和操作活动来看小说,这门艺术的形态建构乃是一项艰巨的劳动。既需要有一定的叙述动力作为其心理驱力,也需要有一定的叙述魅力以保证这项活动的圆满完成,还需要一定的叙述张力来确保其在艺术家族中的地位。这样,对小说的艺术形态的观照,主要地也就可以被归结为叙述的动力、魅力和张力等三方面,它们贯穿于一部小说创作的整个过程。

1. 小说的动力

探讨叙述动力的目的在于对叙述动机的发生机制和基础作出把握。在主体心理的平面上,动机作为一种心理驱力,是一切人类行为的发生动因;各种社会行为的不同,首先取决于其发生动因的差异。阿·托尔斯泰指出:"艺术作品就是从愿意去创作,去写作什么东西而产生出来的,而不仅仅是由于他觉得应该去写作什么东西才产生的。艺术和科学的动机的区别就在这里。"他认为,"科学——这是认识、经验、经验的总和、观念、发现。艺术——则是表现在形象和感觉里的个人生活的经验。"①自阿·托尔斯泰发表这些见解至今,半个多世纪过去了。伴随着现代活动心理学的产生和发展,人们不仅对动机在创作活动中的功能效应——有助于审美注意力的高度集中,创作难度和艺术质量的提高等——有了十分明晰的认识,而且对创作动机的激发条件及其具体表现形式也有了一定的了解。譬如,在心理学中存在着"匮乏性动机"和"丰富性动机"之说,这两种现象同样也存在于艺术创作活动中,表现为精神层次(不是生理上)的失落与获得。所谓"愤怒出诗人"和"春风得意马蹄疾",指的便是这两种情形。又譬如,人类的动机现象是一个十分复杂的系统,在性质上至少可分为自然动机和社会性动机,"或称为'物质性'动机和'精神性'动机"②。后一种动机具体又包括成就—名利动机,以及像亲和—尊爱动机等。对大量实际创作现象的统计分析使理论家们发现,在人类从事艺术创造活动的过程中,这两种动机常常处于十分突出的位置。杜甫有诗云:"为人性僻耽佳句,语不惊人死不休";列·托尔斯泰创作《复活》时向友人表示:"这个美妙动人的故事,我要把它写得非常出色。"等等,显而易见都属于一种成就动机。至于在陆机的"伫立望故乡,顾影凄自怜"的诗句后面,我们不难看到亲和动机的存在。然而进一步的审视告诉我们,所有这些研究大都停留于作为一种总体现象的艺术动机的一般结构上,但审美活动的丰富性却是以不同艺术形态的存在为标志的,这些艺术形态在其共同的发生学背景之下,也各有其具体发生动机上的区别。"每一类艺术家都有其特殊的秉赋,对于画家感兴趣的东西诗人可能对它完全冷漠,反之也一样。"③譬如,在一般意义上我们知道,一种创作动机的形成总是要有一定的情感来予以培育,以一定的需要作为基础,通过一定的刺激物来催化。但为什么偏偏让普希金在这时候写出了诗体小说《欧根·奥涅金》,在那时写的却是纯粹的抒情长诗《皇村中的回忆》;又

---

① 见《阿·托尔斯泰论文学》,程代熙译,人民文学出版社1980年版,第264页。
② 见曹日昌:《普通心理学》上册,人民教育出版社1980年版,第94页。
③ 阿诺·理德:《艺术作品》,见《美学译文》1980年第1期。

为什么让哈代在此时创作了大量的诗歌,而在彼时写了《德伯家的苔丝》和《还乡》;以及使得雨果也如法炮制,一会儿是个伟大的抒情诗皇帝,一会儿是个杰出的浪漫主义小说高手。显然,凡此种种,不从具体创作动机的心理构成上来审视是无法解释的。

英国著名女学者芭芭拉·哈代在她的《关于小说的诗学》一书第三章里谈道:"人类的心理意识中,存在着叙事的动机。"她认为正是这种动机为小说艺术的产生提供了心理学方面的依据。考虑到小说主要是通过故事框架来建构其审美形态,而叙事作为一种文体方式对故事的扩展具有基本意义,因此对于芭芭拉的这一假设我们没有理由加以怀疑。问题是这种动机的基本结构究竟是怎样的?它的触发条件又有哪些?如果我们对此一无所知,那么仅仅停留于这一结论上无非也就是承认了小说有其特殊发生规律这一明摆着的事实,并无多大实际意义。因为小说家们无疑只有在相对清楚地对叙事动机的构成机制和触发规律有了认识之后,才有可能在自己的创作实践中采取一些积极措施,尽量避免一些不必要的失误和曲折。这就需要对叙事动机本身的发生学背景,再作出一些分析和考察。这方面的工作当然离不开对人类心理动机的一般把握。譬如根据现代活动心理学家们的研究,"动机,这是与满足某些需要有关的*活动动力*"①。主体的不同需要产生不同的动机,如同口渴的人有喝水的需要,因而产生找水来解渴的动机,艺术家的创作动机的产生按照列·托尔斯泰的看法,则是为了进行一种精神上的沟通和交际的需要。因此而有对所谓"理想的读者与观众"的那种期待,以及中国历史上钟子期去世后俞伯牙毁琴的传说。这样,不管对艺术动机的这一点的看法是否一致,至少对小说叙事动机的分析,首先可以具体地被落实于对*叙事需要*的审视。在当代作家王蒙看来,这种需要主要是一种对生活进行体验和探索的需要。他在区别宣传挂图与小说的界线时写道:"那么什么是能够使它成为小说的这样一个'动机'和'动力'呢?除了教育的企图,抓本质的企图,解剖的企图以外,我以为往往和一个人感情上强烈的冲动、感情上

① [苏]彼得罗夫斯基:《普通心理学》,龚浩然译,人民教育出版社1981年版,第118页。

的需要和探索的愿望有密切的关系。"这种探索愿望的基础是一种好奇心，"感情上的需要"的实质是体验。他指出："人还有一个很大的愿望，就是对生活体验的愿望。"①联系一下小说艺术的历史发展及其形态学上的特点来看，我认为王蒙的这一结论是切中要害的。对此可以从两个方面作出解释，首先，从小说的产生时间上看，无论在欧洲还是在中国普遍都迟于诗歌，个中原因显然与经济有密切关系。欧洲小说的繁荣是在18世纪以后，那时，资本主义生产方式经过了一段时期的孕育之后，伴随着工业革命的到来而全面崛起，其后果是大都市作为工业基地的迅速发展，有闲阶级的队伍不同程度地得到扩大。小说在中国的命运与它在西方的情形惊人地相似，繁荣于明朝的中国小说同样同明代的生产力的发展有着千丝万缕的联系，而这种联系的实质便是同一个话题：小说需要有闲。所以鲁迅认为，诗歌产生于劳动之中而小说则呱呱坠地于劳动之后的休息之时。这两种艺术形态在消费方面满足不同人的需要的实质，其实也是满足人的不同需要：在劳动中产生的是一种情感宣泄的需要，这种需要作为维持主体心理平衡的调节机制，是人类最基本的生存需要的组成部分。而在休息中产生的则主要是一种对世界作进一步旁顾的需要，这种需要作为主体发展的一种心理驱力，是较生存需要更高层次的现象。根据马斯洛的"需求发展梯次说"，它只能在最基本的生存需要得到某种程度的满足之后才能被正式提出，反映在社会结构上，也就是有闲阶层的形成。

如果说上述的分析多多少少还存在某些有待进一步证实的成分，那么对小说的艺术接受效应的观照应该能说明问题。苏联著名作家伊里亚·爱伦堡说得好："当读者在窗帷遮得密不通风的房间里翻开一部小说来阅读的时候，就好像开始了旅行。"②旅行者启程的目的自然在于认识那些未曾认识的各种风物人情，领略一些可能发生的奇闻逸事，所有这些说到底可以归结为更清楚地了解自己所来到的这个世界。这种需求作

---

① 见王蒙：《漫话小说创作》，上海文艺出版社1983年版，第80页。
② 见崔道怡等编：《"冰山理论"：对话与潜对话》上册，工人出版社1987年版，第217页。

为人在生存意义上的自调节机制,对于人来说是如此根深蒂固,区别只在于兴趣对象的变换和转移。然而不仅仅是由于时间和空间的阻隔,还由于受金钱、体质、机缘和精力等等因素的制约,许多事尽管是人们心向往之的,但常常无法如愿以偿。且不说即使是再现代化的旅游运载工具也存在着时空方面的限制,能够凑足盘缠、挤出时间并蓄起兴趣跻身于旅游团中作观光客的人毕竟只是少数。更何况现实中的那种物质旅游事实上并不能解决一切问题:尽管各种交通工具可以让我们去凭吊古罗马的角斗场和圣那佛勒斯岛的风光,但无法让我们真正地透过时间隧道去亲眼目睹斯巴达克斯的风采,亲自经历拿破仑时代的壮观场面;即便我们借助于实地考察与历史考古的结合,能够在一定程度上缩短历史时差以获得某种体验,我们也无法返祖归宗地重新变成一只猴子,以便像孙悟空那样钻入对象的主观心灵世界,去撬开他被意识之锁锁住了的那些无意识的秘密。而在现实中,渴望窥探别人的隐私,希望掌握他人内心深处的全部微妙复杂的奥秘的窥视癖,这决不仅仅是凡夫俗子的弱点和长舌妇们的通病,实乃作为人的类本质的认识欲的一个基本因子之一。因此,除了那种常规的物质旅游之外,人们显然还需要有一种特殊的精神旅游,在这种旅行中,人们不仅可以领略到各种奇风异俗、优美景色,而且还可以重温往日的旧梦,实现未曾实现的理想,不受法律约束地去介入别人的生活,正大光明地满足自己的窥视欲。小说便是向我们提供这种游行的主要手段,因为它已不仅仅是一种篝火旁的传说、煤炉边的虚构和烛光下的故事,而是一种在密封状态下进行的经验交流。现代小说同其前身的口头吟咏和勾栏瓦肆的"说话"的不同也就表现在这里,在后者,口头传播的方式决定了文本与听众的关系是公开的;在前者,书面交际的方式意味着文本与读者的关系具有某种隐秘性。这种特殊的交际方式为人们交流特殊的生命体验和人生经验提供了方便,这种东西便是那些不便在公开场合下予以坦露的,属于每个人最秘密的区域的一些行为和思想,这些行为、思想在人类生活中所占位置的重要性和表现的普遍性,使得人们对之一直饶有兴趣。小说能满足人们这方面的需求,中国古典小说《金瓶梅》便是一个突出例子。正如日本女学者中野美代子所说:"《金瓶梅》中有很多极其猥亵的描写,作为讲演者的'说话人'不能把这种有伤风化的东西拿到听众面前去讲,当局也不准许这样宣扬污秽。"①文明的发展导致了人类生活公开与私下有别的两面性,艺术作为人类文化的自我意识,不可能不遵循这条文明的法则。从这个意义上讲,作为小说形态发生的心理学依据的叙事动机,在本质上乃是一种以窥隐癖和刺探欲为基础的主体需要同白日梦的结合,前者表现为好奇,后者体现为体验。它们都寄寓于故事之中,通过故事而被我们所接纳。

但动机作为一种行为的心理驱力不仅是一种反映,而且是在此基础上产生的一种能量,动机之所以被视为行为动力,其原因就在这里,它同主体需要的联系的实质也表现在需要作为一种价值关系的反映,常常伴随着一种情绪性。根据心理学家汤姆金斯的研究,"第一性的动机体系就是感情体系,生物的内驱力只有经过这个体系的放大才具有动机的作用。"②所以,尽管心理学界对于情感与动机究竟是否便是一回事迄今仍有争议,但对于艺术创作来说,动机的产生需要有情感作为庇护神那是可以肯定的。列·托尔斯泰说过:"心头自然而然想搞创作,但是,只有当那欲望无法祛除,像是喉咙里发痒,非咳嗽不可的时候,我才理当动手去干。"这儿所指的那种"喉咙里发痒,非咳嗽不可"的情形,无疑便是一种情感作用的结果。当然,许多例子也告诉我们,良好的创作动机一方面需要情感来激活,另一方面也需要通过对情感的适当控制以避免负向效应,因为艺术作品需要对生活进行某种正确评价。而心理学的研究表明,"当一个人处在激情的状态常常不能意识到他在做什么,他不能控制自己,不能预见到自己反应的结果,完全贯注于自己的激情状态,以至不能很好的评价自己所做的事情的性质和意义。"③但需要加以探寻的显然也并不是这种一般结论,而是如何认识小说动机的情感特质。只要我们承

① [日]中野美代子:《从小说看中国人的思考样式》,若竹译,北京十月文艺出版社1989年版,第3页。

② 见[美]克雷奇等:《心理学纲要》下册,周先庚等译,文化教育出版社1981年版,第443页。

③ 见[苏]彼得罗夫斯基:《普通心理学》,龚浩然译,人民教育出版社1981年版,第138页。

认创作动机与创作情感之间存在着同一性,那么同时也就得意识到驱使小说家铺开稿纸的那种情感喷发,同让诗人拿起笔的情感冲动在性质上存在着同中之异。由于整个心理学的发展比较缓慢,这个问题迄今仍然是一个谜。但统计学方面的一些材料似乎能提供一些思考的线索。从这些统计材料来看,不同艺术形态各有其生产的黄金时期,这种规律不仅存在于不同领域的艺术样式之间,同样也存在于同一领域的不同艺术体裁之间。譬如同绘画相比,音乐家们崭露头角要早得多:莫扎特5岁名扬全国,贝多芬8岁登台演出,洪默尔在9岁时已才华毕露。相形之下,康定斯是在30岁才正式开始学画,高更和毕加索等一流大师也是在成年之后才逐渐为人瞩目。又譬如在文学领域中,诗人的成熟总是要早于小说家。仅以19世纪欧洲诗坛的几位浪漫派才子为例,他们事业的顶峰大多出现于20—30岁之间:拜伦的《恰尔德·哈洛尔德》发表于他24岁的时候;雪莱的名作《麦布女王》、《伊斯兰的起义》和《解放了的普罗米修斯》分别创作于21、26和27岁;济慈1817年出版他的第一部诗集时为22岁;两年后代表作《希腊古翁颂》问世;海涅也是在20岁时开始在诗海泛舟,在30岁那年推出了《青年的苦恼》、《抒情插曲》、《还乡集》和《北海集》等组诗。与此不同,列·托尔斯泰41岁时发表《战争与和平》,标志他在艺术上的最高成就的《安娜·卡列尼娜》发表于他55岁时;巴尔扎克的《人间喜剧》系列发表于他35—40岁之间,莎士比亚的四大悲剧分别发表于作者37、40、41岁和42岁;替陀思妥耶夫斯基争得巨大声誉的《罪与罚》,发表于作者55岁时,而凝聚着雨果一生心血的长篇小说《悲惨世界》则完成于作者60岁的时候。艺术家的年龄是其生命力的刻度和社会经验的标尺,艺术创作既需要有技能,也需要有生命体验,在不同的艺术形态中,两者有所侧重。一般来说,音乐是最讲究技能的,而小说对生命体验的依赖较其他艺术更甚:这门艺术通过时空上的扩大而体现出来的篇幅的拉长,就要求小说家对人生的感悟和体验要较诗歌更加博大和深入。这是小说创作不仅允许作者年长一些,而且出于年长作者之手的作品往往写得比较成功的原因所在。现代人类学的研究成果曾经作出过这一结论,科学家们指出:"人达到完善地运用自己理性的年龄,在技巧方面可规定为 20 岁左右,在精明方面可规定为 40 岁左右,最后,在智慧方面可规定为 60 岁左右。"①只是出于对理性美的偏爱,才使得黑格尔提出:"天才尽管在青年时代就已崭露头角,但是只有到了中年和老年才能达到艺术作品的真正的成熟。"②因为事实上正如歌德所说,不同艺术各有其最佳表现年龄,"各种才能之中,音乐才能可以很早就出现"③。由此看来,我们似乎可以作出这样一个大胆假设:作为小说创作动机的激发基础的情感,在强度上需要稍稍低于诗歌,如果说诗的情感是一种激情型,那么小说的情感则更多地带有理性色彩,诗情以强度上的辉煌灿烂取胜,小说的情感以容量上的更为阔大深沉见长。除此之外,诗情在向度上也不同于小说,前者主要是一种主观宣泄之情,由里向外发散,而后者常常是一种客观体验之情,从外向内收缩。这可以解释尽管对艺术创作动机来讲,情感不宜过强,但同小说相比,诗的动机总是在情感上要强一些。郭沫若称诗人为"感情的宠儿",显然正是由此而发。清人吴雷发也有过精辟的见解,他指出:"近见论诗者,或以悲愁过甚为非,且谓喜怒哀乐,俱宜中节。不知此乃讲道学,不是论诗。"④诗可以率性而发,随情感旋律的波动而自由写来。但小说的情感必须寓于具体生活场景和画面之中,并首先服从生活的内在逻辑,这就要求对感情进行控制,使之不仅处于一种适度状态之中,而且也处于一种客观轨迹之上,一旦越界行动,小说也就不成其为小说了。

　　然而任何需要总是对于某种东西的需要,在这里,具体对象的刺激是导致某种具有明确定向性的需要的产生前提。"只是由于对象被发现,需要才获得自己的对象性,而所感受的对象则获得了它激励和导引活动的机能,也就是说,变成了动机。"⑤所以,对具体创作动机的考察,不仅要对作为动机内涵的需要和作为其外延的情感作出把握,同时也还得对这

---

① ［德］康德:《实用人类学》,邓晓芒译,重庆出版社 1987 年版,第 90 页。
② ［德］黑格尔:《美学》第一卷,朱光潜译,商务印书馆 1981 年版。
③ 见［德］爱克曼辑录:《歌德谈话录》,朱光潜译,人民文学出版社 1978 年版。
④ 见(清)王夫子等撰:《清诗话》下册,上海古籍出版社 1978 年版,第 905 页。
⑤ ［苏］阿·尼·列昂捷夫:《活动　意识　个性》,李沂等译,上海译文出版社 1980 年版,第 140 页。

种需要的刺激条件进行分析,这种分析最终也就落实于对充当刺激物的对象的确定上。巴乌斯托夫斯基认为,几乎每个作家都有自己的这种鼓舞者,一般说来这些人也是作家。"只要读上几行这个鼓舞者的作品,自己便立刻想要写东西。"①理论家谈论的是同一艺术形式之间的互相启发,这无疑具有经验的广泛性,郭沫若就说过,他写小说之前要先读托尔斯泰的作品,写剧本之前则要看莎士比亚。但与此相反的情形同样也很普遍。列宾画《伊凡雷帝杀子》这幅名画的动机得自姆斯基·柯萨科夫的乐曲《复仇》的刺激。画家在那一夜听了这首曲子,"这些声音占据了我,我忽然想起能不能把我的在这种音乐影响下产生的情绪体现在油画上呢? 我想起了伊凡。"②而著名印象派音乐家德彪西甚至认为:"对于一个音乐家来说,去看一个日落的优美景色,要比去听《田园交响曲》更为有益。"③这是由于在人的心理中存在着一种"诱导功能",这种功能可以把听觉信息转化为视觉画面,反过来也能使视觉信息被兑换成听觉运动。由于这个缘故,即使是不同艺术形式之间,也能够互相启发和触动,各自都扮演着对方的刺激物的角色。但指出这一点并不意味着否定在刺激与动机之间存在着某种对应规律,而只是强调:对这个问题不能简单地作出某种结论,首先应当对现象进行更为深入的透视。其结果在我看来可以大致地归结为对某种视觉形象的特殊体验和感觉。马雅可夫斯基在《怎样写诗》一文中结合他自己的亲身经历写道:"我走着,挥舞着双手,嘴里不停地哼着,只是没有词句。但逐渐地,我发现了韵律,这是一切诗的基础,诗正是在这个基础上隆隆驶过的。从这隆隆声中渐渐出现一个个的单词。"换言之,诗的触发刺激依赖于主体对某种声音韵律的特殊感受,这意味着某种听觉音像而非视觉形象在这里充当着刺激物。这与诗的表现性显然是一致的,在某种意义上,诗便是通过这个音律渠道而寻找到感情的曲线。但从大量的创作实践来看,如果说这种音像刺激物在小说叙事动机的产生过程中也隐约地存在的话,某种视觉形象的相对清晰的浮

---

① 见[俄]康·巴乌斯托夫斯基:《金蔷薇》,李时译,上海译文出版社 1980 年版。
② 见[苏]伊格纳契也夫等:《绘画心理学》,孙晔等译,科学出版社 1959 年版,第 256 页。
③ 见《美学译文》1980 年第 1 期阿诺·理德文。

出意识的海平面则显得更为重要。据罗曼·罗兰回忆,他创作《约翰·克利斯朵夫》的动机最初孕育于 1890 年春天的某一个傍晚,那时作者站在罗马城郊的霞居古勒山上,面对夕阳下的罗马城,突然感到一阵颤抖,主人公克利斯朵夫的形象从地平线升起:先是他的额头,接着是眼睛,然后是身体的其余部分,"慢慢地从容不迫地年长日久地都涌现出来了。"阿·托尔斯泰也有同感,为此,他不仅承认:"在我从一个人身上感到有典型的东西之后,我的感情就冲动起来。"而且还得出结论:"你们——作家们,在任何时候都应该运用幻觉,就是说,一定要学会看见你们所描绘的东西。你们对你们所幻想的人看得越清楚,则你们作品的语言就会越准确、越确切。"[1]对于这位文学家的这番经验之谈的意义,我们很容易从具体创作实践上得到印证。有必要再作补充的是,这种视觉形象并非一个孤立的场景,它常常是活动的,有其自身的运动轨迹,这轨迹的俗名便是故事。歌德的成名作《少年维特之烦恼》的创作便是一个例子。在作家 25 岁那年,歌德失恋于女友夏绿蒂·布芙,这使他获得了一种人生体验,这种体验便是创作这部作品的最初的心理动因。作家此时有一种"非把一篇文艺作品完成不可"的愿望。然而这种愿望在当时并未能迅速释放出足够的心理能量,驱使作家投入到一种创作状态之中。歌德通过自我反省意识到,妨碍着他将自己的愿望付之实现的原因是"还缺乏一件实事,一个小说的情节来完成它们。"直到有一天,歌德在莱比锡大学的同学威廉·耶路撒冷因与朋友之妻恋爱未成而开枪自杀,这件事给了作者以启发,"就在这当儿,我找到了《维特》的情节",一部划时代的名作的写作活动只是在这时才真正揭开序幕[2]。这大概也便是叙事动机的本质所在:顾名思义,也就是对所叙之事发生兴趣并产生表达的愿望。因此,对于小说家来说,在其形态构成的材料的获得与动机的产生之间常常有一种同步性。从这个意义上讲,至少对小说家而言,重要的并不是离开创作内容去找动机,而是做好一切创作准备。

---

① 见《阿·托尔斯泰论文学》,程代熙译,人民文学出版社 1980 年版,第 185 页。
② 见《歌德自传——诗与真》,刘思慕译,人民文学出版社 1983 年版,第 570—577 页。

2. 小说的魅力

现代汉语将"魅力"解释为"一种很能吸引人的力量",虽然简单了一点,但已足以指出,一切魅力问题,说到底涉及接受主体与客观对象之间的某种关系。因此,所谓叙述魅力,属于小说的阅读动力学的范畴,对这个问题掉以轻心常常会导致一部作品全军覆没。如果说叙述的动力是小说创作活动的起点,那么如何形成一种叙述魅力则构成了小说形态建构活动的最终归宿。因此,对小说的艺术形态作出把握,也必须对其魅力的形成机制进行思考。

我们的思考可以从这么一个话题开始:小说与性。虽然在小说领域内谈性色变的时代早已寿终正寝,但由于我们民族的历史传统,加上当代创作中片面理解弗洛依德的"泛性论"学说,以及一些小说贩子用性题材的刺激来掩盖其在创作上的低能,使得小说与性的关系仍然显得有些朦胧。对于那种以两性关系为题材的作品日渐增多的现象,我们的理论家们一方面感到无法再用昔日的框框来加以指责,但另一方面似乎一时也找不到足够充足的理由,来为自己对这种现象的小心翼翼的默许行为壮胆。耐人寻味的是并非以描写性小说著称于世的契诃夫,却曾经毫不掩饰地说过:"一部中篇小说如果没有女人,就像机器缺少润滑油那样无法运转。"①我们无需拘泥于这番话的字面表述,契诃夫想说的,无非是指出性描写在小说创作中具有重要意义;而对于这点,已完全不需要证明,一部中外小说发展史早已让人们充分领略了性在小说中所独具的那种诱人的魅力。譬如:

> 我们紧紧地抱着跳舞、接吻。我对她说我爱上了她,她也说爱上了我。靠了亲热的、令人动情而混杂的气氛和哈维尔的威士忌,我向她吐露了心曲。我们一边跳舞,我一面把双唇慢慢地贴到她的颈项上,我深深地吻着她的嘴唇。为了和她的胸脯、她的腹部和大腿接

---

① 见《契诃夫论文学》中关于《草原》的评论。

触,我紧紧地搂着她;后来在桌子旁时,在阴影的掩护下,我抚摸着她
的双腿和胸部。

这是拉美著名作家马·巴·略萨的自传性中篇小说《胡莉娅姨妈和作
家》中的一个片断,在这部小说中,作者描写了"我"同长他15岁的表姨
妈之间那种惊世骇俗的冲破年龄界线和身份限制的率真的爱情,读来犹
如一部激情洋溢的交响乐章,而小说问世后大获成功,让人难以释卷的奥
秘,同题材上对这种特殊的性关系的反映显然不无关系。在这方面,登峰
造极的大概要推当代美国俄裔作家纳博科夫的长篇小说《洛莉塔》。这
部完成于1953年,历经曲折才于两年后在法国一家小出版社付梓的作
品,写一个叫"汉勃特"的40岁鳏夫与一位12岁少女"洛莉塔"之间的违
反常理的性爱关系。当然,作者的创作态度是十分严肃的,但尽管这样,
由于这部小说写到了一种性反常行为,因而发表之后虽然引起轰动,成了
当时美国的畅销书,仍然毁誉参半。相信随着时间的推移,关于这部书的
真正价值,历史将会作出公正的评价;但有一点在目前就可以肯定:对于
这部书的艺术价值,可以有各种不同的评估,但它的魅力是难以抵抗的,
而这种魅力的本源在于这种奇特的两性交往。读一读书中的这一段,我
们对此便能获得一个大致的印象:

> 作为一个具有远见的朋友,一个热情的父亲,一个出色的儿科医
> 生,我确是当之无愧,照料到了我那褐色小美人儿身体的所有需要。
> 我对于自然的唯一牢骚,是我无法把我的洛莉塔的五脏六腑翻腾出
> 来,以便能用那贪婪的双唇亲吻她年轻的子宫,她的天真的心脏,她
> 的彩色的肝脏,她的深紫色的肺脏,她的秀丽的肾脏。……

很清楚,正是由于性题材对众多的接受主体具有巨大诱惑力,在小说的叙述
魅力榜上一直占据首位,才使得这方面的描写屡禁不绝,虽然常常受到一些
真假君子们或理直气壮或信口雌黄的抨击,但却受到小说的作者与读者联盟
的欢迎。对于个中原因,我们只能从人类的社会存在来寻找解释的钥匙。

卢梭在《忏悔录》中曾经坦率地承认:"我一生中,在我所爱的人的身
边,曾不止一次地被丧失理智的情欲所引诱,从而变得视而不见,听而不
闻。"列·托尔斯泰在《日记》中有一次写到对一个女子的心理反应,虽然

不像卢梭那么坦诚,但也披露了相同的事实。他说,当时,"我几乎无法承受她的目光,如此淫荡,令人厌恶。我当时真是恨她,恨她使我抛弃了自己规定的准则。责任和反感都命令我要克制自己,可是欲望却背道而驰。欲望终于占了上风。"两位历史人物对这同一行为的态度完全不同,但都使我们看到,人类性意识的核心是一种情感,这正是小说之所以要竭力引荐性题材的基本出发点。因为艺术上的魅力,说到底就是一种情感上的征服力。古人所谓"食色性也",男欢女爱自古就存在,性行为作为人类繁衍后代的行为,以一种巨大的情感力量作为其存在特征。人的情感既是一种生理反应,又是一种心理现象,这样,在情感系统中就存在一个由自然属性向社会属性移动的坐标轴,位于坐标轴两端的分别是情欲和情操。由于性反应带有十分明显的生理特征,包含着欲的成分,使得这种现象在人类从动物世界突围的漫长的文明演进历程中,一直被视为低级下流。反映在审美活动中,便是以"美是一种超利害关系"为理由,将性意识从审美观照结构中开除出局。一位法国美学家的这番话是具有代表性的:"谁只把维纳斯看成是一个裸体女人,谁就是没有理解雕像或图画所固有的美感特征,因此他也就不可能真正理解这个艺术杰作的伟大。"这句话乍听起来似乎不无道理。因为人的审美活动的确有别于纯粹以生理的自然需求的满足为归宿的实践活动。但它在实际上同我们的具体审美判断有悖:不同性别的人在欣赏大卫与维纳斯画像时各有不同体验这一事实本身就说明,人类的审美心理中确实有性意识的容身之地。这正像英国当代著名戏剧理论家马丁·艾思林所说:"否认任何戏剧感受中有一种强烈的性爱成分,这是愚蠢的伪善。"譬如,"我们欣赏莎士比亚的《罗密欧与朱丽叶》这个剧本里的诗,并不仅仅是因为它是绝妙的诗篇,而且还因为那些诗是由一个能使我们动情的漂亮的年轻女人或男人体现出来的。这种激情提高了诗的价值,而诗又使得激情更崇高了,从而消除了肉体与灵魂、现实与精神之间的界限,重新肯定了肉体上和精神上的一致性。"①如果从美是真正意义上的人的类本质的实现这一基点深入

---

① [英]马丁·艾思林:《戏剧剖析》,罗婉华译,中国戏剧出版社1984年版,第28页。

进去,那么我们也就可以发现,在性的美学价值上的分歧,归根结底来自两种人类观对人的类本质的不同理解。对性的美学意义持否定态度的哲学背景是一种唯灵论人类学,按照这个观点,人的本质在于社会性对自然性的彻底征服。这固然是一幅十分诱人的图景,但却充满着不切实际的幻想。因为人之为人,首先在于他是一种以生理为基础的感性存在,人与机器的区别也就在这里:机器通过对感性的提纯来获取理性,而人则通过理性的发展来更好地张扬感性。感性使人体验到生命的意义,享受到生存的乐趣,这种意义和乐趣的最高体现便是美。正是在这个意义上,休谟早在几个世纪之前就力排众议,高声呼出:"美引起生理的追求。"因为人来源于动物界这一简单的事实就决定了人永远不能完全摆脱自然—生理因素,所以,对这一问题的正确提法应该是:"人所摆脱的并不是自然的本能,而是这些本能的直接作用。"①性作为所有这些本能中最突出的因素自然也应被一视同仁。恩格斯对于在这个问题上表现出来的伪道学态度就十分反感,他在一篇文章里直言不讳地写道:"我不能不指出,德国社会主义者也应当有一天公开地扔掉德国市侩的这种偏见,小市民虚伪的羞耻心,……例如,一读弗莱里格拉特的诗,的确就会想到,人们是完全没有生殖器官的。"②他相信,"最后终有一天,至少德国工人们会习惯于从容地谈论他们自己白天或夜间所做的事情,谈论那些自然的、必需的和非常惬意的事情。"③因为对人来讲,本身便是目的而不是手段,对于任何事物,判断其合理与否的唯一标准,是看其是否有利于人的健康完满的发展。而现代生理科学的研究证明,"长期节制'下流的'性生活会使人智力停滞,精神受到创伤。"④反之,则可以精神饱满,富有创造力。这意味

---

① ［保加利亚］瓦西列夫:《情爱论》,赵永穆等译,生活·读书·新知三联书店1984年版。

② ［保加利亚］瓦西列夫:《情爱论》,赵永穆等译,生活·读书·新知三联书店1984年版。

③ ［保加利亚］瓦西列夫:《情爱论》,赵永穆等译,生活·读书·新知三联书店1984年版。

④ ［保加利亚］瓦西列夫:《情爱论》,赵永穆等译,生活·读书·新知三联书店1984年版。

着性作为人类生命的基本需求,是个体生命力的激活机制。只有从这里出发,我们才能够真正理解何以劳伦斯将性视作美的同义词,他认为,"'性'与'美'乃是同一件事,就像焰与火一样。如果你憎恨'性',就等于憎恨'美'。"①因为性不仅意味着生命的延续,而且也标志着青春的存在,而这两者的结合不仅是人类审美活动的基本构成,而且也是人类自己所开辟的审美园地中最为光彩夺目的所在。正是由于这个缘故,尽管迄今为止,我们仍然缺乏足够的理由在优秀的性文学与伟大作品之间简单地画上一个等号。但事实早已向我们证明,那些以男女性爱为内容的好作品常常不仅伟大而且十分动人,它们在艺术的疆域上所向披靡,就其审美效应而言,很少有其他品种的作品能与之匹敌。譬如托尔斯泰的《安娜·卡列尼娜》,茨威格的《一封陌生女人的来信》,司汤达的《红与黑》,小仲马的《茶花女》,霍桑的《红字》,玛格丽特·杜拉的《广岛之恋》,曹雪芹的《红楼梦》,莎士比亚的《罗密欧与朱丽叶》、《奥瑟罗》,以及《爱情的故事》、《呼啸山庄》、《简·爱》、《太阳浴血记》、《金瓶梅》以至赫伯特·劳伦斯的一系列小说等等,所有这些作品产生于不同的年代和国家,艺术价值也不尽一致,但在具有超乎寻常的艺术感染力这一点上却是共同的。这证实了康德早先的这一结论:根植于性的感情"归根到底是(人类)所有其他激情的基础。"道理很简单:人的肉体组织是有生命的个体存在的前提条件,而性又是这个条件的最基本的构成因素。用文艺复兴时期的著名戏剧家洛贝·德·维加的一首诗来表达:"我知道,爱情是创造的/第一个宁馨儿,/我知道,爱情创造了/过去和现有的一切。"既然在某种意义上讲没有性也就不会有这个世界,那么当小说试图通过对审美情感的接纳而跻身于艺术家族时,首当其冲地为对人类性现象的密切关注留下位置,也就毫不足怪了。

需要认真探讨的,是小说家如何更好地利用性的魅力,使之释放出最为炫目的光环。比较是一个最为简便且能说明问题的方法。尽管我们在总体上赞同性具有一种难以抵御的侵蚀力,有助于强化艺术的情感效应,

---

① 崔道怡等编:《"冰山理论":对话与潜对话》下册,工人出版社1987年版,第661页。

但在具体作品之间,显然还存在着品位上的高低之别和成色方面的优劣之差。比如,只要我们将英国作家劳伦斯的《查泰莱夫人的情人》中的一段性描写,与欧文·华莱士的《玫瑰梦》①中描写同一行为的文字加以比较,就可以看到,两者不仅在对性行为作近距离的定格式描写这一点上并无太大区别,而且从这两段描写文字中,都能感受到一种"欲"的成分的存在,这正是人类正常的性心理的真实反映。两段文字描写的区别在于:劳伦斯是通过对人类这种最强烈的生理过程的详尽描写,反映出了一种精神的裂变;而华莱士的描写仅仅停留于生理过程本身。这种不同的处理给予读者的是不同的艺术体验:《查泰莱夫人的情人》的性描写有一种美感,让人真正感受到一种性的魅力;而《玫瑰梦》中的这个场面只有性的刺激性诱惑,这种诱惑不仅并非真正的魅力,相反的只会令人反胃。因为单纯的生理现象并非真正"属人"的东西。马克思说得好:"饥饿总是饥饿,但是用刀叉吃熟肉来解除的饥饿不同于用手、指甲和牙齿啃生肉来解除的饥饿。"②换言之,本能通过意识而转化,这是人的本能与动物本能相区别的本质特征。反映在人的感性存在上,也就是生理现象的精神化。这样,既非单纯的精神也非单纯的自然因素,而是生理—自然因素同精神—社会因素的融合和互渗,这才是完整意义上的人的存在。所以,真正具有魅力的性现象,只能属于那种包含着尤比丰富的精神内涵的现象。劳伦斯作品的审美感也就来自于这种内涵,从上述的这段节选中我们便可以看到,故事中当事人双方的性交往,体现着一种温情、友爱和创造性。而《玫瑰梦》的失色既不在于描写手法的直露和被描写对象的具有自然成分(这两点,《查泰莱夫人的情人》也未能例外),而在于故事中描写的性行为只是一种生理上接触的刺激。保加利亚学者瓦西列夫精辟地指出:"如果男女之间相互了解的愿望仅仅限于性接触的直接要求,那么爱情实际上就只是似是而非的爱情,或者干脆就是感情的欺骗。"而一旦抽去爱的心理内涵,这种欲就成了一种纯生理的东西,与动物没有本质区

---

① 分别见湖南人民出版社 1986 年版《查泰莱夫人的情人》第 250 页,延边出版社 1987 年版《玫瑰梦》第 441 页。

② 见《马克思恩格斯全集》第 12 卷,人民出版社 1962 年版,第 42 页。

别。像这样的性现象自然只有刺激的诱惑而没有真正动人的魅力,因为它并非人真正所企求得到的。

这样,通过对性魅力的精神内涵的分析,我们看到,小说家们对"性"感兴趣的真正目的是借花献佛,通过性的渠道来表现人世间的爱。人类学家格伦从哲学上为小说家们的这番追求找到了依据。他认为,在决定人类行为的所有原则当中,"相爱原则"是最核心的。这一原则出自人要与他人相处的社会动机,具有贯通人的全部生命活动的意义。而这种社会动机的背景是人在生物学上的不完备性,正是由于这种不完备,单个人无法同整个自然界抗争,而人为了能够更好地生存下去,这种抗争又是不可避免的。于是,为了获得这种力量,人只有同他人缔结良好关系。这种原则便通过生存选择而化为人的本能机制。所有明智的富有建设性的人类活动都在呼唤着这一精神,从而替人类的繁荣幸福作出贡献。小说自然也无法例外。因此,立足于这个基点,我们也就能够对契诃夫本人一方面推崇小说的性表现,另一方面他自己却并不"以身作则"的行为作出解释。比如他的《万卡》写一个9岁男孩的学徒生涯,《车夫》写一位孤独的老人向一匹老马诉说心事等等。两个作品都不存在性爱的描写,但同样名垂于世界短篇小说史册。分析起来,在"爱"的旗帜下,汇集了各种各样的队伍,如朋友之间的友爱、亲人之间的亲子之爱、人对自然界的泛爱等等。所有这些都能体现人世之爱,因此对这些现象的良好表现,同样能产生巨大的艺术魅力。女作家迟子建在《人民文学》上发表的一个中篇小说《原始风景》,有一节写了一只叫"小夏"的家狗的"爱情故事":在一个凌晨,这只狗带回来一只怀了孕的母狗。主人公"我"一开始接纳了它们,但后来在母亲的干预下,采取了强硬措施将那只母狗赶了出去。自这以后,小夏水米不沾,瘫在窝里不停地流泪,很快瘦成皮包骨,最后终于病死了。半年过去了,在春天重归的一个下午,"我"听到大门外有狗低低的猞叫声,打开门发现有一条母狗带着三只小狗立在那儿,不用说就知道是小夏的"情人"和它的孩子们。小说在这里有一段描写:

> ……小夏的情人由于做了母亲,出落得比以前更漂亮了,它仪态优雅,毛色光洁灿烂,一看见我就呜呜地带着孩子走进院子,我心里

伤心极了。可怜的小夏,我犯了一生中最不可饶恕的错误。我坐在那个春意辽阔的季节中,为自己的过错而哭泣。倘若死去的人都去了天堂,天堂不是太拥挤了吗?我真担心小夏会因此而被挤落下来,所以我喜欢瞭望天空,万一小夏被挤落下来了,站在大地上接住它的那一定是我。

在人间缺乏真诚的友谊,遵奉爱的原则的人道主义观念已普遍受人嘲笑的今天,再将这种怜悯和同情施于动物界,似乎未免奢侈。但读了上面这段描写和抒发,我们即便不会柔肠寸断,起码也未必能维持冷若冰霜的格局,这便是我们生命机制中仍然潜伏着相爱原则的一种表现。当然,这种爱的实质是人道而非"狗"道。人们之所以会对狗们大发善心,乃是因为从中看见了它们同人的一种联系。而在所有的人类之爱中,最强烈的莫过于两性之间的真正的爱情。当主宰宇宙万物运行的那只"看不见的手"通过神圣的生存法则而将亚当与夏娃们结合在一起时,这种随着空间距离的最大程度的缩小而产生的两个生命体的最完满的融合,使得人类之爱达到饱和。因此,当这种爱在两性交往中得到真切体现时,小说具有的魅力也会同步上升。譬如:

　　　　她用手抚摸着他的头。"罗伯特,"玛丽亚柔情地说,吻他。"真惭愧。我不愿让你失望,可是一碰就痛,痛得厉害。看来我对你没有多大用处了。"

　　　　"总是会痛的",他说。"不,兔子,没什么。我们不做任何会引起痛苦的事。"

　　　　"我不是指那种事。是这样,我想叫你快活,可是做不到。"

　　　　"没关系,一会儿就会好的。我们躺在一起,就结合在一起了。"

　　　　"话虽这么说,可我感到惭愧。我想这是人家以前糟蹋了我才引起的。不是你我的关系。"

　　　　"紧挨着我,兔子,我喜欢你在这儿夜里贴在我身边,就像我喜欢和你做爱一样。"

从这段由对话构成的文字里,我们不难猜测到故事中的这对男女主人公想干什么。这是大战前的夜晚。明天的拼杀的残酷是肯定的,每个人都生死未卜,也许,对这对在战火中走到一起的恋人来说,这是属于他们的最后一个夜晚。因而,希望能再次结合到一起,体验一下爱的甜蜜和幸福是很自然的。但玛丽亚由于遭法西斯匪徒轮奸而被损伤了的性器官妨碍着他们这么做,她为此感到惭愧,这惭愧表现出她对罗伯特的爱,是她替他着想希望自己能让他快乐。罗伯特虽然也有些遗憾,但并没有将这种情绪流露出来,而是克制自己并安慰起玛丽亚来,从这举动中同样地反映出一种谅解和同情。毫无疑问,这个故事中所具有的这种男女之爱充分体现了被称为"人"这个生命现象的伟大,而善于捕捉这种场景,能够用语言将这种伟大真实地、栩栩如生地展示出来,这表现出海明威作为一个杰出小说家的超绝之处,他在向世界推出其独创的艺术手法的同时,也以一种形象的方式告诉我们:什么是真正的叙述魅力。

3. 小说的张力

自从康德在其《判断力批判》里推出"二律背反"这一命题以来,对人类艺术活动中所存在着的那些既互相对立又各有道理的现象的探讨便成了热门话题。所不同的是,一些古典理论家侧重于寻找如何调和这种冲突的途径,而世纪之隔的现代诗学,则用了一个新概念来为这种现象的和平共处、荣辱与共的存在提供依据,这个新的概念便是"张力"。

寻根究源,"张力"本是物理学中的一个术语,将它从其"娘家"引入文艺学领域的,是"新批评"派理论家阿仑·退特。1938 年,退特在一个杂志上发表了《诗的张力》一文,探讨诗词语言中内涵与外延的关系。这里的所谓"内涵"是指语词的暗示意义,"外延"指的是其指称意义(辞典意义)。自唯美主义和象征派诗歌产生以来,一些诗论家注重起诗的内涵性,包括"新批评"的休姆和兰色姆也排斥诗的外延意义。退特则坚持二者的统一,因此他建议将英文中外延和内涵两个单词(分别为extension—外延和 intension—内涵)的前缀去掉,构成一个新词:张力(tension)。自此以降,这个概念逐渐通行于文学批评领域,成为语言艺术文本的一个重要因素。文论家们以此来表示各种具有互补关系的相反或对立现象之间的冲突和摩擦。由于"张力之父"退特在创造这一概念时主要针对语言的本义与隐喻义的同时并存,而这种关系往往在诗歌中表现得十分鲜明突出,故在相当一段时期,批评家们只是将这一术语运用于狭义上的诗学范围而不涉及叙事学。用罗吉·福勒的话来说:"批评家们对张力如此关注,无怪乎他们在批评中有重抒情诗和戏剧诗,而轻叙事诗和描述性诗歌的倾向,因为在前者中张力占很大比重,而后者却无张力可言。"①但事实表明这只是一种偏见。因为一般而论,"凡是存在着对立而又相互联系的力量、冲动或意义的地方,都存在着张力。"②张力的本质是两种以上的力量的既互相依存又互相制约而形成某种平衡,这就决不止局限于语言层面上,同样也能存在于由语言所推出的诸如故事与情节、场景与形象等的关系中,体现为结构、手段、肌质、效应等的张力场。相比较而言,诗歌中的张力现象侧重于语言层,小说等叙事艺术中的张力关系多表现在故事结构之中。利昂·塞米利安说得好:"一部小说的结构既不应太严密,又不应太松散,它的形式既不应是过分封闭的,又不应是过分开放的,它的情节既不应太多地强调因果关系,又不应带有太多的偶然性。作家必须在这些极端之中取得一种恰当的平衡,这种平衡的精确比例因具体的小说而异,它是建立在小说的不同主题和对主题不同处理手法的基础之上的。"③只要我们对此没有疑义,那么对小说形态中是否存在张力现象的回答无疑也是肯定的,因为"平衡"本身便是各种不同力量互相牵制的结果。当然,正像塞米利安所说,这种平衡没有一个固定模式,在不同作品中容许有不同的侧重和一定程度的偏向。但无论小说家们的个人口味和才能、擅长如何,为了使自己的作品能够经得起历史的检验和消费市场的冲击,他有必要遵循艺术规律而在各种因素之间达成某种平衡,这也是毫无疑问的。从这里也可以看出,叙述中的张力问题,其

① 见[英]罗吉·福勒:《现代西方文学批评术语词典》,袁德成等译,四川人民出版社1987年版,第281页。
② 见[英]罗吉·福勒:《现代西方文学批评术语词典》,袁德成等译,四川人民出版社1987年版,第281页。
③ [美]利昂·塞米利安:《现代小说美学》,宋协立译,陕西人民出版社1987年版,第93页。

实也便是小说家在叙述活动中克服主客观两方面的偏差而显示叙述魅力的问题。因而我们对小说形态的艺术构成机制的考察,同样也就不能疏漏了对叙述中的张力关系的分析。

作家王蒙在一篇文章中这样写道:"小说之吸引人,首先在于它的真实。其次(或者不是其次而是同时),也因为它是虚构的。如果真实到你一推开窗子就能看到一模一样的图景的程度,那么我们只需要推开窗子就可以看到小说了,何必还购买小说来读呢? 如果虚假到令人摇头,又令人作呕的程度,又怎能被一篇小说感动呢?"①这两个问号背后所存在着的,便是小说叙述中的张力问题。同样的问题更早些时候也曾为其他领域的艺术家所关注,齐白石老人谈他画虾的经验,在于"似与不似"之间,讲的就是同一个道理。再往前回溯,还能发现早在一个多世纪前,一位叫维尼的法国诗人就曾经提出过,尽管现实对艺术从来就具有权威性,但"一切艺术假若仅仅只是现实生活的重复和反证,那还有什么意思。"②问题看来早就存在,理论的作用在于溯根穷因。而单单凭经验并不能完全解决问题,因为它事实上已经超出于艺术的实践经验之外,这就是人类对于艺术的需要。譬如在一般的艺术接受活动中,尽管读者常常根据是否真实对一部小说作出取舍,对那些一眼看去就漏洞百出的故事报之以冷淡,但对于那些虽然真实然而也仅此而已的小说,人们的态度也未必有多少改变。欧洲小说史上的两股思潮——伪浪漫主义和自然主义的遭遇就是很好的例子。分析的结果表明,如果说前者的失败由于虚假,那么后者的困境则在于缺乏对现实的超越。相形之下,那些真正伟大的小说常常是二者相平衡的产物。事实告诉我们,在理论和创作主张上分属于不同阵营的现实主义和浪漫主义小说,在实践中常常出现"同流合川"的现象。例如一方面,身为浪漫主义旗手的雨果曾明确提出,浪漫主义文学从来不脱离现实,因为它除了理想的成分之外,还具有尘世的因素;另一方面,被称为现实主义小说主将的巴尔扎克在他的《人间喜剧》前言里也毫

---

① 见王蒙:《漫话小说创作》,上海文艺出版社 1983 年版,第 119 页。
② 见《欧美古典作家论现实主义和浪漫主义》(二),中国社会科学出版社 1980 年版,第 92 页。

不含糊地表示,小说应该描写一个更美满的世界,以一个美好的理想作为目标,这是小说与历史的区别之所在。高尔基并且由此得出一个结论:"在伟大的艺术家们的身上,现实主义和浪漫主义时常好像是结合在一起的。"譬如,"讲到……屠格涅夫、托尔斯泰、果戈理、莱蒙托夫、莱斯科夫、契诃夫这些古典作家时,我们就很难说,他们到底是浪漫主义者,还是现实主义者。"①可见,小说中真实与虚构的关系作为一种张力现象,其实质是现实与理想的对立统一,而站在这个现象背后的又是人类对艺术作品的接受需求,这种需求归根到底受到人的类本质的制约。说到人的这种本质,我们当然不会忽视人同动物的区别,但这种区别不在于否定功利而在于功利的宽泛化,因为作为一种生命现象的人的存在依赖于其同自然的关系,植根于物质世界之中,这一规定性从根本上决定了人离不开功利,作为其主要成果的便是巨大的现实感的诞生。当然,人的本质不同于人的存在,后者是物质性的东西,而前者则是精神性的。但这个命题不仅意味着人只有获得精神才能成为真正意义上的人,而且也意味着功利关系的第一性:"本质"只有通过"存在"才能存在。但对于那些具有"本质"的"存在"主体而言,这种"存在"不仅已经被"本质化"了,成为本质的一个具体表现,而且也是为了本质而存在的。正是在这个意义上,马克思也曾经从"具有自我意识的主体"这一角度,对人的类本质作出把握。这种意识的基本功能不在于消极地适应自然,而是积极主动地改造自然(包括客体自然与主体自然),通过这种改造来获得生存的自主权。这样,在功利性的适应性的另一面,人同时内在地存在着一种超功利的超越性的一面。所谓功利的泛化指的也便是这个意思,表现在实践行为上,便是对现实的关注与对理想的期待同在。可以认为关注现实的目的是为了实现理想,同样也可以反过来说追求理想是为了获得更合理的现实。在这里,功利既被超越又被保留。而所有这一切,在更深层的结构上,显然又是人的无限开放的生命结构的一种外射。根据现代哲学人类学的观点,"人按其本性来说,本质上是能够无限地扩张到他自己作用范围的地

---

① 转引自《文艺理论研究》1985 年第 2 期,第 44 页。

方,扩展到现存世界所能延伸到的地方。人是一个能够向世界无限开放的 X。"[1]人类通过这种不断发展来确证自己的存在,这种存在在活动中构成了人的需求的现实感与理想化的两重性。所以表现在人类的艺术活动中,当人的现实感对那种虚假的不切实际的幻想本能地予以排斥时,人的理想化也在将那些平庸的缺乏分析的可能性的僵死的现实驱逐出境。小说创作中的叙述张力由此而来,面对这种张力现象,一些功力不足的作家虽然常常会感到无所适从,那些杰出的小说大师则显得方寸不乱。他们往往从现实入手向理想逼近,在平凡中发现不平凡。因为对于人类来说,现实从来就充满着各种可能性,是不断发展和流动的,这种动态性构成了现实中具有的超现实性。古典小说中的所谓典型便是这种现实与超现实的统一。著名象征派诗人叶芝指出:"艺术之长期凋零还不是因为渐渐不相信一个看不见的现实吗?"譬如莎士比亚剧作中查理二世这个形象,当人们赞叹这是一个典型时,并没有想到"他之所以成为典型,并不是因为他曾经生活在人间,而是因为他,我们了解到我们思想中的某些东西,这些东西,要不是作者创造出这个人物,我们是永远不会知道的。"[2]所以,雨果认为,从真实中写出伟大,通过伟大而显示出真实,这是一切小说家都应该遵循的。而一旦小说家们成功地实现了这一目标,我们看到他们的作品便具有一种巨大的魅力,在这种魅力的光圈照耀之下,真实与虚构的问题变得无足轻重。对于有些作品,我们或许会发现它们存在着一些明显的虚构成分,譬如雨果《巴黎圣母院》中的女主人公艾丝梅拉达如此完美无缺,集外在形体美与内在精神美于一体;面对于另外一些作品,我们或许也会有感于它们有如新闻报道般的逼近现实,像池莉的《烦恼人生》中司空见惯的人物和他们的生活。但我们不会再用真实与否和理想表现这样的问题去指责它们,而是或沉浸在艺术假定性里品味小说所提供的那种可能性,或满足于作品的审美现实基质对我们自己的生活进行反省。

---

① 舍勒:《人在宇宙中的地位》,弗兰克出版社 1976 年版,第 49 页。
② 见《外国现代剧作家论剧作》,中国社会科学出版社 1982 年版,第 49 页。

小说叙述张力的再一个方面,涉及有序与无序的关系。所谓有序,指的是现象发展的有规律性,因而能够为我们所控制,反之则是无序。小说叙述艺术中存在着有序化的一面常常为人们所道及,因为不仅情节的因果性意味着某种有序性的存在,而且故事的非原在性同样也包含着某种对自然现象的梳理。由于一个故事在小说中的存在总是处于一个规定的时空关系之中,这使它有别于生活中的事件,后者表现为时间的绵延性和空间的广袤性。所以约翰逊指出:"生活并不是讲故事,生活是混乱的、易变的、任意的,它遗留下成千上万的解开来的头绪,参差不齐。作家从生活中抽出一个故事,只有通过严格的、细致的选择。"①这不仅意味着虚构,同样也意味着一种理性因素的渗透,其结果是某种秩序感的形成和确立,表现在具体作品中便是所谓艺术结构和形式的诞生。艺术结构的基础是某种规律化的出现(即完整),因此,只要我们承认,艺术作品如同歌德所说的,必须通过一个完整体才能向世界说话,那么我们同时也就必须承认有序化是艺术的一个本质规定性。然而这毕竟只是事情的一个方面。从另一方面来说,小说家同样也不能不在他的创作中给无序性留下一些地盘。这不仅是由于生活本身充满大量无序现象,因而,"如果要使小说更加充满生活气息,我们不得不承认,条理中的某些无条理现象是艺术创作的需要"②,而且也是由于那种整齐划一的结构固然具有一种清晰的理性之美,但却常常也会窒息人们的想象力,使艺术的接受过程由于缺乏创造性而变得索然无味。小说形态建构中对音乐化因素的引入,其意义也正表现在这里:正像小说与戏剧的接近意味着它对有序性的强化,小说向音乐的靠拢导致它对无序性的接纳。虽然音乐本身作为一种流动的建筑其实是以有序化见长,但当它在小说里出现时,常常会带来结构上的松散和因果关系的淡化以及情感因素的丰富,而按照心理学家的观点,

---

①　见崔道怡等编:《"冰山理论":对话与潜对话》下册,工人出版社 1987 年版,第 670 页。

②　[美]利昂·塞米利安:《现代小说美学》,宋协立译,陕西人民出版社 1987 年版,第131 页。

"情感的本质就是没有条理。"①这样我们便可以看到,小说中的有序与无序关系同样构成一种张力现象,其产生的原因是人类审美意识的内在矛盾。即一方面,审美活动总是建立在审美主体对客体的把握之中,表现出人对自然的征服,而这种征服作为一种自由又是以对规律的把握为基础的。这就要求作品必须具有某种有序性,通过有序来获取审美价值。但另一方面,所谓征服,就意味着冲突和抗争,否则也就无所谓征服,审美征服也不例外。如果说形式上过分地讲究对称、一律是导致绘画领域中古典美术衰落的一大根源,那么就小说创作而言,那种对清晰性和必然律的完全臣服,正是使得传统小说格局发生倾斜的原因所在。这一结果驱使现代小说走上另一极端:反必然,也即所谓"真正的偶然性爆炸"。不能否认,巴尔扎克也曾说过"偶然是世界上最伟大的小说家,作家要进行创作只需研究偶然就行"之类的话,但其出发点并不相同。古典小说中的偶然仅仅是必然的仆从和替身,是必然的一种存在方式。而在现代作家看来,偶然就是偶然,是能够同必然分庭抗礼、分流对峙的,是"那些人们找不到前因后果加以说明的事实"②。所以,当代欧洲小说领域中发生的变革,在某种意义上说,也就是以对无序的张扬来将有序淘汰出局。而这项改革能够受到时代的欢迎和读者的认可,本身便显示出人们的审美需求中除了存在着对有序化的渴望,也多少存在着对某种程度的无序性的追求。当然,人类审美需求的这一矛盾性,归根结底也是我们生命本质的一种投影。人的生命现象首先是一种有序行为,这早已不是秘密,从我们由血液循环带动的诸如心脏跳动和呼吸等节奏现象上,都带有鲜明的有序化标记。但当代最新的人体科学研究不久前惊人地发现,人的生命中并非像以往人们所认为的那样,是有序性的一统天下,而是有序与无序的双驾马车共同执政。诸如人的思维运行、行为发生等都带有一定的无序性,生命体内部的新陈代谢也同样带有无序性的痕迹。唯其如此,如果一个人过分刻板地按照某一日程表饮食起居,在自己的生活和工作中完全

① [美]利昂·塞米利安:《现代小说美学》,宋协立译,陕西人民出版社1987年版,第131页。

② 崔道怡等编:《"冰山理论":对话与潜对话》下册,工人出版社1987年版,第529页。

排斥无序性的存在,他便会感到一种不安和不适,长此以往,生命力也会趋于衰退,老化现象将提前发生。只有沿此而进,我们才能有效地打开人类艺术活动的奥秘之门,对那种有序中包含无序、无序中又体现出某种有序的张力现象作出令人信服的解释。事实告诉我们,如果说,我们不能漠视古典美学原则中关于有序性的强调,那么对于弗·施莱格尔的"所有诗歌的开端,就是要取消按照推理程序进行的理性的规则和方法,并且使我们再次投身于令人陶醉的幻想的混乱状态,投身于人类本性的原始混沌中去"这一见解,同样也不应该简单地贴上一张非理性的封条而予以否定。因为正如理性与非理性之间并无绝对固定的界线,两者常常可以互相转化;有序与无序在艺术中实乃一对孪生兄弟,反映在艺术精神上,也就是日神精神与酒神精神的统一。无论我们怎样对尼采哲学及他本人作出评价,有一点是无可置疑的:"酒神的力量得到日神力量的平衡,这种基本的倾向就是每一件伟大的艺术品的本质。一切时代的伟大艺术都来自于两种对立力量的相互渗透。"①比较典型的创作实践是那些成功的意识流小说。众所周知,作为一种新的小说形态,意识流小说同传统的独白小说的区别主要还不在于对人物的内心隐秘意识的揭示,而在于它是直接深入人物的内心,没有作者的明显干预,和对人物意识之流的逻辑调整,因此在这里存在着明显的非理性和无序性。但尽管这样,仍像塞米利安所说的,"在看来是无序中却存在着有序。我们好像看到在精神分析学家的卧榻上,病人的思绪可以向着任何方向自由漫游、徜徉,但这种自由联想实际上是受作家的控制的。"而小说家实现这一平衡的一个具体手段和方法,则是对小说文本结构的不同处理。即"以精心设计的故事来安排小说的深层结构,使各部分之间处于相互依存的关系。但是小说的表层结构,即我们实际读到的可见形式,却应该是松散的。"换言之,表层结构服从于无序性,深层结构体现出有序化,以此来达到作品的既开放又统一,以满足读者的审美活动对艺术张力场的需求。

　　小说作品中叙述张力的第三种表现形式是:主观与客观的对立统一。

―――――――――――

　　① 见[德]卡西尔:《人论》,甘阳译,上海译文出版社1985年版,第207页。

对于历来的小说理论,这个现象也是一个悬而未决的难点,譬如,我们要求小说具有某种客观性,是因为生活总是客观存在的,因此我们对生活的认识和把握,同样也只有以客观性为基础。福楼拜对近代小说的贡献也就表现在这里。在欧洲小说史上,自从菲尔丁等通过作家本人对生活的干预而将"讲故事"的魅力发挥得淋漓尽致,一大批作家起而仿效。在这些人的作品中,生活如同被嚼过了的饭,意义则不仅是被给予的,而且是被固定了的。于是,当小说家在那儿煞有介事地向我们推销他所经营的某种思想——关于世界的看法时,作为读者的大众产生这样的一些疑虑便不足为奇:在我们的周围,世界的意义不仅只是部分的、暂时的,而且也总是矛盾的和有争议的。既然如此,艺术作品又怎么能先知先觉地预先提出某种意义,小说家又有什么权利要求我们接受这种意义? 不言而喻,以这种疑虑为酵母生发出来的,是对客观性的趋求。亨利·詹姆斯因为率先表述了这种见解而被尊为现代小说的先导。他认为:"在小说提供给我们的东西中,我们越是看到那'未经'重新安排的生活,我们就越感到自己在接触真理;反之,我们越是看到那'已经'重新安排的生活,我们就越感到自己正被一种代用品、一种妥协和契约所敷衍。"①如同使菲尔丁所开创的事业达到鼎盛的,是以巴尔扎克为代表的那些批判现实主义小说家,将詹姆斯的上述观点在艺术创作实践中全面推广的,是包括阿兰·罗布、米歇尔·布托、纳塔丽·萨洛特和克洛德·西蒙等在内的法国新小说派作家。他们通过在叙述视点上由内向外的转移,在手法上以展示显现对讲述陈说的取代,以及作家在观念上"退场",不对生活内容作出解释等等,来使自己的作品最大限度地逼近生活。迄今为止的历史已经为他们的崛起提供了舞台,新小说以这种新美学为旗帜向巴尔扎克们发起了强有力的挑战。然而失败的阴影几乎是伴随着荣誉的花环一起到来,对此,萨洛特的一番话说得十分坦诚。她指出:"至于现代小说,虽然它还没有充分利用以'我'为故事叙述者的方便,还没有走到任何技巧必然会最后遇到的死胡同,但是它现在已处于一种烦躁不安的境地之中,正

① 见[美]W.C.布斯:《小说修辞学》,华明等译,北京大学出版社1987年版,第25页。

在极力寻求其他出路,以摆脱当前的困境。"①这种困境和顺境是一个事情的两个方面:对客观性的追求使新小说获得出生证,将这种追求推向极端则使得它面临着被驱逐出小说王国的危险。危机的征兆在詹姆斯的论点中就已经存在。深入地来看,这种对客观化的无保留俯就,其实是一种一厢情愿的自欺和矫枉过正的欺人。这不仅是由于小说写作过程不可能像一架摄像机那样"客观",作家对无限的生活现象作有限的选择和切割,本身就包含着对现象的情感评价,体现出他的道德观念;而且也是因为只有通过这种主观化,在一堆无生命的创作素材中注入生命,使本来无所谓价值因素的客观对象拥有价值,小说家才能够将生活转化为艺术,使小说文本以一种审美的形态展示在我们面前。从这个意义上讲,如果说人们在欣赏自然美时的流连忘返,更多地是为客观对象自身的魅力所倾倒,那么人们在礼赞艺术美时之所以会如痴如醉,则主要是为创作主体的艺术个性所征服。在这里,我们不仅是借助于艺术家的眼睛观看世界,而且也是在观看艺术家自己。因为正是他在向我们独创性地表现自然,"以自己的生命使这自然具有生气"。古人因此而有诗云:"境入东南处处清,不因辞客不传名。屈平岂要江山助,却是江山遇屈平。"诗是这样,小说亦不例外,小说作为艺术的规定性决定了它必须向主观因素致意,舍此别无选择。由此为基点再回过头去,我们可以发现新小说当初崭露头角时之所以能受到艺术缪斯的欢迎,也就在于它在对客观性明传飞吻的同时,并未忽视向主观因素暗送秋波。如罗布-格里耶就曾指出:"由于在我们的作品中出现了许多事物,并且人们在我们的书中发现某种非同寻常的事物,立刻就把'客观性'这个字眼突出出来了。……这个字若用它常用的含义——中性的、冷漠的、不偏不倚的,那就成了荒谬的了。"②他明确指出:"只有上帝可以自认为是客观的。至于在我们的作品中,相反,只是'一个人',这个人在看、在感觉、在想象,而且是一个置身于一定的空间和时间之中的人,他受着感情欲望的支配,一个和你们、和我一样

---

① 见崔道怡等编:《"冰山理论":对话与潜对话》下册,工人出版社1987年版,第565页。

② 见崔道怡等编:《"冰山理论":对话与潜对话》下册,工人出版社1987年版,《新小说》一文。

的人。"①可见,小说既离不开主观性,但同时也需要客观化,即处于一种艺术的张力场之中。多少年来,那些获得了成功的小说作品,无不是其作者在这两者之间采取了一种等距离外交的结果。对于这些屡试不爽的经验,我们自然没有理由轻易放弃。

第二节　小说的审美形态

小说作为艺术的本体规定性,决定了一部小说总是具有内在的审美品格,表现出相应的审美形态。否则就不仅会受到批评家的指摘,甚至也难免受到消费大众的唾弃。这几乎是尽人皆知的。需要继续加以讨论的,是小说审美形态有哪些构成要素。换言之,在创作中,小说家如何才能实现其对"美"的朝圣。在我看来,小说审美形态主要有三个构成要素,即:滋味、节奏、风格。

1. 小说的滋味

"滋味"是中国古典文学批评中的一个常见术语。从陆机《文赋》率先引入这个概念,认为一些下乘之作"阙大羹之遗味";经过刘勰在《文心雕龙·声律》里强调:"声画妍媸,寄在吟咏,吟咏滋味,流于字句";到司空图正式提出"辨于味而后可以言诗",事实上不仅是创立了一种体系化的批评传统,而且也是发现了一个独特的美学范畴。这个范畴由于有别于视、听美感,对于语言艺术尤其具有重要的意义,因而理所当然地是小说的一个主要评价标准。正如盖利肖所引的杰勒德夫人的话所说:"对

---

① 见崔道怡等编:《"冰山理论":对话与潜对话》下册,工人出版社 1987 年版,《新小说》一文。

于索然无味是没有回报的。"①一部小说要想引起人们的兴趣,首先得让读者感到有味,尽管在这基础上人们还可以进一步作出"伟大"与"优秀"的区分,进行所谓"纯文学"与"通俗小说"的归类,但如果无法让读者喜爱、欣赏,便一切都无从谈起。所以,一部作品怎样才能够让人感到有滋有味?小说家应如何通过滋味的酿造来博得艺术缪斯的垂青,替自己开辟出一条通往成功的道路?对这些问题的探讨早已成了现代小说理论的一大热点。然而这却是一个十分棘手的难题。无论是古代先圣还是现代哲人,在这个问题上留下的思考迷惑往往多于启悟。困难的并不在于对之作出某种宽泛的把握,而是如何深入进去实现更为具体的梳理。譬如在一般意义上,我们可以说"味"这种心理现象是主体通过感觉而产生的,一种需求得到满足以后的肯定性评估反应,通常表现为一种情感现象;在小说中,总是以语言的情感化为基础。刘勰有言:"言以文远,诚哉斯验。心术既形,英华乃赡。吴锦好渝,舜英徒艳。繁采寡情,味之必厌。"因为人的情感是主体与客体之间建立起来的一种需求关系的反映,主体通过情感这种心理活动,不仅获得对客体特质的认识,而且也经历了对它的一种体验。而这种第一性的体验,无疑是使主体产生滋味的一个心理—生理基础。显然,正是对"味"的这一发生机制有了这样的认识,盖利肖在他的著作中明确指出,小说家的任务不仅在于一开头就迷住读者,而且"还必须保持你的迷惑力直至小说结束。要这样做,最有效的办法就是去激起读者的某种情感反应。"但问题的症结无疑也正在这里。用福楼拜当年提醒莫泊桑的话来说,公众总是由不同层次、不同类型的许多人群组成的,这些人分别向作家喊道:让我悲伤、让我梦想、让我欢笑、让我战栗、让我思考等等。由于接受主体在年龄、性别、气质、经历和职业等方面的不同,他们的具体需求内涵自然也不尽一致,因而似乎很难制定一种整齐划一的情感反应程序。当然,由于存在主体共同的历史文化背景和生命现象普遍的自然进化机制,在社会主体与文化人中存在着一种

---

① 见[美]约翰·盖利肖:《小说写作技巧二十讲》,梁淼译,北京十月文艺出版社1987年版,第132页。

一般的需求结构。唯其如此,在"萝卜青菜,各有所爱"的俗语之外,还有所谓"口之于味,有同嗜焉;耳之于声,有同听焉;目之于色,有同美焉"之说。这种一般需求结构的存在为我们对小说滋味的审视提供了可能性,但当理论在具体涉足这个命题时,究竟应从哪里作为切入点,便成了思辨之帆能否顺利起锚离港的一个关键。

在我看来,对这个问题的解决可以从分析小说滋味的内部结构入手。事实上,"滋味"这个现象并非一个单纯的存在,当我们对一部颇具魅力的小说从欣赏的角度作出是否有"味"的评价时,这同一个能指常常被用来运载不同的所指,这些所指之间虽然互有联系,但并不能彼此取代,具体地讲,也就是所谓趣味、风味和意味。当然,一部真正伟大的小说常常以其雄浑的气度和博大的构架而具有一种全能优势,能将这三"味"集于一体,而决不只是单项冠军。但在比较的意义上,不同作品之间对这三种味可以有所侧重这也是事实。例如,发表在 1988 年《人民文学》上的短篇小说《门的幽默》,这个作品叙述一位业余作者一次荣幸地得到进京深造的机会,主人公"我"怀着一种"天将降大任于斯人"的使命感欣然赴命。本想通过这次机会好好读点书学点本领,使自己的创作水平来它个"翻番",没料到学成回来却善"武"不善文,成了一位擅长越窗过墙的武林高手。导致"我"在人生路上发生这一重大变化的原因,是他在校就读期间居住的那间寝室的门把常常发生故障,在几次紧要关头开启不灵且让"我"不仅洋相出尽,而且几乎酿成恶果之后,"我"只好被迫决定弃门不用靠爬窗来解决通道问题。这个选择由最初让"我"感到极不方便,发展到后来居然演变成一项为"我"十分热衷的活动,一身功夫便日积月累逐渐练就。小说的故事情节荒诞夸张,虽然不乏某种象征暗示,但读来感到其味主要在于十分有趣:主人公"我"的命运俨然是掌握在那扇奇特的门手里,由于它所开的一次次小小的玩笑居然从此改变了一个活人的生活习性和事业选择。我们在读完之后,对于这所谓"门的幽默"不禁哑然失笑。相形之下,刘书康的小说《繁衍》则显得别具特色。千把来字的篇幅写了一个出租老婆给别人传宗接代的故事,反映了鲁西农村迄今仍然存在那种"娶媳妇干啥?做鞋做袜,点着灯说话,吹了灯做娃娃"的民俗乡情。这里也有一种滋味,即通常所说的"风味"。这一类的作品随着各种"文化"热和"寻根"癖而日见增多,它们的共同特点是具有鲜明的地域性,以一种风俗化作为其家族徽章。与上述两类作品完全不同的是这样一种小说:用极普通的手法写极普通的事,既不靠趣味性来征服读者,也不以风味感来使我们流连忘返,而是以对生活意义的独特发现让我们咀嚼再三。池莉的《烦恼人生》便是这样一部作品。小说主人公印家厚人到中年,是一家钢板厂的卷尺车间的操作工。虽然因为工厂离家远早出晚归,但一天忙到晚的劳累使回家后那并不宽裕的全家团聚也显得索然无味。虽然他年轻时也一样有过初恋的激情和对未来的憧憬,但随着岁月的流逝,所有这些早已被对日常柴米油盐的操心和对妻儿衣食住行的划算取而代之。读着这篇小说,虽然没有那种特别有趣的细节和新鲜的风俗人情,而只是一些凡人琐事,但透过叙事主体那流畅平静的语调,也有一种东西扣动着我们的心弦,这就是一种意味。这种意味来自作者对我们日常生活的提炼,使我们掩卷之后忍不住要反复回味,去重温作品中所反映出来的人生的辛酸。

由此可见,正如世界上只有具体的苹果、梨子、葡萄而没有抽象的"水果",我们通常笼而统之地所说的小说中的"滋味",实际上指的分别是趣味、风味和意味。因而我们对小说滋味的生成机制的透视,完全可以聚焦于这三种审美效应所对应的主体心理机制,说得再明确些,也就是研究人的内在需要在小说这种艺术样式中的审美投射。因为人类的一切活动归根到底都是为了满足人的各项需求,因而或直接或间接地都处于这种心理系统的支配和控制之下。对于人来说,需要的是个体对延续和发展其生命所必需的客观条件的内在反应,通常以愿望和意向的形式被主体所体验。按照马斯洛的见解,正常人的需要根据其发展呈现为一种梯级状,由低到高分别为生理需要、安全需要、爱的需要、尊重需要和自我实现的需要。处于这最后层次的需要,是人"在他们的基础需要已得到适当满足以后,又受到更高层级的动机——'超越性动机'——的驱动"①的

---

① 见[美]马斯洛等:《人的潜能和价值》,林方等编译,华夏出版社 1987 年版,第 200 页。

一种表现。人对艺术的需要无疑便属于这一层次,其基本特点表现为人对自己本质力量的肯定,是人的生命在真正意义上的(也就是"属人的")一种自我享受。其具体表现形式也是十分丰富多样的,概括起来讲,主要为游戏欲、好奇心和反思癖。反映在小说中,也就是对趣味、风味和意味这三种审美品格的要求。孟德斯鸠曾经将"趣味"定义为"通过感觉而使我们注意到某一事物的那种东西。"①现代认知心理学的研究表明,这种现象的生理机制是人的大脑皮层中同优势兴奋中心联系的,并且总是在第二信号系统参与下发展起来的一种定向反射机能,它通常是人作为一种生命体的自我享受的一种表现。尽管能够满足人的这种需求的渠道和形式也十分丰富,但比较起来最直接也最饱满的是游戏。游戏在本质上是一种娱乐,而人只有在诸如饮食男女和安全、尊重等各项基本需求得到一定程度的满足的前提下,才有可能真正投入到这种娱乐之中。契诃夫的小说《一个小公务员之死》以一种艺术手法形象地说明了这个道理,故事中的那位小公务员由于担心自己的喷嚏沫星飞到了前排一个将军身上而再也无心看戏,表明人的游戏冲动完全是一种自由的冲动,一个人只有当他是在完全意义上的人的时候,他才会去游戏。唯其如此,对游戏的需要贯穿于人的一生,不同的只是所采用的形式:对儿童而言是模仿,他在模仿中获得快乐;在成年人则是创造,只有各种创造动因才能使他的想象力得到释放,从而得到一种满足。成年人的创造活动是多方面的艺术,阅读作为一种积极的阐释和生成活动,同样不乏创造性,小说正是在这个意义上介入我们的日常生活。斯蒂文森说道:"虚构小说之于成年人就如游戏之于儿童,正是在小说中他才改变了自己的生活气氛和情调。"②趣味性由此而作为接受主体的游戏需求在艺术中的一种表现,成为小说滋味的一个基本构成因素。与此相似的是好奇心。美国心理学家尼森证实,"老鼠只是为了探索有新颖东西的迷宫而离开安全熟悉的巢穴。即

① 《论趣味》,见[法]孟德斯鸠:《罗马盛衰原因论》,婉玲译,商务印书馆1962年版。
② [美]梅特尔·阿米斯:《小说美学》,傅志强译,北京燕山出版社1987年版,第124页。

使它们为了实现这种探索而受电刺激,也要如此行动。"①人类的始祖亚当和夏娃公然不顾天父的禁令而在伊甸园偷食禁果,这一行为向我们宣告,好奇心对于人类来说,其强烈程度较之于其他动物有过之而无不及。人类正是在这个基础上发展起认识本能,又凭借这个生命机制建立起自己的生存优势,在生命世界中确立了主宰一切的地位。因此,好奇心同游戏欲一样作为人类高级需求系统中的基本成员,在我们对艺术的审美选择中起着作用,这种作用的具体表现便是对风味感的追求。因为风味的内在基础是风俗性,《汉书》云:"凡民禀五常之性,而有刚柔缓急音声不同,系水土之风气,故谓之'风';好恶取舍动静无常,随君上之情欲,故谓之'俗'。"换言之,风俗乃大千世界中人的各种生态活相,这些现象无疑正是人类好奇心的主要对象。所以,同趣味性一样,风味性也成了小说读者对一部成功之作的基本要求,满足这种需求是小说家的分内之事。这些观点,人们不会提出什么疑义。一个容易使作品的艺术性蒙受损失,因而也常常被一些理论家所取缔的,是小说中的意味。一般来说,这种意味来自于意义。尽管大量的创作实践早已从经验的层面向我们证明,没有一部伟大作品能够对意义加以怠慢,但形而上的小说理论迄今仍会固执己见地在这个问题上作出一种十分偏激的断言。如盖利肖就曾提出:"当绝大多数人对作者从小说中引出的意义感兴趣时,他们只把这种意义看作是副产品。直截了当地说,他们之所以读小说,就是为了逃避厌烦。对于多数读者来说,小说是对生活的一种逃避。"②这番话不能说毫无道理,因为在人的艺术需求中,娱乐化总是占有相对突出的比重。它的似是而非之处是在于将娱乐性同思考活动截然对立起来,形成一种分庭抗礼、老死不相往来之势。事实并非如此。因为人并不是直接地同各种单纯的自然现象发生关系,而必须依赖于各种符号,符号构成了人所面临的整个宇宙空间,因而也构成了人的类本质。这种本质集中地体现于人

---

① [美]克雷奇等:《心理学纲要》下册,周先庚等译,文化教育出版社 1987 年版,第377 页。

② [美]约翰·盖利肖:《小说写作技巧二十讲》,梁淼译,北京十月文艺出版社 1987 年版,第 150 页。

对潜伏于现象界背后的那个意义本体的永无止境的探寻。所以,当苏格拉底在他的《申辩》篇中断言:"一种未经审视的生活还不如没有的好"时,他其实是想说:人在本质上是一个追求意义的动物,人无法在意义的真空中心平气和地生活。这个定义在经历了漫长的历史考验之后,迄今仍未失去其确切性,无论是古代社会中普遍存在的宗教异化倾向,还是现代世界里风行不衰的价值虚无主义,都是人的这个类本质的清楚的昭示。如果深入一步来看,我们还能发现,人类对自身生存环境的好奇心的深层结构,正是这种反思癖。事实上,对人来说,了解世界的现象的目的是从规律上认识它的本质。所以,反思癖与好奇心和游戏欲一样,不仅是一种人的需求,而且是真正意义上属人的需求,这种需求的存在决定了对意义的把握虽然不见得轻松,但对人而言未必完全是一种苦事,尤其当这种把握被置入一种形象体系,以一种情感体验的方式来进行时。因为通过对意义的提取,人得以在观念上表现对世界的俯视,对具体存在时空限制作出超越和对自身命运作出某种掌握。所有这些,充分体现了"人"这种生命现象所具有的巨大力量,无疑是人类引以为自豪的一个理由,因而能在这种把握实现之时,带给主体以极大的快感和欣慰。所以柯林伍德指出:"艺术对真理并不是漠不关心的,它实质上是对于真理的追求。"①艺术作品中的真理性作为"意义"的一种晶化形式,是为了满足读者对小说的审美反思的需要,这种需要构成了小说滋味的一个重要品格——意味——的发生学背景,使得小说家固然没有义务去政治讲坛和宗教礼堂跑龙套,但却无须回避也不能放弃对人生之谜和存在价值作出自己的解答这一责任。否则,我们就会随着一种无聊感的滋生,怀着一种受骗上当的愤恨而将他的作品弃置一旁。因为"逃避生活"其实是一种掩饰,它的真正含义是换一个角度和方式介入生活。正是基于这一点,小说与哲学之间历来存在一种暧昧关系,这种关系在现代小说中显得尤其鲜明。因为如同传统的形而上思考围绕对存在与意识的关系的不同回答而划分出不同阵

---

① [英]罗宾·乔治·科林伍德:《艺术原理》,王至元等译,中国社会科学出版社 1985 年版,第 295 页。

营,现代哲学针对人生价值的不同选择构成了各种体系。唯其如此,苏联著名作家格拉丁甚至冒着风险提出:对于今天的小说家来说,"过分耽溺于哲学思考的偏向,这比哲学思考的匮乏给我们造成的威胁要小得多。"①仔细体会这句话,我们不难发现,它的逻辑基点无非在于确认,以意义为内核的"意味"是小说审美品格的一种基本构成,它根植于审美接受主体对自身命运的关注。

基于以上所作的分析,我们可以进而对小说滋味的具体产生条件作出探讨。这些条件当然也就是小说滋味三大基本形态的生成基础,具体地说,也就是巧、奇、新,它们分别对应着小说滋味的趣味性、风味性和意味性。先说"巧"。德国著名美学家席勒在《美育书简》第二十五封信中,用游戏来解释作为一种审美活动的艺术现象时说到,美是"两种冲动(即感觉的冲动和形式的冲动)的共同对象,那也就是游戏的冲动。"这种对美的理解或许不够全面,但对游戏的本质的认识却颇为准确。人的游戏活动总是建立在一种形式法则之上,通过这种活动而集中反映出来的趣味性内涵,同样也表现为一种偏于形式的满足。这样,当我们对小说滋味的趣味构成作出把握时,同样不能不以形式作为重点。譬如极力标举诗以趣味为核心的严羽,他在具体论述诗作所表现的趣味时,用了"羚羊挂角,无迹可求"加以概括。如果说得更形象、显豁一些,可以比之为"空中之音,相中之色,水中之月,镜中之象。"显然,这种比喻都是着眼于诗的形式法则,而趣味乃是这种形式所创造的一种审美张力,它通过诗的接受主体的艺术直觉而被体验到。形式的这种力量在小说中同样存在。维戈茨基指出,小说家在他的创作中对布局的极端关注,就体现了形式的功能作用。"千百年来,美学家们一直在强调形式和内容的和谐一致,强调形式图解、补充和配合内容;而我们忽然发现,这是一个莫大的谬误,形式是在同内容作战,同它斗争,形式克服内容,形式和内容的这一辩证矛盾似

---

① 见北京师范大学苏联文学研究所编译:《苏联当代作家谈创作》,北京师范大学出版社1984年版,第15页。

乎正是我们的审美反应的真正心理学涵义。"①这种涵义的基本特点便是机巧。因为正是在形式的创造上所反映出来的机巧，不仅能体现出艺术主体对材料的熟悉和消化，而且通过这种消化也反映出他的聪明才智和创造能力。这也便是一切艺术革命固然并不以形式更新为归宿，但却无不以形式创新开始的原因所在，因为形式法则的发现本身也具有美学上的意义。唯其如此，人们常常发现，在创作中，有些"作者好像故意挑选费劲的、对抗的材料，这一材料以它的种种特性对抗着作者想要说出他想说的东西的一切努力。"②道理是明摆着的，材料越不易驾驭，形式就越难创造，而一旦成功也最易表现出作者的才能。所以可以认为"巧"是有效地激发起趣味性的一个核心机制。需要补充的是，在小说中，它又具体表现在语言层和故事层两个方面而分别构成叙述趣味和结构趣味。如：

　　"你一定特想和你妈结婚吧？"

　　"不不，和我妈结婚的是我爸，我不可能在我爸和我妈结婚前先和我妈结婚，错不开。"

　　"我不是说你和你妈结了婚，那不成体统。谁也不能和自个的妈妈结婚，近亲。我是说你想和你妈结婚可是结不成因为有你爸除非你爸被阉了但就是你爸被阉了也无济于事因为有伦理道德所以你痛苦你看谁都看不上只想和你妈结婚可是结不成因为有你爸怎么又说回来了我也说不明白了反正就是那么回事人家外国语录上说你挑对象其实就是挑你妈。"

上面两段话截自王朔的小说《顽主》，作者让说话双方整个对弗洛伊德学说胡搅蛮缠来讽刺一种文化庸俗现象，表现了一种巧智，因而有一种叙述趣味。再如比利时作家居里奥·科塔扎的小说《花园余影》，作品讲的是一个有钱的花园主某一天下午坐在自己的书房里读一本小说，小说叙述的是一对情侣于某个下午走到一起，准备实行一项谋杀计划，地点就是正

---

① ［苏］列·谢·维戈茨基：《艺术心理学》，周新译，上海文艺出版社1985年版，第213页。

② ［苏］列·谢·维戈茨基：《艺术心理学》，周新译，上海文艺出版社1985年版，第213页。

在阅读这部作品的庄园主的房间,谋杀对象是作为小说名义上的读者的庄园主本人。于是,令人诧异的情景出现了:那位读小说的庄园主眼睁睁地看着他手上这本小说里的男女主人公从书本中走出来,进入他的书房,在书房门口从他背后注视着自己。毫无疑问,这个作品在形式上的这种陌生化并不仅仅是一种文字游戏,而是通过这种荒谬的现象,在象征意义上反映了一种扩展了的现实,以便人们重新认识我们的现实生活里的真实与幻想的关系。但这种效果的取得首先是通过一种结构上的巧妙安排,它赋予了这部作品一种趣味性。

小说叙事活动的另外两项要求"奇"和"新",分别针对小说滋味中的风味和意味而言。一般说来,风味总是针对小说的题材方面。汪曾祺说得好:"小说里写风俗,目的还是写人。不是为写风俗而写风俗,那样就不是小说,而是风俗志了。"①所以,小说中的风味来自小说家对各种人情世故的选取和提炼。但这种工作的前提是超"凡"脱"俗",换句话说,也就是奇。因为只有奇才能最大限度地调动起读者的想象力,刺激他们的艺术感觉,从而给予他们的审美好奇以满足。小说的这一特点无疑是它发生于古代神话故事和英雄传奇的一种胎记,由于这个缘故,作为传奇文学最典型的一种文体特点的浪漫主义艺术精神,在小说苑地里永远不会完全销声匿迹。因为在浪漫主义文学中,普遍追求的是一种奇闻轶事,充满了魔幻性和神秘感,而这些因素对于我们的好奇心无疑有极大的诱惑力。当然,这并不意味着小说家只能在异国他乡跋涉,猎取各种闻所未闻的奇风异俗。他同样能以司空见惯的生活现象作为题材,但当他这样做的时候,并不是简单地罗列人们已积久生厌的日常事实,而是有所剔取和淘汰。这番工序在本质上是从艺术的特殊规律出发的,在这里,对题材的"奇"的要求事实上仍然在悄悄地起着作用。对新闻报道的剖析颇能说明问题。众所周知,从表面上看,新闻的基本要求是真而不是奇。但一个训练有素的高级记者同一个初出茅庐的新手的区别,就在于是否善于从平凡中发现不平凡。因为新闻的目的是为了满足人们了解世界的愿望,

---

① 见刘炳泽编:《小说创作论荟萃》,长江文艺出版社 1987 年版。

在这个世界上,每天都有难以数计的事在发生或将要发生,但有许多事是往往日复一日、年复一年都在发生着的,人们对这些事通常不会感兴趣。人们真正感兴趣的是那些重要的、"非同一般"的或前所未闻的事。在这里,"出奇律"作为人类认知心理中的一个基本定律仍然拥有支配权。所不同的无非在于:小说中是奇中见真,而新闻里则是真中出奇。正是在这个意义上,伊恩·里德认为有必要对"故事"这个概念重新定义。理由是"这一术语经常被用来代表几乎所有形式的叙述文本,不管是虚构的事件还是真实事件。"在他看来,重要的并不是事件究竟是虚构的还是实事,而在于"它通常对奇怪事件进行直接地、松散地叙述。"①这话确有其道理。事实也表明,正是小说在风味性方面存在着某种对"奇"的偏爱,网开一面地为那些粗制滥造的猎奇之作大量投放消费市场提供了基础。一位美国评论家在分析这种情况时一针见血地指出:"解释这一现象似乎很简单,即使一部小说很幼稚,但是当它激励和满足了人们的好奇本能时;即使它组织得很蹩脚,但是当它用一连串的冒险和奇历给我们带来愉悦时,它也能完成某一种任务。任何男人都有那种时刻,在那时他变成了孩子。"②因为小说的风味的具体心理效应便是一种因奇异而导致的神秘性的刺激所产生的快感。用沈从文的话来说,风味小说常常是"向那个野蛮而神秘、有奇花异草与野人神话的地方走去,添上一分奇异的感觉,杂糅愉快与惊奇。"③比如他曾经写过这么一个故事:封建族长将一个与人私通的小寡妇沉潭。这件事无疑十分残忍,但故事中的那位受害者却毫无怨尤,当她被送到潭的中央,在即将告别人世之际,唯一的嘱咐是告诉她的孩子:"长大了,不要记仇。"如此宽厚又如此愚昧,站在现代的角度,我们常常会用各种理论对这一现象加以指责,但这种指责代替不了对生活本身的体验。面对这个奇异的蛮风陋俗,我们不能不感到一种发自灵魂深处的颤抖。至于对"新"的要求,乃是因为小说毕竟是一门艺术,

---

① [美]伊恩·里德:《短篇小说》,思涵等译,北方文艺出版社1988年版,第52页。

② 见[美]梅特尔·阿米斯:《小说美学》,傅志强译,北京燕山出版社1987年版,第14页。

③ 《沈从文选集·中篇小说》第4卷,四川人民出版社1983年版,第389页。

小说中的语言作为普通语言的一种审美功能变体,是一种感觉系统而非抽象代码系统。这从深度上限制了小说对意义的把握,使它无法像科学著作那样,通过符号的抽象性和概念化而抵达人类思辨王国的最深处,而只能以其感性化的形态通过对感性现象的捕捉,将人类在把握意义时所产生的那种心理体验真切地传达出来。因而在认识论的范畴上,艺术认识所把握的,只是本体世界中个别、特殊、一般这三个层次的中间环节,这个环节作为个别与一般的中介,既具有"一般"性(相对于具体的"个别"而言),又具有"个别"性(相对于抽象的"一般"而言)。用桑塔亚纳的话来说:"人类的理智进程有一个诗意阶段,在此阶段中他们对世界进行了想象,随之而来的是科学阶段,在此阶段中他们对想象的东西进行筛选和检验。"①这是艺术思想区别于科学思想之所在,因而"意味"作为小说中艺术思想的一种反映,它的价值也不在于深度而在于新鲜,因为这是小说家自己以其全部的主观性对生活的独特发现。一位小说家以他的这种发现赢得我们的尊敬和喜爱,小说的意味在这种敬意和爱意之中繁衍滋生。正是在这个意义上,马雅可夫斯基将文学家比作哥伦布,要求他们所写的每一本书都是一次前所未有的远航。因为只有这种东西才能带给我们一种发现的快感,意味便是这种快感在我们的艺术直觉中闪现的一个精灵。小说家获得了这个精灵,他的作品便能以其独特性而同科学的深刻性相媲美。

2. 小说的节奏

节奏从来都与艺术同在。在古代印度神话中,艺术之母湿婆首先是一位舞蹈之神。她以其富有节奏感的舞步感应着宇宙的韵律,使艺术得以在人类的心灵中永存。

寻根究源,艺术与节奏的这种关系,归根到底也是艺术与人类社会之

---

① 见[美]乔治·桑塔亚纳:《艺术中的理性》,张旭春译,复旦大学出版社 1987 年版,第76 页。

间的关系的一种反映。用一种定义化的方式来表述,所谓"节奏",也就是存在于运动着的事物中的一种韵律现象。这种现象遍布大自然的四季交替和潮汐涨落,但在生命过程里表现得尤为突出而强烈,因此,从词源学讲,"节奏"这个词最初产生于生理学并非偶然。正如美国学者托·哈姆林所指出:"心跳、呼吸以及许多其他生理上的功能(包括那些最伟大的感情上的能力),都是自然界中强烈的韵律现象。"①艺术接受主体作为这种生命现象的最高形式的代表,其整个存在就建立在这种韵律化运动的基础上,因而节奏也就构成了主体艺术需求的结构模型。这从根本上决定了人类的一切艺术实践活动,都不能无视节奏的审美作用。正是在这个意义上,我国杰出的美学家朱光潜先生说:"节奏是一切艺术的灵魂。在造型艺术则为浓淡、疏密、阴阳、向背相配称,在诗、乐、舞诸时间艺术则为高低、长短、疾徐相呼应。"②节奏构成了艺术的总体格局,同样也构成了小说的叙事魅力,促使我们有必要在探讨小说叙事艺术的一般规律时,也对小说中节奏的特点、功能及其生成条件作出审视。

比较是鉴别事物特性的最好方法之一。小说作为一种叙事艺术,在节奏上的特点,无疑也存在于它同作为抒情艺术的诗歌节奏的差异之中。但由于二者同属语言艺术,因而具有某些共同特征,这就是它们与音乐、舞蹈等感觉艺术对情绪性的依赖的不同,文学中的节奏性更侧重于由语言符号所运载的思想。不妨来剖析几行诗:

　　　也许最后的时刻到了

　　　我没有留下遗嘱

　　　只留下笔,给我的母亲

　　　我并不是英雄

　　　在没有英雄的年代里

　　　我只想做一个人。

这节诗在形式上有六行,但从接受语流方面来说是四个节奏单位:第一、

---

① ［美］托伯特·哈姆林:《建筑形式美的原则》,邹德侬译,中国建筑工业出版社 1982 年版,第 97 页。

② 朱光潜:《诗论》,生活·读书·新知三联书店 1984 年版,第 124 页。

四行分别独自构成一个节奏单位,第二、三和第五、六行分别构成一个节奏单位。仔细体会一下不难发现,这种节奏感并不取决于语音(能指),而取决于语义(所指)。这是由语言艺术的媒介特点所决定的。语言是思想的直接现实,语言这种符号作为一种音响和意义的复合体,归根到底受制于意义内核。从这个意义上,正像帕克所说的,每一件口头的或书面的言语作品都是一条连续不断的思想流。由此而产生出这么一条规律:在语言艺术中,"节奏并不单是存在于词的纯粹声音中,也存在于它们背后的思想中。"①诗与小说在节奏上的主要区别就在于各自的侧重点不同:在诗里,语言的情绪性对声音的依赖通常大于小说,因而声音的节奏性较小说要来得突出;在小说中,语言的情绪性对以语义的透义性为基础的意象空间的依赖大于音响,因而思想的节奏感较诗要来得鲜明。而我们知道,在小说中,语言所指的功能主要在于,通过主体的意向投射创造一个虚拟空间,以便为故事的展开提供一种物质保障。所以,叙事文本中的节奏感的产生主要地也就存在于故事层面,表现为色调的变幻、场景的更替、事件的转移,以及表现这些内涵的诸如视点和语态等形式手段等的变幻上。这在我国一些古典小说名作里随处可见。金圣叹在评点《水浒传》第二十三回时这样写道:"吾尝见舞槊之后,便欲洞箫清嘹,则殊苦耳鸣;驰骑之后,便欲入班拜舞,则殊苦喘急;骂坐之后,便欲举唱梵吹,则殊苦喉燥。"他的这番话显然便是对小说中于故事情节见出节奏感的形象描述,这样的处理在《水浒》这部名作中比比皆是。如第二十二回写武松打虎,紧张惊险,让人毛发倒竖。但紧接着二十三回写武松遇嫂,犹如柳丝花朵,使人心魂荡漾。第四十一回的前半截写赵得赵能兄弟俩搜捕宋江,宋江几次险些被抓,让读者捏一把汗;而后半截续写宋江被九天玄女召见得获天书,使人得以舒一口气。如此这般,一张一弛一险一平,整个情节的推进便产生一种节奏感。

当然,这并不意味着语言本身作为故事层的能指系统的节奏因素无足轻重,小说语言对语调的强调便是这种节奏的最好见证。正如我国一

---

① 见[美]H.帕克:《美学原理》,张今译,商务印书馆1965年版,第十章。

位当代作家所说的,"调子的灵魂是节奏。并非只有在写诗的时候才讲得上节奏。郭沫若的散文戏剧作品同他早年的诗一样,洋洋洒洒,赵树理的语言则一板一眼。这些名家之作都是可以朗读的,读比看更有味道,他们的语言可以咀嚼,耐人品味,原因就在于他们懂得并善于掌握语言的节奏。"①但对作为小说家和戏剧家的赵树理和郭沫若来讲,他们作品中的语言的节奏感显然不仅无法同他们用语言所运载的故事截然分开,而且最终总是要落实于故事层面,融化于情节之中。因为毕竟是故事而非语言,构成了小说作为一种叙事艺术的本体特征。小说的这一质的规定性,对于小说中节奏的存在不可能不具有决定性作用。表现在阅读活动中,我们对语言层叙述节奏的留意,常常会随着文本的展开和推进而逐渐地向故事结构转移;反映在作家的创作过程中,同样也是对作为所指的故事层叙事节奏的掌握,以控制调度语言的节奏。得奖小说《南湖月》的作者刘富道就曾这样说过:"我每每动笔,都没想过写几部分。这么一来,我就只能在写的过程中依从情节的节奏选择停顿处,……注意了情节的节奏感,就能维持读者的阅读兴味。"小说家的这番经验之谈反映出阅读时的欣赏与创作时的体验的有机统一,这也便是我们对小说中节奏现象的分析,在比较意义上更强调故事系统的原因所在。概括地来看,构成这种节奏感的本质要素有两项,即"重复"和"变化"。重复使事物的运动具有一种延续性,事物通过这种延续性得以呈现出其运动的规律性的存在。因为没有规律也就无所谓节奏,而规律之为规律,有赖于某个事物在一定向度内的延续。重复作为这种延续的基本保证,由此而成为节奏感的生成机制之一,无重复也就无节奏。同样,变化是事物获得运动性的一个前提,从语义学上讲,"运动"的概念指的是事物的静态结构被打破,形成一种不平衡状态。变化便是这种状态激发的一个动力学机制,它有助于事物内部的新的结构的建立。所以,没有变化也就没有规律性的运动,节奏感自然也就无从说起。

立足于这个基点,我们可以发现,苏珊·朗格在《情感与形式》一书

---

① 见高行健:《现代小说技巧初探》,花城出版社 1981 年版,第 63 页。

中所说的:"节奏的本质是紧随着前事件完成的后事件的准备,……节奏是前过程转化而来的新的紧张的建立。它们根本不需要均匀的时间。但是其产生新转折点的位置,必须是前过程的结尾中固有的。"指的其实是同一个意思。简而言之,也就是一个完整运动的有序化的被切断。节奏的这一本质规定性在叙事艺术中被反映得十分突出,具体来分析一篇作品或许能更清楚地说明这一点。发表于《人民文学》1986 年第 5 期上的林白薇的《从河边到岸上》是一篇节奏感极强的作品,试以小说开头的几个小段为例:

> 下雨的时候,背带河总像冒烟,河滩又湿又硬,马尾松林一片青褐色,针状叶浸满雨水,低低地坠着。这下面的河水在雨天里流得好快。那女人就在河滩上。

> 你站在桥头,离那很远,她看不见你,她不会四处张望。你可以长久地凝视她,那把笨重的洋铁皮锸铲你很熟悉,木柄上端那个节疤是椭圆形,像眼睛,……

> 捞沙女人在自己那间靠河的小石屋里点燃了灶火,她往锅里放了三瓢水,然后从枕头底下拿出一封信,这信她已经看过几遍了,……这夜的星星好亮好大。

> 你站在桥头,离那很远,她看不见你,她不会四处张望,从前你是她的命根子,从前你的头发又黑又浓。现在理着犯人头,不过你戴了一顶时兴的折叠草帽……

这里事实上存在两个故事,在叙述层上分别由两种叙述语式表达:一是由第三人称叙述所展开的关于"那个女人"的故事,一是由第二人称叙述所表现的关于整个小说的主人公"你"的故事。在结构上这两个故事被有序地嵌合在一起,形成一种规律性的交叉切割。如第一个故事线的展开依次为一、三、五……等段落;第二个故事线的展开则为二、四、六……等段落。这样,两条线互为依存,各自都借助于对方产生出一种节奏性来。因为正如第三段落是第一段落的延续,而第五段落又是第三段落的再延续;第四段落是第二段落的延续,而第六段落又是第四段落的再延续。在这里既有变化(表现在第一段落与第二段落,以及以后的三与四、五与六之间),也有重复(分别表现在第一、三、五等段落上和第二、四、六等段落上),文本的节奏感由此而出。所以,福斯特在《小说面面观》里十分干脆地下了这样的结论:在小说里,"节奏可以解释为重现加上变化。"参照那些在这方面的成功之作,这个结论无疑是能够立住脚的。

如前所述,小说中的节奏即是小说文本客体反映生活的一种方式,也是它响应小说的接受主体的艺术需求结构的一种手段,这两个方面构成了节奏在小说中的审美功能。司汤达曾经说过:"当人们说话的时候,应该用节奏来表现不同的性格,找出适于表达不同感情的节奏来。"小说主要是通过对各种人物形象的勾勒和塑造来反映生活,而人们自身的谈话无疑又是揭示其性格特点的一种最好方法。所以节奏也就具有性格塑造和形象再现的功能。这种功能的美学意义是通过节奏来反映生活,但除此之外,在小说里叙事节奏的主要价值还在于它的表现性,这主要有如下几方面的原因。首先,节奏能够矫正作品的审美偏差,使形式与内容达到高度统一。按照克莱夫·贝尔在《艺术》中提出的见解,所谓艺术品,也就是能唤起我们对某种感情产生亲身感受的物品。所以,作为主体审美感受基础的心理感知,乃是一切艺术活动的起点。然而心理学告诉我们,人们的感知在重复刺激下很容易导致疲倦,从而对相类似的信号产生抵制。所以波德莱尔提出:"不变形,就无法感知。"要使艺术接受主体对作品始终感兴趣,接受文本就必须有一定的变异性。节奏律也就在这里显示出它的贡献。小说家王蒙深有体会地说道:"一篇小说,从头至尾,疏密、快慢、虚实等是应该有变化的,同一作家写的几个短篇,更应该各有不同的节奏安排,以免给人千篇一律的单调感。"①这无疑是经验之谈,但倘若我们仅仅停留在这里,仍然会显出某种浅尝辄止的肤浅。可以对之作出补充的是,节奏固然意味着变化,但不是任意的千变万化,而是一种有序性与变异性的统一,这就为我们找到艺术领域中长期存在着的一个症结提供了可能。我们知道,有序意味着和谐与整一,这些因素作为一种形式法则,对作品审美品格的建构具有重要意义,但同时我们也看到,生活

---

① 王蒙:《漫话小说创作》,上海文艺出版社1983年版,第123页。

本身并不是必然律的忠实仆人,总是显得那样整齐划一,相反总是存在一些偶然,会出现各种各样的无序。这种无序在很大程度上构成了生活的丰富多彩,使各种期待和选择具有某种魅力。这样就产生了塞米利安所说的那种情况:"如果要使小说更加充满生活气息,我们不得不承认,条理中的某些无条理现象是艺术创作的需要。"①总体格局的有序与局部细处的无序,构成了艺术作品在美学上的一对内在矛盾,这一矛盾在性质上表现为艺术文本中情与理的对立统一。小说家在创作中能否妥善地解决这个矛盾,直接关系到其作品的审美品格。叙事节奏的功能特点使作家的这种担心显得多余。它的运动性一方面能够使文本产生变异,用福斯特的话来说就是:"它不像图案一样永远摆在那里,而是经由它优美的起落消长使我们产生惊奇、新鲜以及希望等感受。"②另一方面它的规律性又能赋予文本以某种平衡统一,从而满足艺术接受主体对清晰性和有序感的要求。表现在叙述层,"节奏赋予无序的词语以秩序,它起着组织语言、使其更易理解的作用。"③所以,通过合理地控制叙事文本的节奏,小说家可以有效地实现自己的创作意图,使作品在形式与内容的完美统一中赢得艺术缪斯的偏爱。这种统一常常体现于小说家对结构布局的安排设置上。不少杰出的作家都有这方面的成功经验。茅盾就曾称赞茹志鹃的《百合花》"是在结构上最细致严密,同时也是最富于节奏感的。"这种节奏感在小说里主要表现为残酷的战争故事同抒情的人伦关系的一种对比,是诸如中秋赏月的迷人景象与大战前夕的恐怖阴影的互相映衬。

其次,叙事节奏的审美功能也在于其内在地同人的情感系统具有一种"同构性",这一特性有助于小说家通过强化节奏来强化叙述的情绪色彩,从而达到提高作品的审美效果的目的。帕克指出:"每一种情绪(爱、恨、恐惧、忧郁和欢乐)都有一种具体的运动神经表现形式与之相适应。因此,有节奏的声音和情绪之间的联系是明显的,这种联系的基础是一种

---

① 见[美]利昂·塞米利安:《现代小说美学》,宋协立译,陕西人民出版社 1987 年版,第 220 页。

② [英]爱·摩·福斯特:《小说面面观》,苏炳文译,花城出版社 1981 年版。

③ [英]爱·摩·福斯特:《小说面面观》,苏炳文译,花城出版社 1981 年版。

共同的运动神经结构。节奏唤起运动神经'装置'——情绪的物质基础，使之立即活动起来,因而也就唤起相应的情绪本身。"①对于人的情绪的节奏特点,近代心理学早已有所注意,发现每种情绪都有它的特殊节奏,如愤怒和欣喜时节奏急促,平静时节奏显得相对舒缓,忧伤缠绵的感情在节奏上一般频幅不大,等等。反过来也一样。不同的节奏可以被用来表现不同色调的感情,节奏感的强弱对于我们的心里常常有不同的情感效应。这一发现为现代美学利用节奏来控制艺术效果提供了方便。由于节奏本身所具有的这种情绪性,小说文本可以通过节奏化而实现其艺术化,摆脱对生活原态的单纯复制,因为艺术的审美本质就是情感表现的符号化。所以,苏珊·朗格指出:"恰恰是戏剧行为的节奏才使戏剧成为一首'戏剧诗',而没有成为对现实生活的模仿,没有成为对现实生活的假装。"因为在戏剧中,"总体行为是通过对各因素的节奏性处理而形成的",其成果便是一种以情感性为突出标志的"有意味的形式"的诞生②。朗格的这一结论无疑具有普遍意义。在整个艺术家族中,音乐之所以一直占据着特别突出的地位,显然同它最富有节奏性不无关系。这一特点赋予音乐以无可比拟的表现性,使之因此而成为艺术中的艺术。节奏在小说文本中的重要由此可见一斑:正是借助于节奏的表现功能,小说得以实现其向音乐靠拢,以进入艺术境界中的圣地的愿望。但同样有必要指出的是,如果说节奏的平衡作用主要表现在故事层的结构布局等方面,在小说中,节奏的情感功能主要体现于叙述层的叙述主体的概述语言中。一部小说通过以这种语言为底色而形成的叙述语调,产生出一种审美感染力量。如冯骥才的小说《船歌》的开头:

　　那时我们几个孩子天天准时聚到海边,全都暗着脸,谁也不跟谁说话甚至不打招呼,各就各位一起推动这只搁浅的船。已经干了二十多天,只推出两米远。船头前翘,有如伸长脖子探向远处茫茫大海,船尾却陷在泥河痛苦呻吟。后边拖着一条两米来宽的深沟。船

①　[美]H.帕克:《美学原理》,张今译,商务印书馆1965年版,第148页。
②　见[美]苏珊·朗格:《情感与形式》,刘大基、傅志强译,中国社会科学出版社1986年版,第410页。

里还残积一汪昨日的海水,晃动明亮的天光,和云。……

这篇小说以第一人称的方式,叙述了一个虽然多少带点古典味但的确十分优美动人的故事,反映存在于主人公"我"与一位少女之间的那种介于友谊与爱情之间的温情,这种温情在小说一开头就通过叙述者的语言节奏特点体现了出来。在上面这一段文字里包含着若干分句,长的有十六个词(如开头第一句),短的只有两个词(像末尾的"和云")。作者这样安排的目的在于借助句子的长短参差所产生的抑扬顿挫来形成一种节奏,恰如其分地表达出一种细腻、深切,诚挚的感情。这种感情通过舒缓的语调与回忆的语式的有机结合,在我们的接受心理平面上敷下了一层特殊的美感。所以,塞米利安认为:"优秀的小说语言是富有节奏的语言",通过这种语言,"节奏赋予散文以生命的活力和运动。"①

节奏在小说中所具有的这些功能质,使得小说家们常常为了更好地形成和控制节奏而劳神苦思。具体的方法无疑很多,但所有这些方法归结起来无不是沿着两个方面展开:叙述语与故事层。前者是后者的基础,没有语言的节奏就不会有故事层的情节节奏;但后者反过来也是前者的归宿,语言层的叙述节奏说到底是为了反映故事层的节奏,并通过与之结合而形成文本节奏。所以,讨论小说的叙述节奏,不能将语言与故事截然分开。但由于文本的整体节奏是建立在两个层面的节奏因素之上,通过发挥各个层面的不同节奏特点而起作用,因此我们对小说节奏的把握,也可以分别对两者作具体地论述。一般来说,小说文本中语言的节奏主要通过语型和语式来实现,其最简单的表现也就是句子标点的位置和使用方式。对标点的不同运用,可以产生不同的叙述语型和语式,从而形成不同的叙述节奏。如:

A. 老子等你好几天了想让你再带我找个好玩的地方去玩可你老不来害得我白等妈拉个巴子现在老子去上班了下班回来再收拾你。

B. 舞曲变为探戈,舞场上的节奏慢下来,紧接在一起的人们分

---

① [美]利昂·塞米利安:《现代小说美学》,宋协立译,陕西人民出版社 1987 年版。

开,小心翼翼地共同举步,哈腰蹒行。

上面两段文字均选自王朔小说《顽主》第五章,两者在标点的使用上明显不同:A 段在语段中间取消标点,形成一个"加强句",B 段按普通语法规则标点。这种不同处理导致节奏上的差异:A 段节奏快而 B 段节奏慢。标点是停顿的标志,取消标点也就意味着减少停顿,该停顿处而不停顿,在我们的语感上语流的推进速度自然也就加快。反之,如果在一个不该停顿处通过加标点而强制性地使之停顿,整个语流在节奏上也就显得异常缓慢。这是标点方式的节奏功能。标点位置的节奏功能主要表现在按正常语法规则书写的叙述语中,标点的位置越往后靠意味着句子越长,节奏越慢,反之就越短越快。其规律恰好同前面对换。而无论怎样,语言层的节奏机制多侧重于形式。与此截然不同的是,故事层的节奏感大多来自内容,最常见的是事件的变换。如《李自成》第二卷中的"商洛壮歌"。一个单元内既有农民军与官军的战斗,也有官军镇压骚乱的杆子的战斗,两种色调、两个情节,形成一种节奏感。我国古典小说作家们凭借对小说艺术规律的朴素的体会,经常采用这种方式来安排作品的节奏。例如《水浒传》里在写了武松的故事后紧接着写花荣,一壮烈,一文秀,两个人物具有两类不同的故事,导致节奏感的产生。由于语言层同故事层是通过一些具体叙述手段,以一定的叙述方式组合到一起,因而这些手段和方式作为联结小说文本的表层结构与深层结构的中介环节,在小说中对节奏的产生同样具有机制作用。如就手段而言,在一般意义上概述与描述分别以时间和空间为轴心,因此用概念手法组织文本显得进展速度较快;反之,采用描述手段则显得进度较慢。因而,小说家通过两种手段的交替运用,就可以有效地获得一种节奏感。如:

A. 李鸣不止一次想过退学这件事了。……上午来上课的讲师精神饱满,滔滔不绝,黑板上划满了音符。……如果你走神了,她准会突然说:"李鸣,你回答一下。"

B. 李鸣站起来。

"请你说一下,这道题的十七度三重对位怎么作?"

"……"

"你没听讲,好,马力你说吧。"

C. 于是李鸣站着,等马力结巴着回答完了,在一片莫名其妙的肃静中,李鸣带着满脸歉意坐下了。……

上面的文字是刘索拉《你别无选择》第一部分开端的节录。A、C 两段采用的都是概述,B 段采用了对话描述,两相比较,概述段语流显然要快于描述段,这就产生出节奏来。这部作品的第一段基本上是上面这个格局的延伸,读来节奏感分明。再就表达方式而言,小说家李陀曾经对小说《人到中年》作过一番颇为独到的分析。他指出,在这篇小说里,第一、三、五、七和八、十、十一、十三、十四、十七等节,均是以主人公陆文婷的视点作为叙述角度。而第四、第六节则分别是从内科主任孙远民和医院院长赵天辉的角度作出叙述;第十二、十六、二十等节基本上又是从陆文婷的爱人傅家杰的视角来叙述故事。此外,在小说的第二、九、十五、十八和十九、二十一、二十三等节,作者又是采取了传统的全聚焦手法进行叙述。这样,这种叙述角度相当有节奏的转折和变换,使《人到中年》的叙述有一种很美的旋律。

杜夫海纳在他的一本著作里指出,艺术中的规律就是不断地违反规律,伟大的作品往往在取消过去的时候替我们开辟出未来。由此可见,我们以上对小说叙事节奏机制的把握,远远未能在这个话题下圈上句号。各种新的发现无疑仍将产生,但有一点无庸置疑:小说家控制叙事节奏的关键在于如何把握时间与空间的关系,小说节奏虽然以时间的演绎作为其演出的舞台,同样也以空间的配置作为其亮相的阵地。而这种关系在小说中最终落实于由语言层体现出来的叙述节奏与由故事层所反映出来的生活节奏之间,形成一种独特的审美张力。小说的所谓"节奏",也就是指的这种审美张力,这种张力是由小说文本中的时空关系所构成,通过语言—叙述层面和故事—意思层面而具体表现出来。所以,小说家所要做的,主要便是在自己的艺术操作活动中设法把握好文本的这种时空关系。金圣叹在评点《水浒传》时提出的"写急事不肯少用笔",指的也便是这个意思。如《水浒传》第三十九回,写到宋江与戴宗在江州被判死刑。此时,对故事情节的期待促使读者将阅读速度加快,然而受作者控制的叙述者却反而将叙述速度放慢：对当天早晨官府派人打扫法场、饭后点出刽子手，以及最后又如何将宋、戴二人押出吃饭等等细节一一详尽道来。正是通过这种一急一慢的叙述，产生出一种独特的审美节奏，这种节奏既保证了叙述渠道的畅通，也直接给了我们以审美享受。当代作家王蒙对此深有体会，他曾说过："叙述节奏与生活节奏的一致和不一致，形成小说的一种吸引人的魅力。"①显然，正是在这里，叙述节奏为作家们更好地表现生活、调动读者提供了广阔的用武之地。重要的是如何在创作中实际施展，理论所能做的，仅仅只是为这种施展推波助澜而已。

3. 小说的风格

到了我们这个时代，"风格"一词已经并不陌生。它不仅依然在那些美学文章及批评论著中频频露面；并且四面出击，广泛出现于各种文化行业。这种情形使得我们在涉足小说叙事风格的构成时，不得不来一番所谓的"现象学还原"，从它的发生点讲起。

诚然，在一般意义上，一部被公认为有风格的作品，往往意味着具有一种独特的创造性。但对此也不能作出过于呆板的理解。柯林伍德说得好："任何艺术家都师法其他艺术家的风格，采用其他艺术家用过的素材，像其他人已经处理过的方式那样处理它们。一个这样构成的艺术作品就是一件合作的作品，它一部分归功于被称为作者的那个人，一部分则应归功于被作者所借鉴的那些人。按照这种见解，比如我们所说的莎士比亚的作品，就并不是单纯和唯一地出自斯特拉福的威廉·莎士比亚这个人的个人头脑，而是部分出自吉德，部分出自马洛等人。"②不管这位理论家对莎士比亚的评价是否还值得商榷，这番话中关于风格的产生背景的见解无疑是十分中肯的。从发生学上讲，人类的创造活动并没有一个绝对的开端，任何创造都起源于模仿。立足于这一事实，似乎没有理由对

---

① 见王蒙：《漫话小说创作》，上海文艺出版社1983年版，第124页。
② ［英］罗宾·乔治·科林伍德：《艺术原理》，王至元等译，中国社会科学出版社1985年版，第325页。

那些学步之作过分地吹毛求疵。然而问题的症结在于:模仿固然为创造之母,但并不等于创造,尽管在后者那里多少仍带有某种来自母体的胎记,但作为一个独立的实体,它有着完全属于自己的东西,这就是鲜明的主体性。一个小说家只有凭借这一特性才能割断系结着模仿的脐带,从而使一种习得机制转换成真正的独创性。在我国当代文坛上,小说家洪峰的创作实践可以为我们的讨论提供极好的参照系。洪峰称得上一个多产作家。但当他将自己的小说大批量地投放到文化市场之后,我们在对作者这种旺盛的创作激情表示敬佩之余,却也不免有某种遗憾。尽管这些小说每篇都文通字顺,佐料齐备,配制手法也不可谓不讲究,但大都似曾相识,令人想起马原。最典型的是那篇《极地之侧》,无论是从叙述方式的选择(用第一人称对故事随意切割),还是从文体构建,都烙着"马字号"的印记。尽管他的模仿已到了炉火纯青的地步,大有"青出于蓝而胜于蓝"之势,但由于缺乏真正的主体性,使得作者充其量只能算是小说界的一位临摹高手,而不是一个真正的作家。因为他并没有在我国当代小说的长廊中,向我们提供一份独特的展品。这足以表明,不同作家的作品在风格上的差异,说到底来自他们主体性上的差异,诚如严羽所说的,"太白有一二妙处,子美不能道;子美有一二妙处,太白不能作。子美不能为太白之飘逸,太白不能为子美之沉郁"①。从这里望过去,别林斯基的这番话也并未过时:"一个诗人的一切作品无论在内容和形式上怎样分歧,还是有着共同的面貌,标志着仅仅为这些作品所共有的特色,因为它们都发自一个个性,发自一个统一而不可分割的'我'。"②

　　然而,就在我们替作家的主体性在叙事风格的产生过程中的作用作出如此明确的肯定时,似乎也有必要防止出现另一种倾向:主体膨胀。另一位作家余华的创作也可以说明问题。同洪峰相比,余华在我国当代文坛算得上是货真价实的别具一格的作家,他的近乎冷漠的叙述态度和不动声色地在故事中最大限度地将时间抹去的写作手法,使他的作品令人

---

　　① 严羽:《沧浪诗话·诗评》。

　　② [俄]别林斯基:《亚历山大·普希金作品》,见《别林斯基选集》第五卷,人民文学出版社 1958 年版。

耳目一新。但一旦读者通过了叙述的疑阵进入余华小说的文本，便会感到作品在显结构与潜结构之间存在着十分明显的错位。如他的《鲜血梅花》，通过叙述方法强化出来的通篇神秘氛围和陌生化效果，其实并没有什么进一步的寓意，充其量不过是一种在叙述方式上的故弄玄虚，因而一度在他的小说中似乎出现过的风格的影子，由于作者的这种过于自负而悄然地滑走了。这不能不让读者感到莫大的失望。不难发现，如果说洪峰的作品之所以难以形成风格是由于作者的主观性不强，那么余华小说在风格上的失落则是由于作者的主观性膨胀，后者的结果是导致另一种"伪风格"，也即"作风"。作风与风格的区别就在于：在一部有独特风格的作品中，作家的主观性是以其独特的创作个性为基础，始终同客观对象自身的质的规定性融合在一起；而在一部只有"作风"的作品里，作家的主观性是以其自身的创作癖性为转移，在这种情形下，作品内容中的客观因素受到冷落。两者在艺术表现上的不同有如幽默与油滑之有别。老舍指出："真正的幽默既是主体天性的一种显露，同时也应该是出于事实本身的可笑，而不是由文字里硬挤出来"。与此相反，油滑却是置客观事实于不顾，即便对象本身并无可笑之处，也用俏皮语言来处理。所以，幽默不失为一种风格，而油滑却只是一种作风。在这里，回顾一下黑格尔当年的一段话，不无裨益。他指出："艺术家有了作风就是拣取了一种最坏的东西，因为有了作风，他就只是在听凭他个人的单纯的狭隘的主体性的摆布。"这样，"作风愈特殊，它就愈易退化为一种没有灵魂的因而是枯燥的重复和矫揉造作，再也见不出艺术家的心情和灵感了。"所以，真正的艺术风格是艺术家们应该努力追求的，但"作风"却必须避免。那些只有作风而无风格的作品，或许能在一段时间瞒天过海地从一些幼稚的读者那里或所谓圈子批评家手中，博取一点儿廉价的喝彩和捧场，但这犹如徐娘脸上的脂粉，终究经不住历史的吹拂。由于作风同风格一样，也基于作家的个性，是他主体意识的投射，艾略特因而在《传统与个人才能》一文中，甚至不无偏激地写下了这样的名言："一个艺术家的前进是不断牺牲自己，不断地消失自己的个性。"

把握了这一点，我们也就不难理解，何以叔本华在他的《论风格》一文里,一方面强调作家的主体性,认为"风格是精神的外貌,对人物性格说来,它是比面孔更可靠的标志。模仿别人的风格犹如戴上一只假面具,不管它多么精美,用不了多久就会引起人们的厌恶和憎恨",并且指出,"在风格上装模作样就像是作鬼脸"。但同时他却说:"风格永远不应该是主观的,而是客观的",又说:"让我在这里指出目前极为流行的一个错误风格,它在文学日趋堕落和古代语言遭到忽视的情况下不断地繁衍,我是指主观性"。① 全面地看待这个问题,不难发现,理论家在这儿真正想说的,显然也是强调艺术风格的主客观统一性。对一个艺术家来说,只有这种统一才能够真正体现出他的全部创造才能,并由此而赢得读者的尊重,从而在历史上占有一个位置。剔除了由主体失落造成的伪风格(模仿),和由主体膨胀所导致的作风给风格造成的困扰以后,我们就可以看到,在艺术中,风格首先是艺术家的全部主观,包括他的性格、趣味、知识、阅历等等的体现。唯其如此,我们才能从沈从文的全部作品中发现他的湘西风格,从鲁迅的《呐喊》和《彷徨》中看到他的统一标志,从契诃夫的小说集中看到这位俄国文学大师特有的徽章,从茨威格的作品选里提取出他茨氏字号的抒情风格。同时,风格还是生活的全部客观,是生活中内在地潜伏着的那种审美逻辑所要求于艺术主体作出的一种反应。只有通过这样的考察,我们才能理解何以同出一手的《老张的哲学》与《四世同堂》不同;《阿Q正传》与《伤逝》有别;《草原》与《变色龙》相去甚远;《一封陌生女人的来信》与《象棋的故事》毫无相似之处。其次,风格也是作品的内容与形式的高度统一,正是这种统一,构成了风格在文学艺术中作为一种审美性的标志而具有至高无上的功能价值。因为一方面,艺术品必须具有某种实质性的内容,这是艺术区别于诸如地毯、领带、花瓶等多少具有一些"艺术性"的物品之处;但另一方面,艺术毕竟又是一种感性的存在,艺术以它的这种存在方式唤起我们以情感活动为核心的审美感受。这是艺术尤其是小说不同于一般的社会科学著作的地方,尽管后一类著作中有一些能被我们"艺术地"来阅读;而像小说这样的艺术中也常

---

① 　见《叔本华论文选》,桑德尔斯译,纽约伯特出版公司出版。

常会涉及某种抽象思考,以其独特的方式向我们提出一些形而上学的问题。由于这个缘故,艺术中的形式和内容,对于风格的形成都有其重要意义。这样,概而言之,艺术中的所谓"风格",也就是以主客观统一为基础,通过内容与形式的有机融合表现出来的一种审美特征。

风格的这一规定性要求小说家在通往风格化的道路上,必须认真地处理好下述几方面的关系。首先是把握自己的主观条件,顺应主体优势去接纳生活。风格既是以主客观统一为基础,首先存在一个实现这种统一的可能性的问题。尽管一位成熟的作家的主观性总是体现出一定的丰富性,但另一方面也必须认清自己个性的特点,不作勉为其难吃力不讨好的事。因为任何事物都有它功能的临界点,再丰富的个性作为个性也就意味着有所侧重和某些特点,因而在表现生活时有所长也有所短。这就要求作家有必要像歌德所说的那样,"懂得限制自己的范围而不旁驰博骛"①。创作素材只有在被作家主观所"同化"之后才得以真正进入艺术领域。这样,"对本身有自在价值,也就是本来具有诗意的材料,也需要契合主观世界才能被采用,如果不契合主观世界,那就用不着对它进行思考了。"②其次是吃透对象,顺应客体内在的要求去艺术地加以反映。这同样也是为实现主客观的统一所必需的,这种统一在主观方面是充分显现主体的个性,在客观方面则是充分表现出对象的特点。所以,即便对于那些最适合其主观条件的创作对象,作家也不能随心所欲地予以表现,而应该根据对象的条件去发挥。孙过庭《书谱》在论述王羲之书法风格的变化时,就十分敏锐地指出了这一层道理:"写《乐毅》则情多怫郁;书《画赞》则意涉瑰奇;《黄庭经》则怡怿虚无;《太师箴》则纵横争析;暨乎兰亭兴集,思逸神超;私门诫誓,情拘志惨。所谓涉乐方笑,言哀已叹。"再次是形成某种清晰独特的情思,并使之构成作品的内容。在内容与形式的关系上,内容总是起决定作用的。而在艺术中,内容主要也就是艺术家对生活的情感评价和审美发现,以及表现这些东西的社会生活。所以,尽管

---

① 〔德〕爱克曼辑录:《歌德谈话录》,朱光潜译,人民文学出版社1978年版。
② 〔德〕爱克曼辑录:《歌德谈话录》,朱光潜译,人民文学出版社1978年版。

艺术并非只是为的说出一些思想,但思想性在艺术中从来不会无影无踪,它总是通过形式决定着作品的价值。这就要求艺术家,特别是小说家在追求风格化时必须优先考虑他所企图表达的思想。正是在这个意义上,叔本华说道:"优秀风格的第一条规则是作家应该言之有物","一个朦胧和含糊的表达方式在任何时候,任何地方都是最坏的风格的迹象。在百分之九十九的情况中它都是来自思想的含糊"。最后,作家还必须把握好媒介和手段,根据它们的特点来安排内容。因为,如果说艺术的内容是主体方面的情思与客体方面的生活内容的结合,那么艺术形式则是体现这种结合的物质基础,具体说也就是媒介、手段和体裁。这些东西所具有的那种相对的独立性,使得它们对艺术风格的构成也同样具有发言权。所以,作品的风格化要求作家在创作中必须"循体成势"。陆机《文赋》曰:"诗缘情而绮靡,赋体物而浏亮,碑披文以相质,诔缠绵而凄怆,铭博约而温润,箴顿挫而清壮,颂优游以彬蔚,论精微而朗畅,奏平彻以娴雅,说炜晔而谲诳。"也就是说不同的艺术形式有助于促成不同的艺术风格。

　　至此,我们对风格的基本面貌及其构成已有了一个大致的把握。如果缺少这种把握,就难以拨乱反正地澄清一些基本事实。但仅仅停留于此,也会流于空泛,所有那些不无道理的思想仍有可能沦为一些似是而非的空谈。要真正把风格问题说透彻,需要进而作出更深层的阐述,在我看来,大致有这样三个方面还有必要加以强调。首先,作家对风格的创造必须突出其创作个性。因为风格的本质特征,乃是一种不可重复的审美独创性,作家正是凭借这种独创性才得以向我们提供完全属于他的审美发现。所以扬格说:"独创性作家是,而且应当是人们极大的宠儿,因为他们是极大的恩人,他们开拓了文学的疆土,为文学的领域添上一个新的省区。"①但分析起来,这种独创性主要来自作家的创作个性。这种个性虽然不能等同于作家本人的内在个性,但却无疑是以后者为基础而形成的。在作家的创作个性中,保留了他内在个性的那种不可重复性。1943 年在

美国北卡罗来纳州举行婚礼的新郎班克兄弟,是一对连体人,但兄弟俩的脾气完全不同,一个暴躁一个随和,两人的兴趣爱好也迥然有别。1953年出现于苏联新闻报道的一对四岁连体小姑娘也是这样,她俩虽拥有同一个心脏同一个血液循环系统和同一个肺、胃,但也由于各自有单独的大脑而性格迥异。这雄辩地证实了古人关于气质"虽在父兄,不能以移子弟"的观点。从形态学上讲,艺术风格的独创性内在地是以题材、主题、手法以及语言等的独特性为基础的,而这些因素的独特性无不受到创作个性的支配。如列·托尔斯泰在《战争与和平》一书的序言里明确说道:"我知道永远没有人会说出我要说的,这不是因为我要说的对于人类异常重要,而是因为生活的某些方面对别人说来是毫无意义的,只有我一个人由于我的发展和个性特点才认为是重要的。"而冈察洛夫的这段话也是众所周知的:"我有自己的园地,自己的土壤,就像我有自己的祖国、自己的家乡的空气。"至于语言形式和思维方式等同主体个性的联系,也早已为现代性格心理学的研究所证实。1860 年,法国的阿倍·米勒神父从不同个性的人那儿收集了数以百计的书写样品进行编排分析,从中发现性格相似的人在书法上很有相似之处。因为个性作为个体的人的心理结构的基础,制约着人的动机和兴趣的形成以及价值观和信念的培育,所有这些因素通过对人的需求结构和内涵、倾向等所产生的影响而支配着人的整个社会活动。所以在作家的创作活动中,创作个性是其主体性的集中体现,正是通过它,作家才得以形成自己对生活的独特体验和见解,找到表现这种东西的独特手段和方式,并对题材作出完全属于自己的独特的开拓。由于这个缘故,在某种意义上我们可以说,叙事作品的风格也就是叙事主体的创作个性打在叙事文章上的标志。因而为了获得风格,小说家必须首先形成一种真正的创作个性,而这又有赖于作家对自我有真正透彻的了解。许多作家曾作过这项工作。勃兰兑斯就曾指出:"托尔斯泰初露头角时,是一位自我观察家和自传作者。"托尔斯泰自己也说:"对我有意义的是(通过记日记和重读日记),我看到自己的发展。主要是在于我要从自己生活的痕迹找到一个起点,找到一种引导我的志向。"

　　但创作个性毕竟只是风格赖以形成的内在心理机制。如前所述,风格的实际形态总是存在于作品之中,体现为艺术的内容与形式的统一。这是毫无疑义的。需要认真考虑的,是具体实现这种统一的方式。事实表明,正是在这里,许多关于风格的很好的理论纷纷落入陷阱之中。多年来,我们在强调内容对形式的决定性作用,指出艺术中的形式只是在它成为"不是形式的形式"之后才有存在价值时,有意无意地忽视了这样一个简单的事实:这个被内容所决定,为表现内容而存在的形式,却是内容最终安营扎寨的所在。换言之,内容与形式统一于形式而非内容,内容体现于形式。因而在我们的艺术接受活动中,具体地接触的只是形式,在这里,内容已被形式化了,只有这样它才能够生存于文本之中。正是在这个意义上,维戈茨基才提出了"艺术的法则是形式'消灭'内容"这一著名论点,因为只有欣赏形式中的内容才是真正欣赏艺术,否则,对内容的单纯欣赏无异于欣赏生活本身。因为当内容使自己"容纳"于一定的形式之中时,事实上它已经被"修正",这个过程也就是文本被授予艺术之精的过程。在小说中,"事件通过这样的结合和贯穿,不再像实际生活那样混乱不堪;它们像旋律似的贯穿在一起,通过自己的起伏和转折,宛若挣脱了束缚它们的线索。"[1]这意味着艺术的特质是通过形式对内容的转化而来,如果说,形式与内容的关系,在诸如科学著作的非艺术文体中多少有一些类似于产品与包装的关系,那么在艺术中则真正达到互为一体:形式就是内容。因而,作为使这种转化得以成功地实现的标志的风格,也只能出现于形式之中,这种形式在不同艺术样式里借助于不同艺术媒介而存在。由此而进,我们看到,当凯塞尔提醒我们,"风格研究最重要的事情,不光是观察能够表现自己的东西,同时也要观察它怎样表现自己。风格研究要认识语言能够达到的成就和它怎样达到它的成就"[2];当威尔里指出:"风格,这不是人。在严格的规律性意义上,只有作品风格,即作为仅仅指向自身的整体结构,隐藏着诗意世界的完整的感知来理解的风格,才

---

①　[苏]列·谢·维戈茨基:《艺术心理学》,周新译,上海译文出版社 1985 年版,第 205 页。

②　[德]沃尔夫冈·凯塞尔:《语言的艺术作品》,陈铨译,上海译文出版社 1984 年版,第 435 页。

能成为文艺学的对象"①;当理查德·泰勒干脆宣布:"风格是人们运用语言的方式不同而具备的一种功能,它关系到词句的选择安排以及措辞的格式"②时,无疑都一致地表现出了一种十分深刻的洞察力。对于这些见解,极端地以"形式主义"来予以否定当然会显得肤浅,轻易地用"纯客观论"将它们打发也会使我们步入歧途。因为所有这些冒着绝对化危险而作出的阐述,并非否定风格生成的心理因素和社会根源,而是强调这些因素作为"潜风格",最终要落实于形式之中。对小说来说,语言就是它的形式。因为在文学中,作品的内容和风格无不经过语言的洗礼。所以,威克纳格的如下定义可以为我们所借用:在语言艺术中,"风格是语言的表现形态,一部分被表现者的心理特征所决定,一部分则被表现的内容和意图所决定"③。这一定义的确就像他本人所说,"既不过宽,也不过窄"。威氏在这里显然强调了文学风格的内容与形式、主观与客观的统一,但他并不是泛泛而论,而是将这种统一明确地置于语言的背景里,以语言风格的形成作为归宿。这无疑是言之成理的。从实际创作来看,之所以每当我们谈论鲁迅、老舍、沈从文等的风格时,很难不同他们的语言联系在一起,原因就在于我们正是通过作品的语言风格来认识它们。在这个意义上,叙事作品的语言风格就是它们的审美叙事风格,二者实同名异。意识到这一点,一个新的结论也就不言而喻了:小说风格化的形成,在很大程度上取决于小说家对语言的掌握和调遣。

上面所述分别从两个方面对叙事风格的构成作出了强调:从叙事风格作为一般艺术风格的共性来讲,必须强化叙事主体的创作个性;从叙事风格作为一种语言艺术的特点来讲,必须注重小说家的语言能力。但小说不仅是一门文学艺术,它还是一门有别于诗歌的叙事艺术,因此表现在风格化上,还应当有更为特殊的要求:对题材的特点给予最高级别的礼遇。威克纳格在谈到风格时还曾指出:"就史诗诗人来说,由于他的观点

---

① 威尔里:《总体文艺学》第80页。

② [美]理查德·泰勒:《理解文学要素》,黎风等译,四川大学出版社1987年版,第107页。

③ [德]歌德等:《文学风格论》,王元化译,上海译文出版社1982年版,第18页。

要求最大的客观性,由于他并不是从内部提取他的观点和材料,而是完全从外部把它们吸取到自身里面来,所以当主观因素减至最低限度时,我们就可以发现外在的表现——风格——也是值得赞赏的;因为这个因素只有在诗人带来浓厚的主观色彩的情况下才能广泛地显示出来。相反,如果在抒情诗人那具有个人抒情色彩的诗歌特点里面找不到一切诗人的共同风格,没有人会责备他。他愈有个性,就愈接近他的最内在的气质。"①不难看出,威氏在这里所说的史诗与抒情诗在主客观问题上表现出来的不同情形,也就是文学的叙事艺术与抒情艺术在风格化上的不同特点。同抒情诗相比,小说在风格上显得客观性更强一些。这是由小说本质上属于一种再现艺术所决定的。具体地讲,小说是以向我们全方位地展示现实生活的实在形态和历史人生的生存本相的名义,而得以跻身于艺术家族之中;因而它只有在首先充分地描摹了大千世界的丰富多彩而不是细腻地捕捉主观宇宙的微妙曲折,以摇镜头的方式展示出历史的纵横场面而不是用定格的手法透视出心灵的隐秘内涵,从而满足了我们对存在环境的好奇心和认识欲等等而不是内心情绪的宣泄欲和抒发需求之后,才能真正博得艺术女皇的认可,取得通往审美伊甸园的签证。当然,人的外在世界与内部宇宙并不能截然被分隔开,因而小说与诗的分工也常常是分工不分家,你中有我我中有你的。但这种礼尚往来只有在小说完成了本职工作之后才能进行,以明修栈道、暗度陈仓的方式付诸实施。小说与故事之间那种不是冤家不聚头的关系也便是由于这些个姻缘纠葛而产生。这种关系决定了小说尽管不等于故事但决不能没有故事,因为正是故事替小说承担了再现生活的职能,小说借助于故事的框架结构和时空背景才得以从容自在地舒展历史画卷,吐纳时代风云。意识到这一点,那么同时我们也就不能回避这样一个事实:如同主观情思的选择在抒情诗的风格建构过程中具有举足轻重的作用,客观题材的处理对于小说风格的形成具有十分突出的影响。因为小说中的故事不是别的,正是经过作家安排的事件,它们来自于被作家作为创作对象而纳入到审美视野里来

①　见[德]歌德等:《文学风格论》,王元化译,上海译文出版社 1982 年版。

的客观题材。从这个意义上讲,当意象派大诗人埃兹拉·庞德在他的《阅读基础知识》中率直地宣称"人们是为欣赏题材而阅读小说的"时,固然不乏某种诗人对小说的一贯的傲慢,但却并非纯属偏见,而是道出了长期以来一直为那些一本正经的小说家们羞羞答答地加以掩饰,但却明摆着的一个事实。而立足于这一点,我们也就可以认为,一种良好的叙事风格的建立,必须以小说家对创作题材的极大尊重为前提。

当小说家对所有这些问题有了自觉的意识并作好了相应准备之后,叙事风格的降生也就有了现实基础。然而除此之外,我们还必须对风格生成的两条一般规律——风格的构成性和发展性——有清醒的认识,并在创作实践过程中认真对待,否则,风格就会像一个早产的婴儿那样干瘪羸弱,甚至窒息于母体之中。风格的构成性来自于风格与形式的关系。如前所述,艺术的风格总是同艺术形式异体同生地连接在一起,随着艺术形式的诞生而诞生。但艺术形式并不是可以被作者借助于构思阶段的某种想象和思维所"预制"的。艺术生产与物质生产的区别也就表现在这里,后者的产品在其生产活动开始之前便已"观念地"存在于主体意识之中,但前者的产品却只能像旭日浮出海平面那样,逐渐成形于具体操作过程。这并非否认艺术构思的重要性,而只是说这种构思虽然启动于操作之前,但发展于操作之中,完成于这个活动结束之际。所以,艺术构思与艺术操作同步,这也正是艺术形式具有"滞后性"的原因所在。它表明,作为艺术家审美发现的最终体现的艺术形式,在本质上具有一种构成性。一个艺术家只有在他完成了这个作品之际才可能看清它的全貌,就像母亲只有在孩子坠地之后才能知道自己生的究竟是男是女。一个孩子的降生给人间带来生命的喧嚣,一部伟大作品的出现向我们展示出一种新的风格。因而,"对于真正的大师说来,风格从来不是已知的结果,而是一个未知数。"①它固然孕育于作家对素材的整理。意蕴的提取和手段的选择等等环节之中,但只有在操作活动的过程中才开始真正生长。因为风

---

① [苏]米·赫拉普钦科:《作家的创作个性和文学的发展》,满涛等译,上海人民出版社1977年版,第189页。

格的体现载体语句词组只是随着这种实际操作才开始具体地涌现出来，各自进入它们的位置。而在这当中，存在着许多种组合方式，这种情形同时也就给风格的具体呈现提供了各种可能性。所以，对于一种艺术风格的最后构成，当一切准备就绪以后，实际操作阶段便具有决定性意义。用苏联诗人安托科尔斯基的话来讲："在艺术中，最重要的是过程、形成、斗争、探索、为自己开辟河床的无穷无尽的潮流"，这就要求小说家在写作活动中，投入自己的一切才智，调遣自己的全部能力。司汤达在致巴尔扎克的一封信里说道："我有时花费刻把钟来思索这个问题：把形容词放在名词前面呢？还是放在后面？我要把我心里要说的话（1）正确地和（2）准确地讲出来。"这种惨淡经营无疑并不轻松，常常会让作家感到一种语言的痛苦。福楼拜在谈到这个问题时深有同感，他曾说："有些夜晚，文句在我脑子里像罗马皇帝的辇车一样滚过去，我就被他们的振动和轰响的声音惊醒。即使在游泳的时候，我也不由自主地斟酌着字句。转折的地方只有八行，却费了我三天。……已经快一个月了，我在寻找那恰当的四五句话"[1]，但这大概就像一个孩子的出生那样，是一种真正的叙事风格的诞生所必有的心理阵痛，是小说家无法逃避的。然而，如果说这种语言的阵痛是一个小说家为获得风格所必须付出的第一次代价，那么，能否不断地自我超越和更新则是他为保住风格所必须经受的严峻考验。因为模仿别人固然不能获得风格，重复自己同样也只能使风格得而复失，艺术风格的独创性意味着真正的风格只能存在于不断的发展中，这就要求作家能够超越自己。我国文坛上有位作家马原的创作历程可以引以为戒。马原从《冈底斯山的诱惑》以来逐渐形成的那种以"叙述者"为轴心通过时间跳跃和时间错落的方式而展开的叙述手法，在一段时间里的确曾独树一帜，形成了一种新的叙事风格。当马原在他以后的所谓冈底斯系列中不厌其烦地重复自己，固守在自己那一小块地盘上自得其乐，他原先在读者和批评家那里所取得的荣誉和期待消失了。如果说洪峰、余华们因

---

① 福楼拜致乔治·桑的信，转引自［苏］米·贝京：《艺术与科学——问题·悖论·探索》，任光宣译，文化艺术出版社1987年版。

为模仿化和作风化而遗失了风格,那么马原们则因过早闭门自守而功亏一篑。这让我们想起威克纳格的一番话:"独特的风格是不平凡作家的标志,那些较低一流的作家无法企及此境。"①大概也正是由于这个缘故,那些动了真格的小说家们对风格化才如此心向神往,不惜穷毕生努力去追求它。尽管我们不能期望所有的小说家都向他们看齐,但当他们在这条路上筚路蓝缕地艰难跋涉的时候,我们没有理由不向他们表示敬意。因为只有在小说家们都能为形成自己的风格而惨淡经营之时,我们的小说创作才有可能出现名副其实的繁荣。

---

① 见[德]歌德等:《文学风格论》,王元化译,上海译文出版社 1982 年版,威克纳格文。

结　语

从形态学的角度看小说

A. 歌德曾经说过,凡是值得思考的事情无不是已被人们思考过的,我们所能做的,仅仅只是重新加以思考而已。这种"重思"若想获得某些新意,角度的调整和方法的更新就显得十分必要。而"小说形态学"作为一门在当今文论界方兴未艾的文艺新学科,无疑能为我们重新审视小说艺术现象,开辟出一条新的途径。在本书的文字里,我尝试着沿着这条新途径在小说世界里攻城略地。有必要指出的是,如果战绩最终被证明不尽如人意的话,责任不在于这门学科本身的缺陷,而在于我的努力不够。因为在学术研究这块苑地里,收成的好坏被证明从来不与汗水的多少成正比。

B. 正如我在本书"绪论"中已经指出的,从形态学的角度看小说,也就是从形式和要素两方面入手,对作为一种"文本"的小说作品作出探讨。在这里,批评所聚焦的既非小说与主体(作者和读者)的关系(这通常由"小说心理学"来研究),也不是小说与客体(世界和历史)的关系(对这种关系的探讨主要由"小说社会学"来承担),而是小说的自身存在,这种存在通常表现为各种各样的作品。因此,就像《小说叙事学》在某种意义上可以被归结为是对"如何写小说"的解释,对小说的形态学研究事实上也就是在对小说的方方面面作出分析的基础上,使我们明白"什么是小说"。毫无疑问,这是一项吃力不讨好的差事,因为实际存在着的小说现象是十分复杂的,具有多样性和易变性。如果说这种状况使得任何一种小说理论都无法扮演包打天下的角色,那么对于小说的形态学研究来说,则更容易露出破绽。因为经验表明,对于任何一种定义化的概括,人们都有可能发现其"盲点",以致一些聪明的批评家们在各自的文章里,干脆以"小说不是什么"来取代"小说是什么"的命题。

C. 显然,正是这种"小说无法被定义"的现象,使得人们渐渐对语言艺术中究竟是否存在着"小说"这种东西产生了怀疑。在我看来,这种怀疑固然事出有因,但并无多少道理。因为不仅在具体的审美文化中的确存在着"小说"作品,而且在抽象的艺术概括里,我们还是能够提取出一个大致适用的小说定义:所谓"小说",也就是通过书面语而存在的,具有言语魅力的故事。在这里,语言的作用在于"创造"而不是"转述"一个故事。所以,语感、故事和文字,这是任何一部真正意义上的"小说"不可缺乏的三项基本要素。缺乏"语感"魅力和言语滋味的故事仅仅是"故事"而不是"小说",不借助于文字而存在的故事乃是"戏剧",没有故事出席的文字宴会可能是"诗歌"和"散文",也可能是什么都不是的文字游戏。

D. 这便是我在本书里所持有的最基本的小说观。这一观念来自于我本人对古今中外那些大量的小说杰作的阅读和欣赏,现在回过头来用以指导我自己对小说形态的研究。它是本书在理论上的逻辑基点,事实上,以上各个章节乃是从不同的方面对这个基本观点的阐述。通过这种阐述我们可以看到,小说的命运是紧紧地同故事的命运联系在一起的,小说的本质存在于语言与故事的关系之中。因此,通过对小说的形态学研究,认识小说的基本特质和一般特点,不仅有助于更好地开展小说批评,同样也有助于小说的创作和欣赏。反过来也一样,探讨小说的创作和欣赏规律,无疑也能进一步加深我们对小说的艺术形态的认识。从这个意义上讲,"什么是小说"的问题虽然是小说形态学所要着重加以探讨的问题,但并不为这门学科所垄断,而是所有小说理论和批评都必须面对的"元问题"。对这个问题的比较完善的解答,不仅需要小说形态学,同样也需要小说叙事学及小说阐述学的介入。

E. 歌德还曾说过:理论是灰色的,生命之树常青。在日新月异的现实生活中,那些被人目为"先锋"的理论事实上常常处于后卫的位置。对小说理论来说,要想与创作实践相同步更是艰难,因为同所有的艺术形式相比,小说可以说是最贴近现实生活的。单是这一事实就足以瓦解小说批评在面对实际的艺术现象时感觉过于良好;但反过来,小说批评也不应该因此而垂头丧气。因为对于人类漫长的文明旅途来说,真正重要的并非是思考的结果,而是思考的权利。如果说学术领域里的权威崇拜意味着浅薄,那么人类思想范围内的独断专横则只能标志着无耻和卑劣。所以,我在结束这本书稿时,还想说的是,留在本书里的文字并非是替有关小说形态的探讨圈上句号,相反的是想吸引更多的批评家来到这块苑地里精耕细作,从而使小说这门艺术能在未来的岁月里梅开二度,再谱新曲。

后　记

　　说起来,这已经是我正式出版的第三部专著了。迄今为止,在所谓"文艺美学研究"这块苑地里,我也已经耕作了十年有余。在人生的道路上,35岁的年龄似乎还充满着希望,然而毕竟已不再有那些虽不现实但却令人神往的梦;青春岁月对于每一个人都是最珍贵的,我把它留给了书本。

　　我知道,并非只有我在这样做。至少,我的前辈们以及同龄人——那曾被十年"文革"耽误过的一代,他们中有许多也曾经这么做过或渴望过这样生活。对于我们,读书是一种幸福,写书则是一种倾吐——向我们的亲人、朋友、同路者抒发自己来到这个世界之后的种种感受。我无法担保这些感受于我们身处的这个世界一定有多少意义。我能肯定的仅仅是,当我让自己本该以更为沸腾的形式去实现的生命,在寂静的书页中悄悄流过时,心里终究留存着一点率真。在今天看来,这无疑只是一种一厢情愿的心理。但我仍以为,人类固然能够对生命作终极追问,但永远无法拥有对这个命题的终极回答。时至今日,重要的显然已不再是居心叵测地去制造一个垄断真理的神话,而是最大限度的给予并运用思考的权利。只有做到了这一点,人们才可以去大声歌唱:明天会更加美好。人类永远处在大海与陆地形成的张力之中;人生总是难以摆脱历史与未来这两种现实的诱惑。记忆是无法彻底被抹去的,童年的情结尤其会缠绕一个人的一生。在我,迄今为止的这一切都起始于东海之滨的一个小岛。曾几何时,正是雨声淅沥中走在它那明净幽静的小巷时,留下了我对这个世界的第一印象;正是在独自伫立堤岸边面对广阔的大海倾听浪涌叩击礁石的响声时,开始了我的人生启蒙。我珍惜它,尽管这最初的启蒙所投下的,远非是对生活的真实观照,更多的是一种"乌托邦"式的幻想;我怀念它,虽然到了今天,每次在我假期回岛上小住的日子里,我总是难以忍受它迄今依然如故的狭小和日甚一日的那种平庸。

回首往事,我所能说的,似乎也只是将已被先行者们嚼烂了的话再重复一遍:这就是人生。像许多人一样,我也曾天真地以为,人世间的许多故事仅仅从自己身边开始。有朝一日恍然大悟,好戏其实早已开场,一代代人所做的,在某种意义上其实是同一个梦。我也一度有过十分强烈的学术优越感,以为要征服无知,唯有取道于书本。渐渐地才终于发现,良好的感性比贫血的理智更为真实,学会健康地生活,这才是问题的根本。我不知道仰仗达尔文的发现,人类是否已能成功地解答了"人从哪里来"的道理;我也不清楚 21 世纪的高科技是否能使我们最终澄清"人往何处去"的困惑。我只是深深地意识到,如今,当我站在大学讲台上面对着一张张比我更年轻的脸时,我越来越渴望沉默。

当然,读书并非毫无益处。几十年的书斋生涯使我明白了一个道理:世界是多元的,天堂只能存在于我的想象之中。正如白天与黑夜不可分割,相聚不易,别离也难,无奈与遗憾,这是人所能拥有的全部。从中我也看清了一个事实:生活毕竟不同于足球比赛,对于它,黑衣法官永远缺席,执法严明自然便无从言说。于是,从有意无意的碰撞到花样翻新的倾轧,这便是我们所必须面对的现实。问题是心总是在期待着奇迹:渴望好人真的能一路平安,祝福有情人终成眷属。超越平庸,这是人性永恒的呼唤,只要地球上还有"人"这种生物存在,他或她就不会泯灭对梦幻之乡的神往。所以,"乌托邦"并非是"虚无"的同义词,它仅仅是对人类的终极需要的一种投射;而通过它发出的耀眼光芒,诗(文学、艺术)便拥有了自己存在的理由。

现在,终于到了向自己的青年时代告别的时候,愿这本书的出版能充当一种小小的仪式。它交稿于我在杭州大学中文系工作期间,出版于我来浙江大学中文系任教之际。十年前从定海到杭州的迁徙，我完成了自己的人生转折；十年后从杭大到浙大的调动，我实现了自己的事业理想。从一个单纯幼稚的大学生到文学教授，这便是我在这十年内走过的路；经受过失败的痛苦，濒临过颓废的边缘，更多地领略了友谊的温暖和爱情的美丽，这便是我在这十年的所得。也许我该轻轻地说一句：我仍是幸运的。可是，青春无悔吗？我明白自己是别无选择，故乡的纯朴民风与大海的开阔明朗注定了我这一生难以摆脱对浪漫精神的膜拜。但我也更清楚，青春无价，那已经一去不返的生命的单纯喜悦，将会在未来的日子里日益强烈地表现出它对于存在的意义。

该打住了。在这最后一点篇幅里，我想借此机会对曾经给过我安慰和帮助的人们奉上一点谢意。他们是我的父母双亲，我感谢他们的养育之恩，多年来他们一直相依为命，承受着我这个独子为了学业而无暇旁顾的困难。他们是路甬祥、吴平东、梁树德三位教授，我感谢他们在我十分需要帮助之际向我伸出援手，为我提供了良好的工作环境；从他们那里，我看到了希望不会让绝望一统天下，公正在今天虽已步履维艰，但也并未因此而退避三舍。他们是骆寒超、钱中文、张德林、史瑶等师长，我感谢他们在学业上给予我的鞭策和关怀，倘若失去这些，我在事业上的跋涉无疑将会更加艰难曲折。他们是张春林、斯章梅、钟仲南先生，我感谢他们为这本书的出版所倾注的巨大心血，读者如果能从本书中多少得到一些收获，相信不会忘记他们的功劳。他们是我的许多编辑朋友、专业同行、少年伙伴，以及学生和爱人，我感谢他们在过去的岁月里曾给予过我的挚诚热烈的友情和刻骨铭心的爱意。这是永远不会被忘记的，只要我一息尚存。

徐　岱

1992 年 7 月于浙大求是村

再 版 后 记

　　本书是我真正踏入文艺学领域后，在差不多同一时期内写作出版的三本书之一。1990年我的第一本个人学术著作《艺术文化论》由人民文学出版社出版，近40万字的篇幅虽没有指点江山的雄心，但确实属于高谈阔论之作。不能说这样的谈论有什么"原罪"，在那个时代这样的写作有其历史意义。但其坐而论道的特色使它多少有点不接地气。尽管这种状况在当下的中国学界依然是主潮，但迄今为止我还是认为，人文研究有必要认真聆听胡塞尔曾一再强调的，更多地注重一些属于"小零钱"的思考。毫无疑问，那些"宏大叙事"相比之下显得更有吸引力，当时出道不久的自己同样一度为那些大词大话而兴奋。为了试着改变这种习惯，我决定投身于小说理论，写了近80万字两部书，这本《小说形态学》即其中之一。

　　转眼30年过去了。虽然我的研究范围兜兜转转，似乎慢慢又回到了对有别于大词大话的重大问题的关注，但对"小说与故事"的相关思考也从来没有终止。因为我始终赞同这样的见解：作为人文研究宗旨的"人文关怀"，其目标主要落在人类文明方面；如果说一部文明史就是人生充满喜怒哀乐的命运，那么它其实就表现为形形色色的故事。而事实已经证明，正是小说而不是影视作品才是充分呈现一个好故事的舞台。我理解，这或许也就是伟大的爱尔兰作家王尔德当年提出"文学是一切艺术之王"（大意）这个观点的原因。换一种行话式表达：存在本质上是故事化的,生命蕴含着故事。所以我近些年出版的著述中,不仅有关注中国女作家写作的《边缘叙事:20 世纪中国女性写作个案批评》和关于金庸先生作品的《侠士道:金庸小说与中国精神》两本关于小说作品的解读;在 2014 年 9 月还出版了《故事的诗学》,以替代我曾经计划写作的《小说语义学》。不论这些著述的名称多么不同,它们的共同性在于都是关于小说艺术的研究。如果说这之间有什么最大区别,那就是不同于近些年的小说研究著述,《小说形态学》于我是一种青春记忆。

回看当年的心路历程,有些东西一以贯之:曾几何时,正是在雨声淅沥中走在它那明净幽静的小巷时,留下了我对这个世界的第一印象;也正是在独自伫立于堤岸旁面对广阔大海聆听浪涌叩击礁石的涛声中,开始了我的人生启蒙。驻足于一个属于"后人类"的时代,我明白这种古典情怀早已显得很不合时宜。但重新打开这本书,我也再次感受到它的意义和价值。这当然不仅仅是其中留存的那个特殊年代的气息仍能让人回味,更在于它所试图阐述的那些道理和对相关文本的分析,迄今仍然生动鲜活富有生命力。通过书中对那些西方小说名著和 20 世纪 80 年代中国优秀小说家作品的跨文化比较与分析,从中得出的关于小说艺术奥秘和什么是以及如何讲好一个故事,种种心得与见解对于今天的小说读者和作者,仍然具有启发性。尤其是展望"后疫情时代",当那些"灯塔国"的光芒逐渐熄灭、使全世界有常识的人走出对西方世界主宰文明话语权的迷思,让作为"中国学者"的我们终于能够明白一个早就应该懂得的道理:至少在人文研究领域,拥有跨文化视野的非西方学者的研究,在某种意义上更具独特性。事实上,许多年前当赛珍珠在其文章中指出,尽管中国古典小说名著《水浒传》的写法与西方经典小说完全不同但却可以相提并论时,这其实也意味着评价一部小说的成败优劣的标准并不需要依据西方评论家们的理论。

这也是这本《小说形态学》可以也应该得到重版机会的理由。它的品质保证来自作者对孔子"修辞立其诚"的严格遵循和落实。30 年前,它与《小说叙事学》同时写作、先后出版。但与前者在"中国社会科学出版社"正式出版后便一直广受好评不同,这本《小说形态学》显得颇受冷落。

我不知道这是否与当初出版它的出版社不注重发行有关,一度为此略感郁闷。直到互联网的运用终于普及,有一天我从知网上意外发现一篇关于此书的评论文章,这种情绪才终于释然。这篇发表在《张掖师专学报(综合版)》1995年6月的文章,题为《行进中的小说形态学:读徐岱〈小说形态学〉》,作者唐援朝教授曾任河西学院中文系副主任、河西学院学报编辑部主任。文章这样开头:"小说就是小说,一种文体,一种文学样式,如同什么是诗歌、散文一样,至于它的形态,似乎不言自明,而徐岱竟为此写了厚厚一本《小说形态学》。那封面是银白、浅灰和淡紫相间,隐然透出一股冷漠凝重和深沉,让你感到它强烈的理论色彩和沉甸甸的分量,你不敢贸然翻开它,先从最后看看如何呢? 先入眼帘的便是《后记》。"紧接着是一段引文:"说起来,这已经是我正式出版的第三部专著了,迄今为止,在所谓'文艺美学研究'这块苑地里,我也已经耕作了十年有余。35岁的年龄似乎还充满着希望,然而毕竟已不再有那些虽不现实却令人神往的梦;青春岁月对于每个人都是最珍贵的,我把它留给了书本。"

这之后文章作者展开自己的评论:"这段话的意义当然不在于35岁多么年轻,三部专著分量多重,而在于作者对'文艺美学研究'的自信,对不倦地追求艺术境界的不悔,还有他多方面的思考和一以贯之的真诚。于是把书正过来从第一页看起,那生动流畅的叙述,睿智精到的分析,真挚热烈的情感倾泻于字里行间,让你爱不释手。于是在这种赏心悦目的解读中,你走进了作者的世界,你理解了什么是小说形态学。"在我的学术生涯里,几乎没写过书评,但常常阅读那些"论书"的批评文章,从中获得不少启迪心智的营养。虽然也陆续收到过不少读者来信(大多是文学专业的博士生),但从未读到过这样一篇关于我自己著述的评论文章。此时此刻,在我为写这篇"再版后记"而重读唐援朝教授的这篇文章时,那种挥之不去的感动,无法用一句简单的"谢谢"表达。这当然不是因为文章给予了《小说形态学》以很高的赞赏,而是真诚的学术写作终于获得了同样真诚的回应。所以时隔多年,我依然要向唐援朝教授表示一份迟到的敬意,求真的学术写作从来都是面向同样求真的读者的,一本书如果能遇到这样一位读者,那已足够幸运。

这个再版"后记"写得已足够长,在准备就此打住之前,我必须向本书编辑安新文女士表达诚挚的感谢。这同样不属于"按常理出牌",而是实话实说。如果没有她的积极支持,本书不可能有重版的机会。感谢她对我的学术写作的认同,我相信这本书的品质能够对得起她的这份信任。学术写作曾经被几代人视为一种近乎神圣的事情,但在当下世界这份神圣早已不复存在。本书责编安新文女士以她的行动让我意识到,无论世事怎么变化,一以贯之地认真做人做事的原则不仅仅为作者们所坚持,同样也为一些编辑同人所坚守,正是这样的坚守让我们有了这次的合作。对于世界这也许微不足道,但至少对我很有意义:在做好人文研究的道路上,我会继续努力。

徐 岱

2020 年 12 月 13 日

于杭州求是社区

责任编辑：安新文
装帧设计：肖　辉　王欢欢
责任校对：马　婕

图书在版编目（CIP）数据

小说形态学/徐岱 著. —北京：人民出版社，2021.8
（人民文库．第二辑）
ISBN 978－7－01－022903－4

Ⅰ.①小…　Ⅱ.①徐…　Ⅲ.①小说研究-中国-当代　Ⅳ.①I207.42

中国版本图书馆 CIP 数据核字（2020）第 258929 号

小说形态学
XIAOSHUO XINGTAIXUE

徐　岱　著

人民出版社 出版发行
（100706　北京市东城区隆福寺街 99 号）

北京新华印刷有限公司印刷　新华书店经销
2021 年 8 月第 1 版　2021 年 8 月北京第 1 次印刷
开本：710 毫米×1000 毫米 1/16　印张：28.75
字数：430 千字

ISBN 978－7－01－022903－4　定价：66.00 元

邮购地址 100706　北京市东城区隆福寺街 99 号
人民东方图书销售中心　电话（010）65250042　65289539